A ÚLTIMA CARTA

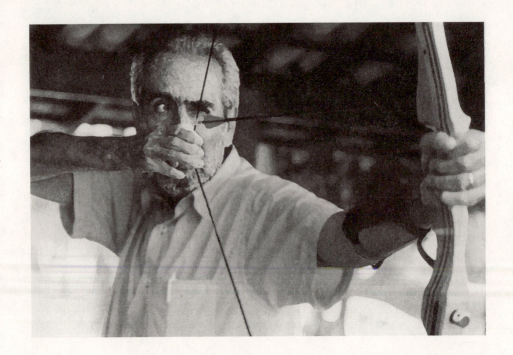

O Arqueiro

GERALDO JORDÃO PEREIRA (1938-2008) começou sua carreira aos 17 anos, quando foi trabalhar com seu pai, o célebre editor José Olympio, publicando obras marcantes como *O menino do dedo verde*, de Maurice Druon, e *Minha vida*, de Charles Chaplin.

Em 1976, fundou a Editora Salamandra com o propósito de formar uma nova geração de leitores e acabou criando um dos catálogos infantis mais premiados do Brasil. Em 1992, fugindo de sua linha editorial, lançou *Muitas vidas, muitos mestres*, de Brian Weiss, livro que deu origem à Editora Sextante.

Fã de histórias de suspense, Geraldo descobriu *O Código Da Vinci* antes mesmo de ele ser lançado nos Estados Unidos. A aposta em ficção, que não era o foco da Sextante, foi certeira: o título se transformou em um dos maiores fenômenos editoriais de todos os tempos.

Mas não foi só aos livros que se dedicou. Com seu desejo de ajudar o próximo, Geraldo desenvolveu diversos projetos sociais que se tornaram sua grande paixão.

Com a missão de publicar histórias empolgantes, tornar os livros cada vez mais acessíveis e despertar o amor pela leitura, a Editora Arqueiro é uma homenagem a esta figura extraordinária, capaz de enxergar mais além, mirar nas coisas verdadeiramente importantes e não perder o idealismo e a esperança diante dos desafios e contratempos da vida.

REBECCA YARROS

A ÚLTIMA CARTA

Traduzido por Natalia Sahlit

ARQUEIRO

Título original: *The Last Letter*

Copyright © 2019 por Rebecca Yarros
Publicado originalmente por Amara, um selo da Entangled Publishing, LLC.
Copyright da tradução © 2025 por Editora Arqueiro Ltda.

Todos os direitos reservados. Nenhuma parte deste livro pode ser utilizada ou
reproduzida sob quaisquer meios existentes sem autorização por escrito dos editores.

coordenação editorial: Taís Monteiro
produção editorial: Ana Sarah Maciel
preparo de originais: Caroline Bigaiski
revisão: Priscila Cerqueira e Rachel Rimas
diagramação: Guilherme Lima e Natali Nabekura
capa: Renata Vidal
imagens de capa: Shutterstock – Magician ART (margarida); Farzanak (jasmim);
Hermit Crab Designs (cachorro); retnoningsih23 (folhas); 19srb81 (fundo); Laman
Bakhish e cetin34 (flores); Natalia Hubbert (tag militar) | Freepik (carta com flores)
impressão e acabamento: Associação Religiosa Imprensa da Fé

CIP-BRASIL. CATALOGAÇÃO NA PUBLICAÇÃO
SINDICATO NACIONAL DOS EDITORES DE LIVROS, RJ

Y32u

> Yarros, Rebecca, 1981-
> A última carta / Rebecca Yarros ; tradução Natalia Sahlit. - 1. ed. -
> São Paulo : Arqueiro, 2025.
> 448 p. ; 23 cm.
>
> Tradução de: The last letter
> ISBN 978-65-5565-847-7
>
> 1. Romance americano. I. Sahlit, Natalia. II. Título.

25-97613.0

CDD: 813
CDU: 82-31(73)

Meri Gleice Rodrigues de Souza - Bibliotecária - CRB-7/6439

Todos os direitos reservados, no Brasil, por
Editora Arqueiro Ltda.
Rua Artur de Azevedo, 1.767 – Conj. 177 – Pinheiros
05404-014 – São Paulo – SP
Tel.: (11) 2894-4987
E-mail: atendimento@editoraarqueiro.com.br
www.editoraarqueiro.com.br

*Para as crianças que
lutam contra o câncer.*

*Para David Hughes,
que superou seus 10% de chance
com 100% de coração.*

*E para aqueles como Beydn Swink,
cujas almas eram imensuravelmente
mais fortes que o corpo.
Vocês nunca serão esquecidos.*

CAPÍTULO UM

BECKETT

Carta nº 1

Prezado Caos,

Pelo menos é assim que o meu irmão disse que te chamam. Eu perguntei se algum dos amigos dele precisava de umas cartas extras, e ele me deu o seu nome.

Então, oi, eu me chamo Ella. Estou ciente da regra de "não usar nomes reais nas cartas". Escrevo estas cartas desde que ele começou a fazer o que faz... o que, imagino, seja o que você faz também.

Bom, antes que você coloque esta carta de lado com um resmungo de "Agradeço, mas não, obrigado", que nem a maioria dos homens, saiba que isto aqui é tanto para você quanto para mim. Considerando que com essas trocas eu teria um lugar seguro para desabafar, longe dos olhares curiosos desta cidadezinha minúscula e futriqueira, seria quase como se *EU* estivesse te usando.

Então, se você quiser me emprestar o seu ouvido, vou ficar muito grata e, em troca, te oferecerei o meu. Fora que eu faço uns biscoitos de manteiga de amendoim incríveis. Se eles não chegaram com esta carta, vai lá bater no meu irmão, porque ele roubou os seus biscoitos.

Por onde eu começo? Como eu me apresento sem que isto pareça um anúncio para solteiros? Pode confiar que eu só estou em busca de um amigo por correspondência mesmo – e um bem distante –, te juro. Militares não são o meu tipo. Os homens, em geral, não são. Não que eu não goste de homens. Eu só não tenho tempo para eles. Mas sabe o que tenho agora? Um profundo arrependimento por ter escrito esta carta à caneta.

Eu sou a caçula, mas aposto que o meu irmão já te contou isso. Ele nunca fecha o bico, o que significa que você provavelmente também já sabe que tenho dois filhos. Sim, sou mãe solo e não, não me arrependo das minhas escolhas. Olha, já estou farta de ouvir isso de todo mundo ou de receber aquele olhar com essa pergunta implícita.

Quase cortei essa última frase, mas é verdade. Além disso, sou preguiçosa demais para reescrever a carta toda.

Tenho 24 anos e fui casada com o doador de esperma dos gêmeos por, tipo, três segundos. Só o suficiente para que o teste de farmácia desse positivo, o médico dissesse que havia dois batimentos cardíacos e ele fizesse as malas na calada da noite. Ele nunca gostou de criança e, sinceramente, acho que estamos melhores assim.

Se crianças por correspondência não for o seu lance, não vou ficar ofendida. Mas você vai ficar sem biscoitos. Biscoitos são só para amigos por correspondência.

Caso você ache que tudo bem ouvir sobre maternidade solo, continue lendo.

Meus gêmeos têm 5 anos, o que, se você não errou na conta, significa que nasceram quando eu tinha 19. Depois de chocar a nossa cidadezinha quando decidi criar meus filhos por conta própria, quase fiz a população infartar ao assumir a Pousada Solidão depois da morte da minha avó. Eu só tinha 20 anos, os gêmeos ainda eram bebês, e foi nessa pousada que ela nos criou, então parecia um bom lugar para criar meus filhos também. E ainda é.

Vamos ver... a Maisie e o Colt são praticamente a minha vida. No bom sentido, é claro. Eu sou ridiculamente superprotetora com eles, mas reconheço isso. Tenho a tendência de reagir de maneira exagerada, de construir uma fortaleza em volta deles, o que me deixa meio isolada, mas, bom, existem defeitos piores, né? A Maisie é mais quietinha, e eu geralmente a encontro escondida com o nariz enfiado num livro. Já o Colt... Bom, quase sempre ele está em algum lugar em que não deveria estar, fazendo algo que não deveria estar fazendo. Gêmeos podem ser enlouquecedores, mas também são duas vezes mais incríveis.

Já eu estou sempre fazendo o que tenho que fazer e nunca o que realmente gostaria. Mas acho que isso faz parte de ser mãe e administrar um negócio. Falando nisso, a pousada está acordando, então é melhor eu concluir e enviar esta carta logo.

Se quiser, me escreva de volta. Se não quiser, eu entendo. Mas saiba que tem alguém no Colorado te desejando tudo de bom.

Ella

Aquele dia teria sido o momento perfeito para o meu segundo palavrão.

Geralmente, quando a gente fazia uma mobilização total de tropas, era igualzinho ao filme O *feitiço do tempo*. Mesma bosta, dia diferente. Existia quase um padrão previsível e reconfortante na monotonia.

Não vou mentir, eu era um grande fã da monotonia.

A rotina era previsível. Segura, ou tão segura quanto poderia ser. Fazia um mês que estávamos em mais um local secreto, em mais um país onde nossa presença era apenas *física*, e a rotina era praticamente a única coisa reconfortante do lugar.

Aquele dia tinha sido tudo, menos um dia de rotina.

Missão cumprida, como sempre, mas a que preço? Sempre havia um preço e, nos últimos tempos, ele vinha aumentando exponencialmente.

Olhei para a minha mão, flexionando os dedos, porque eu podia fazer isso. Já Ramirez tinha perdido essa habilidade naquele dia. O cara ia segurar seu recém-nascido com uma prótese.

Arremessei o brinquedo longe, e ele riscou o céu, um clarão vermelho contra o azul imaculado. O céu era a única coisa limpa daquele lugar. Ou talvez fosse aquele dia que parecia sujo.

Bagunça saiu correndo, com passadas seguras, a atenção focada no alvo, até que...

– Caramba, como ela é boa – disse Mac, surgindo atrás de mim.

– A melhor.

Olhei para ele de relance por cima do ombro antes de voltar a atenção para Bagunça, que corria até mim. Ela tinha que ser a melhor para chegar aonde a gente estava, em uma equipe do grupo de forças especiais que operava sem, tecnicamente, existir. Era uma cadela milhões de vezes melhor que qualquer outro cão de trabalho militar.

Ela também era minha, o que automaticamente a tornava a melhor.

Minha garota era a labradora de 30 quilos mais perfeita do mundo. Sua pelagem preta se destacava na areia quando ela parou quase colada nas minhas pernas e se sentou, estendendo o brinquedo para mim com os olhos em êxtase.

– Última vez – falei baixinho, tirando o brinquedo de sua boca.

Antes mesmo que eu retraísse o braço para o arremesso, ela já estava correndo.

– Notícias do Ramirez? – perguntei, esperando que Bagunça se afastasse.

– Perdeu o braço. Do cotovelo para baixo.

– Que mmm...

Joguei o brinquedo o mais longe que consegui.

– Pode xingar. Hoje um palavrão parece apropriado – disse Mac, coçando a barba de um mês que vinha exibindo e ajustando os óculos escuros.

– E a família dele?

– A Christine vai encontrar com ele em Landstuhl. Eles estão enviando gente nova. Chega em 48 horas.

– Rápido assim?

Éramos mesmo dispensáveis.

– A gente vai se mover. A reunião é em cinco minutos.

– Beleza.

Ao que tudo indicava, ela aconteceria no próximo local não revelado. Mac olhou de relance para meu braço.

– Já deram uma olhada nisso?

– O doutor costurou. Foi só um arranhão, nada pra se descabelar.

Mais uma cicatriz para se somar às dezenas que já marcavam a minha pele.

– Talvez você precise que alguém te dê uma descabelada. No bom sentido.

Dei um belo olhar de soslaio para o meu melhor amigo.

– O quê? – perguntou ele, com um dar de ombros exagerado antes de menear a cabeça para Bagunça, que voltou a se aproximar, tão animada quanto na primeira vez que eu atirei o brinquedo. Ou na trigésima sexta vez. – Ela não pode ser a única mulher na sua vida, Gentry.

– Ela é fiel, linda e capaz de procurar explosivos ou matar alguém que está tentando te matar. Do que mais eu preciso? – perguntei, depois peguei o brinquedo e afaguei Bagunça atrás da orelha.

– Se eu preciso te dizer isso, é porque já não tem mais como te ajudar.

Voltamos para o pequeno complexo que, na verdade, não passava de algumas construções cercando um pátio. Tudo era marrom. As construções, os veículos, o chão, até o céu parecia estar assumindo essa tonalidade.

Maravilha. Uma tempestade de areia.

– Não precisa se preocupar comigo. Eu me viro direitinho quando a gente está na guarnição – falei para ele.

– Ah, disso eu sei muito bem, seu babaca sósia-do-Chris-Pratt. Mas, cara – acrescentou ele, colocando a mão no meu braço para nos fazer parar antes que entrássemos no pátio onde os outros estavam reunidos –, você não se… *envolve* com ninguém.

– Nem você.

– Não, eu não estou em um relacionamento agora. Mas isso não significa que eu não tenha laços, pessoas com quem me importo e que se importam comigo.

Eu sabia muito bem aonde ele queria chegar, e aquele não era o momento, nem o lugar, nem *nunca* seria. Antes que Mac começasse a filosofar, dei um tapinha nas costas dele.

– Olha, a gente pode entrar numa de deitar no divã ou dar o fora daqui e seguir em frente para a próxima missão.

Seguir em frente sempre foi mais fácil para mim. Eu não criava laços porque não queria, não porque não fosse capaz. Laços – com pessoas, lugares ou coisas – eram inconvenientes e te ferravam. Porque só havia uma coisa garantida, e essa coisa era a mudança.

– Estou falando sério.

Ele semicerrou os olhos de um jeito que eu já tinha visto inúmeras vezes nos nossos dez anos de amizade.

– É? Bom, eu também. Estou ótimo. Além disso, tenho laços com você e com a Bagunça. O que vier dos outros é lucro.

– Mac! Gentry! – chamou Williams da porta do prédio norte. – Vamos!

– Já vai! – gritei de volta.

– Olha, antes de a gente entrar, eu deixei uma coisa em cima da sua cama – disse Mac, passando a mão pela barba, o tique nervoso revelador dele.

– Bem, o que quer que seja, depois dessa conversa não me interessa mais.

Bagunça e eu começamos a caminhar rumo à reunião. Eu já estava me coçando para sair dali, para deixar aquele lugar para trás e ver o que nos esperava.

– É uma carta.

– De quem? Todo mundo que eu conheço está naquela sala – falei, apontando para a porta enquanto cruzávamos o pátio vazio.

Era isso que acontecia quando você crescia pulando de um lar adotivo para outro e depois se alistava no dia em que fazia 18 anos. O grupo de pessoas que você considerava digno de conhecer era pequeno o suficiente para caber em um helicóptero Blackhawk, e, naquele dia, ainda faltava Ramirez.

Como eu disse, laços eram inconvenientes.

– Da minha irmã.

– Perdão?

Minha mão congelou na maçaneta enferrujada.

– Você me ouviu. Da minha irmã caçula, a Ella.

Vasculhei minha agenda mental. Ella. Loura, sorriso estonteante, olhos suaves e gentis, mais azuis do que qualquer céu que eu já vira na vida. Fazia uma década que ele exibia fotos dela.

– Fala sério, Gentry. Quer que eu te mostre uma foto?

– Eu sei quem é a Ella. Mas por que tem uma carta dela na minha cama?

– Pensei que talvez você precisasse de uma amiga por correspondência – disse ele, baixando os olhos para as botas sujas.

– Uma amiga por correspondência? Como se eu estivesse em um projeto da quinta série com uma escola parceira?

Bagunça se aproximou, descansando o corpo na minha perna. Ela estava sintonizada com cada movimento meu, até mesmo as menores mudanças no meu humor. Isso fazia de nós uma equipe invencível.

– Não, não... – respondeu ele, balançando a cabeça. – Eu só estava tentando ajudar. Ela me perguntou se eu conhecia alguém que talvez precisasse receber umas cartas e, como você não tem *família*...

Com um ar debochado, escancarei a porta e deixei Mac do lado de fora. Talvez um pouco daquela areia entrasse na sua boca enorme. Eu odiava aquela palavra. As pessoas reclamavam da própria família o tempo todo. Mas, no instante em que descobriam que você não tinha uma, era como se você fosse uma aberração a ser consertada, um problema a ser resolvido ou, pior, digno de pena.

Eu estava tão além da pena de qualquer um que era quase engraçado.

– Ok, rapazes – disse o capitão Donahue, convocando nossa equipe de dez membros, menos um, para a mesa de conferências. – Lamento informar que a gente não está indo para casa. Temos uma nova missão.

Todos aqueles caras resmungando – sem dúvida com saudades da esposa, dos filhos – só reafirmaram a minha posição no assunto "laços".

– Sério, Novato? – rosnei para o recém-chegado, que se apressava em recolher as coisas derrubadas do baú que me servia de mesa de cabeceira.

– Desculpa, Gentry – murmurou ele, reunindo os papéis.

Típico garoto recém-saído do treinamento que não tinha nada que estar naquela equipe ainda. Ele precisava de mais alguns anos e de mãos bem mais firmes antes de estar pronto, o que significava que tinha algum parente importante.

Bagunça inclinou a cabeça para ele e depois olhou para mim.

– Ele é novo – falei baixinho, coçando atrás das orelhas dela.

– Aqui – disse o garoto, me entregando uma pilha de coisas, os olhos arregalados como se eu fosse chutá-lo para fora da unidade por ser estabanado.

Eu torcia para que ele fosse melhor com uma arma do que com a minha mesa de cabeceira. Coloquei as coisas nos únicos centímetros da cama que Bagunça não estava ocupando. Separá-las levou só alguns minutos. Artigos em periódicos sobre vários tópicos que eu tinha lido pela metade e...

– Droga.

A carta de Ella. Fazia duas semanas que aquele troço estava comigo e eu ainda não havia aberto. Também não havia jogado fora.

– Vai abrir essa aí? – perguntou Mac, com seu timing de especialista em encheção de saco.

– Por que você nunca fala palavrão? – perguntou Novato ao mesmo tempo.

Olhando feio para Mac, enfiei a carta embaixo da pilha e peguei o artigo do topo. Era sobre novas técnicas de busca e resgate.

– Ótimo. Agora responde à pergunta do Novato – disse Mac, revirando os olhos e deitando-se no catre com as mãos atrás da cabeça.

– Ahn, meu nome é Johnson…

– Não, é Novato. Você ainda não conquistou o direito a um nome – corrigiu Mac.

O garoto ficou com uma cara de coitado… Parecia que tínhamos chutado o cachorrinho dele, então me rendi.

– Uma vez alguém me disse que falar palavrão é uma desculpa esfarrapada para um vocabulário ruim. Faz a gente parecer grosseiro e sem instrução. Então eu parei.

Deus sabia que eu já tinha o suficiente contra mim. O que saía da minha boca não precisava refletir o inferno pelo qual eu havia passado.

– Para sempre? – perguntou Novato, inclinando-se para a frente como se estivéssemos em uma festa do pijama.

– Só falo em pensamento – respondi, virando a página para um novo artigo no periódico.

– Ela é mesmo uma cadela de trabalho? Parece tão… fofinha – comentou Novato, estendendo a mão para Bagunça.

Bagunça levantou a cabeça rápido e arreganhou os dentes para ele.

– É, ela é, e sim, te mataria sob comando. Então, faz um favor para nós dois e nunca mais tenta tocar nela de novo. Ela não é um animal de estimação.

Permiti que ela rosnasse por um segundo para deixar claro seu ponto de vista.

– Relaxa – falei para Bagunça, correndo a mão pela lateral do pescoço dela.

A tensão abandonou o seu corpo imediatamente, e ela desabou na minha perna, piscando para mim como se nada tivesse acontecido.

– Caramba – murmurou Novato.

– Não leva a mal, Novato – disse Mac. – A Bagunça é fiel a um homem só, e te garanto que você não é esse homem.

– Fiel e letal – falei com um sorriso, fazendo carinho nela.

– Um dia, quem sabe? – disse Mac, apontando para a carta, que tinha escorregado para a cama, ao lado da minha coxa.

– E hoje não é esse dia.

– Quando você abrir, vai querer se matar por não ter aberto antes.

Ele se debruçou no catre e voltou com um pote de biscoitos de manteiga de amendoim, depois comeu um com os efeitos sonoros de um filme pornô.

– Sério mesmo?

– Sério – gemeu ele. – Isso tá bom demais.

Eu ri e deslizei a carta de volta para o fundo da pilha.

– Dorme um pouco, Novato. Todos nós vamos estar em ação amanhã.

O garoto assentiu.

– Isso é tudo o que eu sempre quis.

Eu e Mac trocamos um olhar resignado.

– Fala isso amanhã à noite. Agora fecha os olhos e para de derrubar as minhas coisas, senão seu codinome vai ser Estabanado.

Ele arregalou os olhos e afundou no catre.

Três noites depois, Novato estava morto.

Johnson. Ele conquistou o nome e perdeu a vida salvando o doutor.

Fiquei deitado na cama enquanto todo mundo dormia, meus olhos vagando para o catre vazio. Ele não pertencia àquele lugar; todos nós sabíamos disso e tínhamos expressado a nossa preocupação. Ele não estava pronto. Não estava pronto para a missão, para o ritmo da nossa unidade, para a morte.

Não que a morte se importasse.

O relógio girou, e fiz 28 anos.

Parabéns para mim.

A morte sempre me afetava de uma forma diferente quando estávamos em missão. Ela se enquadrava em duas categorias. Ou eu dava de ombros e seguia em frente, ou a minha mortalidade se tornava uma coisa tangível e repentina. Talvez por ser meu aniversário, ou porque aquele Novato não passasse de um bebê, mas a morte dele era do segundo tipo.

Oi, Mortalidade, sou eu, Beckett Gentry.

Logicamente, eu sabia que, com a missão cumprida, iríamos para casa poucos dias depois, ou para o próximo inferno. Mas, naquela hora, uma necessidade crua de conexão se agarrou a mim de um jeito que pareceu uma pressão física no meu peito.

Sem laços, disse a mim mesmo. Essa porcaria só trazia encrenca.

Mas o anseio continuava, aquele de estar conectado a outro ser humano de uma forma diferente à que eu destinava aos irmãos com quem servia, ou diferente da minha amizade com Mac, que era a coisa mais próxima que eu tinha de uma família.

Em um movimento de pura impulsividade, peguei minha lanterna e a carta, que tinha enfiado em uma publicação sobre montanhismo.

Equilibrando a lanterna no ombro, rasguei o envelope e desdobrei a página de caderno pautada preenchida por uma caligrafia caprichada e feminina.

Li a carta uma, duas... mais dez vezes, combinando as palavras com as fotos do rosto de Ella que eu tinha visto ao longo dos anos. Eu a imaginei roubando alguns instantes do começo da manhã para escrever a carta e me perguntei como teria sido o dia dela. Que tipo de cara largava a esposa grávida? *Um canalha.*

Que tipo de mulher assumia dois gêmeos e um negócio quando ainda era, ela própria, uma criança? *Uma forte à beça.*

Uma mulher forte e capaz que eu precisava conhecer. O desejo que tomou conta de mim era desconfortável e inegável.

Fazendo o máximo silêncio possível, peguei um caderno e uma caneta.

Meia hora mais tarde, lacrei o envelope e bati com ele no ombro de Mac.

– Mas que merda é essa? – reclamou Mac, rolando para o lado.

– Eu quero os meus biscoitos.

Anunciei cada palavra com a severidade que geralmente reservava para dar ordens a Bagunça.

Ele riu.

– Ryan, eu estou falando sério.

Lançar seu primeiro nome assim indicava que eu não estava brincando.

– É, bom, dormiu no ponto, perdeu os biscoitos.

Ele sorriu com malícia e voltou a se acomodar no catre. Alguns segundos depois, sua respiração estava profunda e constante.

– Obrigado – falei baixinho, sabendo que ele não ia me ouvir. – Obrigado por ela.

CAPÍTULO DOIS

ELLA

Carta nº 1

Ella,
 Você tinha razão, o seu irmão comeu os biscoitos na cara dura. Mas, em defesa dele, esperei tempo demais para abrir a sua carta. Acho que, se realmente formos fazer isso, é melhor sermos honestos, certo?
 Então, em primeiro lugar, não sou muito bom com pessoas. Eu poderia te dar um monte de desculpas, mas a verdade é que simplesmente não levo muito jeito com elas. Isso significa dizer a coisa errada, ser direto demais ou não ver necessidade de engatar conversas estúpidas, entre outras coisas. E, evidentemente, nunca escrevi cartas para... ninguém, agora que parei para pensar.
 Em segundo lugar, eu gostei de você ter escrito à caneta. Isso significa que não volta atrás para se censurar. Você não pensa demais, só escreve o que quer escrever. Aposto que você é assim ao vivo também – fala o que pensa.
 Eu não sei o que dizer sobre mim que não vá ser apagado pelos censores, então que tal isto? Completei 28 anos há cinco minutos e, além dos amigos daqui, não tenho nenhuma conexão com o mundo ao meu redor. Na maioria das vezes, levo isso numa boa, mas hoje à noite

estou me perguntando como é ser você. Como é ter tantas responsabilidades e tantas pessoas dependendo de você. Se eu pudesse te fazer uma única pergunta, seria: como é ser o centro do universo de alguém?

Atte.,
Caos

Li a carta pela terceira vez desde que ela havia chegado, de manhã, enquanto corria os dedos pela caligrafia irregular em letra de fôrma. Quando Ryan me disse que queria que eu virasse amiga por correspondência de uma pessoa da unidade dele, achei que meu irmão tivesse enlouquecido.

Os caras com quem ele servia geralmente eram um cofre trancado. O nosso pai costumava ser igualzinho. Sinceramente, depois de semanas sem resposta, imaginei que o sujeito tivesse ignorado a minha proposta. Uma parte de mim ficou aliviada – afinal, eu já tinha coisas suficientes para dar conta. No entanto, as possibilidades ofertadas por um papel em branco tinham lá os seus atrativos. Poder desabafar com alguém que eu jamais conheceria foi estranhamente libertador.

Ao ler a carta dele, me perguntei se ele havia sentido o mesmo.

Como alguém podia ter chegado aos 28 anos sem ter... ninguém, ninguém mesmo? Ry disse que o cara era caladão e tinha um coração mais impenetrável que uma parede de tijolos, mas Caos só parecia... solitário.

– Mamãe, tá chato – disse Maisie, sentada ao meu lado balançando a perna embaixo da cadeira.

– Bom, quer saber? – perguntei, cantarolando, enfiando a carta na bolsa.

– Só gente chata acha as coisas chatas? – respondeu ela, piscando para mim com os maiores olhos azuis do mundo.

Ela inclinou a cabeça e franziu o nariz, o que formou ruguinhas no topo.

– Talvez eu fosse menos chata se tivesse algo para fazer – concluiu.

Eu balancei a cabeça, mas sorri e ofereci a ela meu iPad.

– Toma cuidado, ok?

Não podíamos nos dar ao luxo de comprar outro, não com três dos chalés de hóspedes ganhando telhados novos naquela semana. Eu já tinha vendido uns 10 hectares na parte de trás da propriedade para financiar os reparos que já tinham sido adiados demais, além de ter hipotecado a pousada inteira para financiar a expansão.

Maisie assentiu, balançando o rabo de cavalo louro e deslizando o dedo para abrir o iPad e encontrar seus apps preferidos. Como uma criança de 5 anos navegava naquela coisa melhor do que eu era um mistério. Colt também era um gênio da tecnologia, embora não tão nerd quanto Maisie. Principalmente porque estava sempre ocupado demais escalando tudo o que não devia.

Dei uma olhada rápida para o relógio. Quatro da tarde. O médico já estava meia hora atrasado para a consulta que *ele* tinha solicitado. Eu sabia que Ada não se importava de ficar com Colt, mas odiava ter que pedir isso a ela. Ada tinha 60 e poucos anos e, embora ainda fosse ágil, Colt não era nada fácil de acompanhar. Ela o chamava de "relâmpago ambulante", e não estava longe da verdade.

Maisie esfregou distraidamente o ponto em seu quadril do qual vinha reclamando. A reclamação passara de uma simples pontada a uma dor e evoluíra para um sofrimento constante que nunca a abandonava.

Eu já estava prestes a perder a paciência e me dirigir até a recepcionista, mas então o médico bateu na porta e entrou.

– Oi, Ella. Como você está, Margaret? – perguntou o Dr. Franklin com um sorriso gentil e uma prancheta na mão.

– Maisie – corrigiu ela, com os olhos sérios.

– Claro – concordou ele, aquiescendo com um leve sorriso para mim.

Sem dúvida eu ainda tinha 5 anos aos olhos dele, levando-se em consideração que o Dr. Franklin também havia sido meu pediatra. Seus cabelos estavam mais grisalhos e ele atualmente contava com uns 10 quilos a mais na cintura, mas ainda era o mesmo da época em que a minha avó me levava àquele consultório. Nada mudava muito na nossa pequena Telluride. Claro, quando a temporada de esqui chegava, os turistas inundavam as ruas com seus Land Rovers, mas a maré sempre recuava, deixando para trás os locais, que retomavam a vida normal.

– Como está a dor hoje? – perguntou ele, abaixando-se até ficar da altura dela.

Maisie deu de ombros e se concentrou no iPad.

Tirei o dispositivo das mãozinhas dela e arqueei uma sobrancelha em resposta ao seu olhar aborrecido. Ela soltou um suspiro, um som bem mais velho que os seus 5 anos, mas se voltou para o Dr. Franklin.

– Sempre dói. A última vez que eu fiquei sem dor faz um milhão de anos.

Ele olhou para mim em busca de uma explicação mais detalhada.

– Tem pelo menos seis semanas.

Ele anuiu, depois franziu a testa e se levantou, virando os papéis da prancheta.

– O que foi? – perguntei.

A frustração revirou meu estômago, mas mordi a língua. Perder a cabeça não ajudaria Maisie em nada.

– Os resultados da cintilografia óssea estão normais.

Ele se debruçou na mesa de exames e esfregou a nuca. Deixei que os meus ombros caíssem. Era o terceiro exame que Maisie fazia e, ainda assim, nada.

– Normal é bom, né? – perguntou ela.

Forcei um sorriso e devolvi o iPad para ela.

– Querida, por que você não brinca um pouco enquanto eu troco uma palavrinha com o Dr. Franklin no corredor?

Ela assentiu, ansiosa para voltar ao jogo que havia interrompido no meio.

Segui o Dr. Franklin para o corredor, deixando a porta só um tiquinho aberta para ouvir Maisie.

– Ella, eu não sei o que te dizer – começou ele, cruzando os braços. – A gente fez exames de raio X, a cintilografia, e, se eu achasse que ela fosse ficar parada por tempo suficiente, podíamos tentar uma ressonância também. Mas, sendo sincero, não encontramos nada clinicamente errado com ela.

O olhar de compaixão que ele me lançou foi a gota d'água.

– Ela não está inventando – falei. – O que quer que seja a dor que ela está sentindo, é muito real, e alguma coisa está por trás disso.

– Não estou dizendo que a dor não é real. Eu já examinei a Maisie inúmeras vezes e sei que tem algo acontecendo. Mudou alguma coisa em casa? Existe algum novo fator de estresse? Imagino que não seja fácil administrar aquele lugar sozinha com dois filhos para criar, principalmente na sua idade.

Empinei um pouco o queixo, como acontecia sempre que alguém mencionava os meus filhos e a minha idade na mesma frase.

– O cérebro é muito poderoso...

– O senhor está sugerindo que isso é psicossomático? – retruquei. – Porque ela está tendo dificuldade de *andar* agora. Nada mudou na nossa casa. Ela é a mesma que sempre foi desde que eu levei os meus filhos para lá deste mesmo hospital, e ela não está sendo submetida a nenhum estresse excessivo na escola, isso eu posso garantir. Não está na cabeça dela, está no quadril.

– Ella, não tem nada no quadril dela – disse ele baixinho. – Procuramos fraturas, rupturas de ligamentos, tudo. Talvez seja um caso severo de dores de crescimento.

– Não são dores de crescimento! Tem algo que o senhor não está vendo! Eu pesquisei na internet...

– Esse foi o seu primeiro erro – respondeu ele, com um suspiro. – Pesquisar na internet vai te convencer de que um resfriado é meningite e uma dor na perna é um coágulo sanguíneo gigante pronto para se desalojar e te matar.

Eu arregalei os olhos.

– Não é um coágulo sanguíneo, Ella. Fizemos um ultrassom. Não existe *nada* ali. Não tem como consertarmos um problema que não conseguimos ver.

Maisie não estava inventando. Não era coisa da cabeça dela. Não era nenhum sintoma de ter nascido de uma mãe jovem ou de não ter um pai presente. Ela estava com dor, e eu não podia ajudar.

Eu estava de mãos atadas, completa e definitivamente.

– Então acho que vou levar a minha filha pra casa.

Saboreei a caminhada da estrada até a casa principal. Naquela época do ano, pegar a correspondência sempre era o meu jeito de dar uma escapada e, como eu aguardava as cartas de Caos, curtia ainda mais aquele momento. A carta nº 6 podia chegar a qualquer momento. O ar do fim de outubro era revigorante, mas ainda faltava um bom mês para a abertura das pistas. A partir daí os meus pequenos momentos de serenidade seriam engolidos pela enxurrada de reservas.

Graças a Deus, porque realmente precisávamos do dinheiro. Não que eu não gostasse do ritmo mais lento do outono, quando os trilheiros do verão voltavam para casa, mas eram os invernos que mantinham a Solidão no azul. E, com os novos e penosos pagamentos da hipoteca, a renda era necessária.

Mas, por enquanto, aquilo era perfeito. Os álamos já estavam dourados e começavam a perder as folhas, que, naquele momento, cobriam o caminho arborizado da estrada até a casa. Não era longe, menos de 100 metros, mas era distância suficiente para dar aos visitantes a sensação de isolamento que eles buscavam.

A casa principal tinha alguns quartos de hóspedes, uma cozinha profissional, sala de jantar e salão de jogos, além de uma pequena ala residencial onde eu morava com as crianças. Estava sempre fervilhando de vida quando alguém queria companhia. Mas a Solidão ganhou o seu nome, e a sua reputação, devido aos 15 chalés isolados que pontilhavam os nossos 80 hectares. Se alguém estivesse atrás da conveniência de uma acomodação luxuosa e próxima da civilização, mas também de um lugar afastado onde se pudesse fugir de tudo, éramos a pousada perfeita.

Se ao menos eu pudesse investir em anúncios e publicidade e manter os chalés reservados o ano inteiro… Você podia construir o quanto quisesse, mas, para virem, as pessoas precisavam saber que você existia.

– Ella, você está ocupada? – perguntou Larry, da varanda da frente, com os olhos reluzindo sob as espessas sobrancelhas grisalhas que pareciam se encaracolar em todas as direções possíveis.

– Não. O que foi?

Remexi a correspondência enquanto subia os degraus, parando em uma tábua do piso que precisava ser substituída. O problema de reformular a sua marca para transformá-la em um resort de luxo era que as pessoas esperavam perfeição.

– Tem uma coisa te aguardando em cima da mesa.

– Me aguardando?

Ignorei o sorriso largo – o homem jamais poderia jogar pôquer – e entrei.

Arranquei as botas e as coloquei em um dos bancos do hall de entrada. A madeira de lei recém-reformada estava quente sob os meus pés quando passei em frente à recepção.

– A caminhada foi boa? – perguntou Hailey, erguendo os olhos do celular e sorrindo.

– Só fui pegar a correspondência, nada de mais.

Agarrei a pilha de cartas, prolongando a tortura por mais alguns minutos. Além disso, o envelope do topo era uma cobrança do Dr. Franklin que eu estava com zero pressa de abrir.

Fazia quase um mês que tinha levado Maisie para se consultar com o médico, e ainda não havia nenhum diagnóstico para aquela dor crescente. A conta era só mais um lembrete de que eu tinha reduzido o plano de saúde ao valor mais baixo possível para que sobrevivêssemos àquele ano.

– Aham. Você não está atrás de uma certa carta, está? – perguntou ela, os olhos castanhos arregalados com uma falsa inocência.

– Eu não devia ter te falado dele.

Ela ia tirar sarro de mim para sempre, mas, sinceramente, eu não ligava. Aquelas cartas eram a única coisa que eu tinha só para mim. O único lugar onde eu podia ser franca e sincera sem expectativas ou medo de ser julgada.

– Ei, é melhor do que continuar vivendo indiretamente pela minha vida amorosa – provocou Hailey.

– A sua vida amorosa me dá vertigem. Além disso, são só cartas. Não tem nada de romântico nisso. O Ryan precisava de um favor. Só isso.

– Falando no Ryan, quando ele volta para casa dessa vez? – perguntou ela, com aquele suspiro sonhador que a maioria das garotas locais soltava sempre que o meu irmão era mencionado.

– Provavelmente um pouco depois do Natal, e, sério, você tinha o quê? Uns 12 anos quando ele saiu para se alistar?

Hailey era só uns dois anos mais nova do que eu, mas eu me sentia infinitamente mais velha. Talvez eu tivesse envelhecido dez anos por filho, ou administrar a Solidão houvesse me lançado prematuramente na meia-idade – fosse o que fosse, existia uma vida inteira entre nós.

– Para de enrolar! – exclamou Larry, quase dando um pulinho.

– Qual é o problema?

– Ella, vem aqui! – chamou Ada, da sala de jantar.

– Vocês dois estão no meu pé agora?

Balancei a cabeça para Larry, mas o segui até a sala de jantar.

– Tã-rã! – disse Ada, agitando os braços em um floreio em direção à mesa escura de fazenda.

Segui os movimentos dela e vi a revista que estava esperando, com uma capa azulíssima que se destacava na madeira.

– Quando chegou? – perguntei baixinho.

– Hoje de manhã – respondeu Ada.

– Mas… – falei, erguendo a pilha de correspondência.

– Ah, eu acabei de deixar tudo isso lá. Não ia te privar do seu momento preferido do dia.

Alguns silenciosos e tensos instantes se passaram enquanto eu encarava a revista. *Férias na montanha: o melhor do Colorado em 2019. Edição de inverno.*

– Ela não vai te morder – disse Ada, empurrando a revista para mim.

– Não, mas pode fazer ou destruir o nosso nome.

– Lê, Ella. Deus sabe que eu já li – contou ela, empurrando os óculos de volta sobre o nariz.

Peguei a revista da mesa, deixando a pilha de correspondência no lugar dela, e a folheei.

– Página 89 – encorajou Ada.

O meu coração pulava e os meus dedos pareciam grudar em cada página, mas consegui chegar à 89.

– Número oito, Solidão, Telluride, Colorado!

Minhas mãos tremiam enquanto eu observava as fotos brilhantes da minha propriedade. Eu sabia que eles tinham enviado alguém para nos avaliar, mas não sabia quando.

– A gente nunca esteve entre os vinte primeiros, e você acabou de figurar entre os dez melhores! – exclamou Ada, me puxando para um abraço, seu corpo engolindo o meu. – A sua avó ia ficar tão orgulhosa. Todas as reservas que você fez, tudo o que você sacrificou. Caramba, estou tão orgulhosa de você, Ella – disse, e então se afastou, secando as lágrimas. – Bom, não fica aí nesse chororô, lê!

– Não é ela quem está chorando, mulher – disse Larry, aproximando-se para abraçar a esposa.

Aqueles dois eram tão parte da Solidão quanto eu. Eles já estavam com a minha avó quando ela abrira a pousada, e eu sabia que ficariam comigo enquanto pudessem.

– "A Solidão é uma joia escondida. Aninhada nas montanhas de San Juan, essa pousada única ostenta não só um clima familiar na casa principal, mas também mais de uma dúzia de chalés luxuosos e recém-reformados para quem não troca a privacidade pela proximidade das pistas. A apenas dez minutos de carro de algumas das melhores áreas de esqui do Colorado, a Solidão oferece exatamente isto: um refúgio afastado de Mountain Village e de seus inúmeros turistas. Essa pousada parece mais um resort e é perfeita para quem busca o melhor dos dois mundos: serviço impecável e a sensação de estar sozinho nas montanhas. É a pura experiência do Colorado."

Eles nos amaram! Estávamos entre as dez melhores pousadas do Colorado! Apertei a revista contra o peito e deixei que a alegria tomasse conta de mim. Momentos como aquele não aconteciam todos os dias, nem sequer todas as décadas, ao que parecia, e aquele era meu.

– A pura experiência do Colorado é o que fica quando os turistas vão para casa – murmurou Larry, mas sorriu.

O telefone tocou, e ouvi Hailey atendendo ao fundo.

– Aposto que a pousada vai ficar lotada! – cantarolou Ada enquanto Larry dançava com ela ao redor da mesa.

Com uma crítica assim, era uma aposta certa. A pousada seria invadida pelos hóspedes, e muito em breve. Conseguiríamos pagar a hipoteca e o empréstimo para a construção dos chalés planejados no lado sul.

– Ella, é a escola no telefone! – gritou Hailey.

Larguei a revista junto com o resto da correspondência e fui até o aparelho.

– Oi, Ella MacKenzie aqui – falei, preparando-me para ouvir o que quer que Colt tivesse feito para irritar a professora.

– Sra. MacKenzie, ótimo. Aqui é a enfermeira Roman, do ensino fundamental.

A preocupação ficou evidente na voz dela, então nem me dei ao trabalho de corrigir meu estado civil.

– Está tudo bem?

– Infelizmente, a Maisie está aqui. Ela desmaiou no parquinho e está com 40 graus de febre.

Desmaiou. Febre. Uma náusea profunda que só poderia ser descrita como um mau presságio se apoderou do meu estômago. O Dr. Franklin tinha deixado alguma coisa passar.

– Estou indo para aí.

CAPÍTULO TRÊS

BECKETT

Carta nº 6

Prezado Caos,

Segue aqui uma nova fornada de biscoitos. Esconda do meu irmão. Não, eu não estou brincando. Ele é um ladrão sem-vergonha quando se trata disso. É a receita da nossa mãe – na verdade, da nossa avó –, e ele é viciado. Depois que perdemos os nossos pais – o nosso pai no Iraque e a mamãe em um acidente de carro um mês depois, como ele já deve ter te contado –, esses biscoitos estavam sempre na cozinha, nos esperando depois das aulas, depois de corações partidos e de vitórias e derrotas no futebol. Para ele, são como voltar para casa.

E, agora, você tem um pedacinho da minha casa aí.

Você me perguntou uma coisa na minha primeira carta, quando foi? Há um mês? Enfim, você me perguntou como era ser o centro do universo de alguém. Naquela hora, eu não soube como responder, mas acho que agora sei.

Sinceramente, eu não sou o centro do universo de ninguém. Nem mesmo dos meus filhos. O Colt é de uma independência feroz e tem certeza de que está encarregado de cuidar pessoalmente da segurança da Maisie – e da minha. A Maisie é confiante, mas a reserva dela pode ser confundida com timidez. E sabe o que é engraçado? Ela não é tímida. Ela é capaz de julgar o caráter das pessoas ridiculamente bem e de identificar uma mentira a quilômetros de distância. Eu queria ter a mesma habilidade, porque se tem uma coisa que não suporto é mentira. A Maisie tem um instinto incrível sobre as pessoas que com certeza não herdou de mim. Se ela não conversar com você, não é por ser mosca-morta, mas por achar que você não vale o tempo dela. Desde bebê ela é assim. Ou gosta de você ou não. Já Colt... ele dá uma chance para todo mundo, e uma segunda, uma terceira... Já deu para entender tudo, né?

Acho que ele herdou isso do tio, porque eu admito que nunca fui capaz de dar segundas chances quando o assunto é machucar as pessoas que eu amo. Por mais vergonha que me dê admitir, ainda não perdoei o meu pai por ter nos deixado – pela tristeza no rosto do meu irmão ou pela mentira fácil de que só ia participar de uma missão temporária por algumas semanas... e depois nunca mais voltar. Por ter escolhido se divorciar da minha mãe em vez de largar o exército. Poxa, faz catorze anos, e eu ainda não perdoei o oficial que deu a ordem que matou o meu pai, por partir o coração da minha mãe pela segunda vez. Isso é uma coisa que eu realmente odeio em mim. É, o Colt definitivamente herdou o coração mole do meu irmão, e espero que ele nunca perca isso.

Aos 5 anos, meus filhos já são pessoas melhores do que eu jamais serei, e tenho um orgulho absurdo deles.

Mas eu não sou o centro do universo deles. Sou mais como a gravidade. No momento, o que faço é deixar os dois bem ancorados, com os pés no chão e um caminho óbvio à frente. É meu trabalho mantê-los ali, perto de tudo o que os deixa seguros. Mas, conforme eles crescem, eu vou soltando só um pouquinho, vou parando de puxar com tanta força. Em algum momento, vou libertar os dois para voar e só puxá-los de volta quando eles me pedirem ou precisarem. Caramba, eu tenho 24 anos e às vezes ainda preciso ser puxada de volta. Mas, sinceramente, eu não quero ser o centro. Porque o que acontece quando o centro deixa de existir?

Tudo... todos saem de órbita.

Pelo menos foi isso que aconteceu comigo.

Então eu prefiro ser a gravidade. Afinal de contas, ela controla as marés, o movimento de tudo, e até torna a vida possível. E, então, quando eles estiverem prontos para voar, talvez encontrem outra pessoa que mantenha os pés deles no chão. Ou, quem sabe, vai que essa pessoa voa com eles.

Espero que eu seja um pouco das duas.

Mas e aí, não vai me contar por que eles te chamam de Caos? Ou isso é tão secreto quanto a sua foto?

Ella

– Compartilha aí, Caos – pediu Williams pelo rádio, meneando a cabeça para a carta.

– Não.

Dobrei a carta nº 6 e a enfiei no bolso da camisa enquanto o helicóptero nos levava para a operação. Bagunça ainda estava entre meus joelhos. Ela não era uma grande fã de helicópteros ou do rapel que estávamos prestes a fazer, mas seguia firme.

– Tem certeza? – provocou ele de novo, o sorriso branco destacando-se na pele escurecida pela camuflagem.

– Absoluta.

Ele não ganharia nem a carta, nem um biscoito. Eu não dividiria nada com ninguém. Ella era a primeira pessoa só minha, ainda que só por cartas. Aquele não era um sentimento do qual eu queria abrir mão.

– Deixa ele em paz – disse Mac ao meu lado, depois olhou de soslaio para meu bolso. – Ela te faz bem.

Quase o ignorei. Mas o que ele tinha me dado era um presente, não só em Ella, mas na conexão com alguém diferente dos caras, da missão. Ele tinha me dado uma janela para uma vida normal fora da caixa em que eu havia me enfiado nos últimos dez anos. Então, dei a ele a verdade.

– Faz – respondi, assentindo.

Aquilo era tudo o que eu podia oferecer.

Com um sorriso largo, ele bateu no meu ombro, mas não disse *eu te falei*.

– Chegando em dez minutos! – gritou Donahue pelo rádio.

– Como é lá? Em Telluride? – perguntei a Mac.

Ele pôs no rosto aquele olhar melancólico que costumava me fazer revirar os olhos. Mas, naquele momento, eu estava estranhamente desesperado para saber mais, para visualizar a cidadezinha minúscula onde Ella vivia.

– É lindo. No verão, é verde e exuberante, e as montanhas se erguem sobre você como se tentassem te aproximar do céu. No outono, elas parecem mergulhadas em ouro quando os álamos mudam de cor... como agora. O inverno é um pouco agitado, por causa da temporada de esqui, mas a neve cai em torno da Solidão, e é como se tudo fosse coberto por novos começos. Quando a primavera chega, as ruas ficam enlameadas, os turistas vão embora e tudo renasce, tão lindo quanto no ano anterior.

Ele deixou a cabeça pender para trás no assento do UH-60.

– Você sente falta de lá – falei.

– Todos os dias.

– Então, por que ainda está aqui? Por que foi embora de lá?

Ele virou a cabeça para mim com um sorriso triste.

– Às vezes a gente tem que ir embora para saber o que deixou para trás. A gente não dá valor até perder.

– E se você nunca teve?

Aquela foi mais uma pergunta objetiva. Eu nunca tinha me apegado a lugar nenhum, nem nutrido qualquer sentimento de lar. Nunca havia ficado num local por tempo suficiente para que esse sentimento criasse raízes. Ou talvez eu fosse incapaz de criar raízes. Talvez elas tivessem sido arrancadas de mim tantas vezes que simplesmente se recusassem a crescer de novo.

– Vamos fazer o seguinte, Gentry. Você e eu. Quando essa mobilização acabar, vamos tirar umas férias, e eu vou te mostrar Telluride. Eu sei que você sabe esquiar, então nós vamos para as pistas e depois para os bares. Talvez eu até te deixe conhecer a Ella, mas você vai ter que passar pelo Colt.

Ella. Só tínhamos mais uns dois meses naquela missão da Força de Reação Rápida. Depois, era adeus à FRR e olá ao curto tempo livre, que eu geralmente desprezava, mas que naquele momento me despertava uma leve curiosidade. Mas e Ella? Nesse caso, a curiosidade não era nem um pouco leve. Eu queria vê-la, falar com ela, descobrir se a mulher que escrevia as cartas realmente existia em um mundo que não fosse de papel ou perfeito.

– Seria ótimo – respondi devagar.

Ele tinha feito aquela oferta inúmeras vezes, mas eu nunca havia aceitado.

Mac arqueou as sobrancelhas, e seu sorriso largo se tornou quase cômico.

– Está a fim de ver Telluride ou a Ella?

– Os dois – respondi, com franqueza.

Ele aquiesceu no momento em que o aviso de cinco minutos veio do rádio. Então, se inclinou para que só eu ouvisse – não que os outros tivessem qualquer chance com o barulho das hélices.

– Vocês se dariam bem. Isso se você sossegar em um lugar para deixar alguma coisa se desenvolver.

Inútil. Você estraga tudo.

Empurrei as palavras da minha mãe para fora da cabeça e me concentrei no *agora*. Remoer o passado era um desastre prestes a acontecer, então fechei aquela porta na mente.

– Eu não me dou bem com ninguém – falei para Mac.

Então, antes que ele pudesse se aprofundar no assunto, chequei o arreio de Bagunça para ter certeza de que ela estava bem presa e de que não a perderia na descida.

A gravidade podia ser uma droga.

Pensei nos comentários de Ella. Como seria ter alguém te puxando para a terra? Seria reconfortante sentir essa segurança? Ou sufocante? Aquele era o tipo de força com a qual você contava ou da qual fugia?

Será que existia mesmo gente que ficava por perto tempo o bastante para ser considerada confiável? Se existia, eu nunca havia encontrado. Por isso nunca tinha me importado com relacionamentos. Por que investir em alguém que, em algum momento, diria que você é cheio de problemas e complicado demais para se conviver?

Até Mac – o meu melhor amigo – estava obrigado por contrato a ficar na mesma unidade que eu, e mesmo nossa amizade tinha seus limites, que eu fazia questão de nunca testar. Eu sabia, bem no fundo do estômago, que ele acabaria com qualquer um que magoasse Ella.

Dez minutos depois, pousamos, e essa foi a única gravidade em que tive tempo de pensar.

CAPÍTULO QUATRO

ELLA

Carta nº 6

Ella,

Obrigado pelos biscoitos. E, sim, o seu irmão roubou alguns enquanto eu estava no banho. Me surpreende ele não estar pesando uns 150 quilos a essa altura.

Eu pensei no que você falou sobre a gravidade.

Eu nunca tive isso – nada me amarrando a lugar nenhum. Talvez quando eu entrei para o exército, mas, na verdade, era mais uma afinidade com a unidade do que com um lugar ou alguém. Até que eu conheci o seu irmão, e eles começaram a nos submeter ao processo de seleção. Infelizmente, eu gosto muito dele, assim como a maioria dos caras da nossa unidade. É uma pena, porque às vezes ele consegue ser um pentelho.

Por que eles me chamam de Caos? É uma longa história – e pouco lisonjeira. Prometo que eu te conto um dia. Digamos que envolve uma briga de bar, dois seguranças realmente furiosos e um mal-entendido entre o seu irmão e uma mulher que ele confundiu com uma prostituta.

O que ela não era.

Ela era esposa do nosso novo comandante. Ops.

Talvez eu faça o seu irmão te contar essa história.

Numa das cartas, você disse que a Maisie não estava se sentindo muito bem. Os médicos descobriram o que era? Eu nem imagino como isso deve ser difícil para você. Como está o Colt? Ele já começou aquelas aulas de snowboard?

Eu tenho que ir, eles estão nos reunindo, e eu quero garantir que vou conseguir colocar isto aqui no correio.

Até mais,

Caos

Os únicos sons no quarto do hospital eram os pensamentos que berravam na minha cabeça, implorando para serem libertados. Eles exigiam respostas, gritavam para que eu encontrasse todos os médicos do hospital e os obrigasse a me escutar. Sabendo que Telluride não investigaria mais, eu havia levado Maisie até um hospital maior, em Montrose, a uma hora e meia de distância.

Era quase meia-noite. Estávamos ali desde o meio-dia, e meus filhos dormiam profundamente. Maisie estava encolhida, engolida pela cama grande do hospital, e alguns fios enviavam seus sinais vitais para os monitores. Graças a Deus eles tinham desligado aquele bipe incessante. Só ver o lindo ritmo do coração dela já era o suficiente para mim.

Colt estava esticado no sofá com a cabeça no meu colo, com a respiração profunda e uniforme. Embora Ada tivesse se oferecido para levá-lo para casa, ele havia recusado, principalmente porque Maisie estivera segurando a mão dele com força. Eles nunca conseguiam ficar separados por muito tempo. Corri meus dedos pelos seus cabelos louros, do mesmo tom quase branco dos de Maisie. Como os traços deles se pareciam... como suas alminhas eram diferentes...

Com um clique suave, a porta se abriu um pouquinho, e um médico enfiou a cabeça no quarto.

– Sra. MacKenzie?

Levantei um dedo, e o médico anuiu, afastando-se e fechando a porta devagar.

Da maneira mais silenciosa possível, tirei Colt do colo, substituindo o meu calor por um travesseiro e pela minha jaqueta em cima de seu corpinho.

– Já está na hora de ir embora? – perguntou ele, aconchegando-se no sofá.

– Não, parceiro. Tenho que falar com o médico. Você fica aqui e cuida da Maisie, ok?

Devagar, olhos azuis vidrados se abriram para encontrar os meus. Ele ainda estava despertando.

– Pode contar comigo.

– Eu sei – falei, fazendo carinho na têmpora dele.

Com passos seguros e dedos muito inseguros, abri a porta e a fechei atrás de mim sem acordar Maisie.

– Sra. MacKenzie?

Examinei o crachá do sujeito. Dr. Taylor.

– Na verdade, não sou casada.

Ele piscou rápido e então assentiu.

– Certo. Claro. Perdão.

– O que o senhor descobriu? – perguntei, puxando as laterais do suéter para baixo, como se a lã fosse uma espécie de armadura.

– Vamos ali para o outro lado do corredor. As enfermeiras estão aqui pertinho, então as crianças vão ficar bem – assegurou ele, já me conduzindo até uma área que parecia servir como sala de conferências.

Dois outros médicos nos aguardavam ali.

O Dr. Taylor me indicou uma cadeira, onde me sentei. Os homens da sala estavam sérios, o sorriso não alcançava os olhos, e o cara da direita parecia não conseguir parar de clicar na parte de cima da caneta.

– Então, Srta. MacKenzie – começou o Dr. Taylor. – Fizemos alguns exames de sangue na Margaret e drenamos um pouco do fluido do quadril dela mais cedo, onde encontramos uma infecção.

Eu me remexi na cadeira. Infecção... isso era fácil.

– Então, antibióticos?

– Não exatamente.

Os olhos do Dr. Taylor dispararam para a porta e, ao segui-los, vi uma mulher de 40 e poucos anos apoiada no batente. Ela tinha uma beleza clássica, com uma pele marrom-escura tão impecável quanto seu coque francês. De repente, tomei conhecimento do meu nível de desalinho, mas consegui manter as mãos longe do meu coque bagunçado bonitinho do qual só restava o bagunçado.

– Dra. Hughes?

– Só observando. Vi o prontuário da menina no início do plantão.

O Dr. Taylor aquiesceu, respirou fundo e voltou sua atenção para mim.

– Ok, se ela tem uma infecção no quadril, isso explicaria a dor na perna e a febre, certo? – perguntei, cruzando os braços.

– Sim, poderia explicar. Mas encontramos uma anomalia no exame de sangue. A contagem de glóbulos brancos está elevada de maneira alarmante.

– O que isso significa?

– Bom, este é o Dr. Branson, e ele é da ortopedia. Ele vai nos ajudar com o quadril da Margaret. E este...

O Dr. Taylor engoliu em seco.

– Este é o Dr. Anderson. Ele é da oncologia.

Oncologia?

Voltei meus olhos para os do médico idoso, mas não abri a boca. Não até que ele dissesse as palavras que justificassem a presença de sua especialidade ali.

– Srta. MacKenzie, os exames da sua filha indicam que ela pode ter leucemia...

A boca do médico continuou a se mover. Eu a vi formar palavras, observei as expressões dele, mas não escutei nada. Era como se o homem tivesse se transformado na professora do Charlie Brown e tudo estivesse passando por um filtro de um milhão de litros de água.

E eu estava me afogando.

Leucemia. Câncer.

– Para. Espera – falei, estendendo as mãos no ar. – Eu levei a Maisie ao pediatra pelo menos três vezes nas últimas seis semanas. Eles me falaram que não era nada, e agora os senhores estão me dizendo que é leucemia? Não é possível! Eu fiz de tudo.

– Eu sei. O seu pediatra não sabia o que procurar, e nem temos certeza de que é leucemia. Vamos precisar tirar uma amostra da medula óssea para confirmar ou descartar essa possibilidade.

Que médico disse isso? Branson? Não, ele era o ortopedista, certo?

Foi o médico de câncer. Porque minha bebê precisava ser testada para câncer.

Ela estava logo ali, no fim do corredor, e não fazia ideia de que um grupo de pessoas a havia sentenciado ao inferno por um crime que nunca tinha cometido. Colt... Meu Deus, o que eu ia dizer para ele?

Senti uma mão apertar a minha e olhei para cima, no piloto automático. A Dra. Hughes estava na cadeira ao lado.

– A gente pode ligar para alguém? Talvez para o pai da Maisie? Para a sua família?

O pai de Maisie nunca tinha sequer se preocupado em vê-la.

Os meus pais haviam morrido catorze anos antes.

Ryan estava do outro lado do mundo fazendo Deus sabia o quê.

Ada e Larry sem dúvida já estavam dormindo na casa principal da Solidão.

– Não. Não tem ninguém.

Eu estava sozinha.

As tomografias começaram na manhã seguinte. Peguei um caderninho da bolsa e comecei a anotar tudo que os médicos diziam, que exames estavam sendo feitos. Eu não conseguia absorver tudo. Ou talvez a enormidade daquilo fosse grande demais para assimilar.

– Outro exame? – perguntou Colt, apertando a minha mão enquanto os médicos tiravam mais sangue de Maisie.

– É.

Forcei um sorriso, mas não consegui enganá-lo.

– Só precisamos ver o que está acontecendo com a sua irmã, rapazinho – disse o Dr. Anderson, empoleirado na lateral da cama de Maisie.

– Vocês já olharam os ossos dela. O que mais vocês querem? – retrucou Colt.

– Colt, por que a gente não vai tomar um sorvete? – sugeriu Ada, num canto.

Ela tinha chegado cedo, decidida a não me deixar sozinha.

— Vem, a gente pega um pra Maisie também — incentivou ela, estendendo a mão, e eu assenti para Colt.

— Pode ir. A gente não vai a lugar nenhum por um bom tempo.

Colt olhou para Maisie, que sorriu e disse:

— Morango.

Ele aquiesceu, levando sua tarefa muito a sério, e depois, só por precaução, lançou outro olhar furioso para o Dr. Anderson antes de sair com Ada.

Segurei a mão de Maisie enquanto eles terminavam a coleta. Então, me enrosquei ao lado dela na cama e coloquei um desenho animado na TV, apertando o corpinho dela contra o meu.

— Eu tô doente? — perguntou ela, olhando para mim sem medo ou expectativas.

— Está, meu amor. Acho que pode estar. Mas é cedo demais para se preocupar, ok?

Ela assentiu e voltou a se concentrar no que quer que a Disney estava exibindo.

— Que bom que tô num hospital, então. Eles fazem a gente ficar bem nos hospitais.

Beijei a testa dela.

— É, eles fazem.

— Não é leucemia — disse o Dr. Anderson no corredor, à noite.

— Não?

O alívio percorreu o meu corpo, uma sensação física palpável, como o sangue que retorna a um membro depois de ele passar muito tempo dormente.

— Não. Mas não sabemos o que é.

— Ainda pode ser câncer?

— Pode. Só que não estamos encontrando nada além dos glóbulos brancos elevados.

— Mas vão continuar procurando, certo?

O Dr. Anderson assentiu, mas o brilho de certeza que ele tinha nos olhos quando pensou que era leucemia havia desaparecido. Ele não sabia com o que estava lidando e obviamente não queria admitir isso para mim.

O terceiro e o quarto dias se passaram com mais exames. Menos certezas.

Colt estava cada vez mais inquieto, mas se recusava a sair do lado da irmã, e eu não tinha coragem de pedir para ele ir para casa. Os dois nunca haviam se separado por mais que um dia na vida inteira. Eu não tinha certeza de que eles conseguiam sobreviver como indivíduos, já que pensavam em si mesmos como um só.

Ada trouxe roupas limpas, levou Colt para passear algumas vezes e me atualizou sobre os negócios. Como era estranho que a minha obsessão com a Solidão, antes a terceira na minha lista de prioridades nos últimos cinco anos – atrás apenas de Colt e Maisie –, parecesse totalmente insignificante naquele momento...

Os dias se mesclavam uns aos outros, e os meus dedos estavam quase em carne viva, de tantas pesquisas na internet que eu tinha feito desde que o Dr. Anderson havia soltado a palavra que começa com *C*. Claro que eles me disseram para ficar longe da internet.

É, até parece.

Na metade do tempo, eu não conseguia me lembrar de nada que eles diziam. Não importava o quanto tentasse me concentrar, era como se o meu cérebro tivesse escudos e só absorvesse o que eu podia assimilar. Com a internet eu preenchia as lacunas que a minha memória e o meu caderninho não conseguiam preencher.

No quinto dia, voltamos a nos reunir na sala de conferências, mas desta vez Ada estava ao meu lado.

– Ainda não sabemos o que está causando isso. Fizemos testes para todos os diagnósticos habituais, e todos deram negativo.

– Por que isso não parece uma coisa boa? – quis saber Ada. – O senhor está dizendo que não encontrou câncer, mas parece desapontado.

– Porque tem alguma coisa ali. Eles só não conseguem encontrar – falei, minha voz tornando-se áspera. – Igual ao Dr. Franklin. A Maisie disse que estava com dor e foi enviada para casa com um diagnóstico de dores de crescimento. Depois eles afirmaram que era psicossomático. Agora o senhor está me dizendo que o sangue dela diz uma coisa, os ossos, outra, e os senhores simplesmente não têm mais palpites.

Os homens tiveram a decência de enrubescer, envergonhados. Pudera. Tinham passado anos estudando para aquele exato instante, e falhado.

– Bom, o que os senhores vão fazer? Porque tem que ter alguma coisa. Não vão mandar a minha garotinha para casa.

O Dr. Anderson abriu a boca, e eu *sabia*, pela cara dele, que lá vinha mais uma desculpa.

– Ah, não – rebati antes que ele pudesse dizer a primeira palavra. – A gente não vai sair daqui até receber um diagnóstico. Estão me entendendo? Os senhores não vão se livrar da minha filha ou de mim. Não vão tratar a Maisie como um mistério que simplesmente não conseguiram desvendar. Eu não fiz faculdade de medicina, mas sei que ela está doente. O sangue dela diz isso. O quadril dela diz isso. Os *senhores* que fizeram faculdade de medicina, então *des-cu-bram*.

O silêncio gritou mais alto que qualquer desculpa que eles pudessem me dar.

– Srta. MacKenzie – disse a Dra. Hughes, aparecendo e sentando-se ao lado do Dr. Anderson. – Peço mil desculpas por não estar aqui, mas eu me divido entre este hospital e o de Denver, e acabei de voltar para cá agora de manhã. Vi os resultados dos exames da sua filha, e acho que tem mais um teste que posso fazer. É uma condição extremamente rara, em especial em uma criança dessa idade. E, se for o que eu acho que pode ser, a gente precisa agir rápido.

Uma prancheta se materializou na minha frente com mais um termo de consentimento.

– Eu só preciso de uma assinatura.

– Pode fazer.

Minha mão se moveu no papel rabiscando meu nome, mas aquilo não foi um esforço consciente.

Duas horas depois, a Dra. Hughes apareceu na porta, e eu saí, deixando Colt e Maisie abraçados vendo *Harry Potter*.

– O que a senhora descobriu?

– É neuroblastoma.

Ada nos seguiu no meu carro, com Colt preso na cadeirinha atrás dela enquanto a ambulância avançava pelas curvas suaves e bruscas da rodovia interestadual I-70 em direção a Denver. Eu nunca tinha estado na parte de trás de uma ambulância, nem mesmo quando entrei em trabalho de parto com os gêmeos. E a minha primeira viagem em uma durou cinco horas.

Eles nos levaram imediatamente ao andar de câncer infantil do Hospital de Denver. Nenhuma quantidade de murais festivos com desenhos seria suficiente para me acalmar.

Colt andava ao meu lado, com a mão na minha, enquanto eles empurravam a cadeira de Maisie pelo corredor amplo. Cabecinhas espiavam para fora das portas ou corriam de um lado para o outro, algumas carecas, outras, não. Havia crianças vestidas de super-heróis e princesas e até um charmosíssimo Charlie Chaplin. Uma mãe com uma caneca de café me lançou um sorriso hesitante e compreensivo quando passamos pelo assento dela.

Era Halloween. Como eu podia ter esquecido? As crianças amavam Halloween e não tinham dito uma única palavra. Sem fantasias, sem doces ou travessuras, só exames e hospitais, e uma mãe que não conseguia lembrar que dia era.

Eu não queria estar ali. Não queria que aquilo estivesse acontecendo. Mas estava.

A enfermeira que levou Maisie para o quarto se certificou de que tínhamos tudo de que precisávamos, inclusive uma cama dobrável na qual disse que tanto eu quanto Colt podíamos dormir.

– Vocês trouxeram fantasia? – perguntou ela, animada demais para ser agradável e gentil demais para ser desagradável.

– Eu... eu esqueci que era Halloween.

Aquela era a minha voz? Tão fraca e ferida?

– Desculpa, pessoal – falei aos gêmeos, e eles me olharam com um misto de animação e decepção. – Esqueci a fantasia de vocês em casa.

– Eu trouxe, não se preocupem – disse Ada, colocando uma bolsa no sofá. – Eu não sabia quanto tempo a gente ia ficar fora, então peguei tudo que consegui lembrar. Colt, você é o nosso soldado, certo?

Ela entregou a ele a fantasia embrulhada em plástico que eu tinha comprado algumas semanas antes.

– É! Igualzinho ao tio Ryan.

– E, Maisie, o nosso anjinho. Vocês querem se vestir agora ou esperar? – perguntou Ada.

– Eles podem se vestir. Aliás, a gente faz uma brincadeirinha de doces ou travessuras por volta das cinco, então eles já vão estar prontos – contou a enfermeira.

Eu não conseguia me lembrar do nome dela. Eu mal conseguia me lembrar do meu.

Assenti em agradecimento enquanto as crianças abriam as fantasias. Uma coisa tão comum em circunstâncias tão incomuns.

Ada passou o braço pelos meus ombros e me puxou para perto.

– Isso parece mais uma travessura que um doce – falei baixinho, para que as crianças não me ouvissem.

Eles se vestiram entre risadinhas, trocando partes das fantasias entre si, de modo que Maisie ficou com o capacete militar de Ryan e Colt com uma auréola prateada brilhante.

– Os dias que estão por vir vão ser difíceis – concordou Ada. – Mas você criou dois lutadores. A Maisie não vai desistir e o Colt com certeza não vai deixar que ela desista.

– Obrigada pelas fantasias. Eu não acredito que esqueci. E por cuidar de tudo na Solidão, preparar a gente pra temporada...

– Pode parar, mocinha. Eu te criei desde que você veio pra Solidão. Sempre fomos só você, o Ryan, a Ruth, o Larry e eu. A Ruth era forte, mas sabia que todos nós íamos ser necessários pra fazer com que você e seu irmão se recuperassem depois de perder pai e mãe. Não se preocupa com nada lá em casa. O Larry está com tudo sob controle. E, quanto às fantasias, você está com coisas mais importantes nesta sua bela cabecinha. Deixa eu me sentir útil e me lembrar das coisas pequenas.

Tantas tomografias. TCs. PETs. Letras voavam pela minha cabeça enquanto ela estava na cirurgia "de pequeno porte", segundo eles. O tumor que encontraram na glândula adrenal esquerda e no rim era tudo, menos isso.

Outra sala de conferências, mas não me sentei. Eu receberia qualquer que fosse a notícia que eles me dariam de pé. E ponto-final.

– Srta. MacKenzie – cumprimentou-me a Dra. Hughes, entrando com um grupo de médicos.

Fiquei grata por qualquer que fosse o acordo que ela tinha feito com Montrose para estar ali comigo, uma voz e um rosto conhecidos.

– E aí?

– Nós fizemos a biópsia e testamos tanto o tumor quanto a medula óssea.

– Ok.

Eu cruzei os braços com força, em um esforço para manter o resto do meu corpo unido.

– Eu sinto muito, mas o caso da sua filha é bem agressivo e está bastante avançado. Na maioria dos casos de neuroblastoma, os sintomas aparecem muito antes disso. Mas a condição da Maisie evoluiu sem qualquer outro sinal externo. Provavelmente, vem avançando silenciosamente há anos.

Anos. Fazia anos que um monstro crescia dentro da minha filha.

– O que a senhora está tentando me dizer?

A Dra. Hughes se aproximou para pegar minha mão, dando a volta na mesa até onde eu me balançava para a frente e para trás, como se os gêmeos ainda fossem bebês precisando de conforto nos meus braços.

– A Maisie tem neuroblastoma em estágio quatro. A doença já tomou mais de 90% da medula óssea dela.

Continuei a encarar fixamente os olhos castanho-escuros dela, sabendo que, no instante em que perdesse aquele contato, voltaria a me afogar. As paredes já pareciam se fechar, os outros médicos sumindo da minha visão periférica.

– Noventa por cento? – perguntei, minha voz mal um sussurro.

– Infelizmente.

Engoli em seco e me concentrei em levar algum ar para dentro e para fora dos meus pulmões, tentando reunir coragem para fazer a pergunta óbvia. Aquela que eu não conseguia forçar a sair dos meus lábios, porque, no minuto em que ela saísse e fosse respondida, tudo iria mudar.

– Ella? – incitou a Dra. Hughes.

– Qual é a perspectiva dela? O prognóstico? O que a gente faz?

– A gente ataca imediatamente e sem piedade. Começa com a químio, depois avança. A gente luta. Ela luta. E, quando ela estiver cansada demais para lutar, você faz o que puder para lutar por ela, porque vai ser uma guerra pesada.

– Quais são as chances dela?

– Ella, eu não sei se você vai querer...

– Quais são as chances dela?! – gritei, usando o que restava da minha energia.

A Dra. Hughes fez uma pausa, depois apertou a minha mão.

– Ela tem 10% de chance de sobreviver.

Aquele berro voltou aos meus ouvidos, mas eu o empurrei para longe, concentrando-me em cada palavra da Dra. Hughes. Eu precisava de cada grama de informação.

– Ela tem 10% de chance de sobreviver ao câncer? – ecoei, na esperança de que ela me dissesse que eu tinha ouvido errado.

– Não. Ela tem 10% de chance de sobreviver mais um ano.

Meus joelhos cederam e minhas costas bateram na parede. Deslizei, papel amassando atrás de mim enquanto meu peso levava junto o que quer que estivesse ali. Aterrissei no chão, incapaz de fazer qualquer coisa que não fosse respirar. Vozes falavam, e eu ouvia, mas não entendia o que elas diziam.

Na minha cabeça, elas só repetiam uma única coisa inúmeras vezes: *10% de chance.*

Minha filha tinha 10% de chance de sobreviver mais um ano.

O que significava que tinha 90% de chance de morrer, de que aquelas asas que ela se recusava a tirar se tornassem muito reais.

Se concentra nos 10%. Dez é melhor que nove.

Dez era... tudo.

Eu me recompus. Químio. Cateter PICC. Consultas em Montrose e Denver. Câncer agressivo era sinônimo de plano agressivo. Pastas cheias de informações, caderninhos com rabiscos. Planners, apps e pesquisas tomaram todos os meus momentos de vigília. Minha vida mudou naqueles primeiros dias.

Eu mudei.

Como se a minha alma estivesse pegando fogo, eu sentia uma chama queimar no peito, um propósito motriz que eclipsava todo o resto. Minha filha não ia morrer.

Colt não ia perder a irmã.

Aquilo não ia me destruir, nem à minha família. Mantê-la unida era a minha segunda prioridade, depois apenas da sobrevivência de Maisie.

Não chorei. Nem quando escrevi as cartas para Ryan e Caos. Nem quando contei a Colt e Maisie que ela estava muito doente. Nem quando ela começou a vomitar depois da primeira sessão de quimio nem quando, um mês depois, durante sua segunda sessão da semana, seus lindos cabelos louros começaram a cair em tufos, um dia antes do sexto aniversário dela. Quase desmoronei quando Colt voltou do barbeiro com Larry – com a cabeça tão brilhante e careca quanto a da irmã –, mas só sorri. Ele se recusou a se separar dela durante o aniversário e, por mais que eu não quisesse que ele visse pelo que ela passava na quimio, fiquei incrivelmente grata por estar com os dois, e não naquele estado de constante preocupação com um enquanto cuidava do outro.

Não desabei.

Não até a véspera do Ano-Novo.

Foi nesse dia que homens uniformizados bateram na porta e rasgaram a minha fachada forte em pedaços com uma frase simples: *Lamentamos informar que seu irmão, o sargento-chefe Ryan MacKenzie, foi morto em ação.* Devido à natureza da unidade deles, foi tudo o que consegui saber. Os detalhes – onde ele estava, o que havia acontecido, com quem estava –, tudo isso era confidencial.

Quando não recebi mais cartas de Caos, tive pelo menos duas respostas.

Ambos haviam partido.

E, assim, eu desmoronei.

QUATRO MESES DEPOIS

CAPÍTULO CINCO

BECKETT

Beck,

    Se você está lendo isto, blá, blá, blá. Você conhece o protocolo da carta de despedida. Você sobreviveu. Eu, não. Desça logo do trem da culpa, porque eu te conheço. Se você tivesse qualquer chance de me salvar, teria me salvado. Se você pudesse mudar o que aconteceu, teria mudado. Então saia de qualquer que seja o buraco escuro e profundo de culpa em que você está chafurdando. Pare com isso.

    Eu preciso que você faça uma coisa para mim. Vá até Telluride. Eu sei que a sua data de dispensa é bem perto da minha. Aceite.

    A Ella está sozinha. Não do jeito de sempre, mas realmente, verdadeiramente sozinha. A nossa avó, os nossos pais e, agora, eu. É coisa demais para ela suportar. Não é justo.

    E a cereja do bolo: a Maisie está doente. A minha sobrinha só tem 6 anos, Beck, e ela pode morrer.

    Então, se eu morri, significa que não posso voltar para casa em janeiro como planejado. Não posso estar lá por ela. Não posso ajudar Ella a passar por isso, nem jogar futebol com o meu sobrinho, nem abraçar a minha sobrinha. Mas você pode. Então, eu te imploro, como o meu melhor amigo, que cuide da minha irmã, da minha família. Faça o que puder para salvar a minha pequena Maisie.

Não é um pedido justo, eu sei bem disso. É contra a sua natureza não cumprir uma missão e seguir em frente, mas eu preciso disso. A Maisie e o Colt precisam disso. A Ella precisa disso – precisa de você, embora vá lutar com unhas e dentes antes de admitir. Ajude a minha irmã mesmo quando ela jurar que está bem.

Não deixe que ela passe por isso sozinha.

Eu vou guardar um lugar para você aqui do outro lado, irmão, mas não se apresse. Aproveite cada segundo que puder. Você é o único irmão que eu queria ter e o meu melhor amigo. E, caso ninguém tenha te dito até hoje, você tem muito valor. É digno de amor. De uma família. De um lar.

Então, quando for buscar essas coisas, por favor, comece por Telluride. Pelo menos por um tempo.

Ryan

As montanhas se erguiam acima de mim, impossivelmente altas considerando-se que eu já estava a quase três mil metros de altitude. Sim, o ar parecia mais rarefeito, mas também era, de alguma forma, mais fácil respirar.

Bagunça descansava a cabeça no console de couro entre os nossos assentos enquanto eu dirigia a minha caminhonete pelo centro de Telluride. A paisagem era perfeita como uma pintura de Norman Rockwell. Lojas com fachadas de tijolinhos pintados, famílias passeando com crianças. Não exatamente o paraíso turístico que eu esperava.

Era exatamente como uma cidade natal deveria ser.

Só que não era a *minha* cidade natal.

Era a de Ryan. Mac estava enterrado ali, pelo menos foi isso que me disseram. Eles só enviaram o capitão Donahue e uns dois outros caras para o funeral. Fui mantido em campo com o resto da unidade, valioso demais para conseguir uma licença.

Eu sabia a verdade: não era por mim – pelo menos não no estado em que eu estava. Era por Bagunça. Eles precisavam dela, e ela só obedecia a mim.

Fiz um carinho no cocuruto dela, prometendo tacitamente à cadela que ela teria uma vida pacífica a partir de então. Que, assim que recebêssemos a licença terminal do exército, ela teria um pouco de sua merecida paz.

Eu? Eu vivia em um inferno criado por mim mesmo. Um que eu mais do que merecia.

Parei para encher o tanque antes de sair da cidade, seguindo meu GPS até o endereço da Solidão.

Solidão. Que apropriado.

Eu estava sozinho.

Ella estava sozinha.

E continuaríamos assim, porque nunca ficaríamos juntos. Eu me encarreguei disso quando parei de escrever no dia em que Ryan morreu.

Mas aquilo eu podia fazer. Por Ryan. Por Ella. Só não por mim. Pensar que era por mim implicava algum tipo de redenção que eu não merecia – e que não existia. O que eu havia feito estava muito além de qualquer redenção.

Retesei o maxilar e apertei o volante com força quando me aproximei da estrada particular. Fiz a curva e capturei de relance a caixa de correio pendurada em um ângulo aleatório no poste. Quantas vezes ela tinha ido até ali procurar as minhas cartas? Quantas vezes havia encontrado uma e sorrido? Vinte e quatro vezes.

Quantas vezes tinha feito a caminhada de volta sem nenhuma e se perguntado o que havia acontecido comigo? Talvez ela pensasse que eu tinha morrido na operação com Ryan. Talvez fosse melhor assim.

Eu não tinha certeza de que queria saber.

Dirigi pela estrada de asfalto, debaixo dos álamos em flor que ladeavam o caminho. Ryan teria dito como era apropriado chegar na primavera, no período de renascimento, mas aquilo não passava de um bando de baboseiras.

Não havia renascimento nenhum para mim. Nenhum novo começo. Eu não estava ali para ver a vida começar; estava ali para ajudar Ella se a de Maisie acabasse. Se Ella permitisse que eu me aproximasse.

O muito familiar buraco no estômago me reduzia ao garoto magrelo e quieto que eu fora vinte anos antes, aparecendo em mais uma casa desconhecida e torcendo para que a respectiva família não encontrasse uma razão para lavar as próprias mãos e me repassar para outra pessoa. Torcendo para que, desta vez, eu não precisasse empacotar minhas coisas em mais um saco de lixo quando, por acidente, quebrasse um prato ou uma regra que não sabia existir, para depois ser rotulado de "problemático" e transferido a outra casa ainda mais rigorosa.

Pelo menos desta vez eu já sabia quais regras havia quebrado e estava mais do que ciente de que o meu tempo ali era finito.

Parei na entrada de carros circular em frente à casa principal, que batia com as fotos que eu tinha visto on-line. Parecia um chalé de toras, só que enorme. O estilo era rústico e moderno, se é que isso era um estilo, e de alguma forma me agradou, me lembrou do tempo em que os homens usavam árvores inteiras para construir casas na selva para suas mulheres.

Quando eles construíam coisas em vez de destruí-las.

Meus pés tocaram o chão, e fiz uma pausa, esperando Bagunça pular antes de fechar a porta.

Fiz o sinal de "junto", e ela veio direto para o meu lado. Subimos a escadinha que dava na ampla varanda, com cadeiras de balanço de palha e um balanço pendurado no teto. As jardineiras enfileiradas no parapeito da varanda estavam vazias, limpas e prontas para o plantio.

Era isso. Eu estava prestes a conhecer Ella.

Que diabos eu iria dizer? *Oi, sinto muito ter parado de te escrever, mas, pra ser sincero, eu destruo tudo que toco e não queria que você fosse a próxima. Sinto muito por Ryan ter morrido. Sinto muito, mas não foi culpa minha. Seu irmão me enviou para cuidar de você, então, se você puder só fingir que não me odeia, seria ótimo. Sinto muito por ter desaparecido. Sinto muito, não consegui ler nenhuma carta sua que chegou depois que ele morreu. Sinto muito por tantas coisas que nem sou capaz de listar.*

Se dissesse uma dessas coisas, se ela soubesse quem eu realmente era – por que parei de escrever –, nunca me deixaria ajudá-la. Eu levaria um belo de um chute na bunda e seria mandado embora. Ela já havia admitido nas cartas que não dava segundas chances para gente que machucava a família dela, e eu não a culpava. Era uma ironia torturante que, para acatar o pedido de Ryan e ajudar Ella, eu tivesse que fazer a única coisa que ela odiava: mentir… pelo menos por omissão.

Adicione isso à minha lista crescente de pecados.

– O senhor está pensando em entrar? Ou só vai ficar parado aí?

Eu me virei e vi um homem mais velho, na casa dos 60 anos, vindo na minha direção. Ele tinha umas sobrancelhas absurdamente ridículas. O sujeito limpou a mão na calça jeans e a estendeu para mim.

Trocamos um aperto firme. Aquele só podia ser Larry.

– Era o senhor que a gente estava esperando?

Assenti.

– Beckett Gentry.

– Larry Fisher. Eu sou o jardineiro da Solidão.

Ele agachou na frente de Bagunça, mas não tocou nela.

– E este aqui, quem seria?

– Bagunça. É uma cadela de trabalho militar aposentada.

– O senhor é o treinador dela? – perguntou ele, levantando-se sem acariciá-la, o que me fez gostar dele imediatamente.

Era raro encontrar alguém que respeitasse o espaço pessoal dela... ou o meu.

– Eu era. Agora acho que ela é minha.

Ele estreitou um pouco os olhos, como se procurasse alguma coisa no meu rosto. Após um silêncio prolongado que mais pareceu uma inspeção, aquiesceu.

– Ok. Vamos lá acomodar vocês dois.

Um sino bateu de leve quando entramos no hall imaculado. O interior era tão convidativo quanto o exterior, com paredes pintadas em tons suaves que pareciam ter sido escolhidos por um profissional para criar uma atmosfera de casa de fazenda moderna.

É, eu tinha visto programas de decoração e venda de imóveis demais no último mês. Salas de espera idiotas.

– Ah! O senhor deve ser o Sr. Gentry! – disse uma voz animada de trás do comprido balcão da recepção.

A garota parecia ter 20 e poucos anos, com um sorriso largo e olhos e cabelos castanhos. Toda produzida, bem bonita. *Hailey.*

– Como você sabe? – perguntei, pegando minha carteira com cuidado para não acabar puxando a carta do bolso de trás.

Ela piscou rápido para mim antes de baixar os olhos.

Merda. Eu precisava suavizar meu tom de voz agora que era um civil – bom, quase um civil. Enfim.

– O senhor é o único check-in de hoje – explicou ela, clicando no computador.

Eu precisava ver se Ella iria descobrir quem eu era. Depois, encontrar outro jeito de ajudá-la que não envolvesse agir praticamente como um stalker. Embora Ryan fosse se divertir com isso, ele não riria se eu não pudesse ajudá-la.

– Alguma preferência de chalé? A gente está com vários livres agora que finalmente acabou a temporada.

– O que vocês tiverem vai ser ótimo.

– Tem certeza? O senhor fez reserva por... uau! Sete meses? Isso está certo?

Ela começou a clicar loucamente como se tivesse cometido um erro.

– Sim, está certo.

Eu nunca tinha ficado sete meses em um único lugar na vida. Mas sete meses me levavam ao aniversário do diagnóstico de Maisie, então me pareceu prudente reservar um chalé. Não era que eu estivesse comprando uma casa ou algo assim.

Ela olhou para mim como se eu lhe devesse uma explicação.

Bom, aquilo era constrangedor.

– Então, será que eu consigo um mapa? – sugeri.

– Claro. Perdão. É só que a gente nunca teve um hóspede por tanto tempo. Isso me pegou de surpresa.

– Sem problemas.

– Não seria mais barato alugar um apartamento? – perguntou ela, baixinho. – Não que eu esteja insinuando que o senhor não possa pagar. Merda, a Ella vai me matar se eu continuar ofendendo os hóspedes – acrescentou ela, murmurando a última parte.

Pus meu cartão de débito no balcão na esperança de que isso agilizasse o processo.

– Pode passar o valor cheio. Eu cubro as despesas extras durante a estadia. E, sim, provavelmente seria mais barato.

Aquele era o máximo de explicações que ela iria ganhar.

Efetuada a transação de um valor ridiculamente alto, guardei minha carteira e agradeci à minha versão mais jovem por economizar feito uma criancinha pobre decidida a nunca mais passar fome. Eu já não era pobre, nem criança, mas nunca mais queria me perguntar de onde viria minha próxima refeição.

– Isso é... um *cachorro*? – perguntou uma mulher mais velha, com um tom suave, mas incrédulo.

– Sim, senhora.

A mulher devia ter a mesma idade de Larry e, pela aparência dela, só podia ser Ada. Tive a bizarra sensação de ter entrado em um reality show a que só eu havia assistido. Sabia quem cada um ali era pelas cartas de Ella, mas, para eles, eu era um completo estranho.

– Bom, nós não *aceitamos* cachorros aqui.

Ada fixou o olhar em Bagunça como se, do nada, ela pudesse criar pulgas e infestar o lugar.

Merda. Se Bagunça fosse embora, eu iria junto.

– Ela vai aonde eu vou.

A resposta-padrão saiu da minha boca antes que eu me censurasse.

Ada me lançou um olhar que, tenho certeza, deve ter colocado Ella para correr quando era mais nova. Fiz um esforço e tentei de novo.

– Eu não estava ciente dessa política quando fiz a reserva. Peço desculpas.

– Ele pagou até novembro! – disse Hailey de trás da mesa.

– Novembro? – repetiu Ada, de queixo caído.

– Não se preocupa, amor – disse Larry, indo até a esposa e envolvendo a cintura dela. – Ela é uma cadela de trabalho militar. Não vai arruinar o carpete nem nada assim.

– Aposentada – corrigi enquanto Bagunça permanecia totalmente imóvel, perscrutando o ambiente.

– Por que ela foi aposentada? Ela é agressiva? A gente tem crianças pequenas aqui e não pode permitir que ninguém seja mordido.

Ada apertou as mãos – na verdade, as torceu. O conflito dela era óbvio. Eu tinha pagado por sete meses, a maioria deles na baixa temporada. Eu era sinônimo de renda garantida.

– Ela se aposentou porque eu me aposentei e ela não obedece a mais ninguém.

Eu era o treinador de Bagunça fazia seis anos e não conseguia imaginar minha vida sem ela, então aquela foi uma boa solução.

– Ela só morde se eu mandar ou em minha defesa. Ela nunca fez xixi no carpete ou atacou uma criança. Isso eu posso prometer.

Ela não era a assassina de crianças ali.

Eu era.

– Ela vai se comportar, Ada – disse Larry, e sussurrou alguma coisa no ouvido dela que a fez nos inspecionar um pouco e franzir a pele fina da testa.

Depois, os dois tiveram uma conversa tácita repleta de sobrancelhas erguidas e acenos de cabeça.

– Ok, tá bom. Mas o senhor mesmo vai ter que alimentar a sua cachorra. Hailey, coloca o hóspede no chalé Aspen. Ele já vai receber um carpete novo no ano que vem de qualquer forma. Bem-vindo à Solidão, senhor...

– Gentry – falei, com um leve aceno de cabeça, me lembrando de forçar um sorriso rápido que torci para não parecer uma careta. – Beckett Gentry.

– Bom, Sr. Gentry. O café da manhã é servido entre as sete e as nove da manhã. O jantar pode ser providenciado, mas o almoço fica por sua conta, assim como as refeições da...

– Bagunça.

– Bagunça – disse ela, suavizando a expressão quando a cachorra inclinou a cabeça ao ouvir o próprio nome. – Ok, então. Larry, por que você não mostra o chalé para ele?

Larry soltou um assovio quando a gente saiu.

– Essa foi por pouco.

– Parece que foi – concordei, abrindo a porta da caminhonete.

Bagunça deu um único e preciso pulo para dentro.

– Uau. Ela é boa de saltos.

– O senhor tem que vê-la pulando um muro. Ela é incrível.

– Labrador, hein? Eu pensei que todos esses cachorros fossem pastores ou coisa assim. Os labradores parecem fracos demais para esse tipo de trabalho.

– Ah, vai por mim, a mordida dela é bem mais forte que o latido.

Alguns minutos depois, dirigi minha caminhonete pela ruazinha estreita e pavimentada que serpenteava por grande parte da propriedade. O chalé Aspen ficava no lado oeste, perto das margens de um laguinho. Para Bagunça, seria o paraíso. Tendo estudado a área, eu sabia que havia vários hectares entre os chalés, já que a propriedade fora projetada para oferecer aos visitantes o que o nome da pousada prometia: solidão.

Bagunça e eu subimos os degraus da varanda da frente, e girei a chave na fechadura. Não havia cartões eletrônicos ali. Combinava com os chalés, as montanhas e a reclusão. Larry acenou para mim do jipe quando a porta se abriu e então se afastou, deixando-nos para explorar a nossa casa temporária.

– Isto não é um chalé – disse à minha garota ao entrar no pequeno hall com piso de madeira de lei e um daqueles bancos com cestos para guardar sapatos.

À esquerda havia um vestíbulo que, sem dúvida, era o ambiente mais utilizado do chalé durante a temporada de esqui e, à direita, um lavabo.

As paredes estavam pintadas nos mesmos tons suaves do hall da construção principal, o piso era escuro e acolhedor e os tapetes, limpos e modernos. Quando avancei um pouco mais, a cozinha despontou à direita, uma combinação aconchegante de armários claros, granito escuro e eletrodomésticos de aço inoxidável.

– Pelo menos a gente pode cozinhar – comentei com Bagunça, observando a sala de jantar com capacidade para oito pessoas.

Em seguida, vi a sala de estar logo depois da cozinha e fiquei de queixo caído.

A sala de estar tinha um teto abobadado até o segundo andar em uma clássica estrutura em A e ocupava toda a largura do chalé. Janelas do chão ao teto deixavam entrar a luz da tarde, que era filtrada pelas árvores e refletida pelo lago. As montanhas se erguiam lá no alto, com a neve marcando a linha das árvores nos picos.

Se eu um dia tivesse imaginado algum lugar para chamar de lar, teria sido aquele.

Eu nunca havia visto uma paisagem tão linda.

– Toc, toc! – chamou uma voz bonita e feminina da porta da frente. – Posso entrar?

– Claro – respondi, indo até o meio do chalé, onde o corredor conduzia direto à porta.

– Peço mil desculpas – disse ela, fechando a porta e entrando no meu campo de visão.

Meu coração quase parou. *Ella.*

Mudei de ideia: *ela* era a paisagem mais linda que eu já havia visto.

Seu rosto estava mais fino do que nas fotos que eu tinha, as olheiras mais escuras, mas ela era belíssima. Tinha os cabelos presos em uma espécie de nó e usava uma blusa azul com botões na frente – exatamente do mesmo tom vivo de seus olhos – sob um colete azul mais escuro. A calça jeans moldava perfeitamente seu corpo, mas era fácil ver que ela tinha perdido peso desde... tudo aquilo. Não estava se cuidando.

O sorriso dela não chegava aos olhos, e percebi que ela ainda falava comigo.

– Oi, sou a Ella MacKenzie. A proprietária da Solidão. Eu soube que a Hailey colocou o senhor neste chalé, mas ela esqueceu que a gente teve um problema com o fogão. Então, eu queria oferecer outro chalé se o senhor não quiser ser incomodado pela equipe do conserto aqui amanhã.

Um instante constrangedor se passou antes que eu me tocasse que precisava responder.

– Não, tudo bem. Amanhã eu vou ficar fora a maior parte do dia, de qualquer forma. Eles não vão me atrapalhar. Ou eu mesmo posso dar uma olhada.

– De jeito nenhum – disse ela, abanando a mão no ar para afastar a ideia e olhando ao redor em uma rápida inspeção. – Tirando isso, está tudo certo com o seu chalé?

– Tudo perfeito. A vista é linda.

Ela assentiu enquanto observava o lago, sem perceber que eu tinha os olhos nela.

– Este aqui é o meu preferido.

Bagunça se mexeu ao meu lado, chamando a atenção de Ella.

– E o que a senhorita acha do chalé? – perguntou ela.

Bagunça inclinou a cabeça e examinou Ella. Primeiras impressões eram tudo para a minha garota e, se Bagunça não gostasse dela de cara, havia pouca esperança de que fosse gostar no futuro.

– Posso? – perguntou Ella, erguendo os olhos para mim.

Aquiesci de maneira estúpida, como se fosse um garotinho trancado em um quarto com a menina de quem estava a fim. Como eu iria mentir para ela? Esconder quem eu era? Como tinha chegado tão longe sem um plano?

Ella afagou Bagunça atrás das orelhas e imediatamente a conquistou.

– Você não se importa de ela estar aqui? Houve um mal-entendido quando eu fiz a reserva.

Minha voz estava rouca, minha garganta apertada com tudo o que eu queria – precisava – dizer para ela.

Ela tinha me mantido vivo.

Tinha sido minha gravidade quando tudo flutuava.

Tinha aberto a janela e me mostrado que outra vida era possível.

Eu havia destruído o mundo dela e a abandonado, e ela não fazia nem ideia.

Eu não passava de um estranho para ela.

– De jeito nenhum. Eu soube que ela é uma cadela de trabalho, é isso?

Um último carinho, e Ella se levantou, quase alcançando minha clavícula. Eu sempre fui grande, mas alguma coisa na aparência frágil dela fez com que me sentisse enorme, como se pudesse colocar meu corpo na frente da tempestade que vinha na direção dela para protegê-la... ainda que eu mesmo tivesse criado a tempestade.

– É uma cadela de trabalho militar aposentada.

– Ah.

Uma nuvem escura passou pelos seus olhos antes que ela devolvesse aquele sorriso forçado aos lábios.

– Bom, assim que o meu filho descobrir que tem um cachorro aqui, o senhor deve receber uma visita. Ele vive pedindo um, mas agora... bom, não está nos meus planos, ou na minha agenda, treinar um filhote.

Colt. Uma onda de expectativa me atravessou diante da ideia de finalmente conhecê-lo.

– Eles podem ser bem úteis – falei, correndo a mão pelo pescoço de Bagunça.

– O senhor era... é o treinador dela? – perguntou Ella, estudando o meu rosto.

Meu Deus, eu podia olhar para aqueles olhos para sempre. Como estava Maisie? Qual era o tratamento dela no momento? O tumor estava encolhendo? Já era quase operável?

– Eu era e sou. A gente serviu junto, e agora se aposentou junto. Estamos de licença terminal, na verdade. Faltam oito semanas para se tornar oficial. A gente está trabalhando nessa coisa toda de domesticação, e prometo que nenhum de nós vai fazer xixi no carpete.

O sorriso que surgiu no rosto dela foi breve, mas verdadeiro.

Eu o queria de volta. Queria vê-lo todos os dias. Todos os minutos.

– Eu vou me lembrar disso. Então, ela é treinada em explosivos, creio eu? Vocês eram da equipe de neutralização de artefatos explosivos?

E lá estava, o momento que definiria todo o meu propósito ali. O sorriso dela desapareceria, e eu sem dúvida receberia um merecido tapa na cara.

– Ela é treinada em explosivos e em farejar pessoas. Só é agressiva sob comando e ama, de verdade, qualquer pessoa que arremesse o brinquedo favorito dela.

– Explosivos *e* pessoas? Isso é raro, não?

Ella franziu a testa, como se tentasse se lembrar de alguma coisa.

– Para a maioria dos cachorros, sim. Mas Bagunça é uma cadela das forças especiais, a melhor dos melhores.

Ella arregalou os olhos e deu um passo atrás, esbarrando na pilastra de madeira bruta que separava a área de jantar.

– Forças especiais?

– É – respondi, assentindo devagar e deixando que ela juntasse as peças.

– E o senhor simplesmente se aposentou? O senhor é muito jovem para sair. Sei bem como vocês todos são uns viciados em adrenalina. O senhor simplesmente... pediu demissão?

Ela cruzou os braços, os dedos esfregando os bíceps em um sinal de nervosismo.

– O meu melhor amigo morreu – falei, minha voz mal passando de um sussurro, mas ela ouviu a verdade da afirmação.

Os olhos dela se arregalaram de um jeito impossível, o azul ainda mais surpreendente em contraste com o brilho repentino das lágrimas que vi se acumularem ali antes que ela piscasse para refreá-las. Ela olhou para o chão e, em uma fração de segundo, endireitou a coluna e ergueu paredes de 3 metros de altura.

Ela não tinha só levantado a guarda. Tinha se fechado.

– E é por isso que o senhor está aqui.

Assenti de novo, como se tivesse me transformado em um boneco de cabeça de mola desde que ela havia entrado.

– Fala. Eu preciso que você diga as palavras.

Meu codinome é Caos. Estou com uma saudade doida de você e das suas cartas. Anseio pelas suas palavras mais do que por oxigênio. Sinto muito pelo Ryan. Eu não merecia estar aqui. Ele merecia.

As opções flutuavam na minha cabeça. Mas, em vez disso, me dirigi à verdade mais segura que podia dar a Ella sem despedaçar seu coração ou estragar a missão mais importante da minha vida.

– O Ryan me enviou.

– Perdão?

– O Mac... o Ryan. Ele me enviou para cuidar de você.

Da forma que saiu, quase acreditei que estava ali como um anjo da guarda, aquele que faria uma entrada triunfal e a salvaria das merdas que eu não tinha como controlar. Eu não podia curar o câncer da filhinha dela. Não podia trazer o irmão dela de volta. Nesse sentido, eu era quase o demônio.

Ella balançou a cabeça e me deu as costas, traçando uma linha reta até a porta da frente.

– Ella.

– Não.

Ela abanou o ar descartando a ideia – pela segunda vez desde que tínhamos nos encontrado – e estendeu a mão para a maçaneta.

– Ella!

Uma de suas mãos parou na maçaneta, enquanto a outra se apoiava no friso da porta.

– Eu sei que é coisa demais para assimilar. Eu sei que eu era a última coisa que você esperava.

Em todos os sentidos.

– Se você não acredita em mim, estou com a carta que ele me deixou.

Pus a mão no bolso de trás da calça, puxando o envelope com vincos marcados de tantas vezes que eu o havia dobrado e desdobrado.

Ela se virou devagar, recostando-se na porta. Tinha um olhar desconfiado e a postura tensa. Não era um cervo sob os faróis, e sim um leão-da-montanha ferido e encurralado, com aquelas linhas elegantes e os olhos vidrados, pronto para lutar comigo até a morte se eu chegasse perto demais.

– Aqui – falei, me aproximando para entregar a carta a ela.

Ela nem sequer olhou para o papel.

– Eu não quero isso. Não quero nenhuma parte disso, nem você. Eu não preciso de uma lembrança ambulante e falante de que ele está morto. Eu não sou fraca e não preciso de babá.

– Eu sinto muito por ele não estar aqui.

Minha garganta se apertou, quase se fechando em torno das emoções que eu mantinha confinadas.

– Eu também.

Ela abriu a porta e saiu, e corri atrás dela como o idiota que eu era.

– Eu não vou a lugar nenhum. Se você precisar de qualquer coisa, eu te dou. Precisa de ajuda? Você tem.

Ela soltou uma risada debochada enquanto descia as escadas.

– Eu não quero nem preciso de você aqui, senhor... – disse ela, abrindo a porta do SUV e puxando de lá um papel. – Sr. Gentry.

– Beckett – respondi, desesperado para ouvi-la dizer meu nome.

Meu nome de verdade.

– Ok, Sr. Gentry. Aproveita as suas férias e depois vai pra casa, porque, como eu disse, não preciso nem de babá, nem da caridade de ninguém. Tomo conta de mim mesma desde que o Ryan fugiu e entrou para o exército depois que os nossos pais morreram.

Eu queria agarrá-la, apertá-la contra o peito e impedir qualquer coisa de machucá-la. Minhas mãos ansiavam por percorrer a linha das costas dela, para afastar todo e qualquer sofrimento que ela compartilhasse comigo. Eu sabia que isso seria difícil, mas não havia como ter me preparado para a realidade de vê-la.

– Não importa se você me quer ou não, porque eu não estou aqui pela sua vontade. Estou aqui pela do Mac. Isso foi a única coisa que ele me pediu, então, a menos que você me expulse da sua propriedade, eu vou manter a minha promessa.

Ela semicerrou os olhos.

– Ok. Qualquer coisa que eu precisar?

– Qualquer coisa.

– Quando o Ryan morreu...

Não. Qualquer coisa menos isso.

– ... ele estava em uma operação, certo?

Será que ela conseguia ver o sangue sumir do meu rosto? Porque eu, com certeza, o senti sumindo. Eu ouvi as hélices. Vi o sangue. Segurei a mão dele enquanto ela escorregava, sem vida, da maca.

– Estava. É confidencial.

Ela agarrou o batente da porta aberta.

– Foi o que eu ouvi dizer.

Ela suspirou, olhando para todos os cantos menos para mim, depois endireitou os ombros e encontrou meus olhos.

– Eu preciso saber o que aconteceu com o Caos. Ele estava lá? Quando o Ryan morreu? Vocês estavam na mesma unidade, certo?

A garganta dela se moveu quando ela engoliu em seco, e seus olhos assumiram um apelo desesperado.

Droga. Ela merecia saber de tudo. Que eu não era o homem que queria ser, de que ela precisava. Que eu era o merdinha que voltou com o coração batendo enquanto o irmão dela chegou em casa enrolado em uma bandeira. Eu precisava que ela soubesse que eu havia escolhido parar de responder às cartas dela porque sabia que a única coisa que tinha a lhe oferecer nesta vida era mais dor.

Precisava que ela soubesse que eu só estava ali por causa da carta de Ryan e por saber que aquilo era o mínimo que podia fazer pelo meu melhor amigo. Que eu nunca quis machucá-la, que nunca tive a intenção de chegar assim, esmagando a vida dela como a bola de demolição que eu era – não quando ela vivia sob um vidro tão quebrável.

– E aí? Ele estava lá?

Mas o que eu queria não importava.

Nunca fui capaz de dar segundas chances quando o assunto é machucar as pessoas que eu amo. Carta nº 6.

Se eu lhe contasse todas aquelas coisas, ela me cortaria de sua vida na hora, e eu falharia com Mac pela segunda vez. Eu poderia até dizer a mim mesmo que seria escolha dela, mas, na verdade, teria sido minha. Eu era o cara de quem as pessoas se livravam com uma desculpa, e a verdade era um motivo embrulhado para presente para me jogarem na sarjeta. Eu só tinha dois caminhos distintos à minha frente: o primeiro, em que eu contava a Ella quem era e o que tinha acontecido, e ela imediatamente saía da minha vida, e o segundo... em que eu fazia tudo o que podia para ajudá-la, custasse o que custasse.

Caminho número dois, então.

– Ele estava lá – respondi honestamente.

O lábio inferior dela tremeu, e ela o mordeu, como se qualquer sinal de fraqueza precisasse ser reprimido.

– E? O que aconteceu?

– Isso é confidencial.

Eu era um babaca, mas um babaca honesto.

– Confidencial. Vocês são todos iguais, sabia? Todos leais uns aos outros, só que não sobra nada para mais ninguém. Só me diz se ele está morto. Eu mereço saber.

– Saber o que aconteceu com o Mac... com o Caos... nada disso vai te fazer nenhum bem. Só ia doer muito mais do que já dói. Confia em mim.

Ela assumiu uma expressão zombeteira, balançando a cabeça e esfregando o ossinho do nariz. Quando voltou a erguer o olhar, o sorriso falso estava de volta, e aqueles olhos azuis haviam se tornado glaciais.

– Bem-vindo a Telluride, Sr. Gentry. Espero que aproveite a sua estadia.

Ela subiu no SUV e bateu a porta com força, engatando a ré para sair da entrada de carros do chalé.

Fiquei observando até que ela desaparecesse na densa floresta de árvores.

Bagunça roçou minha perna. Olhei para ela, e a cadela retribuiu o meu olhar, sem dúvida ciente de que eu era um imbecil pelo que tinha acabado de deixar acontecer.

– É, acho que isso não deu muito certo – falei, depois fitei o céu sem nuvens do Colorado. – A gente aprontou com ela, Mac. Então, se você tiver alguma dica de como conquistar a confiança da sua irmã, eu sou todo ouvidos.

Abri o porta-malas da caminhonete e comecei a descarregar minhas coisas.

Podia até ser temporário, mas eu estaria ali pelo tempo que Ella me deixasse ficar. Porque, em algum momento entre as cartas nº 1 e nº 24, eu tinha me apaixonado por ela. Tinha me apaixonado pelas palavras, pela força, pelo discernimento e pela gentileza dela, por sua graça em circunstâncias improváveis, por seu amor pelos filhos e por sua determinação de se manter por conta própria. Eu podia listar mil razões para que aquela mulher fosse a dona de qualquer coração que eu pudesse ter.

Mas nenhuma delas importava, porque, embora Ella fosse a mulher que eu amava, para ela eu era apenas um estranho. E, ainda por cima, um estranho indesejado.

O que eu mais do que merecia.

CAPÍTULO SEIS

ELLA

Carta nº 17

Ella,

 As coisas estão acelerando por aqui, o que é uma bênção e uma maldição em igual medida. Eu prefiro estar ocupado a entediado, mas essa ocupação vem com um conjunto próprio de problemas. A nova mobilização de tropas foi adiada, mas, se tudo der certo, vamos receber o ok logo, logo, e eu vou conseguir manter aquela data do tour em Telluride, se você ainda puder me receber. Aviso: estou levando o seu irmão e, ultimamente, ele está fedendo.

 Pelo menos o tempo está correndo, assim como estas cartas. Eu me toquei que nem espero uma das suas chegar para escrever de novo. Talvez seja o simples ato de colocar a caneta no papel, de não ver a sua reação ao que eu escrevo, que torne tudo tão fácil, quase sem esforço.

 Você me perguntou onde eu me estabeleceria se quisesse deixar de ser... do que mesmo você me chamou? Um nômade? Sinceramente, eu não sei. Eu nunca encontrei um lugar que me parecesse especial. Eu estive em casas, apartamentos e quartéis. Cidades, subúrbios e uma fazenda. Já rodei o mundo, mas viajar com esta equipe significa só ver as partes dele que mais doem.

Acho que eu quero um lugar onde eu me sinta conectado. Conectado com a terra, com as pessoas, com a comunidade. Um lugar que me prenda tão profundamente que eu não tenha escolha a não ser deixar as raízes crescerem. Um lugar onde a terra toque o céu de um jeito que faça com que eu me sinta pequeno sem me sentir insignificante ou claustrofóbico. Cidades grandes estão fora – eu não sou uma pessoa sociável, lembra? –, então quem sabe uma cidadezinha, mas não tão pequena a ponto de você não conseguir fugir dos erros que, inevitavelmente, vai cometer. Eu sou profissional na categoria "erros" e aprendi que as pessoas geralmente acham mais fácil me mandar embora que me perdoar.

Sobre a coisa do nome, que tal assim? No dia em que eu aparecer em Telluride para fazer o tal do tour aprovado pelo Colt, vou te contar o meu nome completo. Eu nunca odiei tanto uma política de segurança operacional quanto agora, mas, de certa forma, é um pouco divertido. Eu vou poder me apresentar pessoalmente e, enquanto isso, você vai se perguntar se cada estranho que bater na sua porta sou eu. Um dia, vai ser.

E, sério. Falta menos de um mês para o Natal. Arrume um cachorrinho para o menino. E abrace a Maisie por mim. Depois me conte como foi a químio deste mês.

Caos

– Quem diabos ele pensa que é?! – vociferei quando a porta bateu atrás de mim.

Ou talvez eu que tenha batido a porta. Tanto faz.

Deixei a raiva fluir pelo meu corpo, na esperança de que ela se sobrepusesse à tristeza que brotava na minha garganta. Caos estava com Ryan. Uma parte de mim já sabia disso – uma vez que as cartas cessaram quando Ryan morreu –, mas imaginar e ter certeza eram coisas incrivelmente diferentes.

Perdi Ryan e Caos e recebi Beckett Gentry como uma espécie de prêmio de consolação traumatizado com complexo de herói.

Pelo amor de Deus, Ryan. Você sabe que eu nunca precisei ser salva.

– Quem? – perguntou Ada, enfiando a cabeça para fora da cozinha.

Arranquei minhas botas enlameadas com os pés e fui até Hailey, cujas sobrancelhas estariam na raiz dos cabelos se ela conseguisse erguê-las mais.

– Gentry!

– Aquilo ali é um pedaço de mau caminho, mesmo com as respostas monossilábicas – declarou Hailey, virando outra página da revista *Cosmopolitan.*

Bufei, meio como resposta à opinião dela e meio pelo fato de que ela ainda lia *Cosmopolitan.* De que ainda estava naquela fase da vida em que essa revista guardava os segredos do universo. Eu já tinha passado para revistas de decoração, design e negócios, nas quais não havia testes para saber se ele estava a fim de você.

Eu tinha 25 anos e dois gêmeos de 6, um dos quais lutava pela vida, e era dona do meu próprio negócio, que ocupava cada minuto livre do meu tempo. Nenhum cara estava a fim de mim. Puxei a plaquinha de identificação de Ryan, a que voltara junto com as coisas dele, e a movi para cima e para baixo na corrente, um hábito nervoso.

– O quê? Ele é mesmo. Você viu aquela barba por fazer? Aqueles braços? *Sim e sim.*

– E o que isso tem a ver?

Ela levantou os olhos das páginas da revista.

– Se eu tiver que te dizer que ele parece estar prestes a assumir o papel do Chris Pratt no Universo Marvel, então você é um caso perdido, Ella. E aqueles olhos? Humm. – Ela se recostou na cadeira e suspirou, com um ar sonhador. – E ele vai ficar aqui até novembro.

Novembro. Aquele homem ficaria na minha propriedade pelos próximos sete meses.

– Ele tem aquele olhar superforte e introspectivo de quem guarda uma dor secreta. Faz uma mulher querer puxá-lo para perto e…

– Não termina essa frase.

– Ah, deixa a garota. Aquele rapaz é um colírio – concordou Ada, se aproximando. – Só precisava aprimorar as habilidades interpessoais.

– Aquele rapaz é da equipe das forças especiais do exército – falei, com o tom que aquela maldição merecia.

– E como você sabe disso? Por causa da cadela? Eu ainda tenho as minhas reservas sobre aceitar cachorros na propriedade, mas ela me pareceu bem-comportada, e labradores não costumam ser muito agressivos, né? – comentou Ada, olhando por cima do balcão para xeretar a leitura de Hailey.

– Primeiro, labradores podem, sim, ser agressivos, e é por isso que ela é uma cadela das forças especiais, ou era. Ele é o treinador dela.

– Não sai tirando conclusões precipitadas só porque não está conseguindo lidar com o fato de ter um homem solteiro e atraente por perto – advertiu Ada, virando ela mesma a página da revista.

– Eu não estou... Como você sabe que ele é solteiro? Já stalkeou o homem no Facebook? Caras como ele podem ter Facebook? O Ryan nunca teve. Ele disse que podia ser um problema legal.

– Ninguém faz uma reserva por sete meses só com a cadela se não for solteiro.

– É, bom, não faz diferença. O Ryan que enviou o cara.

A revista atingiu o balcão com um baque, as páginas esvoaçando, e as duas mulheres me encararam. Ada foi a primeira a reagir, arquejando com força.

– Desembucha.

– Parece que o Ryan escreveu uma daquelas cartas de despedida pedindo que o tal Gentry viesse até Telluride pra cuidar de mim. Sério. O Ryan já está morto há três meses, mas continua querendo dar pitaco nos homens que eu devia ter na minha vida.

Forcei uma risada e empurrei as emoções de volta para a caixinha organizada à qual elas pertenciam.

O pior de passar por tanta coisa em tão pouco tempo é que a gente não pode se dar ao luxo de sentir nada sobre... nada. Caso contrário, vai acabar sentindo tudo. E esse é o perigo.

– Tem certeza? – perguntou Hailey.

– Eu não li a carta nem nada, mas foi o que ele disse. Dada a aparência dele, a cadela... o jeito como ele se move.

Ele me avaliou de cima a baixo, e não foi algo sexual. Eu o vi categorizar os detalhes no cérebro com tanta clareza quanto se realmente tivesse um computador aberto.

– Ele se move como o Ryan. Os olhos dele examinam as coisas como os do Ryan... como os do meu pai – acrescentei, e pigarreei. – Então, espero que, assim como o meu pai, ele fique entediado e siga em frente rapidinho.

Era isso que os homens faziam, certo? Eles iam embora. Ryan tinha sido honesto sobre as suas intenções, enquanto meu pai mentira com um sorriso no rosto. Jeff não fora melhor, inventando historinhas bonitas para conseguir o que queria e fugindo no minuto em que percebera que suas ações tinham consequências. As mentiras sempre foram piores que a partida.

Pelo menos Gentry tinha sido claro e honesto sobre o fato de Ryan tê-lo enviado. Com escolhas ruins e honestas eu conseguia lidar. Mentiras eram intencionais, infligiam dor por motivos egoístas, além de serem imperdoáveis.

– O que você vai fazer? – perguntou Hailey, inclinando-se para a frente como se fosse protagonista da própria novela.

– Ignorar o homem. Ele vai embora em breve, assim que perceber que cumpriu o dever dele com o Ryan, e eu vou poder fechar essa porta em relação a... tudo.

Ao Caos.

– Enquanto isso, vou pegar a Maisie na escola, porque a gente tem que estar em Montrose daqui a duas horas para as tomografias. É só isso que importa agora. Não um Chris Pratt de araque com um complexo de culpa gigantesco.

Eu já tinha quase chegado ao escritório – precisava da pasta do tratamento de Maisie – quando ouvi Hailey rindo.

– Rá! Então, você *notou*!

– Eu disse que não faz diferença, não que eu estou morta.

Pasta na mão, atravessei o hall correndo, grata pelo fato de a pousada estar vazia naquela segunda-feira, com exceção do Sr. Gentry.

– E aqueles olhos? Parecem duas esmeraldas, né?

Sério, Hailey tinha regredido até a quinta série.

– Claro – falei, assentindo, enfiando as botas nos pés. – Ada, você pega o Colt na escola? Droga. Ele tem aquele projeto de animação em celuloide para entregar amanhã também. Precisa de mais uma camada de tinta na borda, você se importa...?

– Lógico que não. Não se preocupa. Vai lá cuidar da nossa garota.

– Obrigada.

Eu odiava aquilo, deixá-las à frente de tudo, abandonar mais uma necessidade de Colt. Mas as necessidades vinham em fases, certo? Aquela era simplesmente a fase em que Maisie precisava mais de mim. Eu só tinha que ajudá-la a atravessar aquilo e, da próxima vez que Colt precisasse de mim, eu estaria lá.

Quando cheguei a hora no celular, praguejei e desci a escada da varanda correndo, quase errando o último degrau. Agarrei o corrimão de madeira, e o embalo me fez girar na base da escada, lançando-me bem em cima de uma figura muito alta e sólida.

Uma com braços enormes que não só me seguraram como também impediram a pasta de Maisie e meu celular de caírem na lama.

– Opa – disse Beckett, firmando o meu corpo e depois dando um passo atrás.

Pisquei para ele por um instante. Os reflexos do cara eram insanos. *Ele é das forças especiais, idiota.*

– Estou atrasada.

O quê? Como aquelas palavras tinham saído, em vez de "obrigada" ou algo que, pelo menos, pudesse se passar por sociável?

– É o que parece.

Os lábios dele se curvaram um pouco, mas eu não chamaria aquilo de um sorriso de verdade. Era mais uma expressão levemente divertida. Ele me entregou a pasta e o celular, e os peguei no que pareceu ser a troca mais constrangedora da história dos constrangimentos. Mas, também, o cara estava literalmente me salvando quando eu tinha acabado de dizer que não precisava ser salva.

– Você precisa de alguma coisa? – perguntei, apertando a pasta contra o peito.

Quem sabe ele tivesse levado as minhas palavras a sério e estivesse indo embora de Telluride, ou pelo menos da minha propriedade.

– Acho que estou sem uma das chaves. Do portão do píer, acho? – disse ele, enfiando as mãos nos bolsos da calça jeans.

– Imagino que isso queira dizer que você não vai embora.

– Não. Como eu disse, prometi pro…

– Ryan. Entendi. Bom, fique à vontade pra...

Eu disse isso apontando para a natureza, como se o fim da frase fosse surgir magicamente em meio aos álamos.

– ... fazer o que quer que você vá fazer.

– Pode deixar.

A boca dele esboçou aquele quase sorriso de novo, e havia um brilho nítido em seus olhos. Não era a resposta que eu esperava.

– Então, você está atrasada?

Droga. Virei o celular.

– Estou. A minha filha tem uma consulta, e tenho que ir. Agora.

– Posso ajudar em alguma coisa?

Caramba, ele parecia sincero. Fiquei dividida entre o espanto por ele realmente ter aparecido ali para fazer perguntas daquele tipo e uma raiva letal por um estranho deduzir automaticamente que eu não conseguia dar conta da minha vida.

O fato de eu não dar conta não estava em discussão.

Claramente, a raiva venceu.

– Não. Olha, me desculpa, mas eu não tenho tempo para isso. Pede a chave do portão pra Hailey, ela está...

– Na recepção. Sem problemas.

E ele tinha notado quem Hailey era... perfeito. Aquilo era tudo de que eu precisava, uma recepcionista apaixonada que, inevitavelmente, teria o coração partido quando ele fosse embora.

– Eu realmente não tenho tempo para isso – murmurei.

– É o que você está dizendo – falou Beckett, dando um passo para o lado.

Balançando a cabeça diante da minha própria incapacidade de manter o foco, passei por ele, abri a porta do meu Tahoe e joguei a pasta no banco do passageiro. Dei a partida, pluguei o celular no cabo para carregar e pus o carro em movimento.

Então, afundei o pé no freio.

Ficar com raiva era uma coisa. Ser uma megera completa? Outra bem diferente.

Abaixei o vidro da janela enquanto Beckett se dirigia até a porta da frente.

– Sr. Gentry?

Ele se virou, assim como Bagunça, que parecia mais uma sombra, mais uma extensão de Beckett do que uma entidade separada.

– Obrigada... pela escada. Por me segurar. Pela pasta. Pelo celular. Sabe, tudo isso. Obrigada.

– Você nunca precisa me agradecer.

Os lábios dele se apertaram em uma linha firme e, com um olhar e um aceno de cabeça indefiníveis, ele desapareceu na casa principal.

Uma emoção que não consegui nomear me atravessou, correndo pelas minhas terminações nervosas. Como um choque elétrico, só que quente. Talvez eu tivesse simplesmente perdido a capacidade de definir minhas emoções quando as desligara alguns meses antes.

O que quer que fosse, eu não tinha tempo para pensar naquilo.

Dez minutos depois, parei em frente à escola e estacionei na faixa "Somente ônibus escolares". Afinal os ônibus ainda demorariam mais três horas para chegar, e eu precisava de cada minuto que conseguisse para chegar no horário na consulta de Maisie.

Abri as portas da escola e rabisquei meu nome na prancheta da janela, registrando a saída da minha filha.

– Oi, Ella – disse Jennifer, a recepcionista, mascando seu chiclete.

Ela era um pouco mais velha que eu, tinha se formado com a turma de Ryan.

– A Maisie está aqui atrás. Vou abrir pra você.

As portas duplas se abriram com um zumbido, o sinal universal para autorização de entrada, e as empurrei. Maisie estava sentada em um banco do corredor com Colt de um lado e o diretor, o Sr. Halsen, do outro.

– Srta. MacKenzie – cumprimentou ele, ficando de pé e ajustando a gravata com estampa de coelhinhos da Páscoa.

– Sr. Halsen – respondi com um aceno de cabeça, depois voltei minha atenção para meu filho três minutos mais velho. – Colton, o que você está fazendo aqui?

– Eu vou com vocês.

Ele desceu do banco e puxou as alças da mochila do time de hóquei Colorado Avalanche.

Meu coração se apertou um pouco mais. Caramba, nossa vida tinha sido tão chacoalhada nos últimos meses que eu nem sabia mais o que era o normal.

– Amor, você não pode. Não hoje.

Era dia de tomografia.

Ele assumiu a expressão teimosa com a qual eu já estava acostumada.

– Eu vou.

– Não vai, e eu não tenho tempo para discutir, Colt.

Os gêmeos trocaram um olhar significativo, um que dizia um milhão de palavras em uma língua que eu jamais sonharia em falar ou sequer interpretar.

– Tá tudo bem – disse Maisie, pulando do banco e pegando a mão dele. – Além do mais, você não quer perder a noite do frango frito, né?

Os olhos dele lançaram punhais diretamente para mim, mas, para a irmã, eram só carinho.

– Tá bom. Vou guardar as coxas pra você.

Os dois se abraçaram, no que sempre me pareceu o encaixe de duas peças de quebra-cabeça.

Eles trocaram mais um daqueles olhares, então Colt assentiu como um adulto minúsculo e deu um passo atrás.

Eu me ajoelhei para ficar da altura dele.

– Parceiro, eu sei que você quer ir, só que hoje não dá, tá?

– Eu não quero que ela fique sozinha – admitiu ele, em um sussurro baixíssimo.

– Ela não vai ficar, eu prometo. E a gente vai voltar hoje à noite e te contar tudo.

Ele não se deu ao trabalho de concordar, nem sequer de se despedir, só girou nos pequenos calcanhares e atravessou o corredor em direção à sala de aula.

Soltei um suspiro, sabendo que precisaria minimizar os danos depois. Mas aquele era o problema. Sempre era *depois*.

Maisie escorregou a mãozinha para dentro da minha. Para ela, eu não podia sequer prometer o agora, o que significava que, por mais que eu odiasse isso, Colt teria que esperar.

– Srta. MacKenzie – disse Sr. Halsen, limpando a sujeira invisível dos óculos de aro grosso.

– Sr. Halsen, eu era uma criança nestes corredores quando o senhor assumiu o cargo. Pode me chamar de Ella.

– Ella, eu sei que você está indo para mais uma consulta...

Inspira fundo. Expira fundo. Não grita com o diretor.

– Mas, quando você voltar, a gente precisa falar sobre a frequência da Margaret. Isso está impactando a qualidade da educação dela, e a gente precisa ter uma conversa séria.

– Uma conversa – repeti, porque, se eu dissesse o que realmente estava passando pela minha cabeça, aquilo ia acabar prejudicando os meus filhos.

– Sim. Uma conversa.

– Sobre a frequência da Maisie.

Como se eu desse a mínima para a frequência da educação infantil. Maisie estava lutando pela vida, e o homem queria falar sobre o fato de ela ter perdido o dia em que eles haviam aprendido por que "canguru" não tinha acento?

– Sim, uma conversa sobre a frequência da Margaret.

Para um educador, ele não parecia ter um repertório vocabular muito amplo.

Olhei para Maisie, que franzia a testa em sua característica expressão de "não tenho nada com isso" que eu reconhecia tão bem... já que tinha herdado de mim. Em sincronia, voltamos a encarar o Sr. Halsen.

– Claro, a gente conversa.

Depois da químio. Das tomografias. Da náusea e dos vômitos. E das contagens zeradas de células sanguíneas. E de tudo o mais que vinha com uma criança cujo próprio corpo estava contra ela.

Duas horas mais tarde, estávamos no Hospital do Câncer de San Juan, eu andando de um lado para outro ao lado da mesa de exames enquanto Maisie balançava as pernas para a frente e para trás, lutando com o app do iPad que tinha escolhido para o dia.

Eu estava nervosa demais para fazer qualquer coisa além de desgastar o chão. *Por favor, que esteja funcionando.* Minha prece silenciosa subiu para se juntar às milhões de outras já enviadas. Precisávamos que o tumor encolhesse, ficasse pequeno o suficiente para que eles tentassem a cirurgia de retirada. Eu precisava que todos aqueles meses de químio tivessem servido para alguma coisa.

Mas eu também sabia como a cirurgia era perigosa. Olhei de soslaio para minha filhinha, seu gorro rosa-choque com uma flor destacando-se contra as paredes brancas. O pânico que tinha sido meu companheiro constante naqueles últimos cinco meses me subiu pela garganta, os "e se" e "e agora" atacando como os ladrões de sanidade que eram. A cirurgia *poderia* matá-la. O tumor *com certeza* a mataria.

– Mamãe, senta, você está me deixando tonta.

Eu me sentei ao lado de Maisie na lateral da mesa de exames e dei um beijo na bochecha dela.

– E então? – perguntei quando a Dra. Hughes entrou, folheando algo no prontuário de Maisie.

– Oi, doutora! – disse Maisie, com um aceno entusiasmado.

– Bom te ver também, Ella – respondeu a médica, erguendo uma sobrancelha. – Oi, Maisie.

– Desculpa. Oi, Dra. Hughes. Meus bons modos não têm dado muito as caras ultimamente – falei, esfregando o rosto.

– Tudo bem – disse ela, pegando o banquinho giratório.

– O que as tomografias disseram?

Um leve sorriso surgiu no rosto dela. Prendi a respiração, e meu coração parou de bater de repente, aguardando as palavras que eu esperava ouvir e também temia desde que aquilo tudo começara, cinco meses antes.

– Está na hora. A químio encolheu o tumor o suficiente para a operação.

A vida da minha garotinha estava prestes a sair das minhas mãos.

CAPÍTULO SETE

BECKETT

Carta nº 7

Caos,

Eu estou sentada no saguão do Children's Hospital Colorado, com um caderno apoiado nos joelhos. Eu te diria que dia é hoje, mas, sinceramente, não me lembro. Desde que eles disseram "câncer", tudo se tornou um borrão.

A Maisie está com câncer.

Talvez, se eu escrever isso mais algumas vezes, vai parecer real, em vez de um pesadelo nebuloso do qual não consigo acordar.

A Maisie está com câncer.

É, ainda não parece real.

A. Maisie. Está. Com. Câncer.

Pela primeira vez desde que o Jeff me deixou, eu sinto que não sou o suficiente. Gêmeos aos 19 anos? Não foi fácil, mas pareceu tão natural quanto respirar. Ele foi embora. Eles nasceram. Eu virei mãe, e isso transformou a própria fundação da minha alma. O Colt e a Maisie se tornaram a minha razão para tudo e, mesmo quando eu estava sobrecarregada, eu sabia que podia ser o suficiente para os meus filhos se desse a eles tudo o que eu tinha. Então, eu fiz isso, e fui o suficiente. Eu ignorei as fofocas, as sugestões de que eu devia desistir deles e ir para a faculdade, tudo, porque sabia que não existia um lugar melhor para os meus filhos do que comigo.

Eu posso ter alguns problemas, mas eu sempre soube que era o suficiente.

Mas isso? Eu não sei como ser o suficiente para isso.

É como se os médicos falassem outra língua, soltando letras e números que eu deveria entender. Exames de sangue, tomografias, possibilidades de tratamento e decisões. Meu Deus, as decisões que eu tenho que tomar.

Eu nunca me senti tão sozinha na vida.

A Maisie está com câncer.

E eu não sei se sou o suficiente para ajudá-la a passar por isso, e ela tem que passar por isso. Eu não consigo imaginar um mundo sem a minha filha. Como eu posso ser tudo de que ela vai precisar e dar ao Colt algum senso de normalidade?

E o Colt... quando o resultado dos testes genéticos saiu, eles me disseram que eu e o Colt também tínhamos que ver se carregávamos alguma mutação. Ele está bem, graças a Deus. Nós dois estamos, e nenhum de nós dois carrega a mutação. Mas aqueles momentos esperando para saber se perder os dois era uma possibilidade? Eu mal conseguia respirar ao pensar nisso.

Mas eu tenho que ser o suficiente, certo? Eu não tenho escolha. É como o momento em que vi aqueles dois batimentos cardíacos no monitor. Falhar não era uma opção. E eu também não vou falhar de jeito nenhum agora.

A Maisie está com câncer, e eu sou tudo o que ela tem.

Então, acho que lá vou eu.

Ella

Pisei no píer que dava no laguinho logo atrás do chalé, testando meu peso. É, aquela coisa precisaria ser reconstruída. Não era de admirar que eles tivessem deixado o portão trancado.

O sol se estendia logo acima, cortando a manhã fria. Fazia duas semanas que eu estava no Colorado, e havia aprendido que o segredo para enfrentar o clima eram várias camadas de roupas, porque poderia nevar de manhã, mas fazer quase 20°C na hora do jantar. A Mãe Natureza tinha sérias variações de humor por ali.

Uma leve neblina saía do lago, detendo-se ao redor das margens da ilhazinha que ficava a uns 90 metros do centro dele. Eu sabia que, em algum momento, teria que usar o pequeno barco amarrado no fim do píer para remar até lá.

Mac estava enterrado ali.

Quase morri quando não me deixaram voltar para enterrá-lo e, ainda assim, fiquei aliviado por não ter que encarar Ella, ver a expressão dela quando percebesse o que eu tinha feito – por que eu estava vivo e o irmão dela, não.

Bagunça se aproximou saltitando, sacudiu a água dos pelos e jogou o brinquedo aos meus pés, pronta para pular no lago pela vigésima vez. Ficar deitada o dia todo nas últimas duas semanas a tinha deixado agitada, e a mim também.

Eu me agachei e fiz um carinho atrás das orelhas dela, seu lugar preferido.

– Ok, garota. Que tal a gente te secar e te arrumar alguma ocupação? Porque eu vou acabar ficando louco se a gente continuar aqui que nem um par de pesos mortos. E, sinceramente, eu meio que estou esperando você começar a me responder a qualquer momento, então algum contato humano talvez seja necessário.

– Tudo bem falar com a sua cachorra – disse uma vozinha atrás de mim. – Nem parece que você é doido nem nada.

O tom sugeria o contrário.

Olhei por cima do ombro e vi um garoto parado do outro lado do portão, de calça jeans e camiseta de futebol americano. Os cabelos dele estavam raspados, ou melhor, tinham sido raspados recentemente, e o que crescia de volta era uma penugem loira que brilhava um pouco. As espessas sobrancelhas estavam unidas sobre os olhos azuis cristalinos enquanto ele me examinava de cima a baixo.

Os olhos de Ella.

Aquele era Colt. Eu sabia disso no fundo da minha alma.

Fiz o melhor que pude para suavizar meu tom de voz, bem ciente de que não tinha a menor ideia de como conversar com crianças. Deduzi que não assustar o menino seria um bom começo.

– Eu sempre falo com a Bagunça.

Ela balançou o rabo como se me respondesse.

– Ela é uma cachorra – reforçou ele.

As palavras estavam em conflito com a empolgação em sua voz e com o olhar fixo que ele cravava em Bagunça, como se ela fosse a melhor coisa que já tivesse visto.

Fiquei de frente para ele, e Colt endireitou a coluna e me encarou. O garoto não se assustava com facilidade, o que significava que eu ia ter que ser habilidoso.

– Não é quando você fala com eles que deve achar que está doido – expliquei para ele. – É quando eles começam a te responder.

Ele franziu os lábios por um segundo e deu um passo à frente, espiando por cima do portão para observar Bagunça.

– Então você é doido?

– Você é?

– Não. Mas você vai ficar seis meses aqui no chalé. Ninguém faz isso. Só gente doida.

A expressão dele oscilava entre me julgar e cobiçar Bagunça.

Ele tinha implorado a Ella por um cachorro, e a mãe quase havia cedido – mas aí viera o diagnóstico de Maisie. Só que eu não deveria saber disso. Também não deveria saber que ele queria jogar futebol americano, mas, como Ella se preocupava muito com concussões, o havia empurrado para o futebol tradicional. Não deveria saber que ele faria aulas de snowboarding naquele ano nem que tinha raspado o cabelo no aniversário porque a irmã havia perdido o dela.

Eu não deveria conhecê-lo, mas o conhecia.

E era uma droga não poder dizer isso a ele.

– Na verdade, eu aluguei o chalé por sete meses. E você parece um pouco pequeno demais para sair por aí julgando as pessoas – falei, cruzando os braços.

Ele espelhou minha pose sem hesitar.

– Isso só te torna mais doido ainda. E eu não gosto de gente doida perto da minha mamãe e da minha irmã.

– Aah, você é o homem da casa.

– Eu não sou um homem. Eu tenho 6 anos, mas vou fazer 7 logo.

– Entendi.

Reprimi um sorriso, bem ciente de que ele só faria 7 dali a oito meses. Mas o tempo era relativo naquela idade.

– Bom, eu não sou doido. Pelo menos, *ela* não me acha doido – declarei, meneando a cabeça para Bagunça.

– Como você sabe? Porque você falou que, se ela responder, significa que você é maluco.

Ele deu um passo à frente, apoiando as mãos no topo do portão, que batia mais ou menos no ombro dele. Eu precisava lixar aquela madeira para tirar as farpas.

Cara, ele realmente olhava para Bagunça como se estivesse apaixonado.

– Você quer vê-la?

O garoto levou um susto, e os olhos dele se cravaram nos meus ao mesmo tempo que ele deu um passo atrás.

– Não é pra eu falar com estranhos, muito menos hóspedes.

– Você tem razão. Mas isso não te impediu de vir até aqui.

Olhei de relance para trás dele e avistei um quadriciclo infantil azul estacionado com desleixo atrás do meu chalé. Pelo menos havia um capacete apoiado no banco.

Tive a sensação de que aquilo não o salvaria da bronca de Ella.

– Ninguém nunca ficou tanto tempo ou trouxe um cachorro. A não ser que a pessoa trabalhe aqui ou seja da família. Eu só...

Ele soltou um suspiro melodramático e baixou a cabeça.

– Você queria ver a Bagunça.

Ele aquiesceu sem levantar o rosto.

– Você sabe o que ela é? – perguntei, avançando devagar, como se ele fosse um animal selvagem que eu assustaria se me movesse rápido demais.

Uma vez no portão, destranquei o fecho de metal, deixando que a porta se abrisse.

– A Ada disse que ela é uma cadela de trabalho. Mas não uma cadela para pessoas com necessidades especiais. Uma menina da minha sala tem um cachorro desses. Ele é legal, mas a gente não pode tocar nele.

Ele ergueu os olhos devagar, o conflito tão nítido e expresso em seu rosto, que o meu coração deu um salto no peito.

– Se você se afastar um pouco, eu levo a Bagunça aí para te ver.

Ele engoliu em seco e olhou rápido de Bagunça para mim, depois assentiu como se tivesse feito sua escolha. Então, andou para trás, dando-nos espaço suficiente para sair do píer e pisar em terra firme.

– Ela é uma cadela de trabalho. Um soldado.

Ele ergueu uma sobrancelha e olhou para Bagunça, desconfiado.

– Achei que esses cachorros tivessem orelhas pontudas.

Sorri sem pensar.

– Alguns têm. Mas ela é um labrador. Treinada para cheirar pessoas e… outras coisas. Além disso, brinca de pegar como ninguém.

Ele deu um passo à frente, seus olhos exalando curiosidade, mas se voltou para mim antes de chegar perto demais.

– Posso fazer carinho nela?

– Que legal que você perguntou. E, sim, pode.

Fiz um leve aceno de cabeça para Bagunça, e ela avançou pisando macio, com a língua para fora.

Ele ficou de joelhos como se ela fosse uma coisa sagrada e começou a acariciar o pescoço dela.

– Oi, garota. Você gosta do lago? É o meu preferido. Que nome é esse, Bagunça?

E pronto. Eu estava perdido. O garoto poderia ter me pedido para lhe entregar a Lua que eu teria dado um jeito. Ele tinha uma expressão tão parecida com a de Ella, e a maneira como se portava era Ryan todinho. Aquela confiança iria ajudá-lo muito quando fosse um homem.

– Olha só quem é o doido agora, falando com cachorros – zombei, estalando a língua.

Ele me olhou de cara feia por cima das costas de Bagunça.

– Ela não está respondendo.

– Claro que está – falei, me abaixando ao lado dele. – Está vendo como ela está abanando o rabo? É um sinal claro de que ela gosta do que você está fazendo. E a forma como ela está inclinando a cabeça para onde você está coçando? Ela está dizendo que quer que você coce aí. Os cachorros conversam o tempo todo, você só tem que falar a língua deles.

Ele sorriu, e meu coração deu aquele salto de novo. Aquilo era um puro raio de sol, uma dose de alegria natural que eu não experimentava desde... nem conseguia lembrar quando.

– Você fala a língua dela?

– Claro que falo. Eu sou o que eles chamam de treinador dela, mas, na verdade, ela é minha.

– Você treina ela? – perguntou ele, sem se dar ao trabalho de olhar para mim, claramente se divertindo demais observando Bagunça.

– Bom, eu costumava treinar. Mas agora nós dois estamos aposentados.

– Então você é um soldado?

– É. Bom, eu era – respondi, correndo a mão pelas costas de Bagunça por hábito.

– E o que você é agora?

Uma pergunta tão inocente com uma resposta terrivelmente pesada. Fazia dez anos que eu era soldado. Foi uma forma de sair do inferno dos lares adotivos. Fui o melhor soldado possível porque falhar não era uma opção, não se isso significasse voltar para minha vida antiga. Prometi a mim mesmo que nunca daria motivo para que eles me mandassem embora e, por dez anos, comi, dormi e respirei o exército, a unidade. Conquistei meu lugar.

– Eu não sei bem – respondi, sincero.

– Você devia descobrir – disse o garoto, sério, me lançando um olhar de soslaio. – Os adultos precisam saber esse tipo de coisa.

Uma risadinha explodiu no meu peito.

– É, eu vou começar a trabalhar nisso.

– O meu tio era soldado.

Senti uma pontada no peito. Qual seria a abordagem ali? Quanto você deveria contar a uma criança que não era sua? O que Ella queria que ele soubesse?

Felizmente, não precisei pensar muito nisso, porque o SUV dela chegou rasgando a rua de terra em frente ao meu chalé. Ela pisou nos freios, e uma nuvem de poeira subiu ao redor dos pneus. Meu coração pulou de ansiedade. Quantos anos eu tinha, 15?

– Bosta. Ela me achou.

– Ei – falei baixinho.

Ele encontrou meu olhar, seu nariz e boca franzidos.

– Não fala palavrão.

– "Bosta" não é palavrão – murmurou ele.

– É quase. Sempre tem uma palavra melhor para usar. E eu tenho a impressão de que a sua mãe está te educando para encontrar essas palavras. Você tem que deixá-la orgulhosa.

Ele suavizou a expressão e assentiu solenemente.

– Além disso, pela expressão dela, você já está em apuros – sussurrei.

– Colton Ryan MacKenzie! – gritou Ella, caminhando a passos largos na nossa direção. – O que você pensa que está fazendo aqui fora?

Fiquei de pé, e Bagunça imediatamente se postou ao meu lado.

– É – concordou Colt, indo para o outro lado de Bagunça. – Me chamar pelo nome completo quer dizer que eu vou ficar de castigo – disse ele, concluindo a frase em um sussurro.

Ella percorreu o resto do caminho até o píer, a fúria emanando de seu corpo em ondas. Mas, no topo daquela fúria, havia um medo gélido. Eu o senti com tanta clareza que era como se ela tivesse trazido uma nevasca consigo. Os cabelos louros estavam presos em uma trança lateral e frouxa, que caía no colete, e aquela calça jeans...

Desviei rapidamente os olhos para os dela, que, naquele instante, abriam um buraco em Colt.

– E aí, o que você tem a dizer em sua defesa? Levando o quadriciclo, sem falar para ninguém? Sentando aqui com um estranho? Você me deu um baita susto!

Meu Deus, como ela ficava linda brava, o que era basicamente a única emoção que eu tinha visto nela desde a minha chegada. Todas as vezes que tínhamos nos esbarrado, Ella simplesmente erguera uma sobrancelha para mim e dissera "Sr. Gentry". Pelo menos, naquela hora, a raiva estava direcionada para outra pessoa.

– Eu passei por uma verificação de antecedentes, com credencial de segurança e tudo o mais – falei para ela.

Ela me lançou um olhar que calou minha boca e me deixou quase feliz por nunca ter tido uma mãe de verdade. Aquele olhar era coisa de filme de terror.

Os olhos de Colt se arregalaram até um tamanho impossível, e ele franziu a boca.

– Colt – advertiu ela, cruzando os braços.

– Ele tem uma cachorra – disse Colt.

– E isso lhe dá o direito de não só invadir o espaço de um hóspede como também de se colocar em perigo? Quanto eu te disse especificamente pra não incomodar o Sr. Gentry?

Ai. Acho que isso explicava por que eu tinha levado duas semanas para conhecer Colt.

– O moço não se importou. Me contou que ela é uma cadela de trabalho e que ele era um soldado. Que nem o tio Ryan, sabe?

A expressão de Ella se nublou, e um véu de tristeza cobriu os seus olhos. Naquela hora, vi o cansaço sobre o qual ela tinha me escrito. *Às vezes parece que o mundo está desmoronando, e eu sou a única lá no meio dele, com os meus braços estendidos, tentando escorá-lo. E eu estou tão cansada, Caos. Não consigo deixar de me perguntar quanto tempo eu aguento até que todos nós sejamos esmagados debaixo desse peso.* Carta nº 17. Vi a mulher que escreveu as cartas, que me capturou com nada mais que as suas palavras.

Meus dedos se flexionaram pela necessidade de puxá-la para mim, envolvê-la nos meus braços e dizer que eu escoraria o mundo pelo tempo que fosse necessário. Essa era a razão de eu estar ali: fazer o que pudesse para aliviar o peso que ameaçava esmagá-la.

Mas eu não podia dizer isso, porque, embora ela talvez tivesse deixado que Caos fizesse isso por ela, embora até tivesse aceitado o amor dele, não aceitaria nada vindo de mim. E se ela soubesse por que eu mantinha aquilo em segredo... bom, provavelmente me enterraria ali ao lado de Ryan. Deus sabia que eu já tinha desejado aquele destino para mim mesmo uma centena de vezes.

– E tenho certeza de que ele também lhe contou que trabalhou com o tio Ryan – acrescentou ela, seu olhar de reprovação flutuando brevemente até o meu.

Ah, era por isso que eu estava na lista de visitas não autorizadas.

O queixo de Colt caiu, e ele olhou para mim como se eu tivesse algum tipo de capa de super-herói.

– Trabalhou? Você conheceu o meu tio?

– Conheci. Ele foi o mais próximo que eu tive de um irmão. – As palavras saíram antes que eu pudesse me censurar. – E, não, eu não contei, porque não sabia se você queria que ele soubesse – prossegui, me dirigindo a Ella.

Ela fechou os olhos e ficou assim por um segundo, depois soltou um suspiro muito parecido com o de Colt logo antes, mas bem menos dramático.

– Desculpa por ter tirado uma conclusão precipitada – disse ela baixinho. – E pela intromissão no seu espaço. Não vai acontecer de novo.

A última parte foi direcionada a Colt.

O menino chutou a terra sob os pés devagar.

– Ele não me incomodou. Na verdade, foi uma honra te conhecer, Colt. Se a sua mãe concordar, você é sempre bem-vindo pra visitar a Bagunça. Ela ama brincar de pegar e, não sei se você notou, eu estou ficando velho demais pra ficar jogando o brinquedo dela o tempo todo.

Ele revirou os olhos.

– Você não é velho – disse ele, depois inclinou a cabeça para o lado. – Mas, até você saber o que você é, eu também não tenho certeza de que é um adulto.

– C-Colt! – exclamou Ella, gaguejando.

Soltei uma risada, e ela olhou para mim como se eu tivesse duas cabeças.

– Está tudo bem – assegurei a ela. – Eu falei pra ele que, como estou me aposentando, não sou realmente um soldado e não sei direito o que isso faz de mim agora, além de um turista em tempo integral.

– Ainda estou surpresa por você estar saindo do exército. Na minha experiência, caras das forças especiais servem até serem dispensados ou carregados para fora.

– Bom, estou de licença terminal, então, em 45 dias, vai ser oficial.

Ella baixou a guarda por um instante, relaxando os ombros. Depois, olhou para mim como se fosse a primeira vez que realmente me visse, e lá estava de novo, o espessamento do ar entre nós, a conexão que compartilhávamos desde as primeiras cartas.

Mas eu sabia o que aquilo era, e ela, não.

– Você está saindo porque…

Ela inclinou a cabeça, igualzinho Colt tinha feito.

– Você sabe por quê.

Ela deu um passo na minha direção inconscientemente, examinando os meus olhos com os dela, procurando algo que eu estava desesperado para entregar, mas não podia.

– Você disse que saiu porque o seu melhor amigo morreu. Você saiu por causa do Ryan – concluiu.

– Por causa de você.

Na mesma hora que a frase deixou minha boca, quis engoli-la de volta, apagar os últimos cinco segundos e tentar de novo.

– Por causa do que ele me pediu – tentei explicar, mas o estrago estava feito.

Ela recuou, com os ombros tensos. Aquelas paredes voltaram a se erguer, encaixando quilômetros de distância nos poucos metros que nos separavam.

– Acho que a gente já te atrapalhou demais hoje. Colt, agradeça ao Sr. Gentry por não ser um sequestrador psicopata e vamos.

– Obrigado por não ser um sequestrador psicopata – repetiu ele.

– Sem problemas, parceiro. Como eu disse, se a sua mãe deixar, você é bem-vindo pra vir aqui ver a Bagunça de novo. Ela gostou de você.

E, provavelmente, faria bem tirá-lo de casa de vez em quando.

A esperança iluminou o rosto dele como uma manhã de Natal.

– Por favor, mamãe! Por favor!

– Sério? Você já está de castigo sem o quadriciclo por causa desta façanha e quer exigir privilégios como passar tempo com um estranho?

Ele piscou com tristeza para o quadriciclo, depois para Ella.

– Mas ele não é um estranho de verdade. Se o tio Ryan era irmão dele, então ele é meio que da família.

E lá se foi meu coração para seu terceiro salto.

Família era uma palavra que eu não usava e não tinha. Família significava compromisso, pessoas de quem você dependia – que poderiam depender de você. Família era um conceito totalmente estranho, mesmo na fraternidade singular da nossa unidade.

– A gente fala sobre isso mais tarde, Colt – disse Ella, esfregando a pele macia entre os olhos.

– Mais tarde você vai sair!

Bom, aquilo com certeza mudou o clima da conversa de repente.

– Eu só vou embora depois de amanhã. Agora entra no carro, Colt. A gente...

– Tá bom!

Ele fez mais um carinho em Bagunça, depois foi até o carro batendo os pés.

– Ele parece bem mais velho que 6 anos – comentei.

– É. Até este ano, os gêmeos meio que só conviviam com adultos. Algumas crianças aqui e ali com os hóspedes, mas eles têm basicamente entre 6 e 16 anos. Eu provavelmente não devia ter protegido tanto os dois, mas...

Ela deu de ombros.

Eu sou ridiculamente superprotetora com eles, mas reconheço isso. Carta nº 1.

– Eles sem dúvida fazem a professora suar a camisa. Desculpa você ter presenciado isso – acrescentou ela, olhando para a ilha. – Os últimos meses foram difíceis... Perder o Ryan, e tudo isso com a Maisie...

– Como está indo o tratamento dela? – perguntei, pisando de leve em um terreno em que não tinha direito de entrar.

Ela virou a cabeça na minha direção.

– Você sabe?

– O Ryan.

Eu e Mac tínhamos conversado bastante sobre o assunto, então não era exatamente uma mentira.

Ela balançou a cabeça, exasperada, e começou a caminhar de volta para o carro.

– Ella! – gritei atrás dela, e a alcancei depressa.

Depois de quase duas semanas correndo cerca de 10 quilômetros toda manhã, eu finalmente tinha me ajustado à altitude. Não que não tivéssemos sido jogados em elevações semelhantes no Afeganistão, mas eu ficara dois meses no nível do mar antes de chegar ali.

– Quer saber? – revidou ela, girando para me encarar.

– Opa! – exclamei, agarrando os seus ombros para não trombar nela, depois abaixando as mãos de maneira abrupta.

Aquela era a segunda vez que a tocava desde que chegara ali, e o contato foi, ao mesmo tempo, demais e insuficiente.

– Odeio o fato de você saber coisas sobre mim. Odeio pensar que você provavelmente sabia que Colt era meu filho, que você conhece o diagnóstico da Maisie. Você é um estranho com acesso a detalhes íntimos da minha vida por causa do meu irmão, e isso não é justo.

– Eu não tenho como mudar isso. E não tenho certeza se faria isso mesmo que pudesse, porque essa é a razão de eu estar aqui.

– A razão de você estar aqui está enterrada naquela ilha!

De tantas formas.

– A gente pode ficar aqui dando voltas e mais voltas. Mas eu não vou embora. Então, vou lhe fazer uma proposta: você me faz as perguntas que quiser – sugeri, levantando um dedo quando Ella abriu a boca, sabendo que ela me perguntaria sobre a morte de Mac de novo –, as que eu estiver autorizado a responder, e em troca conto tudo o que puder sobre mim. Você está certa. Não é justo que eu saiba tanto. É incrivelmente assustador eu saber sobre os seus filhos, a sua vida… sobre você. Mas o Mac te amava e falava de você o tempo todo. Você, eles, este lugar eram a casa para onde o Mac queria tanto voltar e, quando ele falava de vocês, era como se tivesse um minúsculo momento de alívio em meio ao inferno em que a gente vivia. Então, eu sinto muitíssimo por ter violado sua privacidade. Você não faz *ideia* do quanto eu sinto por isso, mas não posso voltar no tempo e pedir para ele não compartilhar demais e, se eu tivesse esse botão mágico, usaria para algo muito melhor, como salvar a vida dele. Porque era ele quem deveria estar aqui. Não eu. Mas fui eu quem ele enviou, e eu vou ficar.

Fechei o maxilar com força. O que tinha naquela mulher que destruía tudo que se parecia com um filtro em mim? Fosse ao ler suas cartas ou ao encarar seus olhos, Ella tinha um poder de soltar minha língua pior que uma garrafa de tequila.

Ela me fazia *querer* lhe contar tudo, e isso era um perigo para nós dois.

– Se o Ryan quisesse tanto estar aqui, ele teria saído em vez de se realistar. Mas ele não fez isso. Porque caras como o Ryan, como você, não ficam em casa, não criam raízes, não permanecem, ponto-final. Eu consigo aceitar que sou a sua… missão, ou o que quer que seja, por enquanto, mas não aja como se você não fosse temporário.

Lutei contra todos os instintos do meu corpo, que gritavam para declarar o contrário, mas sabia que ela não acreditaria em mim, e não estava certo de que eu mesmo teria acreditado. Era só uma questão de tempo até ela descobrir quem eu era e o que tinha feito. E meus sentimentos por ela não amorteceriam essa futura precipitação radioativa. Nem um abrigo antinuclear seria suficiente.

– Desculpa – disse ela, baixinho, após alguns instantes de silêncio entre nós. – Eu não sei pelo que você passou, se era tão próximo assim do Ryan. E você deve ter sido, para desenraizar a sua vida inteira e vir até aqui.

– Pensei que eu não tivesse raízes – provoquei.

Um minúsculo sorriso se delineou no rosto dela, mas era triste.

– Como eu disse, me desculpa. Mas imagina se eu aparecesse... onde quer que vocês estavam, e soubesse tudo sobre você, e você não soubesse nada sobre mim. Perturbador, né?

Uma dor crua e áspera se espalhou pelas minhas entranhas, porque, na verdade, ela sabia tudo sobre mim. De certa forma. Eu tinha deixado de fora os detalhes físicos da minha vida enquanto basicamente arrancava a alma do corpo e a colocava no papel para ela. Ela podia não saber *o que* eu era, mas sabia *quem* eu era, mais do que qualquer outra pessoa no planeta. Eu a tinha deixado entrar e, depois, me fechado, e sentia a falta dela com uma ferocidade assustadora.

– É, eu imagino que isso seria um dez na escala das bizarrices.

– Obrigada. E, sério, é um onze.

Ela voltou pelo caminho da entrada até o carro, onde Colt mantinha o porta-malas aberto e esperava com o quadriciclo.

Ao que tudo indicava, aquela não era a primeira vez que ele ficava de castigo, já que estava tão por dentro do procedimento.

– Deixa que eu faço isso, Colt – falei para ele.

Então, coloquei o quadriciclo no porta-malas do SUV, dando graças a Deus por haver um revestimento de borracha na parte de trás. Quando me virei, Ella me olhava com a boca ligeiramente aberta. Bom, olhava para os meus braços. Fiz uma anotação mental para me matricular em uma academia. Gostei daquele olhar.

– Mais alguma coisa? – perguntei, fechando o porta-malas.

Ela balançou a cabeça rápido.

– Não. Nada. Obrigada por... você sabe...

– Não ser um sequestrador psicopata?

– Tipo isso – respondeu ela, e um rubor surgiu em suas bochechas.

– Eu estava falando sério sobre a checagem de antecedentes. Se for ajudar você a ficar mais confortável...

– Não, claro que não. Eu não costumo checar os antecedentes dos meus hóspedes, e não vou começar agora.

– Você devia – murmurei.

Se eu fosse um sequestrador psicopata, Colt estaria morto. Aliás, aquela floresta era tão isolada que um serial killer poderia estar escondido ali sem Ella saber.

Ela revirou os olhos para mim e entrou no banco do motorista.

– Ei, Sr. Gentry? – chamou Colt do banco de trás.

Ella abaixou o vidro e, ao me inclinar, vi Colt amarrado em uma cadeirinha alta e fina ao lado de outra, vazia.

– O que foi?

– Eu decidi que, como você é irmão do tio Ryan, também é da família – declarou ele, com a seriedade de um adulto.

– Decidiu, é? – falei, com a voz mais branda.

O garoto não fazia ideia do que estava oferecendo, ou o quanto aquilo significava para mim, porque ele sempre havia tido uma família. Era só um fato para ele.

– Bom, obrigado.

Encontrei os olhos de Ella no retrovisor, e ela soltou um pequeno suspiro derrotado.

– E você não é doido – acrescentou ele. – Então, acho que pode ficar.

Abri um sorriso tão largo que minhas bochechas doeram. Aquele moleque era incrível.

– Obrigado pela aprovação, Colt.

– De nada – disse ele, dando de ombros.

Dei um passo para trás, e Ella fechou a porta, depois se debruçou para fora da janela aberta.

– Não esquece que a gente serve refeições na casa principal. A Ada disse que não te viu lá, e ela fica curiosa.

– Anotado. Eu não queria levar a Bagunça quando a Maisie também estivesse lá.

Eu não era especialista em crianças com câncer, mas sabia que ela não precisava ter que lidar com mais caspa por perto.

– Ah, isso foi... muito atencioso da sua parte. Mas não tem problema. Depois que ela ficou neutropênica pela primeira vez... Isso é quando...

– Os glóbulos brancos dela caem a ponto de ela ficar suscetível a todas as infecções conhecidas pelos seres humanos? – concluí.

– É. Como você sabe disso?

– Eu li sobre neuroblastoma. Bastante.

– Por causa do Ryan?

Por causa de você.

– É, tipo isso.

Ela desviou rápido os olhos dos meus, como se também sentisse a nossa conexão. Enquanto eu abraçava aquela intensidade, porém, ela parecia não fazer o mesmo.

– Certo. Bom, depois disso, eu tirei as crianças da ala residencial e coloquei os dois em um chalé, que a gente pode manter...

– Isolado como uma bolha! – gritou Colt, do banco de trás.

– Basicamente isso – admitiu Ella, dando de ombros. – Na verdade, nós somos vizinhos. Se você andar uns 180 metros para aquele lado, nos encontra.

– Então a gente se vê por aí.

– Acho que sim.

Eles avançaram pelo caminho largo próximo ao meu chalé. Um dia devia ter existido uma pequena rampa para barcos ou algo do gênero ali, para justificar a abertura de um caminho daqueles.

Bagunça voltou a se sentar nas patas traseiras e inclinou a cabeça para mim.

– Acho que desta vez foi melhor, né? – perguntei.

Ela balançou o rabo, concordando.

– É. Agora, vamos encontrar um trabalho antes que o Colt confisque a nossa carteirinha de adulto.

Três horas depois, eu era oficialmente o mais novo membro em meio período da Equipe de Busca e Resgate das Montanhas de Telluride. Quer dizer, Bagunça era. Afinal, o talento era todo dela.

CAPÍTULO OITO

ELLA

Carta nº 9

Ella,

    Primeiro de tudo, eu não sei o que dizer. Eu não consigo encontrar as palavras adequadas para expressar a minha tristeza pelo diagnóstico da Maisie, nem a minha admiração pela forma como você está lidando com isso.

    O Jeff é um idiota. Desculpa, eu tenho certeza de que ele deve ter algumas qualidades redentoras, porque, em algum momento, você o considerou digno o suficiente para entregar o seu coração a ele e até se casar com o homem, mas ele *é*. E eu falo isso no presente de propósito, porque ele ainda faz você sentir que não é o suficiente, mesmo que não pare de provar o quanto é.

    Você *é* o suficiente, Ella. Você é mais do que o suficiente. Eu nunca conheci uma mulher com a sua força, a sua determinação e a sua lealdade absoluta aos seus filhos. Então, eu incluí uma coisinha aqui. Use quando precisar se lembrar de que você consegue fazer isso, porque eu sei, com absoluta certeza, que você consegue.

    E, sim, eu sei que você é uma boa mãe mesmo sem nunca ter te "conhecido". Principalmente porque eu sei como é ter uma mãe ruim, e você é tudo menos isso.

Do que você precisa? Eu não tenho como levar comida, mas posso pedir uma pizza incrível. Tem alguma coisa que eu possa mandar lhe entregar? Eu sei que você precisa mesmo é do apoio das pessoas e, nesse departamento, as minhas mãos estão atadas, desculpa. Eu sei que não posso fazer muito por meio destas cartas, mas, se pudesse, estaria aí ou enviaria o seu irmão para casa, para você.

Você é o suficiente, Ella.

Caos

Girei a cabeça, tentando desalojar o nó aparentemente permanente que tinha se formado no topo da minha coluna. Horas curvada sobre pranchetas e contas faziam isso com a gente.

Reprimi um bocejo e olhei o relógio. É, oito e meia da noite era mais do que tarde para me calibrar de café. Eu ficaria acordada até de manhã.

Então, fui de chá gelado. Tomei um gole do copo e voltei a separar as contas. Estávamos em apuros, e do tipo do qual eu não sabia como me livrar. Do tipo que realmente atingiria em cheio depois da cirurgia de Maisie, dentro de três dias.

Ada enfiou a cabeça no escritório improvisado que havíamos montado no chalé.

– Deixei alguns muffins para vocês comerem amanhã. Precisa de mais alguma coisa?

Forcei um sorriso e balancei a cabeça.

– Não. Obrigada, Ada.

– Você é família, querida. Não precisa me agradecer.

Ela me lançou um olhar rápido e superduro, depois puxou a poltrona que estava encostada na parede e afundou nela com as mãos no colo.

Aquilo era o código para Ada-não-vai-facilitar-para-mim.

Droga.

– Fala. E não se atreva a esconder nada – instou ela.

Relaxei na cadeira de escritório e quase menti, mas a mulher me lançou aquele olhar de mãe, que basicamente equivalia a um detetive fazendo você suar debaixo de uma lâmpada numa sala de interrogatório.

– O quê? – perguntei, brincando com a caneta.

– Fala.

Eu não queria. Expressar minha preocupação significava que eu não conseguia lidar com aquilo sozinha, significava que era real demais.

– Acho que eu posso estar um pouco sobrecarregada financeiramente.

Eu já estava sobrecarregada emocional, física e mentalmente, então que diferença fazia acrescentar mais uma camada? Não tem como uma pessoa se afogar demais. Uma vez debaixo d'água, a profundidade não importa se ela não consegue nadar para cima.

– Sobrecarregada quanto? Você sabe, eu e Larry temos uma pequena reserva.

– De jeito nenhum.

Eles haviam trabalhado com minha avó a vida toda, dado tudo o que tinham para a nossa família, para a nossa propriedade. Eu não tiraria um centavo deles.

– Sobrecarregada quanto? – repetiu ela. – Como uma jovem com um casal de gêmeos recém-nascidos?

Ah, os bons e velhos dias em que eu só tentava alimentá-los, vesti-los e pagar por cursos on-line enquanto trabalhava ali na Solidão. Bons tempos.

– Pior.

– Pior quanto?

Não havia uma linha de expressão naquela mulher que me levasse a acreditar que ela estivesse remotamente estressada.

– Acho que eu posso falir – murmurei. – Eu apostei tudo nas reformas.

– E você colocou a gente no mapa. A pousada está toda reservada a partir do Memorial Day. Você sabe que agora é só a baixa temporada. Ninguém quer caminhar na lama da primavera. Só neve ou sol puro fazem a diferença aqui.

– Eu sei.

Olhei de relance para a pilha de contas e forcei mais um sorriso. Minha avó nunca havia hipotecado a propriedade e, embora eu sentisse que, de alguma forma, a estava traindo, havíamos transformado a Solidão.

– E vai valer a pena – admiti. – A gente sabia que ia ter que se sacrificar durante alguns anos para pagar essa hipoteca, mas, com as reformas e a construção de cinco novos chalés este ano, foi a melhor decisão de negócios que eu podia ter tomado. Só que tentei economizar um pouco com o plano de saúde este ano. Imaginei que as crianças nunca iam ficar doentes e que, se ficassem, os custos seriam relativamente baixos, então coloquei a gente na categoria mais simples.

– E o que isso significa com tudo o que está acontecendo?

– Significa que estou gastando muito dinheiro. Alguns dos tratamentos são cobertos, e outros, não; alguns são só parcialmente cobertos. Todas as vezes que a gente vai até Denver, eu pago ainda mais.

Eu estava gastando dinheiro em uma escala simplesmente insustentável. E não eram só os tratamentos. Foi preciso contratar outro funcionário para passar as noites na casa principal, já que eu tinha me mudado para o chalé, e todas as despesas extras das viagens para as consultas de Maisie se somavam a um fluxo de dinheiro que saía, mas não entrava de volta.

– Ah, Ella.

Ada se lançou para a frente e pôs a mão envelhecida na mesa. Eu a peguei, correndo o polegar em sua pele fina, translúcida. Ela tinha a idade da minha avó quando morrera.

– Está tudo bem – assegurei a ela. – Quer dizer, é a vida da Maisie. Eu não vou deixar a minha filha…

Senti um nó na garganta e fechei os olhos, reunindo forças para me recompor. Era por isso que eu não tocava no assunto. Tudo precisava ficar guardado em sua própria caixinha organizada e, quando chegava a hora, eu lidava com cada problema individualmente. Mas falar sobre isso fazia todas as caixas se abrirem de uma vez e derramarem seu conteúdo sobre mim. Minha respiração saiu entrecortada.

– Eu vou fazer tudo o que for preciso para garantir que ela receba exatamente os cuidados necessários. Sem nenhum atalho. Sem optar pelo tratamento mais barato. Eu não vou arriscar a vida da minha filha assim.

– Eu sei. E se a gente fizesse uma vaquinha na cidade? Sabe, como eles fizeram quando o garoto Ellis quis viajar para o SeaWorld no ano em que a mãe dele morreu?

Meu primeiro instinto foi me rebelar, recusar imediatamente. Aquela cidade tinha torcido o nariz para mim quando engravidei e fui abandonada aos 19 anos. Eu havia me virado nos últimos seis anos, e pedir ajuda parecia trair tudo o que tinha conquistado.

Mas a vida de Maisie valia muito mais do que o meu orgulho.

– Vamos manter isso como uma opção – concordei. – Não tem nada que a gente possa fazer hoje à noite, então por que você não descansa um pouco?

– Está bom – disse ela, dando um tapinha na minha mão como se eu tivesse 5 anos de idade de novo. – Eu vou pra cama.

Ela se levantou com algum esforço e depois se inclinou sobre mim, beijando a minha testa.

– Você também precisa descansar um pouco.

– Eu não estou cansada – menti, sabendo que ainda enfrentaria horas de malabarismos para fazer alguma mágica financeira.

– Bom, se você não está cansada, devia dar um pulinho no chalé do Sr. Gentry. Pelo que a Hailey me contou, ele é um baita de um corujão, caso você esteja procurando uma companhia.

Ela me ofertou um sorriso inocente, mas eu a conhecia bem demais para cair nesse papo.

– Aham. Não vai acontecer – falei, puxando a pilha de contas para encerrar a discussão. – Além disso, eu tenho duas crianças de 6 anos dormindo lá em cima. Não posso sair por aí vagando e deixar os dois aqui, não é?

– Ella Suzanne MacKenzie. Eu sei muito bem que a Hailey dorme no seu quarto de hóspedes. Aliás, agora mesmo ela está na sala assistindo a um programa horrível na sua TV, e é mais do que capaz de ouvir os seus filhos. Que, devo acrescentar, devem estar no terceiro sono.

– Sinceramente, você acha que a gente pode considerar a Hailey adulta?

– Ela se sai muito bem quando você tem uma emergência para resolver na casa principal, não? Os seus bebês estão perfeitamente seguros, e a Maisie não fez químio esta semana. Então, se você resolveu se esconder daquele pedaço de mau caminho, a culpa é toda sua. Não vem culpar esses preciosos bebês ou usar os dois como desculpa. Estamos entendidas?

Minhas bochechas queimaram.

– Eu não estou me escondendo, e ele não é... um pedaço de mau caminho.

– Mentira – disse ela, apontando o dedo para mim como se eu tivesse 8 anos de novo e estivesse roubando um biscoito da grade de resfriamento.

– Tanto faz. Eu tenho 25 anos, estou tentando administrar um negócio em expansão, criar dois gêmeos sozinha e no meio de um... – me interrompi, agitando as mãos e apontando para tudo na minha mesa – ... câncer. Não tenho tempo de correr atrás de romance. Não estou nem aí pro quanto ele é gato.

Ou para o quanto aqueles braços eram enormes. Nada disso importava.

– Bom, eu não disse nada sobre romance, disse? Hã?

Ela foi embora valsando, contente por ter dado a última palavra.

Afundei na cadeira, deixando minha cabeça rolar para trás. Aquilo tudo era demais. As crianças. A Solidão. As contas. A ameaça à vida de Maisie. A presença de Beckett desequilibrara meu sistema cuidadosamente construído.

Claro, o cara era bonito. E talvez Ryan confiasse nele. Mas isso não significava que eu confiava. Não significava que eu era capaz de sequer pensar nele. Fora, bom, quando obviamente pensava. Mas não era de propósito. Ele simplesmente se infiltrava nos meus pensamentos, os invadia, na verdade, do mesmo jeito que tinha entrado sem ser convidado na minha vida.

Olhei para o quadro de avisos próximo à minha mesa. Ele estava vazio, exceto pela folha de papel A4 com uma mensagem escrita em grandes letras maiúsculas.

VOCÊ É O SUFICIENTE

Caos. Eu sentia a falta dele de um jeito quase irracional, considerando o fato de que nunca o havia visto. Eu nem sequer tinha uma foto para fazer o luto, só as cartas dele, aquela voz escrita que se estendeu por milhares de quilômetros e, de alguma forma, alcançou a minha alma.

E ele havia partido, assim como todos os outros.

E Ryan tinha enviado Beckett. Pelo menos, isso era o que Beckett dizia.

Mas, na verdade, eu nunca havia visto a carta. Eu deveria ter dado uma olhada nela. Era o que qualquer mulher racional faria se um estranho aparecesse alegando ter sido enviado pelo irmão morto dela. Verificar a alegação.

Eu, no entanto, havia aceitado aquilo de olhos fechados. Tinha alguma coisa na voz, nos olhos dele, que simplesmente parecia verdade. Mas se havia uma coisa com a qual eu não conseguia lidar era mentira. Se ele estivesse mentindo de alguma forma, eu precisava saber *naquela hora*.

Dane-se.

Eu me afastei da mesa e estava na sala de estar antes que pudesse pensar com clareza sobre o assunto, pedindo a Hailey que ficasse de olho nas crianças. Ela concordou, a colher pairando sobre o pote de meio litro de sorvete que a consolava pelo fim do mais recente namoro-relâmpago.

Peguei o casaco ao sair pela porta dos fundos e, já na metade do caminho até a casa de Beckett, tive o impulso de me virar e correr. O que é que eu estava fazendo? Aparecendo na casa dele no meio da noite? Ok, talvez não fosse exatamente no meio da noite, mas estava escuro, então dava no mesmo.

Usando o celular como lanterna, avancei pela margem do lago, dizendo a mim mesma a cada passo o quanto aquilo era estúpido, até que olhei para cima e vi a luz acesa nas janelas. Então, comecei a subir o caminho até a porta da frente.

Por que aquilo não podia esperar? Por que naquele momento? O que eu queria ganhar, além da verdade sobre o fato de Ryan ter enviado Beckett ou não? Por que aquilo importava naquela hora, e não duas semanas antes, quando ele tinha aparecido e alterado meu senso gravitacional? Por que...? Ah. Parece que eu tinha acabado de bater na porta dele.

Acho que a decisão estava tomada.

Foge, encorajou a adolescente imatura de 19 anos dentro de mim. Ao que tudo indicava, minha parte romântica tinha parado de se desenvolver quando eu enfiara aquela garota em mais uma caixa e fechara a tampa com força.

Você não é criança, a parte madura rebateu.

Antes que eu conseguisse entrar em mais discussões comigo mesma que pudessem me conduzir à ala psiquiátrica, a porta se abriu.

Ca-ce-te. Ele estava sem camisa.

– Ella?

E descalço. Só de calça esportiva.

– Ella, tá tudo bem?

Que raio de corpo era aquele? Como um homem de carne e osso tinha tantos músculos, todos duros, tonificados e forjados em linhas que pareciam esculpidas para uma boca? Para a minha boca?

Duas mãos firmes agarraram meus ombros.

– Ella?

Balancei a cabeça, como se pudesse chacoalhar os pensamentos para longe, e arrastei os olhos do contorno incrível do torso dele, passando pelo pescoço com barba por fazer, até aqueles olhos inacreditáveis. Eu gostava de verde. Verde era uma cor incrível.

Verde. Verde. *Verde.*

– Está tudo bem. Desculpa – murmurei, sabendo que soava como uma idiota. – Eu não esperava... – falei, gesticulando em direção ao corpo dele.

– Você achou que outra pessoa ia estar em casa?

– Não. Só achei que talvez você fosse estar vestido. Como uma pessoa normal.

Me forcei a encolher os ombros, e ele soltou os meus braços.

Então, abriu um sorriso largo.

Aff. Ele era mesmo incrivelmente gato. Irritantemente gato.

– Perdão. Eu vou me lembrar de te pedir permissão da próxima vez que for treinar. Entra. Vou pegar uma camisa.

Beckett segurou a porta aberta para que eu pudesse passar por ele.

E ele cheirava bem enquanto treinava? Que tipo de feitiçaria era essa? Aquele cara era real? Ninguém era tão bonito, tinha um cheiro tão bom e se dava bem com crianças. Tinha que haver um defeito.

Ele é das forças especiais.

É, aquela era uma baita falha. Não que eu sequer pudesse enxergar aquele cara como homem, no sentido romântico. Como se eu tivesse tempo para essa baboseira naquela hora, ou sequer energia. Mas eu tampouco era burra, e alguma coisa havia mudado em mim quando eu o vira com Colt.

Homens com cachorrinhos. Homens com crianças. As duas opções sempre me chamavam a atenção, e aquele cara oferecia ambas.

– Já volto – disse ele, enquanto eu continuava parada na entrada. – Fica à vontade para se sentir em casa, já que... bom, você é a dona! – Ele gritou a última parte ao subir as escadas.

Avancei para dentro do chalé com passos hesitantes. Tudo estava exatamente do mesmo jeito que tínhamos alugado; não havia personalização ou qualquer coisa que sugerisse a presença dele ali por mais do que alguns dias, quanto mais por sete meses. Nenhuma louça suja na pia, nenhum livro deixado nas mesinhas de canto, nenhuma jaqueta jogada casualmente nas costas das cadeiras.

Bagunça saiu da sala de estar, abanando o rabo devagar, e me abaixei para vê-la.

– Oi, garota. Você estava dormindo? Desculpa ter te acordado – falei, fazendo carinho atrás das orelhas dela, e Bagunça se inclinou ao meu toque.

Um minuto depois, ele estava diante de mim, com uma camiseta preta colada ao peito. É, aquilo infelizmente não diminuiu o *sex appeal*.

– Veja só, você gosta da minha Bagunça.

– Eu nunca disse que não gostava dela. Eu acho a Bagunça incrível. Já o treinador dela… – falei, dando de ombros e olhando ao redor do chalé. – Tem certeza de que vai ficar sete meses aqui? Parece que você não vai passar nem o fim de semana.

Só mais um sinal de que aquele cara não iria ficar.

Ele abriu um sorriso largo, exibindo dentes brancos e retos e minúsculas ruguinhas ao redor dos olhos.

– Só porque eu gosto do meu chalé arrumado? Limpo? Descomplicado?

– Ou estéril e impessoal, pode-se dizer – provoquei.

Ele assumiu um ar debochado.

– Então, o que posso fazer por você, Ella? – perguntou ele, recostando-se no bar que separava a cozinha da sala de estar.

– Eu queria saber se você poderia me mostrar a carta do Ryan.

O clima do ambiente mudou na mesma hora.

– Ah – disse ele, controlando rápido a expressão, embora eu tivesse visto a surpresa inicial. – Claro. Já volto.

Ele voltou a subir os degraus correndo. Ouvi uma gaveta ser aberta e fechada e, em uma questão de segundos, Beckett estava de volta.

– Aqui.

Ele me entregou um envelope que, provavelmente, um dia havia sido branco, mas que àquela altura estava manchado e amolecido pelo repetido manuseio. Meus dedos tremeram quando o virei e vi o nome de Beckett rabiscado na frente com a letra de Ryan.

Meu polegar roçou a tinta, minha garganta se fechando e uma queimação familiar fazendo cócegas no meu nariz. Pela primeira vez desde o funeral, lágrimas ameaçaram rolar, e, rapidamente, empurrei as emoções para o mais longe possível. E as mantive bem trancadas, assim como as caixas com as coisas de Ryan que acumulavam poeira no antigo quarto dele.

Em algum momento, eu organizaria aquilo, separando as coisas que Colt poderia querer, mas ainda não era o momento.

Isso estava na minha lista-pós-superação-do-câncer, que, naquele momento, já tinha mais de 20 quilômetros de comprimento.

– Pode levar com você – ofereceu Beckett, sua voz rouca suavizada a um nível que atraiu os meus olhos para os dele. – Caso você queira um pouco de privacidade para ler.

Havia uma tristeza profunda em seu olhar, uma dor crua e incomensurável que sugava o ar dos meus pulmões. Eu conhecia aquele sentimento; eu *era* aquele sentimento, e vê-lo refletido em outra pessoa de alguma forma o validou e o tornou um pouco menos solitário. Houve lágrimas no enterro de Ryan. Larry, Ada... eu, as crianças, algumas garotas locais que ele tinha visto de maneira intermitente durante anos e até uns dois caras que vieram representar a unidade dele. Mas o sentimento de nenhum deles se parecia com o meu – como se eu tivesse sido abandonada pela única pessoa que realmente me conhecia... não até aquele momento, com alguém que eu considerava um estranho.

Um estranho com quem estava conectada pela morte da pessoa que nós dois amávamos.

Dado o estado do envelope, e quantas vezes ele obviamente tinha lido a carta, eu sabia o que Beckett estava oferecendo, e o que isso custava a ele. O simples gesto significou mais para mim do que qualquer se-você-precisar--estou-aqui de cada pessoa bem-intencionada que soubera de Maisie, até mais que as ofertas honestas de Ada e Larry, que eu considerava da família.

Beckett estava me oferecendo a oportunidade de sair pela porta com um pedaço sagrado da história dele.

– Não, tudo bem. Sinceramente, eu prefiro ler aqui. Com você.

Onde, quem sabe apenas uma vez, eu não me sinta tão completamente só no meu luto pelo Ryan.

– Tudo bem? – perguntei.

– Claro. Quer sentar?

Ele se balançou sobre os calcanhares e cruzou os braços. Se o conhecesse melhor, diria que parecia nervoso, mas eu não estava familiarizada o suficiente com nenhum dos maneirismos dele para supor nada.

– Não, tudo bem.

Sentar significava ficar, o que eu definitivamente não faria.

Abri o envelope e puxei a carta. Era um papel de caderno pautado, o mesmo que ele usava para me escrever. O papel estava ainda mais gasto que o envelope, a única página manchada nas dobras. Respirando fundo para me acalmar, desdobrei a carta e, imediatamente, reconheci a letra de Ryan.

– Quantas vezes você leu isto? – perguntei, com a voz baixa.

– Pelo menos uma vez por dia desde que... – Beckett pigarreou. – Às vezes mais, no início. Agora eu deixo a carta no bolso para sempre lembrar por que estou aqui. Que, mesmo que você não me deixe te ajudar, eu estou dando o meu melhor para fazer o que ele pediu.

Assenti e li a carta toda o mais devagar possível, saboreando a última vez que teria notícias do meu irmão.

Não é um pedido justo, eu sei bem disso. É contra a sua natureza não cumprir uma missão e seguir em frente, mas eu preciso disso. A Maisie e o Colt precisam disso. A Ella precisa disso – precisa de você, embora vá lutar com unhas e dentes antes de admitir. Ajude a minha irmã mesmo quando ela jurar que está bem.

Não deixe que ela passe por isso sozinha.

Lá estava. A verdade. Ryan enviou Beckett, pediu que ele me ajudasse, ou melhor: deixou o homem tão culpado que ele abandonou uma carreira que amava e se mudou para um lugar estranho, onde a pessoa que o levara até ali o ignorava descaradamente em todos os momentos possíveis.

O último pedido de Ryan fora para mim.

Meus olhos se fecharam, e contei, respirando fundo, até que a vontade de chorar histericamente, de atirar coisas na sina que o destino havia decidido que eu merecia, passou.

Então, olhei para Beckett, notando que ele tinha recuado alguns metros e se recostado na parede, como se pressentisse a minha necessidade de espaço. Mas os olhos dele estavam fixos nos meus, sua boca tão firme quanto eu imaginava que seria um cara das forças especiais – como Ryan costumava ser.

– Obrigada – falei, devolvendo a carta a ele no envelope.

– Eu sinto muito por eu estar aqui, e ele, não.

– Por que você não se acha digno de amor? De uma família? Todo mundo merece ter uma família.

Mesmo quando eu estava no meu pior momento, sempre soube disso. Se não eram os meus pais, então era a vovó, ou Ryan, ou Larry e Ada. Depois também eram os meus filhos. O que tinha acontecido com aquele cara para ele não ter isso?

Ele se descolou da parede, passou por mim e foi até a cozinha, deixando a carta no armário mais próximo.

– Ele queria estar aqui, sabe? Ele ia sair quando recebesse a dispensa, já tinha falado para o comandante que não ia se realistar. Ele tinha toda a intenção de estar aqui por você desde o instante em que soube da Maisie – contou Beckett, abrindo a geladeira, pegando duas garrafas de água e ignorando a minha pergunta.

Contornei a ilha para segui-lo.

– É, bom, ele já tinha dito isso antes, logo depois que os gêmeos nasceram. Ele voltou pra casa de licença e, com os dois dormindo no peito, me prometeu que ia sair. Que ia voltar para casa, onde ele era necessário. Mas, engraçado, não tinha dado nem o mês todo da licença quando o telefone dele tocou, e ele fez as malas e foi embora. Eu parei de acreditar nele depois disso. Eu não coloco muita fé em promessas bonitas, mesmo de homens que dizem que me amam. Agora, no seu caso, você largou um emprego que obviamente amava e se mudou para o outro lado do mundo simplesmente pra atender ao pedido do Ryan. Isso é lealdade. É a própria definição de família, e eu não consigo entender por que você acha que não merece uma coisa que já tem.

Ele abriu a tampa e tomou um gole demorado, depois pôs a garrafa na bancada e me entregou a outra. Peguei mais por hábito que por sede.

– Você vai pra Denver de manhã, pra cirurgia da Maisie?

– Você sempre foge das perguntas?

Um sorriso piscou no rosto dele, desaparecendo tão rápido quanto aparecera.

– Eu não estou aqui por mim. Estou aqui por você.

Todas as vezes que ele dizia isso, eu sentia que um pedacinho da argamassa das minhas paredes emocionais rachava. Não era o suficiente para derrubá-las ou sequer enfraquecê-las. Mas a rachadura estava lá mesmo assim, só esperando para se expandir e crescer. Ninguém nunca havia ficado por mim, quanto mais fazer o que Beckett tinha feito.

Não que aquilo fosse permanente.

– Mas não devia. Você tem uma vida. Não importa o que Ryan disse naquela carta, eu não sou responsabilidade sua. Não importa o quanto vocês dois eram próximos, você, no fim das contas, é um estranho. Eu agradeço cada oferta que você me fez e tudo de que você abriu mão pra realizar o desejo do Ryan, mas isso é demais.

Minhas palavras eram duras, mas mantive a voz branda. Eu não queria machucá-lo.

– Eu não vou embora – insistiu ele, ecoando meu tom.

Engraçado como aquela conversa era a mesma da primeira vez que a gente tinha se visto, mas a conotação era completamente distinta, o que fazia toda a diferença. Eu já não estava tentando colocar Beckett para fora, mas libertá-lo.

– Vai, sim.

Assim como Ryan tinha feito. Como Jeff e meu pai. Depender de Beckett seria a coisa mais burra que eu poderia fazer.

Ele tensionou o maxilar e desviou o olhar por um instante. Quando voltou a me encarar, seu semblante estava mais duro.

– Acho que você vai ter que esperar pra ver.

A tensão preencheu o espaço entre nós, palpável o suficiente para nos separar... ou talvez nos unir – o soldado e a mulher de quem a honra o obrigava a cuidar.

– É melhor eu ir.

Deixei minha garrafa fechada na bancada e passei por Beckett, atravessando o corredor e indo até a porta da frente.

– Eu sei que a cirurgia vai ser difícil. Pra ela e pra você. Por favor, promete que vai me ligar se precisar de alguma coisa.

Olhei por cima do ombro e o vi de pé no corredor, a pouco mais de um metro de mim. Havia determinação no rosto dele, mas a tristeza voltara aos seus olhos. Eu não devia nada àquele homem e sabia ainda menos sobre ele, fora o fato de que Ryan confiava nele.

Abri a porta e saboreei o ar fresco, desejando que ele pudesse limpar meu cérebro confuso e sobrecarregado. Mas o pensamento martelou em mim impiedosamente, até que o deixei entrar – Beckett não tinha como cumprir a promessa que fizera a Ryan se eu não permitisse. Eu podia ser muitas coisas, mas cruel não era uma delas.

– Prometo.

Não era mentira, porque eu não tinha nenhuma intenção de precisar de nada de Beckett. Fechando a porta atrás de mim, saí do chalé dele e voltei para o meu. Como já sabia a verdade, podia parar de permitir que aquele cara invadisse meus pensamentos e voltar a me concentrar no que importava.

Maisie.

CAPÍTULO NOVE

BECKETT

Carta nº 11

Caos,

Ontem, eu perdi a peça do Colt pelo Dia de Ação de Graças. Ele era o Peregrino com a fala que convidava os nativos americanos para o banquete. Ele ensaiou por semanas. Não parava de falar disso.

E eu perdi.

A Maisie não estava forte para voltar para casa depois da primeira sessão de quimio. A contagem das células despencou, e eles não nos deixaram sair de Denver até que elas voltassem a um nível seguro. Acontece, pelo menos foi o que uma das mães daqui me falou. O nome dela é Annie, e ela tem sido uma bênção nas últimas duas semanas. O filhinho dela está aqui, e acho que podemos dizer que ela me colocou debaixo da asa dela. Essa curva de aprendizado é imperdoavelmente íngreme.

Agora, já faz quase duas semanas que estamos em Denver. Este é o melhor hospital infantil do Colorado, e é onde a oncologista dela trabalha, mas, alguns dias depois de chegarmos, descobri que ele não é coberto pelo nosso plano. Que engraçado eu nunca ter pensado nesse tipo de coisa antes.

Por que eu não consigo raciocinar direito? Até as minhas cartas estão dispersas agora, mas, bom, o meu cérebro também está.

Então, sim, duas semanas, e eu perdi a peça do Colt. A Ada foi e gravou para mim, mas não é a mesma coisa. Ele fez uma cara corajosa quando nos falamos por vídeo depois, mas eu sei que ficou decepcionado. Quando eles nasceram, eu jurei que nunca os decepcionaria, e, agora, não importa o que eu faça, um dos dois sofre.

Como isso é justo? Vejo pais se revezando aqui ou pais que só têm um filho e sinto uma pontada de inveja horrível e egoísta pelo que eles têm – a capacidade de criar um equilíbrio.

Eu sei que, diante dos fatos, perder a peça não é uma catástrofe. É a primeira de muitas, certo? Ele ainda vai fazer muita coisa e contar comigo lá, e a Maisie precisa de mim agora. Mas eu não consigo deixar de sentir que esta foi a primeira gota no balde e morro de medo de que, em algum momento, ele encha. Eu perdi a primeira peça dele quando prometi que nunca perderia nada e, à medida que os médicos me apresentam os planos de tratamento, vejo o quanto ela vai perder. O quanto ele vai perder.

Porque não fui só eu quem perdi a primeira peça. A Maisie também perdeu. E, em vez de estar no palco, ela estava em uma cama de hospital. Os médicos me disseram que a contagem de células está aumentando, e eles têm esperanças de que possamos sair amanhã.

Meu Deus, tomara que eles estejam certos.

Espero que vocês estejam comendo alguma coisa que pelo menos lembre um peru por aí, ou que, pelo menos, tenham conseguido um tempinho de folga. Descansem enquanto puderem.

Ella

Acariciei a cabeça de Bagunça enquanto fazia a curva para entrar no portão da Solidão, depois dirigi pela rua sinuosa em direção ao meu chalé, passando pelo de Ella. O SUV dela tinha sumido, o que significava que elas deviam ter ido para Denver, como planejado. Ella estivera em casa de manhã, quando eu estava saindo para uma sessão de treinamento do meu novo trabalho, e eu tivera um lampejo de preocupação de que alguma coisa tivesse mudado os seus planos.

Não que ela fosse me contar.

Não que eu sequer merecesse saber.

Ela tinha me matado na noite anterior, ao fazer aquelas perguntas e me chamar de estranho. Quase desabei ali mesmo, mas as nossas circunstâncias não haviam mudado, e se ser só Beckett me deixasse perto o suficiente para ajudar, então eu enterraria Caos junto com Ryan. Deus sabia como esse já era praticamente o caso. Eu não mentira totalmente quando deixara implícito que ele também tinha morrido naquela missão.

Eu não queria mentir para Ella – nem mesmo por omissão –, mas, se ela soubesse quem eu realmente era, me mandaria embora da vida dela. Saber só a levaria a fazer perguntas que eu não podia responder e, mesmo se pudesse, a verdade me exilaria tão rápido quanto a descoberta da mentira que eu vivia. Desde que ela não descobrisse e que eu controlasse meus sentimentos, eu seria o único que carregaria o peso daquela dura realidade.

Quando Maisie estivesse curada e Ella não precisasse mais de mim, eu contaria a verdade.

Fiz a curva para a minha extensa entrada de veículos e, então, pisei nos freios com força suficiente para chamar a atenção de Bagunça.

Havia um jipe estranho parado em frente ao meu chalé.

Quem diabos poderia ser? Avancei devagar, até que uma figura familiar deu a volta no jipe. Alto, com ombros largos, pele negra, e olhos e cabelos escuros; eu o reconheci à primeira vista.

Capitão Donahue.

O que ele poderia querer?

– Está tudo bem, garota – falei para Bagunça. – É só o Donahue.

Estacionei a caminhonete e saí, e Bagunça pulou atrás de mim.

– Cachorro à solta! – gritei o aviso enquanto ela saltava na direção dele, sabendo muito bem que não o atacaria.

– Rá, muito engraçado – disse ele, descendo até a altura da minha garota.

Bagunça parou de repente bem de frente para ele e se sentou nas patas traseiras.

– O que o senhor está fazendo aqui, Donahue? – perguntei, indo até ele.

– Bela camisa – disse o capitão, meneando a cabeça para o meu novo uniforme da Equipe de Busca e Resgate das Montanhas de Telluride.

– O que o senhor está fazendo aqui? – repeti.

Ele suspirou e se levantou.

– Continua bom como sempre com as palavras, hein?

Ele abriu a porta do jipe, se inclinou para dentro e voltou com um brinquedo vermelho.

– Eu trouxe um presente – disse ele a Bagunça.

Bagunça levantou as orelhas quando ele mostrou o brinquedo, mas não se mexeu quando o capitão o jogou na floresta.

– Pega! – gritou ele, mas ela ainda o encarava como se estivesse louco. – Como assim? Você adora essas coisas!

Fiquei ao lado dela e cruzei os braços.

– Ela ainda é teimosa assim? – perguntou ele, levando os óculos escuros ao topo da cabeça.

– É.

Ela nem sequer olhou para mim, só manteve os olhos treinados no outro homem.

– Está bom. Eu imaginava que, com algum tempo livre, a gente não ia ter que aposentar a cachorra… nem você – disse ele, balançando a cabeça, exasperado.

– Pega – falei.

Com uma única palavra, Bagunça saltou em direção à floresta para encontrar o brinquedo novo. Um sorriso se espalhou pelo meu rosto enquanto Donahue revirava os olhos.

– Sim, sim. Ponto comprovado. Ela é sua e sempre será. Bom te ver.

– Idem, mas o senhor não respondeu à minha pergunta. Por que está aqui?

– A gente pode sentar?

Levei o capitão para o pequeno pátio atrás do chalé, onde havia um conjunto completo de móveis à sombra das três da tarde.

– Daqui a uns 45 dias, você está fora – disse ele enquanto nos sentávamos nas cadeiras Adirondack vermelhas.

– Isso – concordei, atirando o brinquedo na direção do lago.

Bagunça ficou felicíssima de correr atrás do brinquedo. Naquele dia, ela tinha sido posta à prova no trabalho de busca, afiando suas habilidades para encontrar pessoas. Embora cansada, estava feliz.

– Estou aqui para lhe pedir que reconsidere – declarou ele, inclinando-se um pouco para a frente.

– Não.

– Gentry. – Ele suspirou e esfregou o espaço entre as sobrancelhas. – A gente é um time.

– Não mais – falei, baixando a voz.

Ele olhou para a pequena ilha do outro lado do lago.

– Você já foi lá visitá-lo?

Meu silêncio respondeu.

– Não tinha nada que você pudesse fazer por ele – disse Donahue pela centésima vez.

– É, bom, é aí que a gente discorda.

Bagunça voltou, e eu lancei o brinquedo de novo, naquele movimento familiar e reconfortante.

– Você acha que era isso que ele ia querer? Que você deixasse a equipe? Deixasse a sua família? Você e a Bagunça são parte de nós.

– Eu estou fazendo exatamente o que ele me pediu.

Tirei a carta do bolso de trás da calça e entreguei a ele.

Ele a leu e praguejou, me devolvendo o envelope.

– Eu devia ter lido essa maldita carta antes de lhe entregar.

– Não tem nenhuma chance de eu ir embora. Por mais que eu compreenda o que o senhor está fazendo aqui, não posso voltar. A minha licença terminal está correndo e, dentro de 45 dias, eu estou fora.

Eu estaria separado de maneira permanente da única vida que conhecia.

– E se existir outra opção?

– A não ser que essa opção seja o Mac voltar dos mortos, não ligo. O que eu quero já não importa mais.

– Eu entendo. E entendo o que você está fazendo aqui. Cara, eu te admiro por isso. É o maior dos sacrifícios, e eu não tenho nada além de respeito por você. Mas sei que essa… situação não vai durar para sempre. Não quero que você olhe para trás e se arrependa dessa escolha.

Lancei a ele um olhar que dizia claramente que isso não aconteceria, mas Donahue continuou:

– E se eu te dissesse que, devido à natureza da nossa unidade, consigo colocá-lo em uma espécie de lista de pessoas com invalidez temporária?

– Como é que é?

Bagunça trouxe o brinquedo de volta, mas vi exaustão em seus olhos e fiz um sinal para que ela se deitasse. Ela pegaria aquela coisa até desmaiar, a não ser que eu desse a ela o sinal, então foi o que fiz.

– Não é o que você pensa. Você não está… incapaz. Mas foi a única saída que eu e os superiores conseguimos encontrar para lhe dar um tempo fora, aqui.

– E o fato de que não existe nada de errado comigo?

– Acho que nós dois sabemos que isso não é verdade – disse ele, olhando para a ilha. – Olha, nos últimos dez anos, você nunca tirou uma licença.

– E?

– E você está exausto. Física e mentalmente exausto. Então, foi com base nisso que a papelada foi feita. Você só tem que assinar.

– Eu não vou voltar.

– Não agora. Mas isso lhe dá um ano para reconsiderar. Mais, se for necessário. Dá para estender por até cinco anos. Salário, benefícios e uma reintegração fácil quando você estiver pronto.

– Eu já tenho um trabalho – falei, apontando para a minha camisa.

– Não um tão vital quanto o nosso. Você faz parte da família, Gentry, e sempre vai ser bem-vindo. Assinar esses papéis de aceite não é prometer que você vai voltar. Isso só lhe dá essa opção, que você está prestes a perder quando a licença terminal sair. Ou você assina a recusa, e essa oferta é cancelada imediatamente.

Ele se levantou e deu alguns passos à frente, com os olhos na ilha.

– Ele realmente era um dos melhores, não era?

– Ele era o melhor de *nós*.

Donahue se virou e passou por mim, parando e colocando a mão no meu ombro.

– Os papéis estão no centro das forças especiais perto de Denver. Eu mandei o endereço certinho do escritório por e-mail há uma hora.

– O quê? O senhor não quis deixar os papéis aqui?

– Eu achei que, se deixasse aqui, você ia tocar fogo neles antes de sequer considerar o que estou tentando oferecer.

Odiei que ele estivesse certo.

– Foi bom te ver, Gentry. Descansa. Faz o que puder pela família do Mac e, quando a sua missão terminar, volta pra casa.

Ele me entregou a carta de Ryan e foi embora sem dizer mais nada.

Uma centelha surgiu na minha alma – a inquietação que estava adormecida por algumas semanas voltando à vida. A necessidade de me concentrar em uma missão de cada vez e depois seguir em frente. A oferta dele era tentadora, mas eu não podia me dar ao luxo de aceitar, não quando Ella precisava de mim.

Juntei algumas coisas para mim e para Bagunça depois de checar os e-mails e verificar o endereço. A melhor parte do meu novo trabalho era que a gente trabalhava de plantão, sem ter escala, e de qualquer forma isso só começaria dali a uma semana. Se eu saísse na próxima hora, poderia estar em Denver por volta das dez, se as seis horas que tinha demorado para chegar a Telluride fosse o tempo normal. Dentro de sete horas, poderia assinar a recusa e colocar um fim em qualquer pensamento de aceitar a oferta de Donahue. Além disso, talvez a viagem curasse aquela mordidinha da inquietação que tinha os dentes em mim.

Vinte minutos depois, fui até a casa principal, com Bagunça a meu lado.

– Sr. Gentry! – disse Hailey, animada, quando avancei em sua direção.

Ela piscou e se inclinou para a frente.

– O que eu posso fazer pelo senhor?

Ela era exatamente o tipo de garota que Mac teria escolhido: divertida, sociável, bonita e sem medo de demonstrar interesse.

Mas meu coração já tinha dona, ainda que Ella não soubesse disso.

Seja legal. Civilizado. Suavize o tom de voz. Repeti os lembretes na minha cabeça, determinado a me esforçar com as pessoas que importavam para Ella.

– Eu estou indo para Denver por alguns dias e só queria deixar vocês a par antes de sair.

– Ah, é claro…

O telefone tocou, e a jovem atendeu, levantando o dedo para mim.

– Pousada Solidão, Hailey falando. Ah, oi, Ella. O quê?

Foi a minha vez de me debruçar no balcão.

– Bom, você precisa dela aí? Claro, entendi. Eu só quis dizer que poderia enviar durante a noite…

– O que foi? – perguntei.

– Ela deixou a pasta grande da Maisie no escritório – sussurrou Hailey, cobrindo o fone.

– A pasta médica?

Ella carregava aquilo para todas as consultas. Nela estavam os registros de todos os tratamentos de Maisie, todos os resultados de laboratório... tudo.

Hailey assentiu.

– Eu sei, Ella, só deixa eu ver o que consigo fazer...

Arranquei o telefone da mão de Hailey.

– Eu levo pra você. Fala pra Hailey me mandar o número do seu quarto no hospital por mensagem.

Antes que ela pudesse argumentar, devolvi o telefone para Hailey. Ao me virar para a porta, vi Ada saindo do escritório com a pasta nas mãos estendidas.

– Eu ouvi. Ela deu uma passada de um segundo aqui hoje de manhã e esqueceu a pasta.

– Eu cuido disso – falei para ela.

– Sei que vai cuidar – disse Ada. – O senhor quer que a gente fique com a Bagunça?

Meu primeiro impulso foi um cordial "de jeito nenhum". Mas, então, a cabeça de Colt apareceu na porta que levava à sala de jantar.

– Bagunça!

Ele correu e caiu de joelhos para abraçá-la, e ela deitou a cabeça no ombro dele.

– Por favor! A gente pode ficar com ela? Ela pode dormir na minha cama e tudo. Eu vou jogar o brinquedo dela e dar comida pra ela, prometo!

– Ela vai aonde eu vou – reforcei para Ada.

– Não para o hospital – disse Ava. – Sei que ela é uma cadela de trabalho, mas eles só deixam cães de assistência entrarem.

Os olhos de Ada ecoaram esse apelo.

– Sr. Gentry, a Ella não deixou que eu fosse com ela. Nem o Larry. E eu sei sobre... a carta do Ryan e tudo o mais – contou ela, depois olhou de relance para Colt e se voltou para mim. – E eu não ia querer que a Bagunça ficasse confinada em um hotel se o senhor tivesse que... digamos, ficar durante a cirurgia amanhã.

Ela estava, sem dúvida, me desafiando. Mas não fazia ideia do quanto eu queria estar lá por Ella ou de como seria difícil deixar Bagunça.

Uma ladainha de palavrões passou pela minha cabeça, mas nenhum adequado para expressar meus sentimentos conflitantes. Bagunça ficaria segura ali e seria bem cuidada, e já tínhamos nos separado por um fim de semana antes. Quando não estávamos destacados, Bagunça ia para o canil com os outros cães de trabalho conforme o regulamento, mas ela estivera comigo em todas as mobilizações de tropa e em todos os momentos desde que Mac morrera.

Ada estava certa, porém, e Ella ficaria sozinha.

Respirei fundo e me abaixei para encarar Colt.

– Você tem escola amanhã?

Ele balançou a cabeça devagar.

– É dia de classe dos professores ou alguma coisa assim.

– Conselho de classe – corrigiu Ada.

Aquiesci e passei a mão pelos cabelos dele, que cresciam espetados.

– Está bom. Então, você vai tomar conta dela. Ok? A mala dela está na caminhonete, com a comida e as coisas favoritas dela.

Quanto mais eu explicava como cuidar dela, mais brilhantes os olhos dele se tornavam, até que o garoto virou praticamente um Ursinho Carinhoso de tanta alegria emanada.

Bagunça estaria em boas mãos.

Peguei a mala dela e a levei de volta para Colt, depois me ajoelhei em frente a Bagunça, peguei o focinho dela e olhei em seus olhos.

– Fica com o Colt. Seja boazinha.

Acrescentei essa ordem extra para que ela soubesse que eu estava dizendo só para *ficar*, e não para *proteger*. Caso contrário, surgiriam dentes. Mas isso era escolha dela e, se ela demonstrasse qualquer hesitação, não poderia ficar – teria que ir comigo. Aquela era a principal razão de estarmos nos aposentando juntos.

Ela girou a cabeça e olhou para Colt, indicando que entendia não só o comando, mas quem ele era.

– Eu volto daqui a alguns dias. Fica. Com. O. Colt. Seja. Boazinha.

Larguei a cabeça dela, e ela trotou até o garoto imediatamente.

– Boa garota.

Partes iguais de alívio e preocupação me atingiram bem no estômago.

– Não seria uma boa ideia separar os dois – avisei a Ada.

– Ela vai morder? – sussurrou ela.

– Não. A não ser que alguém mexa com ele. Se isso acontecer, que Deus proteja essa pessoa, porque ela só solta uma mordida quando eu mando. A senhora ainda tem certeza de que quer ficar com ela?

– Absoluta – respondeu Ada, secando a mão no avental limpíssimo e bem passado.

– Vem, Bagunça! – chamou Colt, correndo para fora da casa pela porta lateral com o brinquedo dela nas mãozinhas.

Ela trotou junto dele, abanando o rabo.

Ada inclinou a cabeça.

– Engraçado...

O quê?

– Ela parece uma coisinha tão dócil. A gente não imagina que é capaz de estraçalhar alguém.

– Ela é como qualquer fêmea nesse aspecto, senhora.

Cinco minutos depois, eu dirigia em direção a Ella e Maisie, finalmente apto a fazer a única coisa que tinham me enviado para fazer ali: ajudar.

CAPÍTULO DEZ

BECKETT

Carta nº 2

Caos,

    Fiquei tão feliz por você ter me escrito de volta! Primeiro de tudo, feliz aniversário, mesmo sabendo que vai receber isto semanas depois. Pelas datas dos seus envelopes, está demorando cerca de quatro ou cinco dias para a correspondência chegar até mim, o que é super-rápido. Eu lembro quando costumavam ser seis semanas.
    Em segundo lugar, que tal assim? Vamos sempre escrever à caneta. Nunca apagar nada, só dizer o que for verdade e vier à cabeça. Não que haja muita coisa em jogo ou nós dois precisemos fingir.
    Tudo bem você não ser bom com pessoas. Na minha experiência, poucas valem o esforço. Eu tento dar tudo o que tenho para as pessoas próximas a mim e manter esse círculo pequeno. Acho melhor ser incrível para poucos do que medíocre para um bando.
    Então, deixa eu fazer uma pergunta que não vai ser censurada (a propósito, é bizarro pensar que tem gente lendo as nossas cartas, mas eu compreendo).
    Qual foi a decisão mais assustadora que você já tomou? Por que você fez isso? Algum arrependimento?
    A maioria das pessoas diria que a minha resposta seria parir os gê-

meos, ou criá-los, mas eu nunca tive tanta certeza sobre uma coisa na vida quanto tenho sobre os meus filhos. Não foi assim nem com o Jeff, o meu ex-marido. Eu estava iludida demais para ficar assustada quando ele me pediu em casamento, e não tenho como me arrepender do que aconteceu, por causa dos meus filhos. Além disso, arrependimentos não nos levam a lugar nenhum, levam? Não faz sentido ficar ruminando coisas que aconteceram quando precisamos seguir em frente.

Eu tomei a minha decisão mais assustadora no ano passado. Hipotequei a Solidão, que não é só uma pousada, mas uma extensa propriedade de 80 hectares. Minha avó a manteve livre de dívidas e, mais do que tudo, eu queria preservar esse legado, só que a nossa situação era precária em todos os níveis. Eu não tinha coragem de vender mais nenhum pedaço de terra, então tomei a decisão aterrorizante de hipotecar a propriedade e investir tudo em melhorias, na esperança de nos lançar no mercado como uma espécie de refúgio de luxo. Estou cruzando os dedos para dar certo. Entre o dinheiro que usei para fazer as melhorias nos chalés e nas propriedades e os empréstimos para a construção dos novos chalés para o verão, eu estou nessa mistura louca de esperança e medo. Não vou mentir, é meio que excitante. Quem não arrisca não petisca, certo?

Partindo agora para assumir minha próxima decisão assustadora... vou me voluntariar para trabalhar com aquelas mulheres da Associação de Pais e Professores que julgam tudo e todos.

Ella

Enfiando a pasta de Maisie debaixo do braço, chequei o celular à procura do número do quarto bem na hora em que o elevador apitou minha chegada ao andar de oncologia pediátrica.

Eram quase onze da noite. Aqueles momentos com Colt me custaram algum tempo, mas minha viagem foi bem tranquila.

– Posso ajudar? – perguntou uma enfermeira na recepção, com um sorriso gentil e uma bata cirúrgica do Pato Donald.

Ela parecia ter 40 e poucos anos e estava bem alerta, considerando o horário.

– Estou indo no quarto 714, onde está Maisie MacKenzie – disse a ela.

Se tem uma coisa que aprendi na minha década de serviço à nossa unidade foi que, se você agisse como se pertencesse a um lugar, a maioria das pessoas acreditava.

– Já passou do horário de visitas. O senhor é da família?

– Sim, senhora.

De acordo com Colt, eu era, então, de uma forma um tanto confusa, não estava mentindo.

Os olhos dela se acenderam.

– Ah! O senhor deve ser o pai dela. Todos nós estávamos esperando para ver como o senhor era!

Ok, sobre isso eu não ia mentir. Uma coisa era lançar uma ampla generalização, outra bem diferente era reivindicar a honra de ser o pai de Maisie. Quando abri minha boca para falar, senti uma mão no meu ombro.

– Você chegou – disse Ella, com um sorriso suave.

– Eu cheguei – ecoei. – E a pasta também.

Eu entreguei a pasta, e ela apertou contra si em um gesto tão familiar que fez meu peito doer. Ela deveria ter alguém para abraçar assim em momentos como aquele, e não um objeto inanimado.

– Eu o levo até lá – disse Ella à enfermeira.

– À vontade.

Avancei pelo corredor com Ella, observando os murais de urso.

– Eles não estavam brincando quando disseram que aqui é o andar dos ursos, hein?

– Não. Ajuda as crianças a lembrar – respondeu ela. – Quer conhecer a Maisie? Ela ainda está acordada, apesar de todos os meus esforços.

– Quero – respondi sem hesitar. – Eu adoraria mesmo.

Eufemismo do século. Ao lado dos desenhos de montanhas de Colt, os de animais de Maisie eram os meus favoritos. Mas eles pertenciam a Caos. Assim como aconteceu com Ella e Colt, eu estava começando do zero com Maisie.

Nossos passos eram os únicos sons no longo corredor.

– Esta ala é para pacientes internados – contou Ella, preenchendo o silêncio. – As outras duas são para pacientes ambulatoriais e transplantes.

– Entendi – falei, analisando cada detalhe pela força do hábito. – Olha, você precisa saber que a enfermeira pensa…

– Que você é o pai da Maisie – completou Ella. – Eu ouvi. Não se preocupa, ela não vai empurrar os papéis da adoção para você nem nada. Eu deixei todas as informações sobre o pai em branco porque não quero que eles liguem pro Jeff em caso de emergência. Ele nunca nem sequer viu a Maisie.

– Eu queria poder dizer que não entendo como alguém faz isso, mas acontece o tempo todo de onde eu venho.

Ela se deteve bem em frente ao quarto com uma placa que exibia o nome de Maisie.

– E onde é isso?

– Eu cresci em lares adotivos. A minha mãe me largou em um ponto de ônibus de Nova York quando eu tinha 4 anos. Em Syracuse, para ser exato. A última vez que vi a minha mãe foi quando ela perdeu os direitos à minha guarda, um ano depois. Conheci alguns pais horríveis ao longo da minha vida, mas outros incríveis. – Apontei para ela. – E se o seu ex é patético a ponto de nunca ter visto a própria filha, então não merece a Maisie. Ou você. Ou o Colt.

Havia um milhão de perguntas nadando naqueles olhos dela, mas fui salvo por Maisie.

– Mamãe? – chamou a vozinha de dentro do quarto.

Ella abriu a porta, e eu a segui.

O quarto tinha um bom tamanho, com um sofá, uma cama de solteiro, uma cadeira de balanço acolchoada e uma cama gigante de hospital que continha uma pequena Maisie.

– Oi, amor. Ainda não está dormindo? – perguntou Ella, depositando a pasta em uma mesa perto da porta e indo se sentar na beirada da cama.

– Eu não estou… cansada – respondeu Maisie, fazendo uma pausa no meio de um bocejo gigante.

Ela se contorceu em volta da mãe para me espiar.

– Oi?

Aqueles olhos de um azul cristalino como os de Ella analisaram cada centímetro meu, em um julgamento superficial. Ela estava magra, mas não muito frágil. A cabeça tinha um formato perfeito, e a falta de cabelo só fazia com que os olhos parecessem maiores.

– Oi, Maisie. O meu nome é Beckett. Eu moro no chalé ao lado do seu

– falei para ela, me aproximando do pé da cama, no tom de voz mais suave de que eu era capaz.

– Você é o dono da Bagunça – disse ela, inclinando a cabeça de leve, igualzinho à mãe.

– Sou. Mas ela não está comigo agora. Na verdade, eu deixei a Bagunça com o Colt, fazendo companhia para ele enquanto eu vinha aqui te ver. Espero que você não se importe. Ele parecia estar precisando de uma amiga para conversar.

– Cachorros não falam.

– Engraçado, também conversei sobre isso com o seu irmão. Mas, às vezes, você não precisa que alguém te responda. Às vezes, a gente só precisa de um amigo para escutar, e ela é ótima nisso.

Maisie apertou os olhos por um instante, em seguida me presenteou com um sorriso brilhante.

– Gostei de você, Sr. Beckett. Você deixou o meu melhor amigo pegar a sua emprestada.

E, simples assim, eu estava entregue.

– Eu também gostei de você, Maisie – falei baixinho, com medo de embargar a voz se a erguesse mais do que isso.

Maisie era tudo o que eu sabia que ela seria e mais. A menina tinha a mesma alma doce e determinada da mãe, porém mais brilhante e ainda não maculada pelo tempo. E, no mesmo instante em que senti uma gratidão avassaladora por Maisie ter me aceitado, uma raiva irracional me inundou por ela ter que passar por aquilo.

– A gente vai ver *Aladdin*. Quer ver também? – perguntou ela.

– A gente *não* vai ver *Aladdin*. Você vai dormir – disse Ella, com um aceno severo de cabeça.

– Eu estou nervosa – murmurou Maisie para Ella.

Meu coração, que já estivera doendo, naquela hora começou a gritar. Ela era tão pequena para fazer uma cirurgia como a do dia seguinte. Para ter câncer. Que tipo de Deus fazia aquilo com criancinhas?

– Eu também – admitiu Ella. – Que tal a gente fazer assim? A gente coloca o filme, e eu fico agarradinha com você. Você vai ver se não dorme.

– Fechado – concordou Maisie, assentindo.

Ella colocou o filme, e eu fui até a porta.

– Vou deixar vocês aproveitarem a noite.

– Não, você precisa ficar! – gritou Maisie, fazendo com que eu parasse no meio do caminho.

Eu me virei e vi os olhos dela arregalados, em pânico. É, eu não seria a causa daquele olhar no rosto dela nunca mais.

– Ella?

Ella olhou de Maisie para mim.

– Maisie, está muito tarde, e eu aposto que o Sr. Gentry vai preferir dormir numa cama confortável e grande...

– Tem uma cama aqui.

Ella suspirou, fechando os olhos. Vi ali a batalha sobre a qual ela havia escrito – de um lado, a necessidade de criar Maisie como se não existisse uma chance imensa de que a filha estivesse morrendo e, do outro, o conhecimento de que ela provavelmente estava.

Mas aquela súplica nos olhos de Maisie não era um capricho; havia uma necessidade gritante ali. Fui até a cama dela e me sentei na beirada.

– Você pode me explicar por que eu tenho que ficar? – pedi num sussurro, para que Ella não nos ouvisse.

Maisie olhou de relance para a mãe e, por cima do ombro, vi que Ella estava ocupada tentando inserir o DVD.

– Você tem que me contar, Maisie. Porque eu não quero incomodar a sua mãe, mas, se for por uma boa causa, vou te apoiar.

Ela lançou outro olhar rápido para Ella e depois se voltou para mim.

– Eu não quero que ela fique sozinha.

O sussurro da menina me atravessou com mais força que uma sirene de ataque aéreo.

– Amanhã? – perguntei.

Ela assentiu rapidamente.

– Se você for embora, ela vai ficar sozinha.

– Ok. Vamos ver o que eu consigo fazer.

A mãozinha dela agarrou a ponta da minha jaqueta.

– Promete.

Havia alguma coisa solene naquele pedido que me lembrou de Mac, da carta. Era quase como se ela soubesse de coisas que não deveria... não poderia.

– Promete que você não vai deixar a minha mãe sozinha – repetiu ela, em um sussurro suave.

Cobri a mãozinha dela com a minha.

– Prometo.

Maisie examinou meus olhos, me julgando de novo. Então, anuiu e se deitou na cama elevada, relaxando.

Atravessei o quarto escuro até Ella enquanto ela tirava os sapatos.

– Eu vou embora se você quiser, mas sua filha está bastante inflexível.

– Qual é o raciocínio dela? Eu nunca vi a Maisie exigir algo assim.

– Isso é entre a gente. Mas, confia em mim, é bem razoável. O que você quer que eu faça?

– Aqui só tem o sofá e aquela caminha.

Ella mordeu o lábio inferior, mas aquele não era um gesto intencionalmente sexy. Mac costumava fazer a mesma coisa quando estava preocupado.

– Eu não desejaria a caminha nem pro meu pior inimigo – completou.

– Eu já dormi em condições bem piores, acredita em mim. Não é um problema. O que você quer que eu faça, Ella?

Eu faria o que ela quisesse, mas, por Deus, torcia para que ela me quisesse, qualquer parte de mim. Me matava saber o medo que ela tinha daquele momento, do que aconteceria com Maisie no dia seguinte, e não ser capaz de confortá-la da maneira que ela precisava.

Ela deu um suspiro, e sua postura amoleceu completamente.

– Fica. Eu quero que você fique.

Meu peito se contraiu de um jeito que tornou respirar fundo uma tarefa impossível. Então, tentei uma respiração curta e larguei a jaqueta nas costas da cadeira de balanço.

– Então, eu vou ficar.

A procissão à minha frente era solene, quase reverente. Os enfermeiros empurravam a cama de Maisie pelo corredor em direção à grossa linha azul que marcava o ponto onde a ala cirúrgica se tornava exclusiva para médicos e pacientes.

Ella caminhava ao lado de Maisie, curvada sobre ela, com a mão da filha na sua. Os passos deles eram lentos, como se os enfermeiros soubessem que Ella precisava de cada segundo restante. *Eles provavelmente sabem mesmo.* Afinal, aquele não passava de um dia normal para eles. Mais uma cirurgia em mais uma criança com mais um tipo de câncer. Para Ella, porém, aquele era o dia que temia e pelo qual ansiava com a mesma ferocidade.

Eles fizeram uma pausa antes da linha azul, e fiquei para trás, dando às duas o espaço de que Ella precisava. Como estava com os cabelos presos, pude ver o sorriso fraco e forçado em seu rosto enquanto corria os dedos pela cabeça careca de Maisie. Os lábios de Ella se moveram enquanto ela falava com a filha, a apreensão visível nos músculos tensos do seu rosto e no retesamento do pescoço.

Ela estava segurando firme, mas o fio era fino e se desgastava a cada segundo. Eu a vira desmoronar desde as seis da manhã, quando os primeiros enfermeiros entraram para começar a preparar Maisie. Eu a vira morder o lábio e assentir enquanto assinava os papéis que reconheciam o risco de remover um tumor daquele tamanho de uma menina tão pequena. Eu a vira assumir uma expressão corajosa e sorrir para manter Maisie tranquila, brincando ao dizer que Colt ficaria com inveja da nova cicatriz.

Então, assistira à videochamada entre Maisie e Colt, e meu coração se partiu por eles. Eles não eram só irmãos, ou amigos. Eram duas partes de um todo, conversando com meias frases e interpretando respostas monossilábicas como se tivessem a própria linguagem.

Embora Ella estivesse apavorada, eu sabia que era Colt quem tinha mais a perder quando se tratava de Maisie, e não havia nada que eu pudesse fazer para evitar isso.

Enfiei as mãos nos bolsos da calça jeans para me impedir de alcançar Ella. A necessidade que pulsava dentro de mim era egoísta, porque abraçá-la ajudaria a mim, mas não a ela. Não havia nada que eu pudesse fazer para ajudá-la além de ficar ali e testemunhar o que ela temia serem os últimos momentos com a filha.

Impotente.

Eu estava tão impotente. Do mesmo jeito que fiquei quando finalmente encontramos o corpo de Ryan, três dias depois que a operação implodiu. Eu não podia fazer nada para trazer os batimentos cardíacos dele de volta, para apagar o que teriam sido as piores horas da vida dele ou milagrosamente curar o ferimento de bala que tinha entrado na base do crânio dele, depois saído...

Bagunça. Pôr do sol nas montanhas. O sorriso de Ella. Repeti mentalmente os meus três mantras enquanto soltava o ar de maneira entrecortada, bloqueando os pensamentos. As lembranças. Ali não era o lugar delas. Eu não podia ajudar Ella se estivesse preso com Ryan.

Uma enfermeira falou com Ella, e, por um momento, quando ela se inclinou para beijar a testa de Maisie, a minha garganta se fechou. A mão de Maisie surgiu na grade da cama, entregando um ursinho de pelúcia cor-de-rosa e gasto. Ella aquiesceu e pegou o urso. Então levaram Maisie corredor adentro e atravessaram uma porta dupla vaivém.

Ella cambaleou para trás até as suas costas pousarem em uma parede. Avancei rápido, com medo de que caísse, mas eu deveria ter imaginado que isso não aconteceria. Ella se segurou na parede, com o urso agarrado no peito como uma tábua de salvação, levantando a cabeça para o teto, respirando fundo.

Ela não se voltou para mim, ou para os enfermeiros que passavam, apenas se retraiu como se soubesse que sua única fonte de consolo viria de algum lugar bem no fundo de si mesma. Minha compostura me abandonou quando percebi que ela não procurava conforto porque estava acostumada a não receber nenhum, que aquela cena seria idêntica se eu não estivesse ali.

Mas eu *estava* ali.

Sabendo que era uma intromissão, e já sem me importar, caminhei até ficar de frente para ela, que estava de olhos fechados, respirando fundo, lutando para manter o controle. Tudo em mim ansiava por abraçá-la, para carregar o máximo do fardo que ela permitisse.

– Ella.

Suas pálpebras tremeram, e ela abriu os olhos, que brilhavam com lágrimas não derramadas.

– Vem, o dia vai ser longo. Vamos pegar uma comida e um café para você.

Se eu não podia cuidar do coração dela, pelo menos podia sustentar o seu corpo.

– Eu... eu não sei se consigo me mover – admitiu ela, deixando a cabeça pender de leve e olhando para a porta. – Eu lutei todos os dias dos últimos cincos meses. Levei a Maisie para os tratamentos, discuti com os planos de saúde, briguei com ela para que bebesse uns poucos goles de água quando a químio a deixou desidratada de tanto vomitar. A gente lutou muito para chegar a este momento e, agora que ele está aqui, eu não sei o que fazer.

Controlei as minhas emoções voláteis com força e estendi a mão para o rosto dela, mas me detive e a segurei de leve pelos ombros.

– Você fez tudo o que pôde. E o que você conseguiu, até onde trouxe a Maisie, foi incrível. Você fez o seu trabalho, Ella. Agora tem que deixar os médicos fazerem o deles.

Os olhos dela voltaram até os meus, e senti a tortura dela como uma dor física no meu estômago, o corte incessante de uma faca cega me rasgando em dois.

– Eu não sei como entregar esse controle para outra pessoa. Ela é a minha garotinha, Beckett.

– Eu sei. Mas a parte mais pesada já passou. Você assinou os papéis, não importa o quanto tenha sido difícil, e tudo o que a gente pode fazer agora é esperar. Agora, por favor, me deixa te alimentar.

Ela se descolou da parede, e eu recuei um passo, mantendo uma distância respeitável entre nós.

– Você não precisa ficar. Eles disseram que vai demorar horas, e não serão poucas.

– Eu sei. O tumor dela está na glândula adrenal esquerda e, apesar de ter encolhido, ainda existe um perigo bastante real de que ela perca o rim. Uma cirurgia mais longa significa que eles vão fazer tudo o que puderem para salvar esse rim e que vão ser minuciosos para remover cada pedacinho do tumor. Eu estava ouvindo quando eles te prepararam hoje de manhã.

Um meio sorriso triste ergueu os cantos da sua boca.

– Você faz muito isso. Ouve. Presta atenção.

– E isso é ruim?

– Não. Só surpreendente.

– Não importa quantas horas leve. Eu estou aqui. Não vou te deixar.

Uma eternidade se passou enquanto ela fazia uma escolha, não só de ir pegar comida, mas de acreditar em mim. De confiar que eu estava falando sério. Vi o momento em que isso aconteceu, quando os ombros dela caíram e um pouquinho da tensão saiu do seu corpo.

– Ok. Então, a gente vai definitivamente precisar de um café.

O alívio era um gosto doce na minha boca, um sentimento suave e pleno no meu coração. Incapaz de encontrar as palavras certas, simplesmente assenti.

– Então, o urso? – perguntei duas horas depois, quando estávamos no sofá da sala de espera, lado a lado, nossos pés apoiados na mesa de centro.

– Ah, se chama Colt – explicou Ella, fazendo carinho no rosto do urso peludo e muito amado.

– O Colt é... uma menina.

– Talvez o Colt só goste de rosa. Você sabe, só homens de verdade conseguem usar rosa – disse ela, me olhando de soslaio.

– Vou me lembrar disso.

Depois de um café da manhã leve – o estômago dela estava embrulhado demais para qualquer outra coisa –, nossa conversa assumiu um ritmo fácil. Espontâneo, até.

– Os ursos foram um presente da minha avó para os gêmeos. Um rosa e o outro azul, como tudo naquela época. Mas o Colt se apaixonou pelo rosa. Queria ficar com ele o tempo todo, então o azul virou o da Maisie. Quando eles tinham 3 anos, o Ryan veio para cá e levou o Colt para acampar durante a noite. A Maisie nunca gostou muito de atividades ao ar livre e implorou para ficar em casa, então eu deixei. Só que o Colt quase se recusou a ir. A Maisie sabia que era porque eles não suportavam ficar separados. Então, ela pegou o urso azul, disse para o Colt que o urso era ela e mandou o irmão ir acampar.

– Então, na verdade, este é o urso do Colt?

Ella assentiu.

– Ele manda o urso para a Maisie sempre que ela é hospitalizada, para que eles fiquem juntos, e fica com o azul em casa.

É, aquela dor incessante tinha se movido até o meu coração.

– Você tem filhos incríveis.

O sorriso dela foi genuíno, e quase fiquei sem ar quando ela se virou de leve e o compartilhou comigo.

– Eu sou abençoada. Eu não sabia como ia me virar quando o Jeff me deixou, mas eles sempre foram tão... Eles foram tudo. Quer dizer, claro, eles eram cansativos, barulhentos e bagunceiros, mas trouxeram cor para a minha vida. Eu nem lembro como o mundo era antes de segurar os dois, mas sei que não tinha nem metade dessa emoção.

– Você é uma ótima mãe.

Ela deu de ombros, descartando o elogio.

– É sério. Você é – repeti, precisando que ela me ouvisse, que entendesse minha admiração por ela.

– Eu só quero ser o suficiente.

Ela olhou para o relógio, como fazia a cada cinco minutos desde que Maisie tinha desaparecido atrás daquela porta dupla vaivém.

– Você é. Você é o suficiente.

Ela piscou para mim, e amaldiçoei minha língua. Se não tomasse cuidado, acabaria me entregando.

– Obrigada – murmurou Ella, mas eu sabia, pelo jeito que ela desviou o olhar, que não tinha certeza disso.

– Então, e agora? Banco Imobiliário? Jogo da Vida? – perguntei, tentando aliviar o clima e distraí-la.

Ela apontou para uma caixa de madeira na borda oposta da mesa.

– Palavras Cruzadas. E é melhor tomar cuidado. Eu não vou ter nenhum escrúpulo de te destruir, mesmo você sendo legal de ficar sentado aqui comigo o dia todo.

Eu não era legal. Era um babaca mentiroso e manipulador que não merecia me sentar na mesma sala que ela. Mas não podia dizer isso. Então, em vez disso, peguei a caixa e me preparei para levar uma surra.

– Então, você cresceu em lares adotivos? – perguntou Ella enquanto dávamos a nossa 64ª volta no andar.

Fazia seis horas que Maisie estava na sala de cirurgia, e havíamos recebido uma atualização da equipe cirúrgica uns 15 minutos antes de que a operação corria bem e eles estavam fazendo de tudo para salvar o rim dela.

– Cresci.

– Em quantos?

– Sinceramente, não me lembro. Eles me mudavam muito. Provavelmente porque eu era uma criança horrível. Eu brigava com todo mundo que tentava me ajudar, quebrava todas as regras e fazia de tudo para ser expulso das casas, torcendo para que isso, de alguma forma, trouxesse a minha mãe de volta.

Eu não esperava que ela entendesse. A maioria das pessoas que crescia em casas normais, em uma família quase normal, não entendia.

– Ah, a doce e ilógica lógica das crianças – comentou Ella.

Claro que ela entendeu. Foi isso que me atraiu nela de cara. A forma simples como ela me aceitou pelas nossas cartas. Mas, pelo que eu tinha visto, ela era assim: tolerante.

– Basicamente.

– Qual foi a melhor casa? – perguntou ela, de novo me pegando de surpresa.

A maioria das pessoas queria saber a pior, como se a minha vida fosse matéria-prima para fofoca, para alimentar a busca lasciva delas pela tragédia alheia.

– Ah, a minha última. Eu fiquei com a Stella por quase dois anos, mais ou menos a partir do meu aniversário de 15 anos. Ela foi a única pessoa com quem eu realmente quis ficar.

Lembranças me atingiram, algumas dolorosas, outras doces, mas todas maquiadas por aquele tipo de filtro que só o tempo pode dar.

– Por que você não ficou?

Tínhamos chegado ao fim de outro corredor e virado para caminhar de volta.

– Ela morreu.

Ella fez uma pausa, e eu precisei me virar.

– O que foi?

– Eu sinto muito – disse ela, apertando o meu braço. – Finalmente encontrar alguém e perder...

Meu instinto foi esfregar o rosto, deixar a história de lado e continuar andando, mas eu não moveria um músculo sequer enquanto a mão dela estivesse em mim, não importava o quanto aquele toque fosse inocente.

– É. Não existem palavras para isso.

– É como se alguém pegasse a sua vida e sacudisse como um globo de neve – comentou Ella. – Demora uma eternidade para os flocos assentarem, e eles nunca mais vão estar no mesmo lugar.

– Exatamente.

Ela descreveu o sentimento com a precisão de alguém que o conhecia. Como era possível que eu nunca tivesse encontrado uma pessoa que entendesse a minha vida, mas aquela mulher a definisse sem sequer piscar?

– Vem, a gente ainda não desgastou o linóleo o suficiente – disse ela, dando início à nossa 65ª volta.

Eu a segui.

– Isso está demorando demais. Por que está demorando tanto? O que deu errado? – perguntou Ella, andando de um lado para o outro na sala de espera da ala cirúrgica.

– Eles só não atualizam a gente há um tempo. Talvez estejam terminando – falei, observando-a do parapeito da janela onde estava encostado.

Ela estivera calma, controlada até, antes de dar o horário estimado para o fim da cirurgia.

Assim que essa hora passou, uma chavinha virou dentro dela.

– Já faz onze horas! – gritou ela, parando com as mãos na cabeça.

Algum tempo antes, ela tinha puxado vários fios de cabelo, e naquele momento eles flutuavam ao redor dela, tão desgrenhados quanto a dona.

– É, faz.

– Era pra levar dez!

Os olhos dela estavam arregalados de pânico, e eu não podia culpá-la. Caramba, ela só estava dando voz aos pensamentos da minha cabeça.

– Está tudo bem? Sr. e Sra. MacKenzie? – perguntou uma enfermeira, enfiando a cabeça na porta. – Tem algo que eu possa fazer pelos senhores?

– Não sou...

– Sim, você pode descobrir exatamente o que está acontecendo com a minha filha. Ela devia ter saído da cirurgia há tipo uma hora, e ninguém disse nada. Nada. Ela está bem?

O rosto da mulher se suavizou de compaixão. Ella não era a primeira mãe em pânico na sala de espera e não seria a última.

– Que tal eu dar uma olhada nisso para a senhora? Eu já volto com uma atualização.

– Por favor. Obrigada.

Parte da exasperação abandonou os olhos de Ella.

– Claro – disse a enfermeira, com um sorriso gentil para Ella, saindo em busca de informações.

– Meu Deus, eu estou ficando louca – disse Ella, com a voz mal passando de um sussurro.

Ela balançou a cabeça, tentando impedir que o lábio inferior tremesse. Eu me afastei do parapeito e dei quatro passos largos até ela, sem parar para pensar em quem era ou quem ela achava que eu fosse. Simplesmente a envolvi nos meus braços e a puxei para o peito como queria fazer desde o primeiro momento em que a vi.

– Você não seria a mãe que é se não estivesse um pouquinho louca – falei, tranquilizando-a, e ela relaxou contra meu corpo.

– Acho que eu nem cheguei a ficar um pouquinho louca, fui direto para o hospício – murmurou ela no meu peito, virando a cabeça e apoiando-a na minha clavícula.

Droga, ela se encaixou em mim exatamente como eu sabia que faria – com perfeição. Em outra vida, era assim que enfrentaríamos todos os desafios juntos. Mas, nessa vida, Maisie estaria saudável e Mac, vivo. No nosso mundo... Bom, ela não estava exatamente me abraçando de volta. Certo? Porque os braços dela estavam presos entre nós dois. Ela estava me empurrando? Será que eu estava tão alheio à verdade assim?

Essa percepção me atingiu como um jato d'água, e afrouxei os braços imediatamente. Que diabos eu estava pensando? Só porque ela queria que eu ficasse não significava que queria que eu a tocasse. Eu era a única opção dela – o que tinha a sorte de ser –, mas com certeza não era uma escolha ou preferência.

– Não solta – murmurou ela.

As mãos dela ainda estavam entre nós, mas não me empurrando ou simplesmente encostadas no meu tórax. Não, ela se apoiava em mim.

– Eu tinha esquecido como era.

– Ser abraçada? – perguntei, com a voz rouca como uma lixa.

– Ser mantida inteira.

Nunca antes uma única frase me fez desabar por dentro.

– Eu estou aqui.

Apertei o abraço, pressionando as costas dela com uma das mãos e segurando a sua nuca com a outra. Usando meu corpo o melhor que pude, envolvi Ella, imaginando ser uma espécie de parede – que pudesse afastar qualquer tristeza que viesse na direção dela. Descansei o queixo no topo da sua cabeça e, segundo por segundo, a senti derreter e ceder.

Embora não pudesse dizer isso a ela, eu amava aquela mulher. Eu enfrentaria exércitos inteiros por ela, mataria ou morreria por ela. Não havia nenhuma verdade maior do que essa e nenhuma outra que eu pudesse lhe dar. Porque, embora ela fosse honesta, forte e boa, eu era um mentiroso que já a havia machucado da pior forma possível. Eu não tinha o direito de abraçá-la daquele jeito, mas não moveria um músculo, o que era uma atitude ainda pior.

– Sra. MacKenzie? – disse a enfermeira, que voltara acompanhada pelo cirurgião de Maisie. – Eu cheguei lá bem na hora que eles estavam saindo da cirurgia.

– Sim?

Ella se virou nos meus braços, e a soltei, mas ela pegou a minha mão, apertando-a com tanta força que, por um momento, temi pela circulação dos meus dedos.

O cirurgião sorriu, e senti uma onda de alívio mais poderosa do que qualquer uma das vezes em que escapei ileso do campo de batalha.

– Retiramos tudo. A situação do rim esquerdo dela foi bem delicada por um tempo, mas conseguimos salvar o órgão. Vocês têm uma garotinha bem teimosa nas mãos. Ela está na recuperação agora, descansando. Assim que a Margaret abrir os olhos, vamos trazer a sua filha para vocês verem, mas não esperem que ela fique acordada por muito tempo, ok?

– Obrigada – respondeu ela, com a voz embargada, essa única palavra carregando um significado que, normalmente, levaria horas para ser transmitido.

– De nada.

O cirurgião voltou a sorrir, com a exaustão estampada em cada linha de seu rosto, antes de nos deixar sozinhos na sala de espera.

– Ela está bem – disse Ella, fechando os olhos.

– Ela está bem.

– Ela... ela realmente está bem – repetiu.

Então, como se alguém arrancasse o que quer que a mantinha em pé, ela desabou, os joelhos cedendo. Eu a segurei antes que ela tocasse o chão e a puxei de volta para o meu lado.

– Ela está bem. Ela está bem.

Ella disse a frase repetidas vezes, até que as palavras se tornaram gritos ofegantes, os soluços ásperos e crus.

Pus um braço debaixo dos joelhos dela e outro atrás das costas, erguendo-a enquanto ela enterrava o rosto no meu pescoço. Lágrimas quentes escorreram pela minha pele e encharcaram a minha camisa. Então, a acomodei no sofá, segurando-a no colo enquanto aquele choro de partir o coração sacudia o seu corpo pequeno.

Ela soluçou de um jeito que me lembrou uma válvula sendo liberada em uma panela de pressão – o resultado de emoções demais reprimidas por tempo demais. E, mesmo que o alívio ainda fosse doce pela cirurgia bem-sucedida, eu sabia que havia muito mais pela frente para ela – para elas. Aquela foi simplesmente uma pausa na luta que lhe permitiu um precioso segundo para recuperar o fôlego.

– Eu estou aqui. Ela está bem – falei, correndo a mão pelos seus cabelos.

– Vocês duas estão bem.

Eu disse isso no presente porque era tudo o que eu podia prometer a ela.

E, por ora, com Bagunça segura com Colt, Maisie livre do tumor e Ella enroscada em meus braços, era o suficiente.

CAPÍTULO ONZE

ELLA

Carta nº 21

Ella,

Sim, eu acredito que o cara da biblioteca te chamou para sair. Não, eu não acho que isso é estranho ou uma pegadinha. Por que você acha isso? Tudo bem que eu já vi a sua foto, o que, sim, eu sei, me dá uma certa vantagem por aqui. Não sei se você já notou, mas sua aparência definitivamente não deixa nada a desejar.

Vá em frente, apresente as suas desculpas. Sim, você tem dois filhos e, sim, a sua menininha está enfrentando uma situação terrível. Você é dona de um negócio que consome muito tempo e, pelo que sei, tende a se colocar em último lugar quando considera qualquer coisa na sua vida.

Mas me escute – quer dizer... me leia –, nada disso te faz "inamorável", como você disse. Sabe quem é "inamorável"? Uma pessoa egoísta ou consumida pelas pequenas coisas da vida que não valem nada. Para mim, a qualidade mais atraente em uma mulher é a capacidade de se doar e, Ella, isso você tem de sobra.

Eu entendo que você esteja fora do mercado desde que o Jeff foi embora. Eu entendo que, nos últimos cinco anos, você tenha sido consumida pela criação dos seus filhos, pela construção do seu negócio e, de forma geral, por ser tudo para todo mundo. Mas isso não significa que você não possa deixar alguém entrar na sua vida. Principalmente agora.

Eu não vou dizer que você precisa de alguém com quem contar, porque sei que você se tornou especialista em cuidar de si mesma. Mas, com tudo o que você está enfrentando, sei que ajudaria ter alguém aí para te apoiar nos momentos em que você sentir que a vida está impossível. Vá jantar com o cara, Ella. Mesmo que não aconteça nada, você vai saber que deu um sinal para o universo. Não dá para rejeitar todas as coisas boas que surgem por medo do que possa ou não acontecer. Essa é a saída dos covardes, e você não é covarde.

E, sinceramente, quem não se apaixonaria por você? Faz três meses que estamos nessa, e eu já meio que me apaixonei por você sem sequer ter te encontrado. Só dê ao cara – a si mesma – uma chance de um pouco de felicidade, porque você merece.

Ou então espere até janeiro, quando eu vou poder aparecer aleatoriamente na sua porta.

Só algo para pensar.

Caos

– Precisa de mais alguma coisa? – perguntei a Maisie, entregando o iPad a ela.

Ela estava toda acomodada na sala de estar da casa principal, de onde Hailey e Ada poderiam ouvi-la chamando.

– Não – respondeu ela, esticando o *a* anasalado enquanto abria um dos apps que a professora tinha recomendado.

– Sua barriga está boa?

Fazia duas semanas desde a cirurgia de Maisie, e, embora o local da incisão me parecesse uma cobra monstruosa cor-de-rosa deslizando pela barriga da minha filha, ela jurava que a dor quase havia desaparecido.

Talvez fosse o jeito como ela dormiu nos primeiros dias, ou o machucado na garganta após doze horas de intubação, ou o tubo de alimentação que tinha ficado com ela por dias, mas era difícil acreditar nela. Ou talvez fosse porque a minha tolerância à dor de Maisie fosse muito menor do que a dela havia se tornado.

– Mamãe, eu estou bem. Não estou vomitando nem nada. Está tudo bem. Pode ir – disse ela, olhando para mim. – Sem falar que, assim que você sair, a Ada vai me dar o sorvete sem açúcar.

– Acho que não era para você ter me contado isso.

Ri e dei um beijo na cabeça dela, ainda brilhante e macia. Reformular a dieta dela tinha sido um desafio, isso era um fato.

– Você sabe por que tem que ser sem açúcar, certo?

– Você disse que o açúcar alimenta o monstro dentro de mim. Grande parte dele foi embora, mas o resto ainda está no meu sangue. Então a gente não pode alimentar o monstro.

– Isso. Desculpa, Maisie.

Ela me encarou com olhos que pareciam décadas mais velhos.

– Está tudo bem, o monstro não gosta desse tipo de sorvete.

Beijei Maisie de novo antes de sair, pegando a pasta dela a caminho da porta depois de avisar a Ada que estava saindo.

Parando no espelho da entrada por um instante, tentei alisar o frizz que havia surgido na trança que eu tinha feito de manhã.

– Para. Não importa o que você faça, continua linda – comentou Hailey, surgindo atrás de mim.

– Rá. Nem lembro qual foi a última vez que fui à academia ou usei maquiagem. Estou em busca do look "não psicopata". "Linda" já está fora de questão.

Ela apoiou a cabeça no meu ombro, e os nossos olhos se encontraram no espelho.

– Você tem o tipo de beleza que brilha aconteça o que acontecer.

– Está atrás de um aumento, é?

– Não. Só falando a verdade. Agora dá o fora daqui antes que você perca a reunião. A Ada e eu vamos cuidar da Maisie. Não se preocupa.

– A preocupação se tornou a minha emoção padrão.

Ela estudou o meu rosto por um segundo, depois os seus olhos se iluminaram, o que significava que estava prestes a sugerir alguma coisa absurda.

– Tive uma ideia.

– Hailey… – gemi.

Éramos amigas, mas a ideia dela de diversão meio que não se encaixava na minha vida.

– Vamos fazer um encontro duplo. Eu levo o Luke e, você, o Beckett. A gente podia ir ao cinema, jantar ou ir conhecer aquele bar novo de karaokê em Mountain Village.

– Um bar?

Deixei que o meu tom dissesse a ela exatamente o que eu achava da última opção. Essa era a vida das pessoas despreocupadas que não tinham responsabilidades como filhos. Ou câncer. Ou uma filha com câncer. Sabe, gente de 20 e poucos anos.

– É. Um bar. Porque se tem alguém que precisa de uma bebida, Ella, é você. E eu sei muito bem que o Beckett adoraria te levar para sair.

Endireitei as costas.

– A gente não está… Não é nada assim.

Só de pensar em Beckett, um rubor subia às minhas bochechas.

– Aquele homem não tira os olhos de você sempre que vocês estão no mesmo ambiente. Fala sério, quantas vezes ele voltou para Denver depois da cirurgia da Maisie?

Eu me afastei do espelho para encarar Hailey.

– Três vezes.

– Em duas semanas.

E todas as vezes que ele apareceu, o meu coração deu aquele saltinho maluco e idiota. Alguma coisa mudou no dia da cirurgia de Maisie. Não só porque Beckett estava lá, mas porque eu queria que ele estivesse. Foi a primeira vez durante o tratamento de Maisie que me permiti não só me apoiar em alguém, mas também deixar que alguém me segurasse.

Na manhã em que ele apareceu de surpresa com Colt – uns três dias depois da cirurgia –, quase derreti em uma poça de carinho. Ele parecia saber exatamente do que eu precisava – do que Maisie precisava – e providenciava antes que eu sequer pudesse pedir.

– Sim, em duas semanas, mas não é nada romântico.

– Aham.

– Não é! Ele está aqui porque o Ryan pediu. Só isso. Nada mais.

Pelo menos era isso que eu dizia a mim mesma todas as vezes que pegava aqueles olhos verdes me observando ou que me pegava os observando.

– E você não acha o cara gato nem nada, certo?

– Eu...

Olhos verde-escuros cor de folha, cabelos grossos e braços mais grossos ainda, barriga de tanquinho descendo até... *Se controla.*

– Claro que eu acho – falei. – Não sou cega.

Nem insensível.

Senti a maneira protetora como ele me segurou – firme, mas não opressora, como se simplesmente soubesse que eu precisava de ajuda para não me despedaçar naquele instante. Senti a gentileza das suas mãos quando ele enxugou as minhas lágrimas depois que solucei tudo o que guardava dentro de mim. Senti a alegria de que ele era capaz quando Colt pulou na cama perto de Maisie e abraçou a irmã. Senti a capacidade avassaladora de amor que ele tinha mesmo que não quisesse reconhecer.

Sim, eu *sentia* demais quando se tratava de Beckett.

– Bom, sim. Você teria que estar morta para não notar. Porque ele é um gostoso, Ella. E não mais ou menos gostoso. Ele é gostoso do tipo me-joga--na-bancada-da-cozinha-e-faz-um-filho-em-mim. Fora que está começando a dar respostas com mais de uma palavra, o que mostra de uma vez por todas que está mais saidinho.

Um lampejo de algo quente e feio atingiu meu estômago e foi embora tão rápido quanto chegou. *Ciúmes.* Não havia razão para eu ter ciúmes de Hailey. Claro, Hailey era bonita, estava disponível e não tinha tanta bagagem atrelada a ela a ponto de carregar na testa uma etiqueta gigante da Samsonite, mas, no minuto em que voltamos de Denver, parou completamente de dar mole para Beckett. E não foi por falta de interesse. Ouvi as fofocas durante o café no dia anterior – metade de Telluride estava interessada no novo membro da equipe de busca e resgate.

Hailey se afastou dele porque pensou que, talvez, eu estivesse interessada.

– Ele sempre deu respostas com mais de uma palavra, e eu já tenho filhos, lembra? Além disso, falando nas crianças, se eu não sair agora mesmo, vou me atrasar para a reunião.

– Ok. Vai. Corre. Mas aquele homem mora no chalé ao lado e, pelo que eu vi, você vai ter que lidar com essa... – disse ela, apontando para meu rosto vermelho – ... frustração reprimida de alguma forma.

Um hóspede chegou, o sino tocando com o leve tilintar que levei horas para escolher.

– Salva pelo gongo! – sussurrou Hailey, antes de se voltar para o nosso novo hóspede. – Bem-vindo à Solidão! O senhor deve ser o Sr. Henderson. O seu chalé está prontinho para o senhor e a sua esposa.

O sorriso dela era largo e foi espelhado pelo hipster de 20 e poucos anos.

A temporada de caminhadas do verão estava quase chegando.

Agarrei a oportunidade e a pasta e escapei pela porta da frente.

Eram 10h31 quando cheguei, mas estacionei em uma vaga destinada à escola primária como uma boa mãe e aceitei o golpe do minuto extra na minha chegada já tardia.

– Ella! – disse Jennifer, sorrindo para mim através do vidro. – Está todo mundo te esperando.

– Oi, Jennifer.

Assinei a prancheta e abri a porta quando o bipe soou.

– Como está a Maisie? – perguntou ela, enquanto me conduzia aos escritórios logo atrás da mesa da recepção.

– Ela está bem, obrigada. Deu tudo certo na cirurgia, e ela já está pronta para voltar para a escola na segunda.

– Sério? Já? Que incrível!

– É chocante como as crianças se recuperam rápido e, enquanto as taxas dela continuarem boas, ela está segura aqui.

– Eu simplesmente não consigo acreditar que ela ficou boa tão rápido!

Ah, não. Vi aquele olhar no rosto dela e odiei ter que dar a má notícia.

– Não, Jen. Eles removeram o tumor, tiraram tudo, mas ela está no estágio quatro. A medula óssea ainda é extremamente cancerosa. Ela só passou pelo primeiro passo.

O rosto dela se anuviou.

– Ah. Sinto muito. Eu não entendi direito.

Ofereci um sorriso a ela.

– Não se preocupa. A maioria das pessoas não entende, e eu espero que você nunca precise entender. Ela está lutando.

Ela apertou os lábios em uma linha reta e assentiu.

– Claro.

Jen abriu a porta da sala de conferências, e apertei a mão dela ao entrar, para que ela tivesse certeza de que não havia dito nada errado.

– Ah, Srta. MacKenzie, que bom que conseguiu vir – disse o diretor Halsen da cabeceira da mesa, a gravata tão composta quanto o rosto.

Aparentemente, era dia de negócios.

– Srta. May.

Sorri para a professora de Maisie e Colt. Ela tinha quase 30 anos, e Colt só falava bem dela. Uma pontada de culpa me atingiu bem no peito ao pensar o quanto estivera ausente das atividades escolares daquele ano.

É, eu definitivamente não seria eleita a Mãe do Ano pela Associação de Pais e Professores dali. Nem mesmo a Mãe Ok. Eu era basicamente a Mãe Inexistente.

– E este é o Sr. Jonas, nosso superintendente distrital, que vai estar com a gente hoje – disse o diretor Halsen, apontando para o homem mais velho à sua esquerda.

O homem fez um aceno de cabeça para mim com lábios franzidos que se transmutaram em um sorriso forçado.

– Sr. Jonas.

Puxei a cadeira na ponta da mesa de conferências, deixando dois assentos vazios entre meu lugar e o que parecia ser um exército reunido contra mim, ou melhor, Maisie. O barulho alto do zíper da pasta se abrindo soou quase obsceno naquele silêncio.

– Então, Srta. MacKenzie...

– Ella – lembrei.

– Ella – concordou ele, aquiescendo. – Precisamos nos reunir hoje por causa do registro de frequência da Maisie. Como você sabe, ela tem que estar presente em um mínimo de novecentas horas para concluir a educação infantil. No momento, entre as faltas e as vezes que ela precisou sair mais cedo, Maisie cumpriu só cerca de 710.

– Ok? – falei, folheando a pasta até a seção da escola, onde mantinha o registro dos dias e horas dela e sua documentação.

– Sentimos que, neste momento, precisamos discutir as opções da Maisie – continuou o diretor Halsen, empurrando os óculos para o ossinho do nariz e abrindo a pasta de papel pardo à sua frente.

– Opções – repeti, tentando entender.

– Ela não atende ao requisito legal – explicou o Sr. Jonas, com uma voz suave, mas olhos que me diziam que o problema não estava aberto a discussão, na opinião dele.

– Certo.

Cheguei à carta que havia guardado em um protetor de página e a tirei da pasta.

– Eu concordo totalmente que ela não cumpriu o requisito, mas o distrito nos garantiu nesta carta datada de novembro que os senhores não exigiriam isso dela. Pelos regulamentos, essa regra não se aplica em casos de doenças catastróficas, e os senhores concordaram com isso.

Deslizei a carta pela mesa. A Srta. May a pegou e passou adiante, abrindo um sorriso empático para mim.

– Concordamos. E não estamos aqui para lhe dar um ultimato, Ella – assegurou o diretor Halsen. – Estamos aqui para discutir o que é melhor para Maisie. Nós fizemos esse acordo sem olhar para o futuro dela a longo prazo.

Porque eles não acharam que ela fosse durar tanto.

– O que é melhor para Maisie... – repeti baixinho. – Quer dizer, além de não ter neuroblastoma em estágio quatro? Porque nisso a gente está de acordo: não é mesmo o melhor para ela.

O Sr. Jonas pigarreou e se inclinou para a frente, apoiando as mãos enrugadas e dobradas na mesa.

– A gente entende, Srta. MacKenzie. O que a sua filha vem enfrentando é trágico.

E foi aí que meus pelos se eriçaram e eu endireitei as costas.

– Não é trágico, Sr. Jonas. Ela não está morta.

– Claro que não, querida. Não estamos afirmando que nada disso é justo, mas a verdade é que a Maisie pode não estar pronta para o primeiro ano do ensino fundamental.

Querida. Como se eu fosse uma garotinha de saia pedindo uma boneca nova e bonita. Para o inferno com aquilo.

– A gente fez tudo o que os senhores pediram. A Srta. May ajudou bastante, e eu garanto que minha filha está pronta.

– Ela está – afirmou a Srta. May, assentindo.

O diretor Halsen suspirou, tirando os óculos e limpando nele um ponto imaginário.

– Vamos olhar para isso de um ângulo diferente. A senhorita pode nos dizer em que altura do tratamento ela está? O que a gente pode esperar dos próximos meses?

Folheei a pasta de volta até o plano de tratamento estimado, percebendo que havíamos chegado a um momento sobre o qual eu não tinha certeza. Estávamos em uma encruzilhada.

– Ela acabou de fazer uma grande cirurgia, há duas semanas. Está se recuperando incrivelmente bem e vai estar pronta para voltar para a escola na segunda-feira. Daí, na semana seguinte, a gente vai ter outra rodada de químio, o que, como os senhores sabem, significa que ela vai perder uma semana inteira de aula. A gente espera que as taxas dela permaneçam estáveis o suficiente para que ela volte para o fim do ano, mas não dá para garantir. Depois, a gente vai entrar no verão. Eu vou saber mais quando ela fizer a químio e eu falar com a oncologista.

Os administradores trocaram um olhar que fez com que eu me sentisse não do outro lado da mesa, mas num campo de batalha. Senti aquela mudança tomar conta de mim – a que surgiu no instante em que colocaram os gêmeos nos meus braços –, como peças de uma armadura encaixando-se enquanto eu me preparava para defender a minha filha.

– A senhorita já pensou em fazer a Maisie repetir o último ano da educação infantil? Se ano que vem ela tiver condições de estar totalmente presente no ano letivo, não vai ser prejudicada. Não vamos forçar nada, é claro, mas vale a pena pensar nisso. Aliás, muitos pais seguram os filhos na educação infantil pelas mais diversas razões. Com certeza, esse procedimento se qualifica...

Perdi a paciência.

– Com todo o respeito, não foi um procedimento. Foi uma cirurgia de doze horas com risco de vida em que eles removeram um tumor do tamanho de uma bola de beisebol da glândula adrenal da minha filha. Isso não é inconveniente; isso é câncer. E, não, no próximo ano escolar não vai ser melhor. A Maisie está lutando pela vida dela, então me desculpa se eu não compartilho da sua preocupação por ela talvez ter perdido a importantíssima aula sobre o ciclo de vida da borboleta. Estatisticamente, pode ser que ela nem...

Minha garganta se fechou, meu corpo rebelando-se contra as palavras que eu não havia dito desde o dia em que eles me falaram sobre as chances dela.

– O ano que vem não vai ser melhor – concluí.

– E você não quer que ela repita este ano da educação infantil – disse o diretor Halsen, fazendo uma anotação na pasta.

– É a pré-escola. Os senhores realmente acham que ela precisa?

Repetir o ano não seria difícil só para Maisie, mas para Colt também. Eles teriam um ano de diferença na escola, o que significava que, mesmo se – quando – ela vencesse o câncer, teria que encarar as consequências disso todos os dias.

– Ela não precisa – opinou a Srta. May. – Ela é muito inteligente e vai se sair bem no primeiro ano – disse ela aos administradores.

Os dois homens debateram baixinho antes de se voltarem para mim.

– A gente gostaria de oferecer uma solução. Transferir a Maisie para um programa em casa. A educação infantil não é tão desafiadora academicamente quanto o ensino fundamental e, no ano que vem, ela vai precisar dessa flexibilidade.

– Tirar a Maisie da escola?

– Ensinar a Maisie em casa – corrigiu o Sr. Jonas. – Nós não estamos contra a senhorita. Nós estamos, de verdade, tentando encontrar a melhor solução. Ela não consegue cumprir as horas necessárias na escola e, no ano que vem, o conteúdo vai aumentar exponencialmente. Somando-se a isso a responsabilidade de ter a Maisie aqui com o sistema imunológico enfraquecido, a preocupação dos funcionários e das outras crianças, todos nós podemos ficar mais confortáveis. Inclusive a Maisie. Ela poderia manter a melhor agenda para a saúde dela se fosse educada em casa.

Outras mães de crianças com câncer faziam isso. Eu tinha conversado com algumas delas, mas sempre me pareceu que elas haviam tratado aquilo como um último recurso... quando as crianças estavam morrendo. Não era tanto o ato físico de tirar a criança da escola, mas a parte psicológica de reconhecer que ela não podia ir. E isso era igualmente devastador para todos nós – Maisie, Colt e, principalmente, para mim.

No entanto, aquilo aliviaria o estresse sobre ela, sobre o organismo dela e sobre os dias em que não conseguisse sair da cama. Sobre as manhãs em que passava debruçada no vaso sanitário, chorando, para depois olhar para mim e jurar que conseguia ir.

– O que isso implicaria?

– Eu posso dar aula para a Maisie – ofereceu a Srta. May. – Eu iria à tarde, sempre que ela se sentisse bem o suficiente. Ela continuaria focada, estaria isenta do requisito de horas do distrito, e a gente poderia personalizar o programa para ela.

– Posso pensar a respeito?

– Claro – disse o Sr. Jonas, devolvendo a carta que fora assinada quando o diagnóstico tinha saído.

Terminamos a reunião, e a Srta. May saiu comigo. Eu estava dormente, ou talvez só tivesse apanhado tanto e com tanta força nos últimos seis meses que já não sentisse dor.

– É a hora do almoço do Colt, se você quiser falar com ele – sugeriu ela.

Colt. Era exatamente de quem eu precisava agora.

– Eu adoraria – respondi.

Ela procurou a minha mão e a apertou de leve.

– Ele é uma criança fenomenal. Gentil, compassivo e defensor dos mais novinhos.

Meu sorriso foi instantâneo.

– Eu tive sorte com esse carinha.

– Não. Ele é fenomenal porque tem uma mãe fenomenal. Por favor, nunca se esqueça disso. Você é uma mãe incrível, Ella.

Não consegui pensar em nada para dizer que não fosse uma refutação, então simplesmente apertei a mão dela de volta. Depois, me misturei a uma dezena de outras mães enfileiradas do lado de fora da cantina, todas esperando os filhos. A maioria eram mães normais da Associação de Pais e Professores, com suas minivans impecáveis, planners codificados por cor e roupas apropriadas, porém estilosas. Algumas eu conhecia, outras, não.

Olhei para meus tênis Vans, meu jeans gasto, minha camiseta de manga comprida e me senti... desleixada. Eu nunca tinha realmente entendido a expressão "se descuidar", mas naquela hora? É, eu entendi. Não me lembrava da última vez que havia cortado o cabelo ou reservado algum tempo para colocar mais maquiagem que um simples corretivo debaixo dos olhos e rímel. Nada disso importava no atual estado das coisas – salvar Maisie –, mas, naquela hora, senti um abismo imenso entre mim e aquelas mulheres, como se elas estivessem com vestidos de baile.

– Ah, Ella! Que bom te ver! – disse Maggie Cooper com a mão no coração, exibindo um diamante maior que os nós dos dedos.

Ela era um ano mais velha que Ryan e tinha se casado com um dos executivos da estação de esqui. Eu meio que esperei que o anúncio do noivado deles dissesse "garota local se dá bem".

– Bom te ver também, Maggie. Como está o…?

Droga. Qual era mesmo o nome do garoto? O moleque detestável que pintou a mochila de Maisie com marcador permanente e achou fofo beijá-la à força? Doug? Deacon?

– Drake?

Ufa.

– Está ótimo! Arrasando no piano e ansioso pelo futebol. Começa semana que vem, caso o Colt queira jogar. Olha, eu estava pensando: você já cogitou um tratamento holístico para a Maisie? Quer dizer, esses remédios são supervenenosos. Eu estava lendo um blog que falava sobre só comer mandioca ou algo assim. Achei intrigante. Quer o link?

Ééééééé. Graças a Deus eu já estava perita em colocar um sorriso no rosto e assentir.

– Claro, Maggie. Seria ótimo.

Nos últimos seis meses, eu tinha aprendido que o jeito mais fácil de lidar com conselheiros bem-intencionados era apenas agradecer e concordar em ler qualquer pesquisa que eles encontrassem sobre veneno de cobra ou o que quer que fosse.

Para a minha sorte, a turma dobrou a esquina, carregando lancheiras e vales para o almoço.

– Ótimo! E eu achei um monte de coisa sobre orgânicos! Dizem que são ótimos para crianças com leucemia e tal.

– Neuroblastoma – falei por sobre as cabeças das crianças, que se colocavam entre nós no corredor. – Ela tem neuroblastoma.

– Ah, certo. Eu confundo esses cânceres todos – disse ela, abanando a mão como se não fizesse diferença.

– Ai, meu Deus, quem é aquele? – perguntou a mãe ao meu lado, sem desgrudar os olhos do corredor.

Eu me virei e vi Colt caminhando logo atrás da turma com um sorriso de um milhão de watts, com Bagunça de um lado e Beckett do outro.

Beckett estava com uma das calças cargo que usava para trabalhar e uma camiseta azul-marinho da Equipe de Busca e Resgate das Montanhas de Telluride ajustada perfeitamente ao peito e à curva dos bíceps.

– Não faço ideia, mas eu quero um pedaço – declarou Maggie, com os olhos fixos em Beckett enquanto o filho a encontrava.

Beckett assentiu para alguma coisa que Colt disse e tirou o boné de beisebol, colocando-o ao contrário na cabeça do meu filho. Aff, meu coração bizarro e idiota deu um pulo e sentiu aquela emoção adolescente para a qual eu definitivamente não tinha tempo.

– Sério – disse a outra mãe, suspirando. – Sangue novo?

– Sazonal. Só pode ser – respondeu Maggie.

Beckett ergueu o olhar e me viu na hora, e um sorriso o transformou de lindo e introspectivo a puramente sexy. Quando fora a última vez que eu pensara em um cara daquele jeito? Com Jeff? Como se reconhecer aquela sensação a trouxesse à vida, senti um zumbido baixo no meu ventre, o despertar de um instinto sexual adormecido havia sete anos.

– Mamãe!

Colt me viu e saiu correndo, contornando a fila para pular em mim.

Eu o peguei facilmente, levantando-o contra o peito. Por uma fração de segundo, fiquei preocupada de ter cruzado a linha-do-garoto-crescido, mas, intuitivo como Colt era, ele me agarrou com força.

– Estou tão feliz por você estar aqui – disse ele, e eu o devolvi ao chão, já recarregada de Colt.

– Eu também.

A voz de Beckett deslizou sobre mim como açúcar mascavo, áspera e doce ao mesmo tempo.

Com o canto do olho, vi o queixo de Maggie cair e, então, ela desapareceu, com sorte para o refeitório, embora eu soubesse que aquelas poucas palavras alimentariam as línguas fofoqueiras.

– O que vocês três estão fazendo? – perguntei, me inclinando e fazendo carinho atrás das orelhas macias de Bagunça. – Oi, garota.

– O Beckett veio para o *Mostre e conte!* – exclamou Colt.

Ai, meu Deus, eu tinha esquecido.

– Ah, parceiro. Eu esqueci completamente que você tinha alguma coisa para mostrar hoje. Mil desculpas.

Quando eu ia parar de estragar tudo e me recompor?

– Não, mamãe, tá tudo bem! Na semana passada o Beckett falou que ele ia trazer a Bagunça, então eu tirei do seu calendário da cozinha. Foi tão legal! A Bagunça foi atrás do brinquedo dela, daí o Beckett me escondeu atrás de uma árvore e disse para ela me encontrar, e ela me encontrou! Foi definitivamente o melhor *Mostre e conte* do ano.

– Fico muito feliz!

E eu estava feliz mesmo. Minha culpa sumiu por um precioso segundo, e olhei para Beckett com gratidão.

– Obrigada – disse baixinho.

A leve inclinação dos lábios dele não era bem um sorriso. Era algo mais suave, mais íntimo e infinitamente mais perigoso.

– Foi um prazer.

– Eu vim para uma reunião da Maisie e só precisava de uma dose de Colt – contei a ele.

Ele baixou as sobrancelhas.

– Está tudo bem?

Antes que eu pudesse responder, Maggie se materializou ali com um gloss labial recém-retocado e um panfleto, parando tão perto que quase se colocou entre nós.

Beckett se empertigou.

– Ah, Ella – disse Maggie –, antes que eu me esqueça, aqui estão as informações do time de futebol. Eu sei que o Colt queria jogar na liga da primavera, mas todos nós entendemos que, com tudo pelo que a Maisie está passando, bom, você já tem muita coisa no seu pratinho. Mas, caso consiga arranjar algum tempo, seria ótimo ter o Colt no time.

– Futebol? Sério?

Colt se acendeu como uma árvore de Natal, e eu quis dar um tabefe em Maggie e em todas as mães do planeta que tinham a habilidade de dizer sim sem checar horários de consultas médicas e sessões de químio.

– Colt, a gente está superenrolado...

Beckett segurou meu cotovelo gentilmente, afastando-se de Maggie.

– Deixa eu ajudar.

– Beckett...

Deixá-lo ajudar significava depender dele e permitir que Colt também dependesse. E, embora eu soubesse que Beckett tinha a melhor das intenções, também estava ciente de que a alma dele tinha os mesmos fantasmas inquietos que a de Ryan.

– Por favor.

Fiquei extremamente grata por ele não estar me pedindo para tirar a roupa, porque, diante daquela voz e daquele apelo nos olhos, eu estava perdida. Minha cabeça anuiu antes que meu cérebro tomasse conta da situação – e de mim.

– Você quer jogar futebol, Colt? – perguntei.

– Quero!

– Ok, a gente vai dar um jeito.

Em meio à comemoração de Colt, Maggie enfiou o panfleto na minha cara e voltou o sorriso para Beckett.

– E quem seria você? Uma das autoridades de Telluride?

Os olhos dele perderam o calor e a sua expressão se tornou distante, quase fria, e diferente de qualquer uma que eu tivesse visto nele. Era Maggie a exceção, ou eu?

– Não, isso é departamento do xerife.

O tom dele foi curto, quase irreconhecível se comparado à maneira como ele falava comigo e com as crianças.

– Setor privado, é?

– É.

Monossilábico. Talvez Hailey estivesse certa – ela simplesmente tinha visto algo que eu não tinha porque ele não havia mostrado esse lado mais sério perto de mim.

– Ahh, de um tipo especial de busca e resgate – disse ela, dando o passo que finalmente a colocou entre nós. – Os que são contratados para as chamadas perigosas – concluiu ela, baixando a voz, no que dei um passo atrás para não morrer asfixiada com o perfume dela.

– Suponho que sim – respondeu Beckett.

– Você sabia que essa empresa na verdade é financiada por um conglomerado dos donos do resort de esqui e dos hotéis do vilarejo, certo? Eles queriam um serviço que estivesse disponível imediatamente, sabendo como o escritório do xerife fica ocupado.

– É mesmo?

Beckett deu um passo atrás, mas Maggie o seguiu. Ele tensionou o maxilar, e o olhar de "me salva" que me lançou não foi nada engraçado. Ele estava desconfortável de verdade.

Definitivamente, era hora de intervir.

– É verdade – falei, enquanto Colt pegava minha mão. – O *marido* dela é dono de um dos hotéis, não é, Maggie?

Ela me fuzilou abertamente com o olhar, mas suavizou a expressão quando voltou a encarar Beckett – ou talvez fosse melhor dizer "avaliá-lo". Outra boa forma de descrever seria "comê-lo com os olhos".

– É, sim. O que acho que quer dizer que, de certa forma, você trabalha para mim.

Os olhos dele se tornaram glaciais.

– Eu sou um profissional independente, o que quer dizer que trabalho para mim mesmo.

Eu me movi para ficar ao lado de Beckett, e ele relaxou só o suficiente para que a mudança fosse visível.

– É sempre bom te ver, Maggie, mas acho que esses rapazes estão ficando com fome, certo? – perguntei a Beckett.

Ele assentiu.

– É sempre bacana conhecer a mãe de um coleguinha do Colt e da Maisie.

As palavras eram as certas, mas saíram forçadas, como se ele as tivesse ensaiado na cabeça antes de dizê-las em voz alta.

Maggie deixou os ombros caírem, mas logo se recuperou.

– Claro. É melhor eu voltar pro Drake. Vocês vão se juntar a nós?

Olhei para Colt, que, felizmente, estava distraído com Bagunça. Ele devia estar ficando com fome, e estávamos desperdiçando a hora do almoço ali fora.

– Na verdade, eu ia perguntar pra minha Ella aqui se ela quer almoçar comigo.

As palavras saíram de dentro dele como em todas as vezes que conversamos sozinhos. Fáceis. Naturais.

Maggie percebeu.

Preparar. Apontar. Fogo.

Verdade ou não, eu poderia beijá-lo de tão grata. Não que fosse beijá-lo ou tocá-lo de qualquer forma que indicasse mais do que amizade, se é que era isso que existia entre nós. O que éramos, afinal? Vizinhos ligados pela culpa?

Maggie anuiu e deu meia-volta, quase me derrubando. Beckett estendeu a mão, segurando o meu ombro enquanto ela passava. Quem ligava para a verdade? *Eu, não!*

Depois da reunião daquele dia e do ataque de Maggie, senti uma rebeldia brotar no meu estômago e se espalhar para fora.

– Colton MacKenzie.

– Mamãe?

– Você quer passar o resto do dia comigo? Com a gente? – perguntei, olhando de relance para Beckett.

– Quero!

– O que você quer fazer? – perguntou Beckett, se agachando.

A boca e o nariz de Colt se franziam enquanto ele pensava.

– Quero fazer um piquenique com a Maisie. Se ela puder.

Eu tinha tirado a sorte grande com aquele garoto.

– Então, faremos um piquenique.

Enquanto caminhávamos para nossos carros, rocei no braço de Beckett, parando-o enquanto Colt e Bagunça andavam alguns metros à frente.

– Você não é muito sociável, é?

– É tão óbvio assim?

– Com certeza.

Mas também era estranhamente cativante perceber que comigo ele era diferente.

– Eu só não tinha percebido até agora.

– É, bom… acho que me sinto confortável com você.

Aquela simples admissão me pareceu o melhor elogio, e senti minhas bochechas esquentarem.

– Você percebeu o que fez, certo?

Eu precisava que ele entendesse com o que havia se comprometido, como a confiança de uma criança era preciosa.

– Em relação ao almoço?

– Em relação ao futebol, Beckett. São três treinos por semana e mais os jogos no fim de semana. Isso significa que, nos dias em que eu estiver no médico com a Maisie...

– Eu vou estar no campo com o Colt. Eu não vou te deixar na mão, Ella. Nem a ele.

Mordi com força o lábio inferior, lutando contra a vontade de acreditar nele, de confiar que ele estaria onde disse.

– Confia em mim, por favor.

– Eu sei que você tem a melhor das intenções, mas, pela minha experiência, os homens... nem sempre estão onde dizem que vão estar.

Falei a última parte para o concreto entre meus pés. Para ser exata, eles mentiam e diziam que estariam lá, mas nunca apareciam. Talvez a razão variasse, mas o resultado, nunca.

Ele ergueu o meu queixo gentilmente com o dedo, e pouco a pouco encontrei a coragem para encontrar os olhos dele.

– Eu vou estar aqui. Pelo Colt. Pela Maisie. Eu não vou embora. Não vou abandonar vocês. Não vou morrer.

As palavras dele atingiram meu coração com a força de uma tonelada de tijolos.

– Eu vou estar aqui e, se você não acredita em mim, tudo bem. Eu vou conquistar a sua confiança.

– Eu não tenho direito nenhum de esperar isso de você.

Não estávamos juntos nem tínhamos nenhum outro vínculo que sequer insinuasse uma obrigação dessas da parte dele. Eu precisava confiar que o dever que ele sentia ter com o meu irmão fosse forte o suficiente para segurá-lo ali, e confiar não era uma das minhas maiores habilidades.

– Você tem esse direito, porque eu estou lhe dando – disse ele.

Ficamos assim, presos um ao outro, a mão dele debaixo do meu queixo, nós dois lutando silenciosamente até que soltei o ar com força e me permiti fechar os olhos.

– Está bem. Mas não decepciona o Colt.

– Não vou decepcionar. Quanto mais cedo você acreditar em mim, mais cedo eu vou poder pegar um pouco desse fardo que você está tão empenhada em carregar sozinha. Tenha um pouco de fé em mim.

Inspirei o ar de maneira entrecortada e tentei essa coisa de fé.

– Futebol.

Ele abriu um sorriso largo.

– Futebol.

CAPÍTULO DOZE

BECKETT

Carta nº 18

Caos,

    Eu cruzei com os pais do Jeff no mercado faz tipo uma hora. Não acontece com muita frequência, talvez só uma ou duas vezes por ano, quando eles estão aqui de férias, mas sempre me deixa destruída quando acontece.

    Por que é assim? Depois de sete anos, eu já deveria estar imune a esses encontros, mas não estou.

    Lá estava eu, parada no corredor das bebidas, olhando para todos os sabores de Gatorade da face da Terra, pensando qual deles não faria a Maisie vomitar. Ultimamente, ela anda sentindo muita náusea, mas sei que ela precisa se manter hidratada, por causa desses remédios novos e da possibilidade de falência renal. Enfim, eu estava pensando em pegar o de maçã verde, já que, pelo menos, é verde. Daí, quando ela inevitavelmente vomitar, eu não vou entrar em pânico porque parece sangue. Quando eu estava grávida dos gêmeos, coisas mais azedinhas eram as únicas que controlavam o enjoo. Então, eu enchi o carrinho e, quando cheguei no fim do corredor, lá estavam os pais do Jeff, escolhendo o peru para o Dia de Ação de Graças.

    Não é que eu não saiba que é Dia de Ação de Graças e que as pessoas precisam de perus. Mas ali estava eu, tentando descobrir o que comprar para manter a minha filha viva, e lá estavam eles, debatendo os méritos de um peru de 7 quilos versus um de 8.

Assim como o Jeff, eles nunca viram as crianças. Eu os descartei no minuto em que o pai do Jeff apareceu com um cheque gordo, os papéis do divórcio e um pedido para que eu interrompesse a gravidez.

Daí, duas semanas atrás, engoli meu orgulho e pedi ao pai dele para colocar a Maisie no plano do Jeff – já que o Jeff trabalha para ele. Ele me mandou embora e disse que as crianças não são problema dele. Acho que o Jeff está saindo com a filha de um senador, e por isso os meus filhos são uma inconveniência. A Maisie está morrendo, mas eles estão mais preocupados com a imagem do Jeff.

Então, sim. Nós não nos falamos.

Mas hoje, por alguma razão, isso me atingiu mais do que o normal. Talvez seja porque a Maisie está muito doente. Porque, quando penso no Jeff e nas perguntas dos gêmeos sobre ele que não vou conseguir evitar por muito mais tempo, sempre imagino que as crianças podem procurá--lo quando tiverem idade suficiente. Isso é com ele. E agora eu percebi que a Maisie talvez nunca tenha essa chance. E, embora eu não queira ter nada a ver com ele, jamais impediria os gêmeos de irem atrás dessas respostas. Só que o tempo pode impedir a Maisie de fazer isso.

Mesmo assim, eu não vou perguntar se ela quer conhecê-lo. Eu quero todo o tempo que ela tiver. Não quero dividir a Maisie com o Jeff e, sinceramente, acho que ele não traria a ela nada além de sofrimento.

A primeira coisa que eu fiz depois de dar um pouco daquele Gatorade para a Maisie foi pegar uma caneta e escrever para você. Porque, por mais que eu me esforce, não consigo descobrir se isso faz de mim uma pessoa má, uma pessoa egoísta. E, pior, se fizer, tem uma parte imensa de mim que simplesmente não liga. Isso não é pior?

Ella

– Já está pronto? – perguntei enquanto Colt corria pelo corredor da casa da mãe, em direção à porta.

Fazia semanas que o garoto vinha treinando, e aquele dia era, finalmente, o sábado do fim de semana do Memorial Day – dia de jogo.

Na segunda, era a formatura da educação infantil dos gêmeos – fosse lá o que isso significasse. Por que eles precisavam de capelos e becas minúsculos estava além da minha imaginação, mas era inegável que tinham ficado muito fofos na pequena sessão de fotos que Ella fizera perto do lago.

– Chuteiras! – gritou ele.

– Na bolsa! – respondi, erguendo a pequena sacola Adidas no ar enquanto ele derrapava nas meias até parar na minha frente.

– Você tá com elas?

– Estou, e com as suas caneleiras e o protetor solar pro seu coco. Bom, está pronto para jogar ou não?

Tínhamos 20 minutos até a hora de estar no campo para o aquecimento.

– Sim! – disse ele, pulando no ar com as duas mãos esticadas para o teto.

– Está bom, guarda um pouco dessa energia pro jogo, ok? A gente vai jogar contra um time de Montrose, e eles vão ser durões.

Ele franziu a testa.

– Eles têm 6 anos. Que nem eu.

– É, bom, você também é durão. Agora calça os tênis e vamos.

Colt deu meia-volta e disparou, e fui atrás de Ella, encontrando-a no escritório. Maisie estava esticada na namoradeira em frente à mesa da mãe, com um livro na mão.

– Oi, Maisie. Ella, está pronta?

Ela levantou os olhos da eterna pilha de papéis naquela vastidão de mogno e rapidamente disfarçou o pânico, forçando um sorriso.

– Estou, só deixa eu ver se a Hailey voltou para ficar com a Maisie.

– Eu quero ir. Por favor, mamãe! Por favor! – implorou Maisie.

Ela tinha as bochechas rosadas naquele dia. A cor voltava bem a tempo de ser golpeada por mais uma rodada de químio na semana seguinte.

Era um daqueles momentos em que eu dava graças a Deus por não ser pai, porque eu cederia sempre. *Sempre.*

Ella franziu a testa.

– Não sei não, Maisie.

– Eu tô ótima hoje, o tempo tá bom, e eu vou até sentar no carro. Por favor! Eu não quero perder o primeiro jogo do Colt.

– Você ia dizer que está ótima mesmo se não estivesse.

– Por favor!

Ella fixou os olhos nos meus.

– Você é quem sabe – falei, bem ciente de que não fazia parte daquela equação de tomadas de decisão. – A única coisa que posso dizer é que está 23 graus, com um solzinho ameno, e que tenho uma tenda no carro.

– Mas todas aquelas pessoas...

– O Beckett pode assustar todo mundo, né?

Maisie me encarou com aqueles olhos azuis imensos, e levantei as mãos imediatamente, recuando. É, eu cederia sempre.

– Eu não vou me envolver aqui. Ella, você decide, vou esperar lá fora.

Achei melhor ficar longe das mulheres da casa, que, no momento, se encaravam para ver quem se renderia primeiro.

– Ela pode ir – cedeu Ella.

Chegamos ao campo cinco minutos atrasados, mas eu nem me estressei. Era futebol de criancinhas, não a Copa do Mundo. Girei Colt no assento, amarrando as chuteiras depois de prender as caneleiras. Então, peguei o frasco de filtro solar.

– Esse troço é gosmento – reclamou ele.

– É de spray. E, sério, foi você quem insistiu em raspar a cabeça.

– Foi pra Maisie!

– Não estou questionando seu motivo, rapazinho. Mas sabe o que me disseram na sua idade? Você é livre para escolher, mas não se livra das consequências da sua escolha. Raspar a cabeça é incrível. Agora, filtro solar.

Eram quase quatro horas, mas o sol da tarde continuava inclemente nas cabeças peladas.

Ele cruzou os braços no peito do uniforme bordô, mas não disse uma palavra enquanto eu o borrifava, tomando o cuidado de proteger o rosto dele com as mãos.

– Você está ficando bom nisso – disse Ella, contornando a frente da minha caminhonete.

– Ele facilita – falei, colocando Colt no chão. – Prontinho.

Ele foi até Ella, que se apoiou nos joelhos.

– Ok, qual é a coisa mais importante do jogo de hoje?

A expressão de Colt se tornou feroz.

– Jogar na minha posição, não demonstrar medo, e hoje a gente vai jantar as almas dos nossos inimigos!

Ella se inclinou para o lado e ergueu uma sobrancelha para mim.

– Quê? – perguntei, dando de ombros.

Ela se levantou e endireitou o uniforme dele.

– Vai lá.

– E deixa as mãos longe da bola! – gritei atrás dele.

Ele se virou, fazendo um sinal de positivo para mim antes de correr em direção ao time.

– As almas dos inimigos? – questionou ela, contendo uma risada e cruzando os braços.

Nem reparei que o gesto empurrou seus seios para cima, em direção ao decote em U da camiseta bordô dela. Não, não reparei mesmo.

– O quê? Ele é praticamente um homem.

– Ele tem 6 anos.

– Na antiga Esparta, meninos de 7 anos eram treinados como guerreiros.

Ela riu, um som completamente inebriante.

– Eu vou me certificar de manter os espartanos fora da lista de convidados da festa de aniversário dele.

– Só por segurança – concordei, no que fui recompensado com outra risada.

Era exatamente assim que a vida dela deveria ser, repleta de jogos de futebol, sol e sorrisos dos filhos. Era exatamente isso que ela merecia. Eu só não era a pessoa que merecia dar isso a ela.

Bagunça pulou da caçamba da caminhonete e me fez companhia enquanto eu montava a tenda longe dos outros pais. O design permitia que o ar fresco entrasse, mas deixava Maisie fora do sol ao mesmo tempo que possibilitava que ela visse o jogo.

– Fica – ordenei a Bagunça, e ela se sentou na entrada da tenda.

Quando voltei para a caminhonete, Ella já tinha carregado o carrinho com as cadeiras dobráveis. Maisie estava empoleirada na ponta do assento, e foi aí que vi – a exaustão. Cara, ela escondia bem.

– Por que você não carrega a cadeira enquanto eu levo a Maisie? – sugeri.

– Assim, ela não fica muito tempo no sol.

Ella concordou e atravessou o gramado até a tenda.

– Você está exausta – falei para Maisie, me voltando para a menina.

Ela assentiu, baixando um pouco a cabeça.

– Eu não queria perder o jogo. Eu perco tudo.

– Eu entendo, mas você também precisa se cuidar, para poder fazer ainda mais coisas quando ficar boa.

Os dedos dela deslizaram para o ponto do braço debaixo da blusa onde corria o cateter PICC, protegido por uma braçadeira de malha.

– Eu sei.

Foi o jeito como ela disse aquilo que me fez segurar sua mão e dizer:

– Eu vejo um monte de jogos de futebol no seu futuro. Tudo o que você está enfrentando agora um dia vai ser só uma história louca que você vai contar pra todo mundo e que vai te ajudar a entrar numa universidade legal, ok?

– Eu tenho 6 anos – disse ela, e um pequeno sorriso curvou seus lábios.

– Por que todo mundo está me dizendo isso hoje? – perguntei. – Agora, que tal uma carona até o jogo?

O sorriso dela explodiu em um lampejo de alegria, e eu a peguei no colo, ajeitando o conjunto de calça corta-vento e blusa de manga comprida rosa, pensado para cobrir toda a pele dela, e depois seu imenso e flexível chapéu rosa-choque.

– Ok, eu proponho um acordo – ofereci, caminhando a passos largos até a tenda com Maisie em meus braços.

– Qual?

– Eu não te derrubo se você não deixar o chapéu voar.

– Combinado! – disse ela, com uma risadinha que decidi que só perdia para a risada da mãe dela na lista dos melhores sons de todos os tempos.

Outros pais e mães de jogadores gritaram cumprimentos, e respondi com um sorriso que esperava não parecer forçado, sabendo que tinha muita sorte de ocupar um lugar na vida de Maisie e Colt, não importava quão pequeno fosse. Aquele papel vinha com lidar com outros pais, e eu estava trabalhando nisso. A cada nova prática, a conversa fiada ficava um pouco mais fácil, os sorrisos, um pouco menos falsos, e comecei a ver os outros pais como indivíduos, e não só como... gente desnecessária.

Coloquei Maisie na cadeira de camping que Ella havia posicionado e, então, pus os pés da menina em uma menor que servia de descanso. Ao ver o leve tremor que percorreu o corpo dela, rapidamente tirei a manta do carrinho e cobri suas pernas.

– Tem certeza de que está tudo bem?

Ela aquiesceu.

– Só tô com um pouco de frio.

Embrulhei Maisie na manta, e nos sentamos para ver o jogo. Ella começou como uma daquelas mães quietas, tirando fotos sem parar, mas reservada nos comentários. No segundo tempo do jogo, já estava gritando para Colt enquanto ele fazia um gol.

A transformação foi hilária e sexy ao extremo.

Ou talvez fosse a visão daquelas pernas longuíssimas de short cáqui. De qualquer forma, precisei me concentrar bastante para manter as mãos longe da pele macia logo acima dos joelhos dela. Droga, eu queria aquela mulher. Queria cada parte dela – a risada, as lágrimas, as crianças, o corpo, o coração. Queria tudo.

Para a minha sorte, o meu desejo físico por ela só perdia para a minha necessidade de cuidar dela, o que mantinha minha libido sob controle.

Na maior parte do tempo.

Ok, isso era mentira. Quanto mais tempo passávamos juntos, mais perto eu ficava de beijá-la só para ver qual era o seu gosto. Queria beijá-la até ela se esquecer de todo o peso que carregava, até ela me perdoar pela mentira que eu estava vivendo.

E, quanto mais tempo eu passava guardando o meu segredo, mais distante ele parecia. Mais eu sonhava com a possibilidade de ela me deixar ficar na vida dela só como Beckett.

Não que não me sentisse tentado a contar a ela quem eu realmente era. Queria contar como as cartas dela me salvaram, como me apaixonei por ela só de ler suas palavras. Mas, então, eu percebia como tinha mergulhado na vida dela – indo ao supermercado, levando Colt ao futebol, ficando com Maisie quando ela estava doente demais para ir à casa principal. No instante em que eu dissesse a Ella quem era de verdade, o que tinha feito, ela me mandaria embora e ficaria sozinha de novo, e eu havia prometido estar ali por ela e pelas crianças. Manter aquela promessa significava não dar a ela uma razão para me expulsar dali. E contar a ela seria egoísmo de qualquer forma. Só a machucaria.

Caos não tinha como ajudar – estar ali por ela. Não depois do que havia acontecido. Eu teria que esperar Maisie estar fora de perigo antes de confessar tudo. Então, a escolha seria de Ella.

– O que aquele garoto está fazendo? Isso não é falta? Ele não pode derrubar o Colt assim! – gritou Ella.

– Acho que foi mais uma trapalhada mútua – repliquei.

– Ai, meu Deus, ele fez de novo! Pega ele, Colt! Não deixa ele fazer isso com você!

– Você sabe que ele só tem 6 anos, né? – falei, doce que nem quindim.

Ela se virou para mim lentamente com um olhar furioso e a boca aberta em escárnio.

– Não estou nem aí.

Eu ri e, pela primeira vez, percebi que estava totalmente, completamente satisfeito com a minha vida. Mesmo se nunca ficasse com Ella, provasse sua boca, tocasse sua pele, a mantivesse na cama em uma manhã chuvosa de domingo ou a ouvisse dizer aquelas três palavras pelas quais eu ansiava, aquele momento já era o suficiente.

Ao olhar para Maisie na sombra, vi seus olhos fechados e o subir e descer ritmado de seu peito. Ela dormia com Bagunça enroscada debaixo de suas pernas esticadas. Se ela já estava exausta assim, como diabos iria suportar mais uma rodada de químio na semana seguinte?

– Ah, não… não, não – murmurou Ella, e devolvi minha atenção ao campo.

O outro time passou por Colt, depois pela defesa, e marcou o gol da vitória.

É. Merda.

Meu coração ficou apertado quando vi o rosto de Colt, a maneira como os seus ombros caíram. Mas ele apertou a mão do time adversário como o bom esportista que era, embora tenha ficado sentado no banco depois que o técnico terminou o discurso motivacional pós-jogo. Ao ver os outros pais cruzarem o campo, olhei para Ella, que parecia quase tão decepcionada quanto Colt.

– Poxa, que droga.

Ela cruzou os braços, sua longa trança lateral roçando um dos seios quando se virou para me encarar.

– O que eu digo pra ele?

– Que tal você me dar um segundo com ele?

– Fica à vontade – disse ela, apontando para o banco. – Eu vou guardar tudo.

Cruzei o campo com a bolsa das chuteiras nas mãos, então me abaixei na frente dele para começar a desatar os nós duplos sem os quais ele jurou não poder jogar.

– Cara, adorei te ver em campo – falei, deslizando a primeira chuteira para fora do pé dele.

– Eu deixei ele passar. A gente perdeu porque eu estraguei tudo.

Desamarrei o cadarço da segunda chuteira e a tirei também.

– Não. A gente ganha como um time e perde como um time. Não tem nenhuma vergonha nisso.

– Eu não queria perder – murmurou ele, como se fosse um segredo horrível.

– Ninguém quer, Colt. Mas eu posso afirmar que, às vezes, as derrotas são tão importantes quanto as vitórias. As vitórias são muito legais e um motivo para comemorar o que a gente fez certo. Mas as derrotas... elas ensinam mais. Elas ensinam a gente a enxergar onde pode melhorar e, sim, são chatas pra caramba, e tudo bem. Quando você crescer, vai ver que é nossa maneira de lidar com as derrotas, e não com as vitórias, que nos torna um homem digno.

Entreguei a ele os tênis que tinha trazido, e ele os calçou, pensativo, a testinha franzida do mesmo jeito que Ella fazia quando resolvia algum problema. Depois, ele grudou o velcro e pulou do banco.

– Então, tudo bem perder.

Anuí.

– A gente tem que perder às vezes. Isso torna a gente humilde, faz com que a gente trabalhe mais. Então, sim, tudo bem perder. Às vezes, é até bom.

Ele soltou um suspiro gigante e melodramático, depois assentiu.

– Você pode vir aqui comigo um segundo?

– Claro – respondi sem pensar, seguindo Colt, que passou pelo nosso banco e foi até o time visitante, onde encontrou o garoto que havia marcado o último gol.

O garoto viu Colt e se levantou.

Colt foi direto até ele.

– Eu só queria dizer que você é muito rápido. Você jogou bem hoje.

O garoto sorriu.

– Você também. Aquele gol foi incrível!

Eles apertaram as mãos como dois homenzinhos, e Colt abriu um sorriso largo ao se afastar.

– Estou muito orgulhoso de você – falei, enquanto cruzávamos o campo.

– Bom, ele é muito rápido. Mas quer saber? A gente vai jogar com eles de novo no fim do verão, e eu vou ser ainda mais rápido. Eu aguento esperar esse tempo pra acabar com ele.

Quis repreendê-lo, mas estava ocupado demais tentando não rir.

– Saquei. Então, daí a gente vai jantar as almas dos nossos inimigos?

– Isso.

Ele parou no meio do campo, e tive que voltar alguns passos.

– O que foi, Colt?

Ele me encarou, bloqueando o sol com a mão, depois olhou ao redor para os outros pais voltando para os carros.

– Então é assim? – murmurou ele, tão baixinho que precisei me abaixar para escutar.

– O que é assim? – perguntei.

– Ter um pai? – disse ele, inclinando a cabeça de leve.

As palavras me fugiram na mesma velocidade com que cada emoção me atacou. A pergunta dele arrancou minha pele, deixando-me em carne viva, exposto de um jeito que eu nunca havia me sentido antes.

Eu me agachei para ficar da altura dele e disse a única coisa que me veio à cabeça:

– Sabe que eu também não sei? Nunca tive um pai.

Ele arregalou os olhos.

– Eu também não.

Eu estou aqui agora. Eu tinha as palavras ali, na cabeça, na ponta da língua. Mas não cabia a mim dizê-las ou fazer essa oferta. Cara, era um inferno se apaixonar pelo filho de outra pessoa quando não dava para reivindicar o amor da mãe dele – ou dela. Olhei para o outro lado do campo e vi Ella sentada com Maisie debaixo da tenda, as duas passando as mãos na grama.

– O que você acha de a gente levar as garotas pra casa? – perguntei a Colt, tirando meu boné e o colocando na cabeça dele para protegê-lo do sol.

– Boa ideia. Vamos cuidar das mulheres.

Ele caminhou a passos largos até as garotas, e desta vez não segurei o riso. Como aquele menino conseguia me fazer quase chorar em um segundo e rir no segundo seguinte estava além da minha compreensão.

– A gente perdeu – disse Colt a Ella, conforme caminhávamos de volta para o carro.

Eu carregava Maisie, que tinha a cabeça recostada no meu peito, enquanto Ella puxava o carrinho atrás de nós.

– Ah, cara. Tenho que admitir que estou feliz que hoje à noite a gente não vai jantar nenhuma alma inimiga – brincou ela, puxando-o para si. – Acho que a gente vai ter que se contentar em pedir uma pizza.

– Pizza! – gritaram as duas crianças, Colt pulando para tocar a palma de Maisie.

Prendi as crianças nas cadeirinhas que comprei para a caminhonete e coloquei o carrinho e o conteúdo dele na caçamba enquanto Ella pedia a pizza. Bagunça pulou no banco de trás entre as crianças. Ella tinha se acalmado bastante desde que a oncologista havia dito que Maisie ficaria completamente segura contanto que os níveis não estivessem baixos demais.

Dirigi de volta por Telluride enquanto Colt e Maisie debatiam o que era melhor: queijo ou pepperoni.

– Eles já tiveram alguma conversa com frases inteiras? – perguntei a Ella.

– Não. É como se eles falassem um idioma próprio. Simplesmente sabem o que o outro está pensando antes de a frase acabar, então não terminam.

– Assustador, mas legal.

– Exatamente.

Como seria natural estender o braço e pegar a mão dela, lhe dar um beijo na palma... Tudo ali parecia fácil, certo. Como tinha sido escrever para ela. Não que ela fosse saber disso num futuro próximo.

Parei em frente à pizzaria e estacionei a caminhonete.

– Uma vaga bem na frente? Parece que o destino da noite é mesmo pizza! – declarei.

As crianças levantaram os braços comemorando a vitória, mas os de Maisie não chegaram tão alto. Ela estava esgotada de novo.

Eu e Ella saímos da caminhonete, mas cheguei à calçada antes dela.

– Pode deixar – falei.

– Você não vai pagar pela pizza – protestou ela.

– Vou, sim.

– Não vai – insistiu, cruzando os braços.

– Vou.

Ela deu um passo à frente e olhou para mim, toda fogo e teimosia. Baixei os olhos para os lábios dela, entreabertos e perfeitos. Tão beijáveis.

– Eu vou pagar – afirmou ela, dessa vez toda suave e lenta, como se soubesse que eu lutava para manter as minhas malditas mãos onde estavam.

– Só se for nos seus sonhos.

Ella abrandou completamente a expressão, e eu teria pagado um milhão de dólares para saber no que ela tinha acabado de pensar.

– Está bom – disse ela. – Mas só se você concordar em jantar com a gente.

– Fechado.

– Não vai! – gritou uma voz fina.

– Vou! – gritou outra.

Nós nos viramos e vimos os gêmeos zombando de nós através da porta aberta, com sorrisos gigantes no rosto.

– Ok. Calados, vocês dois, ou eu vou tacar anchovas na pizza – ameacei, com a cara séria. – Será que a gente pede uma pizza extra?

– Eu pedi três – disse Ella, dando de ombros.

Ficamos ali, sorrindo um para o outro como dois idiotas, ambos sabendo que ela tinha planejado me incluir no jantar muito antes do nosso pequeno trato.

Bagunça pulou do carro enquanto eu ia até a pizzaria, e me virei, abaixando-me para acariciar as orelhas dela.

– Protege a Maisie e o Colt.

Ela correu para longe, estacionando logo abaixo da porta aberta.

– Ella! – chamou Hailey, acenando, e entrei na pizzaria enquanto as duas mulheres começavam a conversar perto da caçamba da caminhonete.

Três pizzas e cinco minutos depois, saí da pizzaria e quase deixei as caixas caírem.

Um casal mais velho e bem-vestido parou de andar de repente a poucos metros de Hailey e Ella. Não foi a presença deles que me alarmou, mas a expressão de choque, total e abjeto, com que os dois encararam os gêmeos.

Bagunça se levantou – ela sempre soube julgar bem o caráter das pessoas –, e comecei a me mover.

A mulher deu um passo à frente, como se não estivesse no controle das próprias ações, e Bagunça mostrou os dentes e começou a rosnar.

Ella se virou ao ouvir o rosnado e, quando prendeu a respiração, entendi tudo que precisava entender.

– Não! – exclamou ela, não para Bagunça, mas para o casal.

Ela marchou direto para o lado de Bagunça, ameaçadora, e falou de novo:

– Não. Saiam daqui. Agora.

Cheguei por trás do casal, depois parei ao lado deles, deslizando as pizzas para o banco do passageiro e me colocando entre as pessoas indesejadas e Bagunça.

– Não se aproximem mais. Ela vai atacar na jugular se os senhores derem mais um passo na direção daquelas crianças.

Mantive a voz baixa e calma. No minuto em que ficasse agitado, Bagunça se tornaria agressiva.

– Essa cachorra é um perigo – disse o homem, me fitando com desprezo.

– Só para as pessoas que ela vê como uma ameaça aos gêmeos ou à Ella. Agora, acho que a Ella pediu que os senhores fossem embora – falei, indo para a frente e forçando o casal a recuar, sabendo que Bagunça faria o mesmo e daria a Ella espaço para fechar a porta e impedir que os gêmeos fossem expostos.

Quando ouvi a porta bater, relaxei, e Bagunça escondeu os dentes.

– Quem, exatamente, é você? – exigiu saber a mulher.

– Não interessa.

– Eles não são seus filhos – afirmou o homem, fervendo de raiva.

– Nem seus – respondi. – Mas eu sou responsável por eles, e é isso que importa. E eu garanto que, se os senhores se aproximarem deles de novo sem a permissão da Ella, a Bagunça vai ser o menor dos seus problemas.

Quando o homem começou a encarar Ella, me interpus entre os dois para tirar aquela expressão de desdém do rosto dele.

– Beckett – chamou Ella baixinho, sem dúvida notando o pequeno grupo que testemunhava a situação.

– Tenham uma boa noite – falei ao casal, depois me virei e caminhei de volta para Ella, colocando a mão na sua lombar e incentivando-a a entrar no carro, para depois fechar a porta atrás dela.

O casal tinha ido embora.

Passei por Hailey, com Bagunça a meu lado.

– São os pais do Jeff – murmurou ela.

– Eu imaginei.

– Tem tequila no freezer.

Ela apontou para a cabine da caminhonete, onde Ella estava sentada em silêncio, atordoada.

– Bom saber.

– Quem eram aqueles? – perguntou Colt.

– Ninguém com quem você precise se preocupar – respondeu Ella.

– A Bagunça ficou preocupada – replicou Maisie.

– A Bagunça sabe julgar as pessoas – murmurou Ella. – Era só um casal que eu conheci.

– Eles não foram muito legais – observou Colt.

– Não. Nunca foram.

Ella ficou quieta enquanto voltávamos para a Solidão e se forçou a sorrir durante o jantar. Depois, levou as crianças para a cama, e me sentei no sofá, esperando em silêncio, com Bagunça cochilando aos meus pés.

Meia hora depois, ela desceu as escadas, já com uma calça de flanela e uma regata, ficando boquiaberta ao me ver.

– Achei que você já tinha ido embora.

– Não. Senta aqui – falei, dando um tapinha no sofá ao meu lado e desviando os olhos da curva dos seios dela que surgiam altos no decote da regata.

Ela afundou no canto do sofá, levando os joelhos ao peito.

– Aposto que você está curiosíssimo sobre o que aconteceu do lado de fora da pizzaria.

– Fala.

Ela apoiou o queixo nos braços dobrados e respirou fundo.

– Aqueles eram os pais do Jeff.

– Foi o que eu imaginei.

Ela levantou os olhos e encontrou os meus.

– Você é igualzinho ao Ryan nisso, tira conclusões sobre tudo ao seu redor. Sobre as pessoas também.

– Isso mantém a gente vivo – respondi sem pensar, fechando os olhos por um instante diante da gafe e da dor que se seguiu. – Você sabe o que eu quero dizer.

Ela aquiesceu.

– Os dois nunca tinham visto as crianças antes. Nunca nem sequer perguntaram sobre elas.

Eu estava por dentro de grande parte daquela história. Ou melhor, Caos estava. Mas queria que Ella contasse para mim, Beckett. Que confiasse em mim tanto quanto havia confiado naquele amigo por correspondência sem rosto. Então, em vez de mentir ou pedir que continuasse, só esperei.

– O Jeff foi embora quando eu estava grávida de 8 semanas – contou ela, depois olhou para longe, seu rosto anuviando-se enquanto ela mergulhava na lembrança. – Ele não queria casar, não de verdade. Foi uma coisa bem Meat Loaf.

– O cantor Meat Loaf? – perguntei, apoiando o braço no encosto do sofá e inclinando o corpo.

– Sabe aquela música dele, "Paradise by the Dashboard Light"?

– Ah, entendi. Sem anel, sem sexo.

– Exato. A gente ficou junto todo o último ano e, agora, olhando para trás, quando peguei Jeff mentindo sobre fumar, fumar!, de tantas coisas para mentir, devia ter ido embora, mas eu estava perdida naquela mentalidade ingênua ele-pode-mudar-por-amor. Enfim, a gente ia para a Universidade do Colorado no outono, e a ideia toda parecia tão romântica! Fugir e se casar um dia depois da formatura, passar a noite de núpcias num hotel, contar tudo para a minha avó e os pais dele no dia seguinte.

– Imagino que a notícia tenha sido muito bem recebida.

Eu não tinha visto um pingo de misericórdia naquele cara, o que significava que ele jamais seria um bom pai.

– Como uma tonelada de tijolos. A minha avó chorou – contou ela, engolindo em seco e parando de falar por um instante. – Os pais do Jeff renegaram o filho, e a gente se mudou para um dos chalés pelo verão, que tinham um estilo mais de acampamento do que os que você vê hoje. A vovó ficou decepcionada, mas isso nunca afetou o amor dela ou a promessa de pagar pela minha faculdade. Já Jeff ficou abalado depois daquela primeira semana. Pode-se dizer que a lua de mel tinha acabado, e ele estava estressado sem saber como ia bancar a faculdade, daí tudo simplesmente desandou. Ele passou de herdeiro a completamente duro da noite para o dia. Quatro semanas depois da nossa pequena fuga para o cartório, percebi que estava grávida e, duas semanas depois, o médico me disse que eram gêmeos.

Tentei me colocar na posição dela naquela idade e não consegui. Aos 18, me alistei no exército e mal conseguia cuidar de mim mesmo, que dirá de dois outros seres humanos.

– Você é incrivelmente forte.

Ela balançou a cabeça.

– Não, porque no minuto em que o médico fez aquele ultrassom depois do exame de sangue, eu me arrependi de tudo. De tudo – repetiu ela, em um instante.

– Você era jovem. Acho que qualquer mulher jovem na sua posição teria entrado em pânico.

– Eu tinha 18 anos e estava casada com um cara que já não gostava mais de olhar para mim, a não ser que eu estivesse nua. E, mesmo assim... o sexo... – disse ela, dando de ombros. – Bom, acho que cumpriu a sua função. Contei para ele no minuto em que entrei em casa, pensando que ele saberia o que fazer. Ele sempre tinha um plano, sabe?

– E o que ele fez?

– Ele ficou sentado em choque, o que era compreensível. Afinal de contas, eu estava sentindo a mesma coisa. Depois, ele... ele me pediu para abortar.

Cravei as unhas nas costas do sofá, mas não disse uma palavra.

– E foi naquele instante, quando a escolha foi posta na mesa, que o desespero se dissipou e eu soube que queria os dois. Que não tinha nada que eu não fosse fazer para proteger os meus filhos. Foi quando eu percebi que amava a pessoa que ele tinha fingido ser: forte, leal, atencioso, protetor... e era tudo uma grande mentira. Ele tinha encenado aquele papel muito bem, mas a verdade é que não era o grande homem forte que ia me levar para a faculdade e construir uma vida incrível comigo. Ele não passava de um garotinho assustado incapaz de colocar outra pessoa em primeiro lugar, e isso incluía a mim. E lá estava eu, descobrindo que morreria pelos gêmeos, e ele queria que eu desistisse dos dois porque eles eram inconvenientes, assim como eu. Eu me recusei. Ele me ameaçou. Eu me mantive firme. Ele foi embora na manhã seguinte.

– Sinto muito que você tenha passado por isso.

Ela deu de ombros.

– As coisas são como são, e isso me ensinou a nunca confiar em um mentiroso. Se a pessoa mente uma vez, é muito provável que faça isso de novo e de novo. De qualquer forma, o pai do Jeff apareceu uma semana depois com um cheque gordo e os papéis do divórcio, falando que eu podia ficar com o dinheiro se provasse que não estava mais grávida.

– Você está brincando! – rosnei.

Eu queria aquele babaca de volta na minha frente, para poder apertar aquele pescoço magricela bem forte.

– Não. Então, eu assinei os papéis, puxei o cheque da mão dele e queimei bem na frente do homem.

Essa é a minha garota.

– Bacana. Bem visual.

– É, bom, eu fui um pouco dramática, e acabei tocando fogo no chalé. Literalmente. Não sobrou nada.

– Então, é melhor não te deixar sozinha com um isqueiro, é isso que você está dizendo? Sem churrasqueira, sem marshmallows, sem fogos de artifício?

Ela riu, aliviando o clima, mas eu ainda queria estrangular todo mundo daquela maldita família.

– E você ficou em Telluride e criou as crianças – deduzi.

Ela assentiu.

– Isso. O Jeff nunca mais apareceu. Nem uma única vez. A Patty e o Rich compraram um imóvel em Denver, mas eles ainda vêm para cá nos feriados, como você viu hoje. Só que nunca viram as crianças. Nunca pediram para ver, pelo menos, quando me encontraram. Até quando eu pedi ajuda para eles com o plano de saúde da Maisie, o Rich disse que as crianças não eram problema dele. Não vou cometer o erro de pedir ajuda de novo.

– Eu não sei ao certo se eles merecem ver as crianças.

– Nem eu, mas eu temo que a Maisie talvez não tenha essa oportunidade se um dia ela quiser, sabe? Quer dizer, um dia eles vão crescer. Vão fazer perguntas mais profundas e sair em busca das próprias respostas. E a Maisie...

Ela enterrou o rosto nas mãos.

Deslizei para a frente, até que os pés dela roçaram a parte externa da minha coxa. Então, com cuidado, afastei as mãos dela do rosto, quase torcendo para ela estar chorando, para ela ter aprendido a liberar aquela válvula de pressão em um ritmo mais constante e fácil do que como tinha sido durante a cirurgia de Maisie.

Mas não havia lágrimas ali, só um poço de tristeza tão profundo que afogaria qualquer alma comum. Mas Ella não era uma alma comum.

– A Maisie vai ter tempo de fazer a escolha dela – afirmei.

Eu não tinha esse direito, é claro, mas o pensamento não ia embora, então dei voz a ele.

– As crianças perguntam sobre ele? Sobre o Jeff?

– Às vezes. Elas têm curiosidade, é claro, e o Dia dos Pais é sempre um assunto delicado, mas eu sou muito sortuda de ter o Larry, e os gêmeos acabaram ficando bastante isolados das outras crianças aqui. Esse foi o primeiro ano de verdade deles na escola.

– E o que você diz para eles?

– Que, é claro, eles têm um pai, porque bebês precisam de um pai e uma mãe para nascer. Mas que eles não têm um papai. Porque, embora todos os homens possam ser pais, nem todos estão habilitados a ser papais, e o deles não estava.

Porque o imprestável do seu pai não te quis. Ele preferiu a próxima dose a um merdinha que vive gritando que nem você. As palavras da minha mãe ecoaram na minha cabeça como uma bola solta em uma máquina de pinball.

– Você é uma mãe incrível. Eu espero muito que você ouça isso com frequência, porque é verdade – falei, e meus polegares roçaram o pulso dela, bem em cima da pulsação.

– Eu fiz o que qualquer pessoa teria feito – refutou ela, dando de ombros.

– Não. Não se diminua desse jeito. Porque eu sou o produto de alguém que não fez o que você fez, o que você faz todos os dias. Nunca sequer duvide disso. E por sinal, se algum dia eu encontrar o Jeff, vou dar uma surra nele.

Ela me presenteou com um pequeno sorriso.

– Deixa o Jeff pra lá. Ele é advogado em Denver agora. Provavelmente te processaria por quebrar o nariz precioso dele. Se você quiser machucar o Jeff, tem que atingir algo com que ele se importa: a carteira. E, sinceramente, a gente está melhor sem ele. A vida com Jeff teria sido deplorável, e eu não ia querer que as crianças aprendessem com esse tipo de pai, principalmente o Colt.

– Eu entendo.

Ela olhou para a minha boca e depois para o lado.

Ela não está pensando em te beijar, menti para mim mesmo. Porque, se admitisse a verdade, eu a teria debaixo de mim em três segundos. Minhas mãos estariam nos seus cabelos, minha língua, na sua boca, e os arquejos dela, nos meus ouvidos.

Um silêncio se estendeu entre nós, gritando as inúmeras possibilidades do que poderia acontecer a seguir.

Devagar, soltei os pulsos dela e voltei para o meu lado do sofá.

– É melhor eu ir andando. Já está tarde.

– São nove da noite.

– Me ajuda com isso, Ella.

Minha voz saiu áspera como uma lixa. *Maravilha.*

– Te ajudar com o quê? – perguntou ela, mudando de posição, as pernas debaixo do corpo.

– Você sabe com o quê. Não me faça dizer isso.

No minuto em que eu dissesse, ia ser foda, e não no sentido carnal da palavra.

Bom, ok, nesse sentido também.

– Talvez… talvez eu queira que você diga – afirmou ela, com um sussurro estrangulado.

– Não posso.

Não ainda. Não enquanto eu for uma mentira ambulante e falante. Se ela olhasse para minha braguilha, eu definitivamente não precisaria de palavras. Fiquei duro como pedra só de vê-la encarando a minha boca.

– Ah. Entendi – disse ela, voltando a trocar as pernas de posição, fazendo um alarme soar na minha cabeça.

– Entendeu o quê?

– Como se eu fosse dizer isso... – respondeu ela, com uma risada autodepreciativa.

– Ella.

Era um apelo para falar e para não falar. Inferno, eu já não sabia mais o que queria.

– Você não me vê assim. Eu entendo totalmente – disse ela, pegando o controle da TV.

– E como exatamente eu te vejo? Por favor, me explica – falei, me inclinando para a frente e roubando o controle remoto dela.

Já que ela havia começado, teria que lidar com as consequências.

Ela bufou, irritada.

– Você me vê como uma mãe. Como a mãe do Colt e da Maisie. E é claro que vê, porque é isso que eu sou. Uma mãe com dois filhos.

– Bom, sim – concordei.

A maternidade dela – aquela devoção altruísta que ela tinha pelas crianças – era um dos seus atributos mais atraentes.

Ela revirou os olhos com um pequeno suspiro, e uma lâmpada metafórica se acendeu na minha cabeça.

– Você acha que eu não te quero.

Ela me lançou um olhar que confirmou o meu palpite e corou tanto que ficou da cor do sofá.

– Sabe, você tem razão, já é tarde – disse ela, depois fingiu um bocejo. – Beeeeeeem tarde.

– Eu te quero.

Caramba, como foi bom dizer aquelas palavras.

– É, tá bom – disse ela, com um olhar irritado e o polegar para cima. – Por favor, não me faça me sentir mais idiota do que já estou me sentindo agora.

É, chega dessa lenga-lenga.

Eu me aproximei em um movimento suave, conduzindo-a de volta para o sofá, deslizando sobre ela enquanto segurava seus pulsos com a mão acima de sua cabeça e me acomodava entre suas coxas abertas.

Lar.

– Caramba, você é rápido.

Não havia medo ou rejeição nos olhos dela, só surpresa.

– Não em todos os departamentos – prometi.

Ela abriu os lábios.

– Ella. Eu te quero.

– Beckett... você não precisa fazer isso.

É, aquele suspiro suave que ela deu seria a minha ruína.

Soltei os pulsos dela, deixando que os meus dedos percorressem o seu braço e se entrelaçassem aos seus cabelos na nuca, e envolvi a curva da sua cintura com a outra mão.

– Está sentindo isso?

Então, deslizei para a frente, deixando que o meu pau roçasse a costura da calça do pijama dela com força suficiente para fazê-la arquejar com o contato. Eu não me lembrava de querer tanto rasgar um tecido em toda a minha vida.

– Eu nunca quis uma mulher como te quero.

Eu me movi de novo, e ela fechou os olhos, soltando um gemido doce.

Meu pau latejou, sabendo que tudo o que eu tinha fantasiado durante grande parte dos últimos oito meses estava a uma decisão de distância.

– Beckett – disse ela, colocando as mãos nos meus bíceps, cravando as unhas neles.

– Nunca pense que eu não te quero, porque, se as coisas fossem diferentes, eu já estaria dentro de você. Eu saberia exatamente como o seu corpo fica e os sons e as expressões que você faz quando goza. Eu pensei em pelo menos uns cem jeitos diferentes de fazer isso, e pode acreditar que tenho uma ótima imaginação.

Ela empurrou os quadris contra mim, e travei o maxilar para não dar a ela exatamente o que o seu corpo pedia.

– Ella, você precisa parar.

– Por quê? – perguntou ela, com os lábios perigosamente perto dos meus. – O que você quer dizer com "se as coisas fossem diferentes"? – Ela arregalou os olhos. – É porque eu tenho filhos?

– O quê? Não. Claro que não. É porque você é a irmã caçula do Ryan.

Antes que pudesse causar mais algum dano, saí de cima dela e me sentei do meu lado do sofá.

– Porque... eu sou a irmã caçula do Ryan – repetiu ela, movendo o corpo e se sentando ereta, de frente para mim. – E você acha que ele vai o quê, te assombrar?

Três coisas: A carta. O câncer. A mentira.

Repeti isso na minha cabeça até ter certeza de que conseguia olhar para ela sem puxá-la de volta para mim.

– Beckett?

– Quando eu era criança, se queria alguma coisa, pegava. Imediatamente. Com 14 anos, transei com uma garota do meu lar adotivo da época. Eu abria os presentes de Natal mais cedo quando tinha a sorte de ganhar algum, que geralmente vinha da minha assistente social ou de alguma instituição de caridade.

– Não estou entendendo – disse ela, voltando a abraçar os joelhos.

– Eu pegava os presentes imediatamente, porque sabia que, se não fizesse isso, tinha chance de não ganhar nada. Era uma coisa do tipo "agora ou nunca". Segundas chances não existiam.

– Ok.

– Eu não posso te tocar, não posso falar sobre isso, porque tenho medo de agir.

– E por que isso importa, se eu quero que você aja?

– Importa porque eu não vou ter uma segunda chance. E sou péssimo com pessoas, com relacionamentos. Eu nunca tive um que durasse mais de um mês. Nunca amei uma mulher com quem transei. E tem uma chance enorme de eu estragar tudo, porque não é só o meu pau que te quer, Ella.

Ela voltou a abrir a boca, surpresa, e fechei meus olhos para não me lançar sobre ela e beijá-la. Saber que ela permitiria – que queria isso – fez a minha necessidade passar de uma bala de revólver para um míssil nuclear.

– E, quando eu estragar tudo, porque vai acontecer, acredita em mim, isso também vai machucar o Colt e a Maisie. Você vai estar sozinha de novo, porque não tem chance de você me deixar ficar por perto e te ajudar como o Ryan me pediu.

– Então é isso.

– Então é isso. Você é a irmã caçula do Ryan.

– A gente só tinha cinco anos de diferença. Não sou tão caçula, sabe? – disse ela, pegando o controle remoto.

– Eu sei perfeitamente bem.

– Então, se o Ryan ainda estivesse vivo...

Ela me lançou um último olhar.

Abri mão do juízo por um milésimo de segundo, deixando que ela visse tudo nos meus olhos, como eu a queria desesperadamente por inteiro, e não só seu corpo.

– Tudo seria diferente.

– Tudo?

– Tudo, menos o que eu sinto por você, o que provavelmente teria feito com que ele me matasse. Como a gente fica agora?

– A solteirona na seca e o cara que está ligado por honra a um fantasma?

– Tipo isso.

Ela rolou a cabeça no encosto do sofá, murmurando algo que soou como um palavrão. Então, endireitou o corpo e ligou a TV com um clique do polegar.

– A gente fica escolhendo um filme pra assistir. Porque eu não vou permitir que você saia por aquela porta agora.

– Não vai?

– Não. Se você sair agora, pode ficar todo estranho por causa disso e não voltar. Honra é uma coisa fabulosa, mas às vezes o orgulho é muito mais forte, principalmente quando você se convence de que é pelo bem da outra pessoa.

Caramba, aquela mulher me conhecia.

– Então, filme – concordei. – Só... fica do seu lado do sofá.

– Não fui eu quem cruzou a linha do meio – provocou ela, com um sorriso que me deixou excitado de novo.

Filme escolhido, nos sentamos e assistimos, ambos arriscando olhares de soslaio. Tem aquele ditado: agora o cavalo já saiu do estábulo. É, o cavalo já tinha saído do estábulo e não voltaria para lá. De jeito nenhum. De forma alguma.

Aquele cavalo estava correndo descontroladamente e ferrando com o controle que eu construíra com tanto cuidado.

Mas não reclamei quando Ella se aproximou. Ou quando pressionou o corpo ao meu. Não. Levantei o braço e saboreei a sensação de suas curvas, de sua confiança. Também não reclamei quando ela se deitou nos meus braços. Claro que não. Eu a segurei e memorizei cada segundo.

Acordei assustado, com a porta se abrindo, procurando uma pistola que não estava lá. Mas Bagunça estava e, como o rabo dela golpeava lentamente a madeira de lei, eu soube que só podia ser Hailey.

Isso mesmo. Ela entrou na ponta dos pés, então nos viu estirados no sofá, de conchinha, e me abriu um sorriso largo antes de ir em silêncio para o quarto de hóspedes.

Baixei minha cabeça de novo, aspirando o perfume cítrico dos cabelos de Ella, e apertei o braço contra a cintura dela, para que ela não caísse do sofá. Eu teria dormido em cima de uma tábua de madeira se pudesse abraçá-la.

Antes que conseguisse cair no sono, ouvi passos de novo, mas, dessa vez, eles vinham do andar de cima. O rosto de Colt surgiu bem acima de mim, e o pânico em seus olhos me disse que ele não se importava que eu estivesse enroscado em sua mãe.

– O que foi, parceiro?

– Tem alguma coisa errada com a Maisie. Ela tá quente demais.

CAPÍTULO TREZE

ELLA

Carta nº 13

Ella,

    Sinto muito você ter perdido a peça do Colt e, não, isso não é trivial. Eu entendo e não sei o que posso dizer – ou escrever – para oferecer a paz de espírito que você merece. Você está dividida em duas direções diferentes, e isso com certeza parece impossível.

    Mas o que eu posso dizer é que você está fazendo um excelente trabalho. Sim, você perdeu a peça, mas a Maisie precisava de você. Vão ter vezes, enquanto o Colt estiver crescendo, que ele vai precisar de você, e você vai perder alguma coisa da Maisie. Acho que isso é parte de ter dois filhos. Você faz o melhor que pode pelos dois e espera que tudo se equilibre no fim. A culpa indica que você é uma ótima mãe. Mas você também precisa livrar a sua barra às vezes. Esta é uma dessas ocasiões.

    O que você está enfrentando é um pesadelo. Você precisa se dar um pouco de espaço para tropeçar, porque, tem razão: você não é uma dessas famílias com dois responsáveis. Então, isso significa que você precisa tomar um cuidado extra consigo mesma, porque é tudo o que eles têm.

    Faz um favor para mim e só espera. O seu irmão vai para casa assim que puder. Você não vai ficar sozinha por muito mais tempo, eu prometo. Ele mencionou que o Colt quer uma casa na árvore e, enquanto eu estiver visitando vocês, vou ajudar com isso. Talvez isso não seja muito, mas vai dar ao Colt um lugar só dele e dar a você a paz de espírito de saber que ele tem algo especial.

Eu queria ter conselhos melhores, mas sei que você não precisa deles, só de um ouvido, e o meu vai estar aqui sempre que você quiser.

Caos

– 40,7 – li os números no termômetro de novo, só para ter certeza de que não havia medido errado da primeira vez.

Ela estava fervendo.

– Eu tenho que levar a Maisie pro hospital.

– *A gente* tem que levar a Maisie pro hospital – me corrigiu Beckett da porta do banheiro. – Pega o paracetamol, panos molhados, tudo de que ela vai precisar e vamos. Colt, me faz um favor e acorda a Hailey?

Ouvi o disparo familiar dos pés de Colt escada abaixo enquanto eu vasculhava o armário de remédios atrás do paracetamol. O que poderia ter causado aquilo? O futebol. Só podia ter sido. Mas ninguém ficou perto dela, e os níveis de Maisie estavam ótimos na última consulta. O que ela poderia ter pegado naquele curto espaço de tempo?

Achei o frasco rosa-chiclete do antitérmico e despejei a quantidade exata de que ela precisava no copinho medidor.

– Ella! – chamou Beckett do corredor, e saí cambaleando do banheiro, com o remédio em mãos.

Ele carregava Maisie nos braços, contra o peito, embrulhada em um cobertor. Pus a mão na testa dela e engoli cada palavrão que me veio à cabeça. Aquilo não era nada bom. Havíamos tido tanta sorte com as complicações dela – náusea, vômito, perda de cabelos, perda de peso, tudo aquilo era padrão, coisa pequena. Mas isso era desconhecido.

– Maisie, querida, eu preciso que você abra os olhos e tome um remédio, ok? – tentei persuadi-la, passando a mão livre na bochecha dela.

Ela piscou e abriu os olhos, vidrados de febre.

– Tô com calor.

– Eu sei. Você consegue tomar isto? – perguntei, mostrando o copinho a ela.

Ela aquiesceu, um gesto pequeno e fraco. Beckett a mudou de posição, ajudando-a a firmar a coluna, e coloquei o copo em sua boca em formato de coração. Lábios tão perfeitos. Ela nunca tinha tido uma cárie ou um osso quebrado antes do diagnóstico, mas tinha aprendido a nem pestanejar diante dos remédios.

Ela engoliu tudo e deu um tranco, os músculos do estômago se contraindo.

– Amor, você tem que manter isso na barriga, ok? Por favor – implorei, como se fosse escolha dela.

A boca de Maisie se abriu, e ela voltou a ter ânsia de vômito.

– Lá fora – ordenou Beckett, avançando para que eu o seguisse.

Ele a carregou escada abaixo e até a varanda, mal fazendo uma pausa para abrir a porta. O homem nem me deu a chance de chegar lá primeiro. Parei no escritório, pegando a pasta de Maisie da mesa e correndo atrás dele.

– Melhor aqui, né? Está sentindo o ar? Fresquinho e gostoso. Respira fundo algumas vezes, Maisie. Inspira pelo nariz, expira pela boca. Isso. Assim mesmo.

A voz dele era tão calma e reconfortante, contrastando com a rigidez do maxilar.

Maisie arqueou o pescoço, como se procurasse o ar fresco da noite, e a respiração dela desacelerou enquanto o seu estômago se acalmava. Ela precisava segurar aquele remédio no corpo, precisava nos dar a chance de chegar ao hospital.

– Melhor? – perguntei, pegando a mãozinha dela.

– Um pouco.

– Que bom.

Um pouco estava ótimo para mim. *Um pouco* era melhor que vomitar o remédio.

– Ai, meu Deus, Ella, o que eu posso fazer? – perguntou Hailey, ao correr para a varanda amarrando o roupão, com Colt descalço atrás de si.

– Você pode ficar com o Colt? Por favor? A gente tem que levar a Maisie pra emergência.

– Claro. Para onde vocês vão levá-la? O centro médico está fechado.

– Onde é o hospital mais próximo? – perguntou Beckett.

– O de Montrose é o único aberto a esta hora da noite – falei, verificando a informação no celular –, ou da madrugada, que seja. São três horas.

– Fica a uma hora e meia daqui – disse Hailey baixinho, como se o seu tom de voz importasse ou pudesse mudar a distância.

– Não do jeito que eu dirijo – respondeu Beckett, já caminhando a passos largos para a caminhonete.

– Eu já volto! – gritou Hailey, correndo para dentro da casa.

– Mamãe? – disse Colt, aparecendo ao meu lado, com Bagunça o acompanhando.

– Oi – falei, me abaixando para ficar da altura dele. – Você foi ótimo, Colt. Você fez muito bem.

– Devia ser eu.

– O quê?

– Eu devia estar doente, não a Maisie. Não é justo. Devia ser eu.

Os olhos dele estavam tão vidrados quanto os de Maisie, mas por causa das lágrimas não derramadas.

– Ah, Colt. Não.

Meu estômago se embrulhou quando pensei em passar por isso com ele também.

– Mas ela tá assim porque foi no meu jogo, né? É culpa minha. Eu sou mais forte que ela. Devia ser eu. Por que não sou eu?

Eu o puxei para meus braços, quase o esmagando contra o peito ao abraçá-lo.

– Isso não foi por sua causa. Qualquer coisa que gera uma febre dessas leva muito mais tempo. Entendeu? Isso não é culpa sua. É graças a você que a gente vai poder levar a sua irmã ao médico. Você é o herói dessa história, parceiro.

Colt assentiu, e senti minúsculos fluxos de umidade no meu pescoço logo antes de ele fungar. Esfreguei as costas do meu filho até ouvir o motor ganhar vida atrás de mim e, então, afastei Colt para poder olhar para ele.

– Diz que você entende.

– Eu entendo – disse ele, enxugando vestígios de lágrimas.

Ele endireitou sua pequena coluna, parecendo tão pequeno e, ainda assim, tão maduro.

– Desculpa ter que te deixar, mas eu preciso ir, parceiro.

– Eu sei – disse ele, assentindo. – Ajuda a Maisie.

– Pode deixar – prometi, dando um beijo na testa dele. – Eu te amo, Colton.

– Também te amo, mamãe.

– Ela está no banco de trás – disse Beckett, se aproximando.

– Aqui – disse Hailey, correndo de volta para a varanda com uma caixa, que enfiou nos meus braços. – Gelo, bolsas d'água, toalhas de rosto, ibuprofeno, seus sapatos, carregador de celular, bolsa e algumas outras coisas.

– Obrigada – falei, com um abraço rápido nela. – Te mantenho informada.

Corri da varanda e subi no banco de trás da caminhonete, sendo imediatamente envolvida pelo cheiro de couro limpo e Beckett.

– Você consegue sentar? – perguntei a Maisie, que estava no processo de desafivelar o cinto de segurança.

– Não.

– Ok, vem aqui.

Ocupei o assento do meio, coloquei o cinto de segurança nela e depois a fiz se deitar no meu colo. Estava seguindo as normas de segurança para viajar na estrada? Não. Mas o câncer já estava fazendo o possível para matar a minha filha, então resolvi ter um pouco de fé de que não acrescentaríamos um acidente de carro à minha lista recente de tragédias.

Olhei rápido pela janela e vi Beckett agachado na altura de Colt. Ele o puxou para um abraço apertado, engolfando o corpinho pequeno do meu filho com seus braços enormes. Uma palavra rápida com Bagunça, e ele já estava vindo na minha direção.

Beckett passou pelo brilho dos faróis e, em seguida, abriu a porta do motorista, entrou e a fechou com um movimento suave.

– Vocês estão bem aí atrás, garotas? – perguntou ele, ajustando o espelho retrovisor para nos ver, em vez da estrada, avançando pelo acesso circular de carros.

– Estamos firmes – respondi, incapaz de pensar em outra palavra para descrever a situação.

Se eu estava bem? Se Maisie estava? Não. Mas as coisas eram o que eram, e eu seguia forte.

– Ok.

Ele virou na rua principal da Solidão. Tudo estava quieto àquela hora da madrugada. Onde eu normalmente era consumida pelo barulho das crianças, pelo rádio, pelos meus próprios pensamentos, tudo o que havia naquele momento era o som dos pneus de Beckett no asfalto. Suave e constante.

Com a cabeça de Maisie no colo, estiquei a mão para a bolsa aos meus pés e peguei uma toalha de rosto e uma garrafa de água fria que obviamente tinha acabado de sair da geladeira.

– Você acha que consegue manter um pouco disto na barriga? – perguntei a ela.

Ela balançou a cabeça.

Os olhos de Beckett encontraram os meus no retrovisor enquanto alcançávamos o portão da Solidão.

– Alguma objeção a eu quebrar algumas regras de velocidade? – perguntou ele ao entrar na estrada.

– Nenhuma.

Beckett pisou firme no acelerador, e a caminhonete decolou.

– Você conhece as estradas...?

– Ella, você confia em mim? – me interrompeu ele.

Levando em consideração que eu estava segurando a minha filha doente no banco de trás da caminhonete dele enquanto ele dirigia noite adentro, imaginava que a resposta era óbvia. *Dã*. Era exatamente o que Beckett queria dizer.

– Eu confio em você.

– Só toma conta da Maisie e deixa que eu levo vocês até lá.

Aquiesci e comecei a trabalhar, despejando a água na toalha e passando-a em Maisie.

Beckett cuidaria da viagem, e eu, de Maisie.

– O cateter PICC da Margaret está infectado, e ela está mostrando sinais de sepse – contou o médico seis horas depois.

Recuei imediatamente, indo parar no pé da cama da minha filha, onde ela dormia profundamente.

– Não tem como. Eu mantenho essa coisa limpa que nem... Bom, o mais limpa possível.

Meu cérebro teria devolvido uma resposta mais sagaz se eu tivesse dormido mais de duas horas.

– Eu limpo com cotonete, mantenho o cateter embrulhado, arejo, faço tudo o que todos os médicos me instruíram a fazer – acrescentei.

O médico de meia-idade da emergência assentiu, compreensivo.

– Não tenho dúvida. A gente não vê nenhum sinal externo de infecção, o que acontece quando ela não se origina na pele. Não se culpe. Isso acontece. Mas a gente precisa tratar a sua filha imediatamente. Isso significa mover a Margaret para a UTI e começar com os antibióticos.

Abracei a barriga e olhei para Maisie. Ela ainda estava vermelha de febre, mas os médicos tinham conseguido baixar a temperatura para pouco mais de 37ºC, e Maisie fora conectada a uma intravenosa para se hidratar.

– Sepse? Eu não teria notado?

O homem estendeu a mão e segurou o meu ombro de leve até que eu olhasse para ele.

– Não, não teria. Foi muita sorte ela ter ficado com febre e vocês terem chegado tão rápido.

Olhei de soslaio para Beckett ao lado de Maisie, encostado na parede com uma mão na grade lateral da cama, como que para matar qualquer dragão que ousasse se aproximar. Eu não tive sorte de chegar até ali; tive sorte de Beckett estar dirigindo. De ele estar comigo quando a febre aumentou.

Eu nunca teria conseguido reduzir meia hora do tempo daquela viagem como ele fez.

– Sepse. Então, a infecção está no sangue dela.

Tentei me lembrar de tudo o que havia lido nos últimos sete meses, como se tivesse sido jogada no exame final de uma aula que não sabia estar fazendo. A pressão arterial dela estava baixa, eu sabia disso pelos monitores, e ela respirava com certa dificuldade. Estágio dois.

– E os órgãos dela?

Ele estava com aquela expressão: a que os médicos assumiam quando não queriam dar más notícias.

– Os órgãos dela? – repeti, erguendo a voz. – Ela está há seis semanas no pós-operatório, e os médicos passaram 12 horas salvando o rim dela, então o senhor pode, por favor, me dizer se tudo isso foi em vão?

– A gente precisa ver como ela vai reagir aos antibióticos.

A voz dele baixou para o tom acalmar-a-mãe-da-paciente-doente.

Alarmes altos como sinos de igreja soaram na minha cabeça, e o meu estômago se embrulhou.

– O quanto eu devo ficar preocupada?

– Muito.

Ele não piscou, não suavizou a expressão, nem o tom de voz.

E aquilo me aterrorizou ainda mais.

A hora seguinte foi um borrão.

Fomos transferidos para a UTI, onde internaram Maisie. Colocaram uma pulseira com as informações dela em mim, e assenti quando me perguntaram sobre Beckett, já vasculhando a minha pasta em busca do histórico dela e dos dados do plano.

Como éramos frequentadores assíduos do centro de câncer afiliado, eles tinham tudo registrado, então pude largar a pasta. Até eles começarem com os antibióticos intravenosos, quando a peguei de volta e comecei a rabiscar anotações.

– A gente vai remover o cateter? – perguntei ao médico, passando os olhos pelo crachá dele: *Dr. Peterson*.

Beckett estava postado ao meu lado, em silêncio, mas firme.

O médico deu uma olhada no iPad antes de responder:

– Precisamos pesar os prós e os contras aqui. Na maioria dos casos, o cateter em si não é o perigo e, se removermos, pode ter complicações na inserção do outro.

– Porque ele vai direto para o coração dela.

– Isso. Mas estamos dando antibióticos agressivos para ela e monitorando tudo, principalmente a entrada e a saída de líquidos.

– A função renal – deduzi.

Ele anuiu.

– Precisamos dar uma chance para os remédios. Se ela não melhorar, vamos precisar remover o cateter.

– Então, por enquanto, a gente espera.

– A gente espera.

Assenti, murmurei "obrigada" ou algo do gênero e me sentei na cadeira ao lado da cama de Maisie. *Esperar.* Só esperar. Era tudo o que eu podia fazer.

Como sempre, eu estava impotente, e a minha filha de 6 anos lutava pela vida. Como isso era justo? Por que não era eu ali naquela cama? Com a medicação intravenosa, os cateteres e os monitores? Por que ela?

– Que tal eu pegar um café pra gente? – ofereceu Beckett, interrompendo o círculo vicioso dos meus pensamentos.

– Seria ótimo. Obrigada – respondi com um sorriso fraco, forçado, e ele saiu em busca de cafeína.

O gotejamento constante da terapia intravenosa era o meu companheiro, e os monitores emitiam um bipe reconfortante a cada batimento cardíaco de Maisie. A pressão arterial dela estava perigosamente baixa, e logo fiquei viciada em assistir à entrada das novas medições que chegavam.

Esperar. Essa era a linha de ação. Esperar.

Meu celular tocou, no que levei um susto e o destravei para atender rapidamente quando vi o nome da Dra. Hughes surgir como contato.

– Dra. Hughes? – atendi.

– Oi, Ella. Me ligaram avisando que a Maisie foi admitida em Montrose. Como você está?

A voz dela era um sopro bem-vindo de familiaridade.

– Eles te atualizaram?

– Atualizaram. Na verdade, eu estou a caminho daí agora.

– A senhora está aqui em Montrose? Pensei que estava em Denver por mais uma semana ou algo assim.

Folheei a pasta para encontrar o calendário com a agenda da Dra. Hughes.

– É o feriado do Memorial Day, então eu vim passar o fim de semana com os meus pais.

Meu alívio por tê-la ali só foi superado pela culpa.

– Eu não queria que a senhora perdesse o seu fim de semana.

– Bobagem. Eu chego aí em meia hora. Além disso, assim eu tenho uma desculpa para não ficar ouvindo a opinião da minha mãe sobre vestidos de madrinha. Você está me fazendo um favor, Ella, eu juro.

– A senhora vai casar? Como eu não sabia disso?

– Daqui a seis meses – contou ela, um sorriso iluminando sua voz. – Já, já, eu chego aí, só aguenta firme.

Desliguei, e bem na hora Beckett entrou com um copo branco e verde familiar.

– Você é um deus entre os homens – falei, pegando o copo e segurando-o com as duas mãos, na esperança de que parte do calor transferido à minha pele acordasse os meus nervos.

A dormência parecia ser meu estado padrão nos últimos tempos.

– Eu vou trazer café mais vezes – prometeu ele, puxando uma cadeira igual à minha para se sentar ao meu lado. – Como ela está?

– Na mesma. Eu não sei o que estou esperando. Resultados instantâneos? Ela levantar da cama magicamente curada de uma infecção que eu não notei? Como eu não notei?

– Porque você não é um exame de sangue ambulante? Você precisa pegar um pouco mais leve consigo mesma, Ella. Se o médico disse que não tinha como prever, então você precisa acreditar nele. Pode se culpar pela sua escolha de time de beisebol ou pelo fato de que deveria ter trocado o óleo três mil quilômetros atrás, mas não por isso.

– Qual é o problema dos Rockies?

Ele deu de ombros.

– Nada, se você gosta de perder.

– Ei, eles são o time da cidade, e eu não sou de virar casaca.

– É isso que eu amo em você – disse ele com um sorriso, enquanto observava Maisie. – A sua lealdade inabalável, mesmo que a um time claramente péssimo.

– Está falando isso só porque é fã dos Mets… – falei, apontando para o boné que ele usava.

– Culpado da acusação.

Ele olhou para mim, e dei uma piscadinha, e uma coisa ficou imediatamente clara: Beckett tinha me distraído para que eu parasse de me culpar.

Balancei a cabeça e soltei um suspiro, grata pelo café e pela fração de segundo que tive para limpar a mente e não seguir o caminho da autoaversão, que não faria bem nenhum a Maisie.

– Estou com medo – falei.

– Eu sei.

A mão dele cobriu a minha, apoiada no meu colo.

– Isso é ruim.

– É.

Aquele simples reconhecimento significou mais do que qualquer chavão bem-intencionado. Com Beckett, eu não precisava lançar mão da expressão corajosa ou do sorriso que usava quando alguém me dizia que tinha certeza de que Maisie ficaria bem – mesmo que, na verdade, não fizesse ideia disso. Eu podia dizer a verdade nua e crua para aquele homem.

– Eu não quero enterrar a minha filha.

Observei o subir e descer do peito dela debaixo da camisola hospitalar estampada.

– Não sei como me planejar para uma coisa assim ou sequer considerar essa possibilidade. Não sei como olhar para o Colt e dizer que a melhor amiga dele…

Minha garganta se fechou, negando ao resto das minhas palavras a liberação de que elas tanto precisavam. Fazia tanto tempo que eu as guardava dentro de mim que elas soaram ainda mais poderosas, como se eu tivesse alimentado o monstro ao mantê-lo escondido.

Beckett apertou minha mão. Tudo nele me fazia parecer pequena, inclusive aqueles dedos longos e fortes que seguravam os meus com tanta força e cuidado.

– Desde o momento em que eles me contaram quais eram as chances dela, eu me recusei a me planejar para isso. Porque me planejar parecia o mesmo que admitir a derrota, como se eu já tivesse desistido dela. Então, eu não fiz isso. Simplesmente me recusei a acreditar que essa sequer era uma opção. Mas aí…

Fechei os olhos enquanto a lembrança deslizava por mim, apunhalando-me com uma dor tão aguda que eu devia ter sangrado de verdade. O caixão dele sendo baixado. Os tiros cerimoniais. O rosto severo do soldado que me entregou uma bandeira dobrada.

– Aí eu enterrei o Ryan. Que tipo de Deus faz isso? Leva o seu único irmão embora enquanto brinca com a ideia de levar a sua filha?

Beckett acariciou o nó de um dos meus dedos, mas ficou em silêncio. Não havia nada que ele pudesse dizer, nós dois sabíamos disso.

– Você ficou com raiva? Quando ele morreu? – perguntei, desviando os olhos de Maisie para encarar Beckett.

Ele olhou para baixo.

– Furioso.

– Com Deus – presumi.

– Comigo mesmo. Com cada soldado da nossa unidade que não salvou o seu irmão, que não levou aquela bala. Com o governo, por mandar a gente pra lá. Com os... – ele engoliu em seco – ... insurgentes que puxaram o gatilho. Com todo mundo que ficou vivo depois que ele morreu.

– Como você superou isso?

Ele estava tão calmo, como o lago às cinco da manhã antes de uma lufada de vento perturbar a superfície.

– O que te faz pensar que eu superei?

Os olhos de Beckett encontraram os meus, e vi ali a dor que ele mantinha meticulosamente escondida. Qual era a profundidade dela? Quanto dano ele havia sofrido ao longo dos anos?

Beckett Gentry sabia quase tudo o que havia para saber sobre mim e, no entanto, eu não sabia nada sobre ele. Era porque eu não tinha perguntado? Porque eu estava tão consumida com Maisie? Com Colt? Porque, secretamente, eu não queria saber?

– Às vezes acho que não te conheço de verdade – falei baixinho.

Ele ergueu um dos cantos da boca em um meio sorriso irônico.

– Você pode não saber muito sobre o meu passado, mas pode acreditar que *me* conhece, o que é mais importante.

Antes que eu pudesse perguntar mais, a porta se abriu, e a Dra. Hughes entrou. Ela vestia uma calça jeans e uma blusa debaixo do jaleco branco padrão.

– Oi, Ella.

– Dra. Hughes.

O nome dela saiu como a onda de alívio que era.

– Como está indo? – perguntou ela, pegando a prancheta no pé da cama.

– A gente está esperando os remédios fazerem efeito, ou não.

Os órgãos da Maisie pararem de funcionar, ou não. Ela viver ou morrer.

– Ah, e você é tão boa em esperar... – comentou ela, erguendo as sobrancelhas.

– Culpada – respondi.

Ela olhou para Beckett e, então, para as nossas mãos entrelaçadas.

– Ah, este é Beckett Gentry – falei, soltando a mão e tocando o ombro dele. – *Eu sou patética.* – Ele é...

Caramba, o que ele era? Como apresentá-lo? Ele não era meu namorado. O cara se recusava a sequer me beijar, embora estivesse por perto praticamente 24 horas por dia, sete dias por semana.

– Eu sou o melhor amigo do irmão falecido da Ella – explicou ele, ficando de pé e estendendo a mão para a doutora. – Imagino que a senhora seja a especialista em neuroblastoma da Maisie. Ela te ama.

A Dra. Hughes fez que sim com a cabeça e sorriu.

– Bom, eu com certeza fico muito feliz de ouvir isso. A Maisie é uma das minhas favoritas. Muito prazer, Sr. Gentry. A Ella definitivamente precisava de algum apoio. Fico feliz de ver que ela está recebendo amparo.

– Vou ficar por aqui enquanto ela precisar de mim.

Ele respondeu à pergunta que a Dra. Hughes não havia feito, e os olhos dela se suavizaram.

Mais uma que se rende ao charme dele.

Então, nos concentramos no que interessava. Ela fez algumas perguntas e conferiu o prontuário de Maisie para ver os últimos exames de sangue, franzindo o cenho de vez em quando enquanto lia tudo. Ela auscultou o coração e os pulmões de Maisie, verificou a medicação intravenosa e observou a pressão arterial.

– O quanto eu devo me preocupar? – perguntei, sabendo que ela não me enrolaria.

Ela soltou um suspiro profundo e folheou o prontuário de novo.

– Não sei, e não tenho como afirmar até ver como ela reage aos medicamentos. O que eu posso dizer é que ela está muito melhor do que estaria em algumas horas. Você salvou a vida dela.

– O Colt que salvou – falei baixinho.

– Esses dois... – disse ela, com uma risadinha. – Uma alma dividida em dois corpos.

– Ele disse que ouviu a Maisie chorar num sonho – contou Beckett. – Daí acordou, foi até o quarto dela, e ela estava fervendo.

Virei a cabeça rapidamente para ele, perguntando-me quando Colt havia... *Quando você estava na caminhonete.* Quando ele conversou com Colt na varanda. A gratidão que eu sentia por Beckett pela conexão com Colt foi temperada por uma pontinha de ciúmes por ele conhecer o meu filho de um jeito que eu não conhecia.

Porque Beckett estava por perto mais do que eu.

– O que vem agora? – perguntei, precisando tirar essa ideia da cabeça.

– Vai demorar algumas horas, mas, assim que a gente tiver certeza de que os medicamentos funcionaram...

– Não em relação a isso. Em relação aos tratamentos. Mais pra frente e essas coisas.

Eu não queria pensar no que não podia controlar. Queria me concentrar no que podia. No que pesquisar a seguir, para o que preparar Maisie. Com isso eu podia lidar.

A Dr. Hughes anuiu, como se compreendesse, e depois se sentou na última cadeira vazia da sala, debruçando-se sobre a pequena mesa.

– A gente ia se encontrar na semana que vem – disse ela.

– Certo.

– Tem certeza de que quer fazer isso agora?

Olhei de relance para a minha garotinha, enfrentando uma batalha na qual eu não tinha como erguer nenhuma espada e, em vez disso, escolhi outra frente.

– Tenho.

– A última rodada de químio não alterou os níveis dela como a gente esperava.

Ter o tumor removido era bom e tudo mais, mas, se a medula óssea dela ainda estava altamente cancerosa, outro se formaria. Tínhamos cortado o topo da árvore, mas as raízes continuavam vivas e lutando.

– Ela está desenvolvendo uma resistência à químio?

A mão de Beckett voltou a encontrar a minha, e eu a segurei. Com força.

– É uma possibilidade. Nós discutimos o tratamento com MIBG, e eu acho que é a nossa melhor aposta.

Ela se abaixou, tirou um panfleto da bolsa e o colocou na mesa.

– Eu consegui algumas informações sobre um ensaio clínico para você.

Ela olhou para Beckett, e entendi exatamente por quê.

– Pode falar na frente dele. Tudo bem.

Até então, as únicas pessoas que conheciam o estado das minhas finanças eram Ada e a Dra. Hughes. E, provavelmente, a empresa de telefonia celular, que já estava acostumada a receber meu pagamento sempre um mês atrasado.

– O ensaio clínico vai cobrir certos aspectos, mas não todos, e o único hospital do Colorado com as instalações para fazer isso é o Children's Hospital – explicou ela, com um olhar compreensivo.

O custo era astronômico, e eu não tinha como cobrir o tratamento à vista. Mas eu pensaria sobre isso depois.

– Vamos colocar a Maisie lá. Pode enviar a papelada.

– Ok. Precisa ser logo.

– E não é sempre assim?

– Fala sobre o MIBG – pediu Beckett, sete horas depois, enquanto jantávamos no pequeno refeitório.

Maisie dormia lá em cima, enquanto sua pressão flutuava e sua temperatura continuava febril. Ela havia acordado uma vez e pedido para usar o banheiro, o que quase me fez chorar de alívio. Os rins ainda estavam funcionando.

Empurrei aquele troço insosso que eles chamavam de frango frito para o canto do prato. Por que toda comida de hospital era insossa? Será que era porque eles precisavam de algo que não sobrecarregasse o estômago? Ou talvez eu estivesse errada, e ela não fosse tão insípida assim; o problema era eu, que estava entorpecida demais para sentir o gosto.

Talvez toda comida de hospital fosse maravilhosa, só que a gente estava apreensiva demais para notar.

– Ella – pediu Beckett com delicadeza, afastando-me dos meus pensamentos. – O MIBG?

– Certo. É um tratamento relativamente novo para o neuroblastoma, que liga a quimioterapia à radiação responsável por atacar o tumor em si. É um negócio de fato excelente, que eles só fazem em 18 hospitais do país, e um deles fica em Denver.

– Isso é incrível. É o mesmo hospital onde a Maisie foi operada?

– Isso.

Cutuquei o purê de batatas e fiquei de queixo caído ao observar Beckett enfiar garfada após garfada na boca.

– Como você consegue comer isso?

– Eu passei uma década no exército. Você ficaria surpresa com o que a gente considera uma iguaria.

Aquela perspectiva me fez pegar o garfo.

– O MIBG tem alguma desvantagem? – perguntou ele.

– O meu plano não cobre o ensaio clínico.

E lá estava: a porta de entrada para o inferno que eram minhas finanças.

– Você está brincando – disse ele, piscando algumas vezes, como se esperasse que eu mudasse minha resposta. – Fala que você está brincando, Ella.

– Não estou – respondi, dando uma mordida no frango, sabendo que precisava das calorias, não importava de onde elas viessem.

– Então, o que a gente vai fazer?

Duas linhas surgiram bem em cima do nariz de Beckett quando ele se inclinou para a frente.

– A mesma coisa que eu tenho feito até agora. Dar um jeito. Pagar – respondi, dando de ombros.

Fiz uma pausa para dar mais uma mordida e me toquei do que ele havia dito.

O que a gente vai fazer? A gente. Não *você*. A gente. Consegui engolir antes de parecer uma idiota com uma coxa de frango enfiada na boca.

– Como assim, a mesma coisa que você tem feito até agora? Quanto que eles não cobriram?

O tom dele era calmo, mas intenso, o que era um pouco assustador.

Suspirei e peguei um pãozinho.

– Estou fazendo um esforço imenso para não perder o controle – disse Beckett –, então, se você me responder, vai ajudar muito.

Arrastei meus olhos do pãozinho até o peito dele, passando pela veia saliente no pescoço – sim, ele estava irritado – e chegando aos olhos.

– Muito. Eles não cobriram muito.

– Por que você não disse nada?

– Porque não é da sua conta!

Ele recuou rápido, como se eu tivesse lhe dado um tapa na cara.

– Desculpa, mas não é – falei, suavizando o tom de voz o máximo possível. – E o que eu ia dizer? "Oi, Beckett, sabia que eu arrisquei a saúde dos meus filhos no ano passado?" Que o meu plano de saúde não cobre metade das necessidades da Maisie? Que eu zerei o seguro de vida do Ryan mantendo a minha filha viva?

– É, você podia começar dizendo isso. – Ele passou as mãos pelos cabelos, juntando-as no topo da cabeça. – Podia começar dizendo qualquer coisa. Você está muito encrencada?

– Bastante.

Travamos uma guerra silenciosa, um tentando não desviar os olhos do outro. Alguns segundos depois, cedi. Ele só queria ajudar, e eu estava sendo teimosa ao preservar uma privacidade da qual, na verdade, não precisava.

– O hospital em Denver onde ela fez a cirurgia está fora da rede. Isso significa que tudo que é feito lá, todas as vezes que ela vê a Dra. Hughes lá ou faz uma cirurgia ou tratamento lá, não é coberto pelo plano.

– E isso aqui é? O que está acontecendo agora?

– É, isso é coberto. Mas o MIBG não seria. Nem o transplante de células-tronco que a Dra. Hughes já sugeriu.

– Então, quais são as opções?

– Financeiramente?

Ele assentiu.

– Eu não me qualifico para a assistência governamental, por ser dona da Solidão. Acabei com as minhas economias no primeiro mês do tratamento dela, e a cirurgia acabou com o que restava do seguro de vida do Ryan. Hipotequei a pousada inteira no ano passado para fazer as reformas, então isso também não é uma opção. Mesmo se eu vendesse a propriedade agora, isso mal cobriria o pagamento da hipoteca. O que me deixa a opção de me tornar uma ladra de banco superfurtiva ou fazer striptease on-line em maessolodefilhoscomcancer.com.

– Isso não tem graça.

– Eu não estou rindo.

Um segundo de silêncio se passou entre nós enquanto ele digeria o que eu havia dito. Ele mastigou devagar, como se lidasse não com a comida, mas com as minhas palavras.

– Olha, eu não sou a única a passar por isso – falei. – Planos de saúde negam tratamentos o tempo todo. Ou falam para você optar pelos tratamentos mais baratos, que eles cobrem. Medicamentos genéricos, hospitais diferentes, tratamentos alternativos, esse tipo de coisa. Existem planos de pagamento e bolsas para quem se qualifica, e alguns ensaios clínicos cobrem o custo dos medicamentos.

– Existe alguma alternativa ao MIBG?

– Não.

– E se ela não tiver acesso a ele?

Meu garfo bateu no prato e, lentamente, ergui os olhos para ele.

– E se ela não responder a esses medicamentos? – continuou Beckett.

Ele tensionou o maxilar e endureceu os olhos. Aquele não era o cara que amarrava chuteiras com carinho ou abraçava minha filha – *me* abraçava. Era o cara que matava pessoas para viver.

– Você está me dizendo que a vida da Maisie não está só nas mãos dos médicos... mas do plano de saúde dela? Eles decidem se ela vive ou morre?

– Não exatamente. Eles não decidem se ela pode fazer o tratamento, só se vão pagar por ele. O resto é comigo. Sou eu quem tem que olhar para os médicos dela e dizer se consigo arcar com o custo de manter a minha filha viva.

O horror passou pelo rosto dele – o rosto daquele cara que tinha visto e feito coisas que provavelmente me dariam pesadelos.

– Bizarro, né? – perguntei, com um sorriso debochado.

– Quanto custa isso?

– Que parte? Os tratamentos de vinte mil dólares que ela faz uma vez por mês? A cirurgia de cem mil dólares? A medicação? O transporte?

Ele soltou o ar, baixando as mãos para o colo.

– O MIBG.

– Provavelmente uns cinquenta mil, tira ou põe um dos olhos da cara. Mas é a vida da Maisie. O que eu posso dizer? "Não? Por favor, não salvem a minha filha?"

– Claro que não.

– Exatamente. Então, eu vou dar um jeito. Ela provavelmente vai precisar de duas rodadas do MIBG e, aí, o transplante de células-tronco, que custa em média meio milhão.

Ele empalideceu.

– Meio milhão de dólares?

– É. Câncer é um negócio, e os negócios vão bem.

Ele empurrou o prato para longe.

– Acho que perdi o apetite.

– E você ainda se pergunta por que eu estou emagrecendo – brinquei.

Ele não riu. Aliás, não me deu mais que uma resposta monossilábica enquanto voltávamos lá para cima. Quase me senti culpada por desabafar com ele, mas, de um jeito estranho, foi bom compartilhar aquilo tudo, reconhecer que grande parte daquilo não era justo.

Ele se sentou ao meu lado durante a noite e não reclamou uma única vez das cadeiras ou dos monitores. Observou cada taxa indicada como um falcão, folheou o panfleto do MIBG, andou de um lado para outro do corredor. Fez uma chamada de vídeo com Colt e Bagunça, trouxe mais café e leu a pasta de Maisie, que, àquela altura, para mim era mais pessoal que um diário. Ele puxou a cadeira para o mais perto possível da minha e, quando caí no sono, por volta da meia-noite, foi no ombro dele.

Beckett era tudo de que eu tinha precisado desesperadamente nos últimos sete meses. O que eu faria quando ele – como era inevitável que faria – fosse embora? Depois de saber como era ter alguém como ele em momentos assim, seria mil vezes mais difícil quando o perdesse.

Acordei assustada e vi Beckett de pé ao lado da cama de Maisie. Ele olhou para mim com um sorriso imenso enquanto o médico entrava.

Tropeçando nos meus próprios pés, esfreguei os olhos para afastar o sono e arfei. Maisie estava sentada com um sorriso largo e os olhos límpidos.

– Oi, mamãe!

Piscando rápido, olhei para os monitores antes de responder. A pressão dela havia subido, a temperatura, descido, e os níveis de oxigênio, aumentado. Levei a mão à boca, e meus joelhos cederam, mas Beckett me agarrou pela cintura, me puxando para o seu lado sem hesitar.

– Oi, querida – falei. – Como você está?

– Muito melhor – respondeu ela.

Ainda atordoada, voltei a olhar para o médico, que folheava o prontuário e ouvia o relatório de um colega. Eram 7h15 da manhã. O turno havia mudado enquanto eu dormia.

– E então? – perguntei.

– Parece que a medicação está funcionando. Ela vai ficar bem.

Virei o rosto para o peito de Beckett para não desmoronar na frente de Maisie. Ele me envolveu em seus braços enquanto eu respirava fundo, meus pulmões sendo tomados pelo cheiro dele. Eu estava expelindo meu medo e inspirando Beckett.

– Você ouviu isso, Maisie? Parece que você não vai escapar das aulas particulares na semana que vem – brincou Beckett, sua voz um ronco grave e rouco no meu ouvido.

Ele nos levou até o hospital, cuidou de Maisie e de Colt. Desenraizou sua vida inteira e se mudou para a casa ao lado. Ele se manteve resoluto cada vez que jurei que não precisava dele e esteve ali no segundo em que precisei sem sequer insinuar um eu te-avisei.

Soltei o ar pela última vez e me virei para o médico, que me deu o satisfeito aceno de cabeça de um trabalho bem-feito.

– Vamos manter a Margaret aqui na UTI mais um dia, só para garantir, depois vamos mover a sua filha para a ala pediátrica por mais alguns dias, para efeitos de monitoração. Melhor prevenir do que remediar.

– Obrigada.

Eu não tinha nenhuma outra palavra a dizer.

– Você tem uma guerreirinha aqui – disse o médico antes de sair, e deixou a nós três sozinhos.

– Faltou o Colt – disse Maisie baixinho, olhando ao redor da cama.

Levei um segundo para entender do que ela estava falando.

– Desculpa, a gente saiu tão rápido que eu nem pensei em pegar.

O ursinho provavelmente estava na cama de Colt, um único pontinho rosa em um mar de azul.

– Não se preocupa, a sua mãe vai pegar o Colt quando der um pulinho em casa amanhã. Pode ser? – ofereceu Beckett.

– O quê? Eu, dar um pulo em casa?

Nunca que eu ia abandonar minha filha.

– É – respondeu ele, aquiescendo. – Se você sair às dez, consegue chegar em casa, tomar uma chuveirada para tirar esse cheiro de hospital e estar na formatura do Colt às duas.

A formatura de Colt na pré-escola. Meu queixo caiu, e meus olhos foram de Beckett a Maisie. Como eu poderia deixar Maisie ali? Como poderia perder a formatura de Colt? Com certeza era um pouco bobo, mas eu sabia o quanto era importante para ele. Como eu poderia deixar a minha filha ali quando ela deveria estar atravessando o palco com ele? Como isso era justo?

Beckett segurou meu rosto, interrompendo aquela batalha de pingue--pongue interna.

– Ella. A Maisie está estável. Ela vai sair da UTI. Eu sou mais do que capaz de ficar com ela por algumas horas. Você precisa estar lá pelo Colt. Deixa eu fazer isso. Para de se dividir em duas e me deixa ajudar. Por favor.

– É, mamãe. Você tem que ir. Não quero que o Colt fique triste – acrescentou Maisie.

– Eu não tenho como voltar.

– Você pega a minha caminhonete.

Espera. O quê? Caminhonetes eram sagradas para os homens. Ele estava basicamente me oferecendo a própria alma em uma bandeja.

– A sua caminhonete?

– Você tem carteira de motorista, certo? – debochou ele.

– Bom, tenho.

– Então, pronto. Você pega o Colt rosa quando for para casa amanhã. Enquanto isso, eu e a Maisie vamos ver alguns filmes e relaxar. O que você me diz, Maisie? – perguntou ele, voltando a olhar para a minha filha.

– Sim!

– Tem certeza? – perguntei.

– Absoluta – disse ele, pegando as minhas mãos e levando-as ao peito. – Eu juro.

A sensação mais doce desabrochou no meu peito e se enraizou profundamente no meu ventre. Depois se espalhou pelo meu corpo até eu jurar que as pontas dos meus dedos formigavam.

– Tira muitas fotos, ok?

– Ok – respondi, concentrada na emoção avassaladora que me consumia.

Só podia ser uma paixonite passageira, certo? Quem não arrastaria uma asa por aquele homem? Era só isso, porque não existia a menor possibilidade de eu me apaixonar de verdade por Beckett.

Nenhuma possibilidade.

Ele se virou para bater na palma da mão de Maisie, aquela faixinha branca em seu pulso gritando mais alto do que a negação no meu cérebro. Porque, enquanto minha cabeça pirava no sábado à noite, focada em formulários, médicos e transferências, meu coração declarou que aquele homem era confiável. Meu coração assinou aquele papel enquanto minha cabeça era consumida por outros assuntos. Aquele homem estava na minha vida e, de certa forma, era meu. E de Colt. E definitivamente de Maisie.

Afinal de contas, aquela pulseira tinha o nome dela escrito.

Meu Deus. Eu estava apaixonada por ele.

CAPÍTULO CATORZE

BECKETT

Carta nº 20

Caos,

    Eu sinto que, nas últimas semanas, só escrevo sobre o diagnóstico da Maisie. Sinceramente, às vezes parece que é só nisso que eu penso mesmo. Eu me tornei uma dessas pessoas obcecadas, e tudo gira em torno dessa situação.

    Então, vamos tentar mudar de assunto por alguns minutos. O Natal está chegando. É uma das épocas mais movimentadas em termos de hóspedes e, como sempre, estamos lotados até a primeira semana de janeiro, o que é ótimo para os negócios e para conseguir boas referências.

    Eu movi as crianças para o último chalé disponível e o retirei da lista. É a melhor forma de manter a Maisie segura quando as taxas dela baixarem e, por enquanto, está funcionando. E lá vou eu de novo, de volta para o câncer.

    Nós montamos uma árvore no chalé, e a Hailey, a minha recepcionista, também se mudou para cá para me ajudar à noite quando eu tenho que sair correndo. Eu estou começando a achar que as crianças também preferem a privacidade daqui. O Colt até pediu de Natal uma casa na árvore nos fundos, mas eu falei para ele que nós vamos ter que esperar o meu irmão chegar em casa. Eu posso ser bem habilidosa, mas construir casas na árvore não está na lista de coisas que sei fazer. Ela provavelmente iria desmoronar antes que ele colocasse os pés lá dentro. Eu também me pergunto se é uma boa ideia construir uma casa na árvore para ele quando, com sorte, vamos voltar para a casa principal meio que em breve. Ou melhor, em breve. A qualquer momento. A verdade é que parece que tudo vai acontecer em breve ultimamente.

Como vocês estão com o fim do ano chegando? Precisam de alguma coisa? Eu pedi para a Maisie e o Colt enviarem alguns desenhos para vocês. Eles ficaram preocupados que vocês não tivessem uma árvore de Natal, então desenharam algumas e me ajudaram a assar os biscoitos neste fim de semana.

É difícil acreditar que já é dezembro e que, logo, logo, vocês vão voltar para casa. Mal posso esperar para ver a pessoa com quem estive conversando esse tempo todo e para lhe mostrar a cidade. Não entre em pânico, mas isso é definitivamente o que mais me deixa animada em relação ao próximo ano.

Ella

Resolver problemas era uma habilidade da qual eu particularmente me orgulhava. Não havia abacaxi que eu não conseguisse descascar, enigma que eu não conseguisse solucionar. Eu era bom em tornar real o impossível. Mas aquele problema era o mesmo que bater a cabeça contra uma parede de tijolos só para conhecer a sensação.

Folheei o material sobre o MIBG pela centésima vez e comparei as informações com as que encontrei no celular. *O que eu não daria pelo meu laptop.*

Era ridículo o plano de saúde de Ella não cobrir o tratamento, mas o meu, sim. Bom, se havia uma coisa que o exército sabia fazer direito, era escolher um plano de saúde decente, e eu ainda tinha o meu, já que, como outras coisas aconteceram, ainda não havia assinado os papéis de dispensa de Donahue.

– Eu não teria saído da torre – disse Maisie da cama, sentando-se e quicando de leve no colchão.

Tínhamos deixado a UTI de manhã, logo antes de Ella voltar para Telluride.

Olhei de soslaio para o filme – *Enrolados*. Rapunzel. Entendi.

– Você teria se a sua mãe fosse uma bruxa malvada.

– Mas ela não é, então eu teria ficado – declarou ela, afundando ainda mais o boné na testa.

– Mas olha só pra este mundão imenso. Você está dizendo que não quer mesmo ver o que tem lá fora? – perguntei, colocando tudo o que tinha nas mãos sobre a mesa.

Ela deu de ombros, torcendo a boca e franzindo o nariz.

– Tem muita coisa lá fora – falei, empurrando a cadeira de rodinhas até Maisie.

– Talvez. Não significa que eu vá ver.

Não havia queixa na voz dela, só a simples constatação de um fato. De repente me ocorreu o quanto ela era jovem, o quanto se lembrava da própria vida e o quanto já havia lutado. Aqueles sete meses tinham sido infernais para Ella, mas deviam ter parecido uma eternidade para Maisie.

– Você vai – falei para ela.

Ela olhou de relance para mim algumas vezes antes de finalmente virar a cabeça e encontrar meus olhos.

– Você vai – repeti. – E não só toda essa parte da escola. Isso é só o começo.

– Eu nem consegui ir na formatura da escola – murmurou ela. – Por favor, não conta para a mamãe que eu tô triste. Ela já tá triste demais.

Era como conversar com uma mini-Ella, já preocupada com todos, menos consigo mesma. Até os olhos delas eram os mesmos, com a diferença de que Maisie ainda não tinha aprendido a guardar os pensamentos.

– Tive uma ideia – falei.

Quarenta minutos depois, com direito a uma nova camisola hospitalar e uma corrida rápida até o posto de enfermagem, estávamos quase prontos.

– Preparado? – gritou ela do banheiro.

– Quase – tentei dizer, segurando o rolo de fita com a boca enquanto envolvia a borda desfiada da minha camiseta de baixo no barbante.

Levei o barbante ao topo do chapéu e o prendi. Artesanato não era o meu forte, mas quebrava um galho. Bati na porta do banheiro, e Maisie a abriu só o suficiente para que esticasse a mão para fora.

– Sua Alteza – falei, entregando a ela minha criação.

Obrigado, Deus, pelos enfermeiros e cantinhos de artesanato infantil.

Maisie deu uma risadinha e pegou o chapéu, fechando a porta na minha cara. Caramba, como ela se recuperou rápido. O cateter intravenoso ainda bombeava os antibióticos e ela ainda precisava ficar no hospital, mas havia mudado da água para o vinho desde o dia do jogo de futebol.

Pela centésima vez, eu quis me matar por não ter percebido nada quando a carreguei para dentro e para fora do carro. Não havia febre, vermelhidão, nada, mas eu tinha notado que ela estava distraída, que estava cansada demais.

– Preparado? – perguntou ela.

Consultei o relógio. Eles estariam atravessando aquele palquinho a qualquer instante.

– Se você estiver, eu estou.

– Faz um discurso – ordenou ela com a porta entre nós.

– Você sabe que normalmente não estaria se escondendo, certo?

– Você não pode me ver até chamar o meu nome.

– Isso vale pra casamentos – contei a ela, tentando não rir. – A noiva e o noivo não devem se ver até se encontrarem no altar. Não pra isso.

A porta se abriu, e eu a segurei para que Maisie passasse trazendo o suporte da medicação intravenosa. Ela contornou a porta, e abri um sorriso tão grande que achei que racharia meu rosto.

Ela vestia uma camisola hospitalar colorida em cima da normal, cortesia da equipe de enfermagem, e, na cabeça, levava o capelo de formatura horroroso. Os desgraçados eram difíceis de fazer. A borla, que caía do lado, tinha uma franja grossa, mas eu havia feito o negócio sob certa pressão. Não era o meu melhor trabalho, mas serviria.

– Sentem-se, por favor – ordenei, indo até o outro lado do quarto, aos pés da cama dela.

De cabeça erguida, ela se aproximou e se sentou à mesa.

Um movimento na porta me chamou a atenção, mas, quando vi que eram só as duas enfermeiras que tinham me ajudado a procurar os materiais, lancei a elas um sorriso rápido e me voltei para a minha plateia de uma garota só.

– Discurso – me lembrou ela com um sério aceno de cabeça.

– Certo.

Rapidamente, peguei o papel enrolado que serviria como um diploma improvisado, com palavras rabiscadas.

– Hoje é o início da sua jornada.

O que diabos eu deveria dizer a seguir? Pessoas não eram meu forte, muito menos crianças.

Ela inclinou a cabeça, quase derrubando o chapéu, mas logo o endireitou.

– Continua.

– Ok.

Uma ideia me veio à cabeça, e segui com ela.

– Ouvi dizer que a maior aventura é a que está por vir. Bom, eu li isso em algum lugar, mas a gente vai usar mesmo assim.

Maisie abafou uma risadinha e, então, assentiu com total seriedade.

– Continua.

– E a história que eu li era sobre uma princesa destemida que queria lutar pelo seu reino. Quando todos os homens foram chamados para a guerra, o rei disse que, como princesa, ela tinha que ficar para trás e cuidar do seu povo. A princesa argumentou que podia cuidar das pessoas lutando por elas, mas o homem ordenou que a filha ficasse para trás, para se proteger.

– O rei queria que a princesa ficasse na torre dela – disse Maisie, inclinando-se para a frente.

– Ei, nas formaturas, os formandos não interagem com os oradores – provoquei.

Ela abriu um sorriso largo, mas se recostou na cadeira e fechou os lábios com um zíper imaginário.

– Bom, onde eu estava? Ah, a princesa. Certo. Então, a princesa, esperta como era, sabia que precisavam dela. Então, se vestiu de homem, se infiltrou no acampamento do exército e cavalgou para a batalha com os soldados.

Os olhos de Maisie brilharam, e a sua boca se abriu de leve.

– O que aconteceu?

– O que você acha? Ela correu para a batalha de armadura completa, balançando a espada gigante, e derrubou os nazis... uh... o dragão, matando o bicho com um golpe poderoso e defendendo o reino. Ela era a líder de que o seu povo precisava, porque tinha coragem suficiente para lutar.

Maisie aquiesceu, entusiasmada, e quase esqueci que devia estar fazendo um discurso de formatura... para uma criança de 6 anos.

– Certo. Então, ao embarcar nessa jornada pela sua educação, você deve se lembrar de ser corajosa como a princesa.

– E de dizer para todos os reis que eles estão errados! – exclamou ela com um pulo.

Ah, aquilo não estava saindo do jeito que eu pretendia.

– Tipo isso. Quando você for... sabe, grande o suficiente pra ter uma espada.

Ela pareceu refletir sobre a afirmação por um segundo e depois anuiu, solene.

– Então – continuei. – Você precisa lutar pelo que sabe que é certo. Defender as pessoas que precisam da sua proteção. Nunca deixe ninguém dizer que você não pode ser uma guerreira só porque é menina. Porque, na minha experiência, as meninas são as guerreiras mais fortes. Talvez seja por isso que todos os meninos tentam deixar as meninas fora da batalha. Eles têm medo de passar vergonha.

– Faz sentido – concordou Maisie. – É isso?

– É isso. Fim do discurso.

Tentei me lembrar de alguma formatura minha e falhei, porque nunca tive uma. Fui enviado para o treinamento básico no instante em que terminei o último ano do ensino médio, um dia antes da formatura. Mas vi várias nos filmes.

Pigarreei.

– Chegou a hora de deixar para trás os dias ingênuos e despreocupados da educação infantil e embarcar na sua jornada do ensino fundamental. Quando eu chamar o seu nome, por favor, se levante e aceite o seu diploma.

– Beckett, você sabe que eu sou a única aqui, certo?

– Shhh – falei. – Eu ainda não disse o seu nome, formanda.

Ela me lançou o mesmo olhar de Ella quando estava prestes a me confrontar, e apertei os lábios para não rir.

– Margaret Ruth MacKenzie.

Ela ficou de pé, majestosa como uma princesa, e caminhou na minha direção com a cabeça erguida, trazendo o suporte da medicação intravenosa consigo. Quando parou na minha frente, me agachei até o nível dos olhos dela.

– Parabéns pela sua formatura – falei, lhe entregando o diploma com uma mão e apertando a dela com a outra.

– E agora? – murmurou Maisie.

– Agora você vira a sua borla para o outro lado.

Ela fez aquela coisa da boca e do nariz franzido de novo e moveu a borla para o lado oposto.

– Agora, eu a declaro formada – falei, com o tom mais oficial que consegui.

Maisie abriu um sorriso largo e riu, a alegria mais pura irradiando dela como a luz do sol. Então, se lançou nos meus braços enquanto as enfermeiras batiam palmas na porta.

Eu a segurei, tomando cuidado para não apertá-la com força demais, mas ela não teve a mesma preocupação e me abraçou tanto que quase me estrangulou. Cara, eu amava aquela menina. Amava sua força, sua tenacidade e sua bondade. Ela era única, e eu esperava que soubesse como era preciosa não só para a mãe, mas para o mundo.

Quando as palmas acabaram, olhei ao redor e vi nada menos que meia dúzia de enfermeiros assistindo à formatura de Maisie. A garota era magnética – atraía as pessoas aonde quer que fosse, e eu não era uma exceção.

– Que tal uma foto? – perguntou uma enfermeira, que parecia ter a mesma idade de Ella.

– Sim! Com certeza!

Entreguei o celular a ela, e a enfermeira fez alguns cliques de Maisie comigo.

– Obrigado. Agora, só a formanda – falei, virando a câmera para Maisie enquanto ela fazia uma pose.

– Foi Éowyn – disse a enfermeira com um sorriso enquanto os outros parabenizavam a formanda. – A princesa que matou os nazgûl. O nome dela é Éowyn.

Fui descoberto.

– Fã de Tolkien?

– Fã de filmes. Meio que vem no pacote quando você trabalha na pediatria.

– Você acha que ela percebeu?

Ela deu de ombros.

– Foi um bom discurso. As meninas merecem mais rainhas-guerreiras.

– Eu gosto de rainhas-guerreiras – disse Maisie, se postando ao meu lado. – Hora de *Moana*?

Tão rápido quanto sua alegria surgiu, Maisie afundou de leve contra mim, e senti o cansaço tomar conta dela.

– Me parece um bom plano.

Colocando meu antebraço debaixo dela, levantei seu peso leve e a carreguei para a cama, puxando o cateter com a outra mão.

Ela se afastou, endireitou a coluna e tirou o chapéu enquanto os enfermeiros saíam.

– Obrigada – disse Maisie, brincando com a borla.

– Eu sei que não é a mesma coisa...

– Foi melhor – declarou ela, me lançando um olhar que não deixou espaço para discussão.

Eu me sentei na beirada da cama, aproximando dela o suporte do cateter intravenoso.

– Isso é só o começo, Maisie. Você tem tanta coisa pela frente. Verões, montanhas, sóis nascentes... As escolhas que vai ter que fazer quando decidir para qual faculdade quer ir, ou quando vai fazer um mochilão na Europa. Esses são os momentos em que você descobre quem vai ser, e isso é só um vislumbre do que te espera depois de passar por isso.

– Mas e se isto aqui for tudo? – murmurou ela.

– Não é – prometi.

Ela contorceu o rosto, apertando os lábios, e lágrimas encheram seus olhos.

– Eu tô morrendo? É isso que tá acontecendo comigo? A mamãe não quer me contar. Por favor, me diz, Beckett.

Um elefante pisou no meu coração e o pressionou até eu ter certeza de que o órgão não podia mais bater.

– Maisie...

– Por favor. Eu vou morrer?

Pensei na terapia com MIBG de que ela precisava, nos inúmeros remédios, tratamentos, operações e transplantes. Em tudo que havia entre ela e um corpo sadio.

– Não enquanto eu estiver aqui.

Não me importava o que eu teria que fazer. Eu daria um jeito de Maisie receber o que era preciso. Eu não veria outra criança morrer tendo a chance de mudar o destino dela.

– Ok.

Ela relaxou na cama elevada e tomou a minha palavra como verdade absoluta. Então, abriu um sorriso largo, brincando com os fios de sua borla.

– Eu estou feliz por você estar aqui.

Antes que eu desabasse na frente de Maisie, me inclinei para a frente e dei um beijo na testa dela. Quando me afastei, forcei um sorriso e pisquei para tirar aquela umidade estranha dos olhos.

– Eu também, Maisie. Eu também.

– Gentry, que bom que você está aqui.

Mark Gutierrez foi ao meu encontro enquanto eu estacionava a caminhonete no início da trilha. Ele tinha 30 e poucos anos, um corpo em forma, uma cabeça cheia de cabelos pretos e confiança suficiente para liderar nossa unidade de busca e resgate, mas não era arrogante.

Eu lidava bem com confiança, mas arrogância era um empecilho. A arrogância matava os homens – e as crianças também.

Bagunça pulou para o chão atrás de mim, já vestindo o colete de trabalho. A roupa sempre sinalizava a ela que a brincadeira havia acabado, e fiquei aliviado por nosso tempo em Telluride não ter mudado isso. Após as viagens a Denver e os dias que passei em Montrose com Maisie, fiquei com receio de ela ter perdido o ritmo. No dia anterior, eu havia voltado a Montrose e levado Ella e Maisie para casa depois de uma semana lá e, quando o chamado veio naquela tarde, Bagunça voltou imediatamente à ação.

– Oi, Bagunça – disse Gutierrez, aproximando-se dela.

– Não. Ela está no modo trabalho – falei, cortando o acesso dele.

Ela estava alerta e sensível naquela hora, e eu definitivamente não precisava ter que registrar um relatório de acidente por Gutierrez ter perdido um dedo.

– Certo. Desculpa, a gente nunca teve uma cadela de trabalho militar aposentada.

– Sem problemas. Me atualiza.

Bagunça ficou perto de mim enquanto nos aproximávamos do grupo de homens. Metade vestia o uniforme de Telluride, e os outros, do condado de San Miguel.

– Por que a gente está aqui se os caras do condado também estão?

– Eles já estão procurando há horas, e a trilheira desaparecida é uma cliente importante de um dos resorts, então fomos chamados para aumentar o efetivo.

– Entendi.

O círculo se abriu quando Gutierrez e eu nos juntamos a ele. Todos se afastaram de Bagunça quando a mandei sentar.

O cara do meio – que, pelo megafone preso ao cinto, obviamente estava no comando – nos recebeu com um olhar furioso.

– Como eu já disse, a Sra. Dupreveny saiu esta manhã com o guia e as duas filhas, de 7 e 12 anos.

Não uma criança. Por favor, que não seja uma criança.

Eu me recusava a ser responsável pela morte de mais uma criança.

– Quando ela caiu, e acreditamos que tenha quebrado a perna, mandou o guia de volta com as filhas para pedir ajuda. Parece que eles ficaram surpresos com a falta de serviços na Highline, então podemos deduzir que o guia não é local.

Um bufo de exasperação percorreu o grupo. Suspirei aliviado por ser uma adulta lá sozinha.

– O guia voltou ao meio-dia e acionou o condado. Nós procedemos com a busca e o resgate logo depois, sem sorte. A chuva definitivamente não ficou do nosso lado.

Olhei para o céu. As nuvens ainda estavam cinzentas, mas não daquele jeito carregado que era conhecido por causar as tempestades raivosas da região. Provavelmente teríamos algum tempo para trabalhar.

– Como vocês podem ver, a chuva parou, e nós precisamos encontrar a vítima. Rápido. Ainda temos cerca de quatro horas de luz solar. Segundo o guia, ele deixou a vítima após cerca de uma hora de passeio e marcou a trilha com a bandana dela, que é rosa. A gente achou a bandana, ainda está lá, mas nada da Sra. Dupreveny. O plano é caminhar em grupo, depois distribuir coordenadas de busca e devolver essa mulher ao marido.

Um dos caras de Telluride levantou a mão. Capshaw, se eu me lembrava bem. Eu realmente precisava passar mais tempo com os outros caras quando me juntasse ao grupo, em vez de só ficar treinando Bagunça.

– Capshaw?

Pelo menos acertei o nome.

– Quem vai assumir a liderança aqui?

Um burburinho percorreu o grupo, e percebi o que era aquilo: duas organizações rivais trabalhando juntas, o que eu torcia para que não virasse um problema. Egos quase sempre estragavam uma operação. Varri o grupo com os olhos, vendo um cachorro e um treinador do lado oposto, com o uniforme do condado. Um labrador amarelo que se sentava e levantava de minuto em minuto. Inquieto.

Não é problema meu.

– O condado vai assumir a liderança. Telluride está aqui para ajudar.

Mais um burburinho.

– Se vocês já terminaram de determinar a hierarquia, podemos começar? – perguntei, ficando impaciente.

O cara estreitou os olhos para mim e depois para Bagunça.

– Você é o novato, certo? O soldado? Com a cadela?

Cabeças se voltaram para mim.

– Nós mesmos. Agora, será que podemos parar de desperdiçar a luz do dia?

Ele fez um gesto de "fique à vontade" em direção ao início da trilha, e partimos. Ajustei a minha pequena mochila nas costas e fechei o zíper no peito do meu casaco leve de *fleece*. Já estava frio e só ia piorar.

– Caramba, você tinha mesmo que pisar no calo de alguém logo no primeiro dia? – perguntou Gutierrez, caminhando ao meu lado.

– Não faz sentido ficar falando quando a missão está bem clara.

– Entendi.

Distribuímos frequências de rádio pelo grupo e avançamos trilha adentro, onde cruzamos uma ponte e ganhamos uma visão panorâmica de Telluride. Era realmente espetacular ali, com as montanhas erguendo-se dos dois lados, alcançando o céu. Uns 18 metros à frente, o outro cachorro disparou pelo prado que acompanhava o trajeto. Bagunça ficou bem próxima a mim, com os passos e a respiração estáveis.

– Então, eu te vi com a Ella MacKenzie no centro – comentou Gutierrez, quebrando o silêncio que eu apreciava.

– Provavelmente.

Eu gostava bastante de Mark enquanto estávamos de serviço e, de vez em quando, fazia um esforço no quesito conversa quando se tratava dele, mas Ella não integrava a minha lista de tópicos aprovados.

– Tem alguma coisa acontecendo entre vocês? – perguntou ele, em um tom de cumplicidade.

– Cuidado – adverti.

– Ei, eu conheço a Ella. Ela é uma boa garota… mulher. Eu era amigo do irmão dela. Ele morreu. Você sabe disso, certo? Tem tipo seis meses.

Meu coração deu uma falhada que não teve nada a ver com a altitude.

– É, eu sei.

– Ela tem filhos também. Crianças boas.

– Tem.

Aonde aquele cara queria chegar?

Ele soltou o ar, curvando a aba do boné em um tique nervoso. Aquele cara seria uma presa fácil em uma mesa de pôquer.

– Olha, eu não estou querendo me intrometer.

– Claro que está. A questão é: por quê?

Ele olhou para trás, vendo o que eu já sabia. Havia uns 6 metros entre nós e os membros do grupo mais próximos. Distância suficiente para uma conversa privada.

– Eu só estou tentando zelar por ela.

– Bom saber.

Não havia uma alma no planeta que se importasse com Ella mais do que eu e, embora aquilo – a preocupação dele – fosse quase fofo, era absolutamente desnecessário.

– Estou falando sério. Ela está lidando com muita coisa e, se existe mesmo um palito mais curto a ser pego, ele ficou com a Ella. Entre perder os pais e ser abandonada pelo Jeff…

– Você conhece o Jeff?

Meus passos teriam vacilado se meu corpo não estivesse no piloto automático, acostumado a seguir em frente quando minha mente ia para outro lugar.

– Eu conheci o Jeff – corrigiu ele. – Eu andava com o irmão mais velho dele, o Blake.

– Um nome mais mauricinho que outro – murmurei.

Gutierrez riu.

– Isso é tão verdade. Os dois são... uns mauricinhos babacas, isso sim. Herdeiros que não tiveram que lutar um único dia na vida. Os dois ganharam a fortuna de bandeja e, agora, o emprego.

Uma pontada de puro ódio percorreu meu corpo como um veneno ácido queimando em minhas veias. Claro que tudo tinha sido fácil para ele enquanto Ella trabalhava feito uma condenada.

– Então você sabe onde ele está?

– Claro. Ele trabalha na empresa do papai em Denver. Noivo da filha de um político, se o que estiver no Facebook dele for verdade.

Guardei essa informação, alimentando o plano que vinha se formando desde que eu prometera a Maisie que ela não morreria.

– Enfim, a coisa entre você e a Ella é séria?

Ele me olhou de soslaio, e eu, de relance para a mão dele. Uma bela e larga aliança de ouro. Ótimo. Eu não estava nem um pouco a fim de lutar contra um cara por Ella. Não quando eu não confiava em mim mesmo para não dar uma surra nele.

– Nós somos amigos – falei, evasivo. – Só estou ajudando.

Ele pareceu refletir sobre isso por um minuto, depois assentiu.

– Bom. Isso é bom. Ela precisa de toda ajuda possível agora com os filhos.

– Não – corrigi, varrendo a fronteira da floresta com os olhos só para ter certeza de que a vítima não estava lá. – Ela não precisa de ajuda. Sinceramente, ela consegue lidar com tudo por conta própria. Mas eu preciso ajudar. Não quero que ela lide com isso sozinha. Tem uma diferença.

Gutierrez aquiesceu de novo, como um boneco cabeça-de-mola, mas sincero. Talvez eu tivesse passado tempo demais entre soldados. Talvez os civis falassem sobre sentimentos durante caminhadas nas montanhas. Talvez eu é que fosse estranho por viver tão fechado, não ele por ser tão curioso.

– Desculpa, cara. É só que... é uma cidade pequena, e você é novo aqui. E, depois da perda do Ryan, sei que ela está sofrendo. Quer dizer, eles nem disseram pra ela o que aconteceu.

Claro que não disseram. Porque quando as operações davam errado, quando os soldados eram nocauteados e perdiam a consciência em vez de morrer, e depois eram arrastados pelos insurgentes até o deserto, despidos do uniforme, amordaçados, torturados e baleados na nuca sem roupa nenhuma além da cueca, os militares tendiam a esconder a verdade da família deles e classificar aquilo como confidencial.

Ninguém queria pensar nisso acontecendo com o irmão.

– Quer dizer, eles nem deixaram que ela visse o corpo. Isso deve mexer com ela. Até onde ela sabe, ele ainda pode estar vivo aí em algum lugar, e os militares estão encobrindo tudo para transformar o Ryan numa espécie de Jason Bourne. É muito errado.

Os músculos do meu maxilar se contraíram, e cerrei os dentes para manter a boca fechada. Aquele cara não sabia de nada, nem do que tinha acontecido com Ryan, nem que ele era meu melhor amigo. Ele só estava tentando cuidar de Ella, garantir que eu tivesse uma imagem clara do que ela havia passado. Pelo menos era isso o que eu dizia a mim mesmo quando nos aproximamos do local da busca.

O caminho era ladeado por álamos, o que limitava o campo de visão, mas lá estava, amarrada a um toco – uma bandana rosa. Nós nos reunimos em um novo círculo enquanto o cara do megafone tomava a dianteira.

Hora de trabalhar.

– É uma cadela e tanto essa que você tem aí – disse Gutierrez cerca de uma hora depois, quando a nossa trilheira já tinha sido levada de helicóptero e voltávamos pela trilha.

– Ela é única – concordei.

Depois disso, ele me deixou andar o resto do caminho em silêncio, pelo que fiquei grato. Levei meses para permitir que Ryan entrasse e anos para virar seu melhor amigo. Ella foi a única pessoa com quem tive uma conexão imediata, e sorri quando percebi que Maisie e Colt também estavam nessa lista. Chegamos à base da trilha, e abri a porta da caminhonete para Bagunça entrar. Ela pulou e se acomodou no banco do passageiro, feliz e um pouco cansada.

– Você foi muito bem hoje – elogiou Gutierrez, tirando a própria mochila e colocando-a no carro estacionado ao lado do meu.

– Obrigado. Foi bom me sentir útil.

– É, eu entendo – disse ele, tirando o boné e esfregando a cabeça. – Olha, sobre aquilo que eu disse sobre a Ella...

– Não esquenta. Está tudo bem – falei, apertando o batente da porta.

– Cidade pequena – disse ele, encolhendo um pouco os ombros.

E era mesmo. Talvez não o vilarejo com os resorts de esqui, mas a cidade velha. Principalmente quando os turistas não estavam por perto e sobravam praticamente só os moradores. Eles estavam todos conectados ali, e eu talvez não entendesse, mas podia me esforçar para respeitar isso.

– Não faz nem seis meses que o Ryan morreu – disse Gutierrez, levantando a cabeça de repente.

– Faz cinco meses, sete dias e algumas horas. Algumas horas *bem* longas. Eu sei disso porque ele era o meu melhor amigo. Servi com ele por mais ou menos uma década.

– Ah, cara, eu sinto muito – disse ele, os ombros afundando.

– Não sinta. Nunca sinta muito por zelar pela Ella. Só falei isso para você saber que não tem nada que eu não faria para proteger a Ella, para cuidar dela e dos filhos. Nada. É por eles que estou aqui.

Ele engoliu em seco e finalmente olhou para mim, respirando fundo.

– Ok. Obrigado por me contar. Se você precisar de alguma coisa, ou se ela precisar, fala comigo, ou com a minha esposa, Tess. A Ella nunca vai pedir.

– É, ela é teimosa assim mesmo.

Um esboço de sorriso se insinuou no rosto dele.

– Algo me diz que você também é.

– Culpado.

Dirigi para casa com um corpo cansado, uma cadela contente e uma cabeça que não parava de correr em círculos. Falei sério: não havia nada que não faria para proteger Ella e as crianças.

Ou havia?

Pisei no freio quando passei pelo chalé de Ella.

O plano de saúde dela não pagaria pelos tratamentos que poderiam salvar a vida de Maisie.

Mas eu tinha lido cada detalhe das informações on-line sobre aquele hospital, e o *meu* plano pagaria.

Dei marcha a ré na caminhonete e virei na entrada de carros de Ella. Eu já estava fora da caminhonete antes de o motor parar, e estava subindo as escadas de dois em dois degraus e batendo forte na porta antes de o meu cérebro começar a pensar em cada razão pela qual ela diria não, sabendo que teria que convencê-la a dizer sim.

– Beckett? – perguntou Ella, abrindo a porta.

Ela estava de calça jeans, com uma camiseta de manga comprida e os cabelos presos em uma trança grossa lateral que eu queria agarrar enquanto a beijasse.

– Está tudo bem?

– Está. Desculpa vir sem avisar. Você tem um segundo?

– Claro, entra.

– Não onde as crianças possam ouvir – falei baixinho, enfiando os polegares nos bolsos.

Ela ergueu as sobrancelhas, surpresa, mas saiu para a varanda, fechando a porta atrás de si.

– Ok, o que aconteceu?

– O seu plano não cobre o tratamento com MIBG, nem o hospital de que a Maisie precisa, nem o transplante de células-tronco.

– Isso.

Ela cruzou os braços e me encarou, aqueles olhos azuis curiosos, mas confiando em mim.

– Ela precisa disso, certo? Ou vai morrer?

– Beckett, do que isso se trata?

– Ela vai morrer sem isso? – repeti, as palavras um pouco mais ásperas do que eu jamais usara com Ella.

– Vai – murmurou ela.

Assenti para mim mesmo, depois me virei e comecei a andar de um lado para o outro na varanda enquanto ela me seguia.

– Beckett! – exclamou ela.

Eu me virei e respirei fundo para acalmar os nervos.

– O seu plano não cobre...

– Certo, a gente já falou sobre isso.

– Mas o *meu* cobre.

– E? – perguntou ela, piscando para mim e franzindo a testa.

– Ella, casa comigo.

CAPÍTULO QUINZE

ELLA

Carta nº 15

Ella,

Nós perdemos uma pessoa hoje.

Era de esperar que eu já estivesse acostumado depois desse tempo todo, que já estivesse até calejado. Há alguns anos, eu estava. Eu não faço ideia do que mudou nos últimos tempos, mas agora cada perda parece exponencialmente mais difícil que a anterior.

Ou talvez elas sejam iguais, e eu é que esteja diferente.

Com mais raiva.

É difícil descrever, mas, de alguma forma, agora eu estou mais consciente da minha desconexão, da minha inabilidade em forjar laços emocionais para além de alguns poucos amigos próximos. Essa pequena lista inclui você.

Como eu posso estar tão conectado a alguém que eu nunca vi, mas não à maioria dos caras ao meu redor? Será que é porque você é mais segura aqui neste papel, já que não está na minha frente? Menos ameaçadora, talvez?

Eu queria entender.

Eu queria ter as palavras certas para a esposa desse cara, para os filhos dele. Eu queria poder livrá-los disso, tomar o lugar dele. Por que o mundo leva aqueles que são amados, rasgando buracos no tecido da alma de outras pessoas, enquanto eu tenho permissão para escapar ileso? Onde está a justiça em um sistema tão aleatório e, se existe justiça, então por que nós estamos aqui?

Eu sinto aquela mesma vontade nervosa de voltar a tomar conta de mim, de cumprir a missão e seguir em frente. Ticar essa caixinha, levantar acampamento e saber que nós fizemos a diferença.

Eu só não sei mais que diferença é essa.

Me conte alguma coisa real. Me conte como é viver no mesmo lugar a vida inteira. É sufocante ter raízes tão profundas? Ou isso lhe permite balançar em vez de quebrar quando o vento vem? Eu segui o vento por tanto tempo, que, sinceramente, não consigo imaginar como é.

Obrigado por me deixar desabafar com você. Prometo que não vou ser tão deprimente assim da próxima vez.

Caos

– Perdão? – perguntei, olhando para Beckett como se ele tivesse duas cabeças. – O que você acabou de dizer?

Não havia como ele ter dito o que ouvi.

– Casa comigo.

Ou talvez ele tenha mesmo dito isso.

– Você está louco?

– Talvez.

Ele voltou a se recostar no corrimão da varanda, mas não cruzou os braços como fazia quando estava sendo teimoso. Em vez disso, agarrou os dois lados do corrimão, deixando o torso desprotegido. Vulnerável.

– Mas daria certo. No papel, pelo menos.

– Eu não... não posso... não tenho palavras.

– Ótimo, isso vai me dar uma chance de te convencer.

Meu Deus, ele estava falando sério.

– Se você se casar comigo, as crianças se tornam minhas dependentes. Eu posso cuidar delas.

– Você quer se casar comigo para cuidar dos meus filhos – falei devagar, certa de que tinha, de alguma forma, ouvido errado.

– É.

Abri e fechei a boca algumas vezes enquanto tentava fazer com que uma palavra – qualquer palavra – passasse pelos lábios. Só não conseguia pensar em nenhuma.

– O que você acha? – perguntou Beckett.

– A gente não está nem namorando! E você... quer casar?

Bagunça chegou trotando na varanda, mas não foi até Beckett. Ela se sentou ao meu lado, como se pressentisse que o treinador havia perdido a cabeça tola.

– Não no sentido romântico! – disse ele, passando a mão no rosto. – Estou explicando tudo muito mal.

– Então se esforça mais.

– Ok. Eu estava lendo os papéis do MIBG quando fiquei no hospital com a Maisie e me lembrei do que você disse sobre o seu plano não cobrir o tratamento. Então, dei uma olhada no site do hospital, e eles aceitam o meu plano, e nem é com a sua taxa de coparticipação. Eles cobrem tudo.

– Bom para você. Agora você já pode se tratar de um câncer.

Como ele podia simplesmente sugerir que nos casássemos?

– Eu não terminei de explicar.

Eu queria jogar aquele homem de volta na caminhonete e mandá-lo embora da minha propriedade, mas uma minúscula faísca se acendeu diante da ideia de Maisie poder receber o tratamento necessário. E essa minúscula faísca era a esperança. Como eu odiava a esperança.

A esperança iludia a gente, gerava sensações quentinhas e difusas para depois arrancá-las de volta.

E, naquele exato momento, Beckett era uma imensa fatia quentinha e difusa de esperança, e eu o odiava por isso.

Tomando o meu silêncio por aquiescência, Beckett continuou:

– Se você se casar comigo, as crianças estarão cobertas. Todos os tratamentos da Maisie estarão pagos. Você não vai mais precisar brigar com o pessoal do plano. Chega de genéricos. Ela vai receber os melhores tratamentos possíveis.

– Você quer que eu me case com você, que eu me torne sua *esposa*, durma na sua cama, quando você nem sequer me beijou, tudo pelo plano? Como se eu fosse uma espécie de pros...

– Opa! – exclamou ele, me interrompendo e agitando as mãos. – A gente não teria que... você sabe.

Ele ergueu as sobrancelhas pelo menos uns dois centímetros.

– Não, eu não *sei*.

Cruzei os braços, sabendo muito bem o que ele queria dizer. Se ele tinha coragem para sugerir que nos casássemos, com certeza era capaz de usar os termos certos.

Ele soltou o ar com força, exasperado.

– A gente só teria que se casar no sentido legal. No papel. A gente poderia viver separado e tudo o mais. Pode ficar com o seu nome, tanto faz. Seria só para proteger as crianças.

Ai, meu Deus, o homem que eu amava estava de fato diante de mim me pedindo em casamento, não porque também me amava, mas porque achava que isso salvaria a minha filha. Como eu o amava ainda mais e odiava nós dois por isso.

– Só no sentido legal? Então, você não me quer de verdade? Só quer proteger os meus filhos?

Fantástico, com isso eu parecia chateada por ele não me querer na cama dele. *Se as minhas emoções pudessem escolher um lado, seria ótimo.*

– Achei que a gente já tinha falado sobre isso. Eu te quero. Só que isso não tem nada a ver com te pedir em casamento.

– Você está ouvindo o que está dizendo? Você me quer, mas não quer se casar comigo. Só está *disposto* a fazer isso para cobrir as crianças com o seu plano, desde que a gente não viva como marido e mulher.

Seria tudo um emaranhado legal, sem nenhum amor, compromisso ou sexo. O que nos deixava com o único aspecto do casamento que eu conhecia: a parte em que o marido ia embora.

– Exatamente.

– Ok, esta conversa acabou – falei, dando as costas para ele, mas logo depois dei meia-volta para encará-lo. – Quer saber? Não acabou, não. Casamento significa alguma coisa para mim, Beckett! Ou, pelo menos, costumava significar. Talvez não seja assim para você, ou você imagine que, por causa do jeito que deixei o Jeff se divorciar de mim, eu considere o casamento só um pedaço de papel, mas não é. Devia ser uma vida inteira de amor, de compromisso e lealdade. Devia ser todos aqueles votos sobre saúde e doença, alegria e tristeza, e amar alguém mesmo nos dias em que você não gosta muito daquela pessoa. Não é "Ei, vamos assinar esse pedaço de papel e ficar junto enquanto for conveniente". Devia significar construir uma vida com a única pessoa na face da Terra que está destinada a você. Não... não devia ser temporário. Devia ser *para sempre*.

Ele deu um passo na minha direção e, então, se conteve, enfiando os polegares nos bolsos.

– Tem a ver com amor, Beckett.

– E eu amo os seus filhos. E sempre vou amar.

A intensidade da voz dele, dos seus olhos, me atingiram bem no coração.

– Eles também te amam – admiti.

Assim como eu. E era por isso que eu não podia concordar. Aquilo os destruiria quando acabasse. Assinar um compromisso com o meu sofrimento era uma coisa, mas com o dos meus filhos? Era aí o meu limite.

Toda a postura de Beckett se suavizou, como se as minhas palavras tivessem tirado um pouco da determinação dele.

– Eu não quero fazer nada que possa colocar as crianças em risco, ou você. Só estou dizendo que se, legalmente, eles fossem meus, ou metade meus, a Maisie poderia ter o tratamento necessário. Isso poderia salvar a vida dela.

Aquela faísca de esperança brilhou, lançando uma luz cegante sobre tudo o que as crianças e eu havíamos passado. Todas as noites sem dormir. Todas as contas médicas empilhadas na minha mesa, ameaçando nos levar à falência. O fato avassalador de que, se Maisie não recebesse o tratamento com MIBG, provavelmente não sobreviveria.

Mas o que aconteceria com ela quando Beckett cansasse de brincar de casinha?

– Eu não te conheço o suficiente para isso... não dos jeitos que importam.

Os olhos dele brilharam de dor, e Beckett voltou a erguer suas defesas.

– Você me conhece bem o suficiente para ter me delegado decisões sobre a Maisie, certo?

– Isso foi por algumas horas, para eu poder ir à formatura do Colt, e só no pior cenário possível!

– Adivinha só, Ella. Agora, a sua vida inteira é o pior cenário possível.

Ai.

– É, bom, você mesmo disse: você nunca esteve em um relacionamento que tenha durado mais de um mês. Você não quis nem me beijar porque disse que ia estragar tudo, e isso magoaria o Colt e a Maisie.

A raiva desapareceu do rosto dele imediatamente, substituída por uma tristeza avassaladora.

– Você não confia em mim.

Meu coração queria confiar. Meu coração gritava que ele faria qualquer coisa pelas crianças. Minha cabeça, por outro lado, não recuava diante da declaração dele, certa de que aquilo não ia durar.

– Eu pensei que conhecia o Jeff. Eu amava aquele homem. Dei tudo para ele e, no minuto em que tudo se transformou nos gêmeos, ele foi embora. Eu nunca mais saí com ninguém. Nem uma única vez. Jurei que nunca colocaria os meus filhos em uma posição em que pudessem ser abandonados de novo.

– Eu nunca abandonaria as crianças, nem você. Eu sempre estarei aqui, Ella.

– Não se atreva a mentir para mim. Os homens da minha vida têm o hábito de prometer com uma mão e fazer as malas com a outra.

– Não foi mentira na primeira vez em que eu disse isso, e nada mudou. É um juramento.

– Isso foi para o futebol! Não para um casamento! Você não pode ficar aí me fazendo promessas para sempre quando duas semanas atrás não estava nem aberto à possibilidade de um relacionamento.

– É só no papel, Ella!

– Não é! A forma como você está propondo que eu dependa de você, que os meus filhos dependam de você, não é no papel. É bem real. E se você for embora quando ela estiver no meio do tratamento? Eles iam parar tudo! Como isso é melhor do que a situação em que eu estou agora, correndo atrás de dinheiro? Pelo contrário, seria ainda mais prejudicial, porque pelo menos agora sei o que estou enfrentando. Você faz ideia de como essa jornada é longa? Mesmo que ela vença o câncer, a taxa de recidiva... Você não entende as implicações a longo prazo do que está oferecendo, por melhor que sejam as suas intenções.

E elas eram boas. Foi a oferta mais sincera, mais genuína que eu já havia recebido. Mas fazia muito tempo que a vida me ensinara que intenções não valiam nada.

– Tudo o que eu posso te dar é a minha palavra e a promessa de que, não importa o que acontecer comigo, eles vão estar cobertos. A Maisie vai sobreviver.

– Você não sabe disso também.

Meu maior medo escapou como se não fosse nada, mas eu já deveria estar acostumada com o meu comportamento perto daquele homem. Ele tinha um jeito de derrubar as minhas defesas, me deixando exposta às intempéries. Mas eu não sabia como confiar no surgimento do sol depois de viver em um furacão perpétuo. Não quando havia a possibilidade avassaladora de que Beckett fosse apenas o olho da tempestade.

– Não, não sei – admitiu ele. – Mas, quando ela me perguntou se ia morrer, eu prometi que isso não aconteceria enquanto eu estivesse aqui, e essa é a única forma que consigo pensar de manter essa promessa.

Gelo correu pelas minhas veias, esfriando o meu corpo.

– A minha filha te perguntou se vai morrer?

– Perguntou, quando a gente estava em Montrose...

– E você só está me falando isso agora?

Fui até Beckett, pisando forte, até ficar a apenas um sopro de distância dele, olhando com raiva para aquela cara idiota e perfeita.

– É, parece que sim.

– E você prometeu que ela não ia morrer?

– E o que mais você queria que eu dissesse, Ella? Que ela tem 10% de chance de viver até novembro? Faltam só cinco meses! – exclamou ele, tendo a audácia de falar como se eu fosse a louca.

– Eu sei muito bem disso! – gritei, minha voz tão aguda que quase falhou. – Você acha que eu não tenho uma contagem regressiva na cabeça? Que eu não estou terrivelmente consciente de cada dia passado com ela? Como você se atreve a dizer pra Maisie que ela não vai morrer? Você não tem o direito de fazer esse tipo de promessa pra ela.

– Pra ela ou pra você? – perguntou ele, baixinho. – A Maisie é uma criança que precisa ser tranquilizada, ouvir o quanto ela é forte, que essa batalha está longe de acabar e, sim, eu sei o quanto isso pode demorar. Eu não vou dizer pra Maisie que ela está a alguns meses da derrota.

– Você não devia ter feito essa promessa – reiterei. – Eu não minto para os meus filhos, e você também não pode mentir. A guerra que ela está enfrentando é avassaladora. É Davi contra Golias.

– Certo, e você armou a Maisie com um estilingue e enviou a sua filha para lutar contra o gigante. Estou lhe dizendo que tenho um tanque, caramba, e você não quer usar! Você vai mesmo assistir à morte dela por medo de acreditar que eu sou um cara decente? O que você quer? Referências de caráter? Um detector de mentiras? Pode me fazer passar por tudo que você quiser, só me deixa salvar a Maisie!

Beckett praguejou, e isso, por si só, me tirou o suficiente da raiva para ouvir o resto do que ele estava dizendo.

– Você praguejou. Acho que nunca te vi falar assim antes.

Ele passou por mim, correndo as mãos pelos cabelos até prendê-las atrás do pescoço. Quando metade da varanda estava entre nós, Beckett se virou.

– Minhas mais sinceras desculpas por isso. Não gosto mais de falar assim. Mas o resto? Não vou pedir desculpas por isso. Você pode pensar que sou louco à vontade. Eu entendo. Você tem medo de que ela morra e medo do tipo de cara a quem ela pode estar presa se viver, mesmo que seja só no papel.

– Sim e não.

– Qual das duas opções?

– Eu não tenho medo de que ela fique presa a você – admiti, quase num sussurro. – Sei que você faria qualquer coisa por ela. Vejo isso na forma como você cuida dos meus filhos, na forma como eles confiam em você.

– Mas você não confia que eu vá ficar.

Por quanto tempo a carta de Ryan poderia mantê-lo ali? Aquela carta havia acionado a honra dele a ponto de fazê-lo se sacrificar em um casamento? Será que eu podia confiar que aquela honra o manteria por perto tempo suficiente para salvar Maisie? Tudo isso era uma confusão complicadíssima.

– Eu não confio que *ninguém* vá ficar, e você já me avisou que eu não deveria esperar isso de você. Que, em algum momento, você vai embora.

– Ah, não. Não use as minhas palavras contra mim a menos que faça isso direito. Eu disse que você não me *deixaria* ficar, que me expulsaria daqui. Mas parece que nem precisa que eu estrague tudo pra você me mandar embora. Você faz isso com todo mundo que se aproxima de você? Ou eu que tive sorte?

Ignorei a veracidade dessa crítica, me recusando a olhar para o espelho metafórico que ele segurava na frente do meu rosto.

– Quer saber? Nada disso importa. Não quando é uma mentira gigante. A gente estaria cometendo fraude, Beckett. Um pedaço de papel falso sobre um relacionamento inexistente, e, se a gente for pego... Não vou fazer as crianças passarem por isso.

Ele tensionou o maxilar e assentiu de maneira peculiar antes de se virar e descer os degraus. Bagunça me abandonou imediatamente para segui-lo, aquela traidorazinha.

Na base da escada, ele se virou.

– Você está mesmo me dizendo que não está disposta a abrir uma exceção na sua moral para salvar a vida da sua filha? Para me dar um pouco dessa preciosa confiança que mantém mais trancafiada que o depósito de ouro do nosso país?

Aquele golpe verbal me atingiu até os dedos dos pés. Era isso mesmo que eu estava fazendo? Escolhendo a minha própria moral, os meus próprios problemas de confiança, em vez da vida de Maisie? Será que eu estava tão calejada que não conseguia acreditar em mais nada? Será que eu não podia ter esperança quando o meu próprio irmão atestara que aquele homem era de confiança?

Ryan.

– Você quer que eu confie em você? – falei, suavizando o tom.

– Quero.

– Ok. Me conta como o Ryan morreu.

A cor sumiu do rosto dele.

– Isso não é justo.

Um pedaço daquela esperança quentinha e difusa queimou no meu peito.

– Não me faz mentir para você – implorou ele... ou ameaçou.

Eu não saberia dizer.

Fiquei ali em silêncio, esperando que ele dissesse algo diferente – que me desse um pouco da confiança que ele pedia. Que colocasse a si mesmo em uma posição de vulnerabilidade. No entanto, quanto mais nos entreolhávamos, mais rígida a sua postura se tornava, até que ele voltou a ser o soldado endurecido que conheci naquele seu primeiro dia na Solidão.

Senti uma triste sensação de perda, como se uma coisa rara e preciosa tivesse desaparecido antes mesmo que o seu valor fosse notado.

– Boa noite, Ella. Eu pego o Colt amanhã para o treino às dez.

– O quê? Treino de futebol?

Como se a briga que tivemos fosse algo normal e pudesse ser ignorada. Como se não tivéssemos acabado de enfiar uma banana de dinamite entre nós e acendido o pavio.

– É. Futebol. Porque eu disse que estarei aqui. É isso que eu faço. Quando prometo uma coisa pra alguém, eu cumpro, e isso vale em dobro para os seus filhos. E, como você aparentemente não acredita em mim, eu só vou ter que lhe mostrar isso mais e mais vezes.

Ele abriu a porta, e Bagunça pulou para dentro da caminhonete. Então, ele entrou atrás do volante e me deixou parada na varanda boquiaberta, tentando entender o que tinha acabado de acontecer.

– Bom? – perguntei a Ada, enfiando outro biscoito de manteiga de amendoim na boca.

Colt e Maisie dormiam no nosso chalé, e Hailey estava de guarda enquanto eu, tal qual fizera tantas vezes na infância, contava tudo para Ada.

– O que você quer que eu fale? – disse ela, tirando outra bandeja do forno comercial e colocando-a para esfriar.

– O que você acha. Sua opinião, qualquer coisa.

Porque eu precisava que outra pessoa me dissesse que eu não tinha perdido a cabeça.

– Eu acho que um homem lindíssimo lhe ofereceu uma maneira de salvar a sua filha.

Ela se recostou na bancada oposta, limpando as mãos no avental.

– O quê? Então eu sou a errada aqui? Ele me pediu em casamento, Ada. Isso dá a um verdadeiro estranho direitos sobre os meus filhos em troca de um plano de saúde. Plano esse que ele pode revogar a qualquer momento que quiser pedir o divórcio. Caramba, até direitos sobre a pousada ele pode ter.

– Só se você deixar. Ou vai me dizer que você não pode redigir um acordo pré-nupcial limitando os direitos dele? Do mesmo jeito que você faria com o Jeff se ele voltasse por aquela porta?

– O Jeff não vai voltar.

– Exatamente.

– E se ele for um serial killer? – perguntei, pegando mais um biscoito.

– Ele era o melhor amigo do Ryan.

– É o que ele diz – murmurei, com a boca cheia.

Bom, era o que a carta dizia. Ryan nunca compartilhou detalhes pessoais dos caras com quem servia. Ele mal me contou alguma coisa sobre Caos quando me pediu para ser amiga por correspondência do homem; só disse que um cara da unidade precisava de cartas.

Que saudade do meu irmão. Eu queria o meu irmão. Precisava ouvir a opinião dele, que explicasse por que nunca tinha falado de Beckett se eles eram melhores amigos.

Que saudade de Caos também.

Caos. Se ele tivesse aparecido na minha porta em janeiro, tudo seria diferente. Eu sabia no fundo da minha alma. Talvez eu tivesse mesmo perdido a cabeça. Afinal, tinha me apaixonado por dois homens diferentes no intervalo de quê, oito meses? Uma gravidez durava mais que isso.

Mas Caos estava morto. Ryan estava morto. Minha mãe e meu pai estavam mortos. Minha avó? Morta também. Eu iria mesmo adicionar minha filha àquela lista?

– Ele não estava com a carta do Ryan?

– Estava – admiti, a contragosto. – Talvez se tivesse uma foto deles ou algo assim. Qualquer coisa.

– Você pediu?

Ela inclinou a cabeça e me olhou como se eu tivesse 10 anos de novo.

– Bom. Não.

– Hum. Parece que você já acreditou nele, não é?

– Aff – falei, jogando a cabeça para trás com um suspiro exasperado. – Você está do lado dele.

– Eu estou do lado da Maisie. E esse lado parece muito melhor com ela viva.

Bom, colocando as coisas dessa forma...

– Eu não sei o que fazer. Eu não posso me casar com ele, Ada. É só uma questão de tempo até ele ficar entediado. Caras como o Beckett não brincam de casinha.

– Ele não é o seu pai. Não é o Ryan. Não é o Jeff. Você precisa parar de condenar esse homem pelo crime deles.

Ela estava certa, e ainda assim o meu coração não aceitava, a minha cabeça não se rendia.

– Mesmo que o Beckett fique tempo suficiente pra Maisie fazer o tratamento, em algum momento ele vai ticar a caixinha "Salvar a irmã do Ryan" da lista de afazeres e seguir em frente.

– E isso é ruim porque...

– Porque vai partir o coração das crianças.

– Sabe o que é engraçado nessa história de coração partido? Só os vivos têm.

Lancei a ela um olhar furioso.

– É, entendi. Pelo menos ela vai estar viva para ter o coração partido, certo? Mas e se ele for embora no meio do tratamento? Se o plano cancelar e o hospital interromper a terapia?

– Daí a Maisie vai ter feito mais tratamentos do que está fazendo agora, mas a gente cruza essa ponte se chegar lá. Às vezes, você só precisa ter um pouco de fé, mesmo que ele seja um completo estranho.

– Eu não sei como confiar nele com os meus filhos – declarei, depois peguei outro biscoito e o parti ao meio.

– Isso é balela – afirmou ela, balançando o dedo na minha direção. – Você já confia nele com os gêmeos. O Beckett leva o Colt pro futebol e ficou com a Maisie no hospital com os privilégios que *você* deu a ele pra cuidar dela.

Enfiei outro pedaço de biscoito na boca e mastiguei devagar. Que saco, ela estava certa. Eu já não tinha admitido para Beckett que sabia que ele faria qualquer coisa pelas crianças?

– Sabe o que eu acho? – perguntou Ada, aproveitando-se da minha boca cheia. – Você não está com medo de confiar nele com as crianças. Está com medo de confiar nele com *você*.

O biscoito arranhou a minha garganta quando o forcei a uma descida rápida.

– O quê? Eu nem conto com essa possibilidade. Ele disse que o casamento seria só no papel. O que, ok, eu admito, doeu um pouquinho.

– Mas você se importa com ele.

Demais.

– Qualquer sentimento que eu possa ou não ter não interessa. Isso não é um dos seus filmes de Natal em que as pessoas se casam de mentira para se livrarem de algum problema, fazem guerras de bolas de neve e se apaixonam. Não vai ter nenhum "felizes para sempre" aqui.

Claro que saber disso não me impediu de me apaixonar por ele de qualquer jeito.

– Ella, a gente está em junho, não tem neve.

– Você entendeu.

– Você está mesmo me dizendo que vai traçar um limite de até onde está disposta a ir para manter a Maisie viva?

E esse era o ponto crucial.

Droga. O que eu não faria por Maisie? Com a cabeça fria o suficiente para ganhar alguma perspectiva, entendi que não havia um limite. Eu me arriscaria ao inferno e à danação por ela. Venderia a minha própria alma.

Beckett poderia, talvez, salvar Maisie. Os únicos obstáculos eram a minha teimosia e o meu medo.

Mas e se houvesse um jeito de deixar o meu medo fora da equação? De conectar Beckett diretamente às crianças sem que a minha bagagem entrasse no meio?

– Acho que eu preciso falar com o Beckett.

Colt voou porta adentro depois do treino, corado e feliz.

– Oi, mamãe!

Um borrão beijou minha bochecha e subiu a escada correndo até o quarto.

Beckett ficou parado no batente da porta, com o boné na mão. Ele usava o short baixo nos quadris, e aquela incrível extensão de abdômen e peito estava coberta por uma camiseta do Pearl Jam. Ele arqueou as sobrancelhas quando viu o meu vestido e as minhas pernas nuas, mas logo desviou o olhar.

– Ele tem um jogo amanhã, mas sei que a Maisie tem que estar na químio.

– A gente vai sair depois do jogo – falei. – O tratamento só começa na segunda, e eles vão precisar ver se o nível de plaquetas dela está alto o suficiente para isso. A infecção atrapalhou muita coisa.

– Ok, só me avisa. Eu posso levar o Colt, claro.

Ele se virou para ir embora, e quase soltei um palavrão.

– Obrigada. Olha, Beckett, sobre ontem…

Ele parou, arrastando os olhos lentamente até os meus e mantendo-os ali, e não nos meus ombros nus ou no decote de coração do vestido sem alças que escolhi só para chamar a atenção dele. Claro, o vestido era velho, mas pelo menos ainda servia.

Quando ficou claro que ele não falaria nada, segui adiante.

– Eu confio em você com os meus filhos.

Ele arregalou um pouco os olhos.

– Eu precisava dizer isso antes, para você saber que toda a nossa briga de ontem… Grande parte dela não foi sobre as crianças. Foi sobre mim. Você não fez nada a não ser provar as suas intenções desde que chegou aqui, e foi errado da minha parte pedir para você me contar do Ryan, quando eu sei que isso custaria a sua integridade. Irônico, né? Eu pedi para provar a sua lealdade quebrando a sua promessa. Desculpa.

– Obrigado – respondeu ele, num murmúrio.

– Tem uma pessoa com quem eu quero jantar hoje.

Ele estreitou os olhos.

– Junto com você – corrigi rapidamente. – Eu queria jantar com você e com essa pessoa.

– Você quer que eu te acompanhe a um encontro? – disse ele, baixando a voz para aquele tom áspero como lixa que acordava o meu corpo em partes adormecidas desde Jeff.

– Não. Eu quero me encontrar com o meu advogado e espero que você vá comigo. É sobre… – me interrompi, olhando de relance para Maisie cochilando no sofá – … o que você me ofereceu ontem. Mais ou menos.

A surpresa o deixou boquiaberto por um segundo, e saboreei a reação. Eu não tinha muitas oportunidades de chocar Beckett.

– Mais ou menos?

Uma esperança brilhou nos olhos dele, catapultando o meu coração para a garganta.

– Eu quero fazer algumas perguntas primeiro, antes de dizer qualquer coisa. Eu nem sei se o que estou pensando é possível, mas ficaria muito grata se você fosse comigo para descobrir.

– Claro. A que horas?

Olhei para o relógio e, então, forcei um sorriso.

– Em tipo 45 minutos?

Em vez de rir daquilo ou fazer um comentário sarcástico sobre o convite em cima da hora, ele simplesmente assentiu, disse "Ok" e saiu.

Usei o tempo para fazer parte das malas para a nossa viagem, forçar Colt a entrar na banheira e jogar o jantar das crianças no forno. Medi a temperatura de Maisie quando ela acordou e estava suspirando aliviada diante da bela leitura de 36,9ºC quando Ada entrou. Então, fiquei enrolando pelos cantos, nervosa, antes de passar a pouca maquiagem que tinha, o que se resumia a uma camada de rímel e um nada de gloss.

Não que aquilo fosse um encontro ou algo assim.

Beckett chegou exatamente meia hora após ter partido, de barba feita, cheirando a sabonete, couro e ele. *Ai.*

– Pronta? – perguntou ele, abraçando os meus filhos.

– Sim – respondi, pegando minha bolsa e um cardigã branco.

Descemos as escadas, e ele abriu a porta para mim. Naquela hora, de calça social, camisa de colarinho aberto e blazer azul-marinho, ele parecia mais um cavalheiro que um soldado de operações especiais, mas eu sabia que era só fachada. Ele podia até estar todo macio e polido, mas debaixo daquelas roupas era pura tentação, e ponto-final.

E eu realmente, *realmente* estava louca para queimar naquele inferno.

Subi na caminhonete e fechei a porta, mas não antes de deixar que os olhos dele se detivessem nas minhas pernas um instante a mais que o necessário. *Boa escolha de salto.*

Nossa viagem para Telluride foi silenciosa, acompanhada apenas por um pouco de rock clássico tocando nos alto-falantes.

– Esta era a música preferida do Ryan – disse ele baixinho, o que me pegou de surpresa. – Ele costumava me enlouquecer com isso.

"Thunderstruck".

– É, era – concordei. – Por acaso ele ainda tocava...?

– Uma guitarra imaginária aleatória? – perguntou Beckett com um sorriso. – Ah, sim. Todas as vezes que tinha a chance. Entre isso e Poison, eu me cansei de ver o Ryan dedilhar no nada. Ele te contou que a gente conheceu o Bret Michaels?

– O quê? Não acredito!

– Dá uma olhada no porta-luvas – disse ele, com um meneio de cabeça.

Após as minhas mãos ansiosas brigarem com a trava, consegui abrir o compartimento.

– Debaixo do manual – orientou ele.

Puxei um envelope branco e grosso deformado pelas fotos.

– Acho que está mais para a metade.

Folheei as imagens, vendo Beckett no mundo inteiro, com outros soldados como ele, como Ryan. Até que olhei mais de perto e vi que *era* Ryan em uma foto de grupo. Prendi a respiração e acariciei o rosto do meu irmão com o polegar, uma dor familiar demais instalando-se no meu peito.

– Sinto muita falta dele – sussurrei.

– Eu também – disse ele, os nós de seus dedos empalidecendo no volante. – Mas isso é bom. Sentir falta dele. Ficar de luto significa que você teve alguém que valia a pena.

Encontrei uma foto em que os soldados estavam em três fileiras, todos camuflados e de barba. Por apenas um segundo, me permiti imaginar e, antes que percebesse, minha boca se abriu.

– Qual deles é o Caos?

Beckett virou a cabeça para mim assim que alcançamos um sinal vermelho, e senti um pouco de culpa. Será que ele sabia o que Caos sentira por mim? Ou o que eu sentira por ele?

Ele baixou os olhos para a foto.

– O terceiro da esquerda para a direita.

Procurei por ele na foto, faminta pela minha primeira visão de Caos enquanto estacionávamos em uma vaga em frente ao restaurante. Lá estava Beckett, sério como sempre...

– Tem outros dois soldados três fileiras para dentro.

Ambos tinham barba curta e grossa e estavam de óculos escuros.

A porta do motorista se fechou. Beckett já tinha desligado o motor e saído da caminhonete.

– Bom, pelo visto o assunto está encerrado – murmurei, examinando os rostos uma última vez antes de deslizá-los para dentro do envelope com o coração pesado.

Será que eu conseguiria ver aquelas fotos de novo? Teria a chance de fazer perguntas?

Pus as fotos de volta no porta-luvas logo antes de Beckett abrir a minha porta e me ajudar a descer. Saltos e estribos de carro nem sempre eram a combinação mais fácil. Depois, caminhamos até o restaurante, um pequeno estabelecimento italiano familiar que eu amava.

Quando chegamos à mesa, Mark já estava esperando e se levantou.

– Opa. Gutierrez? – perguntou Beckett, enquanto Mark dava a volta na mesa e beijava minha bochecha.

– Bom te ver, Gentry. Vamos sentar?

Beckett puxou a cadeira para mim, e me apressei em me sentar. Foi um gesto quase arcaico, mas que fez com que eu me sentisse protegida, cuidada e um tanto fora do prumo.

– Então quer dizer que comandar a equipe de busca e resgate não é seu único trabalho – comentou Beckett, enquanto os homens tomavam seus lugares.

– Não, sou apenas um voluntário. O trabalho me mantém alerta, e aqui em Telluride a gente não tem tantos casos de direito de família assim – explicou ele, dando de ombros. – Estou mais ou menos como você, fazendo isso só por diversão agora.

Beckett aquiesceu devagar.

– Imagino que vocês dois se conheçam, então – falei, de um jeito leve, embora o momento fosse tudo menos isso. – Obrigada, Mark, por encontrar a gente em um sábado à noite. Eu sei que você e a Tess saem à noite.

– Sem problemas. Na verdade, ela foi passar o fim de semana em Durango com as crianças. Acredite em mim, eu acho muito melhor estar aqui do que jantando com a minha sogra. Do que se trata?

– Você quer contar a ele sobre a sua proposta? – perguntei a Beckett, e ele assumiu as rédeas.

Foi preciso uma taça de vinho e todo o jantar, mas ele explicou tudo o mais detalhadamente possível, desde os tratamentos, as contas e o plano de saúde até a ideia de casamento.

Ella Gentry.

Tentei tirar aquela imagem da cabeça. Eu já tinha me casado por impulso uma vez, e uma segunda vez definitivamente não era o que eu desejava, não importava o quanto o nome dele soasse bem junto do meu.

– Você quer se casar com a Ella? – perguntou ele a Beckett enquanto a garçonete recolhia os pratos.

– Você ia querer se casar com uma mulher que não tivesse nenhum interesse em se casar com você? – devolveu Beckett.

Eu me virei para ele. Nenhum interesse? Não era por falta de interesse em Beckett, e sim por um interesse extremo na minha sanidade e... por uma questão lógica.

– Mas eu me casaria, se fosse isso que ela quis... precisasse – concluiu Beckett.

Ótimo. Agora eu era a donzela. Tudo de que precisava era uma placa gigante e iluminada na minha cabeça com a palavra "necessitada" piscando, e minha vida estaria completa.

– Ok, então não vamos forçar essa opção – disse Mark, oscilando o olhar entre nós dois. – Ninguém quer um casamento arranjado aqui. Ella, agora que eu já tenho uma boa ideia do que está acontecendo, é a sua vez. No telefone, você mencionou uma ideia?

– Isso – falei, girando na cadeira para encarar Beckett. – O que você está oferecendo é basicamente fazer da Maisie a sua filha. Certo? Mesmo que só no papel?

– É. E o Colt também... como o meu filho, claro. Legalmente.

Só aquelas palavras já fizeram um calor espiralar até meu ventre, ou talvez fosse o vinho. De qualquer forma, aquilo me deu coragem para continuar.

– Estou um pouco ferida.

Ele arqueou a sobrancelha como quem diz *me conta alguma coisa que eu não sei.*

– E, às vezes, esse ferimento me cega – continuei. – Ele me atrapalha e me contém. E, por mim, tudo bem. Mas não se isso machucar a Maisie ou o Colt. Então, se tiver um jeito para você ser legalmente o pai deles, dando a eles as mesmas proteções que ser o meu marido daria... sem que eu seja a sua esposa, você ia querer?

– Não me casar com você? – perguntou ele, franzindo as sobrancelhas.

– Assim você me tira da equação, também esse meu ferimento – expliquei, antes de baixar o volume da voz até um sussurro que só Beckett poderia ouvir. – Como alguém me disse uma vez, não se trata de não te querer.

– Eu não entendo.

– Você ia querer as crianças se eu não fizesse parte do acordo?

– Sim – respondeu ele, sem hesitar.

– Para sempre?

– Para sempre.

Aquele calor no meu ventre se espalhou, mesclando-se ao amor que queimava intensamente no meu peito. Eu estava prestes a me iluminar como um Ursinho Carinhoso.

Me forcei a desviar os olhos de Beckett para Mark, que, encarando nós dois, já punha a cabeça para funcionar.

– Ele pode adotar os meus filhos? Sem se casar comigo? – perguntei.

Beckett inspirou fundo bruscamente.

– Você estaria disposto a fazer isso? – perguntou Mark a Beckett.

– Estaria.

De novo, a resposta foi instantânea.

– Você já pensou no que isso realmente significaria? – me perguntou Mark.

– Já. Sei que isso coloca as crianças sob algum risco.

Senti Beckett tenso ao meu lado, como se o ar de repente crepitasse.

– É uma possibilidade – concordou Mark. – Seria como ter outro responsável: a gente tem que considerar pensão alimentícia, visitação e direitos de custódia tanto físicos quanto de tomadas de decisão. É basicamente dividir os seus filhos com ele. Mas também protege mais as crianças. No momento em que o Beckett adotar os gêmeos, eles vão estar cobertos pelo plano de saúde dele não importa o status do seu... relacionamento. Os militares sempre vão ver os dois como filhos dele.

– Mesmo que ele esteja fora da equação? – indaguei.

Beckett tensionou o maxilar.

– Sim – afirmou Beckett. – Você poderia até me processar por pensão alimentícia, se quisesse.

– Eu nunca faria isso.

– Eu não me importaria se você fizesse.

– Certo – interveio Mark –, mas você ainda está abrindo mão de parte dos seus direitos, Ella.

Meus pelos se arrepiaram. Os gêmeos sempre tinham sido meus, e só meus.

– A gente tem como minimizar os riscos?

Ele se recostou, dando continuidade à avaliação que fazia de nós.

– Claro. Você só teria que redigir um contrato de custódia para ser assinado imediatamente depois. Você poderia dizer que tem a custódia física exclusiva, que ele tem zero direito a visitar os dois, mas vocês precisam compartilhar as tomadas de decisão, ou isso vai parecer fraudulento pra caramba. Você nem precisaria registrar todos os detalhes da custódia, a menos que tenha algum problema. Só para o caso de alguém vir dar uma olhada.

– Isso é fraude?

Eu precisava saber. Provavelmente, eu toparia mesmo assim – a vida de Maisie valia uma pena de prisão –, mas precisava saber.

– Quer dizer, o casamento parece bem mais fraudulento para mim – continuei. – Se nenhum de nós dois quer casar um com o outro, e a gente está vivendo em casas separadas com nomes diferentes, então isso seria mais fraude do que o Beckett querer dar suporte às crianças, certo?

– Você quer ser pai das crianças? – perguntou Mark, encarando Beckett.

– Quero – respondeu ele sem pensar duas vezes. – Eu amo as crianças. Nada me faria mais feliz do que proteger os dois assim, dar a eles tudo o que eu puder.

– Você vai ter que dar uma resposta um pouco melhor para o juiz Iverson. Ele tem um carinho especial pela Ella, sempre teve, mas você não é daqui. Ele não vai confiar em você só porque foi a uns treinos de futebol.

Beckett respirou fundo e brincou com o copo.

– Eu cresci sem um pai. Convivi com um monte de caras que batiam primeiro e perguntavam depois ou simplesmente me ignoravam, mas ninguém que eu considerasse um pai. Quando eu e o Colt estávamos atravessando o gramado depois de um jogo de futebol, ele me perguntou se ter um pai era assim, e eu não pude responder que sim porque não sabia, e ele também não sabia. Eu quero que o Colt e a Maisie saibam como é ter um pai, de qualquer jeito que a Ella me permita estar lá por eles. Eu só quero ser o cara em quem eles podem confiar.

– Essa é basicamente a definição de paternidade, e eu acho que você se sairia bem no tribunal. Não é fraude se você está adotando os gêmeos para ajudar a criar os dois. O plano de saúde é, definitivamente, só uma vantagem, mas uma que o juiz Iverson vai ver. Só que ele perdeu a esposa para um câncer há uns 10 anos, então, sinceramente, acho que vocês têm uma boa chance de o homem ver a questão pelo que ela é: uma vantagem, e não a razão propriamente dita. A falta de direitos te incomoda?

Beckett balançou a cabeça.

– A Maisie morrer me incomoda. Eu nunca tiraria nada da Ella que ela não quisesse me dar e jamais faria qualquer coisa que prejudicasse as crianças.

Pensei nas fotos que os enfermeiros me mostraram da pequena cerimônia de formatura que Beckett deu a Maisie. Ela o amava. Colt o amava tanto quanto, e eu estava com ele nessa. Meus filhos já tinham muito a perder no que dizia respeito a Beckett.

– Eles teriam que saber? Imediatamente, pelo menos? – deixei escapar.

Beckett machucaria as crianças no minuto em que fosse embora. Dar aos dois um pai só para depois arrancá-lo deles era cruel. Assim que Maisie ficasse boa – e torcendo para que Beckett ainda estivesse satisfeito em Telluride em um futuro tão distante –, poderíamos contar a eles… tão pronto o coração dela estivesse forte o suficiente para aguentar as potenciais consequências de uma decepção.

Beckett se enrijeceu, mas manteve o olhar firme, inabalável, na direção de Mark.

– Hum… – murmurou Mark, movendo os olhos entre nós. – Acho que não. As crianças não precisam ser informadas ou consentir com nada até os 12. A gente só teria que conversar com o juiz Iverson. Levando-se em consideração que ele sempre te favoreceu e o ódio que tem pelos Danburys, acho que a gente pode convencer o homem a concordar.

– Então, a gente realmente poderia fazer isso? – perguntei, e aquela minúscula chama de esperança voltou a arder. – Mesmo que a gente não seja casado?

– O casamento pode ser o caminho mais fácil – respondeu Mark, dando de ombros.

– Eu simplesmente não consigo. Não depois do que aconteceu da última vez. Eu não estou com nenhuma pressa de colocar uma aliança no dedo.

– O que é exatamente o que você deve dizer ao juiz Iverson se ele perguntar. Nossa definição de família mudou muito nas duas últimas décadas, e o casamento não é mais o fator determinante. E, já que você é a mãe das crianças, e elas não são tuteladas pelo Estado nem nada, a única complicação seria realmente a opinião do juiz Iverson. Um homem solteiro pode muito bem adotar os filhos da companheira sem que eles sejam casados. Talvez vocês dois só tenham que enfatizar um pouco essa parte de serem companheiros.

Minhas bochechas esquentaram. Eu não tinha um "companheiro" desde Jeff, e ele nunca foi isso de verdade, de qualquer forma.

– Então, basicamente, eu estaria dando em troca parte do meu direito exclusivo de tomadas de decisão, e é isso?

– Basicamente – concordou ele, brincando com a taça de vinho e nos observando, talvez enxergando demais.

– Mas você estaria ganhando a vida da Maisie – respondeu Beckett. – E você sabe que eu jamais faria qualquer coisa que te desagradasse no que diz respeito às crianças. Eu não sou um vilão. Só estou tentando ajudar.

– Eu sei – falei baixinho, e sabia mesmo, mas confiança não era algo que eu distribuía a torto e a direito.

– Só tem um porém: você vai ter que fazer o Jeff transferir legalmente a posse dos direitos parentais.

Estou certa de que a explosão de uma bomba nuclear teria menos impacto no meu coração.

– Por quê? Ele não está nas certidões de nascimento, e as crianças são MacKenzies, não Danburys.

– Ella, todo mundo sabe que o Jeff é o pai. Admitir isso ou não nas certidões não elimina os direitos dele. Bastaria um teste de paternidade para a adoção ser anulada. Eu não estou dizendo que ele alguma vez exerceu esses direitos, mas o juiz vai exigir a liberação. Sem liberação, sem adoção.

– Certo – respondi, com a voz fraca.

Eu não queria ver Jeff. Nunca mais. Aquilo era como reabrir uma cicatriz totalmente curada só por diversão.

Agradecemos a Mark, Beckett pagou pelo jantar e saímos, voltando para casa em um silêncio tenso.

– Para que lado você está inclinada? – perguntou Beckett, enquanto atravessávamos o portão da Solidão.

– Para o lado que não exige que eu veja o Jeff – respondi, depois fechei os olhos com força. – É mentira. Sei que o que você está oferecendo é uma dádiva divina, não só pra Maisie, mas pro Colt também. Pra mim. Eu só não suporto a ideia de ter que pedir *nada* pra ele.

– Eu cuido do Jeff – prometeu Beckett. – Além disso, ele provavelmente ia sair correndo e gritando se você aparecesse. Pelo menos eu posso pegar o cara de surpresa.

– Você faria isso por mim? – perguntei, enquanto a caminhonete parava suavemente em frente ao meu chalé.

– Eu faria qualquer coisa por você. – Ele fixou nos meus os olhos iluminados pelas luzes do painel, intensos e um pouco magoados. – O que eu preciso fazer para você acreditar em mim? Confiar em mim? Quer verificar os meus antecedentes? Vai em frente. Ver se tenho o nome sujo? Maravilha. Minhas contas bancárias? Eu te adiciono. Você tem a minha palavra, o meu corpo, o meu tempo, e eu estou aqui na sua frente lhe oferecendo o meu sobrenome. O que mais eu posso lhe dar?

– Beckett – falei, inclinando-me na sua direção, mas ele recuou.

– Não que você fosse dar o meu sobrenome pra eles, não quando eles nem sequer sabem o que a gente está fazendo. Certo? Eu posso ser um pai no papel para eles, mas não sou bom o suficiente para ser um pai de verdade.

– Não... não é disso que se trata.

– Ah, eu sei. É que você não confia que eu vá ficar. Você acha que eu vou embora como o Jeff fez. Você acha que isso vai machucar as crianças ainda mais.

– Eu achei que a gente podia contar para eles quando a Maisie ficasse boa.

– Se eu ainda estiver por aqui, certo?

Eu odiava e amava o fato de ele me conhecer tão bem. Eu nem sequer precisei responder. Ele viu nos meus olhos.

– É. Ok – disse ele, desligando o motor e pegando as chaves. – Eu nem sequer tenho o direito de ficar chateado. Sei o que estou oferecendo, e ser um pai de verdade não é parte do acordo, certo? Só a proteção legal. Você precisa de uma coisa, e eu estou lhe oferecendo essa coisa, exatamente como prometi que ia fazer. Simples assim.

Ele abriu a porta e saiu da caminhonete. Eu o segui às pressas, observando as costas dele se afastarem no caminho que dava acesso à garagem, em direção ao lago.

– O que você está fazendo?

– Deixando o carro aqui. Eu pego antes do jogo. A caminhada vai me fazer bem.

– Beckett! – chamei por ele.

– Não se preocupa, Ella! – gritou ele de volta. – Sei qual é o meu papel. Eu entendi. E, mesmo assim, ainda vou estar aqui. Isso é o quanto eu quero...

Ele não terminou, só jogou as mãos para o alto e continuou andando.

O quanto eu quero você.

O quanto eu quero os seus filhos.

O quanto eu quero estar na sua vida.

O quanto eu quero estar aqui por você.

O quanto eu quero que a Maisie viva.

Todas as frases que inventei fizeram com que me sentisse ainda pior por não confiar nele. Mas era aquele cara contra uma vida inteira de gente que fazia promessas e depois me abandonava.

E eu contra uma vida inteira de gente que não confiava nele.

Não éramos um par e tanto?

CAPÍTULO DEZESSEIS

BECKETT

Carta nº 15

Caos,

    Sinto muito que você tenha perdido alguém. Eu não imagino como deve ser difícil estar de luto e ainda continuar fazendo o que vocês fazem. Todas as vezes que perdi alguém, os meus pais ou a minha avó, isso sempre me paralisou, como se o meu corpo não conseguisse processar a grandiosidade dos meus sentimentos. Isso diz muito sobre o tipo de homem que você é, o fato de você continuar presente, e eu falo isso no melhor sentido possível.

    Você diz que não é muito bom com pessoas, que não se conecta, mas não é isso que eu vejo quando abro estas cartas. Ou melhor, isso que eu leio. Alguém que não consegue se conectar com os outros não seria tão aberto. Fala sério, alguém assim nem teria me respondido, em primeiro lugar. Mas você me respondeu, e sou grata por isso.

    Talvez você simplesmente escolha com quem se conecta, e tudo bem. Eu não acho que alguém acorda e decide ser a borboleta social que o meu irmão é. Provavelmente, é por isso que vocês dois são bons amigos. Vocês se equilibram.

    Sabe com quem mais eu aposto que você se conectaria? Crianças. Talvez não com os filhos de todo mundo, mas definitivamente com os seus.

Você já pensou em ter filhos? É uma pergunta aleatória, mas fiquei curiosa. Provavelmente porque tive os meus tão jovem e não consigo me imaginar sem eles, eu meio que vejo todo mundo que conheço com filhos.

Fora Hailey. Ela é uma das minhas melhores amigas, e tenho certeza de que um dia vai ser uma ótima mãe... depois que conseguir se virar bem sendo adulta por um tempo. "Bem" sendo a palavra mais importante nesse caso. Aposto que você vai amá-la quando chegar aqui. Ela é linda e divertida, e não imagina todo mundo que conhece com filhos.

Enfim, aposto que você vai ser um ótimo pai. Sério e durão, mas também do tipo que se infiltra em maratonas de Star Wars nos fins de semana preguiçosos. Eu, com certeza, conseguiria imaginar isso... se conseguisse te imaginar. Sim, eu ainda aguardo ansiosamente uma foto.

Espero ter conseguido te distrair por alguns minutos. Espero que você saiba o quanto eu sinto pela sua perda.

Ella

Eu estava na janela do arranha-céu no centro de Denver, observando a cidade. Aquele definitivamente não era um lugar onde criaria raízes. Dois meses em Telluride me ensinaram que concreto e eu não éramos compatíveis a longo prazo.

Fora que Denver não tinha Ella.

Uma semana se passara desde nossa briga na caminhonete, e tínhamos sido educados... até amistosos. Mas aquele nosso antigo ritmo descontraído não existia mais. Não com tudo o que se interpunha entre nós.

Se eu não tomasse cuidado, Ella perceberia que eu estava apaixonado por ela e, então, o desastre seria completo.

Eu nunca havia saído com uma mulher que quisesse ver mais do que uma ou duas vezes, ou que possuísse a minha alma como ela. Claro que eu concordaria com quaisquer que fossem os seus termos para a adoção. Não só porque eu estava desesperado para salvar Maisie e proteger Colt, mas porque daria a Ella o que quer que ela quisesse se isso a fizesse sorrir.

E, em troca, ela estava me dando uma família, por mais distorcida que fosse a justificativa. As crianças seriam minhas, em todos os sentidos que importavam para mim. Eu poderia amá-las, protegê-las e garantir que elas tivessem tudo de que precisassem. Eu faria com que Maisie fosse aprovada para todos os tratamentos e garantiria que Colt soubesse que eu o apoiaria todos os dias de sua vida. Eu provaria o meu valor para Ella, estaria presente na vida dela até que ela não tivesse como duvidar de mim nunca mais e, então, ganharia o seu coração.

Até ela descobrir o que você fez.

É. Isso. Por mais que eu tentasse ignorá-lo, o meu segredo pairava sobre a minha cabeça como uma guilhotina. Pelo menos as crianças estariam protegidas quando Ella me mandasse embora. Ela não me faria "desadotar" os gêmeos nem arriscaria a vida de Maisie. Aquele era o único jeito de eu cumprir a minha promessa para Ryan e aplacar o meu coração ferido, sabendo que um dia o passado me alcançaria.

Meu celular apitou, e deslizei o dedo para abrir as mensagens.

DONAHUE: *Os papéis atualizados estão prontos, com as novas datas. Você tem certeza disso?*

Meus dedos pararam sobre as teclas. Eu tinha certeza de que queria que Maisie vivesse, e aquela era a única forma de fazer isso.

GENTRY: *Tenho. Mas isso não significa que eu vá voltar.*

DONAHUE: *Continua tentando se convencer.*

Enfiei o celular no bolso, sem me dar ao trabalho de responder.

– Sr. Gentry – chamou uma voz atrás de mim, e me virei.

– Sr. Danbury – respondi.

Então, aquele era Jeff. Ele parecia basicamente um garoto de fraternidade grande demais que fora enfiado no terno do pai. Os seus cabelos eram louros e penteados para trás, e os olhos, cinzentos e calculistas.

Apertamos as mãos, e rapidamente tomei o meu lugar na frente dele na mesa da sala de reunião, temendo perder a cabeça e atacá-lo por ter tocado em Ella, sem falar no fato de ter abandonado tanto ela quanto as crianças.

Que ele fosse para o inferno. Não merecia Ella e com certeza não merecia os gêmeos. Jeff ajustou o paletó, e fiz o mesmo, desabotoando a última casa. Pelo menos Denver contava com alfaiates bons e rápidos.

– Então, no que posso ajudar, Sr. Gentry? – perguntou ele.

– Eu soube que você é o sócio júnior mais jovem da sua firma.

– Sou. Na verdade, eu acabei de me formar em direito.

– Uma das vantagens de ter um pai com o nome na parede? – perguntei, apontando para o nome da firma.

Ele desmontou o sorriso. Jeffinho não gostava que o seu berço de ouro fosse mencionado. Caras como ele eram todos iguais – recebiam uma vida confortável de bandeja e passavam por cima de qualquer obstáculo que os impedisse de chegar ao topo. Deus sabia que ele havia feito isso com Ella.

– Eu considero isso parte da minha herança familiar – respondeu ele, dando de ombros.

– Ah, família. Fico muito feliz que você tenha tocado nesse assunto – falei, empurrando para o outro lado da mesa um envelope de papel pardo, que ele pegou.

– Que merda é essa? – perguntou ele, examinando o papel.

– Você sabe o que é, a não ser que esse diploma chique de direito não tenha te ensinado a ler. Assina.

Ele releu o documento e, depois, o baixou devagar. Foi então que vi – o olhar que me dizia que ele julgava ter uma vantagem sobre mim, sabendo o que eu queria.

– Quanto a Ella te pagou para fazer isso?

– Como é que é?

– Tem que existir uma razão. Já faz anos.

– Existe. Eu vou adotar os gêmeos.

O sorriso malicioso desapareceu daquela cara de mauricinho, e ele baixou os olhos para a minha mão, à procura de um anel.

– Você vai se casar com ela?

– Eu não vejo como isso possa ser da sua conta.

– Bom, já que você quer adotar os meus filhos...

Todas as emoções foram drenadas do meu corpo em um recuo familiar. A sensação era a mesma de todas as vezes em que eu entrava em combate, me preparando para cometer atrocidades imperdoáveis.

– Eles não são seus filhos.

– É, eu discordo disso, considerando-se quantas vezes eu comi a Ella nos dois meses em que a gente foi casado. Sabe como é... a garota do interior com cabeça de interior queria um anel primeiro.

Se Bagunça estivesse ali, teria atacado a garganta dele só pelo meu nível de tensão.

– Você pode ser o pai biológico deles, mas com certeza não é um pai de verdade. Você nunca nem sequer viu os gêmeos, falou com eles ou teve qualquer interação com as crianças. ELES NÃO SÃO SEUS FILHOS. São meus.

Assim que as palavras saíram da minha boca, aquela doce pressão voltou ao meu peito, o amor que eu tinha por eles sobrepujando meu instinto de controlar toda e qualquer emoção.

– Então, o que exatamente eu ganho com isso?

– Você está falando sério?

Ele deu de ombros.

– Considere isso uma transação comercial. Você quer uma coisa que eu tenho. O que vai me dar em troca?

– Que tal eu dizer o que *não* vou lhe dar?

Ele ficou ali sentado, esperando, enquanto eu me esforçava ao máximo para manter a cabeça no lugar.

Três coisas: *Maisie. Colt. Ella.* Eles eram a razão e as únicas coisas que importavam.

– Eu não vou lhe dar a conta de mais de 2 milhões de dólares pelos tratamentos de câncer da Maisie que vai vencer no ano que vem.

Ele engoliu em seco, mas não deu nenhum outro sinal externo de estar me ouvindo.

– Motivo suficiente? Ou a gente pode simplesmente incluir a menina no seu plano, já que você está tão interessado em dizer que eles são *seus*. Aposto que isso pegaria muito bem com o seu pai, considerando que há uns seis meses ele falou pra Ella que não dava a mínima se a Maisie vivesse ou não, desde que você e ele fossem deixados em paz. Eu tenho certeza de que essa informação seria ótima para os negócios se vazasse.

– Isso é uma ameaça?

– De jeito nenhum. Por que eu faria isso, se você vai assinar essa liberação e a sua secretariazinha lá fora vai autenticar tudo bem direitinho? – perguntei, me recostando na cadeira.

– Tá. Eu assino.

Ele arrancou uma caneta do copo no centro da mesa e rabiscou o nome no papel. Eu não relaxei. Ainda não.

– Autentica o documento.

Ele praguejou baixinho, mas empurrou a cadeira para longe da mesa e gritou da porta para a secretária. Uma mulher de 20 e poucos anos com uma saia lápis justa entrou apressada, assinou a parte inferior do documento e o carimbou antes de correr de volta para a própria mesa.

Jeff empurrou o envelope para mim, e dei uma olhada no documento, para me certificar de que ele fora assinado e autenticado corretamente. Eu não ia fazer isso uma segunda vez.

– Bom, se tiver mais alguma coisa que eu possa fazer por você…

Eu me permiti sorrir.

– Tem. Pega o talão de cheques.

– Como é que é? – perguntou ele, arregalando os olhos, indignado.

– Pega. O. Talão. De. Cheques. Você vai fazer um cheque pra Ella pelos seis anos de pensão alimentícia das crianças. Agora.

– Nem que a vaca tussa. Além disso, eu comecei a trabalhar no mês passado. O que você quer? Trinta por cento de nada?

– É, mas o seu fundo fiduciário de milhões de dólares entrou em vigor no minuto em que você assistiu à sua primeira aula no seu primeiro ano de faculdade. Então, você vai redigir um cheque bem bonito e gordo pra Ella.

– Como você sabe disso?

– Não é importante. Você vai escrever o que deve a ela, ou eu vou levar este documento pro pai da sua noiva. O que ele é mesmo? Um senador? Depois, vou vazar pra imprensa que você não só abandonou essas crianças, como também deixou a mãe delas na miséria enquanto ela lutava para pagar pelos tratamentos de câncer da Maisie. Como você acha que isso vai repercutir na imprensa?

– Seria a minha ruína.

Respirei fundo para me acalmar. Nem saber que Maisie estava com câncer afetava aquele babaca egoísta.

– É, essa é a ideia.

– Por quê? Porque eu fui a ruína da Ella? Como se ela tivesse algum futuro de qualquer maneira.

– Você acha que foi a ruína da Ella? Não existe um único homem no planeta capaz de fazer isso. Não se gabe. A única razão de ela não estar aqui é porque você não vale o tempo dela. Agora, pega o talão de cheques.

Ele saiu da sala de conferências, voltando rapidamente com a caneta posicionada sobre um talão de cheques aberto.

– Quanto?

– O quanto você achar que vale a pena para manter o seu futuro sogro feliz e o nome do seu pai na parede.

Ele rabiscou no cheque com a caneta, depois atirou o papel para mim.

O cheque farfalhou até aterrissar com suavidade na minha frente, e eu o peguei, dobrei ao meio e deslizei para dentro do bolso da camisa.

– Você não vai nem olhar? – grasnou ele.

– Não. Ou é o suficiente, ou não é.

Eu me levantei, abotoei o paletó e fui até a porta com o envelope na mão.

– Como você sabia sobre o fundo fiduciário? – perguntou ele de novo, ainda sentado.

Fiz uma pausa, com a mão na porta, ponderando.

Inferno. Por que não?

– Ah, você sabe. Pessoas do interior com cabeça de interior têm corações grandes e bocas maiores ainda. E, só pra constar, a melhor coisa que você fez na vida foi abandonar a Ella. Você nunca voltou pra mexer com as crianças. Eu manteria essa tradição se fosse você. Eu protejo o que é meu.

Fui embora sem pensar duas vezes e me dirigi até uma pequena base militar nos arredores de Denver. Outros papéis precisavam ser assinados naquele dia.

– Beckett! – gritou Colt, voando pela porta e se atirando nos meus braços, como se eu tivesse ficado fora duas semanas em vez de dois dias.

– O que foi, rapazinho? – perguntei, erguendo-o no ar, saboreando o cheiro de canela e sol enquanto ajeitava o envelope nas mãos.

– A gente tá fazendo uma torta!

– De maçã? – perguntei.

– Como você sabia?

– Bom, as únicas coisas que cheiram bem assim quando estão assando são torta de maçã e torta de garotinhos e, como você está aqui, eu chutei maçã.

Bagunça me cumprimentou com um giro ao redor das minhas pernas, e coloquei Colt no chão para fazer carinho atrás das orelhas da minha garota.

– Bom trabalho – disse a ela, sabendo que Bagunça havia ficado ao lado de Colt.

– Beckett! – chamou Maisie do sofá.

– Como está a minha garota preferida? – perguntei, aproximando-me para me abaixar perto de onde ela descansava.

Ela estava pálida, com a pele quase translúcida.

– Você está bem?

Ela balançou a cabeça.

– Se você conseguir fazer com que ela beba alguma coisa, eu praticamente te entrego a minha alma – disse Ella, vindo da cozinha com um punhado de farinha na testa.

Senti uma pontada de um desejo profundo misturada a pura luxúria. Eu queria aquela vida e aquela mulher. Queria a liberdade de roubá-la das crianças por um segundo e pôr minhas mãos nela. Beijá-la. Tocá-la. Ver os olhos dela se fecharem de prazer. Observar as linhas de preocupação desaparecerem da sua testa.

– Torta de maçã, hein?

– É a preferida dela, então eu pensei que talvez... – disse ela, dando de ombros.

– Com o que eu tenho que te subornar pra você tomar alguns goles de Gatorade? – perguntei a Maisie.

Ela me encarou, com aqueles olhos azuis tornando-se mortalmente sérios.

– Chega de *Moana*. Coloca *Star Wars* pra mim. *Não* dá medo.

Ela lançou um olhar rápido e de cara feia para Ella, que fez uma expressão debochada, mas assentiu, aprovando a transação.

– Feito. Eu tenho aquele de maçã verde de que você gosta na minha casa. Só me dá alguns minutos com a sua mãe que eu já pego lá, ok?

– Feito.

Puxei o cobertor dela um pouco mais para cima e segui Ella até o escritório.

VOCÊ É O SUFICIENTE

O cartaz escrito à mão que eu tinha enviado para ela estava pendurado no quadro de avisos. Com toda a certeza, ela era o suficiente. Eu era o único que deixava a desejar em praticamente todos os departamentos. Inclusive o da honestidade.

Era muito estranho sentir ciúmes de si mesmo? Saber que outra versão sua tinha um pedaço da mulher que você amava?

– Como estão os níveis das plaquetas dela?

– A gente vai ao centro médico amanhã de manhã para fazer outra transfusão. Eles conseguem fazer isso em Telluride, então pelo menos é perto.

Eu aquiesci e entreguei o envelope a Ella.

Os dedos dela tremeram um pouco, mas ela abriu. Então, ficou de queixo caído.

– Você conseguiu.

– Consegui. Você está livre. As crianças estão livres.

– Como? – perguntou ela, depois leu de novo.

– Eu sou muito convincente.

Ela abriu um sorriso largo para mim.

– Nisso eu acredito.

Peguei o cheque e o pousei em cima do documento. O queixo dela caiu mais um pouco.

– O que é isto?

– O que lhe devem.

Ela se acomodou em cima da mesa, sentando-se na borda.

– É meio milhão de dólares. Por que ele... O que você fez?

– Consegui um pouco do dinheiro que ele devia ter lhe dado esse tempo todo.

Ela ergueu os olhos para mim, com uma infinidade de expressões que eu não conseguia acompanhar no rosto.

– Eu não quero isto.

– Eu imaginei.

– Imaginou?

Assenti.

– Você criou os dois sozinha. Imaginei que a última coisa que faria era pegar o dinheiro agora. Isso daria a ele um sentimento de propriedade que você jamais permitiria.

– Então, por que você trouxe isto?

– Uma vez você me disse que, para machucar o Jeff, eu precisava atingir o dinheiro. Então, eu machuquei o cara. Eu trouxe esse cheque porque nunca vou tirar uma escolha dessas de você. Esse dinheiro pode pagar toda a dívida da pousada, ou os tratamentos da Maisie. Ou a faculdade deles no futuro. Eu não lhe tiraria essa escolha.

– Eu não preciso disto pra Maisie agora.

– Não se você quiser que eu a adote. Essa é outra escolha que eu não quero lhe impor. Eu não sou o Jeff. E isso lhe dá opções. Esse cheque significa que você não está encurralada. Você não tem que me escolher.

Ficamos ali, com os olhos fixos em uma conversa silenciosa, enquanto ela pensava. Os meus imploravam para que ela confiasse em mim. Para que se apoiasse em mim. Para que precisasse de mim pelo menos uma parcela do quanto eu precisava dela. Os dela refletiram, pesaram e decidiram, ainda fixos nos meus enquanto ela rasgava o cheque em pedaços.

– Eu escolho você. E agora estou livre. A gente está livre.

Abri um sorriso largo, porque sabia que eu não era mais livre – eu era dela... deles.

CAPÍTULO DEZESSETE

BECKETT

Carta nº 3

Caos,

A maternidade é um saco. Desculpa, eu sei que não nos conhecemos bem o suficiente para eu dizer algo assim, mas é verdade. Pelo menos, hoje é.

Eu acabei de passar grande parte da minha tarde na sala do diretor da escola. E não só isso, na sala do mesmo diretor de quando eu era criança. Juro, quando eu me sentei naquela mesma cadeira rangente de couro sintético em frente à mesa dele, eu voltei a ter 7 anos de idade.

Só que agora eu sou a adulta, e foram os meus filhos que me colocaram na berlinda.

O Colt e a Maisie estão na mesma sala do jardim de infância. Eu sei, eu escutei um monte de baboseiras sobre como seria ruim colocá-los na mesma sala, como isso impede que eles cultivem a própria identidade, mas esses supostos especialistas nunca tiveram que olhar para os meus dois selvagenzinhos de olhos azuis e ouvi-los se recusarem a serem separados. E quando eu digo "se recusarem", é porque nós tentamos. Na primeira semana da escola, eu tive que pegar os dois todos os dias às nove da manhã porque eles não paravam de ir para a sala um do outro.

Chegou uma hora que eu cedi. Sabe a frase "escolha as suas batalhas"? Foi mais como "renda-se, você está perdendo a guerra". Mas tudo bem.

Enfim, tem um garotinho completamente apaixonado pela Maisie. Fofo, né? Nem tanto. Hoje, no recreio, ele decidiu que a turma toda iria brincar de "pega-beijo", o que parece ser uma versão de "pega-pega" na qual, em vez de pegar os outros com a mão, você rouba um beijo deles. Bonitinho, né? A Maisie não queria brincar, então o garoto começou a persegui-la mesmo assim, fazendo com que a certa altura ela tropeçasse, e a beijou apesar das objeções dela. Naturalmente, ela empurrou o menino e deu um soco nele. O meu irmão ficaria orgulhoso; ela bateu exatamente como ele ensinou.

O Colt ouviu a comoção e saiu correndo para lá. Quando a Maisie contou para ele o que tinha acontecido, ele ficou calmo, mas o outro garotinho chamou a Maisie de uma coisa nada legal que rima com fruta (de acordo com o Colt) e, bom... o Colt virou uma fera.

O outro garoto acabou com o olho roxo e a boca cheia de areia de parquinho. Eu mencionei que estudei com a mãe dele? A vida superbizarra das cidades pequenas.

O Colt pegou uma semana de detenção, que a Maisie está exigindo cumprir com ele. Eles têm 5 anos. 5 ANOS, Caos. Isso é o jardim de infância. Como diabos eu vou sobreviver à adolescência?

Aff. É tudo por hoje. A maternidade é um saco.

Ella

Meu alarme disparou, e me levantei e saí correndo. Literalmente. Atingi a marca de 10 quilômetros ao longo do terreno da Solidão, tomei banho e fui trabalhar, o que se tornou um ato totalmente voluntário desde que assinei os papéis de Donahue. Lá, pus Bagunça para fazer alguns exercícios e a treinei no uso de arnês de rapel.

Era uma sexta-feira típica.

Só que também era o dia da adoção, o que mudava tudo.

Fazia mais ou menos um mês que Jeff assinara os papéis e, alguns dias antes, tínhamos descoberto que aquela era a data. Todos os dias foram de uma espera exaustiva, mas o meu plano de saúde permitiu que eu inscrevesse as crianças com base na papelada pendente da adoção, o que significava que, dentro de duas semanas, eles estariam cobertos. E, dentro de um mês, Maisie poderia fazer o primeiro tratamento com MIBG.

Estacionei a caminhonete em frente à casa principal, e Bagunça e eu assentimos para os novos hóspedes ao entrarmos. O verão tinha agitado bastante os negócios, e Ella estava ocupada atendendo diversos clientes e apaziguando os mais exigentes. Acho que as palavras "acomodações luxuosas" foram um chamariz para babacas emergirem da população em geral.

Ah, olhe só, lá estava ela lidando com mais um deles.

Bagunça e eu esperamos bem na frente das portas duplas enquanto uma mulher de 50 e poucos anos balançava a cabeça para Ella.

– E isso não era o que a gente estava procurando. Eu pedi especificamente um chalé na beira do lago e, embora a gente tenha uma vista linda, com certeza não é de água!

No meio do sermão, Ella olhou para mim por cima do ombro da mulher, e lancei a ela um olhar de compaixão. Pelo menos espero que tenha sido de compaixão, porque ela quase deu uma risadinha.

Ela meneou a cabeça para os fundos, e entendi a deixa. Levei Bagunça para a casa principal, avistando Hailey na recepção e Ada em sua glória, colocando biscoitos fresquinhos na mesa. Fomos até os fundos e abrimos a porta da casa.

– Beckett!

Maisie contornou a esquina correndo, e a peguei antes que ela derrapasse e desse de cara na parede.

– Você tem que me ajudar! O Colt conhece os melhores esconderijos, e eu não consigo encontrar ele! Não é justo! O Colt corre mais do que eu e ele sabe disso!

Era incrível o que um mês sem químio havia feito com o nível de energia dela.

– Há quanto tempo você está procurando?

– Uma eternidade! – respondeu ela, arrastando a última palavra para ter certeza de que eu entendia exatamente quanto tempo era uma eternidade.

Olhei bem para ela, e Maisie cedeu.

– Vinte minutos.

– Cara, uma eternidade *mesmo* – concordei. – Quer encontrar o Colt super-rápido?

– Quero! – exclamou ela, pulando para cima e para baixo.

– Pronta? – perguntei, me levantando.

– Pronta! – respondeu ela, ainda pulando.

Cara, se eu pudesse engarrafar essa energia, seria milionário.

– Bagunça, senta.

Bagunça se sentou, olhando para mim à espera do comando seguinte. Ela ouviu o tom e entendeu que era hora de trabalhar. Além disso, eu queria fazer um pequeno experimento.

– Procura o Colt.

Ela disparou como um tiro, farejando o chão ao redor da sala de estar, da sala de jantar e, então, correu escada acima.

– É melhor seguir a Bagunça, Maisie.

Maisie saiu correndo no momento em que Ella abriu a porta, entrou rápido e a fechou. Então, ela se recostou na madeira, deixando os ombros caírem.

– Aquela era a minha filha incorporando uma estrela do atletismo? – perguntou ela, com um tom mais do que cansado.

– Era. Ela está com a Bagunça. Aparentemente, a Maisie acha que o Colt está usando a própria saúde como uma vantagem injusta no esconde--esconde, então estou equilibrando o jogo.

Bem a tempo, Bagunça latiu, e ouvimos um pequeno baque, seguido por uma série de risadas altas.

– Não é justo! Isso é trapaça! – gritou Colt.

Uma avalanche de passos desceu a escada, e os três apareceram no corredor.

– Boa garota – falei para Bagunça, que trotou até mim para aceitar o último petisco que eu tinha no bolso, da nossa sessão anterior.

– A gente pode ir lá fora? Por favor? – pediu Maisie.

Ella mordeu o lábio.

– Por favor? – implorou Colt, transformando a última palavra na mais longa do mundo.

– Está bom. Só fiquem longe dos hóspedes e se cuidem – cedeu Ella. – E levem um chapéu!

– Bagunça, fica com o Colt e a Maisie.

O trio saiu correndo pela porta dos fundos antes que Ella pudesse mudar de ideia.

– É como ter a minha filha de volta – disse Ella com um suspiro. – Sem a químio, ela fica superanimada e feliz e tem um ótimo apetite. Quando os níveis estão altos, ela pode ser uma criança por um momento. Estou muito grata por a gente ter este mês antes do tratamento com MIBG.

– Eu também.

Ella foi até a janela e abriu a cortina para observar as crianças brincando no gramado logo atrás da casa.

– Eu nunca fico preocupada quando a Bagunça está com eles. Isso é estranho? Eu vi como ela rosnou para os pais do Jeff, e mesmo assim não me preocupo.

Cheguei perto dela, nossos ombros se tocando, e observei Bagunça pular e perseguir o brinquedo que Colt havia jogado.

– Eu falei pra Bagunça proteger os gêmeos. Normalmente, eu diria pra ela ficar com eles, mas a gente estava na rua, e eu falei pra proteger. Ela ainda mataria qualquer um que mexesse com eles agora, mas não uma criança, um hóspede ou alguém que não tivesse essa tensão que ela percebe. Quando eu digo "protege", isso coloca Bagunça em alerta. Agora, ela está só brincando com eles.

– Ela é incrível.

– Ela mudou muito desde que a gente saiu da unidade. Enquanto ela estava trabalhando, ela morava num canil, comigo responsável pelo treinamento e pela supervisão, mas não tinha tempo para brincar de verdade. Mesmo durante as mobilizações de tropa, ela dormia comigo, trabalhava comigo e nunca saía do meu lado, mas, ainda assim, não tinha tempo para brincar. Aqui, ela trabalha, mas aprendeu a se sentir segura com as crianças e os hóspedes.

– Ela está se domesticando – disse Ella com um sorriso, depois cutucou o meu ombro. – Como alguém que eu conheço.

Eu ri.

– Você está pronta para hoje à tarde?

– Estou – respondeu ela, assentindo com entusiasmo. – E você?

– Nervoso, honrado, feliz, totalmente embasbacado com o nível de responsabilidade que acompanha seres humanos em miniatura.

Ela me encarou com olhos cansados, mas felizes.

– É o que diz todo novo pai.

– Eu não tenho como saber.

– Nem eu. Acho que a gente vai descobrir junto. É difícil acreditar que esta era a nossa casa. Estou tão acostumada a morar no chalé agora.

– Você acha que vai voltar quando for seguro pra Maisie?

– Sinceramente, não sei. Gosto muito de morar no chalé e ter essa privacidade, essa separação entre casa e trabalho. Morando aqui, eu estava sempre no trabalho.

Ela esfregou a testa e apertou o rabo de cavalo.

– Você está bem? Quer dizer, perdoe a minha estupidez masculina, mas você parece um pouco cansada.

Ela se virou, sentando-se no banco da janela.

– É porque estou cansada. Talvez seja porque a Maisie só tem tomografias este mês, então o meu cérebro pôde fazer uma pequena pausa da insanidade normal, e todo o resto simplesmente me atingiu.

– O que eu posso fazer?

– Você está adotando os meus filhos hoje para que a minha filha não morra. Acho que isso já preenche todos os requisitos que você poderia imaginar.

– Eu não estou fazendo isso só pelo Ryan – comecei a dizer, mas parei quando a porta da casa se abriu e Hailey entrou correndo, com as bochechas coradas e os olhos brilhantes.

– O Conner Williamson acabou de me chamar para sair! – exclamou ela.

– Não acredito! – disse Ella, pulando do banco.

– Não é? Eu sou a fim dele desde quando? Do nono ano? – Ela girou no meio da sala, com os braços estendidos. – O Conner Williamson me chamou para sair!

Ella riu.

– Estou tão feliz por você!

Hailey se aproximou correndo e deu um abraço nela.

– Desta vez vai! Eu sei que vai! Ele vai se apaixonar perdidamente por mim, e a gente vai casar, ter vários bebês, e vai ser perfeito!

– É, vai, sim! – concordou Ella.

Vi algo se contorcer no rosto dela, como se a sua alegria tivesse, de alguma forma, se transmutado em uma tristeza repleta de pânico.

– Tudo bem se eu sair uma hora mais cedo amanhã? – perguntou ela, afastando-se de Ella com as mãos nos ombros da amiga.

– Claro! – respondeu Ella, forçando um sorriso, no qual eu poderia ter acreditado se não a tivesse visto deixar a máscara cair segundos antes.

– Obrigada! – disse Hailey, que apertou Ella de novo e dançou para longe, rodopiando mais uma vez antes de sair da sala.

– Ella – falei baixinho, parando na frente dela, para que não fugisse.

– O quê?

Ela deu de ombros e se esforçou ao máximo para fingir um sorriso, mas o seu lábio inferior tremeu.

– O que foi? E não vem me dizer que não é nada – falei, segurando os ombros dela com delicadeza.

Ela os encolheu.

– Eu estou bem.

– Ella, dentro de cinco horas a gente vai compartilhar dois filhos. E, sim, eu entendi. Eu não vou ser o pai deles de verdade, só o provedor do plano de saúde, mas você não acha que a gente precisa ser honesto um com o outro? Nos momentos bons, nos ruins e nos exaustos?

– Ela está tão animada – disse ela, sua voz um sussurro.

– Está.

– E eu não consigo nem lembrar mais como é. Ficar animada assim. Ser convidada para um encontro. Quer dizer, faz sete anos. Sete, Beckett – contou ela, agarrando os meus bíceps, sem dúvida deixando marcas de meia-lua com as unhas na minha pele. – Tenho certeza de que voltei a ser virgem, de tanto tempo que faz.

– É, acho que não é assim que funciona…

– E eu amo a minha vida. Amo o Colt e a Maisie e este negócio. Tenho orgulho das minhas escolhas, sabe? Tenho orgulho delas! – exclamou, aumentando o tom de voz.

– E você devia ter mesmo.

– E tudo isso com a Maisie. É só nisso que eu penso ultimamente. Quer dizer, é julho, certo? Então faz nove meses que ela foi diagnosticada. Nove meses. E vou fazer de tudo para garantir que ela viva…

– Tipo deixar que eu adote a sua filha – falei, pensando que ajudaria.

– Exatamente! Tipo encontrar o homem mais sexy, irritante e viciante que já vi e empurrar o cara não pra zona da amizade, mas pra zona da amizade do irmão, e depois catapultar o homem pra zona do pai, onde, veja só, ele continua intocável.

Uma onda de calor percorreu o meu corpo. Eu havia me saído tão bem mantendo as mãos longe dela desde aquele quase-desastre no sofá. Eu corria 10 quilômetros por dia, tomava banho frio, nadava no lago, o que quer que fosse, tudo com o objetivo de manter as mãos longe de Ella e, com aquela única bronca, ela me fez cambalear na fronteira do meu autocontrole. Fazia quase um ano que eu não transava, e o meu corpo me lembrava de uma forma dura e bem dolorosa que a única mulher que eu queria estava diante de mim, reclamando que eu estava na zona da amizade.

– Ok, para. Você não me empurrou pra zona da amizade, eu que me coloquei lá. E na zona do pai também. É culpa minha, não sua.

– Então, você é um burro! – gritou ela, seus olhos iluminados com a mais fofa indignação. – Quer dizer, em relação à zona da amizade, não à parte do pai.

– Você é tão fofa.

Ela estreitou os olhos.

Ah, droga, escolha errada de palavras.

– Fofa? Eu sou fofa? Não, esse é o problema. Não corto o cabelo há um ano, você sabe o que é isso? Não é o cabelo, eu não sou tão vaidosa assim, é o tempo, Beckett. O tempo que leva pra gente investir na gente como mulher, e eu não sou mais mulher. Eu abandonei a maquiagem, os banhos de banheira à luz de velas aos domingos, não durmo uma noite inteira desde o diagnóstico da Maisie e estou presa dentro de calças há um mês porque preciso depilar as pernas.

– Eu gosto de você de calça.

– Não é essa a questão! A gente está em julho, Beckett! Julho é pra usar short, fazer caminhadas, ficar bronzeada e ser beijada sob o luar. E eu estou de calça jeans, sem beijos, e parecendo que o Abominável Homem das Neves de algum lugar do Himalaia emprestou os pelos dele para as minhas pernas!

– Uau, isso é… bem visual.

Não ria. Não ria!

Ah, sim, aquelas unhas estavam deixando marcas.

– Eu não sou mais uma mulher. Eu sou uma mãe. Uma mãe que não pode ser nada além disso porque talvez a filha dela não sobreviva até o fim do ano.

Ela murchou como um balão estourado, largando os meus bíceps e pousando a cabeça com um pequeno baque no meu peito.

– Meu Deus, como eu sou egoísta.

Eu a abracei e a puxei para perto.

– Você não é egoísta. Você é humana.

– Cabelo não importa. Nem nas minhas pernas, nem na minha cabeça. Não quando a Maisie não tem nenhum. Eu lhe disse, a gente tem um mês de tranquilidade, e o meu cérebro simplesmente fica doido com um monte de porcaria que não importa – murmurou ela contra o meu peito.

– Importa porque você importa. Sabe quando você está no avião, e eles dizem para colocar a máscara de oxigênio primeiro em você e depois nas crianças? É isso. Se você só colocar a máscara de oxigênio no seu filho, desmaia e não tem como ajudar a criança. De vez em quando, você precisa respirar, Ella, ou vai acabar sufocando.

– Eu estou bem. Só precisava desabafar.

– Eu sei que está, e eu aguento.

Ela se afastou um milímetro e me lançou um sorriso malicioso e sexy.

– O quê? – perguntei, quase com medo da resposta.

– Ah, nada. Eu só não *sinto* que estou na zona da amizade – disse ela, dando de ombros.

Ah, merda, eu estava excitado, e a tinha puxado forte contra mim.

– Eu nunca disse que não te queria, Ella. Na verdade, tenho quase certeza de que falei o oposto. Nada mudou.

Ela soltou o ar com força, afastando uma mecha de cabelos louros que tinha escapulido do rabo de cavalo.

– É, e não importa de qualquer forma. Pernas peludas e tal.

– Você está me matando.

Peguei a mão dela e me virei, depois saí da casa com ela a reboque, serpenteando até a recepção, onde Hailey lidava com um algum tipo de papelada.

– Hailey.

– Beckett – disse ela, emulando uma voz séria.

– Leva a Ella agora mesmo pra cortar o cabelo. Coloca essa mulher pra fazer uma massagem, tomar um banho de algas marinhas ou o que quer que vocês, garotas, gostem de fazer. Pintar as unhas dos pés, comprar roupas, tudo isso. Vocês têm cinco horas, depois eu preciso dela no cartório. Você pode fazer isso?

– Beckett... – objetou Ella.

– Para – implorei. – Você está me dando os seus filhos de presente. Deixa eu lhe dar algumas horas. E, depois disso, a gente vai sair. Para um restaurante de verdade com cardápios de verdade e sem giz de cera na mesa. Sem advogados. Sem crianças. Só a gente. E você vai se sentir tão bonita quanto sempre foi para mim.

– Ella, se você não pular neste cara, eu vou – declarou Hailey.

Ella a silenciou com um olhar furioso.

– A Hailey precisa trabalhar.

– Eu cuido dos telefonemas e dos hóspedes – ofereci.

– Cuida? – duvidou Ella, franzindo a boca para o lado igualzinho à filha. – E você não vai matar ninguém que te irritar?

– Eu vou dar o meu melhor para não ferir o seu negócio.

Peguei a carteira e, então, entreguei o cartão de crédito a Hailey.

– Não dê isso pra Ella; ela não vai usar. Por favor, a faça se sentir uma mulher.

– Isso vai ser tão divertido! – exclamou Hailey, escapando do balcão da recepção. – Eu vou pegar a minha bolsa, e daí a gente vai!

– E eu vou ficar de olho nos pequenos – disse Ada, entrando na conversa, tendo ouvido o finzinho dela. – Também vou colocar os gêmeos pra dormir. Vocês, crianças, fiquem fora o tempo que quiserem.

Ela gritou a última parte enquanto caminhava de volta para a cozinha.

– Tem certeza? – perguntou Ella para mim.

Meu Deus, ela era tão linda. Peguei a mão dela e a puxei para um cantinho perto do hall de entrada.

– Você é deslumbrante. Não precisa de maquiagem. Desde que eu te conheci, nunca teve um instante em que te vi como algo menos que uma mulher incrível e espetacularmente linda. Mas eu entendo que você não se sinta da maneira como eu te vejo. Então, sim, eu tenho certeza.

– Você está sempre tomando conta de mim – murmurou ela.

Cedi ao impulso, deixando meu polegar deslizar pela pele macia e impecável da bochecha dela.

– Essa é a ideia.

Estávamos tão próximos, o ar tão carregado, e eu amava aquela mulher demais para manter a cabeça fria. Antes que inevitavelmente a prendesse contra a parede e provasse a ela que ninguém voltava a ser virgem, precisava deixá-la ir.

– Eu te vejo no cartório às quatro e meia – prometi.

Então, levantei a mão dela, a virei e dei um beijo longo e suave bem no centro da palma, desejando mais do que tudo que aquela fosse sua boca.

Ela prendeu a respiração quando cerrei o punho dela, como se pudesse segurar o beijo.

– Por que você fez isso?

– Pra provar que não dou a mínima pra pernas peludas. Além disso, agora já não faz sete anos que você foi beijada.

Ela separou os lábios e baixou o olhar para a minha boca.

Merda. Merda. Merda.

Eu não tinha certeza de que *"precisar"* era sequer a palavra apropriada para descrever o quanto eu queria Ella. Era uma dor constante que simplesmente existia, tão normal quanto respirar. Antes que eu pudesse fazer qualquer coisa da qual me arrependeria mais tarde, saí do hall de entrada.

– Tem certeza de que consegue lidar com a recepção? – insistiu ela.

Abri um sorriso largo e dei uma piscadinha.

– Claro que sim.

E eu tinha certeza mesmo. Ella e as crianças podiam até ser as únicas pessoas com quem realmente me conectava, no entanto, nos últimos quatro meses, eu havia melhorado bastante minha relação com os outros seres humanos.

Hailey agarrou a mão de Ella e a puxou para fora da casa, enquanto ela gaguejava, com uma expressão chocada.

Fiz uma anotação mental para piscar para aquela mulher mais vezes.

CAPÍTULO DEZOITO

ELLA

Carta nº 4

Ella,

 Seus filhos são incríveis. De verdade. Acho que rir provavelmente não é a reação certa para essa história, mas fala sério. Aquele garoto levou uma surra não só de um dos seus filhos, mas dos dois. Você está criando crianças duronas. Desculpa, mas essa é mesmo a melhor palavra para descrevê-los depois dessa história.

 Quanto a eu ter filhos? Não sei se isso está no meu destino. Não porque eu não goste de crianças. Eu gosto bastante, na verdade. Elas são sinceras de um jeito brutal, uma característica quase sempre perdida na idade adulta. Mas eu não sei nada sobre ser pai, já que nunca tive um. Talvez isso seja uma coisa boa, porque eu também não tive um exemplo ruim em casa, mas, sério, as únicas referências de pai que tenho são da TV.

 Eu teria muito medo de estragar a criança.

 Mas se eu soubesse o que estava fazendo? Sim, ter filhos seria ótimo. Eu nunca fui o cara com aquela fantasia de jogar futebol com as crianças, mas definitivamente consigo imaginar algo assim. Mas sendo bem sincero, eu não penso sobre isso ou sobre qualquer coisa no futuro. Quando você quer alguma coisa, ou tem um sonho, tem algo a perder. Não sou muito fã de ser colocado nessa posição de perder alguma coisa. Não é que eu não seja um pouco imprudente, mas só comigo mesmo e com o que consigo controlar.

Querer é algo que coloca a gente em apuros. Desejar deixa a gente descontente, e eu preciso ser grato pelo que tenho. Eu aprendi essa lição bem jovem. Gosto de pensar que isso faz de mim uma pessoa melhor – estar contente com o que tenho –, mas, quando ouço o seu irmão falar sobre você e a sua família, às vezes me pergunto se talvez essa falta de desejo não é, na verdade, uma pequena forma de covardia. Nesse sentido, você é muito mais corajosa do que eu. Você tem a habilidade de amar para além de si mesma, arriscar o seu coração todos os dias por meio dos seus filhos.

Eu respeito isso tanto quanto sinto inveja.

No mais, fale para a Maisie que, da próxima vez que um cara vier atrás dela, ela precisa mirar no meio das pernas. Pequenos valentões crescem e se tornam grandes valentões.

Caos

– Ele piscou pra mim – falei para Hailey enquanto experimentava o vestido lilás. – Ele *piscou*.

Eu amava aquele homem, estava a segundos de dividir os meus filhos com ele, e ele deu uma *piscadinha* para mim. Tenho certeza de que quase tive um orgasmo só por causa daquilo. Desde quando ele havia ligado o botão do charme? E onde estivera esse charme todo nos últimos quatro meses?

Beckett introspectivo, eu adorava.

Beckett protetor e brincalhão, eu amava.

Mas aquele Beckett que havia dado uma piscadinha e beijado a palma da minha mão? É, tive sorte de não entrar em combustão espontânea e incendiar a pousada.

– Foi o que você contou uma dúzia de vezes desde que a gente saiu de casa. Algumas vezes no salão, pelo menos uma durante a pedicure, e umas seis ou sete enquanto a gente se depilava. Você por acaso viu a placa "Estas salas são para todos relaxarem em silêncio"? Algo me diz que a gente nunca mais vai poder voltar naquele spa – disse ela, correndo o dedo pelo celular.

– Dane-se. Eu só nunca tinha visto esse lado dele. Ele estava todo...

– Sedutor? – perguntou ela. – Ahh, eu gostei deste. Os seus peitos ficaram incríveis.

Corri o dedo pelo decote.

– Não está exagerado?

– Não. Isso é sexy retrô. Você parece uma dona de casa dos anos 1950 que dá vazão às taras no quarto.

Revirei os olhos, mas movi os quadris para que a saia rodada na altura do joelho farfalhasse de leve. Adorei o estilo frente única, o cinto brilhante que definia a cintura e até mesmo o leve mergulho do decote. Principalmente, adorei a sensação prazerosa de estar dentro do vestido e de ser uma mulher, curvilínea, macia e recém-mimada.

– Acho que vou levar.

– Beckett vai ficar louco – disse ela, dando um pulo e contornando o pedestal do provador, avaliando as linhas do vestido. – É. Isso vai acabar no chão do quarto.

– Com certeza vai. Do meu.

– Sério?

Hailey arqueou as sobrancelhas e me lançou um olhar mais do que exasperado.

– Ele tem medo de ser mais do que... o que quer que a gente seja, e que isso acabe nos ferrando a longo prazo. Ainda mais com as crianças envolvidas e o lance do Ryan... – expliquei, dando de ombros.

– Então, entra no quarto dele pelada. Isso vai fazer o homem mudar de ideia.

– Você está louca? Por que eu faria isso? Eu só transei com um cara na vida, Hailey. Um. E isso faz sete anos. Para falar a verdade, não vi estrelinhas, nem de longe.

– Porque ele provavelmente não conseguiu nem chegar perto da sua *estrelinha*.

Balancei a cabeça e alisei o tecido lilás e macio sob os dedos com unhas recém-feitas.

– Não faz diferença. O Beckett não está interessado em mim desse jeito e, sinceramente, eu nem deveria estar tendo essa discussão. Tenho problemas maiores com que me preocupar.

Desci do pedestal e fui até o provador, deixando Hailey lá fora.

– Ele não dormiu com ninguém desde que chegou aqui, sabia? – comentou ela através das frestas da porta.

– O quê? Como você pode saber de uma coisa dessas? – falei, tirando o vestido e pendurando-o no cabide com cuidado.

– É uma cidade pequena, sua pateta. Todo mundo comenta, e o Beckett é um ótimo assunto para fofocas. Estão dizendo por aí que ele é gay ou está de olho em alguém...

– Posso garantir que ele não é gay.

Eu tinha sentido cada delicioso centímetro dele contra mim mais cedo, visto como ele havia tensionado os músculos ao se afastar.

– Dã. Ele não está transando por aí porque quer *você*. Pode acreditar, se eu visse uma abertura ali, não perderia tempo. Sinceramente, não sei como você ainda não subiu nele e...

– Porque ele me disse não! – exclamei, corando, pensando naquele momento curto e fracassado no sofá. – De verdade. Ele me disse não. A lealdade dele ao Ryan supera tudo.

– Ella?

– O quê? – perguntei, pegando a camisa.

– Não tira o vestido, ok? Você tem que encontrar com o Beckett no cartório em, tipo, dez minutos.

Peguei o telefone, tocando a tela para ver as horas.

– Ai, droga – murmurei.

– Coloca isto aqui também.

Ela me jogou por cima da porta um par de sapatos de salto pretos e um bolero prateado.

– É melhor se apressar, a não ser que você queira ficar pelada no cartório. E sim, eu realmente acredito que isso seria o suficiente para cumprir a missão sexual, mas também acho que poderia interferir na missão da adoção.

Eu me vesti rápido e saí do provador.

– Vira – ordenou Hailey e, quando obedeci, ela arrancou a etiqueta da parte de trás, já segurando uma caixa de sapatos e outro conjunto de etiquetas. – Vem!

Com os braços cheios com as minhas próprias roupas, fomos até o caixa.

– Ela está usando isto tudo – disse Hailey, largando as etiquetas e a caixa no balcão.

O adolescente olhou para mim e sorriu.

– Estou vendo.

– Mas não por muito tempo – acrescentou Hailey, com uma piscadela.

Sério, que tanto as pessoas piscavam naquele dia?

Hailey pagou usando o cartão de crédito de Beckett, e senti o mesmo lampejo de culpa de quando ela fez isso no salão. Mas não tinha tempo para me concentrar nisso enquanto corríamos para o cartório.

Beckett estava do lado de fora em um terno perfeitamente cortado, com os cabelos desajeitados daquele jeito proposital e sexy. Quando me viu, deu um sorriso lento e amplo, prolongando o olhar ao arrastá-lo dos meus sapatos polidos às suaves ondas louras que caíam até logo abaixo dos meus seios. Finalmente, ele encontrou os meus olhos e visivelmente engoliu em seco.

– Uau.

– 16h31, e ela é toda sua! – declarou Hailey, entregando o cartão de crédito a Beckett.

– Obrigado, Hailey – disse ele, enfiando o cartão no bolso do paletó. – O que me diz, Ella MacKenzie? Pronta pra me tornar pai?

Ele me ofereceu o braço, fazendo meu coração palpitar e um frio tomar conta da minha barriga.

– Esse vestido com certeza vai parar no chão do quarto dele – sussurrou Hailey enquanto eu passava.

Só olhei feio para ela e voltei minha atenção para Beckett.

Então, me esqueci completamente de Hailey e aceitei o braço dele.

Beckett estava com um cheiro incrível e, quando abriu a porta para mim, me inclinei e respirei mais fundo. Era como se o cara tivesse se esfregado em couro novo, vento e coisas realmente deliciosas. O que quer que fosse aquela fragrância, caiu muito bem nele.

Atravessamos o saguão, e fiz uma pausa na imensa escadaria.

– O que foi? – perguntou ele, com um tom gentil.

– Da última vez que estive neste cartório, saí daqui casada com o Jeff. E, por mais errada que tenha sido essa decisão, não posso me arrepender, porque ela me deu os gêmeos. Ela me trouxe até este momento. Até você.

Ele apertou a minha mão com mais força e encarou os meus lábios.

Me beija.

– Aí estão vocês dois! – gritou Mark, do topo da escada. – Vamos começar?

– Pronta? – perguntou Beckett, com uma voz baixa e rouca.

– Pronta.

Meia hora mais tarde, saímos do cartório com um pedaço de papel que afirmava que daquele momento em diante Beckett era pai de Maisie e Colt.

Eu sabia que era só para proteger Maisie, para dar a ela a melhor chance possível de vencer a doença, mas, na hora em que nós dois assinamos o documento, pareceu mais significativo do que uma transação comercial.

A minúscula porém inegável chama de esperança que se acendeu no meu coração não estava só no papel – era real.

Os meus filhos também eram de Beckett.

E eu o amava perdidamente.

– Eu odeio aquele idiota! – praguejei, batendo a porta da frente quatro horas depois.

Os faróis de Beckett desapareceram enquanto ele voltava para o seu chalé.

– Odeia quem? – quis saber Ada, saindo da cozinha.

– Meu palpite é o Beckett – disse Larry do chão do vestíbulo, onde consertava a casa de bonecas de Maisie.

– É, Beckett! – retruquei. – Ah, obrigada, Larry. Isso é muito gentil da sua parte.

– A adoção não deu certo? – perguntou Ada baixinho, me conduzindo para o escritório.

– Não, foi tudo ótimo. A noite inteira foi perfeita! Ele me levou pra jantar, pediu vinho, depois me levou de teleférico até o Village, para um daqueles pequenos concertos ao ar livre, e dançou comigo. O homem dançou comigo! Daí, me trouxe em casa, me acompanhou até a porta e me abraçou. Ele me deu um *abraço* de boa-noite.

A preocupação desapareceu do rosto de Ada, e ela soltou um suspiro seguido de um sorriso suave.

– Ah, Ella. Você acabou se apaixonando por ele, não foi?

– Ele me abraçou!

– Não que eu te culpe. Ele é um bom homem, realmente é. É espetacular com as crianças, além de gentil, confiável e um colírio para os olhos. Adicione aí esse complexo de cavaleiro de armadura brilhante, e você estava fadada a se apaixonar por ele – disse ela, pegando minhas mãos.

– Ele me abraçou – repeti, desta vez num murmúrio.

– E o que você pretende fazer quanto a isso?

– Nada. Ele já deixou claro que isso está fora de questão, e não posso culpá-lo. Eu realmente tenho uma bagagem e tanto. Duas crianças, uma delas doente, um negócio para administrar, problemas enormes de confiança. Não sou bem o que alguém como ele ia procurar.

– E como é que ele é?

– Meio que perfeito.

Ada soltou um suspiro e soltou minhas mãos.

– Ok, bom, sinta-se livre para ficar aqui e fazer beicinho. Mas, caso tenha vontade de se comportar como alguém da sua idade e fazer algo espontâneo, eu e o Larry vamos passar a noite no quarto de hóspedes. Então, vamos estar aqui. A noite inteira. E até de manhã. Sabe... só para garantir.

– Eu ajo como alguém da minha idade.

– Ah, querida, não age, não, e nunca agiu. Você não é velha, não é sofrida, não é uma encalhada. Você tem 25 anos. Eu vou pra cama.

Fiquei de pé no escritório, sem vontade de me mover, mas tampouco pronta para tirar os sapatos. Fazer isso seria admitir a derrota.

VOCÊ É O SUFICIENTE

Fitei as palavras de Caos, entoando-as na cabeça. Ele estava certo. Eu era o suficiente e estava farta de agir como uma participante passiva no que quer que fosse aquele meu relacionamento com Beckett.

Olhando de relance para o diploma de Maisie escrito à mão, me demorei na caligrafia irregular de Beckett. Qual era o problema daqueles militares, que tinham todos uma letra pior que a dos médicos? A dele não ficava atrás da de Caos, o que não era pouca coisa.

Perdi Caos antes que pudesse agir de acordo com os meus sentimentos e não cometeria o mesmo erro com Beckett. Saí do escritório, peguei as chaves na mesinha da entrada e saí. Podia jurar que tinha ouvido um "muito bem!" vindo da janela do quarto de hóspedes enquanto entrava no carro, mas, quando olhei para trás, as luzes estavam apagadas.

– Você é o suficiente – murmurei para mim mesma durante todo o trajeto até o chalé de Beckett.

As luzes dele estavam acesas, então pelo menos eu não o acordaria. Estacionei o carro e engoli o leve gosto de pânico que inundou a minha boca. Então endireitei a postura e subi os degraus.

Toc. Toc. Toc.

Bati os nós dos dedos na porta antes que pudesse me acovardar, mas, nos preciosos segundos que se passaram até Beckett atender, comecei a sentir as mãos do medo apertarem o meu coração.

– Ella? – perguntou ele, abrindo a porta com força.

Ele ainda estava de terno, mas tinha afrouxado a gravata e desabotoado o botão de cima, revelando uma pequena parte do pescoço, que eu repentina e loucamente queria beijar.

– Está tudo bem? É a Maisie?

– A Maisie está bem – respondi, ao mesmo tempo irritada e mais apaixonada ainda por ele ter pensado primeiro nela.

– Ah, que bom. O que foi? Entra.

Ele deu um passo para o lado, e entrei no chalé, atravessando o corredor. Antes frio e impessoal, o ambiente naquele momento tinha desenhos de Colt e Maisie pendurados em vários lugares, como os que me peguei observando na geladeira enquanto vagava pela cozinha. Ele havia adaptado o "limpo e organizado" e nos deixado "complicar" o próprio espaço em que vivia. Era uma bobagem, mas os desenhos acalmaram um pouquinho o meu medo descontrolado de que Beckett desaparecesse um dia.

– Quer beber alguma coisa? – perguntou ele devagar.

– Não.

Eu me virei e o vi encostado na bancada, já sem o paletó.

– Você me levou pra sair.

– Levei.

Ele abriu aquele sorrisinho sexy enquanto desabotoava os punhos da camisa, e tive vontade de matá-lo.

– Você me levou pra sair. Jantar, dança, caminhadinha romântica. Depois, me acompanhou até a minha porta e me abraçou. Como se eu fosse a sua irmã.

Eu me aproximei pisando firme, e a expressão dele mudou, uma fome piscando em seus olhos antes que ele pudesse controlá-la.

– Foi mesmo. Culpado de todas as acusações.

– Eu não sou a sua irmã, Beckett.

– Eu notei.

Ele respirou fundo e pôs as mãos na bancada, e os nós dos dedos empalideceram. Cheguei bem perto dele e quase gemi quando apoiei as mãos no seu peito e senti a pressão dos seus músculos torneados.

– Bom, talvez os encontros tenham mudado nos últimos sete anos, mas, na minha experiência limitada, eles terminam com um beijo.

Fiquei na ponta dos pés até que a minha boca pairasse bem abaixo da dele.

– Ella.

Ele disse o meu nome como um apelo, mas para quê? Para fazermos o que ambos queríamos? Para que eu recuasse e o deixasse dormir com a sua honra?

– Diz o que você quer. Porque eu quero te beijar. Mesmo que seja só desta vez.

Fechei o pequeno espaço entre as nossas bocas e rocei os lábios nos dele. Como um homem forte daqueles podia ter lábios tão macios?

O corpo dele virou pedra contra o meu, cada músculo travado. Debaixo dos meus dedos, o coração dele começou a bater forte. Tomando coragem, eu o beijei de leve, demorando-me no seu lábio inferior. Então, recuei só o suficiente para encará-lo. O resto dele podia parecer uma estátua, mas aqueles olhos diziam tudo o que ele não diria, e ele estava a um segundo de...

Beckett pressionou a boca contra a minha, e o resto dele ganhou vida. Uma das suas mãos atravessou a parte de trás dos meus cabelos enquanto a outra envolveu a minha cintura e me puxou para mais perto ainda.

Eu me abri diante dele, e a sua língua deslizou para dentro, tomando, consumindo, conhecendo cada canto da minha boca. Meus lábios deixaram escapar um gemido, e afundei as mãos nos cabelos dele, puxando de leve aqueles fios curtos.

Então o beijei de volta exatamente como sonhava fazia meses.

Nossas bocas se entrelaçaram em um beijo doce como o vinho que havíamos terminado depois da nossa dança – e tão inebriante quanto. Beckett tomou a minha língua com a sua, e avidamente me esfreguei contra ele, alisando e acariciando. Por Deus, como aquele homem sabia o que estava fazendo...

Meu mundo inteiro existia naquele beijo, na sensação de ter os braços de Beckett envolvendo o meu corpo.

Ele mudou o ritmo, chupando de leve o meu lábio inferior antes de inclinar a cabeça e me beijar com mais força, até que a única coisa que eu sentisse fosse desejo puro. Um calor percorreu as minhas veias, trazendo-me à vida, uma variação eufórica do formigamento nos membros dormentes que voltam a sentir.

– Meu Deus, Ella – gemeu ele, apertando os meus cabelos.

– Sim – encorajei, amando aquilo tudo.

Ele curvou o corpo contra o meu, me levantou pela bunda e me girou, me sentando na bancada. Então, usou as duas mãos para segurar a minha cabeça e me beijar até que eu não me lembrasse nem do meu nome – só que eu pertencia a ele.

Corri a mão pelo pescoço de Beckett até segurar a gravata por baixo, enrolando os dedos no espaço deixado pelo afrouxamento do nó.

– Eu podia te beijar para sempre – disse ele contra a minha boca.

– Por mim, tudo bem.

Ele sorriu, e não pude deixar de imitá-lo. Tudo aquilo parecia tão incrivelmente certo. Ele afastou uma mecha de cabelo do meu rosto com uma ternura que fez o meu coração dar um salto, como se tentasse alcançá-lo. *Eu amo este homem.* O pensamento por si só levou a minha necessidade à lua, deixando-me agitada e morta de desejo.

Nos últimos sete anos, a minha libido tinha parecido um circuito quebrado, mas, de repente, as luzes estavam voltando, enquanto Beckett acionava interruptor após interruptor.

Voltando a me beijar, ele deslizou os braços ao meu redor e, quando me puxou para a beirada da bancada, abri as pernas e uni os nossos corpos dos lábios até o peito, até os quadris. Havia uma urgência naquele beijo, um desespero agressivo que só podia resultar do desejo que nós dois mantivemos firmemente controlado nos meses anteriores.

Amaldiçoei as camadas de tecido entre nós, desejando ter escolhido uma saia mais curta e menos rodada. Ele interrompeu o beijo, e eu arquejei, inspirando um pouco do ar extremamente necessário quando ele pôs a boca no meu pescoço. *Meu Deus.*

– Beckett – gemi, deixando a cabeça pender para trás e dando a ele acesso irrestrito a todas as partes de mim que ele quisesse.

Eram todas dele.

Ele segurou as minhas costas arqueadas com uma mão e abriu o único botão do meu bolero com a outra, sem interromper o ataque ao meu pescoço. Depois, derramou beijos longos, de boca aberta, no meu pescoço, na minha clavícula e no meu decote.

Meus sapatos atingiram o chão de madeira de lei quando os chutei, e prendi os tornozelos em volta da cintura dele para pressioná-lo com mais força contra mim.

Isso me rendeu outro gemido dos seus lábios. Eu me inclinei para trás e apoiei as mãos no granito frio, tão em desacordo com o calor da minha pele. Beckett correu as mãos pelas laterais dos meus seios até a cintura, passando pelas coxas cobertas pelo vestido e alcançando a pele nua dos meus joelhos.

Nunca fiquei tão feliz por ter recusado uma meia-calça em toda a minha vida.

Mãos fortes deslizaram por baixo do meu vestido, subindo pelas laterais das minhas pernas. A pele de Beckett era áspera e calejada, porém o seu toque era suave, exceto pela pressão dos dedos quando ele apertou a parte de cima das minhas coxas. Tive uma vontade louca de pedir para ele me apertar com mais força, para deixar algum tipo de marca que me provaria, no dia seguinte, que aquilo havia realmente acontecido – que não era tudo um sonho.

Beckett me beijou, tomando a minha boca em um ritmo que fez os meus quadris arquearem contra ele, desejando que aquelas mãos se movessem. Eu nunca tinha sido beijada com tanta perícia ou cuidado, nunca tinha sentido o meu sangue subir a um nível febril como aquele. Foi uma loucura completa, deliciosa e absoluta.

Os polegares dele acariciaram a parte interna das minhas coxas, roçando a beirada da minha calcinha, e senti aquele toque *no corpo todo.* No torso, na barriga, nos mamilos. Aquele movimento simples afetou os meus batimentos cardíacos e os fez disparar.

– Mais – implorei, apertando as coxas em volta de Beckett, precisando daquela pressão para aliviar o desejo, ainda que só um pouco.

Como se eu o tivesse mordido, ele soltou as minhas coxas e deu um passo atrás. O choque me fez afrouxar o aperto das pernas o suficiente para que Beckett quebrasse a trava dos meus tornozelos.

– Ok, isso é o oposto de mais – falei, as palavras tão entrecortadas quanto a minha respiração.

Ele se apoiou na outra bancada, com o peito subindo e descendo tão rápido quanto o meu. Pelo menos eu não era a única afetada por aquele beijo. Ele arrancou a gravata com uma expressão totalmente torturada e um pouco brava.

Caramba, aquilo foi sexy.

Ele fechou os olhos e puxou os cabelos. Aquela era a própria imagem de um homem com muito tesão que não conseguia se controlar, e talvez fosse maldade, mas amei saber que o deixei naquele estado.

– Beckett.

– Não.

Ele abriu os olhos, balançando a cabeça. O jeito como o olhar dele percorreu o meu corpo, o vestido que mal cobria as minhas coxas ainda abertas, foi intenso a ponto de causar uma nova onda de luxúria pura.

– Assim não.

O medo cortou o meu peito, rápido como uma faca. Será que, para ele, o beijo não havia tido o mesmo efeito de vergar a gravidade que tivera para mim?

– Você prefere esperar mais quatro meses para me beijar? Porque esta é a nossa realidade, Beckett. Eu vou sempre ser a irmã do Ryan e vou sempre te querer. E, se o jeito como você me beijou significar alguma coisa, você também me quer.

– Eu sempre soube que seria assim entre a gente. Desde o momento em que pus os olhos em você, eu soube que, no minuto em que as minhas mãos…

Ele prendeu a lateral do lábio inferior entre os dentes por um segundo, então agarrou a bancada.

– As suas mãos o quê? – provoquei, me sentando ereta para dar um descanso aos braços.

– Eu soube que, no minuto em que colocasse as mãos em você, seria preciso um milagre para que eu parasse por tempo suficiente para conseguir ter um pensamento racional. Te tocar... Meu Deus, Ella, se você tivesse ideia do quanto eu te quero, não estaria sentada na minha bancada me olhando desse jeito.

– Talvez eu saiba – falei, passando a língua pelo lábio inferior. – Talvez eu sinta exatamente o mesmo. E pensamentos racionais são superestimados.

– Pensa bem.

– Por quê? Talvez eu queira ser inconsequente uma vez na vida. Talvez eu goste do jeito que você tira todos os pensamentos racionais da minha cabeça. Talvez seja exatamente por essa razão que eu precise disso... de você.

O desejo entre as minhas coxas me fez mover os quadris. Eu nunca tinha buscado o sexo, nunca fora um imenso show com fogos de artifício para mim, mas também não me lembrava de ele já ter começado com aquela necessidade torturante que me arranhava por dentro.

– Estou realmente tentando aqui – disse Beckett.

Tentando esgotar a minha paciência, isso sim.

A dor da rejeição era aguda. Juntei os joelhos e abotoei o bolero com as mãos trêmulas.

– Eu não te entendo. Eu digo que quero que você me beije, e você pula para o outro lado do sofá. Depilo as pernas, coloco um vestido, e você me dá um abraço de boa-noite. Eu me jogo em cima de você, você me beija como se eu fosse a única mulher do mundo, e agora está aí. Beckett, eu não tenho como deixar os meus desejos mais claros e não posso ser aquela que sempre tem que correr atrás de você. Se você quer o meu corpo, mas não *me* quer, então fala. Porque estou de saco cheio de ouvir você me dizer "não" como se tivesse alguma coisa errada comigo.

Beckett teve a coragem de parecer magoado, como se aquela sua constante abordagem de se manter à distância fosse mais dolorosa para ele do que para mim. Como se não fosse eu quem sempre tentava tirar o nosso relacionamento da zona da amizade.

– Você me vê como uma irmã? É isso?

– Claro que não, cacete! – exclamou ele, depois soltou o ar com força. – E agora eu xinguei pela segunda vez na sua frente.

– Eu realmente não me importo. Você podia até dizer aquela palavra que começa com F se isso indicasse um interesse em fazer dela um verbo.

Pus as mãos na bancada e me preparei para pular, encontrar os meus sapatos e a minha dignidade, depois levar a minha bunda sexualmente frustrada para casa.

– Olha pra mim.

A voz dele assumiu aquele tom rouco que eu amava.

Levei meus olhos até os dele, desejando poder entender que diabos se passava na cabeça daquele homem ou o que o impedia de fazer o que eu sabia – ou, pelo menos, esperava – que ele queria.

– No que você está pensando? – perguntei, cedendo.

– Estou contando quantas taças de vinho você tomou. Duas no jantar. Uma depois do concerto, e faz o quê? Cinco horas? – disse ele, semicerrando os olhos, pensativo.

– Não estou bêbada, se é isso que você está insinuando! Como se eu precisasse de álcool como desculpa...

– Ah, não – interrompeu ele, baixando ainda mais a voz. – Não estou perguntando por você. Estou perguntando por *mim*, para que eu saiba, quando fizer a próxima pergunta, que você não está bêbada demais para responder.

Minha língua molhou lábios de repente secos.

– Ok.

– Você me quer, Ella?

– Acho que já deixei bem claro que sim.

Ele balançou a cabeça.

– Não. Eu não disse "você quer me beijar?". Você *me* quer? Porque eu estou aqui, tentando manter as mãos na bancada para impedir que elas se enfiem debaixo do seu vestido e agarrem o interior das suas coxas.

Meus lábios se partiram, pesados demais para continuar fechados.

– Porque eu sei que, uma vez que elas acariciarem essa sua pele macia, não vai ter jeito de eu conseguir respirar sem te tomar, sem deslizar para dentro de você como fantasiei por tanto tempo.

Ele anunciou essa última parte enfatizando exatamente o que queria que acontecesse, caso eu não tivesse entendido.

Era exatamente o que eu queria, desejava... o que precisava mais do que a própria respiração de que ele falava.

– E, uma vez que isso acontecer, tudo vai mudar entre a gente, Ella. Então, eu preciso que você diga que me quer, ou saia por aquela porta antes que alguma coisa para a qual você não está pronta aconteça.

Eu não conseguia me lembrar de estar mais pronta para alguma coisa na vida.

– Eu – falei, abrindo o botão do bolero. – Te – continuei, tirando-o. – Quero – concluí, jogando a peça no chão.

– Ella – disse ele, empurrando o corpo para longe da bancada.

– Aqui e agora.

Acrescentei essa parte desabotoando o botão atrás do meu pescoço, só para o caso de o homem precisar do meu consentimento – ou melhor, do meu apelo – registrado e autenticado.

As alças do vestido esvoaçaram para os lados, a curva dos meus seios segurando o decote no lugar.

– Obrigado, meu Deus.

Ele não se preocupou com os botões da camisa, só levou a mão para trás da cabeça e a puxou para cima daquele jeito incrivelmente sexy que os caras fazem. Mas Beckett tornou o gesto umas cem vezes mais sexy quando revelou o torso.

Só músculos ondulados e pele beijável. *Tenho certeza de que posso ter um orgasmo só de olhar para ele*. Não que aquilo já tivesse acontecido comigo sem uma ajudinha movida à bateria, mas, se havia um momento para isso, era aquele.

– Você é tão... – falei, sacudindo as mãos na direção dele. – E tudo isso é tão... Eu não tenho palavras.

– Ótimo – disse ele, largando a camisa no chão. – Porque eu vou precisar usar essa sua boca para outras coisas além de falar.

Ele cruzou a distância entre nós com dois passos largos, pegou os meus joelhos e separou as minhas coxas. Depois, cumpriu a promessa, enfiando a mão por baixo do meu vestido até alcançar o topo das minhas coxas, que agarrou, colando o meu corpo no dele.

Prendi os braços em volta do pescoço dele quando ele me beijou. Foi profundo, poderoso, primitivo, a sua boca tomando a minha como se reivindicasse alguma coisa. Uma vez solto, Beckett me beijou com um pouco menos de sutileza e com muito mais urgência. O meu corpo respondeu, enrijecendo os seios e espalhando um calor sobre a pele.

Arquejei contra a boca dele quando o seu polegar deslizou por baixo da beirada da minha calcinha e cravei as unhas em seu couro cabeludo de leve quando ele me abriu e roçou o meu clitóris.

– Beckett – implorei, empurrando os quadris para ele por reflexo.

– Deixa comigo – prometeu ele.

Então, me beijou devagar, a sua língua deslizando contra a minha enquanto ele me acariciava, girando, alisando e pressionando, transformando aquele calor na minha barriga em um nó de tensão que se enrolava cada vez mais.

Eu me movia sem parar, a minha necessidade de sentir a pele dele contra a minha lutando contra a necessidade de manter as mãos dele exatamente onde estavam. Como se tivesse lido meus pensamentos, Beckett deslizou a mão livre pela minha cintura até as costas e abriu o zíper do meu vestido.

O tecido cedeu com facilidade, expondo o meu sutiã sem alças. Arquejei, apertando os seios contra o peito dele, e ele pressionou o polegar contra o meu clitóris, fazendo raios de prazer se espalharem pelo meu corpo, doces e cortantes ao mesmo tempo.

Parando o polegar, ele fez algum tipo de bruxaria nas minhas costas que desabotoou o meu sutiã, liberando os meus seios e deixando a peça cair no meu colo. Então, interrompeu o nosso beijo para olhar para mim, segurando um dos seios com reverência e passando os dedos no meu mamilo endurecido.

– Perfeito – disse ele, antes de baixar a cabeça para levá-lo à boca.

Ele moveu o polegar ao mesmo tempo, e arqueei as costas e gritei.

Foi tão bom.

Joguei as mãos para trás do corpo para segurar o meu peso e me entregar à boca e aos dedos dele. Aquela tensão aumentou dentro de mim até me deixar impossivelmente retesada, os meus músculos travando no que eu esperava ser o meu primeiro...

– Beckett! – gritei o nome dele quando ele pressionou o meu clitóris com mais força, fazendo o meu corpo colapsar completamente enquanto o orgasmo me levava ao limite, a liberação vindo em ondas poderosas que inclinavam o eixo da Terra.

Ele me beijou com carícias leves, sorvendo os meus lábios nos dele, até que reuni forças para abrir os olhos e ver que ele me observava com uma expressão de adoração total no rosto.

– Eu podia te assistir fazendo isso um milhão de vezes e ainda querer mais.

– Isso foi...

O que havia naquele homem que roubava as minhas palavras e me transformava em uma idiota que dizia meias frases?

– Bom trabalho.

Ele abriu um sorriso largo.

– Bom trabalho?

Ai, meu Deus, eu tinha praticamente dito "bate aqui" para o cara.

– Bom, é. Eu nunca tinha... sem... bom, com alguém.

Ele arregalou os olhos, compreendendo.

– Tem tanta coisa mais...

– É, gosto desse plano.

Antes que eu dissesse mais alguma frase ridícula, o beijei, escorregando as mãos pelas costas dele. A sua pele era firme, quente e muito macia. Quando alcancei o cinto, deslizei os dedos ao longo da cintura de Beckett, saboreando a maneira como o seu abdômen se flexionava, e ele inspirou fundo entre os nossos beijos.

Quando cheguei ao zíper, ousei segurar a sua ereção, apertando-a de leve. Ele estava duro como pedra e era longo, grosso e – se aquela parte fosse como o resto do corpo –, sem dúvida, perfeito.

O ar que ele inalou se transformou em um silvo intenso entre os seus dentes cerrados.

– Ella...

Simplesmente olhei para Beckett, deixando que ele visse o quanto eu o queria, queria aquilo, queria nós. O pacote completo.

Em vez de me impedir, ele só assentiu e fechou os olhos pelos poucos segundos que tive para acariciá-lo para cima e para baixo.

– Meu Deus, gata – murmurou ele.

Ele me deu mais uma chance de apalpá-lo, então afastou a minha mão e a pôs na bancada. Antes que eu pudesse reclamar, ele tirou a carteira do bolso de trás, largando-a na bancada ao meu lado com um estalo.

Então – obrigada a tudo o que é bom e certo no mundo –, ele desabotoou as calças, chutou os sapatos dos pés, despindo-se completamente tão rápido que só pude assistir, apreciando a cena.

Aquele homem era a mais pura perfeição, e eu podia tocá-lo à vontade.

Com água na boca, corri os dedos pelo peitoral dele até as linhas do abdômen, deslizando de um gomo a outro sem a menor pressa. Ele não era só definido, mas esculpido, com os músculos da barriga salientes.

Ele deu um passo à frente, posicionando-se entre as minhas coxas, e me beijou até que eu não conseguisse pensar em mais nada que não fosse o gosto da sua boca, o calor da sua pele, o ritmo da sua respiração. Depois, me ergueu um pouco, ajustando o meu vestido de modo que a minha bunda tocasse o granito, e, então, deslizou o tecido pela minha cabeça, me deixando só com a minha calcinha de seda azul.

Depois, fixou os olhos em mim, enganchou os polegares nas tiras laterais e as arrastou pelas minhas pernas e para fora delas. Não tive nem tempo de sentir vergonha, não enquanto ele me beijava, pele com pele. O contato intensificou tudo, e logo as nossas mãos estavam em todos os lugares – tocando, buscando, descobrindo um ao outro.

Quando ele escorregou as dele entre minhas coxas, aquela pressão familiar aumentou de novo, o desejo começando a pulsar dentro de mim.

– Tão linda, toda molhada – disse ele entre beijos.

Então, ele deslizou um dedo para dentro de mim, e quase caí da bancada.

– Isso é incrível.

Contorci os quadris no dedo dele, e Beckett colocou mais um, fazendo aquele desejo latejar.

Ele abriu a carteira com a mão livre, deslizando para fora um pacotinho de alumínio.

– Lá em cima? – perguntou ele.

– Aqui. Agora. Chega de esperar.

Quase perdendo a cabeça graças às carícias profundas e constantes dos dedos dele, peguei a camisinha e rasguei o pacote. Minhas mãos tremiam quando a levei ao topo da sua ereção. Eu estava certa, até aquela parte dele era perfeita.

– Eu não sei... Ai, meu Deus, Beckett!

Ele colocou um terceiro dedo enquanto gentilmente roçava o meu clitóris hipersensível com o polegar.

– Quer ajuda?

– Quero. Nenhuma experiência com...

Gemi quando ele curvou os dedos, encontrando aquele ponto sorrateiro dentro de mim que fazia os meus quadris se moverem para cavalgar a mão dele.

– ... isto. Grávida aos 18, lembra?

Ele cobriu a minha mão com a dele, empurrando-nos lentamente para baixo até seu membro estar coberto.

– Essa deve ter sido a coisa mais erótica que já fiz na vida – sussurrei.

– Eu também. Você eleva tudo na minha vida a um outro nível.

A boca dele encontrou a minha em um beijo longo e carnal que terminou com ele puxando gentilmente o meu lábio inferior. Seus dedos escorregaram para fora de mim, e fiquei tensa quando ele nivelou os quadris com os meus.

– Nervosa? – perguntou ele, beijando um ponto logo abaixo da minha orelha.

– Um pouco. Faz sete anos que não faço isso.

Ele pegou o meu rosto nas mãos e me beijou de leve.

– Com certeza ainda se faz do mesmo jeito.

Sorri e instantaneamente relaxei com outro beijo.

– Não se preocupa, deixa comigo – disse Beckett de novo, e as palavras dissiparam o meu nervosismo como se ele nunca tivesse existido.

Beckett tomou a minha boca com cuidado e, numa questão de poucos instantes, eu estava com os tornozelos presos ao redor da sua cintura, saboreando o contraste do seu corpo duro contra as minhas curvas. Ele acariciou o meu corpo, trazendo aquele fogo de volta, ainda mais quente do que antes.

Quando os meus quadris começaram a rebolar contra os dedos dele, ele encostou a testa na minha. E, quando aquele desejo rugiu e alcancei os seus quadris, ele agarrou os meus, cutucando a minha entrada com a ereção.

– Por favor – falei, arqueando o corpo contra ele.

Mantendo uma mão no meu quadril, ele agarrou a minha nuca e nos trouxe tão perto que as nossas respirações se misturaram. Mas não me beijou; só fitou os meus olhos enquanto me penetrava devagar, centímetro por centímetro.

Deixei escapar um gemido suave quando Beckett se acomodou, tão fundo que eu podia senti-lo no meu corpo inteiro, como se ele tivesse perfurado a minha alma.

– Ella – gemeu ele. – Meu Deus, você é maravilhosa.

Ele moveu a mão do meu quadril para debaixo da minha bunda, me erguendo de leve e me puxando para a extremidade da bancada, antes de começar a se mover num ritmo profundo e seguro. Nossos corpos se moveram como se fizéssemos amor juntos há anos em vez de momentos, como se ele fosse o único homem para quem fui criada.

Eu o envolvi nos meus braços, segurando a nuca dele enquanto ele me deixava cada vez mais excitada, cada estocada conduzindo aquela tensão ao ponto de ruptura, até que os nossos corpos estivessem escorregadios de suor.

Ele não mudou o ritmo, só me tomou repetidamente, como se aquilo fosse durar para sempre, como se não houvesse outro objetivo além de sentir aquele momento. Não havia despertadores, horários, nenhum lugar mais urgente para estar do que ali, nos braços do homem que eu amava.

Meus músculos se contraíram, desejando o clímax, e Beckett me beijou ao mesmo tempo que deslizava o polegar entre nós para acariciar o meu clítóris. Eu me desfiz, gritando enquanto o orgasmo me inundava, com uma força e profundidade que nunca tinha sentido na vida. Ele tomou os meus gritos com a boca, como se estivesse se alimentando do meu prazer, como se fosse mais do que sexo para ele também.

Eu o segurei bem perto, a emoção levando-me para além da razão.

– Eu te amo.

As palavras tropeçaram para fora da minha boca sem preâmbulo ou elucubrações.

Ele fez uma pausa, arregalando os olhos. Então, me beijou com força e profundidade enquanto investia de um modo selvagem, sem ritmo, tensionando nos meus braços e depois relaxando, enterrando o rosto no meu pescoço enquanto encontrava o próximo clímax, com o meu nome nos seus lábios.

Antes que eu pudesse ficar constrangida, ele se afastou e segurou o meu rosto. Nossa respiração era errática, e a dele desacelerou antes da minha.

– Eu te amo – disse ele, com os olhos presos nos meus.

– Sério?

Era quase coisa demais para desejar, ter aquele tipo de felicidade.

– Eu te amei desde o início. Bom saber que você me alcançou.

O meu sorriso foi instantâneo e espelhou o dele.

– Agora, quanto tempo a gente tem? Porque eu quero te levar lá para cima e fazer isso de novo direito.

Se aquilo não foi direito, eu mal podia esperar para ver o que seria.

– A noite toda. A gente tem a noite toda.

– Funciona pra mim.

E funcionou.

Outras três vezes antes do café da manhã.

CAPÍTULO DEZENOVE

BECKETT

Carta nº 4

Caos,

David Robins me chamou para sair hoje. Quem é David Robins?, você deve estar se perguntando. Na verdade, ele é um excelente partido por aqui. 28 anos, bonito, bombeiro, todas essas coisas típicas do mocinho de um romance. Qualquer garota em sã consciência teria dito sim.

É claro que eu disse não. Como falei uma vez, eu não tenho tempo para homens, e nada mudou nas últimas seis semanas em que estamos escrevendo um para o outro. Finalmente deixei a Solidão pronta para tomar o mundo de assalto, e simplesmente não posso me dar ao luxo de me distrair.

Mas, daí, às vezes, quando estou deitada na cama à noite, eu me pergunto se é só isso mesmo. Claro que não saí com ninguém enquanto estava grávida. Ok, eu estava divorciada, mas tinha coisas mais importantes na cabeça. Quando o Colt e a Maisie nasceram, aquele primeiro ano foi um borrão de mamadas e dentições de dois bebês, cada um com os próprios horários. Claro, eles são uns fofos agora, mas não eram tão fofos às duas da manhã, isso eu te garanto. Depois, eles começaram a andar, e eu continuava correndo para lá e para cá que nem uma barata tonta, ou uma mãe solo de gêmeos – tanto faz. Agora, eles estão no jardim de infância, e eu sinto que, finalmente, estou me estabilizando.

Mas, ainda assim, recusei quando David me chamou para sair.

O que diabos estou esperando? Não preciso de fogos de artifício nem nada assim. Já não sou mais uma garota boba e romântica. Sei que um ótimo relacionamento depende de mais do que apenas química.

Mas eu também não quero acabar virando a louca dos gatos da vizinhança. Sinceramente, nunca curti gatos, então isso seria um problema em algum momento.

E você? É difícil namorar ficando fora tanto tempo? Você pensa nisso? É feliz solteiro? Deve ser complicado tentar começar qualquer coisa quando você geralmente está do outro lado do mundo, não é?

Ella

Ela parecia tão em paz quando dormia. Geralmente, Ella estava a mil por hora – sempre havia um lugar onde precisava estar ou algo que precisava fazer, mas, quando dormia, tudo nela relaxava.

Ela merecia ficar assim o tempo todo.

Olhei para o relógio atrás do seu rosto adormecido. Sete e meia da manhã. Eu não dormia até tão tarde, ou tão bem, desde... Não conseguia nem me lembrar quando. Sem pesadelos ou pensamentos descontrolados, só Ella e um descanso maravilhoso e doce.

Bagunça acordou, sacudindo o sono do corpo, e deitou a cabeça na cama.

O mais silenciosamente possível, me levantei, peguei uma calça de moletom e a vesti. Podíamos até estar isolados ali, mas eu realmente não queria chocar quaisquer hóspedes que estivessem dando um passeio matinal ao redor do lago.

Atravessamos a casa, e abri a porta para o deque dos fundos. Bagunça saiu correndo e, quando desci os degraus para o pátio abaixo, ela já estava na floresta.

Senti as pedras geladas sob os pés descalços, mas fiquei ali mesmo assim, deixando que o frio tirasse de mim o calor da cama. O frio indicava que aquilo era real. Ella estava lá em cima, na minha cama. Eu tinha passado a noite mostrando exatamente o que sentia por ela e, se Bagunça se apressasse, eu poderia voltar escondido para a cama e mostrar de novo.

Ela me amava.

A alegria que senti diante daquela informação foi temperada pela culpa de saber que eu não merecia aquilo. Conquistei o amor dela por omissão, porque ela só conhecia um lado meu – mantive o outro cuidadosamente escondido. Escondido como o segredinho horrível que era.

– O que eu faço agora? – perguntei a Ryan, olhando para o outro lado da ilha.

Eu a afastara até não resistir mais, porque o meu autocontrole não era páreo para aquela mulher. Se eu fosse um homem melhor, a teria mandado embora na noite anterior. Teria parado Ella depois daquele beijo. Definitivamente, não a teria tomado na bancada da cozinha, depois na cama e, então, no chuveiro. Um homem melhor teria contado o segredo a ela naquela hora, já que a adoção estava finalizada e Colt e Maisie estavam financeiramente protegidos.

Um homem melhor teria confessado tudo e arcado com as consequências.

Claramente, eu não era esse homem melhor.

Não contei a ela porque não queria perder aquele olhar no rosto dela. Não queria perder o calor do seu amor, do seu corpo, do seu coração. Eu ainda não estava pronto para o fim do meu sonho. Inferno, não contei a ela porque era egoísta e estava tão envolvido àquela altura que não havia como escapar.

Bagunça voltou correndo para mim, e fiz carinho atrás das orelhas dela.

– Vamos arranjar o café da manhã?

Caminhamos até as escadas do deque e atravessamos a porta deslizante de vidro.

– Ah! – disse Ella, o corpo inclinado para a frente, tentando calçar o sapato. – Bom dia?

Ela já tinha vestido a roupa que usara no encontro, com os cabelos presos em um nó e as bochechas rosadas de sono e sexo.

– Foi uma pergunta? Porque para mim o dia está incrível.

Atravessei a sala de estar até onde ela estava, na beirada da cozinha.

– Bom, é. Quer dizer, acho que sim?

Ela me abriu um sorriso constrangido que daria orgulho a qualquer diretor de comédia romântica.

– Mas você não tem certeza?

Os olhos dela correram pelo meu peito e voltaram para cima, e as suas bochechas ficaram ainda mais rosadas.

– Não, eu tenho certeza. É um bom dia.

Nossa, como ela estava envergonhada. Minha Ella, que não dava a mínima para o que os outros pensavam dela, estava completamente desconcertada na minha cozinha às sete e meia da manhã.

– Café? – perguntei, deixando a mão deslizar pela cintura dela e até as costas enquanto passava por ela.

– Ah. Eu tenho que ir pra casa. Aposto que as crianças já acordaram e... essas coisas.

Ela começou a olhar ao redor da bancada, movendo a cafeteira para o lado.

– Ella, o que você está procurando? – perguntei.

– As minhas chaves? Eu sei que estava com elas, certo? Porque eu dirigi até aqui, mas não lembro o que aconteceu com elas quando entrei. Acho que me distraí.

Alcancei a mão dela, pegando-a e virando seu rosto para mim.

– Você não estava com elas quando entrou. Meu palpite é que elas estão no seu carro.

– Ah, não! E se alguém roubou o carro?!

Ela começou a se mover, mas bloqueei a passagem dela com um passo para o lado.

– Amor, a gente está no meio do nada. Ninguém roubou o seu carro.

Ela fechou os olhos.

– Por que eu teria deixado as chaves no carro? É isso que adultos maduros fazem, certo? Eles deixam as chaves no carro enquanto saem correndo para fazer o que quer que queiram fazer.

Ela estava toda agitada e fofa, mas eu sabia o que estava desencadeando aquele pequeno surto, e precisávamos dar um jeito nisso. Imediatamente.

– Abra os olhos, Ella. Por favor.

Devagar, os cílios dela tremeram, e aqueles olhos azul-bebê se concentraram em mim.

– O quê?

– Eu estou apaixonado por você. Eu já estava apaixonado por você antes de a gente dormir junto e vou continuar apaixonado por você pelo resto da minha vida se o meu coração for indicação de alguma coisa. Nada no que diz respeito à noite passada mudou isso. Eu sou eu. Você é você. A gente é... o que quer que você queira que a gente seja.

– O que a gente é?

– O que você quer que a gente seja? – perguntei, com um aperto no peito, esperando a resposta dela.

– O que *você* quer que a gente seja? – insistiu ela, virando a mesa.

De repente, vi todas as discussões sobre o que comeríamos no jantar pelos próximos cinquenta anos.

– Eu quero você. Eu te disse isso ontem à noite.

– Você queria sexo. Já amanheceu, e eu não vou te cobrar pelo que quer que tenha dito ontem à noite. E sei que esta deve ser a manhã seguinte mais constrangedora de todos os tempos, então, me desculpa, mas eu não tenho muita experiência nesse departamento – disse ela, mordendo o lábio trêmulo com os dentes.

– Eu quero você. Você toda. Olha, poder colocar as minhas mãos em você é um bônus imenso, porque, não sei se te contaram, mas você é incrivelmente deslumbrante. Mas eu quero mais do que uma noite com você na minha cama. Ou na bancada da cozinha.

Pelo jeito, ela realmente era capaz de ficar ainda mais vermelha. Achei que não fosse possível.

– Então, onde isso deixa a gente?

– Bom, eu estou com o dia livre. Então, pensei que a gente podia bater na porta do cartório até eles abrirem na segunda-feira e casar imediatamente.

O queixo dela caiu, e não tive como não continuar:

– A não ser que você seja o tipo de garota que curte pegar um voo para Vegas, o que, nesse caso, eu topo. Depois, a gente se junta ao meu pequeno porém leal culto de seguidores do apocalipse. Já fiz os preparativos para você e as crianças no abrigo antinuclear, onde vocês vão cuidar das uvas.

Ela piscou, com a boca ainda aberta.

– A não ser que vocês prefiram ser designados para as cabras.

Agradeço a Deus pelas noites em que Ryan me fez jogar pôquer, porque consegui manter um semblante sério.

– Você está brincando.

– Estou – falei, segurando o rosto dela.

– Graças a Deus – disse ela, relaxando o corpo todo.

– Imaginei que a gente podia ficar junto. Tipo gente normal. Olha, você esperou o casamento para dormir com o seu primeiro cara, então eu sei o que isso significa para você. E, se você quisesse casar hoje, com certeza eu...

– Não termina essa frase! – disse ela, pondo a mão na minha boca. – Ficar junto é bom. Gosto de ficar junto.

Beijei a mão dela, e Ella a deixou cair.

– Ok. Então, a gente está ficando – declarei, com um sorriso tão largo que fez as minhas bochechas doerem.

– Namorando – corrigiu ela, assentindo.

– Ah, dou a mão e já quer o braço, né? – falei, me inclinando para beijá-la, e ela deu um passo atrás com aquele olhar de não-mexa-comigo de que eu tanto gostava. – Namorando – concordei. – Ella, tem uma razão para eu não ter ficado com ninguém desde que cheguei à cidade.

– Ah, porque você está meio fora de forma e queria dar uma malhada antes? – disse ela, inclinando a cabeça de maneira zombeteira.

– Rá. Porque, desde o instante em que vi o seu rosto e te ouvi falar, você é a única que eu quero. Você me arruinou para qualquer outra pessoa antes mesmo de saber o meu nome.

Ela me arruinou no segundo em que disse que se arrependia de ter escrito à caneta. Cada grama da minha alma já era dela quando terminei de ler aquela primeira carta.

– Agora que passei uma noite com você, não quero só uma. Quero todas elas, e estou disposto a aceitar o que você quiser me dar.

Ela pareceu dividida por um segundo e, então, soltou um suspiro frustrado.

– Isso foi *muito* bom. Eu não tenho nada incrível assim para dizer. Só que te amo.

Eu a beijei de leve, uma simples carícia dos nossos lábios, porque não consegui me conter.

– Isso foi a coisa mais incrível que você podia dizer. Acredita em mim. Não é algo que estou acostumado a ouvir.

Ou algo que merecesse ouvir, mas eu era o babaca que iria aceitar.

– O que a gente diz para as crianças? Eu sei que isso não é uma conversa comum no primeiro encontro, mas a gente não é exatamente comum.

– Você que decide. O que você quiser dizer pra elas, a gente diz.

Ela colocou os braços em volta do meu pescoço.

– Bom, quer dizer, você é o pai delas.

– Preciso admitir que também amo ouvir isso.

Mesmo que seja só entre nós. Eu sabia que a última noite não mudaria o fato de ela querer manter a adoção em segredo, e tudo bem.

Pela primeira vez desde que eu chegara a Telluride, senti que tinha tempo. Tempo para conquistar Ella, conquistar a sua confiança.

– Ok, a gente vai falar para elas que está namorando. A gente não vai conseguir esconder isso deles por muito tempo, de qualquer jeito – declarou ela, pressionando o corpo contra o meu.

– E por quê?

– Porque eu não tenho ideia de como vou fazer para não te beijar o tempo todo agora que sei o quanto você é incrivelmente bom nisso – disse ela, enroscando os dedos nos meus cabelos.

– Olha só quem está falando coisas incríveis agora.

Então, a lembrei exatamente como eu era bom naquilo. Até que ela roubasse todos os pensamentos da minha cabeça, e eu estivesse, mais uma vez, à mercê dela.

As pessoas tinham o direito de ser tão felizes? Parecia quase antinatural ter isso como meu novo normal. Eu acordava, saía para trabalhar, jantava com Ella e as crianças e roubava beijos quando os gêmeos não estavam olhando.

Não tinha mentido quando disse que poderia beijá-la para sempre. Ella eram mil beijos diferentes em uma mesma mulher, o suave e carinhoso, o profundo e apaixonado, o forte e desesperado. Eu nunca sabia quem estava tomando nos braços e, no entanto, todas eram Ella.

Tudo era Ella.

Animado e esperançoso, reservei o chalé por tempo indeterminado. Ella protestou por causa do custo, mas entreguei o meu cartão a Hailey com um sorriso. Tempo indeterminado não significava para sempre, e eu já havia encontrado o lugar ideal para dar início a algo mais permanente.

Eu havia recebido um ótimo conselho de investimento de um amigo, e o local era perfeito.

– O que você acha de uma tirolesa? – perguntou Colt nos fundos do chalé de Ella, olhando para a casa na árvore que passáramos os últimos 10 dias construindo.

– Acho que isso você precisa perguntar pra sua mãe, porque eu não vou comprar essa briga – respondi, bagunçando as mechas dos cabelos curtinhos dele.

Ele tinha parado de raspar a cabeça no mês em que Maisie pulara a químio, e os cabelos estavam crescendo rapidamente.

Fazia um mês que eu tinha adotado as crianças, e onze dias desde que Ella havia levado Maisie para Denver para o primeiro tratamento com MIBG.

– Eu ia usar capacete! – argumentou ele.

Fica firme, lembrei a mim mesmo. Nos onze dias anteriores, tínhamos sido só Colt e eu, com alguma ajuda de Ada e Hailey, é claro, e fiquei surpreso por ele ainda não ter assumido o comando. Provavelmente porque havia passado mais da metade dos dias na escola.

– Ah, acho que isso não está aberto a debate. Para de abusar da sorte, garoto.

Ele soltou um suspiro.

– Tá bem. Mas e uma rampa de terra pro meu quadriciclo?

Aquela ideia até que era boa.

– Humm.

Ele viu minha fraqueza e atacou, revelando aquele sorriso largo.

– Quer saber?

– O quê? – perguntei, com a mão no ombro dele.

– Acho que eu estava certo. Sabe, lá no futebol.

Tentei descobrir a qual partida ele se referia, em meio às dezenas que disputara até então.

– Sobre o quê?

– Ter um pai *é* assim.

Ah, merda, eu ia chorar.

– Bom, talvez não *qualquer* pai – refletiu ele. – Sei que o pai do Bobby não ia conseguir construir algo assim. E o pai da Laura também é muito legal, ele pilota aviões. Talvez todos os pais só sejam legais de jeitos diferentes, sabe? E alguns pais não são nem, sabe... pais.

– É – falei baixinho, porque não consegui pensar em outra palavra.

Meu cérebro tinha virado mingau, assim como meu coração.

– Andei pensando muito sobre isso – declarou ele, assentindo com seriedade.

– Estou vendo. Eu te amo, rapazinho.

– É, eu também te amo. E eu realmente queria uma rampa de terra.

Eu ainda estava rindo quando Ella entrou no acesso para carros.

– A mamãe chegou!

Colt correu colina acima, e Bagunça alegremente foi atrás dele, comigo no encalço. Engraçado como eu já tinha cumprido missões por um ano, às vezes mais, e, ainda assim, os onze dias anteriores tinham parecido mais longos que isso.

O tempo passava devagar quando você sentia saudades da pessoa que amava.

Cheguei a tempo de ver Ella pular do carro e abraçar Colt. Então, ela acariciou as orelhas de Bagunça e arrulhou alguma coisa para a cadela antes de se levantar e levar os óculos escuros ao topo da cabeça.

– Ei, você – disse ela, sorrindo, e meu peito ameaçou explodir.

Eu a amava mais naquele momento que um mês antes ou mesmo quatro meses antes. Eu não sabia como o meu coração ia conter toda aquela emoção se ela continuasse a crescer naquele ritmo.

Eu peguei Ella no colo e a beijei, com aquela sensação de estar em casa que sempre sentia quando os nossos lábios se tocavam.

– Senti saudade.

Ela segurou minhas bochechas barbudas e ásperas e me beijou de novo.

– Também senti saudade.

– É, a gente entendeu. Vocês sentiram saudade – disse Colt, rindo, já abrindo a porta de trás com força. – Agora você brilha? Tem superpoderes?

– Acho que não – respondeu Maisie, com a voz mais baixa que o normal.

– Como você sabe? Você checou? Talvez tenha sentidos de aranha.

Pus Ella no chão e fui até a porta aberta, por onde Maisie balançava os pés. Ela desceu e foi imediatamente envolvida por Colt, que àquela altura estava uns bons 5 centímetros mais alto que a irmã.

– Senti saudades!

– Eu também – disse ela, baixinho, deitando a cabeça no ombro dele.

Olhei para Ella, que me deu um sorriso triste, com os lábios apertados.

– Tenho tanta coisa para te mostrar! – disse Colt, puxando Maisie pela mão, e ela assentiu e começou a caminhar atrás dele até a casa na árvore, sem dúvida.

– Ela está cansada – falei para Ella, pegando a mão dela enquanto seguíamos as crianças.

– Exausta. Ela recebeu uma transfusão enquanto a gente estava lá, mas ainda não tem apetite, a contagem de glóbulos vermelhos está baixa, e ela só... Aquilo é uma casa na árvore?

Ella parou, olhando embasbacada para a casa na árvore que havíamos construído entre dois pinheiros.

– Gostou?

Ela riu.

– Você construiu uma casa na árvore pra ele. Ele sempre quis uma.

Aquela risada se transformou em uma pequena inalação, e o rosto dela se contorceu de tristeza por um instante. Então, ela apertou a minha mão e forçou um sorriso.

– Obrigada. Ryan... Ele e... Bom, você construiu, e ela é incrível.

Ryan e Caos. Eu sabia exatamente o que ela ia dizer.

Eu estou bem aqui. Nunca te deixei. Mas te destruí.

Eu não disse nada disso, simplesmente beijei o pulso dela.

– Quer ver?

– Quero!

Eu a conduzi até a escada, onde estavam Colt e Maisie.

– Ok, Colt, por que você não leva a sua mãe lá pra cima?

– Tá bom!

– Tem certeza de que esta coisa aguenta o nosso peso? – perguntou Ella, observando Colt subir.

O garoto desembestou escada acima com uma rapidez impressionante. Ele seria um excelente montanhista quando crescesse.

– Ela aguentou metade da equipe de busca e resgate na semana passada

– contei. – A não ser que você entre lá com dez clones, a gente não vai ter problema.

– Chamou os figurões, é? – provocou ela.

Colt gritou e, quando olhei para cima, o vi cair do topo da escada.

Merda!

Dei um passo à frente, com os braços estendidos e prontos, e Ella arfou, em pânico.

Pouco antes de me alcançar, ele se segurou, suas mãozinhas agarrando o centro espesso do degrau de madeira.

– Colt! – gritou Ella.

Ele encontrou um ponto de apoio no degrau acima das minhas mãos e olhou para nós com um sorriso imenso.

– Que legal.

Inalei profundamente o ar e o soltei devagar, desejando que o meu coração não saísse pela boca. Aquele garoto ia acabar me matando.

– Isso *não* foi legal! – berrou Ella, com a voz aguda e beirando o desespero.

– Eu tô bem. Viram?

Ele largou a escada rapidamente e a pegou de volta logo antes de cair para trás.

– Para com isso! Eu passei semanas no hospital com a sua irmã e não estou preparada para voltar!

– Tá bom, tá bom – murmurou ele, e voltou a subir.

Quando chegou ao topo da escada, desapareceu através da escotilha.

– Você está bem? – perguntei a Ella.

Ela deu dois passos e enterrou o rosto no meu peito com um suspiro imenso.

– Ele está bem. Foi só um escorregão – falei, fechando os braços em volta dela e beijando o topo da sua cabeça. – Acidentes acontecem.

– Eu não tenho energia suficiente para acidentes. Será que a gente não pode só colocar os dois em uma bolha?

– Vai ser a próxima coisa que vou construir – respondi, olhando de relance para Maisie, que estudava os suportes da casa na árvore. – O que você acha?

– É incrível! – disse ela, abrindo um sorriso largo.

– Hoje, você é a minha preferida – falei para Maisie.

– Ouvi isso! – gritou Colt, bem em cima de nós. – Manda a mamãe aqui pra cima, ou vai ter que andar na prancha!

– Ninguém vai andar em prancha nenhuma – me advertiu Ella, e saiu dos meus braços para começar a subir a escada.

– Não tem prancha nenhuma – prometi a ela.

– Acho que você entendeu errado! – gritou Maisie para Colt. – A gente já tá aqui embaixo!

– Que seja! Sobe aqui!

– Olha só isto – falei para Maisie, puxando o arnês de rede para baixo do lugar na árvore onde ele ficava guardado.

Eu o estendi com uma mão e a coloquei sentada dentro dele com a outra.

– Agora segura nos dois lados.

Os olhos de Maisie se iluminaram quando a rede se levantou ao redor dela, e a garotinha agarrou as bordas, enganchando os dedos nas alças brancas.

– Sério?

– Ella, se prepara pra receber! – gritei lá para cima.

Olhei através da escotilha secundária e vi Ella assentir, confusa, mas pronta. Então, fui até a polia e comecei a içar Maisie.

– Ahhh! Isso é tão legal! – gritou Maisie.

Ela atravessou a escotilha, e a mãe a tirou do assento. Então, peguei a escada e encontrei a minha pequena família na varanda. Estávamos a uns 4,5 metros no ar, e tínhamos escolhido um lugar de onde as crianças podiam ver o lago. Crianças que naquele momento conferiam as coisas legais que Colt pedira na casa na árvore, como uma mesa com cadeiras, uma cozinha de brinquedo e um tubo de papelão gigante que pintamos de vermelho porque ele queria chamar o lugar de "Estrela da Morte".

– Isto é incrível – disse Ella, envolvendo a minha cintura. – O Ryan teria amado.

– É, mas ele ia querer um trampolim imenso para o Colt pular daqui de cima.

Ella arregalou os olhos.

– Bom, o Colt pediu uma tirolesa – contei.

– Daqui de cima?

– Ei, o filho é seu – falei, dando de ombros e puxando-a para mais perto de mim.

– Eu gosto disto – murmurou ela. – Voltar pra casa, pra você, sabendo que o Colt não estava sozinho.

– Eu também – falei, beijando a testa dela. – É tudo muito normal, e sei que parece loucura, mas estou realmente amando o normal. Passar tempo com você e as crianças, ficar sozinho com você sempre que posso, é realmente...

– Perfeito – ofereceu ela.

– Perfeito – concordei, olhando por cima do ombro para ter certeza de que as crianças estavam ocupadas antes de beijá-la.

Nossos lábios se encontraram e, então, Ella aprofundou o beijo. Fiquei mais do que feliz em corresponder. Nossas línguas se tocaram de leve, depois se separaram quando ouvimos as crianças vindo.

– Não é muito legal? É como se a gente estivesse sozinho aqui em cima! – disse Colt.

– Quase sozinho – comentou Ella, me lançando um sorriso astuto e malicioso.

– Quase, mas não exatamente – falei, me virando para as crianças, que observavam o lago.

– Eu amei – declarou Maisie com um sorriso largo.

– Então valeu a pena.

Eles correram para o outro lado da casa na árvore, e Ella me abraçou por trás.

– Será que eu consigo um tempinho sozinha com você mais tarde? – perguntou ela, deslizando as mãos por baixo da minha camisa para percorrer as linhas do meu abdômen.

– Quantas vezes você aguentar.

Meu Deus, como eu a queria. Precisava tê-la debaixo de mim, em cima, ao meu redor. Precisava me sentir conectado com ela do jeito que só o sexo fazia; precisava daqueles momentos em que não havia preocupações, câncer ou crianças por toda parte, só nós dois e o amor que sentíamos um pelo outro. Antes que ela pudesse responder, o meu telefone tocou. Enfiei a mão entre nós para alcançar o bolso de trás da calça e tirei o celular, deslizando o dedo na tela para atender.

– Gentry.

– Oi, eu sei que você não está de plantão neste fim de semana, mas alguns trilheiros se perderam – disse a voz de Mark no meu ouvido.

Soltei o ar com força. Eu só queria jantar com as crianças, enfiar aqueles rostinhos sorridentes na cama e, então, ficar bem *sozinho* com a mãe deles.

– Perdidos quanto?

– Eles deviam ter voltado há quatro horas.

– Vai – me incentivou Ella, beijando o meu braço onde a pele encontrava a camisa. – Eu sei que eles precisam de você. Vai.

– Chego aí em 20 minutos.

Desliguei o celular e puxei Ella para os meus braços.

– Mil desculpas. Essa era a última coisa que eu queria fazer agora.

– Ah, acredita em mim, você é a única coisa que eu queria fazer agora – disse ela com um beijo no meu queixo antes de me soltar. – Fica comigo hoje à noite depois que acabar?

Aquiesci. Estávamos limitando as noites inteiras juntos, mas eu não ia discutir. Não naquele dia.

– Eu volto assim que possível. Prometo – disse a ela, antes de beijar as crianças na testa quando elas passaram correndo de novo. – Você leva a Maisie lá pra baixo?

– Pode deixar. Vai – ordenou Ella.

Deixei que os meus olhos passeassem pelo corpo dela e suspirei, com uma expressão de desgosto.

– Turistas.

Ela riu.

– Ei, a vida normal é assim. Não era você que estava defendendo o normal?

– Desde que o normal seja voltar pra casa e pra você hoje à noite, estou de bem com isso.

E estava mesmo. Eu, o cara que nunca desejara raízes, estava prestes a fincá-las bem fundo ali. Era isso que eu queria. Aquela vida. Ella. Colt. Maisie.

Normal. O normal cotidiano e comum.

Eu só precisava que Maisie vivesse, porque o normal não era possível sem ela.

SEIS MESES DEPOIS

CAPÍTULO VINTE

ELLA

Carta nº 5

Ella,

Ah, a questão do namoro. Sinceramente, eu não namoro de verdade. Por quê? Porque a minha vida não é justa com nenhuma mulher. Nós sumimos de uma hora para a outra. Não é tipo "Oi, eu vou embora na semana que vem". É mais como "Desculpa, eu não vou estar em casa para o jantar... pelos próximos dois meses". Parece um jeito péssimo de começar um relacionamento, já que eu nunca sei quando vamos voltar para casa. Veja esta missão, por exemplo. Nós achamos que levaria uns dois meses. Definitivamente não era para ser a jornada com múltiplas paradas que tem sido. Eu não consigo imaginar deixar uma mulher em casa lidando com uma espera dessas.

Então, sem querer soar... como um canalha, eu simplesmente prefiro não ter relacionamentos de longo prazo. De certa forma, não tenho muita certeza de que sou capaz de algo assim. Quando a gente cresce sem ter ideia do que é um relacionamento bom e funcional, é bem difícil se enxergar em um.

Quanto ao Robins, se *você* quer ir, vá. Não se esconda atrás da sua vida, dos seus filhos. Se você está com medo de sair por aí e se arriscar, então diga isso. Assuma. Você passou por muita coisa, e isso sem dúvida deixaria qualquer pessoa um tanto hesitante ao aceitar sair com alguém. Ninguém pode te julgar. Só não se esconda atrás de desculpas. Você vai ficar mais forte quando identificar o que te deixa nervosa. E, sinceramente, eu vi fotos suas. Você não vai acabar como a louca dos gatos, isso eu garanto.

Se eu sou feliz solteiro? Acho que felicidade é um termo relativo, não importa o contexto. Eu parei de buscar a felicidade quando tinha uns 5 anos. Agora, eu tento estar satisfeito. É um estado mais fácil de alcançar e não me deixa com a sensação de que falta alguma coisa. Em algum momento, eu vou sair do exército e, depois disso, talvez, quem sabe? Mas ainda falta uma década ou mais para isso acontecer. Por enquanto, esta é a vida que eu amo, e estou satisfeito. Objetivo alcançado.

Fale um pouco sobre Telluride. Se eu chegasse na cidade como turista, o que não poderia deixar de ver? Fazer? Comer?

Caos

Satisfeita. Eu estava procurando a palavra certa para descrever meus sentimentos em relação à minha vida confusa dos últimos tempos, e era isto: eu estava satisfeita.

Eu amava Beckett com uma intensidade quase assustadora. Isso não havia mudado – e algo me dizia que não mudaria. Mas eu também estava ciente de que havia coisas sobre ele que eu jamais saberia. Nem sete meses vivendo como um casal preencheram todas as lacunas sobre quem ele fora antes de aparecer na Solidão.

Na maior parte do tempo, ele era o Beckett que eu conhecia. Mas havia momentos, quando eu o pegava olhando para a ilha de Ryan ou quando ele acordava de um pesadelo, em que eu não tinha como não me perguntar se um dia o conheceria tão bem quanto ele me conhecia.

Talvez isso fizesse parte do pacote de amar um homem como ele. Com alguns meses de relacionamento, eu havia aprendido que amor era basicamente sinônimo de compromisso, mas também, sempre, de aceitação. Havia dúzias de coisinhas sobre Beckett que me irritavam profundamente, e o mesmo valia para ele, mas, na maior parte do tempo, éramos quem éramos, e nos amávamos. Não fazia sentido tentar mudar o outro; ou queríamos crescer e mudar a nós mesmos, ou não. Depois que você aceitava isso em relação a alguém e ainda amava essa pessoa, vocês se tornavam praticamente indestrutíveis.

Beckett tinha aceitado que eu sempre seria superprotetora com os gêmeos e que não estava nem perto de pronta para contar aos dois que ele os havia adotado. Eu tinha aceitado que simplesmente havia partes de Beckett que sempre permaneceriam obscuras e secretas.

Mas não havia como negar que a minha escolha em manter a adoção entre nós foi diretamente influenciada pelos momentos em que Beckett se distanciava quando eu perguntava sobre o seu passado.

Não que eu não confiasse nele. Beckett morreria por mim. Pelas crianças. Mas, até que eu tivesse 100% de certeza de que ele ia ficar – de que aquelas sombras nos seus olhos não me levariam a encontrá-lo de mala feita –, os gêmeos não poderiam saber. Meu Deus, eles o amavam, e só a possibilidade de Beckett destruir o coração deles ao ser o segundo pai a abandoná-los era um risco grande demais a correr. Principalmente enquanto Maisie ainda lutava pela vida.

A ideia de perder Beckett fez o meu coração ratear, e peguei a mão dele no console da caminhonete enquanto ele nos conduzia pelas familiares estradas que levavam a Montrose. Beckett ergueu minha mão e, sem desgrudar os olhos da estrada, beijou a parte interna do meu pulso, um hábito que eu amava. A neve se acumulava dos dois lados, mas as estradas estavam limpas, pelo menos. Fevereiro sempre era um mês imprevisível.

– Tudo bem aí atrás? – perguntei a Maisie enquanto ela mexia no iPad que Beckett lhe dera de Natal, quase idêntico ao de Colt, exceto pela capa.

– Tudo. Tô só brincando com um jogo de soletrar que a Srta. Steen me deu de dever de casa.

Ela não olhou para cima, apenas continuou deslizando o dedo.

– Você trouxe o Colt? – perguntei, avistando o urso cor-de-rosa enfiado no assento ao lado dela.

– Trouxe. O Colt de verdade ficou bravo porque não podia vir com a gente, então eu prometi que ia trazer o Colt ursinho – explicou ela, encontrando os meus olhos no espelho e forçando um pequeno sorriso.

– Você está nervosa.

– Eu tô bem.

Beckett e eu trocamos um olhar de soslaio e deixamos para lá. Um mês antes, ela havia tido 33 dias de inferno. A megaquímio foi a parte mais cruel do tratamento.

Maisie vomitou. Sua pele descascou. Ela teve feridas no trato gastrointestinal e precisou colocar um tubo de alimentação porque não conseguia manter nada no estômago. No entanto, assim que terminou o tratamento e as células-tronco foram transplantadas, se recuperou imediatamente. Ela era surpreendente de todas as formas que uma garotinha poderia ser.

Eu não podia dizer que estava feliz, não com Maisie ainda tentando sobreviver, mas havíamos ultrapassado a marca de um ano em novembro, e ela continuava conosco. Teve outro aniversário e outro Natal. Colt estava fazendo aulas de snowboarding. A Solidão não tinha mais vaga durante toda a temporada de esqui e o verão, e Hailey havia se mudado alguns meses antes, sabendo que eu podia contar com Beckett, que tinha se revezado entre Telluride e Denver para estar onde fosse mais necessário.

Tudo se resumia a Beckett. Ele tornava os piores dias suportáveis. E transformava os dias bons em excelentes. Ele pegava as crianças nos lugares, levava Colt para a escola e Maisie para as consultas locais, preparava o jantar nas noites em que eu não conseguia sair da casa principal – não havia nada que ele não fizesse.

Então, talvez eu não pudesse dizer que estava feliz, mas estava satisfeita, e isso era mais do que suficiente. Caos teria ficado orgulhoso.

Fazia quase 14 meses que eu o havia perdido junto com Ryan e ainda não fazia ideia do porquê. Essa era uma parte do passado de Beckett que, para mim, era quase impossível aceitar. Só quase, porque alguns meses antes eu o ouvira gritar o nome de Ryan no meio de um pesadelo. Esse grito me disse que ele não estava nem perto de pronto para falar sobre tudo que acontecera.

Ryan e Caos tinham ido embora.

Beckett estava vivo e nos meus braços, e isso significava que eu tinha todo o tempo do mundo para esperá-lo estar pronto.

Entramos no hospital, e Beckett carregou Maisie pelo estacionamento coberto de neve semiderretida, enquanto eu seguia os seus passos, grata por estar de botas.

Maisie ficou quieta durante o check-in na recepção e a checagem de sinais vitais, e em silêncio total enquanto coletavam o seu sangue e ela passava pela tomografia computadorizada.

Quando chegamos a uma sala de exames para esperar a Dra. Hughes, ela já era quase uma estátua.

– No que você está pensando? – perguntou Beckett a Maisie, se sentando na mesa de exames.

Ela deu de ombros, balançando as pernas debaixo da cadeira. Os dois tinham feito um trato depois do segundo tratamento com MIBG: ela não se sentaria em mesas de exames mais do que o necessário. Maisie disse que elas a faziam se sentir uma criança doente e que queria acreditar que estava melhorando. Então, Beckett se sentaria na mesa até que a médica chegasse e, só depois, eles trocariam de lugar.

– Eu também – disse ele, espelhando o dar de ombros dela.

– E eu também – acrescentei.

Aquilo nos rendeu um pequeno sorriso.

A Dra. Hughes bateu na porta e entrou.

– Oi, Maisie! – disse ela a Beckett.

– Pego no flagra – sussurrou ele, com um gesto.

Maisie abriu um sorriso largo e pulou para tomar o lugar de Beckett, que se acomodou na cadeira em que ela estava e pegou a minha mão.

– Como você está se sentindo? – perguntou a Dra. Hughes, fazendo os exames físicos de costume.

– Bem. Forte – respondeu Maisie, assentindo para dar ênfase.

– Acredito em você. Sabe por quê?

A minha mão apertou a de Beckett. Por mais firme que tentasse parecer para Maisie, eu estava morrendo de medo do que a Dra. Hughes iria dizer. Parecia tão injusto fazer uma garotinha passar por tanta coisa para, no fim das contas, não funcionar.

– Por quê? – murmurou Maisie, esmagando o ursinho de pelúcia de Colt.

– Porque os seus exames estão ótimos, assim como você. Bons e fortes – declarou ela, batendo o dedo de leve no nariz de Maisie. – Você é demais, Maisie.

Maisie olhou por cima do ombro para nós, com um sorriso tão grande quanto o estado do Colorado.

– O que isso significa exatamente? – perguntei.

– Nós encontramos menos de 5% de células cancerígenas na medula óssea dela. Nada mudou desde que vocês saíram do hospital no mês passado. E não tem nenhum tumor novo. A sua garota está estável e em remissão parcial.

Aquela palavra acionou alguma coisa no meu cérebro, e ele entrou em curto-circuito exatamente como aconteceu na primeira vez que eles disseram "câncer", só que, desta vez, a minha descrença foi de alegria.

– Fala de novo – implorei.

A Dra. Hughes sorriu.

– Ela está em remissão parcial. Significa que não vai precisar fazer novos tratamentos por enquanto. Provavelmente, vou querer fazer uma sessão de radioterapia dentro de uns dois meses para acabar com qualquer célula microscópica que tenha sobrado, mas, desde que as tomografias dela voltem limpas, acho que a gente pode dar um pequeno descanso para a Maisie.

Tudo ficou embaçado, e as mãos de Beckett enxugaram as minhas bochechas.

Ri quando percebi que estava chorando.

Ouvimos a Dra. Hughes explicar que não era uma remissão completa. Maisie havia feito um progresso significativo, mas não estava curada. A Dra. Hughes tinha esperanças de que o tratamento com radioterapia eliminasse o resto e, então, poderíamos agendar a imunoterapia.

Depois, ela reiterou que mais da metade das crianças com neuroblastoma agressivo tinha uma recidiva depois de entrar em remissão total, que aquilo não era uma garantia, mas uma pausa bastante necessária. As tomografias semanais poderiam até ser feitas localmente em Telluride, e ela as revisaria em Denver, então não havia necessidade de dirigir até Montrose.

Anotei tudo o que consegui processar, torcendo para que fizesse sentido mais tarde. Então, Maisie pulou da mesa, e caminhamos até o carro. Maisie e Beckett conversavam e riam, brincando sobre quanto sorvete ela comeria durante os meses de descanso do tratamento. Ela declarou que devoraria uma cesta de Páscoa inteira, cheia de chocolates e copinhos de manteiga de amendoim.

Beckett içou Maisie para dentro da caminhonete, e ela afivelou o cinto. Então, ele bateu a porta e pegou a minha mão enquanto nos dirigíamos ao meu lado da caminhonete.

De repente, me dei conta. Maisie estava falando sobre a Páscoa, que seria dali a dois meses. Meus olhos se encheram d'água, e cobri o rosto com as mãos.

– Ella – murmurou Beckett, me puxando contra o peito.

Agarrei as pontas do casaco dele e solucei, um som feio, cru e real.

– Páscoa. Ela vai estar aqui na Páscoa.

– É, ela vai – prometeu ele, correndo a mão pelas minhas costas. – Tudo bem planejar, sabe? Olhar para o futuro e imaginar como vai ser a vida para nós quatro quando ela estiver saudável. Tudo bem acreditar em coisas boas.

– Faz tanto tempo que estou presa nisso. Só vivendo de tomografia a tomografia, de quimioterapia a MIBG. A gente nem comprou presentes até uma semana antes do Natal porque eu não conseguia ver tão longe no futuro. E agora eu consigo enxergar alguns meses.

Claro, havia os exames semanais, mas dois meses pareciam uma eternidade, um presente da única coisa que nos fora negada: tempo.

– Vamos só aproveitar e curtir cada minuto em que ela se sentir ótima.

– Certo – concordei, assentindo, mas, com a palavra "remissão" sendo lançada como uma bola de praia em um show, senti um desejo angustiante por mais.

Sempre deixei de lado os pensamentos sobre a morte de Maisie, mas também não pensava nela *vivendo*. Meu mundo se reduziu à luta. Meu infinito existia dentro dos limites do tratamento dela. Eu nunca olhava muito à frente por medo de tirar os olhos da batalha do momento.

– Acho que estou ficando gananciosa.

– Ella, você é a pessoa menos gananciosa que eu conheço – disse Beckett.

Ele me apertava com os braços, me aterrava.

– Mas estou ficando mesmo. Porque eu implorava por semanas, e agora vejo meses e quero anos. Quantas outras crianças com neuroblastoma morreram enquanto ela lutava? Três de Denver? E eu aqui vendo essa luz no fim do túnel e rezando para que não seja um trem de carga vindo na nossa direção. Isso é ganância.

– Então eu também sou ganancioso. Porque eu abriria mão de qualquer coisa para que ela tenha esse tempo. Para que você tenha.

Fomos para casa com Maisie cantando junto com a playlist de Beckett, suas preocupações anteriores deixadas para outro dia e outro exame.

Minhas preocupações persistiam. Querer algo que estava tão fora de alcance antes fora um pensamento distante e, como se tornara uma possibilidade real, aquele desejo era uma necessidade gritante que empurrava todo o resto para o lado e exigia ser ouvida.

Eu não queria apenas aqueles poucos meses.

Queria uma vida inteira.

Pela primeira vez desde que Maisie recebera o diagnóstico, eu tinha uma esperança real. O que significava que tinha algo a perder.

Duas semanas depois, mal percebi quando as minhas costas bateram na parede do quarto. Minhas pernas envolviam a cintura de Beckett, e a minha camisa estava em algum lugar entre a porta da frente e a escada. A dele tinha caído em algum canto entre a escada e o quarto.

A língua dele estava na minha boca, as minhas mãos, nos cabelos dele, e nós dois, pegando fogo.

– Quanto tempo a gente tem? – perguntou ele, o seu hálito quente no meu ouvido, antes de traçar uma trilha de beijos descendo o meu pescoço, demorando-se no ponto que fazia a minha pele se arrepiar e o meu sangue ferver.

– Meia hora? – respondi, em um palpite aproximado.

– Perfeito. Eu quero te ouvir gritar o meu nome.

Ele me carregou para a cama e, após alguns segundos e roupas jogadas no chão, estávamos ambos alegremente nus.

Éramos especialistas em sexo silencioso, o tipo em que bocas e mãos cobriam os sons do orgasmo, praticado na hora do banho ou em sessões no meio da noite para fugir das interrupções inevitáveis das crianças. Fazia tempo que havíamos afastado a cabeceira da cama da parede.

Mas ter a casa toda só para nós por meia hora? Era uma desculpa para sermos completamente hedonistas.

Beckett se moveu sobre mim, e aninhei os seus quadris entre os meus enquanto ele me beijava até eu me esquecer de tudo. Mesmo sendo extremamente misterioso quanto a seu tempo no exército, na cama ele era um livro aberto. Nossos corpos se comunicavam sem esforço e, de alguma maneira, ficávamos melhores a cada vez que fazíamos amor. O fogo que pensei que logo fosse se apagar só queimava ainda mais brilhante e quente.

– Beckett – gemi quando ele pôs meu mamilo na boca e deslizou a mão por entre as minhas coxas.

– Sempre tão pronta. Meu Deus, eu te amo, Ella.

– Eu te amo – falei, cada palavra pontuada por um arquejo.

O homem sabia exatamente como me levar ao limite com nada mais que alguns...

Ring. Ring. Ring.

Forcei a cabeça para o lado, onde vi o celular de Beckett iluminado no chão, ao lado da sua calça jeans.

– É... o seu.

– Não estou nem aí – disse ele, e me beijou.

Em meio à língua e aos dedos dele, eu já me arqueava para encontrá-lo, desesperada para aproveitar ao máximo o nosso tempo sozinhos. Aqueles eram os momentos em que nada mais importava, em que o universo inteiro se dissolvia e nada mais existia fora da nossa cama – do nosso amor.

Ring. Ring. Ring.

Droga. Olhei de novo e distingui as letras na tela.

– É da estação, e se eles ligaram duas vezes...

Beckett rosnou, aborrecido, mas se inclinou na cama para pegar o celular.

– Gentry.

Ele pôs a boca na minha barriga, e corri as mãos pela ampla extensão dos seus ombros.

– Não me importo. Não.

Ele escorregou a língua de volta até a curva do meu seio, então parou de repente.

Depois, se sentou nos joelhos, e eu soube, antes que ele dissesse uma única palavra, que Beckett ia embora, porque já estava a um milhão de quilômetros de distância.

– Chego aí em dez minutos.

Ele desligou o telefone e me lançou aquele olhar – o que me dizia que não iria se não precisassem dele.

– Tudo bem – falei para ele, já me sentando.

Ele pôs a mão no meu joelho.

– Eu não iria se eles não…

– Precisassem de você – concluí por ele.

– Exatamente. Um carro capotou perto da cachoeira Bridal Veil, e uma menina de 10 anos está desaparecida. Ela foi lançada para fora do veículo. É… é uma criança.

Crianças eram o único grupo demográfico que ele nunca recusava. Mesmo quando não estava de plantão, se havia uma criança envolvida, ele ia. Eu me inclinei e o beijei de leve.

– Então, é melhor você ir.

– Eu sinto muito – disse ele, percorrendo o meu corpo com o olhar. – Muito. Muito. *Muito* mesmo.

– Eu sei. Eu te amo. Vai salvar a garotinha de alguém.

Coloquei Beckett e Bagunça para fora de casa e, cinco minutos depois, estava completamente vestida no quarto.

Com uma casa vazia.

As opções eram infinitas. Eu poderia ler um livro. Assistir a alguma coisa que estava aguardando fazia meses. Ou até tomar um banho de banheira. Qualquer coisa num silêncio doce e maravilhoso.

Em vez disso, escolhi lavar roupa.

– Vou abrir uma colônia de nudismo – murmurei, pegando o cesto de roupas de Maisie e descendo as escadas.

Meu telefone tocou no meio do caminho, e apoiei o cesto no quadril para atendê-lo.

– Alô?

– Sra. Gentry?

Por mais maravilhoso que aquilo soasse, afastei o pensamento.

– Não, Srta. MacKenzie, mas conheço o Beckett Gentry.

Avancei até a pequena lavanderia e joguei a roupa lá dentro. Se acabássemos morando ali depois que Maisie estivesse curada, a primeira coisa da minha lista seria pedir a Beckett para instalar uma lavadora maior.

Caramba, eu tinha acabado de fazer planos não só para Maisie viver, mas para Beckett ainda estar comigo. *Eu estava ou não estava otimista naquele dia?*

– Srta. MacKenzie?

Uma otimista que tinha ignorado completamente o celular para sonhar acordada.

– Estou aqui. Perdão, o que você estava dizendo?

Coloquei o sabão e apertei o botão da máquina, depois dei o fora da lavanderia para conseguir ouvir a mulher.

– Meu nome é Danielle Wilson. Eu trabalho para a Tri-Prime – informou ela, em um tom estritamente profissional.

– Ah, o plano de saúde. Claro. Eu sou a mãe da Maisie MacKenzie. Como posso ajudar?

Cara, aquela louça também precisava ser lavada. Que diabos as crianças tinham preparado com Ada naquela tarde?

– Estou ligando em referência à carta que enviei ao oficial comandante do primeiro-sargento Gentry. A mesma que vocês receberam.

Ela certamente estava irritada. Pensei na pequena pilha de envelopes na minha mesa que detalhavam as reivindicações pagas pelo plano.

– Mil desculpas, na verdade eu não abro as cartas há algumas semanas. Geralmente sou bem melhor com isso.

Saber que tínhamos um par de meses sem tratamentos me fez dar uma relaxada em relação a correspondências sobre câncer. Eu me senti como Ross lendo a carta de Rachel naquele episódio de *Friends*: estávamos dando um tempo!

Então, minha ficha caiu.

– O oficial comandante dele?

– É. O capitão Donahue. Nós também enviamos a carta para ele na semana passada, como notificação.

Beckett tinha saído do exército. Ele estava em licença terminal quando chegou ali em abril do ano anterior e já era a primeira semana de março. Eu não sabia muita coisa sobre o exército, mas não achava que a licença terminal durasse um ano. Ai, meu Deus, será que ele tinha mentido para mim?

– Eu gostaria de agendar um horário para ir até aí fazer uma entrevista preliminar. A próxima semana está disponível. Pode ser na segunda-feira ao meio-dia?

– Perdão, você quer vir até Telluride?

– Sim, seria bom. Pode ser na segunda-feira, ou terça fica melhor?

Ela queria estar em Telluride dentro de dois dias.

– Pode ser na segunda, mas posso perguntar do que se trata? Nunca recebi a visita de um plano de saúde antes.

O que ela disse a seguir me calou pelo choque. Fiquei parada até as crianças chegarem em casa com Ada. Então, em silêncio durante o jantar e os banhos. Minha cabeça correu em dez mil direções diferentes enquanto eu colocava as crianças na cama… e não parou por horas.

Já passava das dez da noite quando Beckett atravessou a porta da frente, usando a chave que eu dera a ele sete meses antes.

Ele estava exausto, com manchas de terra no rosto. Ele tirou a jaqueta da equipe de busca e resgate, pendurando-a no cabide perto da porta, e Bagunça parou para receber um carinho antes de ir em direção à tigela de água.

– Por que eu não tenho a chave da sua casa? – perguntei.

– O quê?

Ele parou abruptamente ao me ver sentada à mesa de jantar em meio aos papéis abertos do plano de saúde.

– Eu te dei a chave da minha casa, e você dorme aqui quase todas as noites agora. Parece tão simbólico, sabe? Eu te deixo entrar completamente, e você mantém tudo tão bem trancado. Eu só posso te visitar quando você abre a porta.

Ele se sentou na cadeira no canto oposto à minha.

– Ella? O que está acontecendo?

– Você ainda tem um oficial comandante? Um tal de Donahue?

O olhar vazio dele respondeu à minha pergunta. Ryan ficava igualzinho sempre que eu perguntava algo sobre a unidade.

– Você ia me dizer que não saiu?

Ele tirou o boné e correu a mão pelos cabelos.

– É um detalhe técnico.

– Eu meio que vejo estar no exército como uma gravidez. Ou você está ou não está. Não existe um meio-termo técnico.

A dúvida raivosa e sombria que eu mantinha sob controle começou a cortar o meu peito, abrindo caminho até o meu coração.

– Você mentiu para mim esse tempo todo? Você ainda está no exército? Você só está esperando eu não precisar mais de você pra voltar? Eu sou só uma missão para você? A irmã mais nova do Ryan?

– Meu Deus, não.

Ele pegou minha mão, mas a puxei de volta.

– Ella, não é disso que se trata.

– Explica.

– *Alguém* apareceu logo depois que eu cheguei aqui, me pedindo para voltar, e eu recusei. Depois do que aconteceu, eu não estava em condições de voltar, de qualquer forma, e Bagunça pode até obedecer a vocês, mas ela não aceita comandos de trabalho de nenhum outro treinador.

– Ah, mais uma fêmea que você arruinou para outro macho – falei, saudando-o com a minha garrafa d'água.

– Vou encarar isso como um elogio – disse ele, debruçando-se na mesa, apoiando os cotovelos na madeira escura e polida.

– Não foi um.

– Esse... cara me ofereceu um detalhe técnico, tirar uma licença por invalidez temporária. Isso me permitiria manter tudo do jeito que estava no exército, sem, na verdade, ter que aparecer. Eu poderia voltar quando quisesse, só teria que assinar uma papelada que começava com um ano de licença, passível de ser renovada por até cinco anos. Ele manipulou totalmente o sistema, fazendo o que podia para me oferecer uma maneira fácil de voltar.

– E você aceitou.

Eu mal conseguia encarar aqueles olhos. No minuto em que fizesse isso, ele me convenceria de que ia ficar, quando todas as evidências provavam o contrário.

– Eu recusei.

Meus olhos dispararam até os dele.

– Mas, na noite em que eu percebi que podia colocar Maisie e Colt como dependentes no meu plano, soube que precisava assinar. Era o único jeito de cobrir 100% os dois.

– Quando você assinou?

– Na manhã em que fui ver o Jeff. Foi exatamente um dia antes de a oferta expirar.

– Por que você não me contou?

Uma pequena parte da minha suspeita desapareceu.

– Porque eu sabia que você odiava o que a gente fazia, a vida que a gente levava. Que veria a assinatura dos papéis como uma forma de fugir quando eu me cansasse de *brincar de casinha* aqui em Telluride. Não estou certo? – perguntou ele, voltando a se recostar na cadeira e erguendo a sobrancelha em questionamento.

– Talvez – admiti. – Mas você não pode me culpar, pode? Caras como o Ryan, você... e...

Caos.

– Vocês todos têm uma necessidade de adrenalina constante. O Ryan uma vez me disse que o momento em que ele se sentia mais vivo era no meio de um tiroteio. Que tudo naquela hora acontecia em cores vivas, e o resto da vida dele se apagava um pouco por causa disso.

Beckett brincou com a aba do boné e anuiu devagar.

– Sim, isso pode acontecer. Uma vez que a gente experimenta esse nível de adrenalina no corpo, essa percepção aumentada do sentido de vida e morte, as coisas normais do dia a dia não parecem tão empolgantes. É como se a vida fosse o trem monotrilho da Disney, e o combate, a montanha-russa, com as subidas, as quedas dramáticas, os giros e as curvas. Só que, às vezes, as pessoas morrem na montanha-russa, e isso faz com que você se sinta ainda mais sortudo por escapar e bem mais culpado.

– Então, por que eu não esperaria que você voltasse para isso? Se nós somos o monotrilho, você só pode estar entediado e, se não está ainda, vai ficar.

– Porque eu te amo.

Ele disse isso com uma certeza incrível, do mesmo jeito que alguém afirmava que a Terra era redonda e os oceanos, profundos. O amor dele era uma obviedade.

– Porque te beijar, fazer amor com você... – continuou Beckett. – Quando a gente está junto, você eclipsa isso tudo. O resto não fica nem em segundo plano, simplesmente não existe. O combate nunca me incomodou antes porque eu não tinha nada a perder. Ninguém me amava, e eu só me importava com o Ryan e a Bagunça. Eu não conseguiria te deixar. Eu não conseguiria atravessar o mundo preocupado com você, com as crianças. Eu não conseguiria entrar em combate com a mesma eficiência porque saberia que, se morresse, vocês estariam sozinhos. Entendeu?

– Eu sou a sua kriptonita.

Aquilo não soou tão lisonjeiro.

– Não, você me deu algo a perder. Outros caras casados, eles estão bem, mas talvez seja porque não vieram de uma infância tão traumática. Amor para eles era o monotrilho. Você é a primeira pessoa que eu amo, e a primeira mulher que me amou. Você é a montanha-russa.

É, aquilo enfiou um alfinete na minha bolha de raiva e a estourou.

– Você devia ter me contado.

– Desculpa. Eu devia ter te contado. Mas a gente estava se aproximando muito naquela época, e eu te queria tanto que tive medo de arriscar.

Ele se sentou ereto e pegou a minha mão, olhando para os meus olhos com uma expressão tão intensa que fiquei toda arrepiada.

– Se eu escondo qualquer coisa de você, é porque morro de medo de te perder – prosseguiu ele. – Toda essa coisa de montanha-russa? Eu nunca me senti assim. Meu coração nunca deixou o meu corpo e pertenceu a outra pessoa. Eu não sei como ter um relacionamento e estou fadado a estragar este aqui.

Rocei o polegar na parte de baixo do pulso dele.

– Você está indo bem. A gente está indo bem. Pensando agora, este também é o meu relacionamento mais longo. Só não esconde as coisas de mim, ok? Eu sempre posso lidar com a verdade, e mentiras... – engoli o nó na garganta e continuei: – Mentiras são o meu limite. Eu preciso poder confiar em você.

E eu ainda confiava, mesmo ele tendo escondido aquele detalhe de mim.

– Existem coisas sobre mim que mudariam a forma como você me vê.

– Isso você não sabe.

– Eu sei.

Ele tinha tanta certeza.

– Experimenta.

Ele tensionou o músculo do maxilar, e me pareceu que talvez fosse...

– Como você sabia sobre o meu oficial comandante?

Ou não.

A decepção inundou o meu estômago.

– O plano de saúde ligou. Eles vão enviar alguém aqui na segunda para falar com a gente.

– O quê? Por quê?

– Acho que o valor das contas da Maisie disparou algum alarme interno, porque ela começou o plano agora. Estão investigando a gente por fraude de plano de saúde.

Ele fechou os olhos devagar e deixou que a cabeça se inclinasse para trás.

– Isso é simplesmente fantástico.

– Beckett...

Ele empurrou o corpo para fora da mesa, pegou o boné e o enfiou na cabeça.

– Acho que vou dormir na minha casa hoje à noite. Não é nada com você, é só o resgate, e eu preciso...

– Vocês encontraram a garotinha? – perguntei, baixando a voz de vergonha por não ter pensado em perguntar antes, tão consumida que estava pelo meu próprio drama.

– Encontramos. Ela deve sobreviver, mas foi por pouco.

Soltei o ar, aliviada.

– Então, estou feliz por você ter ido.

Como aquela conversa era diferente da que tivéramos algumas horas antes, quando ele saíra...

– Eu também.

– Fica. Por favor, fica – pedi, baixinho. – Eu sei que às vezes você tem pesadelos depois dos resgates. Eu consigo lidar com isso.

Se eu queria qualquer futuro com aquele homem, precisava provar que não me afastaria quando ele me mostrasse as partes que mantinha escondidas.

– Já falei, não existe nada que vá me fazer te olhar diferente – falei.

– Eu matei uma criança.

Ele falou em uma voz tão baixa que quase não consegui escutá-lo, mas eu sabia que Beckett não repetiria mesmo que eu pedisse. Então, me movi o mínimo possível e simplesmente o encarei.

– Foi um ricochete de bala. Ela tinha 10 anos. Eu matei a menina, e o nosso alvo não estava sequer no lugar informado. Eu matei uma criança. Você ainda quer dormir ao meu lado?

– Quero – respondi na mesma hora, com lágrimas ardendo nos olhos.

– Não quer, não. Ela tinha cabelos e olhos castanhos. Ela viu a gente chegar e estava tentando tirar o irmãozinho do caminho – contou ele, agarrando as costas da cadeira. – Eu ainda ouço a mãe dela gritar.

– É por isso que você trabalha em todos os resgates de crianças, seja como for.

Ele assentiu.

Talvez aquilo também explicasse em parte por que ele estava tão determinado a salvar Maisie.

– Não foi culpa sua.

– Nunca mais me diga isso – retrucou ele. – Eu puxei aquele gatilho. Eu estava ciente dos riscos. Eu matei aquela criança. Todas as vezes que você me vir com a Maisie ou o Colt, pensa nisso e, daí, decide o quanto você quer realmente saber sobre como eu passei a última década.

Meu coração se partiu por ele, por aquela garotinha e pela mãe dela. Pelo irmão que ela tentou tirar do caminho. Pela culpa que Beckett carregava. Eu queria dizer a Beckett que ele não tinha como me assustar. Que eu sabia quem ele era até a alma e que ele era um homem fenomenal. Mas a expressão dele me informou que aquela não era uma opção naquela noite – ele não estava pronto para a absolvição de ninguém.

Caso ninguém tenha te dito até hoje, você tem muito valor. É digno de amor. De uma família. De um lar.

As palavras da carta de despedida de Ryan para Beckett me atingiram. Ele era a única pessoa que talvez conhecesse Beckett melhor do que eu, e algo me dizia que, embora tivesse visto todos os lados bonitos de Beckett, Ryan tinha visto as sombras dele.

Fiquei de pé e estendi a mão, esperando que ele tomasse uma decisão.

Após o que pareceu ser uma eternidade, ele pegou a minha mão e subiu comigo. Depois que Beckett tomou banho e nos deitamos juntos na escuridão do meu quarto, ele me puxou para si, segurando minhas costas contra o peito.

– Não te dei uma chave porque você é dona do chalé, Ella. Imaginei que você já tinha uma. Talvez eu devesse ter dito para você usar sempre que quisesse, mas acho que pensei que você soubesse.

– Soubesse o quê?

– Você me deu a sua chave quando a gente chegou a um ponto do relacionamento em que você confiava em mim. Daí, me permitiu ter acesso a você.

– Certo.

– Eu precisei conquistar a sua confiança. Mas você tem a minha desde o primeiro dia. Você já tinha uma chave para me acessar. Eu sei que a porta do sótão está um pouco emperrada, mas só me dá algum tempo.

Eu me virei nos braços dele, me lembrando de cada noite que ele havia perguntado se podia me ajudar. Do dia em que encontrei Colt na casa dele. Da noite em que entrei na casa dele para ler a carta de Ryan… e, então, de novo, da noite da adoção. Quando ele chegou ali, fui eu quem o deixou do lado de fora.

– Eu te amo.

– Eu sei, e também te amo – disse ele.

Então, ele passou a hora seguinte demonstrando isso com cada toque das suas mãos e cada beijo da sua boca.

Como eu disse, éramos especialistas em sexo silencioso.

Sexo de arrepiar, sacudir a Terra e moldar a alma.

CAPÍTULO VINTE E UM

BECKETT

Carta nº 21

Caos,

É Natal. Hum. Será que eu realmente me tornei aquele tipo de pessoa, tão triste e consumido pelas preocupações que até escrever "Natal" de alguma forma parece deprimente?

Não deveria ser. A Maisie está aqui e, como faz uma semana desde o último tratamento de quimio, ela na verdade está se animando. O cabelo dela já caiu todo agora. Isso aconteceu logo depois do segundo tratamento, no aniversário dela, para ser exata. Quando começou, ela me pediu para tirar tudo. Ela disse que era mais fácil ficar triste de uma vez do que um pouquinho todos os dias.

Minha filha de 6 anos é incrivelmente sábia.

Então, é Natal, e, enquanto os meus filhos brincam com os brinquedos novos, eu quero me concentrar no que é bom.

Primeiro, obrigada pelo roupão. É supermacio, e eu amei. Eu perguntaria onde você o encontrou, mas isso provavelmente implicaria me contar coisas que você não tem permissão para contar. Espero que o seu presente também tenha chegado aí.

Segundo, em breve você vai estar aqui. Preciso admitir que estou bem mais empolgada com isso do que deveria. Eu sinto que já te conheço

tão bem e que te ver cara a cara é só isso mesmo – te ver. Eu te conheci 21 cartas atrás. Como é incrível conhecer alguém através das palavras antes de ver o rosto, achar a sua mente atraente e, então, ver se o corpo acompanha... Não que eu esteja julgando o seu corpo. Tenho certeza de que ele é ótimo, já que você faz o que faz. Quer dizer, é ok.
Porcaria de caneta.
Eu só estou dizendo que preciso admitir que me sinto atraída pela pessoa que você é. Isso é esquisito? Espero que não. Muita gente devia se conhecer assim, para realmente entender uma pessoa antes de ver a embalagem externa. E eu sei que foram só cartas, mas eu tenho essa sensação doida de que você me entende, provavelmente melhor do que qualquer um aqui.
Então, chegue logo.
Ella

– Se comporta – falei para Bagunça quando ouvimos alguém bater.

Abri a porta da frente e encontrei Ella parada ali, pasta na mão, rosto tenso. Era segunda-feira, e a fiscal do plano de saúde chegaria em dez minutos. Levamos a reunião para a minha casa, numa tentativa de não preocupar Maisie.

Além disso, como eu era o titular, era também eu quem ela estava investigando.

– Café? – perguntei quando Ella entrou.

– Já estou tremendo o suficiente.

Ela tirou o casaco e pendurou no cabideiro, revelando uma calça jeans perfeitamente ajustada às suas curvas e uma blusa azul da cor dos olhos. Caramba, como ela estava bonita. Saudável. As olheiras estavam desaparecendo, e a pele tinha um brilho lindo.

Eu mal podia esperar para ver como a pele dela ficaria iluminada pela luz que passava pelos vitrais que tinha acabado de instalar na casa nova – a que eu ainda não havia contado que estava construindo nos últimos seis meses. Aquele era um segredo que eu ficava feliz de guardar. Só mais duas semanas, e a casa finalmente estaria pronta para morar. Então, Ella teria aquele chalé de volta para os negócios e não sentiria que eu a estava pressionando para vivermos juntos.

O fato de a casa ser perto da Solidão e grande o suficiente para todos era só um bônus.

– Não se preocupa. A gente não fez nada errado. Eu garanto. É só uma visita de rotina.

– Ela dirigiu até aqui de Denver, Beckett. Tem certeza de que a gente não precisa do Mark? Não tem nada de rotineiro nisso. É inconveniente pra ela e invasivo pra nós.

– Bom, isso é verdade – falei, envolvendo-a nos meus braços. – A gente chama o Mark se precisar, mas, sinceramente, acho que não tem nada com que se preocupar.

Quando bateram à porta de novo, soltei um suspiro.

– Parece que ela chegou adiantada. Oba.

Deixei o calor dos braços de Ella, abri a porta e vi...

– Oi. O que você está fazendo aqui?

Donahue apertou os lábios com firmeza, o que me informou que não estava ali por opção.

– Fui intimado. Parece que isso é mais fácil, por questões de segurança, do que visitas aleatórias ao nosso "escritório" – explicou ele, desenhando as aspas no ar.

– Entra.

Ele entrou, pendurando o casaco no cabideiro, então parou de repente quando viu Ella.

– Srta. MacKenzie – disse ele com um pequeno aceno de cabeça.

– Você estava no enterro do Ryan – disse ela, com a voz suave.

Peguei a mão dela.

– Ella, este é o...

– Capitão Donahue – respondeu ele, sem rodeios. – Já sei que a diaba do plano de saúde contou pra ela.

– Bem, bom te ver de novo. Desculpa não estar mais apresentável no enterro do Ryan. Eu estava um pouco... indisposta.

– Você estava de luto. É compreensível. Além disso, o Caos me falou tanto de você que parecia que eu já te conhecia.

Ele não teria me chocado mais se tivesse me dado um chute no saco.

– Caos – disse ela, pronunciando o nome como se fosse o de um santo. – Vocês se conheciam. Certo. Mesma unidade.

Os olhos de Donahue voaram até os meus, e balancei a cabeça de leve, de uma maneira imperceptível para qualquer pessoa que não tivesse trabalhado comigo em situações nas quais qualquer movimento era questão de vida ou morte.

Como naquele momento.

Imediatamente, ele sorriu para Ella de maneira tranquilizadora.

– Bom rapaz. Louco por você, isso posso garantir.

Dessa vez, seu olhar para mim foi inegavelmente reprovador.

– Gentry. Que tal a gente fazer um café?

Não era uma sugestão.

– Parece ótimo.

– Vou esperar aqui. Acho que estou vendo o carro dela lá fora – comentou Ella, com o rosto quase colado no painel de vidro da porta.

– Que merda é essa que você está fazendo? – perguntou Donahue, enquanto eu preparava uma xícara de café para ele.

– O que o Mac pediu.

– E ela não sabe?

– Não. E precisa continuar assim.

Quando a máquina parou de chiar, entreguei a xícara a ele. Eu sabia que Donahue gostava do café puro e forte.

– Você adotou os filhos dela e, se os meus sentidos estão bem apurados, está dormindo com ela, e ela não…

– No minuto em que ela souber, acabou. Você sabe o que aconteceu. Ela vai me mandar embora daqui tão rápido que eu nem vou ter tempo de me explicar. Daí, de que jeito eu vou poder ajudar? Eu odeio isso. Mas é assim que é. Quanto mais eu esperava para contar para ela, mais complicada a situação ficava, e agora estamos aqui.

A porta se abriu e fechou, seguida pelo som de passos vindo na nossa direção.

– Cacete, Cao… – Ele se interrompeu, balançando a cabeça. – Gentry.

– Bem, senhores. Bom ver que vocês estão aqui e prontos para começar. Meu nome é Danielle Wilson, e os senhores devem ser Samuel Donahue e Beckett Gentry.

Ela devia ter uns 40 e poucos anos e usava um terninho formal e o mínimo de maquiagem. Seus cabelos castanhos estavam presos em um coque banana rígido, e um par de óculos pendia do pescoço.

Meus instintos me disseram que ela estava atrás de sangue. Do meu sangue.

– Café? – ofereci.

– Não, obrigada. Podemos começar?

Nós nos reunimos em volta da mesa de jantar. Danielle se sentou à cabeceira, espalhando pastas e cadernos como se estivesse se preparando para estudar para as provas finais da faculdade. Ella se sentou ao meu lado, com a mão enfiada com firmeza dentro da minha, e Donahue se acomodou do outro lado dela, recostando-se na cadeira e bebericando o café.

Aquele homem sempre foi mestre em fazer cara de paisagem.

Mas por que ela o havia intimidado?

– Vamos começar. Sr. Gentry, o senhor poderia me dizer como veio a adotar os filhos da Srta. MacKenzie? – perguntou ela, colocando os óculos, pegando a caneta e apoiando-a em um bloquinho de taquigrafia amarelo.

Bem velha guarda.

– Eu servi em uma unidade com o irmão dela, Ryan. Na carta de despedida dele, ele me pediu para vir até Telluride e cuidar da irmã dele, Ella.

A mulher assentiu, escrevendo rápido.

– Eu posso ver a carta?

– Não – respondeu Ella. – Isso é privado e não é da sua conta.

Danielle se inclinou para a frente, fixando os olhos de falcão em Ella.

– A sua filha foi adotada em julho e, desde então, custou à nossa empresa mais de um milhão de dólares para tratar uma doença preexistente e imediatamente começou uma terapia não aprovada pelo seu provedor anterior. A menos que a senhorita queira pagar essas contas, sugiro que me traga a carta.

Ah, aquela mulher era carne de pescoço.

Arqueei os quadris e tirei a carta do bolso de trás da calça, deslizando-a na mesa até ela.

– A senhora não pode ficar com ela.

– O senhor carrega isto no bolso? – perguntou ela, olhando para mim por cima dos óculos.

– Carrego. Quando o seu melhor amigo lhe pede uma coisa assim, você tende a manter o pedido próximo.

Ela abriu a carta e deu uma lida, depois tirou uma foto dela com o celular.

Eu me senti violado, como se ela tivesse acabado de fotografar a alma nua de Ryan sem a permissão dele. *Era o que ele iria querer. Ele queria a família dele protegida.*

Assim como eu.

– Interessante. Então, a unidade sancionou essa missão? – perguntou ela a Donahue.

– Eu não sei a que unidade a senhora está se referindo – respondeu ele, dando de ombros.

– Eu estou bem ciente do que o senhor faz, capitão Donahue. Analisei com afinco toda a sua papelada, na qual se inclui o acordo que o senhor fez para manter o Sr. Gentry graças àquela brechinha de invalidez. O senhor planejou isso tudo? Manter o Sr. Gentry em invalidez temporária, para que ele pudesse pagar pelo plano de saúde da irmã caçula aqui?

Donahue tomou um gole de café, e fiquei chocado ao ver que o líquido não congelara, tamanha a frieza com que Donahue encarou a mulher.

– Não, mas se a minha oferta permitiu essa vantagem, fico feliz de ter ajudado. O Gentry recebeu uma proposta de licença por invalidez temporária porque eu podia oferecer isso, e ele não estava apto a voltar ao trabalho.

– E as razões para isso eram... – indagou ela, olhando para ele.

– A senhora não tem autoridade para requisitar essa informação. Olha, eu concordei em vir até aqui para ajudar a Ella e o Beckett, e não tenho problema nenhum em elucidar qualquer que seja a questão que a senhora acredita que exista. Mas a senhora não tem permissão para saber... bom, quase nada. Tudo o que a senhora vai saber é que eu estava autorizado a oferecer ao Beckett uma licença por invalidez temporária na esperança de que ele se recuperasse o suficiente para voltar ao serviço ativo a qualquer momento dentro dos cinco anos seguintes. Toda a papelada requerida foi arquivada, e ele continua elegível para receber assistência médica. É isso. É tudo o que a senhora vai ouvir de mim.

Ela ajustou os óculos e mirou em Ella e em mim.

– Então, o senhor aparece do nada em Telluride para atender ao pedido do seu amigo morto e adota os filhos dela.

– Do nada não, mas sim. Eu me apaixonei pelas crianças, assim como me apaixonei pela Ella. Quando a gente ama alguém, quer proteger essas pessoas. Maisie e Colt não tinham um pai na vida deles, e eu queria ser isso para os dois.

– Mas o senhor poderia simplesmente ter se casado com a Srta. MacKenzie e conseguido a mesma coisa, certo? – sugeriu ela, oscilando o olhar entre nós.

– Daí, isso seria fraude – falei, enquanto a mão de Ella apertava a minha. – Isso teria dado um caso à senhora, se bem que, se fosse atrás de cada garota que caça soldados pelos benefícios, a senhora estaria ocupada demais para vir até aqui.

– Eu realmente não acredito em casamento – acrescentou Ella.

Oi? Como assim?

– Não? – perguntou a Sra. Wilson, claramente incrédula.

– Não. Fui casada com o pai biológico do Colt e da Maisie. Ele foi embora assim que soube que eu estava grávida de gêmeos. Logo depois, se divorciou de mim. Casar com o Beckett teria sido uma fraude absoluta, já que eu não tenho fé nessa instituição. Afinal de contas, o que é o casamento quando os votos não significam nada e um pedaço de papel liga a sua vida à de alguém com a mesma facilidade com que se dissolve? Não significa nada. Mas a adoção, sim. Beckett tem um vínculo incrível com os meus filhos e assume tantos deveres parentais quanto eu. Ele leva a Maisie para os tratamentos, leva o Colt para o futebol e o snowboarding. Construiu uma casa na árvore para eles e coloca o almoço deles na mochila de manhã. Isso parece fraude para a senhora?

Um silêncio constrangedor se instaurou entre nós enquanto a Sra. Wilson fingia olhar para as anotações. Nada daquilo fazia o menor sentido. Claro, as contas de Maisie eram astronômicas, mas as pessoas adotavam crianças com altos níveis de necessidades todos os dias.

– Se tivermos terminado... – começou a dizer Donahue.

– Não estou satisfeita.

O tom da voz dela, a fúria com que ela encarou Donahue, fez com que eu me inclinasse para a frente e examinasse os detalhes do seu rosto. Aquilo era pessoal.

– Como a senhora sabia sobre a unidade? – perguntei.

– Meu palpite é que ela descobriu por meio da irmã, Cassandra Ramirez – disse Donahue, encarando-a.

Ramirez. Ele saiu do exército depois de perder o braço. Pelo que ouvi dos caras antes de também sair, a transição não foi fácil. Nessa questão, Ella tinha razão – caras como nós não desistiam da descarga de adrenalina sem lutar. Eu tinha a equipe de busca e resgate. Ramirez... não.

Ela engoliu em seco e bateu a caneta no papel algumas vezes antes de olhar para cima.

– Sim, sou irmã da Cassie. Mas isso não tem nada a ver com esta investigação.

Mentira.

– Claro que tem – afirmou Donahue, dando de ombros. – A senhora quer justiça pelo que aconteceu com ele. Pelo fato de o Ramirez ter precisado sair antes de estar pronto e de eu não ter podido oferecer a ele o mesmo acordo que ofereci ao Gentry. Não o dinheiro, já que a aposentadoria médica cobriu isso, mas a esperança de voltar. É por isso que a senhora está aqui. Não pela Maisie, pelo Beckett ou pela Ella. Mas por mim.

Ela pigarreou e empilhou as pastas.

– Não tem nada a ver com isso. De forma alguma. E, sinto muito, mas, a não ser que o senhor consiga me fornecer provas de que já tinha um relacionamento estabelecido com essa criança antes do diagnóstico dela, vou recomendar que o seu caso seja revisto e que todos os tratamentos atuais sejam suspensos enquanto nós aprofundamos a investigação.

– Você não pode fazer isso! – retrucou Ella. – Eles são filhos de Beckett por lei. Ele cuida das crianças, provê aos dois e age como pai deles em todos os sentidos.

– Engraçado, porque, quando eu esbarrei no Colt mais cedo na escola, ele me disse que não tinha pai. E, quando eu perguntei pelo senhor, ele falou que era o melhor amigo do tio dele e namorado da mãe, mas não mencionou nenhuma vez o fato de ter sido adotado. Por que será?

– A senhora falou com o meu filho sem a minha autorização?

Ella voou pela mesa, e quase não consegui agarrá-la pela cintura e puxá-la de volta.

– Calma. Isso logicamente não fazia parte da minha investigação. Eu estava na escola para reunir mais algumas informações sobre quando a Margaret foi tirada de lá e os contatos de emergência do Colton mudaram, e então vi o seu filho.

– Mentirosa – disse Ella, fervendo de raiva.

– A senhora passou dos limites – falei, o mais calmo possível. – Essa investigação inteira está fora dos limites aceitáveis e, quando isso acabar, pode apostar que vamos levar esse caso para instâncias mais altas que a senhora.

– A vida de uma garotinha está em jogo – disse Ella, com um tom controlado, mas segurando a minha mão com força. – E a senhora só quer saber de se vingar do Donahue.

– Eu quero saber de garantir que as regras sejam seguidas, o que esses homens não deveriam ter dificuldade de fazer. A verdade é que esse homem adotou duas crianças da namorada *atual*, sendo que uma precisa de milhões de dólares em tratamentos, e os senhores nem sequer informaram as crianças de que elas foram adotadas. Isso cheira muito mal. Se, no fim das contas, uma investigação completa pela Tri-Prime não for necessária, os senhores receberão as minhas sinceras desculpas, é claro. Estamos fechando o cerco em relação às fraudes este ano.

Ela estava promovendo uma caça às bruxas e, mesmo que o que havíamos feito fosse perfeitamente legal, sem nenhuma fraude, aquela mulher distorceria tudo e nos lançaria no inferno enquanto nos "investigasse". Eles poderiam paralisar os pagamentos dos tratamentos de Maisie, das tomografias, da próxima radioterapia... de tudo. Ainda que fôssemos considerados inocentes de quaisquer irregularidades, o atraso seria suficiente para que Maisie sentisse as consequências.

A menos que eu pudesse provar que conhecia as crianças antes do diagnóstico.

Um rugido surdo preencheu os meus ouvidos enquanto Ella e a Sra. Wilson discutiam. Eu perderia Ella, mas soube disso no momento em que apareci em Telluride. O tempo que tive com ela foi um presente ao qual eu não tinha direito. Inferno, eu roubei esse tempo. Ela realmente não conhecia o homem por quem estava apaixonada, porque eu não havia contado a ela.

Três coisas. Três razões. Era assim que eu tomava minhas decisões agora, acostumado a reprimir minha necessidade de pular primeiro e me arrepender depois.

Ella merecia a verdade.

Maisie merecia viver.

Meu amor pelas crianças não era uma fraude.

Decisão tomada.

– Se a senhora esperar aqui um instante... – falei, por cima da briga, justificando a minha saída da mesa.

Subi as escadas de dois em dois degraus e peguei a caixa que mantinha enterrada debaixo de uma pilha de cuecas na minha mesa de cabeceira.

Com as evidências na mão, desci as escadas devagar. Ella e a Sra. Wilson ainda estavam discutindo, mas Donahue se voltou para mim. Ele observou a caixa e a minha expressão.

– Tem certeza? – perguntou baixinho.

– É o único jeito.

Donahue assentiu enquanto eu passava por ele para me sentar ao lado de Ella. A conversa parou, e todos os olhos se voltaram para mim.

– Eu te amo. Eu sempre te amei – falei para Ella.

– Eu também te amo, Beckett – respondeu ela, franzindo as sobrancelhas, confusa. – O que você está fazendo?

Beijá-la foi a primeira coisa que me passou pela cabeça – roubar aquele último segundo com ela, para poder memorizar tudo. Mas eu já havia roubado coisas demais dela.

– Eu devia ter te contado e sei o que isto vai me custar... mas não posso deixar outra criança pagar pelos meus erros, principalmente a Maisie.

Empurrei a caixa pela mesa, e o único barulho do ambiente era o som suave que ela fez ao ser deslocada. A Sra. Wilson a pegou e levantou a tampa quadrada.

– Para o que exatamente eu estou olhando?

Ela colocou a prova do meu pecado na mesa, e Ella arquejou.

– Por que você tem as minhas cartas? As cartas *dele*? – murmurou ela.

Mantive os olhos na Sra. Wilson, incapaz de ser homem suficiente para ver o amor morrer nos olhos de Ella quando ela entendesse.

– A senhora disse que precisava de provas de que eu conhecia as crianças antes do diagnóstico, de que eu tinha um relacionamento com elas. A senhora vai encontrar cartas aí dentro com datas anteriores ao diagnóstico, além de desenhos feitos pelas crianças e bilhetinhos. Eu conhecia as crianças, amava os dois e amava a Ella antes de a Maisie ser diagnosticada. A senhora não tem razão nenhuma para nos investigar. Se fosse só pelos tratamentos da Maisie, eu não teria adotado o Colt também. A verdade é que eu queria ser o pai deles.

A Sra. Wilson soltou o ar com força, folheando as cartas.

– Vou precisar me ausentar por um momento para fazer uma ligação.

Ela tirou algumas fotos das cartas de Ella e dos desenhos das crianças, juntou os cadernos e saiu pela porta da frente.

– Ella... – comecei a dizer.

– Não. Nem uma única palavra. Ainda não.

Ela tinha os nós dos dedos e as pontas das unhas brancos de tanto apertar os bíceps. Donahue me lançou um olhar tão pesaroso que quase desmoronei ali mesmo.

Minutos se passaram. Os únicos sons em meio à tensão da sala eram o tique-taque do relógio e o barulho do meu coração se dilacerando, consumindo cada pensamento meu. Será que aquilo seria o suficiente? Eu tinha simplesmente desistido de tudo... por nada?

A porta da frente se abriu, e a Sra. Wilson voltou, com um leve rubor nas bochechas.

– Parece que eu estava enganada... Peço... desculpas... – ela proferiu a última palavra com certa dificuldade – ... por ter incomodado os senhores. Embora a situação ainda permaneça em uma zona... bem cinzenta, os senhores não fizeram nada que justifique o cancelamento do plano, e o meu supervisor decidiu que a investigação já está completa.

Quase desmaiei de alívio com a nossa vitória, não importava o quanto tivesse custado.

– Não precisa ficar tão decepcionada. Hoje a senhora ajudou os mocinhos – declarou Donahue, se levantando. – Eu acompanho a senhora até a porta.

A Sra. Wilson assentiu, depois abriu um sorriso forçado para mim.

– O meu cunhado disse que o senhor era um dos bons, se isso conta para alguma coisa. Falou que o senhor e a cadela eram um par perfeito, como ele nunca tinha visto. Até os seus nomes significam mais ou menos a mesma coisa. Foi bom te conhecer, Sr. Gentry. Srta. MacKenzie.

Ela se virou para Bagunça, sentada a meu lado.

– Bagunça, certo?

– Por aqui, Sra. Wilson – chamou Donahue.

Donahue me encarou, sabendo que eu estava prestes a ficar bem ocupado.

– A oferta está de pé. Você pode voltar, se quiser.

Aquiesci, e os dois saíram, a porta fechando-se com um som agourento, que ecoou atrás deles.

– Como você pôde ter escondido isso de mim? Por que você está com as cartas dele? – perguntou Ella, levantando-se da cadeira e afastando-se da caixa.

– Ella.

Ela levou as mãos à cabeça e a balançou.

– Não. Não. Não. Ai, meu Deus. A casa na árvore, a mesma letra no diploma da Maisie. Bagunça. Não é uma coincidência, é?

– Não.

Durante toda a minha vida, consegui compartimentar, desligar as emoções. Foi como sobrevivi todos aqueles anos em lares adotivos, como existi nas operações especiais. Mas Ella mudou algo em mim. Abriu o meu coração, e eu não conseguia mais fechar aquela coisa maldita. A dor era excruciante, e aquilo era só o começo.

– Fala. Eu só vou acreditar se você disser. Quem é você?

Apertei os olhos com força, e minha garganta se fechou. Eu quase não conseguia respirar. Mas ela merecia a verdade e, naquele momento, Maisie estava protegida. Eu tinha feito o possível para honrar o pedido de Ryan, e as consequências para o meu coração não importavam. Endireitei a postura e abri os olhos, observando o olhar suplicante e aterrorizado dela.

– Eu sou Beckett Gentry. Codinome Caos.

CAPÍTULO VINTE E DOIS

ELLA

Aquilo não estava acontecendo. Eu simplesmente me recusava a acreditar que qualquer parte daquilo fosse real. Mas eram as minhas cartas na mesa, junto com os desenhos e bilhetinhos que as crianças tinham enviado para Caos.

Beckett.

Olhei de novo, só para ter certeza de que não havia perdido a cabeça. Não. Só o coração.

– Como? Por quê? Você me disse que ele estava morto!

As palavras voavam da minha boca sem dar a Beckett nenhuma pausa para se explicar.

Talvez fosse porque, sinceramente, eu não queria escutar. Não queria que a minha pequena bolha de satisfação se estilhaçasse.

– Eu nunca disse isso. Falei que saber o que aconteceu com o Ryan, ou comigo, só ia te machucar ainda mais – disse ele, agarrando o encosto da cadeira.

Sorte a dele ter algo a que se segurar quando eu estava em queda livre.

– Como? Você está *vivo*! – gritei. – Como pôde me deixar pensar que estava morto? Por que fez isso comigo? Isso tudo é algum tipo de piada? Meu Deus, as coisas que você sabia quando chegou... Por quê, Beckett?

Sentindo a tensão, Bagunça se levantou, só que ela não se sentou ao lado de Beckett, e sim perto de mim.

– Não é uma piada. Nunca foi. Eu não contei porque sabia que, assim que você descobrisse quem eu sou, o que aconteceu, me mandaria embora. Merecidamente. E, quando chegasse o momento inevitável em que você fizesse isso, eu não poderia te ajudar. Não poderia fazer a única coisa que o Ryan me pediu, que foi cuidar de você.

– Meu irmão. Tudo isso foi pelo meu irmão? Você dormiu comigo por ele também? Só pra me manter por perto? Pra fazer com que eu me apaixonasse por você?

Até que ponto o que existia entre nós era mentira?

– Não. Eu me apaixonei por você bem antes de o Ryan morrer.

– Não – falei, recuando, precisando de distância e ar.

Por que não havia ar ali? O meu peito doía tanto que o simples ato de respirar exigia concentração.

– É verdade – disse Beckett.

– Não é. Porque, se você me amasse naquela época, nunca teria deixado que eu acreditasse que você estava morto. Não teria me largado sozinha no pior momento da minha vida e, então, aparecido alguns meses depois como outra pessoa. Você mentiu pra mim!

– Por omissão, sim, menti. Por favor, me desculpa, Ella. Eu nunca quis te machucar.

Ele parecia sincero, mas que sinceridade era essa que o fizera mentir para mim por 11 meses?

– Eu fiquei de luto por você. Eu chorei, Beckett. Aquelas cartas eram especiais pra mim, *você* era especial pra mim. Por que você faria uma coisa dessas?

Ele ficou ali em silêncio, impassível, e a minha descrença e o meu choque se transformaram em algo mais sombrio e doloroso do que eu jamais havia imaginado.

– Fala por quê!

– Porque eu sou o culpado pela morte do Ryan!

O berro dele foi gutural e cru, como se a admissão tivesse sido arrancada contra a sua vontade. O silêncio que se seguiu foi mais alto do que a nossa voz.

Bagunça se afastou de mim, assumindo seu lugar ao lado dele. Bagunça e Caos. Como eles eram perfeitos um para o outro...

– Eu não entendo – consegui dizer, finalmente.

Beckett se curvou de leve e acariciou a cabeça de Bagunça de um jeito que eu tinha visto centenas de vezes. O gesto não era para ela, mas para acalmá-lo. Ela era cadela de trabalho e cadela-terapeuta, tudo ao mesmo tempo.

– Você lembra quando falei que matei uma criança?

– Lembro.

Eu provavelmente não esqueceria uma coisa assim.

– Foi no dia 27 de dezembro. A informação que tinham nos dado não deu em nada, e eu enlouqueci. A gente tenta se convencer de que nós somos os mocinhos. De que a gente está ali para deter os terroristas, para devolver às pessoas o país que elas merecem, de que está mantendo o nosso país seguro. Mas ver aquela garotinha morrer por minha causa... quebrou alguma coisa dentro de mim. Eu não conseguia parar de pensar nela, no que tinha feito ou no que podia ter feito diferente.

Ele esfregou as mãos no rosto, mas se recompôs. Meu coração idiota balançou na direção dele, apesar de tudo o que ele havia feito. Eu tinha visto, em primeira mão, o que aqueles pesadelos faziam com Beckett. O resto dele podia até ser uma mentira, mas eu sabia que aquilo era verdade.

– Na noite seguinte, chegaram novas informações e ordens. Metade do esquadrão foi incumbida de ir na missão, inclusive eu, mas a ideia de colocar a mão numa arma de novo literalmente me fez vomitar. Eu sabia que era um perigo não só para mim e para a missão, mas para os meus irmãos. Eu fui até o Donahue e pedi para ele me tirar da missão. Eu sei que parece simples, mas não é. É admitir para os seus irmãos que você não pertence ao grupo, que está fragilizado. O Donahue concordou e disse que eu precisava de alguns dias de descanso para colocar a cabeça no lugar.

– É compreensível – falei, baixinho.

– Não faz isso. Não fica com pena de mim. Porque, quando eu me tirei da reta, sobrou uma vaga, e o Ryan pegou.

Respirei fundo para suportar a dor, como aprendi a fazer quando o meu pai e a minha mãe morreram. Tudo o que eu queria desde que aqueles homens apareceram na porta era o meu irmão de volta, mas me contentaria em saber o que tinha acontecido com ele. Naquele instante, a porta estava entreaberta para a verdade, e eu me sentia dividida entre o desejo de saber e a necessidade desesperada de fechá-la e continuar na ignorância.

– Ele foi no seu lugar.

Só dizer aquelas palavras já enviou uma torrente de emoção pelo meu corpo. Orgulho por Ryan ter se apresentado. Raiva por ele ter se arriscado mais uma vez. Gratidão por Beckett ter sobrevivido. Mas a tristeza dominava tudo. Eu sentia saudades do meu irmão.

– Ele foi no meu lugar – confirmou Beckett, tensionando o maxilar com a respiração entrecortada. – Durante a missão, ele foi separado do resto do esquadrão. Eles localizaram o alvo, mas o Ryan desapareceu. As comunicações indicavam captura.

Meus olhos queimaram com a familiar ardência das lágrimas. Eu os mantive fechados e me lembrei de Ryan rindo com as crianças perto do lago, jogando pedrinhas na água. Desistindo de ensinar movimentos sutis a eles e se rendendo a uma competição de quem jogava mais água no outro. Vivo. Saudável. Inteiro. Agarrei aquela imagem mental com tanta força que quase senti a água na pele. Então, abri os olhos.

– Conta o resto.

Beckett balançou a cabeça e cerrou os punhos.

– Você não quer saber o resto.

– Você perdeu o direito de dizer o que acha que eu quero. Agora termina.

Aquilo era como a megaquímio da Maisie, certo? Destruir tudo em um único procedimento excruciante, para depois reconstruir.

– Meu Deus, Ella.

Ele fitou o teto e, depois, as minhas cartas, antes de arrastar os olhos de volta para os meus.

– Ele foi torturado. A gente levou três dias para encontrar o Ryan. Quando eles me disseram que ele estava desaparecido, eu me recompus e saí atrás dele com a Bagunça. Conversas de rádio, fontes... tudo foi cortado depois daquela primeira noite. Eu cheguei até a procurar na internet, pensando que, se eles tivessem matado o Ryan, teriam postado alguma coisa – disse ele, sibilando. – Desculpa, isso não precisava ser dito.

– Tudo precisa ser dito.

Ele aquiesceu.

– Ok. A gente finalmente conseguiu uma informação com um grupo de crianças, pastores de cabras que estavam um pouco afastados da cidade. A gente foi até lá, mas, quando chegou, o complexo estava vazio. Bagunça... ela encontrou o Ryan a uns 45 metros dali.

– Ele estava morto – adivinhei.

– Estava.

O rosto dele se contorceu, os olhos disparando de um lado para o outro, e eu soube que ele estava perdido naquela lembrança.

– É, ele estava morto.

– Me conta.

– Não, isso não vai te deixar dormir, Ella. Acredita em mim, é coisa de pesadelo. Dos meus pesadelos.

Será que eu realmente queria saber? Aquilo ajudaria de alguma forma? Eu me arrependeria por deixar passar a chance que tinha naquele momento?

– Conta o básico.

Depois daquilo, eu nunca mais veria Beckett, e ninguém mais daquela unidade me contaria nada.

– Básico? Não tem nada de básico nessa história.

A expressão dele mudava a cada poucos segundos, na boca, no franzir da testa, na tensão do maxilar.

– A gente encontrou o Ryan sem o uniforme, só de cueca e camiseta. Eles... fizeram muita coisa com ele.

A primeira lágrima escapou, riscando a minha bochecha com uma tristeza nova e feia.

– Ella...

Aquele sussurro angustiado não se parecia com nada que eu já tinha ouvido de Beckett.

– Continua – pedi, piscando, fazendo mais uma torrente de lágrimas rolar pelo meu rosto, sem me preocupar em enxugá-lo.

Se Ryan havia suportado aquilo tudo, então eu podia chorar por ele sem amarras sociais.

– Eles não me deixaram ver o meu irmão – contei. – Disseram que os restos mortais não eram adequados para serem vistos.

– Ele levou um tiro na nuca, e esse tipo de ferimento...

– Executado.

– É. É o nosso melhor palpite. Eles fizeram isso às pressas quando ouviram a gente chegar e... deixaram o Ryan pra trás enquanto fugiam pro morro.

Anuí, em um movimento que umedeceu a minha camisa.

– O que aconteceu depois?

Ele puxou a cadeira e desabou nela, murcho, com as mãos no rosto.

Eu deveria ter me sentido culpada por fazê-lo passar por isso – por obrigá-lo a me contar. Mas, mesmo depois do que ele me fez passar com as suas mentiras, eu me sentia inexplicavelmente conectada ao homem que amava, que tinha estado lá e recuperado o meu irmão. De um jeito estranho e terrível, aquela dor nos uniu em um vínculo que me fazia sentir pavor tanto quanto desejava desesperadamente romper.

– Por favor, Beckett.

As mãos dele caíram no colo, sem força, e ele se recostou na cadeira, curvando-se. Quando olhou para mim, a tristeza estava gravada em cada linha do seu rosto e dos seus olhos tristes.

– Ele estava morto, mas ainda quente, e eu virei o Ryan pensando que podia começar uma RCP, mas não podia... Não tinha... – disse ele, balançando a cabeça. – Eu não consigo. Eu simplesmente não consigo.

Ele moveu os olhos como se avançasse rapidamente aquele filme na cabeça.

– O helicóptero chegou, e a gente evacuou o Ryan. Eu peguei a plaquinha de identificação dele, porque sabia que ele ia querer que você ficasse com ela, e passei a noite toda ao lado dele antes de o avião chegar. Daí, o Jensen trouxe o seu irmão de volta para você. Eu fui considerado valioso demais para a missão para receber uma licença, principalmente depois que o nosso objetivo tinha mudado para encontrar os assassinos do Ryan.

– Vocês encontraram os caras? Eu não sei por que isso importa. Não existe justiça nenhuma na guerra.

– Sim. Encontramos. E... não pergunta.

Os olhos dele ficaram duros e perigosos, e vi mais uma vez – o homem que era capaz de compartimentar tudo. Vi a tempestade nos seus olhos, a forma como os seus punhos se fecharam. Aquele homem era Caos. E houve uma época em que eu tivera sentimentos profundos e verdadeiros por ele.

– Você recebeu as outras cartas? As que eu enviei depois?

Eu precisava saber. Elas nunca haviam voltado. Aquelas cartas eram testamentos da minha dor. Será que ele as havia lido e simplesmente ignorado?

– Recebi. Mas não consegui ler. Não consegui levantar uma caneta e te contar o que aconteceu. Não que fossem permitir que eu fizesse isso. Eu tinha me apaixonado por você, por essa mulher incrível que nunca tinha visto. Eu nunca tinha sentido amor antes, não dessa forma, e tudo o que queria fazer era te proteger.

– Sumindo da minha vida? Deixando que eu pensasse que você tinha morrido junto com o meu irmão?

– Não fazendo nada que trouxesse mais um pingo de dor pra sua vida. Eu destruo tudo e todos, Ella. É por isso que eles me chamam de Caos. Recebi esse nome muito antes do exército e uma vez, quando saí em defesa do seu irmão em uma briga de bar e o apelido veio à tona, ele pegou lá também. Com razão. Eu levo ruína aonde quer que eu vá. Nem tinha te encontrado ainda e já tinha te custado o Ryan. O último membro sobrevivente da sua família imediata morreu porque eu não consegui me recompor o suficiente pra cumprir a minha missão. Eu sou a razão de ele estar morto.

Ele fez uma pausa e, então, prosseguiu:

– Você ia querer continuar escrevendo pro homem que causou a morte do seu irmão? Eu devia ter mentido pra você naquela época, em vez disso? Você não dá segundas chances quando se trata da sua família, lembra? Mesmo que eu contasse a verdade e você, de alguma forma, me perdoasse, como eu poderia simplesmente continuar com as nossas cartas, sabendo que tinha causado a morte do Ryan e podia ser a próxima notificação que você ia receber? Não tinha como eu fazer isso. Você merecia cauterizar essa ferida e seguir em frente.

– Seguir em frente? – perguntei, andando de um lado para o outro diante da mesa, de repente com energia demais para ficar parada. – A minha filha tinha acabado de ser diagnosticada com câncer, o meu irmão estava morto, e eu não tinha ninguém. O Ryan me deixou porque não teve escolha. Você *escolheu* me deixar.

– Foi muito melhor pra você pensar que eu tinha morrido do que saber que o homem com quem gentilmente começou uma amizade era responsável pela morte do Ryan.

– Vai pro inferno.

Eu me virei e fui até a porta, mas parei antes de chegar à sala.

– Quando você decidiu vir até aqui? Pra continuar com a sua mentira?

– O Donahue me deu a carta do Ryan logo antes de eu sair. Ele fica com todas as nossas cartas de despedida. Eu já tinha decidido ficar. Não existia nada pra mim do lado de fora. Mas eu li a carta e soube que precisava vir. Mesmo que dilacerasse a minha alma estar tão perto de você e nunca contar quem era ou que te amava, eu precisava vir. Eu era a razão de ele estar morto. Eu não podia simplesmente negar ao meu melhor amigo a única coisa que ele já me pediu.

– Então, você decidiu mentir.

Ele tinha invadido a minha vida, o meu coração, cada molécula da minha existência sob um falso pretexto.

– Sabendo o que o meu pai fez, o que o Jeff fez, você ainda escolheu mentir pra mim.

– Escolhi.

Eu me encostei na parede, o meu coração exigindo que eu saísse pela porta e salvasse o que quer que restasse dele, enquanto a minha cabeça lutava para conseguir todas as respostas que podia antes que o desgosto me consumisse. Nem quando Jeff foi embora doeu tanto, porque eu não o amava daquele jeito.

Eu amava Beckett até as profundezas da minha alma, de um jeito que consumia até os pedacinhos e cantos mais sombrios que mantinha escondidos de todos os outros. Até o amor que sentia pelos meus filhos se conectava à maneira como eu o amava, já que ele os amava também.

– Em algum momento você pensou em me contar? – perguntei, virando a cabeça devagar, de alguma forma encontrando a força para encará-lo.

– Desde a primeira vez que eu te vi – admitiu ele, agora se apoiando na ponta da bancada da cozinha, a mesma onde fizemos amor pela primeira vez. – Estava sempre na ponta da minha língua, principalmente quando você perguntava pelo Caos. Eu via a dor que você sentia, e parte de mim se perguntava se você tinha se apaixonado por ele do mesmo jeito que eu por você.

– E, ainda assim, você me deixou acreditar que ele, que você, estava morto.

Beckett não respondeu à pergunta implícita.

– Eu ficava com tanto ciúme de mim mesmo, me perguntando por que você tinha se aberto comigo quando eu era só uma carta, mas o meu eu de verdade não tinha chance. Eu soube, desde o início, que contar tudo me conduziria a este momento que a gente está tendo agora, em que você me mandaria embora da sua vida, e aí eu não poderia fazer o que o Ryan me pediu e aquilo de que você precisava. A mentira foi o único jeito de te ajudar. Então, aceitei que nunca seria mais do que o cara que o seu irmão enviou para cuidar de você.

– E, daí, eu me apaixonei por você.

Droga de coração tolo, estúpido e ingênuo.

– Você me deu um vislumbre da vida que eu nunca pensei que podia ter. Você me mostrou como era ter uma família e pessoas com quem contar, e eu dei o meu melhor para estar lá por você. Eu não tenho como agradecer o suficiente pelos últimos 11 meses e não consigo nem começar a explicar o quanto sinto pelo que te fiz e te custei. Ella, você é a última pessoa no mundo que eu ia querer machucar.

– Mas machucou.

Aquela dor era uma avalanche vindo na minha direção. Eu sentia o estrondo na alma, via a neve cobrir o meu bom senso e podia até ouvir as sirenes de alerta na minha cabeça. Eu tinha me apaixonado por aquele homem, e ele havia mentido para mim todos os dias dos últimos 11 meses.

Jeff prometeu que me amaria para sempre. Fingiu ser algo que não era, depois foi embora.

Ryan sempre prometeu que cuidaríamos um do outro. Então, se alistou no exército e voltou para casa em um caixão.

Meu pai jurou que só estava indo para uma missão temporária de uma ou duas semanas… e nunca olhou para trás. Nunca nem pediu direito a visitas.

Beckett… Caos… Sobre o que mais ele havia mentido? Será que eu podia acreditar em qualquer coisa do que ele dissera no último ano? Será que ele tinha mentido para as crianças? Será que sequer estava me dizendo a verdade naquele momento? Ou só estava dizendo o que pensava que poderia lhe render meu perdão? Eu poderia acreditar em alguma coisa que ele dissesse no futuro?

– Eu sinto muitíssimo. Perdão, ou mesmo compreensão, não é algo que eu espere de você. Não sou digno disso, ou de você. Nunca fui.

Meu coração começou a gritar. Qualquer força que eu tivesse estava perto do fim, e eu precisava sair dali antes que desmoronasse completamente. O olhar dele manteve os meus pés grudados no chão. Não havia desespero nem horror em relação ao que estava acontecendo conosco, apenas uma triste conformidade. Ele sempre soubera que acabaríamos ali. E, mesmo assim, nos fez passar por aquilo.

Havia alguma maneira de superar aquilo? Eu amava aquele homem, e ele me amava. Valia a pena lutar por isso, certo? Mas o nosso relacionamento não se transformaria em algo tóxico se encontrássemos um jeito de atravessar aquela crise? Eu nunca esqueceria o que ele havia feito – o fato estaria sempre sobre nós, pairando como uma nuvem agourenta, carregada de chuva ácida.

– Eu preciso fazer uma última pergunta.

– O que você quiser – respondeu ele.

Como um rosto tão bonito podia mascarar tanta falsidade?

– Tudo o que você fez, a adoção, o nosso relacionamento, a formatura da Maisie, a casa na árvore para o Colt, foi por causa da carta do Ryan?

Prendi a respiração, esperando a resposta dele. Por mais que ele tivesse me machucado, eu precisava saber que o que tínhamos era real, que eu não tinha sido tão estúpida.

– Não. A carta do Ryan me trouxe até aqui. Eu não teria vindo sem ela. Mas o resto, Ella, foi porque eu te amo. Porque eu amo o Colt e a Maisie. Porque, por um momento breve e brilhante, vocês foram a minha família, o meu futuro, o que se pareceu muito com um para sempre. Eu não fiz nada disso pelo Ryan. Foi por você. Por mim.

Os 3 metros entre nós se estendiam infinitamente e, ainda assim, não pareciam nada enquanto eu debatia sobre o meu próximo passo. Havia partes iguais de amor e mentiras entre nós, mas a minha raiva pela traição dele ofuscou tudo. Eu ainda o amava – os dois lados dele –, mas nunca seria capaz de confiar nele de novo. Sem confiança, de que adiantava o amor? Como você podia construir uma vida com alguém se tinha que questionar a veracidade de tudo o que a pessoa dizia ou fazia?

– Não é o suficiente.

Assim que as palavras foram ditas, senti a verdade ressoar na minha alma.

– Você me olhou nos olhos por quase um ano e mentiu pra mim. Compartilhei tudo o que tinha com você: o meu coração, a minha alma, o meu corpo, até a minha família. E você não conseguiu ser verdadeiro nem sobre quem era. Não sei nem como processar isso tudo. Não sei quais partes de você, da gente, são verdade e quais são mentira. Eu quero ser forte e dizer que a gente vai superar isso, porque se ama muito, mas acho que não é possível. Não agora, pelo menos. Não tenho força suficiente pra isso. A morte do Ryan levou essa força. O diagnóstico da Maisie também. Eu devia saber que você também ia levar, mas confiei em você e, agora, não me restou força nenhuma pra oferecer.

Apoiei a mão na parede para me firmar e fui até a porta. O sol atravessava a vidraça, me chamando como uma promessa – se eu conseguisse sair dali de alguma forma intacta, ficaria bem. Porque precisava ficar. Eu tinha que cuidar de Colt e Maisie. Não podia me dar ao luxo de desmoronar como uma garotinha apaixonada qualquer.

Não podia me dar ao luxo de perdoar Beckett.

– Eu entendo.

A voz dele veio bem de trás de mim enquanto eu agarrava a maçaneta da porta. Senti a proximidade dele, aquela eletricidade palpável que sempre faiscara entre nós, e soube que, se me virasse, Beckett estaria bem ali.

– Se você precisar de alguma coisa, ainda estou aqui.

Meus olhos arderam de novo, mas dessa vez não pelo luto por Ryan, mas por Beckett. O sentimento era parecido, saber que eu havia perdido a pessoa que mais amara.

– Acho que vai ser melhor se você for embora – falei diretamente para a porta.

A permanência de Beckett em Telluride só me daria tempo para cair de volta nos braços dele – e eu não sobreviveria a outra mentira. Eu não podia ser forte pelos meus filhos se Beckett me destruísse, e eles vinham em primeiro lugar. Sempre.

– Vou colocar as suas coisas que estão lá em casa em uma caixa e mandar entregarem para você. E nunca mais quero te ver.

Como se eu tivesse cauterizado a ferida com um ferrete, cada nervo do meu corpo gritou de dor, uma dor aguda e nauseante. Sem esperar a resposta dele, saí do chalé e não olhei para trás.

CAPÍTULO VINTE E TRÊS

BECKETT

Carta nº 22

Caos,

O Ryan está morto. Mas eu tenho certeza de que você já sabe disso. Sinceramente, acho que só estou escrevendo para que pareça real.

O Ryan está morto.

O Ryan está morto.

O Ryan...

Nada em relação a isso parece certo. O corpo dele ainda está em Denver, sendo preparado para o enterro, e eles já me disseram que eu não posso vê-lo. Por isso, estou torcendo para que não passe de uma piada de mau gosto, que ele não esteja realmente em um caixão. Que eu não tenha que descobrir onde enterrar o meu irmão.

Minha mãe. Meu pai. Minha avó. Ryan. Todos se foram, e eu ainda estou aqui. Será que a Maisie é a próxima? A vida é isso? Uma tragédia após a outra? Ou será que é só como a minha vida está seguindo?

O Colt e a Maisie estão devastados. O Colt se recusou a falar ontem, depois que eu contei para ele, e a Maisie não para de chorar. Eu, por outro lado, não comecei a chorar. Ainda não. Morro de medo de que, quando eu começar, nunca mais vá parar. Daí, eu vou ser só uma fonte de água salgada vazando tristeza.

O Ryan era o meu melhor amigo. O meu porto seguro nas tempestades. E, agora, eu sinto que estou nesse oceano sem fim, no meio de um furacão, e que as ondas estão só esperando para virar o meu barco e me empurrar para baixo.

Sei que parece loucura, mas a única pessoa que eu quero agora é você. Você é a única pessoa com quem eu fui completamente sincera nos últimos meses. A única pessoa que talvez entenda a dor debilitante e devastadora que eu nem sequer consigo começar a compreender. Porque eu sei, por mais que você jure que nunca teve uma família, que o Ryan era seu irmão. Ele era a sua família.

Eu só espero que você venha para o enterro, porque sei que ele ia te querer aqui. Eu sei que eu quero. E, se você não puder vir, então espero que não mude os seus planos. Por favor, venha para Telluride. Nem que seja só para tomar um café comigo. Por favor, venha.

Ella

Li a carta pela centésima vez ou algo assim e, então, a devolvi para a gaveta da minha mesa de cabeceira. Nos últimos 16 meses, tinha evitado aquela carta e as duas que a seguiram e, naquele momento, a única coisa que queria fazer era ler – para ouvir a voz dela na minha cabeça.

Se, em vez de esconder a carta, eu a tivesse lido, eu teria vindo. Jamais teria negado isso a ela, e tudo seria diferente. Mas, por outro lado, Ryan ainda estaria morto por minha causa, então talvez eu ainda escolhesse ficar longe.

Desci as escadas da minha casa nova e encontrei Bagunça cochilando no sol que atravessava as janelas do chão ao teto da sala multifuncional. Eu tinha removido uma parte das árvores para poder ver a ilha empoleirada no meio do pequeno lago. Felizmente, do ângulo em que a minha casa estava, eu não conseguia ver a de Ella.

Talvez fosse tortura manter o túmulo de Ryan à vista, mas saber que Ella estava perto daquele jeito e, ao mesmo tempo, tão longe, era muito pior. Fazia mais de um mês que ela havia saído do meu chalé. Minhas coisas chegaram naquela tarde. Todo o meu papel na vida de Ella se resumia a quatro caixas de mudança.

Com base em outros términos de relacionamento, eu esperava gritos, berros, coisas sendo lançadas em mim pelo que eu havia feito, mas o silêncio impassível dela foi pior. Ella tinha aceitado que acabara para nós, e me restava seguir em frente sem ela e as crianças.

Meu Deus, como eu sentia falta das crianças... Ter me apaixonado por Ella me ligou a Maisie e Colt de um jeito que era tanto uma bênção quanto uma maldição. Uma bênção por tudo o que eles me ensinaram, pelo amor que eu nem sequer imaginava ser capaz de sentir. Uma maldição porque Ella cortou todo o meu acesso aos dois, como era direito dela. Ela não confiava em mim, e isso se estendia às crianças. Ela estava de coração partido por minha causa, mas o meu tinha se despedaçado com a perda deles três.

Suspirei diante da visão da minha sala de estar vazia. Eu realmente precisava comprar alguns móveis. Tinha mobiliado o quarto, e grande parte das coisas de cozinha era entregue todos os dias, cortesia da Amazon. Mas o resto dos móveis simplesmente não parecia importante, porque, embora aquela fosse a minha casa, por alguma razão não parecia o meu lar.

Meu celular tocou quando abri a geladeira para preparar o almoço.

– Gentry – respondi, me perguntando quem tinha se perdido daquela vez.

À medida que a primavera chegava à área, mais trilheiros apareciam e passavam mal com a altitude, ou se perdiam, ou quebravam os ossos em locais inconvenientes.

– Sr. Gentry? Sinto muito incomodar o senhor. Aqui é o diretor Halsen, da escola primária. O Colton está na minha sala.

Senti um embrulho no estômago.

– Ele está bem? Ele se machucou? Por que o senhor está ligando pra *mim*?

– Não, não. Nada disso. Ele, na verdade, teve um desentendimento com um colega de turma hoje e precisa ir para casa.

– Uma briga?

Impossível. Não Colt. Claro, o garoto às vezes ficava nervoso, mas nunca o vi se tornar violento, a menos que fosse por causa de Maisie.

– É, uma briga.

– Caramba. O senhor ligou pra mãe dele?

– Tentamos, mas ela não atendeu, e o Colt falou que ela está em Montrose por conta de um dos tratamentos da Maisie. Eu tinha esperança de que o senhor pudesse vir buscá-lo.

Afastei o telefone do ouvido e chequei o número, só para ter certeza de que não era trote.

– Pegar o Colt aí? – perguntei devagar.

– É. A política exige que ele vá pra casa hoje, e o senhor é o segundo nome da lista de contatos de emergência.

Merda. Ella não havia atualizado as informações das crianças ainda. O que significava que eu poderia ver Colt. Joguei um balde de água fria naquele entusiasmo. Ella não queria que o visse, e eu não tinha o direito de fazer isso.

– Tem mais alguém na lista?

– Só a Ada e o Larry, e, pelo que me disseram, eles estão de férias em Glenwood Springs por alguns dias.

Portanto, só sobrava eu.

– Claro, eu chego aí em vinte minutos.

Ele agradeceu, e desligamos.

Hesitei por um segundo, meu dedo pairando sobre o nome de Ella na lista de contatos, mas tomei coragem e cliquei no ícone de telefone. Caiu direto na caixa postal, não que isso me surpreendesse. Eu tinha tentado ligar para ela algumas vezes na primeira semana, e o resultado fora o mesmo. Eu era passado para Ella. Ela dissera que mentiras eram o seu limite, e não estava brincando.

– Oi, Ella, é o Beckett. Escuta, a escola acabou de ligar, e eu acho que o Colt se envolveu em uma briga e precisa que alguém vá buscá-lo. Eu fui o único que sobrou na lista, então vou eu. Me avisa se quer que eu deixe o Colt na casa principal da Solidão ou que eu o leve pra Montrose. Se eu não tiver notícias suas, a gente vai pra minha casa. Eu sei que você não quer que eu veja o Colt, mas essa situação fugiu um pouco do meu controle, então espero que entenda. Obrigado.

Desliguei e levei o telefone à testa. Até mesmo ouvir a mensagem na caixa postal dela tinha sido uma tortura.

Deixei Bagunça dormindo ao sol e saí, dirigindo pela rua de terra que cortava a propriedade. Vinte minutos depois, estacionei na escola. Com todo aquele frio na barriga, era de imaginar que fosse eu quem estivesse prestes a levar uma bronca do diretor. Em vez disso, eu estava prestes a levar uma bronca de Colt.

Atravessei os portões e assinei a prancheta, depois olhei para a recepcionista.

– Oi, sou o Beckett Gentry, estou aqui pra pegar o...

– Colton MacKenzie – disse a jovem com um sorriso. – Eu sei quem o senhor é. Todas nós sabemos – declarou a moça, meneando a cabeça para algumas outras mulheres reunidas em volta da mesa atrás dela.

– Ah, ok. Então, posso entrar?

– Ah, claro! Vou abrir para o senhor.

O apito soou, e entrei na escola. A última vez que havia estado lá tinha sido com Ella, para a peça de Colt no primeiro ano, uns dois meses antes. Por mais recente que parecesse, também era como se aquilo fosse a lembrança de outra pessoa.

– Por aqui – disse a recepcionista, colocando uma mecha de cabelo atrás da orelha e me lançando um sorriso sedutor. – Meu nome é Jennifer, caso o senhor não se lembre.

– Jennifer, certo. A gente se conheceu no ano passado, não foi?

Ela me levou até os escritórios da administração.

– Isso! Quando o senhor veio para demonstrar técnicas de busca e resgate com a sua cadela. Pode ser que eu tenha te passado o meu número quando o senhor se registrou.

– É, eu me lembro disso – falei, tentando forçar um sorriso.

Eu e Ella não estávamos juntos na época, mas não importava, e não liguei para Jennifer.

– Desculpa não ter ligado. Espero que você não tenha ficado chateada.

Jennifer tocou o meu braço. Àquela altura, estávamos bem ao lado da porta do diretor.

– Não. Fiquei muito triste de saber que o senhor e a Ella terminaram. Se o senhor precisar de alguma coisa, ou só quiser conversar, posso dar o meu número de novo, só pra garantir.

Ai, meu Deus. Ela parecia tão esperançosa, e descomplicada, e não era Ella.

– Obrigado, vou... me lembrar disso.

Foi o melhor que consegui dizer sem ofendê-la.

– Faz isso – disse ela, sorrindo de novo.

Muitos sorrisos. Eu apostava que ela era feliz quase o tempo todo. Que não estava lutando para manter a filha viva ou lidando com a morte do irmão ou com a traição do homem que amava. Tudo nela brilhava como uma moeda nova.

Nos 18 meses anteriores, porém, eu tinha aprendido que gostava de certo ofuscamento. Dava profundidade às linhas e tornava as partes brilhantes ainda mais atraentes. A beleza de Ella era ainda maior por tudo que havia enfrentado. A tragédia não a havia quebrado, mas a refinado.

Jennifer bateu na porta da sala do diretor e a abriu. Então entrei, imediatamente fixando os olhos nos de Colt, que se arregalaram de um jeito que eu nunca vira antes.

– Diretor Halsen – me dirigi ao administrador, que apontou para a cadeira vazia perto de Colt.

Eu a puxei, sentando-me ao lado de um Colt muito rígido. Cada linha do seu corpinho estava tensa, e ele tinha a boca franzida. A mão agarrava o apoio de braço, e dei um aperto tranquilizador nela. A postura dele se suavizou só um pouco, mas já foi o suficiente.

– Sr. Gentry. Sinto muito por chamar o senhor aqui, mas, nesse tipo de incidente, quando existe violência, precisamos mandar a criança para casa.

– Você pode me contar o que aconteceu? – pedi a Colt.

– Ele atacou um colega de classe...

– Eu queria ouvir dele primeiro, se o senhor não se importar – falei, interrompendo o diretor Halsen.

– A gente estava no parquinho, e o Drake Cooper não deixava a Emma em paz. Ela não gosta dele – contou Colt, olhando para a frente. – A Emma pediu pra ele ir embora, mas ele não foi e tentou beijá-la.

Drake. Imediatamente identifiquei o garoto. Carta número três.

– Esse é o mesmo menino que foi atrás da Maisie com aquela história de pique-beijo? – perguntei.

Era a primeira vez que eu usava uma informação que só Caos poderia saber. Claro, Colt não fazia ideia disso e não percebeu nada enquanto eu estava sentado ao lado dele. Senti uma estranha fusão do cara que tinha escrito aquelas cartas com o homem que havia adotado Colt.

– É. Acho que ele não aprendeu.

– Acho que não.

O diretor Halsen me lançou um olhar de reprovação, que ignorei descaradamente.

– Daí, eu puxei o Drake pra longe e bati nele – completou Colt com um dar de ombros. – Ele tentou me bater de volta, mas eu desviei.

– Boa – falei, anuindo.

– Ele é lento – pontuou ele, com outro dar de ombros.

– Sr. Gentry, como o senhor pode ver, o seu filho instigou a violência em um ataque não provocado. Ele vai ser mandado para casa hoje e suspenso amanhã. Precisamos passar a mensagem de que esse tipo de violência não é tolerado.

– Eu não sou filho dele – murmurou Colt.

É, é, sim.

– Certo, desculpa, Colt – disse o diretor Halsen, corrigindo-se e lançando-me outro olhar penetrante, já que sabia da adoção por causa dos registros.

– Eu não tenho nenhum problema em levar o Colt para casa ou em ele ser suspenso. O senhor está certo, ele bateu primeiro. Mas a minha pergunta é o que o senhor vai fazer em relação ao Drake.

Colt virou a cabeça para mim em choque.

– Perdão? – disse o diretor Halsen.

– O meu palpite é que o senhor disse ao Colt que ele é o único culpado aqui, certo? Afinal de contas, ele bateu, fez o que o senhor considerou ser uma escalada de violência.

– Ele agiu errado.

– Talvez. Mas o Drake também agiu. E ele já estava no meio de um ato de violência, que o Colt interrompeu.

– Eu dificilmente chamaria essas travessuras de parquinho de violência – debochou o diretor Halsen. – A gente já disse para o Drake que as ações dele são inaceitáveis. Mas o senhor sabe como são os garotinhos apaixonados, tenho certeza.

Olhei de relance para Colt, que tinha a mesma expressão de Ella quando estava prestes a explodir.

– Na verdade, sei. Eles agem como o Colt e protegem as garotas de quem gostam. O que o outro menino fez, quer o senhor veja ou não, é errado. E, claro, o senhor pode ignorar isso dizendo que é uma travessura de parquinho, como aposto que fez nos últimos trinta anos em que esteve nesta escola. O problema não é uma vez; é o padrão. O senhor não fez nada no ano passado, quando foi com a Maisie. Agora a gente está aqui, e esse garoto ficou um ano mais velho. Então, claro, eu posso levar o Colt pra casa e dar uma bronca nele explicando quando é apropriado usar a força. Mas provavelmente o que vou fazer é mostrar pra ele como dar um soco melhor, porque um dia aquele outro garoto vai ter 16 anos, e não vão ser só beijos de parquinho que ele vai tomar à força.

O queixo do diretor caiu, e me levantei.

– Obrigado por chamar a minha atenção para isso. Vou garantir que a mãe dele tome as medidas adequadas. Colt? Pronto para ir? Acho que a gente merece um sorvete.

Colt assentiu, descendo da cadeira e colocando a mochila no ombro. Saímos da sala, atravessamos as portas duplas e encontramos o ar revigorante de março. Colt ficou em silêncio enquanto entrávamos na caminhonete e ele se afivelava na cadeirinha.

Eu não havia tirado a cadeirinha no último mês. Fazer isso parecia mais permanente do que Ella saindo do chalé.

– A sua mãe não ligou – falei, checando o celular.

– Ela está em Montrose com a Maisie – respondeu Colt.

– É. Quem está tomando conta de você, já que a Ada e o Larry estão de férias? – perguntei, saindo do estacionamento e me dirigindo à Solidão.

O tráfego não estava muito ruim àquela hora do dia, mas, assim que o sol se pusesse, o caos se instalaria, como sempre acontecia durante a temporada turística.

O fato de que eu tinha morado em um lugar tempo suficiente para reconhecer que havia uma coisa chamada temporada turística foi uma revelação.

– A Hailey.

– Ok, você quer que eu te leve até a casa principal? – perguntei, olhando pelo espelho retrovisor, mas ele fitava a janela. – Colt?

– Tanto faz.

Nunca duas palavras me cortaram tão rápido antes. Claro que ele estava bravo comigo. Tinha todo o direito de estar.

– Bom, eu deixei uma mensagem pra sua mãe dizendo que, se ela não me ligasse de volta, eu ia te levar pra minha casa. Tudo bem? Ou você prefere ficar com a Hailey?

Eu estava em um impasse e sabia disso. Mais do que qualquer coisa, queria algumas horas com ele. Precisava saber como ele estava, o que havia de novo em sua vida e se tinha entrado para o time de futebol da liga da primavera. Eu sentia tanta falta dos gêmeos quanto da mãe deles, mas também sabia que Ella não me queria na vida dos filhos, então não podia simplesmente roubar aquelas horas.

– Você mora muito longe daqui? – perguntou ele, ainda observando a paisagem. – Eu não posso pegar um avião nem nada assim. A mamãe ficaria muito brava.

Meu coração deu um salto.

– Parceiro, eu ainda moro em Telluride...

– Mora? Eu pensei... – interrompeu ele, depois balançou a cabeça. – Acho que a gente pode ir pra sua casa. Assim, você não mentiu pra minha mãe. Ela fica uma fera se a gente mente.

Eu sabia que Ella era o tipo de mãe que não entraria em tantos detalhes sobre o motivo de não estarmos mais juntos, mas aquelas palavras me atingiram no âmago mesmo assim.

– Tem certeza?

Ele assentiu.

– A Hailey está trabalhando, e a cozinheira substituta não gosta de crianças por perto. A Ada não gosta dela, de qualquer jeito. E, se não tiver problema, eu queria muito ver a Bagunça.

O tom dele era neutro, como se estivesse se decidindo entre colocar brócolis ou couve-flor no prato.

– Claro. Ela também ia querer te ver. Assim como eu. Eu sinto a sua falta, parceiro.

– Tá bom – debochou ele.

– É verdade, Colt.

Ele não respondeu e permaneceu em silêncio até entrarmos na rua de terra que começava bem no limite da Solidão.

– Pra onde a gente tá indo? – perguntou ele.

– Pra minha casa.

Ele se inclinou para a janela, dando uma olhada na propriedade.

– Você mora aqui atrás?

– Moro.

Paramos na pequena clareira onde a casa foi construída, e Colt se virou para mim.

– Você mora do outro lado do lago?

– É. Bem legal, né? – perguntei, entrando na garagem e desligando o motor.

– Claro.

Colt pegou a mochila e chegou até a casa antes de mim.

Abri a porta, e ele voou lá para dentro, caindo de joelhos onde o vestíbulo encontrava a cozinha e jogando os braços em volta de Bagunça.

Ela ganiu, batendo o rabo no chão, deitando a cabeça em um dos ombros dele e depois no outro.

– Eu sei. Também senti saudades, garota – disse Colt, acariciando atrás das orelhas dela. – Tá tudo bem.

Não sei o que me dilacerou mais na hora: Colt com as suas palavras suaves ou Bagunça com os seus ganidos. Ela ficou do mesmo jeito quando Maisie voltou para casa depois da megaquímio em dezembro.

– Eu tenho sorvete no freezer – ofereci.

– Não. Tô bem. Vamos brincar!

Ele pegou a jaqueta, largou a mochila e deixou Bagunça conduzi-lo para fora pela porta da frente, já com o brinquedo preferido na boca.

Eu os segui e me sentei nos degraus da varanda enquanto Colt lançava o brinquedo na margem do rio. Ele só estava a uns 9 metros de distância, mas, cara, me excluiu com tanta eficiência que pareceram quilômetros.

Depois de alguns minutos, fui até eles.

– Você gostou? – perguntei.

– Não dá pra ver a minha casa daqui – disse ele, com outro dar de ombros.

– Não, fica atrás da ilha.

– Foi por isso que você se esqueceu de mim? – perguntou ele, jogando a bola na margem.

É, eu não sobreviveria algumas horas com ele naquele ritmo. Ella me encontraria morto, com Colt segurando os restos destroçados do meu coração.

– Eu nunca te esqueci, Colt. Isso seria impossível.

Bagunça levou o brinquedo até ele, e então Colt o atirou com mais força, mais de raiva do que pelo exercício.

– É, tá bom.

– Colt – falei, caindo de joelhos e virando-o para mim, depois respirando fundo para me estabilizar.

Ele tinha duas marcas de lágrimas nas bochechas.

– Eu não te esqueci.

– Então por que você não foi ver a gente? Um dia eu fui pra escola e, quando cheguei em casa, a mamãe falou que vocês não eram mais amigos, e foi isso.

– Parceiro, é complicado – falei, colocando as mãos nos ombros dele.

– Isso é o que os adultos dizem quando não querem explicar as coisas – respondeu ele, piscando e derramando uma nova torrente de lágrimas raivosas.

– Quer saber? Você está certo. Relacionamentos entre adultos são mesmo muito complicados de explicar, mas eu vou tentar. Eu fiz besteira. Entendeu? Não foi a sua mãe. Isso não é culpa dela, é minha. E eu fiz uma besteira tão grande que a gente terminou.

– Mas você não terminou comigo! – gritou ele. – Ou com a Maisie! Você simplesmente desapareceu! E, quando eu saí de fininho pra te ver, você já tinha ido embora. Você foi embora sem se despedir ou falar por quê.

– Eu estou bem aqui – prometi, com um nó na garganta, quase me engasgando com as palavras.

– Mas eu não sabia! Você disse que me amava e que a gente era amigo. Amigos não fazem isso.

– Você está certo, Colt, me desculpa – falei, colocando cada grama de emoção de que dispunha nas minhas palavras, torcendo para que ele percebesse como elas eram verdadeiras. – Eu senti saudades suas todos os dias. Não se passou um minuto em que eu não quisesse te ver ou falar com você. O que aconteceu entre mim e a sua mãe não significa que eu não te ame ou não ame a Maisie. É só…

Por que não havia palavras para aquilo? Por que eu não conseguia explicar as coisas para ele sem colocar a culpa em Ella? Não era culpa dela. Era minha.

– Complicado – completou ele.

– É. Complicado.

A raiva dele se dissipou, e Colt suspirou com uma tristeza profunda, os lábios tremendo e o rosto choroso.

– Eu só... eu meio que pensei que você era meu pai. Ou que talvez pudesse ser um dia. E, daí, você sumiu.

Daquela vez, as lágrimas dele me destruíram. Eu o puxei para o peito, envolvendo-o nos meus braços.

– Eu também, Colt. Nada teria me feito mais feliz do que ser o seu pai. Você é o melhor garotinho que eu poderia imaginar ter como filho. Isso não é culpa sua. Não é culpa da sua mãe. É minha. Então, se você quiser ficar bravo, tudo bem, mas fica bravo comigo. Com mais ninguém. Promete?

– Eu não quero ficar bravo! – gritou ele contra a minha camisa. – Eu quero que você dê um jeito!

– Eu queria poder resolver. Mas, às vezes, as coisas estão quebradas demais para serem consertadas.

Ele se afastou e olhou de cara feia para mim.

– A Maisie estava assim, e você e a mamãe deram um jeito. E ela vomita, chora, mas a mamãe diz que ela vai melhorar se lutar, e daí tudo vai valer a pena.

– Eu sei.

Eu normalmente era muito bom em lógica infantil, mas ele estava me deixando no chão ali.

– Então, você não pode estar pior que a Maisie e não tentar dar um jeito. Você não vê a Maisie desistir, e já faz uma eternidade – disse ele, estendendo a última palavra. – Bastou um dia pra você e a mamãe quebrarem.

– Eu queria muito que fosse simples assim, Colt.

– A Maisie também. Mas ela é corajosa e se esforça para consertar as coisas.

Eu estava seriamente recebendo uma lição sobre relacionamentos de uma criança de 7 anos.

– Sabe com quem você está se parecendo agora?

Ele ergueu as sobrancelhas, mas não respondeu.

– Com o seu tio Ryan. Está igualzinho a ele.

Ele olhou para a ilha, então de volta para mim.

– Tá, então você vai tentar consertar? Ou vai desistir?

Tudo para Colt era fácil. Ele ainda não tinha visto o pior da humanidade, o que as pessoas eram capazes de fazer umas com as outras. Não tinha visto o que eu havia feito com a mãe dele. Não sabia o que eu tinha custado ao tio dele. Naquela hora, amei Ella ainda mais por não colocá-los contra mim.

– Eu posso tentar, parceiro. Por você e pela Maisie, eu posso tentar.

Eu havia respeitado o desejo de Ella de desaparecer. Tendo tirado todas as outras escolhas dela, aquela parecera a melhor forma de honrá-la. Além disso, eu não merecia uma segunda chance. Mas e se tivesse cometido um erro? E se devesse ter insistido?

Ela teria te rejeitado.

– Ótimo. Pede desculpas. As garotas gostam disso – disse ele, com um aceno de cabeça e um tapinha no ombro.

– Vou me lembrar disso. Mais alguma coisa?

Ele franziu a testa e me lançou um sorriso malicioso.

– As garotas também gostam quando você luta por elas.

Cara, eu amava aquele moleque.

– A Emma é a tal, hein?

Pelo que eu me lembrava da festa de aniversário de Colt, ela era fofa, gentil e inteligente, com grandes olhos castanhos, cabelos pretos cacheados e a pele marrom.

– A pele dela é bonita – disse ele, assentindo, para enfatizar o comentário.

Eu assenti também, conseguindo não rir.

– Você disse isso pra ela?

– Não! – respondeu ele, olhando em volta por um segundo, ponderando. – Talvez quando a gente tiver 12 anos.

– Pensando a longo prazo, entendi.

Eu me levantei enquanto ele se virava para lançar o brinquedo para Bagunça, que aguardava pacientemente.

– Acho que o que você fez por ela hoje foi incrível. É sempre bom proteger os menores. Mas talvez batendo menos.

Ele aquiesceu.

– Eu fiquei com muita raiva.

– É, também entendo isso. Mas grande parte de ser um homem é isto, conhecer a sua força e controlar a sua raiva.

– Eu tenho 7 anos.

Quase ri, percebendo que estava na vida dele há tempo suficiente para tê-lo ouvido pregar *Eu tenho 6 anos*.

– Não por muito tempo. Você podia ter apenas afastado o menino dela, e o resultado, apesar de menos satisfatório, teria sido o mesmo. E isso não envolveria a sala do diretor.

– Vou me lembrar disso – disse ele, ecoando as minhas palavras de antes.

– Então, o que você achou da casa? Eu construí pra você, pra Maisie... pra Ella.

Ironicamente, eu e a mãe dele terminamos logo antes de eu surpreen-dê-la com a casa.

Ou talvez eu devesse ter contado a ela desde o início, como todo o resto.

Colt olhou para a casa, franzindo as sobrancelhas ao avaliá-la.

– É legal. Gostei.

– Fico feliz de ouvir isso.

– Precisa de uma casa na árvore – disse ele, apontando para um conjun-to de pinheiros. – Bem ali seria bom.

– Registrado.

– E uma tirolesa.

– Você não vai desistir disso, vai?

– Nunca!

Ele saiu voando, correndo atrás de Bagunça pela praia enquanto meu telefone tocava.

Ella.

– Oi – atendi.

– O que aconteceu com o Colt? – perguntou ela, com a voz aguda. – Mil desculpas, eu não tenho sinal naquela ala do hospital e perdi todas as liga-ções, e agora a escola está fechada. Que confusão.

A voz dela me atravessou, me acalmando e me cortando na pele com um único movimento gracioso.

– Está tudo bem – falei, pigarreando na esperança de disfarçar a voz rouca.

– Eu não acredito que você foi até lá. Você estava muito longe?

– A uns dez minutos, talvez?

– Espera. Você ainda está em Telluride?

– Eu falei que não ia embora.

O padrão de respiração dela mudou várias vezes, como se ela fosse começar a dizer alguma coisa e depois mudasse de ideia.

– Então, o Drake tentou beijar a Emma – contei –, e o Colt foi atrás dele. Ela soltou um gemido.

– Que idiota. O Drake, eu quero dizer. Não o Colt.

– É, eu sei. Mas talvez eu tenha causado um pequeno drama com o diretor. Eu falei que parte disso foi culpa deles por não terem colocado um fim nessa história quando aconteceu com a Maisie.

– E não é? Eles deixariam aquele garoto escapar impune de um assassinato. Espera, como você sabia...?

Eu a ouvi respirar fundo quando percebeu como eu sabia.

– Sua terceira carta – relembrei.

Senti o tom da nossa ligação mudar quando os meus pecados se intrometeram entre nós, mas não recuei.

– Eu falei pro Colt que era muito legal defender a garota de que ele gosta, mas talvez batendo menos.

– É. Verdade.

Um silêncio se estendeu entre nós, triste e carregado por causa das coisas que já havíamos dito no mês anterior.

– Então, o Colt está brincando com a Bagunça agora, mas posso levá-lo pra Hailey, se você quiser. Ele está suspenso amanhã.

– Droga, eu só volto pra casa amanhã à tarde, e a Hailey está cuidando dele enquanto a Ada e o Larry ficam fora, mas ela trabalha amanhã o dia todo. Eu não me importo de ele ficar na casa principal, mas...

– Mas a cozinheira que está substituindo a Ada não é muito fã de crianças. O Colt me contou.

– É, ela é meio grossa. Mas cozinha muito bem.

Ela soltou um suspiro, e eu podia imaginá-la alisando os cabelos para trás, correndo os olhos de um lado para o outro, tentando descobrir o que fazer.

– Eu posso ficar com ele. Tenho espaço aqui e amaria mais que tudo passar um tempo com ele. Mas entendo totalmente se você não quiser e estou disposto a levar o Colt pra Montrose também.

Ou também posso cortar o meu coração e sangrar até a morte, o que você preferir.

Alguns segundos de silêncio se passaram, e quase voltei atrás, odiando tê-la colocado naquela posição.

– Seria ótimo, e aposto que o Colt vai adorar. Ele sente muito a sua falta – respondeu ela, baixando a voz para um sussurro. – A Maisie também.

– E eu a deles. Tem... tem sido difícil.

Sinto a sua falta a cada segundo, tanto que dói respirar.

– É.

Mais silêncio. Eu teria feito qualquer coisa para vê-la naquela hora, para abraçá-la, cair aos seus pés e fazer qualquer que fosse o sacrifício que ela exigisse.

– Olha, eu vou ligar pra Solidão e avisar a Hailey. Chego aí amanhã, umas cinco da tarde. Tudo bem?

– Sem problemas.

– Obrigada, e que bom que você ainda está aqui, quer dizer, aí. Em Telluride. Ok. Tchau, Beckett.

– Ella.

Eu não suportava me despedir dela, ainda que fosse só em um telefonema.

A linha ficou muda, e olhei para Colt. Eu tinha 24 horas com ele. Fiz o que qualquer homem racional faria. Liguei para avisar que não iria trabalhar e aproveitei cada minuto.

CAPÍTULO VINTE E QUATRO

ELLA

Carta nº 2

Ella,
 Esses biscoitos são a melhor coisa do mundo. Eu não estou mentindo.
 Primeiro, não deixe as mulheres da Associação de Pais e Professores que julgam tudo e todos te assustarem. Se bem que preciso admitir que já estive em guerras – muitas vezes –, e, ainda assim, essas mulheres me intimidam, e olha que eu nem tenho filhos. Então, vou simplesmente fazer a saudação dos Jogos Vorazes e desejar o melhor pra você.
 Sim, nós vemos muitos filmes por aqui.
 Você me perguntou sobre a escolha mais assustadora que eu já fiz. Eu não sei se realmente já senti medo diante de uma escolha. Sentir medo significa ter algo a perder, e eu nunca tive isso de verdade. Sem entrar muito em detalhes da minha história, vamos só dizer que eu não tenho família fora desta unidade. Também não tem ninguém me esperando voltar para casa desta missão. Até mesmo entrar para o exército foi uma escolha óbvia, já que eu tinha 18 anos e estava prestes a ser expulso do sistema de acolhimento familiar.

Eu fico com medo pelos outros caras. Odeio ver os meus irmãos se machucarem, ou pior. Fico com medo todas as vezes que o seu irmão faz alguma besteira inconsequente, só que isso não é escolha minha.

Mas eu vou te contar qual foi a minha maior escolha: eu comprei um terreno sem ver, simplesmente porque me recomendaram. A pessoa proprietária estava em apuros, e eu me arrisquei. Também não tenho a menor ideia do que fazer com esse terreno. Meu investidor – sim, eu tenho um desses, para não morrer quebrado – me disse para ficar com o terreno e vender para alguma construtora quando quiser me aposentar. O seu irmão me falou para construir uma casa e sossegar.

Bom, isso, sim, me dá medo. A ideia de me estabelecer em algum lugar, não começar de novo a cada poucos anos, é um pouco assustadora. Existe uma paz que vem com ser tão nômade. Eu começo do zero quando me mudo. Uma página em branco só esperando que eu estrague tudo. Ei, eu te avisei, eu sou péssimo com pessoas. Sossegar significa que eu preciso me esforçar para não afastar todos à minha volta, porque estou preso a eles. Isso ou me tornar um eremita e deixar crescer uma barba longuíssima, o que, talvez, na verdade, seja a escolha mais fácil.

Imagino que eu vá te avisar quando descobrir qual decisão tomar.

A sua propriedade parece ótima, e não tenho dúvida de que você fez a escolha certa ao hipotecá-la para financiar as melhorias. É como você disse, quem não arrisca não petisca.

Que droga você coloca nestes biscoitos? Porque eles são seriamente viciantes. Talvez eu te xingue depois de correr uns quilômetros a mais, mas eles valem muito a pena.

Obrigado de novo,

Caos

– Tem certeza de que é o caminho certo? – perguntei a Maisie enquanto entrávamos na rua de terra. – A gente está do ladinho da Solidão.

Telluride. Beckett ainda estava em Telluride. Ele não tinha ido embora. Não havia se mudado, como eu tolamente presumira.

– É o que a moça do GPS diz da localização que ele mandou por mensagem – respondeu Maisie, mostrando o telefone com o Google Maps aberto. – Vou mesmo ver o Beckett?

A esperança na voz dela era brutal.

– Vai, por alguns minutos.

Tentei manter o tom de voz leve, mas falhei miseravelmente. Talvez fosse a exaustão de duas semanas de hospitalização com Maisie para fazer a radioterapia. Talvez fosse ter descoberto que outra criança que Maisie conheceu em Denver morrera na semana anterior. Talvez fosse Beckett.

Ou talvez o meu coração estivesse simplesmente partido por causa de todas as opções anteriores.

– Tô com saudade dele – disse ela baixinho.

– Eu também, amor – respondi sem pensar.

– Não, não tá. Se estivesse, teria ligado pra ele. Teria deixado a gente ver o Beckett.

O tom dela era tudo menos compreensivo enquanto avançávamos pela floresta.

– Maisie, não é tão fácil. Às vezes, os relacionamentos não dão certo, e talvez você só vá entender isso quando for mais velha.

– Tá bom.

Cara, eu estava ferrada quando aquela espertinha virasse adolescente. Então, sorri, percebendo que ela tinha uma chance de virar adolescente.

Por causa de Beckett.

Mas as mentiras estavam entrelaçadas ao amor, e esse era o X da questão. As mentiras não apagavam tudo o que ele tinha feito por mim, por nós. Não apagavam como eu me sentia quando Beckett me beijava, como meu corpo pegava fogo quando ele estava no mesmo ambiente. Não apagavam a forma como ele amava as crianças ou como elas o amavam.

Mas aquele amor também não apagava as mentiras, ou o meu medo de que ele contasse outras.

E esse era o nosso impasse.

Não que eu não conseguisse entender *por que* ele havia agido daquela forma. Eu só não podia me dar ao luxo de confiar nele.

– Ai, meu Deus – murmurei quando chegamos à casa.

Olhei para o lago, só para ter certeza, depois para a casa de novo. Eu teria perguntado a Maisie se era ali mesmo, mas Colt saiu correndo da casa com Bagunça no encalço, e isso respondeu à minha pergunta.

Beckett era o dono dos 10 hectares que eu havia vendido dois anos antes para aquela empresa de investimentos.

A casa em si era linda. Construída de troncos em estilo chalé, como as da Solidão. Tinha dois andares com várias partes do telhado em formato triangular e pilares de pedra. Era clássica, rústica e moderna, tudo em um mesmo estilo. A definição de Beckett.

Colt abriu a porta de Maisie.

– Aqui está você! Senti saudades!

– Eu também! – exclamou ela, e os dois se abraçaram.

– Oi, amor – falei, quando eles se separaram.

– Oi, mamãe! – respondeu Colt, abrindo um sorriso largo por cima do encosto do assento. – A gente fez o jantar, vem!

– Ah, a Maisie não está se sentindo muito bem – falei, entrando em pânico diante da ideia de passar mais do que alguns minutos com Beckett.

– A gente imaginou. Então, tem frango, arroz e biscoito cream cracker, se você precisar, Maisie. Vem, você tem que ver a casa!

Maisie pulou do carro, mais ágil do que eu a vira nas últimas duas semanas, e os dois dispararam como um foguete.

– Bom, acho que vai ser isso – murmurei para mim mesma.

Senti uma urgência de checar os cabelos e a maquiagem, mas a afastei. Não havia necessidade de impressionar Beckett. Engraçado, eu costumava pensar a mesma coisa antes porque ele me amava. Naquele momento era porque não deveria me importar com a opinião dele.

Dei uma olhada no espelho e arrumei os cabelos com alguns puxões rápidos… porque eu me importava. *Droga.*

– Deixa de ser covarde – me repreendi, saindo do carro.

Eu o havia deixado, e não o contrário. Então, por que aquilo doía tanto? Por que o meu coração galopava? Por que ansiava por vê-lo quase tanto quanto evitava isso?

Aff.

Eu tinha 26 anos, e era a primeira vez que meu coração se partia de verdade. Quando Jeff foi embora, os gêmeos e a minha própria teimosia aliviaram a dor e me distraíram. Mas Beckett? Não havia nada que pudesse me distrair de Beckett. Ele ocupava os meus pensamentos, os meus sonhos, as mensagens de voz que me recusava a deletar e as cartas que não jogava fora. Ele estava em toda parte.

Entrei na casa com passos lentos. O interior era igualmente bonito, com um piso escuro de madeira de lei e o pé-direito alto. Exatamente a casa que eu teria projetado para mim mesma. Mas ela não era minha, assim como Beckett não era meu.

Espera. Onde estavam os móveis? Não havia fotos nas paredes, nenhum sinal de que ele realmente tinha se mudado. Ele estava indo embora, no fim das contas?

– Oi – disse ele, surgindo de um canto.

Droga, ele estava bonito demais. De calça jeans e camiseta de manga comprida com o escudo do time de futebol de Colt, mas com os cabelos um pouco mais compridos e perfeitamente bagunçados; e ele ainda teve a audácia de deixar crescer uma barba leve e definitivamente sexy.

– Oi.

De todas as palavras que precisávamos dizer um ao outro, aquilo foi tudo o que saiu.

– As crianças foram explorar a casa – comentou ele, voltando os olhos para o teto quando o barulho de pés correndo surgiu. – Olha, o Colt queria fazer o jantar pra vocês. Eu falei que não era uma boa ideia, mas ele estava inflexível, e imaginei que vocês podiam levar pra casa se não quisessem ficar.

– Você mora nos 10 hectares nos fundos da Solidão que eu vendi dois anos atrás.

– É.

Ele disse aquilo com tanta facilidade.

– Foi pra cá que você veio?

– Depois que a gente terminou? – perguntou ele.

Assenti devagar.

– Quando você fez o check-out e o Colt me disse que as suas coisas tinham desaparecido, eu perguntei pra Hailey se você tinha deixado algum endereço de contato.

– Não deixei.

– Eu sei. Foi quando deduzi que você tinha voltado pro exército. Como os dois outros homens que amei.

– Não deixei nenhum endereço porque imaginei que você ligaria pro posto. Nunca me ocorreu que fosse pensar que eu realmente deixaria você e as crianças depois de ter prometido que não faria isso – disse ele, soltando o ar e esfregando o rosto. – Mas, enfim, eu menti sobre quem era, então...

Ele estava certo. Nós dois sabíamos disso.

– Não gostei do jeito como terminamos as coisas. Que *eu* terminei as coisas – corrigi.

– Nem eu – respondeu ele, em voz baixa.

– Você não ligou.

– Eu tentei na primeira semana, mas você não atendeu. Imaginei que realmente tinha falado sério quando disse que nunca mais queria me ver.

– Desculpa. Eu nunca devia ter dito isso. Eu tendo a... reagir de maneira exagerada quando se trata de mentiras e...

– E construir uma fortaleza em volta das crianças – disse ele, concluindo o meu pensamento, recitando as minhas próprias palavras, tiradas das nossas cartas. – Eu entendi, e foi merecido. Você realmente me avisou logo na primeira carta, certo?

Meu Deus, aquele homem me conhecia tão bem, e eu odiava a sensação de não *o* conhecer.

– Você não tem nenhum móvel.

Ele ergueu as sobrancelhas diante da minha mudança de assunto.

– Só no quarto e na cozinha. Não que eu esteja insinuando nada. Eu só precisava de uma cama. Pra dormir. Só dormir – disse ele, erguendo os ombros e enfiando os polegares nos bolsos da calça. – E da cozinha, é claro. Pra comer. Porque é uma cozinha.

A forma desajeitada como nós dois conduzimos a conversa teria sido cômica se ver Beckett não me desse a sensação de que ele tinha acabado de arrancar o meu coração e assistido às suas últimas batidas.

– Por quê? Por que você não tem móveis?

– Sinceramente?

– É. Acho que já temos mentiras suficientes entre nós, não? – falei, e me retraí. – Isso foi desnecessário. Desculpa.

– Fica à vontade. Mereço ouvir o que você quiser dizer.

– Os móveis? – lembrei, para mudar logo de assunto.

– Comprei o necessário. Sempre planejei te deixar escolher o resto e, depois… bom, eu meio que já não ligava mais. Mas acho que eu devia comprar um conjunto pra sala de estar antes da temporada de futebol. É um pouco desconfortável comer todos aqueles petiscos na cama.

As crianças desceram correndo os degraus largos que subiam em curva para o segundo andar.

– A casa não é incrível, mamãe? – perguntou Maisie, zunindo pelo espaço com Colt no seu encalço.

Cara, aquela garota se recuperava tão rápido… Bagunça parou para um carinho rápido e, então, correu atrás dos dois.

– Espera só até ver o salão de jogos! – disse Colt a ela, e os dois desapareceram em outro corredor.

– Ela te deu "oi" pelo menos? – perguntei, com uma risadinha.

– Deu. Ganhei um abraço enorme antes de ela ser levada pelo Colt lá pra cima pra ver os quartos.

– Quantos são?

Não que eu precisasse saber.

– Seis. Cinco aqui e uma suíte em cima da garagem.

– Uau. Que grande – falei, depois balancei a cabeça. – Por favor, não faz uma piadinha de quinta série.

– Eu nem sonharia com isso.

O sorriso dele era de tirar o fôlego e de partir o coração.

Como sempre, tudo com ele era simples e fácil, mas naquele instante também era terrivelmente difícil.

– Ok, não é da minha conta, mas *você* construiu isto? Você é o dono do terreno que eu vendi?

Eu tinha visto a construção e morria de raiva de ter vendido a propriedade todas as vezes que espionava a equipe da obra. Felizmente, a ilha a escondia quando eu estava em casa, então conseguia ignorá-la.

– Eu *mandei* construir nos últimos sete meses ou mais. Pra você.

Forcei meus pulmões a inspirarem o ar, já que eles estavam obviamente avessos à ideia.

– Pra mim.

– Você falou sem mentiras – disse ele, sorrindo por cima do ombro. – E essa foi a maior escolha que eu já fiz.

– Você comprou esses 10 hectares dois anos atrás? Pensei que tinha sido uma empresa de investimentos.

– E foi. O Ryan me perguntou se eu estaria interessado em investir em um imóvel. Concordei e deixei o meu consultor financeiro cuidar disso, já que, na época, a gente estava fora do país. Ele estava insistindo para que eu diversificasse os investimentos, então foi o que fiz. Bom, que ele fez. Só assinei os papéis quando a gente voltou daquela missão. Não me toquei que eram os seus hectares até chegar aqui.

– E você não me contou. Você não vê um padrão?

– Não. Existem segredos e existem surpresas.

– Você é o dono dos 10 hectares que ficam atrás da minha propriedade!

– Na verdade, de só um hectare e meio. Pode checar com o condado. Transferi para você toda a propriedade exceto esse hectare e meio da casa. Ah, e tem uma servidão de passagem pra rua. Espero que você não se importe.

– Você devolveu?

– Só fiquei com a casa. Quer dizer, sim, eu a construí pra você, mas pra mim também. E tudo bem se você quiser a casa, mas ela vem comigo dentro. Agora, vem pegar um pouco desta comida. Eu posso embrulhar se você não quiser ficar. Sem pressão.

Ele se virou e começou a andar, então o segui. A casa era realmente espetacular. Ele me levou até uma cozinha grande e moderna que tinha, de fato, uma mesa com cadeiras. Ela se abria para um pátio imenso através de uma porta de vidro deslizante.

A casa era basicamente perfeita.

– Você não pode construir uma casa pra mim.

– Já construí – respondeu ele, contornando a ilha até o local onde estava a comida.

– Não é normal construir uma casa para uma mulher e não contar pra ela.

Entrei na cozinha e me recostei na bancada de granito escuro. Bom espaço de bancadas também. Perfeito para... *Afasta esse pensamento agora mesmo.*

– É, bom, eu tinha essa ideia romântica e idiota de que ia construir a casa e provar para você que não ia embora. E, daí, quando a Maisie estivesse curada e tudo se estabilizasse, talvez você quisesse morar aqui. Comigo. Mas eu também sei que você ama morar na propriedade, então não ia te pressionar, e a gente realmente não estava pronto pra falar sobre morar junto – explicou ele, colocando a comida nos pratos. – E nós dois sabemos que eu não sou muito bom nessa coisa de relacionamento. Provavelmente tenho 14 anos no que diz respeito à minha experiência na área – concluiu ele, dando de ombros de um jeito brincalhão.

– Isso é tão fácil assim pra você?

Ah, aquilo saiu duro demais.

Os pratos tilintaram quando ele os colocou no granito e se virou devagar para mim.

– Não. Não é. É impossível te ver, estar no mesmo ambiente que você, e não querer cair de joelhos pra implorar o seu perdão. Eu mal consigo manter minhas mãos longe de você, não te beijar, não te tocar, não te lembrar do quanto a gente é bom junto e do quanto eu te amo. Está me matando não te levar lá pra cima e mostrar o quarto que eu construí especialmente pra você, mesmo que seja só para dormir ao seu lado.

Ele fez uma pausa, então prosseguiu:

– Cada aspecto disso é como uma faca se retorcendo na minha barriga, e o pior aconteceu ontem, quando o Colt me disse que eu não o amava. Que ele pensou que eu ia ser pai dele e, em vez disso, eu me esqueci dele. Que eu era um covarde por não consertar a gente. E sabe de uma coisa? Ele está certo sobre a parte de eu ser um covarde. Posso mentir e dizer que sei que você não quer que eu lute por você, que não mereço sequer uma segunda chance, mas a verdade é que estou assustado demais pra fazer qualquer coisa que não seja respirar por medo de piorar as coisas. Não perdi só você, Ella, mas Maisie e Colt também. Não tem *nada* fácil aqui, e estou fazendo o que posso pra manter o clima leve. Então, você quer essa porcaria dessas ervilhas? Porque o site que eu li dizia que elas são uma boa opção pós-radioterapia.

Ele tinha praguejado.

– Ervilha está ótimo – falei, quase em um sussurro.

– Excelente. Tem arroz integral também. E peito de frango sem pele, que é mais fácil pra ela digerir – disse ele, colocando as ervilhas no prato. – Vou saber o que vem agora? Ou só esperar os extratos do plano?

– A gente tem uns exames de sangue agendados pra semana que vem. Se estiver tudo bem, começa a imunoterapia.

Um sorriso de alívio passou pelo rosto dele, mas não era para mim.

– É o último obstáculo, certo?

– Talvez. Tomara. Não quero ter esperança.

– Esperança é bom. Sinta. Porque a gente não faz ideia do que está por vir. Você tem que abraçar as coisas boas quando elas chegam, porque as ruins não vão te dar escolha.

As crianças correram para a cozinha, e Maisie afundou em uma das cadeiras.

– Maisie?

– Tô bem, mamãe.

– Só não exagera – falei, por força do hábito.

– Vocês vão ou ficam? – perguntou Beckett em um sussurro, para que as crianças não ouvissem.

Ele me deu o direito de escolha. Ele sempre me dava o direito de escolha.

– Beckett, o Colt entrou pro time de futebol da liga da primavera – disse Maisie, balançando as pernas para a frente e para trás na cadeira. – E a Hailey terminou com outro garoto, e eu abri mão de novo de realizar um desejo pela Fundação Make-A-Wish.

– Espera, você o quê? – perguntou Beckett, indo até ela. – Por quê? Você não quer se vestir de Batgirl por um dia em Denver? Ou ser uma sereia nas Bahamas? Trabalhar em um filme por um dia com o Ron Howard?

Ela deu de ombros.

– Eu tenho tudo o que quero, e a única coisa que tinha pra pedir eles não podem me dar, então é melhor realizarem o desejo de alguém que precisa.

Ele se abaixou.

– O que você quer?

– Não importa agora. A gente vai comer?

Eu não perdi só você, Ella, mas Maisie e Colt também.

As palavras dele voltaram a me atingir, com o dobro de força da primeira vez. Eu amara aquele homem – ainda amava, se fosse honesta comigo mesma – e confiara nele o suficiente para deixá-lo adotar meus filhos. Então, em uma reviravolta irônica, cortei esse contato para poupar o meu coração e, ao fazer isso, feri os gêmeos – exatamente o que temia que ele fizesse. Tudo porque não conseguia ficar perto dele e respirar ao mesmo tempo. Beckett nunca representou um perigo para eles, e talvez eu fosse tola, mas um pouco de distância havia clareado a minha mente, e eu acreditava que ele sempre tinha sido honesto com as crianças. Caramba, ele não foi um pai para eles só no papel. Ele não os abandonou como Jeff. Ele construiu uma maldita casa para eles e largou tudo o que estava fazendo para buscar Colt mesmo que não estivéssemos mais juntos.

E, embora eu tivesse cortado os laços com ele de uma hora para outra, Beckett nunca foi até mim com aquele acordo de adoção para me obrigar a deixá-lo ver as crianças. Ele me deu o direito de escolha.

E eu escolhi errado.

Eu estava errada.

– A gente vai ficar.

Beckett ficou de pé, me lançando um olhar de puro choque.

– Vocês vão ficar.

– É só um jantar.

O rosto dele se contorceu de emoção antes que ele suavizasse a expressão com um aceno de cabeça e um sorriso forçado.

– É, vamos comer. Colt, pega umas bebidas para as garotas.

Colt comemorou e foi servir limonada da jarra de vidro bonita.

Nós comemos, e foi tudo normal e extremamente doloroso ao mesmo tempo. Meus filhos se iluminaram e não pararam de falar, contando a Beckett tudo o que havia acontecido no último mês. Beckett ouviu e respondeu, radiante ao ouvir cada palavra deles.

Eu o observei em silêncio, baixando os olhos sempre que ele notava, mas voltando a examiná-lo depois. Ele era Beckett, mas também era Caos, e, a cada mordida que eu dava, frases das cartas dele bombardeavam o meu coração, lembrando que o homem sentado à minha frente era o mesmo por quem eu me sentira imediatamente atraída. O mesmo que era triste e solitário e que não se sentia digno de conexões humanas – ou de uma família.

Terminamos de comer, e me levantei.

– Colt, você pode tirar a mesa? Quero que o Beckett me mostre o andar de cima.

– Posso!

Ele assentiu, entusiasmado, e então sussurrou algo para Beckett que se pareceu muito com "pede desculpas".

Beckett aquiesceu solenemente, bagunçando os cabelos de Colt e piscando para Maisie. Depois, fez sinal para que eu o seguisse e me conduziu escada acima.

Ela terminava em um patamar, onde o corredor se dividia em duas seções com uma ponte cruzando a entrada.

– Os quartos das crianças... quer dizer... os outros quartos ficam pra lá.

– Mostra o principal pra mim.

Ele andou na direção oposta e me levou até um lindo quarto principal com teto abobadado e janelas enormes. Uma cama marquesa de tamanho king ocupava uma das paredes, com uma roupa de cama branca e prateada que eu mesma teria escolhido.

– Tem um banheiro do outro lado com dois closets e um conjunto de lavadora e secadora. Tem um segundo conjunto no andar de baixo, perto do vestíbulo, porque... bom... crianças sujam as coisas. Não que isso importe, nem nada. Pode dar uma olhada, se quiser – disse ele, empoleirando-se no pé da cama.

– Não preciso. Sei que é perfeito.

– Bom, se você não veio aqui para ver a banheira, foi para o quê?

– A gente não vai voltar a namorar.

A frase voou da minha boca.

– Bom, pelo jeito não vamos dourar a pílula.

– Desculpa, eu só queria deixar isso claro antes de dizer o que vem a seguir – falei, começando a andar de um lado para o outro na frente da cama.

Nossa, o carpete era supermacio.

– Bom, depois dessa introdução, mal posso esperar para ouvir – comentou ele, inclinando-se um pouco para a frente, apoiando as mãos no pé da cama. – Mas, primeiro, preciso pedir desculpas. De novo. Mais alto desta vez, pra que o Colt possa ouvir. Ele me aconselhou a fazer isso, disse que as garotas gostam quando a gente pede desculpas. Então, eu peço muitas, profundas desculpas por ter mentido pra você. Por ter te deixado acreditar que eu estava morto. Por não ter lido as suas cartas depois que o Ryan morreu. Se eu tivesse lido, nunca teria ficado longe quando você me pediu pra vir.

– Você leu as cartas?

Depois de tudo, ele havia finalmente aberto as cartas.

– Li. E sinto muito. Eu deveria ter respondido. Deveria ter vindo. Nunca deveria ter escondido isso de você. Eu sinto muitíssimo pela dor que causei, e não existem palavras suficientes para expressar o remorso que sinto por ter lhe custado o Ryan.

Parei de andar.

– Beckett, eu não te culpo pelo Ryan.

Os olhos dele dispararam para os meus.

– Como você pode não me culpar?

– Como eu posso culpar?

Eu me sentei ao lado dele na beirada da cama enorme.

– Não foi culpa sua. Se você tivesse qualquer chance de salvar o Ryan, teria salvado. Se você pudesse mudar o que aconteceu, teria mudado – recitei as palavras de cor.

– A carta do Ryan.

– É, a carta do Ryan. O que aconteceu com você lá… isso é uma coisa que ninguém devia enfrentar. Você não teve a intenção de matar aquela criança. Foi um acidente. Eu te conheço, Beckett. Você não machucaria uma criança. Acidentes são horríveis, e coisas atrozes acontecem sem que exista uma razão ou um culpado. Não foi culpa sua. O que aconteceu com o Ryan… Aquilo também não foi culpa sua. Você não é mais responsável por isso do que uma borboleta africana é por um furacão.

– Não é a mesma coisa.

– É, sim. Existem dez mil maneiras de culpar alguém pela morte do Ryan. A culpa é dos meus pais por morrerem, por mudarem a vida dele daquele jeito. Da minha avó, por não ter insistido mais quando ele quis se alistar. Dos terroristas, por fazerem com que ele sentisse que precisava ir até lá pra mudar alguma coisa. Minha, porque rezei por tanto tempo pra que ele voltasse pra casa sem detalhar em que condições. Mas nada disso importa. O Ryan se ofereceu para participar de uma missão, e o meu palpite é que teria feito isso mesmo que você *estivesse* lá, porque é quem ele era. Ele era igual ao meu pai; eu só levei anos pra enxergar isso. Se você quer culpar alguém, culpa o homem que puxou o gatilho, porque essa é a única culpa que vale a pena colocar em alguém.

Ele abaixou a cabeça. Eu me virei e ergui seu rosto com barba por fazer, para que os olhos de Beckett encontrassem os meus.

– Às vezes, coisas ruins acontecem. E não é culpa de ninguém. Você não tem como discutir com o universo, por mais racional que seja a sua lógica. Se tudo fizesse sentido, então a Maisie não teria câncer, os meus pais continuariam vivos e o Ryan estaria aqui. Você nunca teria crescido do jeito que cresceu. Nós somos pessoas imperfeitas criadas assim por um mundo imperfeito, e nem sempre podemos opinar sobre o que nos molda. Eu não te culpo pelo Ryan. A única pessoa que faz isso é você. E, se você não deixar essa dor ir embora, ela vai moldar o resto da sua vida. Você tem essa escolha.

– Eu te amo. Você sabe disso, certo? Não importa o que aconteceu, ou o quanto eu estraguei tudo, eu te amo.

Baixei as mãos, engoli o nó que tinha na garganta e assenti.

– Eu sei. E queria que amor e confiança andassem de mãos dadas com a gente, mas, em algum lugar, eles se separaram, e não sei se algum dia vão encontrar o caminho de volta. Eu preciso acreditar nas coisas que você me diz, e isso não acontece mais. Talvez se a Maisie não estivesse doente, e se eu fosse um pouco mais forte... mas eu simplesmente não consigo. Não agora, pelo menos. E sei que você ama as crianças, e elas te amam. Eu estava errada em cortar o seu contato com elas. Fiquei magoada e inventei desculpas esfarrapadas na minha cabeça. Mas a verdade é que eu sempre pude confiar em você com elas. Quer dizer, você é o pai delas – declarei, dando um empurrãozinho lateral nele.

– No papel.

– De verdade – falei, e algo clicou na minha cabeça. – Foi por isso que você não me pressionou para contar pra eles sobre a adoção, não foi? Você sabia que a verdade ia aparecer.

– Foi.

– E você não queria que eles ficassem nessa posição.

– É.

Eu me levantei e voltei a andar de um lado para o outro.

– Você quer fazer parte da vida deles?

– Meu Deus, como eu quero... Aceito o que você estiver disposta a me dar.

Ele tinha dito a mesma coisa depois da primeira vez que ficamos juntos. Ele viveu de acordo com aquelas palavras desde que chegou a Telluride, sempre me deu a opção de escolher até onde eu o deixaria entrar. Nunca forçou a própria entrada, nunca exigiu nada além do que eu queria permitir.

Não importava o quanto ele havia me machucado, Beckett ainda era o mesmo cara por quem eu tinha me apaixonado. O mesmo homem que os meus filhos amavam e de quem precisavam. A única coisa que havia mudado era a forma como eu o via – como eu via a nós dois.

– Ok, então é assim que a gente vai fazer: vamos agir como se estivéssemos divorciados.

– A gente nunca casou.

– Isso é detalhe. O que quero dizer é que pessoas que transam uma só noite conseguem dividir os filhos. Eu e você nos amamos... amávamos. A gente vai dar um jeito. Se você está falando sério sobre ficar...

– Eu construí uma casa, Ella. O que mais você quer?

– Você ainda está no exército?

Eu sabia a resposta, é claro. Ele não podia sair, não enquanto precisássemos da cobertura para Maisie. Mas eu também sabia que, uma vez que ela estivesse boa, ele não seria capaz de se acomodar em um único lugar, considerando que não estávamos mais juntos, quando tudo o que o mantinha ali eram as crianças. A sua alma nômade sentiria uma coceirinha para seguir em frente.

– Isso não é justo.

– É. Eu sei – respondi, com um suspiro. – Ok, se você vai ficar... por enquanto, então as crianças podem vir sempre que quiserem. Se você quiser continuar com o lance do futebol com o Colt, a gente dá um jeito. Se você quiser ficar com a Maisie nos fins de semana ou o que quer que seja, a gente vê o que funciona pra todo mundo. Você pode ter acesso a eles, e eles, a você. A gente é adulto, e eles são crianças. Então, a gente é que precisa agir com maturidade. Você precisa defender os seus direitos, e eu tenho que lhe dar esses direitos. E eu não quero esconder a adoção das crianças, então, talvez quando a Maisie estiver fora de perigo, se você ainda estiver aqui e tudo o mais, a gente deva dizer pra eles que você é realmente o pai deles. Quer dizer, era isso que eu pretendia fazer antes...

Eu mal tinha parado de andar quando me vi envolvida por braços quentes e fortes e pressionada contra um peito familiar.

– Obrigado – sussurrou ele no meu ouvido.

Ele tinha um cheiro tão bom e um toque tão gostoso... Talvez, se ficássemos ali tempo suficiente, nada mais importaria. Poderíamos simplesmente congelar o momento e viver dentro dele, cercados pelo amor que sentíamos um pelo outro.

Mas não podíamos. Porque ele me fez viver em um inferno por mais de um ano e, não importava o quanto o amasse, eu não tinha certeza de que podia confiar nele com todo o meu coração de novo, de que podia confiar que ele me contaria a verdade quando se tratasse do nosso relacionamento.

– De nada. E desculpa por ter afastado as crianças de você. Você sempre brinca que não tem nenhuma experiência com relacionamentos, mas eu também não tenho. Eu agi errado. Mas eu vou melhorar a partir de agora.

– Vou estar aqui – prometeu ele. – Vou estar aqui por eles e por você. Sei que você não tem nenhuma fé em mim, e tudo bem. Vou provar isso. Vou reconquistar a sua confiança milímetro por milímetro. Você não vai se arrepender de ter me deixado adotar as crianças, eu juro.

– Nunca me arrependi disso – falei, envolvendo-o em um abraço e depois saindo da segurança do calor dele antes que fizesse algo estúpido como acreditar no que ele tinha acabado de prometer. – Quer contar pra eles?

– Quero.

O rosto dele se iluminou como o de uma criança na manhã de Natal.

Nós os encontramos na mesa limpa da cozinha, e eles pararam de falar imediatamente assim que nos viram.

– Você consertou? – quis saber Colt.

– Não desse jeito, rapazinho – respondeu Beckett em voz baixa.

– Pediu desculpas?

– Pedi, mas pedir desculpas não conserta o inconsertável.

Colt olhou de cara feia para mim.

– Para.

Beckett deu um passo à frente e se abaixou. Eu amava como ele sempre se colocava no mesmo nível dos meus filhos.

– Você não pode ficar bravo com a pessoa que foi machucada ou julgar essa pessoa por isso, porque só ela sabe dizer o quanto o corte foi profundo, entende? Isso não é culpa da sua mãe. É minha – disse ele, olhando para Maisie, que tinha lágrimas nos olhos. – É minha.

Ele se levantou e veio para o meu lado.

– Então, a gente não está junto – reiterei, já que não seria bom confundir as crianças. – Mas sei que vocês dois amam o Beckett, e ele ama vocês. Então, de agora em diante, contanto que todo mundo esteja de acordo, vocês podem vir sempre que o Beckett disser que tudo bem. Futebol, tratamentos, telefonemas, visitas, a gente vai dar um jeito.

O queixo de Maisie caiu.

– Sério?

– Sério – prometi a ela.

Colt havia se transformado em uma bolinha quieta e raivosa desde que eu terminara com Beckett, mas Maisie verbalizava abertamente os sentimentos e, às vezes, de um jeito um tanto maldoso.

– Então, vocês não estão mais juntos, mas a gente pode ficar com ele? Ele é nosso?

Mais do que você imagina.

– É o que estou dizendo.

As crianças voaram da cadeira, abraçando Beckett, depois a mim, então Beckett de novo e, finalmente, uma à outra. Então, Maisie abraçou Beckett mais uma vez e sussurrou alguma coisa no ouvido dele. Beckett abriu um sorriso e, com os olhos marejados, falou *Eu também*.

Levamos as crianças até o meu carro, e elas afivelaram o cinto. Assim que as portas se fecharam, me voltei para Beckett, que, de novo, estava com as mãos nos bolsos. Como ele era o rei do autocontrole, identifiquei aquele tique nervoso facilmente.

– Obrigada. Pelo jantar, por cuidar do Colt. Pela terra e pela casa, mesmo que não seja minha. A intenção foi espetacular.

– Obrigado por eles – respondeu Beckett.

– O que ela te disse?

– Quer mesmo saber?

– Beckett – adverti.

– Ela disse que este era o desejo dela, que a única coisa que ela queria era… eu, de um jeito indireto.

– Ela queria um pai – adivinhei. – Que você fosse pai dela.

– Eles são crianças – disse Beckett, dando de ombros, mas eu sabia o quanto aquilo significava para ele.

– São as nossas crianças.

– Olha, ouvi o que você disse lá em cima em alto e bom som. Sei que a gente ficar junto não é uma opção. Mas, por mais banal que pareça, eu realmente ia amar se a gente pudesse ser amigo. Mesmo que seja só pelo bem das crianças.

Parada ali, do lado de fora da casa que ele construiu para mim, desejei nunca ter descoberto nada. Desejei que ele nunca tivesse mentido ou que pudéssemos voltar atrás. Desejei que ele não fosse os dois homens complicados por quem eu tinha me apaixonado. Mas ele era, e tinha feito aquilo.

E, apesar de tudo, eu ainda o amava.

– Claro. Acho que a gente consegue lidar com isso.

– Vou reconquistar a sua confiança, não importa quanto tempo isso leve – prometeu ele de novo.

Ainda que eu não estivesse pronta – não tinha certeza de que um dia estaria –, queria acreditar que ele faria isso, e aquele desejo acendeu uma pequena semente de esperança no meu coração.

Não era fogo suficiente para me manter aquecida, não como o nosso amor havia feito.

Mas era uma centelha.

– Preciso aprender a dar essas segundas chances. Pequenos passos. Boa noite, Beckett.

Ele aquiesceu e ficou ali na varanda até que saíssemos de vista.

CAPÍTULO VINTE E CINCO

BECKETT

Carta nº 23

Caos,

Já faz dois dias que enterramos o Ryan. Você não veio e não respondeu à minha carta.

Quando eu perguntei para os caras da sua unidade se você estava bem – pelo menos eu deduzi, pelo corte de cabelo, que eram da sua unidade –, eles me disseram que não faziam ideia de quem eu estava falando.

Então, sim, eles eram da sua unidade.

Se você não está me respondendo e não veio para o enterro do Ryan, então só me resta uma opção, mas eu não tenho coragem de dizer isso em voz alta. Porque não sei se conseguiria suportar.

Você se tornou algo que eu jamais esperei, esse apoio silencioso que nunca julga. Não percebi o quanto passei a depender de você até você não estar mais aqui. E eu estou apavorada. Uma vez, você me disse que só sente medo quem tem algo a perder. E acho que, talvez, nós tenhamos algo a perder.

Há tanta dor agora. Tanta que eu sinto, a cada segundo que estou acordada, que estou no nível dez daquela escala que os hospitais usam. Melhor dizendo, em nove. Eu não posso estar no dez, certo? Não quando eu tenho o Colt e a Maisie. Mas dói tanto...

Ryan. Eu os vi baixá-lo à terra da nossa pequena ilha, mas ainda não consigo juntar todas as peças para formar uma imagem real. Tudo parece nebuloso, como um pesadelo do qual não consigo acordar. Mas, à noite, eu sonho que o Ryan está em casa e que você aparece na minha porta – uma figura borrada da qual nunca consigo me lembrar direito de manhã. Os sonhos se tornaram a realidade que eu quero, e eu acordo para o pesadelo.

Então, eu lhe imploro, Caos. Não esteja morto. Por favor, esteja vivo. Por favor, não me diga que você estava lá com o Ryan, que você teve o mesmo destino. Por favor, me diga que você não foi enterrado em algum lugar num funeral sobre o qual nunca me contaram. Que não me roubaram a única chance que eu tinha de ficar a alguns metros de você.

Por favor, apareça dentro de algumas semanas e me diga que você está bem, que era doloroso demais responder às minhas cartas. Diga que você está devastado por causa do Ryan. Só apareça, por favor.

Por favor, não esteja morto.

Ella

– Tem certeza disso? – perguntou Donahue pelo telefone.

– Tenho. Você está com a papelada, certo?

Desabotoei o colete de trabalho de Bagunça e o pendurei no armário dela, que ficava bem ao lado do meu.

– Estou – respondeu ele, soltando o ar com força. – Não faz tanto tempo.

– A gente está em setembro – falei, com uma risada. – Isso significa que eu entrei em licença terminal há 18 meses.

Dois anos desde que recebi a primeira carta de Ella.

– Você não pode me manter no banco pra sempre, técnico.

– Tenho mais três anos.

– Não. Está na hora.

Peguei as chaves do carro no gancho do armário e olhei de relance para as fotos que cobriam o lado de dentro da porta. Fazendo trilha com Ella e as crianças no mês anterior. Acampando no verão que passou. Colt, após ganhar as semifinais da liga. Maisie, finalmente nadando no lago alguns meses depois de completar a imunoterapia. Ella, sentada com a cabeça de Bagunça no colo. Ella e eu ainda estávamos na zona da amizade, mas eles eram a minha família, e aquele era o meu lar. Conseguir a vaga de tempo integral que surgira alguns meses antes me garantiu um novo plano de saúde que cobria Maisie totalmente, então todas as peças estavam finalmente no lugar.

– Sinto falta de vocês. Não vou mentir. Vocês foram a minha primeira família. Mas eu nunca vou deixar Telluride. Nós dois sabemos disso. Caramba, faz sete meses que a Ella terminou comigo, e ainda estou aqui. Encontrei um lar. E, além disso, a Bagunça está ficando gorda.

Ela ganiu e inclinou a cabeça para mim.

– Está tudo bem, eu gosto das suas curvas – falei, tranquilizando-a com um tapinha, bem ciente de que ela não fazia ideia do que eu tinha dito, para início de conversa. – E são só uns dois quilos.

– Ok. Se você tem certeza, eu aceito. Mas, se alguma coisa mudar um dia, me liga. Entendeu?

– Sim, senhor. Mas nada vai mudar.

Ele soltou um suspiro.

– Você é um bom marinheiro na tempestade, Gentry.

– Engraçado, não foi o que você disse quando eu estava aí.

– Não posso deixar você ficar convencido demais. Até mais.

– Até mais.

Houve um clique, e a linha ficou muda.

Escorreguei o celular para o bolso e, então, fechei os armários.

No dela, estava escrito BAGUNÇA.

No meu, estava escrito CAOS.

Porque, por baixo daquilo tudo, eu ainda era eu, e, quando parei de lutar, percebi que estava em paz com isso.

– Ei, a Tess falou para eu te levar pra casa se você precisar jantar – ofereceu Mark quando cheguei ao estacionamento.

– Eu adoraria, mas a Ella ligou mais cedo dizendo que as crianças querem jantar, então estou indo pra casa dela. Agradece à Tess por mim.

– Claro. Como vão as coisas, afinal? – perguntou ele, como fazia todas as semanas.

Ele havia se tornado o nosso líder-de-torcida-nem-tão-silencioso--assim.

– Devagar, mas indo.

– Lute pelo que é certo – aconselhou ele, acenando enquanto entrávamos nos nossos carros.

Bagunça se acomodou no assento, e dei vida à caminhonete. Dirigimos para casa com as janelas abertas, Bagunça com a cabeça para fora. Estávamos em meio a um veranico, com temperaturas ainda na casa dos 20°C, o que fez com que os trilheiros ficassem ali até mais tarde que o normal para a temporada. Entretanto, como o Dia do Trabalho já havia passado fazia duas semanas, Telluride estava um pouco mais calma.

Apertei um botão no painel, e a voz de Ella preencheu a caminhonete.

– Oi, você está vindo?

– Estou. Quer que eu pegue a pizza?

– Seria ótimo.

– Já, já, eu chego aí.

– Ok. Dirige com cuidado.

Ela desligou, e eu sorri. Embora não estivéssemos juntos, estávamos bem. Claro, a tensão sexual continuava ali, e eu a amava – isso jamais mudaria –, mas estava provando o meu valor a Ella todos os dias, e não conseguia não nutrir esperanças de que alguma hora aquilo seria o suficiente para consertar o que eu havia quebrado. Mas, bom, eu tinha mentido para ela por 11 meses, e só haviam se passado sete da minha penitência.

A verdade era que eu esperaria para sempre.

Enquanto isso, era como estar casado sem a parte toda do casamento.

Havia dias em que eu achava que a nossa segunda chance estava perto e dias em que ela parecia a um milhão de quilômetros de distância. Mas nenhum de nós saía com ninguém, e eu me agarrava àquela minúscula farpa de esperança de que as vezes em que a pegava olhando para mim significavam que estávamos chegando a algum lugar.

Tínhamos todo o tempo de que ela precisasse.

Estacionei em frente à pizzaria e levei Bagunça comigo enquanto eles pegavam o nosso pedido. O engraçado de fincar raízes era que as pessoas me conheciam. Conheciam Bagunça.

– Prontinho, Sr. Gentry – disse o garoto dos Tanners, entregando as três caixas para mim. – Oi, Bagunça.

– Bom jogo na sexta – falei ao pagar.

– Obrigado! O senhor vai na semana que vem?

– Não perderia por nada – respondi, saindo com as pizzas.

Acenei para algumas pessoas que reconheci e pus as pizzas no espaço entre as cadeirinhas de Colt e Maisie enquanto Bagunça pulava para o banco do passageiro. Os gêmeos fariam 8 anos em breve, o que significava que a minha caminhonete voltaria a ter muito mais espaço. Vi o saco de biscoitos Oreo amassado no porta-copos de Colt e revirei os olhos.

Aquele garoto seria o meu fim.

Algumas músicas de rádio depois, estacionei no acesso para carros de Ella e abri as portas do carro. Bagunça voou para fora, correndo para cumprimentar as crianças.

– Beckett! – gritou Maisie, correndo pela escada da varanda.

Seus cabelos louros tinham crescido de volta levemente cacheados, e naquele momento os fios curtinhos batiam na parte inferior das orelhas dela – 15 gloriosos centímetros de cabelos livres de quimioterapia. Ainda estávamos prendendo a respiração, observando os exames de sangue e as tomografias dela, mas ela havia passado pela imunoterapia com louvor, e nos restava apenas esperar enquanto o corpo dela travava sua própria batalha.

– Ei, Maisie – falei, e a enlacei com o braço livre. – Como foi na escola?

– Bem! Eu tirei dez em outro pré-teste de ortografia!

– Você é mesmo uma CDF, hein? – brinquei, dando um beijo no topo da cabeça dela enquanto caminhávamos até a varanda. – E você, Colt?

– Eu, não – respondeu Colt, pulando nos meus braços também.

– Foi só um pré-teste, meu chapa. A gente vai estudar, ok?

Ele aquiesceu e abriu a porta do chalé para a gente.

– Trago comida! – gritei.

– Ah, o caçador-coletor retorna – declarou Ella com um sorriso, saindo do escritório. – O dia foi bom?

– Está sendo agora.

Meus olhos percorreram o vestido branco de verão dela, notando a pele bronzeada, os cabelos cacheados e as pernas longuíssimas. Cara, como eu sentia falta daquele corpo... Sentia falta do jeito que ela ofegava no meu ouvido, do jeito que as costas dela se arqueavam quando eu estava dentro dela, do jeito como nos perdíamos um no outro. Mas ainda não tínhamos chegado lá, então falei para o meu membro se acalmar e levei as pizzas até a cozinha.

– Belo vestido. Alguma ocasião especial?

Ela vinha se arrumando um pouco mais nos últimos tempos. Com Maisie fazendo tomografias uma vez por semana e, depois, uma vez a cada 15 dias, Ella conseguiu mais tempo para si mesma, e isso era visível. A pele e os olhos dela brilhavam, e aquelas definitivamente não eram as pernas do Abominável Homem das Neves.

– Ah, bom, acontece que o David Robins me chamou pra sair hoje à noite.

Ela correu a mão pelo meu braço e piscou com os olhos arregalados, de um jeito inocente demais para ser sério. Cacete, ela estava mesmo me paquerando?

Eu me sentia igualmente divertido, excitado e com ciúme.

O sorrisinho dela não passou despercebido quando as caixas escorregaram das minhas mãos, na direção da bancada, mas consegui pegá-las antes que o jantar terminasse no chão. A minha garota estava *mesmo* me provocando.

Desde que tínhamos terminado, Robins a convidava para sair todo mês. Logo, logo, eu apareceria na casa dele e o chamaria para sair com o meu punho. Bonitão idiota.

– É? – tentei perguntar com um ar de total indiferença depois que parei de me digladiar com as caixas.

– Bom, eu sei que a Jennifer Bennington te chamou para sair quando você almoçou com as crianças hoje. Ela está atrás de você desde... o quê, o início dos tempos?

Ela mudou de lado, passando a mão pela parte inferior das minhas costas antes de olhar para mim com um sorrisinho malicioso. Ela nunca me tocava tanto assim. Eu não sabia o que tinha dado nela, mas aceitava de bom grado.

– Não cutuca a onça com vara curta. Você sabe que eu disse "não" pra ela hoje. Assim como eu digo todas as vezes e vou continuar dizendo.

Ela mordeu o lábio inferior e me lançou um olhar que eu não via fazia sete meses. Aquele olhar a colocaria naquela bancada em uns dez segundos se ela não tomasse cuidado.

– Ella?

– O quê? – perguntou ela, dançando ao redor do outro lado da ilha.

– Isso foi uma voltinha que você deu?

Estava rolando alguma coisa.

– Talvez. Estou de bom humor.

– É, parece – comentei, pegando quatro pratos no armário. – Pelo visto você não vai comer com a gente, então – provoquei, querendo ver até onde ela iria com aquela história.

– Por que você disse "não" para ela? – perguntou Ella, deslizando para perto de mim.

Os cabelos dela estavam soltos nas costas, e os meus dedos coçaram para entrelaçá-los e sentir os fios contra a pele.

– Você sabe por quê.

Sim, estávamos bem, mas ela estava me matando. Devagar. De um jeito torturante. Ela olhou para mim, tão linda, que prendi a respiração. Chequei se as crianças ainda estavam lá fora antes de também lançar um olhar a ela.

– Porque eu ainda te amo.

Eu dizia isso a Ella pelo menos uma vez por semana, deixava que ela soubesse que eu não estava ali só pelas crianças. Eu a advertia de que não iria a lugar nenhum, de que a nossa amizade era ótima, mas que eu estava atrás do coração dela. Estava experimentando essa coisa toda de honestidade descarada.

Os lábios dela se afastaram e, se aquilo tivesse acontecido oito meses antes, eu a teria beijado. Teria feito muito mais que beijá-la quando as crianças fossem para a cama. Só que não aconteceu oito meses antes, mas naquele momento.

– Bom, eu também disse "não" pro David – comentou ela, sorrindo e girando para longe.

– E por qual motivo?

Merda, eu estava sorrindo também. Aquela mulher me deixava doido, mas, sim, eu ainda a amava com cada fibra do meu ser. Como poderia não amar?

– Você, é claro. A gente tinha planos pro jantar, certo? – disse ela, da ponta da cozinha, indo em direção à porta da frente.

Não era uma declaração de amor. Eu não recebia uma dessas desde a noite em que havíamos combinado de ser pais das crianças juntos. Mas eu tinha mais paciência que Jó.

– Jantar! – gritou ela depois de abrir a porta, e muitos pés se aproximaram, tanto em duas quanto em quatro pernas.

– Eu cuido da Bagunça! – exclamou Colt, pegando a comida dela e enchendo a vasilha.

Maisie levou pratos cheios de pizza para os nossos respectivos lugares na mesa. Enquanto eu observava todos se sentarem e Ella colocar um copo de chá gelado na frente do meu prato, percebi que nada havia realmente mudado no nosso relacionamento, exceto a parte física.

Ela ainda era o meu primeiro telefonema quando algo dava certo.

Eu ainda era a pessoa em quem ela se apoiava quando as coisas davam errado.

Ela estivera do meu lado na semana anterior, quando eu descobrira que outro membro da minha unidade havia morrido.

Ainda ocupávamos os mesmos lugares na mesa.

Peguei o prato de Ella e o coloquei na frente dela.

– Posso fazer a oração? – perguntou Maisie quando me sentei.

– É toda sua.

Unimos as mãos – as minhas com Ella e Maisie, e Colt bem na minha frente – e abaixamos a cabeça.

– Querido papai do Céu, obrigada pelo nosso dia e por tudo o que o Senhor nos deu. Pela nossa casa e pela nossa família: o Colt, a mamãe, o Beckett e a Bagunça. E obrigada pela Dra. Hughes. Mas, principalmente, obrigada por me livrar do câncer.

Ergui a cabeça no mesmo segundo, voando os olhos para Maisie, que abriu um sorriso largo, banguela dos dentes da frente e tudo. Ela assentiu, e quase perdi a cabeça. Me virei para Ella, que tinha lágrimas escorrendo pelo rosto.

– Nenhum indício de doença. A gente recebeu a ligação hoje.

O sorriso dela era imenso em meio à risada. Uma alegria pura, absoluta e irrestrita.

– Não acredito! – exclamou Colt, erguendo as mãos no clássico sinal de vitória.

Pelo menos eu não era o último a saber.

Eu me afastei da mesa tão rápido, que a minha cadeira se estatelou no chão. Então, tirei Maisie da cadeira dela e a abracei. Ela afundou o rosto no meu pescoço, e tremores sacudiram o meu corpo enquanto eu a segurava com força.

Ela ficaria bem. Ela tinha conseguido. Ela iria viver.

– Beckett? – perguntou ela.

– O quê, Maisie?

– Não consigo respirar – guinchou ela.

Eu ri e a pus no chão.

– Agora que a gente finalmente conseguiu fazer você viver, estou te matando com os meus abraços ultraincríveis.

– Minha vez! – disse Colt, arrebatando a irmã.

Os dois pularam e se abraçaram.

– Ei – disse Ella atrás de mim.

Eu me virei, e ela estendeu a mão para o meu rosto, enxugando as lágrimas que não percebi estarem ali. Ultrapassando os limites, a envolvi nos meus braços e a puxei para perto.

Para meu grande alívio, ela derreteu contra mim, encaixando a cabeça naquele ponto exato debaixo da minha clavícula, que era dela. Ella me segurou com força, espalmando as mãos nas minhas costas, e descansei o queixo no topo da sua cabeça.

– Ela vai ficar bem – sussurrei.

Ella aquiesceu.

Ficamos assim por longos minutos enquanto Colt e Maisie corriam pela casa gritando e rindo.

– A surpresa foi boa? – quis saber Ella, se afastando apenas o suficiente para me olhar.

– A melhor surpresa possível. A melhor de todas – declarei, segurando sua bochecha, deixando o meu polegar acariciar a sua pele perfeitamente macia.

– Comida! – gritaram os gêmeos, quebrando o pequeno feitiço.

Nós nos separamos e voltamos a nos sentar para jantar a melhor pizza morna que eu já tinha comido na vida.

– Deixa eu fazer isso – falei para Ella, assumindo a louça algumas horas depois.

– Tudo certo com o Colt? – perguntou ela, embrulhando a pizza.

– Depois que eu li *Onde vivem os monstros* pela décima vez, ele ficou satisfeito – contei a ela. – E a Maisie?

– Foi dormir sem problema. Acho que ela está emocionalmente exausta – disse Ella, recostando-se na bancada e observando-me colocar os pratos na lava-louças.

– É compreensível – falei, fechando a máquina. – Nem acredito que acabou.

– É. É tão surreal – comentou ela, olhando para o nada. – Quer dizer, eles me contaram quais são as taxas de recidiva, e são altas. Bem altas. Então, a doença pode voltar. Mas, se ela sobreviver aos próximos cinco anos, daí as chances...

– Ella – a interrompi, ficando de frente para ela e segurando o seu rosto. – Aceita a vitória. Sente a felicidade. Esse é o melhor tipo de vitória, e você conseguiu. Você trouxe a Maisie até aqui.

– Você também trouxe – disse ela, com a voz suave, inclinando-se nas minhas mãos.

Ela ficou na ponta dos pés e me beijou.

Meu choque durou só um milissegundo, e a beijei de volta. Movi os lábios contra os dela, saboreando cada toque, porque não sabia se teria aquilo de novo. Quando os lábios de Ella se entreabriram, aproveitei o beijo ao máximo e o aprofundei.

As costas dela bateram na bancada enquanto a minha língua explorava a sua boca. Então, ela fechou os punhos na minha camisa, seus doces gemidos tornando-se explosivos no meu ouvido. Repetidas vezes, tomei a sua boca, beijando-a até que ela estivesse arqueada contra o meu corpo, pressionando os seios contra o meu peito.

Afastei a boca e dei um passo para trás.

– Ella.

Minha respiração era irregular, meu coração trovejava no peito, e eu tinha certeza de que, se não me recompusesse, em questão de minutos o meu pau morreria de asfixia na cueca boxer.

– Beckett.

– O que você está fazendo?

– Aceitando a minha felicidade. Você é a minha felicidade – afirmou ela, avançando.

– O que isso...?

Ela me interrompeu com um beijo suave.

– Só seja a minha felicidade e me deixa ser a sua. A gente pode resolver isso amanhã.

Se eu fosse mais forte ou estivesse um pouco menos emocionado com a recuperação de Maisie, poderia ter ido embora. Poderia ter dito "não" e a feito definir o status do nosso relacionamento. Eu teria sido mais cuidadoso com o meu coração.

Três coisas.

Um. Eu a amava.

Dois. Ela era tudo que eu sempre quis. Então, se aquilo era só o que poderia ter com ela, não a rejeitaria. De jeito nenhum.

Três. Eu usaria aquela noite para lembrá-la exatamente por que devíamos ficar juntos, de modo que, no dia seguinte, a única coisa que teríamos que resolver seria onde morar.

Agarrei a bunda dela e a ergui contra mim, beijando-a de um jeito profundo e forte.

– Trava os tornozelos – ordenei contra a sua boca.

Ela obedeceu, envolvendo a minha cintura com as pernas.

Eu a beijei escada acima e através do corredor, carregando-a pela casa como se ela fosse o meu maior prêmio. Não parei quando fechei a porta do quarto e a tranquei atrás de nós ou quando deitei Ella no meio da cama.

Ela interrompeu o beijo, atrapalhando-se com o cinto da minha calça jeans enquanto eu tirava os sapatos e as meias. Então, as minhas mãos se moveram até o topo das coxas dela, e a minha boca seguiu, beijando cada ponto sensível que eu sabia que ela tinha.

– Senti saudades disso – falei contra a pele dela.

– Eu também – respondeu ela, com as mãos nos meus cabelos enquanto eu passava os dentes pela calcinha dela. – Beckett – disse ela, rolando os quadris nas minhas mãos.

Tirei rapidamente a pequena calcinha fio dental de renda que ela usava – assim como o vestido e o sutiã – em, no máximo, um minuto. E então ela estava nua, estendida diante de mim com os braços abertos e um sorriso.

É, aquela com certeza era minha felicidade.

Tirei o resto das minhas roupas e, então, cobri o corpo dela com o meu.

– Tem certeza? – perguntei.

– Tenho.

Ela me puxou para um beijo, e as nossas bocas se encontraram em uma necessidade furiosa. Não havia nenhuma delicadeza ali – aquilo era o resultado de meses e meses de desejo negado e tristeza.

Beijei o corpo dela de cima a baixo, enquanto ela se contorcia debaixo de mim. Quando pairei sobre o vértice das suas coxas e agarrei os seus quadris, as unhas dela roçaram o meu couro cabeludo.

– Por favor, Beckett.

Se ela dissesse o meu nome daquele jeito de novo, eu voluntariamente seria o seu servo pelo resto da eternidade. Em especial na cama. Pus a boca nela, e ela empinou os quadris. Eu os prendi na cama e a chupei implacavelmente até que ela começasse a chamar o meu nome de novo, debatendo a cabeça no travesseiro. Eu tinha sentido falta daquele gosto, do jeito que as pernas dela tensionavam quando ela estava perto do orgasmo, do puxão dos dedos dela nos meus cabelos quando perdia a cabeça. Eu a levei ao êxtase com a língua, sem dar a ela nenhuma pausa, nenhuma chance de escapar do que eu sabia que viria rápido.

Quando ela começou a tremer, a pressionei ainda mais, até que ela se desfez na minha boca, abafando o grito com o próprio punho. Ela era a mulher mais sensual e mais sexy que eu já tinha visto.

Quando as suas pernas relaxaram, me ergui acima dela, levando um segundo para apreciar o brilho vidrado dos seus olhos azuis, os lábios inchados de tanto beijar e o rubor das bochechas.

– Você é linda.

O sorriso dela foi lento e, de alguma forma, mais íntimo do que aquilo que eu tinha acabado de fazer com ela.

– Quase esqueci como era entre a gente – admitiu ela. – Ou disse a mim mesma que estava lembrando errado.

– Elétrico.

– Me lembra de novo.

Ela levantou os joelhos, e sibilei quando a minha ereção deslizou através da umidade para aterrissar na entrada dela.

– Pílula?

– Nunca parei, e não teve mais ninguém.

– Você foi a única para mim desde a primeira carta. Só você. Sempre você – falei, afundando nela até que ela me envolvesse.

Lar.

– Eu te amo, Ella.

Ela puxou a minha cabeça para a dela, e as nossas bocas pararam de falar. Por mais urgente que o seu primeiro orgasmo tivesse sido, tomei o meu tempo naquele momento, prolongando cada estocada cada vez que nos aproximávamos, só para recuar de novo. Usei cada grama de habilidade e energia de que eu dispunha para mostrar a ela o que sentia, com beijos entorpecentes e estocadas lentas e profundas.

Ela me encontrou em cada movimento, os nossos corpos arqueando juntos em uma parceria perfeita até chegarmos a um frenesi. Quando o corpo dela apertou o meu durante o segundo clímax, foi com o meu nome nos seus lábios e o meu coração nas suas mãos. Eu a segui quase imediatamente, desabando em cima dela e rapidamente nos virando de lado para não esmagá-la.

– Você está bem? – perguntei, afastando os cabelos dela do rosto.

Eu estava mais do que bem. Estava perfeito. Satisfeito. Inteiro. Em casa.

Ela deu uma espreguiçada sonolenta com um sorriso.

– Feliz. Muito, muito feliz.

– Eu também.

Ela rolou de novo para ficar no topo, abrindo um sorriso largo para mim, os seus cabelos nos cercando como uma cortina.

– Aposto que eu posso te fazer ainda mais feliz.

Então, começamos tudo de novo.

CAPÍTULO VINTE E SEIS

ELLA

Carta nº 20

Ella,

Então, o Colt quer uma casa na árvore, é? Aposto que eu e o seu irmão conseguimos construir uma.

Não se preocupe por seus pensamentos irem automaticamente para a Maisie. Eu me preocuparia se eles não fossem. O que você está passando consome basicamente tudo. Caramba, eu penso demais em vocês, e nunca os vi.

Mas, aqui, vou lhe dar um pouco de distração. Há alguns meses, eu prometi que contaria a história por trás do meu codinome. Então, aqui vai ela. Caos. Aquele estado de disfunção em que tudo explode sem nenhuma razão lógica, certo? Isso é basicamente eu. Exatamente eu. Quando eu era criança, eu me metia em confusão sempre que podia, ou, às vezes, ela que me encontrava. Eles me chamavam de Caos porque, quando eu aparecia, era inevitável que a destruição viesse atrás. Quase sempre, de bens materiais, mas, às vezes, de pessoas. De pessoas demais. Alguém se apega, eu não consigo me abrir para essa pessoa e entro em um modo de autodestruição até que ela vá embora. Eu tenho idade suficiente para enxergar os padrões, mas não estou preocupado o bastante para mudá-los.

Então, o seu irmão e eu fomos a um bar logo depois da seleção, e ele começou a dar em cima de uma mulher. Eu não via o rosto dela, só um corpo enfiado em um vestido que mostrava praticamente tudo. Ele deduziu que ela era uma prostituta – não me pergunte como, porque eu não faço ideia –, mas acontece que ela era, na verdade, a esposa de um dos nossos instrutores.

É, o circo pegou fogo. O cara perdeu o controle, o bar foi virado de cabeça para baixo porque eu entrei na briga e, depois que alguns narizes tinham sido quebrados e as garrafas pararam de voar, eu me virei e descobri que eu e ela nos conhecíamos de muitos anos antes. Então, ela só olhou para mim e disse: "Como sempre, um Caos ambulante. Quando você entra em algum lugar, tudo vira um inferno." O seu irmão e o treinador ouviram, e o apelido pegou.

Então, sim, essa é a minha definição. Eu entro em algum lugar, e tudo vira um inferno. Ainda tem certeza de que quer que eu te visite? Brincadeira, você sabe que eu vou.

Espero que você esteja embrulhando presentes para as crianças, decorando a árvore e tudo o mais. Estou adorando as luzinhas a bateria que o Colt me enviou e a arvorezinha rosa da Maisie.

Até mais,

Caos

Eu me espreguicei, me sentindo deliciosamente dolorida em lugares que não sentia desde...

Um braço quente e forte envolveu a minha cintura e me puxou de volta para a curva de um corpo masculino e muito firme.

Beckett.

Esperei o pânico surgir, a sensação de *ah-droga* quando o erro já foi cometido e você não tem nada a fazer a não ser lidar com as consequências, mas não veio nada, porque não era um erro. Restavam apenas uma doce satisfação e a dor de músculos bem usados.

Quantas vezes tínhamos nos perdido um no outro na noite anterior? Três?

Eu havia dito a ele que resolveríamos aquilo na manhã seguinte, e tinha falado sério. Aquele era o pai dos meus filhos, o cara que construiu não uma, mas duas casas na árvore, que sempre esteve lá por mim, não importava quantas vezes eu duvidasse dele.

E, a despeito das mentiras, do fingimento e de tudo o que veio à tona, eu o amava. Aquilo nunca havia mudado. E, sinceramente, já fazia muito tempo que eu o tinha perdoado pela mentira. Assim que consegui me distanciar da dor, reli as cartas. Vi a autoaversão que ele mascarava, o sentimento real de não ser digno de amor e de não ser capaz de se conectar com as pessoas.

Quando ele finalmente se conectou com Ryan e, então, o perdeu, entrou em uma espiral de autodestruição. Eu só fui pega no vórtice.

E quanto à confiança? Ele a construíra meticulosamente ao longo dos últimos seis meses, sem nunca vacilar e sempre declarando as suas intenções. Aquela atitude implacável era impossível de ignorar, e, como Maisie estava livre do câncer, era hora de descobrir o que eu e Beckett faríamos sobre nós dois.

Pela primeira vez em anos, eu podia reservar um momento para ser a minha própria prioridade, e o que eu queria era *ele*.

– Mamãe! Vem, a gente vai se atrasar! – chamou Maisie do corredor.

Estiquei o pescoço para ver o despertador.

– Ah, droga! Beckett, a gente está atrasado!

Saí voando da cama, correndo para pegar o roupão que mantinha pendurado atrás da porta, mas nunca usava.

– O quê?

Ele se levantou num pulo, e as cobertas escorregaram até a cintura.

Meu Deus, aquele homem era lindo. Realmente, de dar água na boca. *É exatamente por isso que você está atrasada.*

– A gente tem que ir. Já são sete e meia! As crianças precisam estar na escola às oito, ou vão perder a excursão!

Corri para o corredor e encontrei as duas crianças vestidas, com bonés na cabeça e tênis para trilhas bem amarrados.

– Bom dia.

Eles abriram um sorriso largo que dizia que sabiam exatamente quem estava na minha cama.

Falha parental.

– Então, quem vai levar a gente pra escola? – perguntou Maisie, dando pulinhos de animação.

– É! Você ou o Beckett? – acrescentou Colt, pulando também.

– Ok, a gente discute isso depois. A gente precisa se arrumar. Agora.

– A gente já fez isso! – disse Maisie, em uma alegria plena.

– Café da manhã?

– Cereal – respondeu Colt. – A gente sabia que, se usasse o fogão, você ia ficar brava.

– E a gente queria que você dormisse.

Maisie levantou os dedos e começou a contar.

– Café da manhã, ok. Dentes escovados, ok. A Bagunça tá alimentada. Ela dormiu comigo ontem à noite, mas ocupa a cama toda, então tem que ficar com o Colt hoje.

Era exatamente o que eu merecia por ter deixado Beckett dormir na minha cama. As crianças deduziram automaticamente que tínhamos voltado. Ou talvez tivéssemos mesmo. Não havia tempo nenhum para pensar sobre isso naquela hora. O meu momento tinha acabado, e as crianças voltaram ao seu lugar de prioridade. Eu e Beckett teríamos que resolver aquilo mais tarde. Em uma mesa. Com várias camadas de roupas. Toneladas de roupas. Talvez até um casaco.

– A gente está com os tênis de trilha, os bonés, as calças e os casacos de fleece e passamos protetor solar um no outro. Só falta o almoço – concluiu Maisie, parando de contar.

– Almoço. Eu posso fazer isso… com os dez minutos que tenho.

Corri para o quarto e encontrei Beckett já vestido, sexy como sempre e amarrotado de sono. Sexo era muito parecido com açúcar – se você corta, para de sentir falta depois de um tempo, mas é só voltar para ficar louca pela próxima dose. E, cara, eu queria mais uma dose. Muitas doses.

– As crianças estão bem? – perguntou ele, amarrando os sapatos.

– Ah, só tirando conclusões precipitadas, mas, fora isso, estão bem. Talvez eu precise de uma mão.

Larguei o roupão e vesti a calcinha.

– Beckett, se concentra.

– Ah, eu estou concentrado. Pode acreditar – disse ele, com os olhos grudados na minha bunda.

Sutiã no lugar e fechado.

– A gente tem dez minutos até eles saírem…

– Almoço?

– Exatamente.

– Pode deixar – disse ele, indo até a porta.

Ele segurou os meus ombros ao passar, impedindo que eu caísse enquanto pulava como uma lunática com uma perna dentro da calça jeans.

– Bom dia – disse ele baixinho, e me deu um beijo na testa.

– Bom dia pra você – respondi, e ele saiu pela porta.

Cara, eu gostava demais disso. Voltar àquele ritmo doce que tínhamos quando estávamos juntos. Saber que aquelas risadinhas que ouvia subindo as escadas eram o resultado de crianças felizes em uma manhã agitada com o pai.

Vesti a minha camiseta verde de mangas compridas e gola canoa e desci as escadas correndo, com as meias e as botas nas mãos. Então, parei na soleira da porta da cozinha e observei a cena por um minuto que não tínhamos sobrando.

Beckett estava na bancada, fazendo rolinhos de carne e queijo, enquanto Maisie enchia as garrafas de água e pegava iogurtes.

– Sinto que estou esperando este dia há uma eternidade – disse Colt, enfiando maçãs em sacos de papel pardo. – Um dia inteiro sem escola, só caminhando pra pegar folhas.

– Bom, é meio que escola – rebateu Maisie.

– Você entendeu – respondeu Colt, puxando o boné dela.

– Cara, eu queria ganhar a vida caminhando – brincou Beckett, cortando os rolinhos.

– Você faz isso! – respondeu Maisie, com uma risadinha.

– É mesmo! – disse ele, com uma expressão de choque.

Aquela era a imagem da perfeição, e eu sabia que poderia tê-la pelo resto da vida… assim que tivéssemos tempo de conversar. Naquela noite, talvez?

– Que tal uma sobremesa? – perguntei, fazendo carinho em Bagunça a caminho da despensa. – O que acham de uns M&M's?

– Sim! – gritaram as crianças, enquanto eu enfiava os chocolates nos sacos de papel exigidos para a excursão.

– Ok, então é isso? – perguntou Beckett.

– Acho que a gente está pronto – falei. – Crianças, peguem as mochilas e pulem no meu carro.

Os dois abraçaram Beckett e correram porta afora.

Nós nos entreolhamos por um segundo através da ilha da cozinha, antes de ele pigarrear e dizer:

– Sinto que tem coisas que precisam ser ditas.

Dei a volta na ilha, fiquei na ponta dos pés e dei um beijo suave na boca dele.

– Também acho. Que tal mais tarde, hoje à noite?

Uma centelha de esperança atravessou aqueles olhos verdes, e Beckett sorriu.

– Hoje à noite, então.

Saímos de mãos dadas, e ele acenou para as crianças enquanto corríamos pelo acesso para carros. *Talvez eles estejam uns dois minutos atrasados. Ok, três.*

Estacionei enquanto as crianças do segundo ano entravam nos ônibus.

– Ok, vamos encontrar a Sra. Rivera – falei para as crianças, atravessando a multidão com elas.

– Ela tá ali! – falou Maisie, apontando para a frente.

– Mil desculpas pelo atraso – disse a ela.

A professora sorriu, enrugando os cantos dos olhos castanhos.

– Tudo bem, vocês chegaram bem a tempo. Colt, Maisie, por que vocês não vão para o ônibus com a turma?

– Tchau, mamãe! – disse Maisie, dando um beijo rápido na minha bochecha.

– Você vem, Colt? – perguntou Emma da janela do ônibus acima de nós.

– Vou! – respondeu ele.

Aquela paixonite seguia forte, mas ela era de fato uma garotinha muito doce. Colt abraçou a minha cintura, e beijei o topo da cabeça dele.

– Divirta-se e traga uma folha vermelha pra mim, se vir alguma. As douradas são fáceis de achar, mas as vermelhas são raras por aqui.

– Pode deixar!

Ele acenou e saiu correndo, pegando a mão de Maisie enquanto os dois subiam no ônibus.

Voltei para a Solidão e comecei a trabalhar.

Tínhamos dois casamentos naquele mês, e todos os chalés estavam reservados. Os três que construímos durante o verão estavam quase prontos, só faltava tingirem o piso de madeira de lei.

As horas se passaram em meio a uma avalanche de trabalhos de contabilidade e atendimento aos hóspedes, até que percebi que estava quase na hora do almoço.

– Ei, foi a caminhonete do Beckett que estava vindo da direção da sua casa hoje de manhã? – perguntou Hailey, enfiando a cabeça dentro do escritório.

– Talvez – respondi, sem olhar para cima.

– Já estava passando da hora.

– Não é da sua conta – falei para ela, baixando a caneta e a encarando. Eu nem havia dito a Beckett como me sentia, e ele merecia ouvir primeiro.

– Devia ser. Aquele homem te ama e, sim, sei que ele pisou feio na bola, mas ele também é quase perfeito. Você sabe disso, certo? Porque estou no mercado e, se eu tivesse alguém como Beckett, tão devotado a mim e aos meus filhos, não deixaria escapar.

– Já entendi o seu ponto de vista.

– Ok, porque ele é muito gato. Eu vi o tanquinho dele quando ele estava correndo e, se a sua máquina quebrar, você tem uma ótima alternativa.

– Ele tem dois conjuntos de lavadora e secadora na casa dele. Vou ficar bem – brinquei.

– E ele construiu uma casa pra você! Quer dizer, é o sexo? É ruim? – perguntou ela, apoiando-se no batente da minha porta.

– Acho que o Beckett não conhece a definição de sexo ruim.

O que ele havia provado de novo na noite anterior. Repetidas vezes. Mesmo quando estávamos frenéticos e apressados, a nossa química era suficiente para me fazer perder a cabeça. Aquele homem me deixava com um tesão louco só de existir.

– Sério. Não deixa esse sujeito escapar.

– Ella – disse Ada da porta.

– Você também não – falei, revirando os olhos, enquanto ela entrava com Larry no encalço. – Olha, sim, o Beckett passou a noite lá em casa. E, sim, ele é… o Beckett.

– Ella! – gritou Ada.

– Opa. O que foi?

Larry tirou o boné e correu a mão pelos cabelos espessos e grisalhos.

– Eu estava ouvindo rádio no celeiro...

– Ok? – falei, finalmente registrando o olhar aflito deles. – Gente, o que foi?

– Uma chamada de busca e resgate. Eles chamaram Telluride, não só o condado.

Os dois se entreolharam de um jeito que embrulhou meu estômago.

– É o Beckett? Ele está bem?

Ele tinha que estar bem. Eu o amava. Não havia decidido o que fazer com ele ainda, mas sabia que não conseguiria viver sem ele.

Larry assentiu.

– O Beckett foi chamado. Ella, a chamada veio da trilha de Wasatch.

Meu estômago atingiu o chão.

– As crianças.

CAPÍTULO VINTE E SETE
BECKETT

Hélices giravam sobre mim em um ritmo familiar enquanto o chão diminuía de tamanho. Bagunça estava sentada ao meu lado com as orelhas para trás. Ela conseguia lidar com viagens de helicóptero, mas não era muito fã delas. Prendi o capacete rapidamente e liguei o rádio.

– Ok, na escuta. Qual é a emergência?

Estávamos lá fora, fazendo uns exercícios de treinamento, quando a chamada veio. Só ouvi "trilha de Wasatch", e não estava familiarizado o suficiente com cada trilha do condado para lembrar qual era essa.

Peguei o equipamento, coloquei o arnês de rapel em Bagunça e corri como um louco enquanto eles preparavam o helicóptero para a decolagem.

– Eles perderam contato com uma criança – informou Jenkins, o médico residente, pelo rádio.

– Ela está perdida?

Senti um calafrio. Onde mesmo estavam as crianças naquele dia? Ella havia assinado aquele termo de permissão, e eu não tinha perguntado.

– É. É tudo o que a gente sabe. O relatório chegou há uns dez minutos, informando que a criança desapareceu.

Aquiesci e olhei para fora das portas abertas ao sobrevoarmos a cachoeira Bridal Veil no helicóptero e nos dirigirmos à passagem rochosa. Acariciei a cabeça de Bagunça, distraído, enquanto subíamos gradualmente a montanha.

– Acho que a gente pode pousar bem ali – disse o piloto, e olhei para ver o lugar que ele indicava.

Uma pequena clareira cruzava a trilha, que parecia larga e bem percorrida.

– Quando a gente tocar o chão, vocês dois podem começar a trabalhar – ordenou o chefe Nelson do banco ao lado de Jenkins. – O condado está envolvido, mas eles sabem que vocês estão vindo, já que o cachorro deles nunca consegue encontrar nada.

– Entendido.

Uma criança. Meu coração martelava com fúria no peito, exatamente como acontecia antes de cada missão de que já tinha participado. Era a mesma adrenalina de antes, só que bem mais assustadora.

– Quanto tempo passou desde que a criança foi dada como desaparecida?

– Eles não sabem. A testemunha está em choque. Se a criança escorregou da trilha, a mata é muito densa depois do penhasco.

Merda.

– Ela pode ter caído do penhasco? – perguntei, examinando o terreno, mas estávamos perto demais do pouso para conseguir ter uma visão completa.

– Parece que sim. Eu não ficaria surpreso se isso se transformar em uma missão de recuperação de corpo.

Tensionei o maxilar. Não enquanto eu estivesse ali. Eu não perderia uma criança para uma maldita caminhada no Colorado.

– A gente vai esperar aqui. Se precisarem de qualquer coisa, avisem – gritou o piloto enquanto soltávamos o cinto e nos livrávamos do capacete.

Fiz sinal de positivo, depois peguei a coleira de Bagunça, gesticulando para indicar que era hora de ir. Ela ficou do meu lado enquanto eu pulava os poucos metros para o chão e me dirigia à equipe do condado.

– O local fica a cerca de 400 metros trilha adentro – informou o chefe deles no centro do círculo. – Os professores e alguns alunos ainda estão lá, então sejam cuidadosos.

Professores. Alunos.

Não esperei pelo resto do briefing, só comecei a correr rápido pela trilha, Bagunça acompanhando o meu ritmo sem problemas. A trilha era rochosa e plana, mas o declive ao sul era tudo, menos amigável. Era áspero e acidentado, mas nada muito dramático. Até que a superfície se tornou íngreme. Aquele era o penhasco.

Merda, não havia como uma criança sobreviver a esse tipo de queda.

Apertei o passo, quase correndo o resto da trilha, passando por alguns policiais do departamento do xerife até dobrar a esquina.

Então, parei tão rápido que derrapei um pouco nas pedras.

A Sra. Rivera se levantou, balançando a cabeça enquanto conversava com um policial. Ela tremia, e lágrimas escorriam pelo seu rosto.

– Sra. Rivera? – chamei, forçando-me a avançar.

– Sr. Gentry, ai, meu Deus – disse ela, cobrindo a boca.

– Onde estão os meus filhos?

Tentei manter a voz calma, mas ela saiu como um berro estrangulado.

A Sra. Rivera olhou por cima do ombro, e passei por ela, indo atrás do pequeno grupo de alunos que estava sentado contra a montanha, com as sacolas de almoço ainda abertas, todos surpreendentemente quietos. Os meus olhos percorreram os cinquenta ou mais deles até que...

– Beckett! – gritou Maisie, seu corpinho emergindo da multidão.

Ela correu feito louca na minha direção, e a segurei, abraçando-a com força. Ela chorou no meu pescoço, seu corpo tremendo a cada soluço.

Um a menos. Engoli em seco e me permiti sentir seu coração bater enquanto a estabilizava com a mão. Ela estava bem. Estava ali.

– Está tudo bem, Maisie. Estou aqui com você – falei, olhando para além dela, examinando o grupo.

Onde diabos estava Colt?

Olhei de novo, e o meu sangue gelou.

– Maisie – falei, ficando de joelhos para colocá-la no chão, depois afastando-a do meu pescoço. – Cadê o Colt?

– Eu não sei, e eles não querem falar nada pra gente até que os adultos cheguem – explicou ela, com lágrimas correndo pelas bochechas. – Tem outro grupo ali – disse ela, apontando para outra aglomeração de alunos, a uns 12 metros trilha adentro.

– Está bom.

Refleti se deveria sentá-la com a turma por dois segundos. De jeito nenhum. Se já tínhamos uma criança em perigo, a minha filha não seria a próxima.

– Vem comigo.

Eu a ergui, apoiando-a no meu antebraço enquanto avançava pela trilha. Assim que nos afastamos do primeiro grupo, olhei para Bagunça e a soltei da coleira. Se algum pai ou mãe surtasse, eles podiam ir para o inferno.

– Procura o Colt.

Bagunça farejou Maisie, sem dúvida sentindo o cheiro de Colt nela, então pôs o focinho no chão e partiu em direção ao grupinho de crianças. Dois policiais falavam com não mais que dez crianças, todas chorando de algum jeito, exceto uma. Emma. Ela estava meio afastada, de costas para mim, olhando para a trilha.

– Sr. Gentry?

Uma outra professora parou de falar com as crianças e se aproximou, com os lábios tremendo.

– Ai, meu Deus. A gente só parou para o almoço e, quando voltou, a trilha... ela simplesmente... – disse ela, começando a soluçar. – A gente... A gente se separou.

– Onde? – perguntei ao policial.

– A trilha começa virando a esquina, mas não tem nem sinal do menino. Algumas crianças acham que viram a criança do outro lado.

Pus Maisie no chão e enfiei a mão dela na da Sra. Rivera, que tinha nos seguido.

– Por favor, fica com Maisie bem aqui. Maisie, me dá alguns minutos, ok?

Forcei um sorriso e fiz um carinho na bochecha dela. *Fica calmo. Não deixa que ela veja o seu pânico*, repeti para mim mesmo enquanto esperava ela assentir. Maisie não podia ver, não podia ter aquela experiência e, por mais que eu quisesse tê-la ao meu lado para mantê-la segura, ela precisava da proteção da distância.

Então, saí andando, ignorando a professora e seguindo Bagunça para onde já sabia que ela me levaria – direto até Emma.

A garotinha estava de pé, olhando para a trilha, a uns bons três metros da beira do declive. Um policial estava ajoelhado na altura dela, conversando com ela, mas a menina não respondia. Seus olhos estavam vazios, a boca, fechada, porém trêmula, e as mãos seguravam um boné da Equipe de Busca e Resgate das Montanhas de Telluride, para o qual Bagunça me alertava.

Não. Não. Não.

Tentei afastar o pânico do mesmo jeito que fizera tantas vezes na guerra, mas aquilo era diferente. Aquele era o meu pior pesadelo.

– Ela não está falando.

Todas as linhas do rosto do policial estavam tensas.

– Dá um pouco de espaço para ela e deixa eu tentar – pedi.

Ele anuiu, recuando o suficiente para ouvir, sem ficar em cima.

– Emma – falei com delicadeza, enquanto me abaixava até o nível dos olhos dela e a virava para mim. – Emma, para onde o Colt foi? Por que você está com o boné dele?

Lentamente, os olhos dela se moveram do penhasco para mim.

– Eu te conheço.

– É, conhece. Eu sou o pai do Colt e da Maisie – respondi, tentando manter a voz estável e calma, sabendo que, se ela entrasse ainda mais em choque, eu perderia qualquer chance de conseguir uma informação. – Você pode me contar o que aconteceu?

Ela assentiu, seus movimentos demorando três vezes mais que o normal.

– A gente tava almoçando, bem ali – disse ela, apontando para o grupo. – Daí, a gente terminou, fez uma fila e começou a andar, como tem que fazer. A gente não tava nem perto da borda, eu juro! – contou ela, embargando a voz.

O policial ao nosso lado começou a tomar notas.

– Eu sei. Está tudo bem – falei, pegando as mãos dela nas minhas com o boné de Colt entre nós. – O que aconteceu depois?

– A gente virou pra voltar, porque as outras crianças estavam comendo devagar. Daí, o chão simplesmente desapareceu. Ele sumiu tão rápido…

– Ok, e o que mais?

Mais policiais se reuniram atrás de nós, e os dispensei com um gesto. Ela olhou para eles e depois para o boné de Colt, fechando-se.

Olhei por cima do ombro e vi Mark.

– Manta.

Ele pegou uma com a nova leva de policiais e me entregou.

– Mantenha os policiais afastados. Ela está em choque, e eles estão piorando a situação.

Ele aquiesceu e começou a gritar uma série de ordens enquanto eu a enrolava no material pesado.

– Somos só eu e você, Emma. Você pode me contar o que aconteceu depois?

Ela ergueu os olhos para os meus.

– O chão sumiu, e comecei a cair. O Colt pegou a minha mão e puxou... Eu acho. Ou empurrou. Eu tava atrás dele, depois tava na frente. Foi tão barulhento! Como cubos de gelo num copo.

Deslizamento de terra. Só podia ser.

– Eu tentei agarrar o Colt, mas não dava mais. Depois, eu estava na borda, e ele tinha sumido. Eu estava com isto – disse ela, levantando o boné dele.

O meu coração paralisou. Parou de bater, e tudo ao redor congelou. Depois, ele disparou, e o mundo voltou à vida de novo, mas me pareceu duas vezes mais rápido.

Colt. Ai, meu Deus, Colt.

– Algumas crianças acham que viram o Colt do outro lado. Foi isso que aconteceu? Vocês se separaram?

Por favor, fala que sim. Por favor.

Ela balançou a cabeça devagar.

– Emma, ele caiu? – perguntei, com a voz aguda, tensa por causa do nó gigante na minha garganta.

Ela assentiu.

Por alguns segundos, achei que não conseguiria me controlar. Mas suguei o ar para dentro dos pulmões e, de alguma forma, o soltei.

– Obrigado – falei para ela.

Então, saí correndo pela trilha, assoviando para Bagunça. Ela surgiu nos meus calcanhares e depois bem ao meu lado. A trilha se estreitou quando viramos a esquina, e derrapei até parar, agarrando o colete de Bagunça enquanto ela deslizava.

– Cuidado, é uma queda feia – disse um dos caras do condado, apoiado na encosta. – Mas eu não estou vendo nem sinal do garoto, o que é bom. Ele provavelmente está do outro lado da trilha, como a professora acha. A gente só está esperando a equipe subir pelo outro lado.

Um metro e meio à nossa frente, o lado da trilha virado para o penhasco havia desabado, e o resto parecia prestes a cair. Meu coração subiu para a garganta.

– Fica – falei para Bagunça, com a voz baixa e rouca.

Então, avancei lentamente, apoiando a mão na encosta para me equilibrar. Quando olhei por cima da borda, vi uma queda considerável – de talvez uns 4,5 metros –, que culminava em uma encosta íngreme coberta de árvores.

– Viu? Nem sinal dele. A professora disse que ele está com um casaco azul de fleece.

– É um azul vibrante – respondi, examinando o terreno abaixo. – Com o logotipo da EBRT nas costas e "Gentry" escrito em uma etiqueta na frente.

Foi a única coisa pela qual ele implorou antes de voltar para a escola, e a única coisa minha, com o meu nome, que ele tinha.

– Ah, tudo bem, então. Bom, não estamos vendo o garoto. O que a sua cadela diz?

Olhei de volta para Bagunça, que estava sentada perfeitamente imóvel. Não alerta. Não ansiosa para atravessar a trilha. Ela sabia o mesmo que eu.

– Ela diz que ele está aqui embaixo.

Dei uma última olhada no terreno, tentando memorizá-lo.

– Droga. Então isto está prestes a se tornar uma missão de recuperação de corpo, porque não tem chance de esse garoto estar vivo.

Girei, empurrando a garganta do cara com o antebraço e o prendendo contra a montanha.

– Você não sabe disso.

Ele gorgolejou.

Mãos me puxaram para trás. Mark. Ele me soltou e apertou meu ombro.

– Qual é o seu problema, porra? – perguntou o policial, esfregando o pescoço.

– É o filho dele – respondeu Mark.

A expressão do cara mudou.

– Ah, merda. Mil desculpas. Quer dizer, pode ser que tenha uma chance...

Eu era a *única* chance de Colt.

Agarrando Bagunça, voltei correndo pela trilha, tomando cuidado para manter o equilíbrio nas pedras. Torcer o tornozelo poderia matar Colt.

Peguei o walkie-talkie e apertei o botão do canal.

– Nelson, é Gentry. Aquele helicóptero ainda está ligado?

Um momento repleto de energia estática se passou enquanto eu me aproximava da primeira turma. Maisie estava sentada com Emma, segurando a mão dela na beira do grupo.

– Está, sim – respondeu Nelson.

– Mantém ligado. Bagunça e eu estamos a caminho, e a gente precisa descer aquele penhasco rápido.

– Recebido e entendido.

Mark me alcançou enquanto eu me agachava até a altura de Maisie, que havia parado de chorar e estava completamente inexpressiva, com os braços em volta da barriga.

Eu a abracei, curvando meu corpo para envolvê-la o máximo possível.

– Eu vou te levar lá pra baixo, ok? Depois, você vai com o Mark até o posto pra ligar pra sua mãe.

– Beckett, você quer que eu vá embora? – perguntou Mark em voz baixa. – Não precisa da minha ajuda?

– Preciso que você tire a minha garotinha desta montanha – falei, enquanto me levantava, Maisie mexendo-se em meus braços para segurar meu pescoço. – Segura firme, Maisie.

Corri, equilibrando o peso, sabendo que cada segundo contava, mas que não a deixaria ali de jeito nenhum. A voz de Ella encheu a minha cabeça enquanto eu pensava em todas as vezes que ela se sentiu culpada por ter que deixar um para cuidar do outro.

Dobramos a curva seguinte, e o helicóptero surgiu no meu campo de visão, junto com um grupo de pais atrás de uma fila de policiais.

– As más notícias chegam rápido – disse Mark, gaguejando as palavras em meio à respiração pesada.

– Beckett! – chamou Ada, na frente do grupo.

– A Ada está aqui – falei para Maisie. – Mark, mudança de planos. Entra no helicóptero.

Ada correu para a beira da multidão, com Larry não muito atrás. Eles alcançaram um policial que os deixou passar depois que assenti.

Houve uma cacofonia geral de gritos de pais, sem dúvida querendo notícias, mas o zumbido do helicóptero atrás de mim abafou quaisquer palavras.

405

– Tá todo mundo bem? – quis saber Ada. – Ai, meu Deus, cadê o Colt? Por que você não trouxe o Colt de volta também? – gritou ela, em pânico, e Larry pôs a mão no ombro da esposa.

– Eu preciso que a senhora leve a Maisie – disse a Ada, mas Maisie se agarrou ao meu pescoço. – Maisie, você tem que me deixar ir, ok?

Ela se afastou, pegando meu rosto.

– Ele tá machucado. Eu sinto – disse ela, tocando a barriga.

– Eu vou encontrar o Colt agora mesmo, mas preciso que você vá com a Ada, ok?

– Ok.

Ela me abraçou, e a apertei antes de entregá-la.

– Cadê a Ella? – perguntei, enquanto Maisie se transferia para os braços de Ada.

– É o Colt, não é? – perguntou Ada.

Eu não conseguia falar. Se falasse, os muros frágeis que havia erguido à minha volta deixariam de me manter inteiro, e isso não era uma opção.

– Cadê a Ella? – repeti.

– Ela está no posto do guarda florestal ali atrás com outros pais – respondeu ela, apontando para trás da multidão. – Quer que a gente chame? Alguém tem que contar pra ela – disse Ada, contraindo o rosto.

Luzes piscando surgiram. Ótimo, a ambulância chegara.

– Não, só fica com ela. Não é... não é nada bom. Ela vai precisar da senhora.

Colt não podia esperar Ella chegar. Olhei para Larry, que tinha o rosto tenso e exausto.

– O que você quer que eu diga pra ela? – perguntou ele.

– Diz pra ela que eu vou achar o nosso filho.

Antes que eu desmoronasse, corri até o helicóptero, Bagunça comigo. Eu a ergui até o helicóptero e subi. Capacete na cabeça. Cinto de segurança travado.

– Voa pro sul – pedi ao piloto. – Tem uma parte da trilha que desmoronou. A gente precisa ser baixado bem ali.

– Recebido e entendido.

O piloto decolou, e o meu estômago se embrulhou quando alçamos voo.

Eu me inclinei para a frente e prendi as partes do colete de Bagunça necessárias para mantê-la segura.

– Estamos com um probleminha. Não tem nenhum lugar pra pousar – gritou o piloto de volta.

– Você sabe fazer rapel? – perguntei a Mark.

– Em teoria, sim – respondeu ele.

– Leva a gente para onde dê para descer de rapel – disse ao piloto, depois me voltei para Mark. – Vem atrás de mim.

Ele aquiesceu.

– Preciso de você pronto, Jenkins.

– Estou firme – me assegurou ele, do banco. – A prancha e a maca estão preparadas.

– Você está com o novo relatório?

Ele anuiu.

– A que horas aconteceu?

Ele folheou as páginas na prancheta e conferiu o relógio.

– O relatório chegou há 45 minutos, e eles fizeram a chamada dez minutos depois.

Ele estava lá embaixo fazia quase uma hora. Liguei o cronômetro no meu relógio.

– Passa um rádio de volta e traz o maior número possível de pessoas.

O helicóptero se estabilizou acima do único terreno limpo visível. Parecíamos estar a uma curta distância de onde as rochas teriam caído.

– Estamos prontos – disse o piloto pelo rádio.

Tirei o capacete enquanto Jenkins afivelava a corda. Então, prendi Bagunça no descensor e a mantive entre minhas pernas enquanto nos arrastávamos até a porta. Jenkins me passou a corda, e prendi o descensor que me permitia controlar a velocidade dela.

– Sei que você odeia isto – falei para Bagunça, me certificando de que o local onde a havia prendido, a alguns metros acima do arnês, estava firme. – Mas o nosso Colt está lá embaixo.

Agarrei a corda e o descensor, dei a Bagunça o sinal de joelho ao qual ela estava acostumada, e pisamos no nada. Pendurada entre meus joelhos, ela ficou completamente imóvel enquanto eu nos movia pela corda.

Já tínhamos feito isso centenas de vezes, mas eu nunca havia sentido aquela urgência. Urgência causava erros, então acalmei a respiração e nos baixei devagar, mão após mão, até chegarmos ao chão.

Então, desenganchei o descensor e o enfiei na mochila de Bagunça. Mark começou a descer no mesmo instante.

Dei a Bagunça um petisco que estava na mochila dela.

– Bom trabalho. Sei que é uma droga.

– Como você faz isto com uma cadela? – perguntou Mark um minuto depois, após tocar o chão.

– Muita experiência – respondi, depois me inclinei para Bagunça. – Procura o Colt.

Ela começou a farejar, e caminhamos em direção ao deslizamento.

– Quanto tempo ela vai levar? – quis saber Mark.

– Não sei. Ele não andou por aqui, então não tem um caminho para seguir. A gente vai ter que chegar perto o suficiente para ela sentir o cheiro dele no ar ou em algum lugar que ele tenha tocado.

Caminhamos morro acima, passando por trechos com grama na altura dos joelhos e, depois, por baixo de pinheiros altos. Eu me concentrei na minha respiração e nos meus passos enquanto Bagunça nos guiava, procurando. Quanto menos pensasse no que encontraríamos, melhor.

– Colt! – gritei, na esperança de que ele nos ouvisse… de que fosse capaz de nos ouvir.

– Colt! – gritou Mark, juntando-se a mim. – Será que a gente devia ter trazido o Jenkins?

– Não. Ele precisa ficar com o helicóptero. Quando as outras equipes aparecerem, ele vai ter que estar disponível e, se estiver com a gente, e outra pessoa achar o Colt…

– Entendi.

– Sou um paramédico de combate, o que significa que estou qualificado para fazer praticamente tudo, tirando cirurgia – expliquei. – Todo mundo na nossa… todo mundo de onde eu costumava trabalhar é.

Era parte do treinamento para ser selecionado como operador de forças especiais.

– Colt! – gritei, tentando de novo.

E de novo.

E de novo.

O bipe no meu relógio sinalizou que havia se passado uma hora e meia, e nada de Colt ainda. Olhei para a montanha. Estávamos fora da linha das árvores, logo abaixo da área do deslizamento, e havia um monte de pedras ao nosso redor que pareciam iguais. Eu não conseguia distinguir o novo do que sempre estivera ali.

Tínhamos visto o helicóptero baixar algumas equipes, e Mark cuidou da coordenação dos rádios, certificando-se de que escolhêssemos áreas diferentes. A minha área era aonde Bagunça decidisse ir, e todos eles teriam que lidar com isso.

Bagunça farejava feito louca em direção ao sul, então a seguimos ao longo da linha das árvores.

– Colt!

Vi a mancha azul vibrante assim que Bagunça saiu correndo.

Venci a distância rapidamente, pulando rochas e abaixando-me sob galhos de pinheiros enquanto corria. Bagunça se sentou do lado dele, ganindo.

– Colt! – chamei, mas ele não respondeu.

A metade superior do corpo dele estava limpa, mas a inferior tinha sido obscurecida pela folhagem caída.

– Boa garota – disse a Bagunça, entregando-lhe um petisco que tinha no bolso por puro hábito, antes de cair de joelhos ao lado dele.

– Colt, vamos lá, parceiro.

A pele dele estava pálida, e escorria um pouco de sangue de pequenos cortes em seu rosto. Pus os dedos no pescoço dele e esperei.

Por favor, Deus. Eu faço qualquer coisa. Por favor.

Ele tinha pulso, mas rápido e fraco. A pele estava fria.

– Ele está sangrando em algum lugar – falei para Mark enquanto ele se abaixava do outro lado de Colt. – A gente precisa tirar esses galhos dele, mas só os mais leves. Se for pesado, espera por mim.

Mark assentiu e começou a puxar os galhos menores de Colt.

– Resgate Nove, aqui é Gutierrez e Gentry. A gente encontrou o garoto. Pulso presente, mas fraco. Por favor, enviem paramédicos o mais rápido possível.

A estática atravessou o rádio de Mark enquanto eu abria o zíper do casaco de Colt.

– Merda. Gentry – disse Mark.

Olhei de novo para a metade inferior de Colt, e a bile me subiu pela garganta, mas fitei o céu e a fiz descer de volta. A perna direita de Colt estava presa debaixo de uma pedra imensa e pontiaguda, mais ou menos do tamanho de um motor de carro.

– Corta a calça em volta dela – ordenei. – Preciso ver a pele.

Aquilo não era nada bom.

– Gutierrez, aqui é Resgate Nove. A gente está reabastecendo. A caminho imediatamente.

Merda. Merda. Merda.

– Colt, você está aí, parceiro? – perguntei, acariciando o rosto dele. – Você consegue acordar se eu pedir?

Os cílios dele tremeram.

– Beckett?

Nunca ouvi um som tão doce quanto a voz de Colt naquela hora. Ele estava vivo e conseguia falar. *Obrigado, Deus.*

– Oi!

Pairei sobre o rosto dele, travando a cabeça de Colt no lugar enquanto ele abria os olhos. Sua pupila direita estava ligeiramente maior que a esquerda. Concussão.

– Oi, não se mexe, ok? Estou aqui.

– Onde eu tô? – perguntou ele, movendo os olhos da esquerda para a direita.

– Você sofreu uma queda feia, então não pode se mover, está bom? Você pode ter machucado o pescoço. O Mark está aqui comigo, e o médico já está a caminho. Só não mexe a cabeça, tá?

– Tá – respondeu ele, estremecendo. – Tá doendo.

– Aposto que está. Você pode me dizer onde?

Ele mexeu os olhos.

– Em tudo.

– Entendi – falei, depois olhei para o lugar onde ele estava preso. – Colt, você consegue mexer os dedos dos pés? Só os dedos?

– Consigo – disse ele.

Olhei para Mark, que balançou a cabeça, com os lábios apertados.

Não entra em pânico.

– Bom trabalho, parceiro. Você consegue fazer isso de novo?

Eu esperava ter soado mais calmo do que me sentia, porque estava prestes a surtar.

– Viu? Tudo bem com os dedos dos pés. Não estão nem doendo – disse Colt com um sorrisinho.

Mark balançou a cabeça de novo, e a minha alma se enroscou em posição fetal.

– As suas pernas não estão doendo? – perguntei.

– Não, só o resto todo – respondeu ele, e os seus olhos começaram a se fechar.

– Colt. Colt! – falei, segurando o rosto dele. – Você tem que ficar comigo, ok? Mexe os dedos das mãos.

Todos os dez se mexeram. *Com isso, eu consigo lidar.*

– Tô cansado. A Emma tá bem?

– Está, sim, mas está preocupada com você. Você mandou muito bem, Colt. Você salvou a Emma.

Tomei o pulso dele de novo. Merda, estava mais rápido e mais fraco.

– A gente protege os menores – disse ele, com um débil sorriso. – Eu tô com frio, Beckett. Tá frio aqui?

– Olha debaixo daquela pedra. Tem sangue? – ordenei a Mark.

Tirei minha jaqueta de fleece e a coloquei no peito de Colt.

– Melhor agora?

Mark se acocorou.

– Não consigo ver. Aposto que a gente consegue tirar isto dele.

– A gente precisa fazer um torniquete primeiro. Tem uma forte possibilidade de ser um ferimento por esmagamento. Já faz quase duas horas; a gente não pode simplesmente tirar a pedra de cima dele. Tem um na mochila da Bagunça.

– Merda, Beckett – disse Mark baixinho. – Sangue.

Peguei o torniquete e me ajoelhei ao lado de Mark. Um sangue vermelho-escuro escorria por baixo da pedra.

– Onde diabos está o helicóptero? Fala pra eles trazerem a maca tipo cesto aqui.

– Resgate Nove, aqui é Gutierrez e Gentry. Qual é o status daquela maca tipo cesto?

– Gutierrez, aqui é Resgate Nove. O tempo estimado é de cinco minutos.

– Porra – murmurei.

Não havia palavra melhor para aquele momento.

Cavei logo abaixo da coxa de Colt, o suficiente para passar o torniquete, e, então, o puxei com força, fixando-o bem acima de onde a rocha prendia o meu filho.

– Não move a pedra – adverti Mark.

Então, me ajoelhei do outro lado de Colt. Os lábios dele estavam azuis, e a pele, pálida e fria. O pulso estava rápido e fraco.

– Ei, parceiro, eu parei o seu sangramento. Você só tem que aguentar até o helicóptero chegar, ok?

Ele me ofereceu um pequeno sorriso.

– Vou voar de helicóptero? Legal.

– Vai, sim. Além disso, você é meio que um herói. Todo mundo vai te achar legal, mas eu ainda vou ser o seu fã número um – prometi. – Tem algum outro lugar doendo?

– Não, não tem nada doendo.

Gelei. *Choque. Sangramento.* Tínhamos interrompido o sangramento da perna, mas devia haver um secundário, senão uma dúzia depois daquela queda.

Ele tá machucado. Eu sinto.

Gêmeos. Do mesmo jeito que ele acordou quando ela estava com o cateter PICC infectado.

– Ok, só continua falando comigo, parceiro.

Tirei o meu casaco de cima de Colt e levantei a camisa dele. Hematomas roxo-escuros coloriam todo o lado esquerdo do peito dele. A barriga estava inchada.

Eu me sentei sobre os calcanhares e segurei a cabeça entre as mãos.

Ryan. Você precisa me ajudar aqui. Por favor.

– Onde a gente tá? – perguntou Colt, com a voz fraca.

Eu me levantei rápido e agarrei o braço de Mark.

– Ele está com um sangramento interno. O meu palpite é o baço, o que significa minutos. Corre para o primeiro lugar onde você conseguir ver o céu e solta fumaça.

Ele era a própria imagem da angústia quando olhou para Colt, mas se virou e correu.

Caí de joelhos ao lado de Colt e, então, me deitei do lado dele, enroscando o meu corpo ao seu redor.

– Eu te amo tanto.

Ele virou a cabeça, e não gritei com ele por causa dos ferimentos no pescoço. Já não havia por quê.

– Eu também te amo, Beckett – disse ele, abrindo os olhos, e apoiei a testa na dele.

– Eu estava pensando que talvez a gente pudesse colocar aquela tirolesa na casa na árvore. O que você acha? – perguntei, correndo os dedos pelos cabelos dele.

– É. Acho que você devia fazer a tirolesa cair no lago. Isso ia ser bem legal, e a mamãe não ia ficar tão preocupada com as quedas.

Essa foi a queda que não conseguimos prever.

Bagunça ganiu, enrodilhando-se do outro lado de Colt. Ela sabia.

– Você tem toda a razão.

Chequei o pulso dele. Tão fraco.

– Acho que tô morrendo – murmurou ele.

– Você tá muito machucado – falei, a minha voz embargando na última palavra.

Não queria mentir para Colt, mas também não queria que ele passasse os últimos minutos apavorado. Não havia nada que pudéssemos fazer àquela altura. Eu ia perdê-lo.

Ella. Meu Deus, ela precisava estar ali.

– Tá tudo bem. Não fica triste. Fala pra mamãe e pra Maisie não ficarem tristes também – disse ele, depois respirou fundo várias vezes. – Eu vou ver o tio Ryan.

Eu não conseguia respirar. Meu peito só subia e descia junto com o dele, o meu coração sincronizado ao seu ritmo frágil.

– Só aguenta firme, parceiro. Tem muita coisa que você ainda não fez. Tem tanta coisa para fazer...

Ele olhou para mim, o amor brilhando nos seus olhos.

– Eu tive você. Igualzinho a um pai.

Lágrimas rolaram dos meus olhos, escorrendo pela lateral do meu rosto até a terra logo abaixo.

– Ah, Colt. A gente ia contar pra vocês. A gente só estava esperando a

Maisie ficar boa, mas eu adotei vocês no ano passado. Faz um tempo que você tem um pai. Um que te ama mais que a lua e as estrelas.

A respiração dele ficou mais e mais lenta, cada inspiração custando um esforço hercúleo, porém, ainda assim, Colt conseguiu sorrir.

– Você é o meu pai.

– Eu sou o seu pai.

– Então, é *assim* que é ter um pai – disse ele, estendendo a mão fria até a minha bochecha. – Eu amo ter um pai.

– E eu amo ser o seu pai, Colt. Eu não poderia ter ganhado um garotinho melhor. Tenho tanto orgulho de você – falei, mal conseguindo pronunciar as palavras.

Os olhos dele se fecharam quando mais uma respiração o fez estremecer.

Ouvi o som de hélices ao fundo.

– Eu sou um Gentry – disse Colt, conseguindo reabrir os olhos com esforço.

– É, sim. Um Gentry e um MacKenzie. Para sempre.

– Sempre? – perguntou ele.

– Sempre. Eu sempre vou ser seu pai. Não importa o que aconteça. Nada vai mudar isso.

Nem a morte. O meu amor por ele chegaria aonde quer que Deus o levasse.

– Colton Ryan MacKenzie-Gentry. Tenho tudo o que eu sempre quis.

Ele fechou os olhos, e o seu peito se ergueu só até a metade. RCP não ajudaria, não quando ele não tinha nenhum sangue para circular.

– Eu também – disse a ele, beijando sua testa.

– Fala pra mamãe e pra Maisie que eu amo as duas.

As palavras dele estavam mais lentas, pontuadas por respirações parciais.

– Eu vou falar. Elas te amam muito. Você tem uma mãe, um pai e uma irmã que fariam qualquer coisa por você.

– Eu te amo, papai – murmurou ele.

– Eu te amo, Colt.

O peito dele chiou mais uma vez, então a sua mão caiu do meu rosto enquanto ele se apagava.

– Colt? – falei, procurando o pulso que não estava lá. – Colt! Não!

Deslizei por baixo dele e me sentei, embalando-o na minha frente, os meus braços ao seu redor enquanto a sua cabeça rolava para trás no meu peito.

Um grito primitivo rasgou minha garganta. Então, outro, até o meu corpo tremer com soluços. Ao meu lado, Bagunça se sentou e começou a uivar, um som baixo e lamentoso.

Cuida dele, Ryan.

– Beckett – disse Mark baixinho.

Quando olhei para cima, ele estava ajoelhado ao meu lado, com os olhos cheios de lágrimas não derramadas. A minha visão se turvava e clareava, de novo e de novo.

– Ele se foi – murmurei.

Meus braços apertaram o corpinho dele.

– Eu sei. Você fez tudo o que podia.

– Eu fiz rolinhos de carne e queijo pra ele hoje de manhã – falei, acariciando os seus cabelos macios. – O Colt queria queijo extra, e eu dei pra ele. Eu fiz rolinhos de carne e queijo pra ele.

Isso foi horas antes.

Horas.

E, naquele momento, ele não estava mais ali.

– O que você quer fazer? – perguntou Mark.

Percebi que havia meia dúzia de caras parados ao redor. Jenkins se ajoelhou e fez as mesmas checagens que eu, depois apertou os lábios e voltou a se levantar. O que eu queria fazer? Eu queria gritar de novo, rasgar tudo naquela floresta em mil pedaços. Queria transformar aquela montanha em escombros com os meus punhos. Queria olhar para o meu garotinho e ouvi-lo rir, vê-lo correr no deque da casa na árvore. Queria que ele crescesse, conhecer o homem que ele deveria se tornar. Mas ele estava fora do meu alcance.

Querer não importava quando nada estava sob o seu controle.

– Eu preciso levar o Colt pra mãe dele.

CAPÍTULO VINTE E OITO

ELLA

O helicóptero aterrissou na pequena clareira, quase 30 metros à minha frente, e o meu coração se apertou. Só havia duas razões para eles pousarem ali. Ou não acharam Colt ou...

– Respira – disse Ada para mim.

Larry tinha levado Maisie para casa. Eu não a queria ali, não a queria na linha de frente de uma tragédia.

Um grupo do condado estava atrás de nós, observando. Esperando.

– Se eles tivessem encontrado o Colt, teriam levado o meu filho de helicóptero pra Montrose – falei, me esforçando para afastar o medo que inundava meu estômago.

– O Beckett vai encontrar o Colt. Você sabe que ele vai.

Eu tinha visto o mapa, sabia como aquela queda era alta.

A porta do helicóptero se abriu, e Mark saiu primeiro, depois Beckett. Ele estava usando uma camisa de manga comprida, mas sem o casaco de fleece azul.

Ele olhou para mim, e eu não precisava ver seu rosto à distância. Sua postura dizia tudo.

– Não – falei, o som quase um sussurro.

Não. Não. Não.

Aquilo não estava acontecendo. Era impossível.

Beckett se virou quando os outros membros da Equipe de Busca e Resgate das Montanhas de Telluride desceram e, então, deslizaram uma prancha para fora, carregando-a como se fosse um caixão.

Então, vi o casaco de Beckett.

Ele cobria o rosto de Colt.

Meus joelhos cederam, e o mundo se apagou.

O mundo entrou em foco enquanto eu piscava. Luzes fortes pairavam sobre mim, e senti o cheiro estéril de hospital. Ao virar a cabeça, vi Beckett em uma cadeira ao meu lado, com os olhos inchados e vermelhos.

Bagunça dormia debaixo da cadeira dele.

– Oi – disse ele, inclinando-se para a frente para pegar minha mão.

– O que aconteceu?

– Você desmaiou. A gente está no centro médico de Telluride, e você está bem.

A imagem voltou gritando para mim: o helicóptero. O casaco de fleece.

– E o Colt?

– Ella, eu sinto muito. Ele se foi – respondeu Beckett, contraindo o rosto.

– Não, não, não – entoei. – Colt.

As lágrimas começaram como um dilúvio, descendo rápido e com força enquanto eu soltava um som entre choro e berro que não parecia parar. Talvez tenha parado quando respirei, mas foi isso.

Meu bebê. Meu garotinho lindo e forte. Meu Colt.

Braços quentes me envolveram enquanto Beckett se deitava devagar ao meu lado na cama, e afundei a cabeça no peito dele e chorei alto. A palavra "dor" não era forte o suficiente. Aquilo não cabia em nenhuma escala. A agonia era incomensurável, incompreensível.

Meu garotinho havia morrido sozinho e gelado na base de uma montanha sob a qual havia crescido.

– Eu estava com ele – disse Beckett baixinho, como se pudesse ler os meus pensamentos. – Ele não estava sozinho. Cheguei lá a tempo de estar com ele. Eu disse que ele era amado, e ele me pediu pra te dizer pra não ficar triste. Que ele tinha tudo o que queria – contou ele, a voz embargada.

Olhei para Beckett, com a respiração entrecortada.

– Você viu o Colt?

– Vi. Contei pra ele sobre a adoção, disse que ele tinha uma mãe e um pai que fariam qualquer coisa por ele.

Ele não morrera sozinho. Havia algum alívio nisso, certo? Ele nasceu para as mãos da mãe e morreu nos braços do pai.

– Que bom. Eu fico feliz que ele soube. A gente devia ter contado antes.

Todo aquele tempo perdido porque eu estava com medo. Todos os dias que Colt poderia ter tido Beckett sabendo que era o seu pai.

– Ele estava com dor?

Ele devia ter sentido tanta dor, e eu não estava lá.

– No início, mas passou muito rápido. Ele não estava com dor quando morreu. Ella, juro que fiz tudo o que pude.

– Sei que você fez.

A alternativa nem era uma opção, mesmo sem saber o que tinha acontecido. Beckett teria morrido para salvar Colt.

– Ele estava com medo? – perguntei, voltando a chorar.

– Não. Ele foi tão forte e tão seguro. Perguntou sobre a Emma. Ele salvou a menina, Ella. É por isso que ela está viva. Ele empurrou a Emma para um lugar seguro. Ele foi tão corajoso, e amava tanto você e a Maisie. Foi o que ele disse por último. Para eu dizer pra você e pra Maisie que ele ama vocês. E, daí, ele me chamou de papai e se foi. Assim.

Os soluços recomeçaram, incontroláveis e irrefreáveis.

Aquilo não era mágoa. Ou tristeza.

Era a desolação total da minha alma.

– Não tinha nada que o senhor pudesse fazer – disse o Dr. Franklin atrás da mesa, ladeado por outros médicos.

Olhei pela janela e vi um leve indício do nascer do sol.

Não queria que fosse um novo dia. Queria que aquele fosse o mesmo dia em que eu tinha dado um beijo de despedida no meu filho e o abraçado antes de ele entrar no ônibus. Eu não queria saber como seria o sol se ele não brilhasse sobre Colt.

– O Colton teve ferimentos internos graves, uma fratura na coluna, o baço rompido e um rasgo na aorta, combinados a uma laceração da artéria femoral. E essas são só as coisas que vimos no ultrassom. Por favor, acredite quando eu digo que não tinha nada que o senhor pudesse fazer, Sr. Gentry. Na verdade, a sua ação rápida em relação à perna dele proporcionou aqueles poucos minutos que o senhor teve.

– Por isso que não doía – disse Beckett, cobrindo a minha mão com a dele.

– Ele perdeu toda a sensibilidade. Não doeu.

Lágrimas escorreram pelas minhas bochechas, mas não me dei ao trabalho de enxugá-las. Qual era o sentido, quando logo seriam substituídas?

– E se eu tivesse chegado lá mais rápido? – perguntou Beckett, a voz embargando na última palavra.

O Dr. Franklin balançou a cabeça.

– Mesmo que ele tivesse sofrido essa queda na porta da emergência, a gente não poderia fazer nada. Nem em Montrose. Com ferimentos graves assim... O tempo que o senhor teve foi um milagre. Eu sinto muito pela sua perda.

Minha perda.

Colt não estava perdido. Eu sabia exatamente onde ele estava.

O lugar dele não era no necrotério. Era na casa dele, dormindo, aquecido e seguro na cama.

– A gente precisa ir pra casa – falei para Beckett. – A gente tem que contar pra Maisie.

Uma nova onda de lágrimas caiu. Como eu poderia dizer à minha garotinha que a outra metade do coração dela tinha ido embora? Como ela poderia se recompor e seguir em frente sendo meia pessoa?

– Tá bom. Vamos pra casa.

O Dr. Franklin disse alguma coisa para Beckett, e ele aquiesceu. Então, de alguma forma, pus um pé depois do outro e fomos até a porta da frente.

Parei logo antes dos portões. Os gêmeos tinham nascido ali. Exatamente naquele ponto, tinha me levantado da cadeira de rodas e os carregado nas suas cadeirinhas de carro, caminhando em meio aos protestos dos enfermeiros porque precisava saber que conseguia fazer aquilo sozinha.

– Ella?

– Eu não posso simplesmente deixar o Colt aqui.

Senti um aperto no peito e lutei por um segundo para conseguir respirar. Todo o meu corpo se recusava a viver em um mundo sem Colt.

Os braços de Beckett me envolveram.

– Eles estão com o Colt. Ele está seguro. Vão cuidar dele amanhã. Por ora, vamos te levar pra casa.

– Acho que não consigo me mexer – murmurei.

Não conseguia fazer os pés se moverem, deixar Colt para trás enquanto eu ia para casa.

– Quer que eu te ajude? – perguntou Beckett.

Anuí, e ele se abaixou e me pegou no colo, com uma mão atrás dos meus joelhos e a outra segurando minhas costas. Envolvi o pescoço dele com os braços e coloquei a cabeça no seu ombro enquanto ele me carregava para a manhã do lado de fora.

Beckett nos levou para casa no meu carro. Ou, pelo menos, acho que ele fez isso. O tempo perdeu todo o sentido e toda a relevância. Eu estava à deriva em um oceano, só esperando a nova onda me empurrar para baixo.

Pisquei, e estávamos dentro de casa, Ada ocupada com alguma coisa. Beckett me pôs sentada no sofá e cobriu as minhas pernas com uma manta. Ada disse alguma coisa, e assenti, sem me importar com o que era. Uma xícara de café apareceu nas minhas mãos.

O sol surgiu, desafiando a minha dor. Indiferente ao fato de o meu mundo ter acabado na noite anterior, ele estava determinado a seguir em frente.

– Mamãe?

Maisie entrou na sala, apertando o ursinho de pelúcia azul. Ela estava com um pijama roxo, tinha os cabelos bagunçados pelo sono, e pequenas marcas de travesseiro vincavam o seu rosto.

Aquele rostinho era tão parecido com o de Colt... Será que algum dia eu olharia para ela sem vê-lo?

– Oi – falei, com uma voz baixa e rouca.

Beckett surgiu do lado dela.

– Ele tá morto – disse ela como se fosse um fato, o seu rosto mais solene do que jamais estivera em qualquer fase do tratamento.

Meus olhos voaram para Beckett, mas ele balançou a cabeça.

– Eu soube ontem à noite. Parou de doer. Eu soube que ele tinha ido embora – disse ela, contorcendo o rosto, e Beckett a puxou para o lado dele. – Ele se despediu quando eu tava dormindo. Ele disse que tá tudo bem e que era pra olhar o bolso dele.

Beckett se sentou ao meu lado no sofá, e levantei o braço para poder segurá-la.

– Sinto muito, Maisie – falei, depois beijei a testa dela, e minha filha se encolheu ainda mais.

– Não tá certo. Não era pra ele morrer. Eu é que devia morrer. Por que ele morreu? Não é justo. A gente tinha um trato. Sempre ficaria junto.

Ela começou a chorar, o que fez as minhas lágrimas recomeçarem a cair. Seu corpinho tremeu contra o meu enquanto as lágrimas encharcavam a minha camisa.

Eu me forcei a encontrar as palavras certas, a não deixar a minha filha sozinha na dor dela só porque não conseguia ver uma saída para a minha.

– Não é justo – falei para ela enquanto esfregava as suas costas, o ursinho azul enfiado entre nós. – E você não devia morrer. Nenhum de vocês devia. Mas foi o que aconteceu.

Como poderia não haver uma explicação melhor do que essa? Qual era o sentido de um acidente que não dava para prever? Onde estava a justiça nisso?

Beckett foi para o outro lado dela, e a cercamos com o máximo de nós que tínhamos para dar. Ela precisava de tudo. Eu podia ter perdido o meu filho, mas ela havia perdido a sua outra metade.

Após cerca de uma hora, ela caiu no sono, tendo se virado para Beckett. Ele a segurava contra o peito, correndo as mãos pelos cabelos dela, e não tive como não me perguntar se foi assim que Beckett segurou Colt quando ele morreu. Então, afastei o pensamento e o enfiei atrás de uma porta que abriria quando estivesse pronta para a resposta.

Ada entrou com uma bolsa do centro médico nas mãos.

– Você queria isto? Ela disse para olhar o bolso dele.

Enfiei a mão na bolsa e tirei dela o casaco de fleece de Colt. Não havia sangue nem lágrimas, nada que indicasse o trauma que ele sofreu. Localizei o primeiro bolso, e a minha mão voltou vazia. O próximo também estaria, se a lógica reinasse. Afinal de contas, só porque eles eram gêmeos, não significava...

Meus dedos encontraram uma coisa fina e enrugada. Eu a puxei para fora, e a minha respiração me abandonou.

Era uma folha vermelha.

O sol brilhava lindamente no dia em que sepultamos Colt. Filtrado pelas folhas das árvores da pequena ilha, pontilhava o chão com pequenas manchas de luz. A brisa aumentou, fazendo jorrar no chão uma cascata de cores, principalmente o dourado dos álamos.

Eu estava entre Beckett e Maisie quando eles baixaram o pequeno caixão branco de Colt na terra. Maisie se recusou a vestir preto, dizendo que era uma cor idiota que Colt odiava. Ela estava de amarelo, a cor do sol, e segurava o ursinho rosa de Colt.

Ela havia colocado o azul junto dele na noite anterior, dizendo que era o único jeito de eles se separarem. Mas, ao ver a luz sumir dos olhos dela, eu soube que não estávamos enterrando só Colt, mas também uma parte de Maisie.

Emma, a garotinha que Colt salvara, estava com os pais, e lágrimas escorriam pelo rosto dela. Eu tinha um orgulho imenso do que Colt havia feito e não conseguia desejar mal a Emma; não era culpa dela. Mas ainda não entendia como Deus podia trocar a vida de uma criança pela de outra.

Tinha sido Colt por Emma?

Ou será que eu havia rezado tanto nos últimos dois anos que, por acidente, trocara Colt por Maisie, com os meus apelos desesperados para que ela vivesse?

A fila de enlutados começou a vir em nossa direção, querendo expressar a sua tristeza. Por que eu iria querer ouvi-los dizer o quanto sentiam a falta dele? Eu mal conseguia respirar através da minha própria dor, tentando absorver a de Maisie e acolher a de Beckett. Não havia espaço para a dor de mais ninguém.

– Não consigo – falei para Beckett.

– Ok, eu lido com isso – disse ele, e me levou até o pequeno banco que colocamos na ilha quando Ryan morreu.

Maisie se sentou ao meu lado enquanto Beckett e Ada cuidavam da fila, e Larry os conduziu aos pequenos barcos a remo que alugamos para transportar as pessoas até a costa.

– Agora eu sou como você, mamãe.

– Como, meu amor?

Ela mantinha os olhos fixos em Colt.

– Nós duas temos um irmão ali.

Mais uma onda de tristeza me atingiu, arrastando-me para debaixo de um mar tão espesso que eu não conseguia respirar, não conseguia encontrar o caminho para a superfície. Como alguém sobrevivia à perda de um filho? Por que a dor simplesmente não parava o meu coração, como constantemente ameaçava fazer, e me levava com ele?

A mão de Maisie encontrou a minha, e o ar escorreu para dentro dos meus pulmões.

– Nós temos – respondi, finalmente encontrando forças para falar.

– O Beckett também é como a gente – disse ela, voltando a atenção para onde Beckett estava, assentindo e apertando as mãos da última pessoa da fila. – Os dois melhores amigos dele estão aqui.

Engoli em seco pela milésima vez, tentando desalojar o nó permanente que tinha na garganta, observando Beckett. Ele permaneceu firme e forte, lidando com o que eu não conseguia lidar, mesmo que a sua dor fosse a mesma que a minha. Ele era simplesmente forte assim.

Logo, restávamos apenas Beckett, Maisie e eu, sentados no banco, olhando para a casa que Beckett tinha construído para nós.

– Você está pronta? – perguntou Beckett. – A gente pode ficar aqui o tempo que você quiser.

Eu não suportava vê-los jogar terra no meu garotinho, bloquear o sol do seu rosto. Parecia definitivo demais, errado demais.

– Estou, vamos.

Passamos pelo local onde os funcionários ajustavam Colt, e parei na lápide de Ryan, pondo a mão na superfície lisa de granito.

– Ele está com você agora. E sei que você nunca quis ser pai, mas vai ter que ser, só por um tempinho. Até a gente chegar aí. Faz ele brincar. Ensina tudo pra ele, tudo o que ele quiser aprender. Abraça e ama o meu filho e, depois, deixa ele brilhar. Ele é seu por um tempo.

Minha visão ficou turva, e Beckett pegou o meu braço. Eu me virei e vi Maisie ajoelhada na beira do túmulo de Colt, com os ombros tremendo. Eu me aproximei, mas Beckett me impediu.

– Dá um segundo pra ela.

Foi então que ouvi a vozinha dela falando com ele. Não consegui distinguir as palavras, mas sabia que aquilo era só entre eles dois, como tanto havia sido enquanto ele estava vivo. Beckett ficou em silêncio, me mantendo de pé até que Maisie estivesse pronta.

Como você diz adeus para a pessoa que compartilhou a sua alma? Que esteve com você em cada segundo da sua vida?

Ela se levantou, altiva e segura, então se virou para nós com um sorriso triste. Depois, enxugou os olhos e parou de chorar.

– Ele tá bem agora. Nós dois estamos.

E, de alguma forma, eu soube que ela estava falando sério. Maisie encontrou sua paz com a certeza que só uma criança poderia ter.

Pareceu um piscar de olhos, mas estávamos de volta à casa. Ada havia organizado a recepção na casa principal, então a minha estava vazia e quieta, o que era exatamente do que eu precisava.

Mandei Beckett para casa com Maisie e só me sentei, tentando apenas existir. Bagunça se deitou ao meu lado, aconchegando a cabeça no meu colo enquanto eu forçava o ar a atravessar os meus pulmões, concentrando-me nos mecanismos simples da vida.

Alguém bateu na porta, e então o capitão Donahue entrou.

– Sinto muito te incomodar. Eu não consigo imaginar o que você está sentindo, nem vou fingir saber como é.

Ele parou na minha frente e se abaixou até a altura dos meus olhos. Que nem Beckett.

– Talvez não seja o melhor momento, mas a gente está embarcando, e eu não sei quando vou voltar a Telluride. Então, isto é pra você.

Donahue me entregou um envelope branco com a letra de Beckett. Estava endereçado a mim.

– O que é isto? – perguntei, rasgando o papel.

– Não lê ainda. Agora não é o momento. Alguns dos caras me pediam pra ficar com a carta de despedida deles. Eu guardei a do Mac pro Gentry e a do Gentry pra você.

– Pra mim?

Ele assentiu.

– Estou lhe dando isso para o caso de você se sentir perdida ou esquecer o quanto ele te ama. Como eu disse, não é para agora. Mas para algum dia.

Ele devia ter saído, mas eu não me lembrava de vê-lo saindo ou de alguém voltando. O ritmo constante da minha respiração era tudo em que conseguia me concentrar, contando até dez repetidamente, tentando sobreviver à dor. Fiquei sentada ali, bebi a água que me foi entregue, comi a comida preparada e fingi um sorriso quando Maisie disse que estava na hora de dormir.

Eu me recompus o suficiente para colocá-la na cama. Ajustei os cabelos dela atrás das orelhas e pousei a mão no peito dela enquanto Maisie adormecia, o dia cobrando o preço naquele corpinho. A batida do coração de Maisie deu força ao meu, saber que ela ainda estava ali porque lutei como louca para mantê-la viva.

Mas Deus não me deu essa chance com Colt.

Encontrei Beckett no corredor, encostado na porta do quarto de Colt.

– Parece algum tipo de brincadeira cruel – falei, assustando Beckett. – É como se não fosse real.

Ele se virou para me encarar.

– Eu continuo esperando encontrar o Colt aqui. Como se eu pudesse dizer pra Bagunça ir atrás dele e ele fosse sair de onde estivesse escondido.

Assenti, sem palavras.

– Vamos dar uma caminhada – sugeriu ele.

Não me opus enquanto deixávamos a casa, o ar fresco fazendo as minhas bochechas esfoladas e salgadas arderem. Do outro lado da água, o meu filho descansava junto ao meu irmão, e eu ainda não conseguia absorver a realidade daquilo tudo. A névoa que envolvia o meu cérebro desde a queda começou a se dissipar com a brisa vinda do lago, abrindo espaço para outras emoções, pela primeira vez em dias.

Aquilo. Não. Era. Justo. Nada daquilo. Colt merecia mais.

– Eu lutei tanto pela Maisie – falei, apoiando as mãos no corrimão de madeira do deque. – Eu vivia dizendo que ela precisava de mim e que o Colt ficaria bem, mas a Maisie estava morrendo. E o quanto isso foi estúpido? – perguntei, a voz falhando.

Beckett se recostou no corrimão e escutou, como se soubesse que eu não procurava nenhuma resposta.

– Todos aqueles tratamentos, todas as viagens e internações hospitalares para fazer com que a Maisie sobrevivesse ao monstro dentro dela. Todo aquele medo e toda aquela alegria quando ela entrou em remissão. Todas aquelas emoções… e, daí, isso acontece. Ele cai só a alguns quilômetros da nossa casa e morre antes que eu possa me despedir dele.

A mão de Beckett cobriu a minha no corrimão.

– Por que eu não tive a chance de lutar por ele? Eu devia ter tido essa chance. Onde estavam os médicos dele? Os tratamentos dele? Onde estavam a pasta e a evolução cronológica dele? Onde é que eu estava? Eu troquei a vida dele pela dela? Foi isso que aconteceu?

– Não.

– É isso que parece. É como se todos os pesadelos horríveis que tive com a Maisie, me preparando para perder a minha filha, tivessem se tornado realidade com o Colt, só que é pior do que qualquer coisa que eu poderia ter imaginado. Passei dois anos lutando pela vida da Maisie, enquanto fazia questão de tornar cada momento especial porque podia ser o último dela. Eu estava tão ocupada olhando para o trem de carga que vinha na direção da Maisie que perdi o Colt de vista, e agora ele está perdido. Eu perdi o meu filho.

– O Colt sabia que você o amava – disse Beckett, baixinho.

– Sabia? Eu não paro de repassar aquela manhã na minha cabeça. A gente estava com tanta pressa, e eu abracei o Colt, me lembro disso, mas acho que não disse que o amava. Ele saiu correndo tão rápido, e eu não pensei em nada disso. Pensei que veria o meu filho mais tarde. Por que eu não impedi o Colt? Por que a gente não dormiu até mais tarde? Ele teria perdido o ônibus. Por que eu não abracei o meu filho por mais tempo? Foi tão rápido, Beckett. Tudo foi. A vida dele toda passou tão rápido, e eu me esqueci de dizer que amava o Colt.

– Ele sabia.

Balancei a cabeça.

– Não. Eu perdi as peças, os jogos e os projetos dele, além de meses da vida dele, porque escolhi a Maisie, e ele sabia disso. Eu sempre escolhi a Maisie porque não sabia que ele é quem ia embora. Que tipo de mãe faz isso? Escolhe um filho em vez do outro constantemente?

– Se você não tivesse feito isso, a gente estaria enterrando duas crianças agora. Ella, não foi culpa sua. Você não trocou o Colt pela Maisie. Você não negociou a vida dele, não perdeu o Colt porque lutou como uma louca pela Maisie. Isso foi um ato de... eu nem sei. Foi um acidente.

– Não existe razão! Nenhuma. Nenhuma guerra para travar, nenhuma maneira de lutar contra o que acabou de acontecer. Terminou antes mesmo de eu saber que começou. Eu não pude lutar por ele. Eu teria lutado, Beckett. Eu teria lutado.

Beckett enxugou as lágrimas que eu não havia sentido.

– Eu sei que você teria. Eu nunca conheci uma mulher que lutasse como você. E sei que isto não te ajuda em nada, mas eu lutei. Fiz tudo o que consegui pensar em fazer e, quando isso não foi o suficiente, deitei ali e abracei o Colt por nós dois. Ele não estava sozinho. Você não abandonou o seu filho. Você nunca abandonou o Colt. Nem durante a doença da Maisie, nem no dia da excursão.

A dor tomou conta de mim. Eu não conseguia imaginar como aquele sentimento diminuiria no futuro, ou como eu viveria com ele dia após dia.

– Eu não sei como respirar. Como levantar da cama amanhã.

Ele me abraçou por trás, apoiando o queixo no topo da minha cabeça.

– A gente vai descobrir junto. E, se você não conseguir respirar, eu respiro por você. Uma manhã por vez. Minuto por minuto, se for preciso.

– Como você tem tanta certeza?

– É que uma mulher muito sábia me disse uma vez que você não tem como argumentar com o universo, por mais racional que seja a sua lógica. E que podemos ou respirar através da dor ou deixar que ela nos molde. Então, eu tenho certeza de que vamos enfrentar essa dor a cada respiração, até que ela diminua um pouquinho.

– Ela nunca vai passar.

– Não. Eu vou sentir a falta dele todos os dias. Talvez a gente tenha perdido um pouco do nosso sol, mas a Maisie está aqui, e a vida pode não ser tão brilhante sem o Colt, mas também não é totalmente escura.

Ele estava certo. Eu sabia disso na minha cabeça, mas o meu coração ainda não conseguia enxergar além dos cinco minutos seguintes.

– O Capitão Donahue passou aqui. Ele queria se despedir. Acho que a unidade está partindo – falei, com cuidado.

Se Beckett pretendia ir embora, aquela era a hora. Telluride havia se tornado um lugar doloroso onde ficar.

– Eu vou desejar boa sorte a eles.

– Você não quer ir?

Senti um aperto no peito ao aguardar a resposta.

Ele me virou nos seus braços para poder ver o meu rosto.

– Não. Eu não quero ir. E não faz diferença, de qualquer jeito. Assinei os papéis na semana passada. Estou fora.

– Você está fora?

– Estou. Além disso, o trabalho em tempo integral na Equipe de Busca e Resgate oferece um ótimo plano de saúde – disse ele, com um meio sorriso.

– Você está fora. Você não vai embora.

– Mesmo que você me mande embora, eu ainda vou dormir na sua porta dos fundos. Eu nunca vou te deixar.

A verdade soou clara na voz e nos olhos dele.

Eu me esqueci de dizer a Colt que o amava. Nunca mais cometeria o mesmo erro.

– Eu te amo – falei. – Desculpa passar tanto tempo sem dizer isso. Mas eu te amo. Nunca deixei de te amar.

– Eu também te amo – disse ele, beijando minha testa. – A gente vai ficar bem.

Naquela hora, não parecia que podia ser verdade, mas o meu cérebro sabia que Beckett estava certo. Porque, naquele breve segundo em que ele me disse que escolheu ficar, um lampejo de alegria atravessou o meu coração, só para ser rapidamente extinto por um luto avassalador.

Mas aquele lampejo estivera lá. Eu ainda era capaz de sentir alguma coisa diferente... daquilo.

Então, peguei a minha felicidade e a guardei. Eu a traria de volta quando não estivesse tão escuro, quando houvesse espaço na minha alma para ela.

E, por ora, respirar era tudo o que eu podia fazer.

E era o suficiente.

CAPÍTULO VINTE E NOVE
ELLA

Ella,

Se você está lendo isto, significa que eu não vou poder te ver em janeiro, como planejamos. Eu sinto muitíssimo. Eu costumava dizer que não podia ter medo enquanto estivesse aqui, porque não havia nada a perder. Mas, no minuto em que eu li a sua primeira carta, isso tudo mudou.

Eu mudei.

Se eu nunca te disse isso, me permita dizer agora. As suas palavras me salvaram. Você estendeu a mão para a escuridão e me tirou de lá com a sua gentileza e força. Você fez o impossível e tocou a minha alma.

Você é uma mãe fenomenal. Nunca duvide disso. Você é o suficiente. Essas crianças têm muita sorte de contar com você ao lado delas. Não importa o que aconteça com o diagnóstico da Maisie ou a teimosia do Colt, você é a maior bênção que essas crianças poderiam ter.

Você pode fazer uma coisa para mim? Entre em contato com o meu gerente financeiro. O número dele está no fim da página. Eu mudei o meu seguro de vida para o nome do Colt e da Maisie. Use isso para mandá-los para a faculdade ou dar a eles o ponto de partida de que precisarem para encontrar a própria paixão. Eu não consigo pensar em um uso melhor para esse dinheiro.

Quer ouvir uma coisa doida? Eu estou apaixonado por você. Isso mesmo. Em algum ponto entre a carta nº 1 e a 20 e poucos, eu percebi que estava apaixonado por você. Eu, o cara que não consegue se conectar com outros seres humanos, me apaixonei pela mulher que nunca vi na vida.

Então, se eu partir, eu quero que você se lembre disso. Ella, você é tão incrível que fez com que eu me apaixonasse por você só com as suas palavras.

Não esconda essas palavras. Não importa o que aconteça, encontre alguém que queira ouvi-las tanto quanto eu. Então, ame.

E me faça um favor – ame o suficiente por nós dois.

Com todo o meu amor,

Beckett Gentry

Codinome Caos

Três meses depois.

– Onde você quer isto aqui? – perguntou Beckett, segurando uma caixa marcada como "cozinha".

– Provavelmente na cozinha – provoquei.

– Rá, rá, rá – riu Beckett de maneira falsa, enquanto passava por mim e entrava na cozinha, colocando a caixa junto com as outras.

– Quantas mais você tem aí? – perguntei da sala multifuncional.

– Só algumas que ficaram na caminhonete. Por quê? – quis saber Beckett, agarrando os meus quadris e me puxando para si. – Tem planos pra mim?

– Talvez – falei, com um sorriso lento.

Em algum momento do último mês, eu tinha parado de fingir os pequenos sorrisos. Os grandes ainda eram só para o bem de Maisie, mas os menores? Esses eram reais. Esses eram meus.

– Gostei da ideia.

Ele baixou a cabeça até os nossos lábios se encontrarem em um beijo.

– Será que esses planos incluem o chuveiro? Porque eu mandei construir um banquinho dentro dele...

Uma rajada de vento gelado nos atingiu quando a porta da frente se abriu de repente. Nós nos viramos e vimos Maisie e Emma voarem para dentro de casa. Elas foram até o vestíbulo pisando forte e rindo, com gorros cobertos de neve.

– Essa tirolesa é demais! – disse Emma, batendo as botas no chão.

– Né? Espera só chegar o verão, que a gente vai poder brincar na outra, a que cai no lago! – acrescentou Maisie.

A que Beckett havia construído algumas semanas depois de Colt morrer. Ele fez um milhão de coisas assim – mantendo Colt com ele do seu jeito. Maisie estava certa, os dois melhores amigos de Beckett estavam naquela ilha e, assim como Ryan tinha uma parte de Beckett que talvez eu jamais conhecesse, Colt também tinha.

Beckett me beijou rapidamente de novo e foi até a garagem pegar outra caixa.

– Que tal um chocolate quente, meninas? – ofereci.

– Sim, por favor! – responderam as duas ao mesmo tempo.

Peguei o cacau em pó e comecei o preparo, parando para admirar a vista da neve caindo no lago congelado. Meu coração me deu aquele aviso conhecido, e desviei os olhos da ilha, concentrando-me em pegar canecas para as garotas.

Eu sentia saudades de Colt todos os dias. Todos os minutos.

Mas os meses que passaram tinham sido tempo suficiente para que nem todo segundo pertencesse à tristeza. E eu sabia que esse intervalo na dor continuaria a crescer. Ela jamais iria embora completamente, mas pelo menos o meu barco já não estava emborcando naquele oceano de dor a cada batida do meu coração. As ondas ainda vinham. Às vezes, eram previsíveis como a maré. Em outras ocasiões, me atingiam com a força de um tsunami, lançando-me aos tropeços tão para o fundo que eu sentia como se aquele fosse o primeiro dia de novo, em vez do 105º.

As garotas entraram correndo, pulando nos banquinhos que eu tinha comprado para colocar na bancada. Elas riam e conversavam sobre a peça de Natal que se aproximava. Servi o chocolate quente e coloquei alguns marshmallows dentro das canecas antes de empurrá-las para o outro lado da bancada.

– Obrigada, Sra. MacKenzie – disse Emma antes de tomar um gole.

Não a corrigi sobre o "senhora", apenas sorri.

– Sem problema.

– Obrigada, mamãe! – disse Maisie, tomando um gole do dela.

Beckett entrou com outra caixa e a colocou junto à pilha ao lado da mesa da cozinha. Então, se recostou na bancada comigo.

– Que língua é essa? – perguntou ele, olhando para as garotas.

– Língua de menina – respondi. – Elas estão falando sobre a lista de convidados da festa de aniversário da Emma, no mês que vem.

O aniversário de Maisie acabara de passar. Ela tinha 8 anos agora, era mais velha do que Colt jamais seria. Ela cresceria, amadureceria e prosperaria, mas Colt ficaria congelado para sempre aos 7 anos de idade. O dia havia sido difícil, mas Maisie tinha convidado a nova melhor amiga.

Quando Emma e Maisie perderam Colt, elas se encontraram. Mesmo ausente, ele continuava dando presentes para a irmã.

– Chocolate quente, é? – perguntou Beckett, roubando um gole do de Maisie.

– Papai! – exclamou ela, censurando Beckett com uma risadinha.

Meu Deus, eu amava tanto o som daquela palavra quanto ela amava dizê-la. Contamos a ela depois do enterro, sabendo que ela merecia saber, todos os dias de sua vida, que Beckett a amava tanto que havia se tornado pai dela. Ele tinha salvado a sua vida, mas isso foi algo que guardamos para nós dois.

Beckett me deu um beijo na bochecha e começou a abrir as caixas, rindo quando encontrou um dos brinquedos de Colt guardado dentro de uma panela. Eu amava aquilo nele, o jeito como ele conseguia falar sobre Colt e sorrir em meio à dor. Ele o mantinha vivo de várias formas. Com as tirolesas, as fotos que pendurava pela casa, a folha vermelha emoldurada. Ele nunca tinha medo de dizer o nome dele, e mais de uma vez cheguei em casa e o encontrei com Maisie, os dois aconchegados no sofá vendo vídeos de Colt.

Eu ainda não conseguia ver nenhum sem desmoronar. Talvez um dia fosse capaz de sorrir ao ouvir o som da voz de Colt. Por enquanto, não passava de um lembrete do que eu havia perdido e de como tudo parecia vazio sem ele.

Beckett nos mantinha avançando em um ritmo desconfortável, mas gerenciável. Ele nunca me deixava remoer a dor por muito tempo, mas também jamais me deixava ignorá-la. Beckett forçava os meus limites, depois recuava e, se não fosse por ele, talvez eu tivesse escolhido simplesmente parar de me mexer.

Maisie mantinha o meu coração batendo.

Beckett me mantinha vivendo.

Todos os dias, eu me certificava de que ambos sabiam o quanto eu os amava. Levou quase três meses, mas finalmente li a carta de despedida de Beckett, e foi isso que me conduziu até ali, àquela casa que ele construiu para nós quatro – e que, agora, abrigaria só três.

Ame o suficiente por nós dois. Foi isso que ele disse na carta. E isso falou com o meu coração de um jeito que nada mais conseguiria. Porque era isso que Colt teria desejado. Ele teria desejado se mudar para aquela casa e viver a nossa vida com o cara que todos nós amávamos.

O homem que ansiava pelas minhas palavras e possuía meu coração.

Ele havia assinado aquela carta com o nome verdadeiro. As últimas palavras que Caos me disse fundiram os dois homens que eu amava, até que eu os visse naquele Beckett que naquele instante encarava o espremedor de alho como se fosse um dispositivo de tortura.

– Nesta gaveta – falei para ele, abrindo a que estava próxima ao meu quadril.

– Curvador de cílios? – perguntou ele, depositando o objeto na gaveta.

– É pra fazer vitamina. Funciona muito bem com morangos – falei, dando de ombros.

– Mentirosa! – exclamou ele, rindo, depois voltou a desempacotar.

Olhei rápido para a ilha através da janela e respirei fundo enquanto aquela dor me rasgava. Então, peguei a caixa seguinte e comecei a desempacotar, item por item, fundindo minha vida à de Beckett. Eu seguia em frente porque era onde Beckett e Maisie estavam, e era isso que Colt teria desejado. Afinal de contas, meu filho também estava ali, em cada linha daquela casa que Beckett havia construído para ele – para nós.

Eu ainda ouvia ecos dos passos dele nas escadas, sua risada nos corredores. Houve até momentos em que jurei sentir o cheiro dos seus cabelos banhados de sol, como se ele tivesse se esgueirado até ali para um abraço e corrido de volta antes que eu pudesse capturá-lo totalmente. O quarto que

Beckett manteve para ele estava intocado, exceto pelas caixas que trouxemos da minha casa. Eu ainda não estava pronta para entrar ali, e tudo bem.

Havia lembranças demais que eu não estava pronta para empacotar. Tinha dado uma olhada no capacete que Colt usou no primeiro Halloween no hospital e entendido que não conseguiria lidar nem com uma única caixa.

Mas Maisie havia pegado o capacete e sorrido, lembrando-se de quando tinha feito uma troca com Colt para usá-lo naquela noite.

Ele havia usado a auréola dela.

Como se eles soubessem que, em algum momento, trocariam de papéis.

Como se aquilo fosse o plano o tempo todo, e eu simplesmente não tivesse visto os sinais.

– Você acha que o lago está congelado o suficiente para andar em cima? – perguntei a Beckett.

Ele me lançou aquele olhar – aquele que me dizia que sabia exatamente o que eu estava pensando – e, então, deu uma espiada no lago nevado.

– Eu fui lá ontem, e a temperatura está até mais baixa hoje. Acho que tudo bem. Quer que eu vá com você?

Balancei a cabeça.

– Não, quero ir sozinha. Acho que estou pronta.

Ele apenas assentiu e me deu o espaço de que eu precisava.

Então amarrei as botas, fechei o zíper do casaco e peguei o gorro e as luvas na saída. O ar estava revigorante, e a neve, daquele tipo leve e cintilante que parecia purpurina recém-lançada enquanto eu cruzava o lago.

Avancei até a ilha no centro, onde Colt e Ryan me aguardavam.

Eu nunca tinha ido até ali sozinha, jamais havia me sentido pronta, forte o suficiente. Talvez eu ainda não estivesse, mas não aguentava mais esperar. Talvez o sentimento de ser forte o suficiente viesse de ser forte tantas vezes que isso se tornava o padrão.

As palavras me abandonaram quando me ajoelhei diante da lápide de Colt, sem ligar para a neve que derreteu imediatamente e atravessou a minha calça jeans. Havia tantas coisas que precisava dizer a ele, mas nenhuma delas saiu dos meus lábios. Então, parei de tentar e simplesmente baixei a cabeça, deixando que as lágrimas dos meus olhos levassem as palavras do meu coração direto para ele.

Finalmente, a minha garganta produziu um som.

– Eu teria lutado por você. Eu teria posto abaixo até as estrelas, Colt. Você é amado, não no passado, mas a cada segundo de cada dia, e isso nunca vai mudar. Eu vejo partes suas na sua irmã, pequenos vislumbres da sua alma brilhando na dela. A Maisie te carrega com ela do mesmo jeito que todos nós. Eu sinto tanto a sua falta que tem dias que não consigo carregar tudo, mas, daí, vejo a Maisie e, de alguma forma, sigo em frente. Você me ensinou a fazer isso, sabe? Quando a sua irmã estava doente, e tudo parecia pesado demais, como se eu não pudesse ser o suficiente para ajudá-la, eu olhava para você e percebia que precisava ser, porque, não importava o que acontecesse com a Maisie, seríamos sempre eu e você, garoto. Você me ensinou a me recompor e a dar o primeiro passo. Eu só não percebi o quanto ia precisar dessa lição. Mas estou fazendo isso. Por você, pela Maisie e pelo seu pai. A gente devia ter lhe contado antes... devia ter feito um monte de coisas, na verdade.

Ergui o rosto para o céu e deixei que a neve caísse na minha pele. Minhas lágrimas se misturaram à neve derretida até que as duas se tornassem uma só e os meus olhos secassem.

O ar queimou os meus pulmões quando o inspirei profundamente, congelando aquela sensação pesada, sufocada de lágrimas, que carregava comigo como um emblema de sobrevivência.

Precisando de uma pausa, caminhei os poucos metros até o túmulo de Ryan.

– Eu nunca te agradeci – falei para ele, tirando a neve do topo da lápide. – Pelo Beckett, quero dizer. Não sei como você sabia, mas você sabia. E sei que você me disse que as cartas eram pelo bem dele e disse pra ele que elas eram pelo meu próprio bem, mas você sabia o quanto a gente precisava um do outro. Você me salvou através do Beckett, Ry. Você salvou a Maisie. Encontrei uma aliança enquanto estava desempacotando as coisas no nosso quarto. Ele ainda não fez o pedido, e tomara que espere um pouco, mas eu sei que ele é meu para sempre, e eu só tenho o Beckett por sua causa. Então, obrigada pelo Beckett e pela sua carta que o trouxe pra casa, pra mim. Agora, dá um beijo no meu garoto, tá? – Beijei os dedos e os levei ao nome dele. – Ele só está emprestado, então cuida bem dele.

Depois, caminhei de volta para o túmulo de Colt.

– Eu te amo e sinto a sua falta – falei. – Não tem nada que eu possa dizer que seja mais verdadeiro. E eu queria ter estado com você, mas fico feliz por seu pai ter ficado ao seu lado e, agora, o tio Ryan. Você foi o meu maior presente, Colt. E, por mais que eu odeie cada dia que você não está aqui, sou muito grata pelos dias em que te tive. Obrigada por ser meu.

Então, dei um beijo nos mesmos dedos e deixei que eles percorressem o seu nome, todas as 21 letras.

COLTON MACKENZIE-GENTRY

A caminhada de volta pelo lago foi tranquila, de uma forma profundamente pacífica. Estava feito. Encontrei coragem para colocar um pé na frente do outro e chegar até ali. E continuaria a fazer isso em todos os sentidos, porque eu era forte o suficiente.

Muito disso se devia ao homem parado na beira do lago, esperando que eu voltasse para casa, para ele.

– Você está bem? – perguntou Beckett, envolvendo-me em seus braços.

– Estou. Acho que vou ficar bem, pelo menos.

Ele acariciou as minhas bochechas com as mãos enluvadas.

– É, vai, sim.

– Você às vezes pensa em destino?

Ele franziu a testa.

– Você está falando da forma como a gente perdeu o Colt?

– É. Não. Mais ou menos. Fiquei tão brava com Deus por levar o Ryan, depois o Colt, quando a Maisie tinha acabado de ficar boa. Por levá-lo de qualquer jeito.

– Eu também.

– Mas, daí, eu estava olhando para o lago e me ocorreu uma coisa. Talvez desde o início fosse para ele ir. Para os dois irem. Se o Ryan não tivesse morrido, talvez você viesse até aqui pra visitar, mas não ficasse. Isso não estava na sua natureza naquela época.

Beckett não disse nada, simplesmente assentiu de leve e esperou que eu continuasse.

– Mas ele morreu. E você veio. E salvou a Maisie com os tratamentos, e salvou o coração do Colt por estar aqui quando eu não podia estar. Você realizou todos os desejos dele e lhe ensinou coisas tão incríveis. Por sua causa, o Colt não ficou sozinho. Por sua causa, ele foi duplamente amado. Estou percebendo que o destino teria levado o meu filho você estando aqui ou não. O Ryan estando vivo ou não, ou a Maisie tendo sobrevivido ou não. Mas, sem *você*, ele teria morrido sozinho. Ninguém mais poderia ter encontrado o Colt, dado a ele a paz que você deu. Sem *você*, eu teria enterrado os meus dois filhos.

Ele apertou os lábios, lutando para manter o controle.

– Eu não consegui salvar o Colt – disse Beckett. – Eu teria dado a minha própria vida se isso fizesse com que ele estivesse aqui com você. Eu salvei todas as crianças desde…

Ele engoliu em seco e desviou o olhar.

– A cada chamada, você tenta se redimir por um pecado que não cometeu conscientemente – falei. – Eu vejo o seu rosto todas as vezes que você encontra uma criança.

– Mas eu não consegui salvar a sua. Não consegui salvar a minha. Como você pode me perdoar por isso?

– Não tem nada pra perdoar.

As garotas riram, correndo pela neve em direção à casa na árvore.

– Você acha?

Olhei para Emma, para o seu sorriso radiante ao ajudar Maisie a subir a escada.

– Eu tenho certeza – falei, e um calor percorreu meu peito. – Talvez você não tenha salvado o garotinho que estava destinado a ir embora, mas salvou uma garotinha ao ensinar o Colt a ajudar o próximo – expliquei, apontando para Emma.

Beckett contraiu o maxilar.

– Destino, você acha?

– Destino – respondi. – E talvez não seja verdade pra todo mundo, mas pode ser a minha verdade. É o suficiente pra mim.

Ele pressionou os lábios gelados na minha testa.

– Eu te amo. Eu sempre vou te amar.

Fiquei na ponta dos pés e apertei os meus lábios contra os dele em um beijo gentil.

– Eu te amo. Agora, para sempre. De todas as formas.

Sim, eu era capaz de uma imensa tristeza, mas também de um amor infinito. E amaria a minha vida de novo. Talvez não naquele dia, mas um dia. Porque eu ainda não tinha terminado.

A vida era curta. Colt me ensinou isso.

Valia a pena lutar por ela. Maisie me ensinou isso.

Cartas podiam mudar uma vida. Ryan me ensinou isso.

O amor – quando o certo – era o suficiente para salvar a gente. Beckett me ensinava isso todos os dias. E o nosso amor era mais do que o suficiente.

E eu também era.

EPÍLOGO

MAISIE

Deixei um pacotinho de M&M's cair na grama e rasguei o meu.

– Adivinha só – disse ao meu irmão. – Não vai perguntar? Legal, faz isso. É tipo como se você estivesse virando adolescente alguns meses antes ou coisa assim. Já faz cinco anos. Sabe o que isso significa?

Enfiei um M&M na boca e mastiguei.

– Significa que eu continuo livre do câncer. Significa que o meu risco de recidiva é tipo... zero. Significa que a gente ganhou. Mas também significa que vai demorar um pouco pra gente se ver. Lembra quando a gente fez aquele pacto? Na noite em que eu fiquei megadoente? Quando você disse que, se eu morresse, você ia morrer também, pra que a gente nunca ficasse sozinho?

Passei a mão pela lápide dele, contornando as letras do nome.

– Eu quebrei o pacto. Eu só não sabia que estava quebrando. Sempre pensei que o câncer acabaria voltando e que eu ia cumprir a minha parte do pacto. Mas ele não voltou. E espero que você não esteja bravo. Porque a vida é legal. Quer dizer, a Rory é doida. A nossa irmãzinha é praticamente um esquilo. Ontem, ela pulou do corrimão para o patamar da escada. Achei que mamãe ia ter um troço. E Brandon é um bebê tão bonzinho, tão doce e fofo, que a Bagunça nem liga quando ele puxa as orelhas dela. A Emma e eu temos planos para o próximo fim de semana, nada grande, mas, você sabe... planos. A mamãe e o papai estão bem. Eles ainda ficam se beijando na cozinha quando acham que não tem ninguém olhando. É meio nojento, mas eles estão felizes.

Cheguei à última letra do nome dele e suspirei.

– Cinco anos. E eu ainda sinto a sua falta o tempo todo. Bom, não o tempo todo, já que muitas vezes parece que você está comigo. Mas, sim, eu sinto a sua falta. Todo mundo sente. Mas vou ter que quebrar a nossa promessa, e sei como vou te compensar: só vou ter que ser duas vezes mais incrível e viver por nós dois. Ok?

Eu me levantei e peguei o saquinho extra de M&M's para que mamãe não surtasse quando saísse, mais tarde.

– Só me faz um favor. Fica por aqui. Porque eu definitivamente vou precisar de ajuda para ser incrível assim se tiver que compensar a sua ausência. Eu sinto saudades, Colt.

Beijei os dedos e os pressionei contra o nome dele, do mesmo jeito que mamãe sempre fazia. Então, entrei no barco e remei de volta pelo lago.

A partir daquele dia, o meu futuro estava em aberto.

O câncer não voltaria.

Eu ia viver, e Colt também – porque eu o carregava comigo sempre. Alguns laços não podiam ser rompidos.

– Maisie! – chamou o papai da varanda enquanto eu amarrava o barco no cais que tínhamos construído alguns anos antes. – Quer sair comigo?

– Quero! – respondi.

Não perguntei para onde; se papai ia a algum lugar, eu estava dentro. Porque Colt estaria, e eu tinha uma promessa a cumprir.

Duas vezes mais incrível.

AGRADECIMENTOS

Em primeiro lugar, obrigada ao nosso Deus por me abençoar imensuravelmente e pela saúde dos meus seis filhos.

Obrigada ao meu marido, Jason, por ter me dado fins de semana calmos em hotéis nas três semanas loucas em que escrevi este livro. Por me amar mesmo quando estou com os olhos turvos de cansaço após sessões de escrita às três da manhã e por ser um pai 100% nos dias em que luto para conciliar a vida de autora e mãe. Eu amo você. Obrigada aos meus filhos, que me mostram, todos os dias, o quanto preciso aprender sobre a vida e que lidam com mais do que deveriam como filhos de um militar. À minha irmã, Kate, por, finalmente, podermos criar nossos filhos juntas. Aos meus pais, que não ligam quando pinto o cabelo de rosa ou faço uma tatuagem nova – que, mesmo diante do câncer, sempre ficaram juntos com uma força inspiradora, união e um amor avassalador.

Obrigada à minha editora, Karen Grove. Pelas horas ao telefone suavizando as reviravoltas deste livro, por sua orientação, seu humor, sua perícia e sua amizade. Pelas 14 vezes em que você precisou, sim, dar a mínima. Você é a razão deste quinto ano juntas, e eu queria ter as palavras para agradecer da maneira certa por você ter realizado o meu sonho mais louco.

Obrigada às minhas esposas, a nossa trindade, Gina Maxwell e Cindi Madsen, que me mantêm no teclado nos dias em que duvido de mim mesma. A Molly Lee, por ser uma fonte constante de amizade e compreensão.

A Shelby, por aturar minha mente fantasiosa. Obrigada a Linda Russel, por lidar com as distrações, cuidar dos detalhes práticos e me manter inteira nos dias em que estou prestes a desmoronar. A Jen Wolfel, por seus conselhos, sua amizade e suas habilidades de leitora beta. A KP, pelas conversas no México com os pés na areia, a Emilie e à equipe da Inkslinger, por tudo o que vocês fazem por mim. À minha fenomenal agente, Louise Fury, por sempre me apoiar e segurar minha carreira em suas mãos tão capazes. A Liz Pelletier, por me encorajar a escrever este livro e nunca estar ocupada demais para atender a um telefonema ou abrir sua casa para uma festa do pijama improvisada.

Obrigada às mulheres corajosas cujas experiências tornaram este livro possível. A Nicole e Darlene, por compartilharem suas histórias comigo, por me ajudarem a entender melhor o mundo do câncer infantil. A Mindy Ruiz, por compartilhar sua batalha comigo e largar tudo para atuar como leitora beta. A Annie Swink, por ter a força de compartilhar a luta de Beydn comigo e continuar o legado dele. Muito obrigada a Ashton Hughes, não só pela década de amizade, mas também por compartilhar os detalhes do diagnóstico e do tratamento do neuroblastoma de David, nos quais toda a cronologia de Maisie se baseia. Você é uma mãe incrível. Obrigada às inúmeras mães que escreveram sobre a luta de seus filhos contra o neuroblastoma em blogs – eu passei noites lendo as postagens, prendendo a respiração pelos seus filhos, alegrando-me quando eles foram declarados livres do câncer ou chorando com vocês quando sucumbiram à doença. Vocês não me conhecem, mas me tocaram. Os seus filhos mudaram quem eu sou.

Por fim, porque você é meu começo e meu fim, obrigada de novo ao meu Jason. Dezenove anos juntos, e você ainda me deixa com frio na barriga quando suas botas pisam na entrada. Eu mal posso esperar para esta missão terminar. A quinta e última, meu amor. Voe com segurança e volte logo para casa.

CONHEÇA OUTRO LIVRO DA AUTORA

Tudo que deixamos inacabado

Aos 28 anos, Georgia Stanton é obrigada a recomeçar a vida depois de um doloroso divórcio. Ao voltar para a casa da família no Colorado, ela se vê cara a cara com o autor best-seller Noah Harrison, que está na cidade para fechar um contrato e terminar o último livro da bisavó dela, uma famosa escritora. Ele é tão arrogante em pessoa quanto nas entrevistas, e Georgia não concorda que ele seja a escolha perfeita para essa tarefa.

Noah está no auge da carreira. Não há nada que o "menino de ouro" da ficção não tenha conquistado, mas ele não pode deixar passar batido o que pode ser a melhor obra do século: o romance inacabado de Scarlett Stanton, de quem ele é fã incondicional. Escrever um final adequado para a lendária autora é uma coisa, mas lidar com Georgia, a linda, teimosa e desconfiada bisneta dela, é uma situação bem diferente.

À medida que leem as memórias de Scarlett, tanto no manuscrito quanto nas suas cartas, os dois percebem por que ela nunca acabou o livro, que é baseado no romance real entre ela e um piloto da Segunda Guerra, que não teve final feliz.

Georgia conhece muito bem a infelicidade de um amor que não deu certo e, apesar da química entre ela e Noah, está determinada a aprender com os erros da bisavó, mesmo que isso signifique destruir a carreira do escritor.

CONHEÇA OUTROS LIVROS DA EDITORA ARQUEIRO

Contando milagres

Nicholas Sparks

Tanner foi criado pelos avós e passou a vida viajando, tanto como militar quanto como chefe de segurança. Projetando sua felicidade sempre na próxima aventura, nunca teve vontade de se estabelecer.

No entanto, no leito de morte da avó, ela lhe faz um pedido: "Encontre o lugar ao qual você pertence." Ela também revela o nome do pai que Tanner nunca conheceu e da pequena cidade onde ele poderia ser encontrado.

Com a curiosidade despertada, Tanner viaja até o local e acaba conhecendo Kaitlyn, médica e mãe divorciada. Ambos sentem uma conexão imediata, mas ela não vê futuro na relação, porque em breve ele partirá para outro país.

Enquanto isso, nas proximidades, Jasper, de 83 anos, segue uma vida reclusa em sua cabana, assombrado por uma tragédia ocorrida décadas atrás. Ao saber que um cervo branco foi avistado na floresta próxima – um animal lendário que inspirou seus antepassados –, ele acha que é algum tipo de sinal dos céus e fica obcecado por protegê-lo dos caçadores.

Conforme os destinos dos três personagens vão convergindo, eles se veem presos em uma teia de emoções, segredos e escolhas difíceis. Embora nenhum deles espere um milagre, talvez algo extraordinário mude o futuro deles para sempre.

A grande solidão

Kristin Hannah

Alasca, 1974.
Imprevisível. Implacável. Indomável.
Para uma família em crise, o último teste de sobrevivência.
Atormentado desde que voltou da Guerra do Vietnã, Ernt Allbright decide se mudar com a família para um local isolado no Alasca.

Sua esposa, Cora, é capaz de fazer qualquer coisa pelo homem que ama, inclusive segui-lo até o desconhecido. A filha de 13 anos, Leni, também quer acreditar que a nova terra trará um futuro melhor.

Num primeiro momento, o Alasca parece ser a resposta para tudo. Ali, os longos dias ensolarados e a generosidade dos habitantes locais compensam o despreparo dos Allbrights e os recursos cada vez mais escassos.

O Alasca, porém, não transforma as pessoas, ele apenas revela sua essência. E Ernt precisa enfrentar a escuridão de sua alma, ainda mais sombria que o inverno rigoroso. Em sua pequena cabana coberta de neve, com noites que duram 18 horas, Leni e a mãe percebem a terrível verdade: as ameaças do lado de fora são muito menos assustadoras que o perigo dentro de casa.

A grande solidão é um retrato da fragilidade e da resistência humanas. Uma bela e tocante história sobre amor e perda, sobre o instinto de sobrevivência e o aspecto selvagem que habita tanto o homem quanto a natureza.

As heroínas

Kristin Hannah

Mulheres também podem ser heroínas. Quando a jovem estudante de enfermagem Frances McGrath ouve essas palavras, sua vida ganha uma nova perspectiva.

Criada na idílica Coronado Island e superprotegida pelos pais conservadores, ela sempre se orgulhou de fazer a coisa certa e de ser uma boa garota. Mas o ano é 1966 e o mundo está mudando. De repente, Frankie começa a imaginar um futuro diferente para si mesma.

Quando seu irmão vai servir no Vietnã, ela age por impulso e resolve se juntar ao Corpo de Enfermagem do Exército. Tão inexperiente quanto os soldados, Frankie logo se sente sobrecarregada pelo caos e pela destruição, mas consegue encontrar apoio em outras enfermeiras.

Ao voltar para casa, ela precisará enfrentar novos traumas diante de um país dividido politicamente que não dá o devido valor aos serviços prestados no Vietnã.

Apesar de se concentrar na vida de uma única mulher que foi para a guerra, *As heroínas* honra as histórias de todas que se colocaram em perigo para ajudar os outros, cujo sacrifício e comprometimento foram esquecidos por seu próprio país.

A Vila dos Tecidos

Anne Jacobs

Augsburgo, 1913. Após uma infância difícil num orfanato, a jovem Marie finalmente consegue um emprego como assistente de cozinha na imponente mansão da Vila dos Tecidos. O conglomerado têxtil, que pertence à família Melzer, é um dos mais proeminentes da indústria alemã.

Ocupando o posto mais baixo na hierarquia dos criados, Marie precisa aprender a lidar com as intrigas e as disputas de ego, evitando criar inimizades ao mesmo tempo que se impõe para conquistar o respeito dos colegas.

Enquanto isso, a camada mais abastada da mansão anseia pela temporada dos bailes de inverno. Katharina, a caçula dos Melzers, está prestes a ser apresentada à sociedade e já tem até um pretendente. Mas a discreta e intrigante Elizabeth, que sempre teve inveja da irmã, pretende atrair a atenção do jovem para si mesma.

Já Paul, o herdeiro da família, é o único que prefere manter distância do agito e se dedicar aos estudos em Munique. Depois que conhece Marie, no entanto, ele passa a voltar para casa com cada vez mais frequência, e a amizade que nasce entre os dois poderá abalar para sempre as estruturas da Vila.

CONHEÇA OS LIVROS DE REBECCA YARROS

Tudo que deixamos inacabado
A última carta

Para saber mais sobre os títulos e autores da Editora Arqueiro,
visite o nosso site e siga as nossas redes sociais.
Além de informações sobre os próximos lançamentos,
você terá acesso a conteúdos exclusivos
e poderá participar de promoções e sorteios.

editoraarqueiro.com.br